U0931360

木鸡书屋诗文集

上

〔清〕黄金台／著

平湖市图书馆／点校

中州古籍出版社

·郑州·

《木鸡书屋诗文集》编委会

序

浩如烟海的中华古籍，传承着千百年的记忆，成为中华民族优秀的传统文化。自2007年“中华古籍保护计划”实施以来，平湖市因地制宜，科学规范，有序推进，利用5年多时间，对馆藏古籍进行普查。经清点整理馆藏古籍共5971部36363册，其中，两部古籍入选第一批《国家珍贵古籍名录》，十二部入选《浙江省珍贵古籍名录》。平湖市图书馆还被文化部授予全国古籍重点保护单位。

按照“让书写在古籍里的文字活起来”的古籍保护开发原则。近年来，平湖市建立专项资金，分批次，有重点地对古籍进行整理开发。先后有《平湖竹枝词续编》、《平湖历代闺秀文学作品汇编》（共4册）、《平湖旧志三种》、《陆陇其全集》（共15册）等相继出版，在社会上引起强烈反响，受到广大读者的普遍好评。

本次点校出版的《木鸡书屋诗文集》，自2018年开始，经过4年的整理，现将付梓。这又是对传承平湖文化的有力举措，可喜可贺！

黄金台，虽鲜为人知，但在中国文学史上的贡献是不可抹杀的，被称为“浙西奇葩，江南文杰”。黄金台（1789—1861），字鹤楼，浙江平湖新仓人。17岁时入平湖县学，道光二十四年（1844）贡生。然而他的科举之路十分艰难，十赴秋试，终不得志。以后便潜心著作，主讲芦川书院数年。他生活清贫，家无担石储。然而“穷且益坚，不坠青云之志”。他刻苦钻研骈体文的写作要领，揣摩百家，终成一体，成为江南地区闻名遐迩的骈体大家。往往一文刚出，读者便纷纷传抄。黄金台长于骈俪，学识富赡，作诗新颖，独出新才，诗名远被东瀛。著有《木鸡书屋诗钞》《木鸡书屋文钞》《左国闲吟》《听鹂馆日志》等。特别是《红楼梦杂咏》《读红楼梦图记》，为《红楼梦研究》开创先河。他爱好外出交游，结识外地的宿儒俊才，足迹遍及浙江、江苏两省嘉兴、杭州、湖州、苏州、松江五府。晚年入李联琇幕，到过扬州、淮安、常州三府。黄金台在各地有不少肝胆相照的朋友。他在游学过程中，既丰富了社会阅历，滋养了文学创作，又促进了平湖和外地的文化交流。本书是辑录汇编黄金台诗钞、文钞的成果，故定名为《木鸡书屋诗文集》。黄金台的诗文，是他心灵世界的直率表达，是他思想品格的真切反映，是他研究历史真知灼见的明白宣示，是他文化情怀的生动体现。

黄金台从小沐浴儒风长大，深知崇文厚道、尊师重教，关系着民族文化传承的成败，认为良师的传道育才作用无可替代。他担任芦川书院山长，对学员诱导有方，精心培育学子的品格和写作能力。黄金台毕生以文会友，结交知音。他和文友们说诗论道，切磋文艺；取长补短，共同提高。在交游中，诗思更精益求精，文字更神采飞扬。

黄金台，被时人推崇为与袁枚、吴锡麒并列的清代骈体文三大家，评价他的赋"骈体之法尽于此，散文之法也尽于此"。今天，我们遥思先贤，感恩先贤。他们为家乡厚植文化，赓续文脉，让平湖更有厚度、温度。弘扬传承中华优秀传统文化是我们这代人的历史使命，责无旁贷，义无反顾。

是为序。

平湖市文化和广电旅游体育局局长 [signature]

总 目 录

木鸡书屋文集

木鸡书屋诗选

左国闲吟

木鸡书屋文集

MUJISHUWUWENJI

徐熊飞序

平湖黄鹤楼，博闻强识，诗歌传诵一时，而尤长于骈四俪六之文。其文比词属事，议论层出不穷，旷然有陵轹前古之志，近时作者未能或先也。予观骈体文，自班、张、潘、陆以降，至徐、庾而体备。至唐人而法始全。五代、两宋变之至于无可复变，由是废坠不振者四百余年。国朝诸公起而继之，乃一变而复于古。彬彬乎，质有其文，可谓盛矣。沈休文浮声切响之谈，司马相如经纬虚实之论，虽不专言骈体，而骈体之妙，实尽于此。顾今之为骈体者，雕绘涂泽，不能情文相生以畅其意。又其甚者，庞鸿浩汗，词愈繁而旨愈晦。柳河东所谓楦麒麟、贩凤凰者也。鹤楼熟精《文选》《文粹》二书，而于南北朝史事，尤兼综条贯，取材以济其用。故其文能于重规叠矩中，运清刚隽上之气，而言之短长、声之高下，一一合于义法。视世之师心自用者异焉。可谓有物有序也已夫才如鹤楼，早宜致身通显，乃屡试不得当。年将四十，尚浮湛诸生籍中，当其苦心孤诣，时无知音，必郁郁不能自已。予以为无伤也。天之生物，抑之久，则扬之愈光。昔陈迦陵、毛西河诸先生，皆以沈博绝丽之学，遭逢晚岁，安见志乎古者，必遗乎今耶。鹤楼其益肆力于此，以成不朽盛业可也。

道光六年三月三日，吴兴徐熊飞

许河序

抽黄对白，骈四俪六，小儒以为壮夫不为矣。不知四六一体，虽出梁人，《雕龙·章句》篇云："四字密而不促，六字格而非缓。"其实远本羲画。若诗之觏闵既多，受侮不少，岂不尔受，既其女迁。传之巢陨诸樊，阍戕戴吴，欲徼福于周公，愿乞灵于臧氏。犹其后焉者也。书家有楷书，画家有界画。夫不稽尉律，知鲁公漏痕为何言；不通《水经》，则飞乡涩浪为何状。江河不废，少陵氏之所以服膺四杰者，此其所以光焰万丈与。我友鹤楼黄君，以殚见洽闻之学，发而为沈浸酡郁之文。亦既高攀徐、庾，上薄风、骚矣。而论古有识，与时不乖。集中如史论、别传诸作。合彦和、知几为一手，固非摘艳熏香之苟为炳炳烺烺者比也。鹤楼年甚富，学日新，而虚怀若谷，不耻下问。昔薛道衡凡所著作，辄使颜籀掎摭得失。近者梅村先生隶事有疑误，招周元恭就问之，以故传于后者，光景长新，历劫不磨。鹤楼其有古人之风乎？此举足以传矣。岁乙酉，鹤楼裒其骈体文若干卷，将授诸剞劂氏，属为之序。余不文，无以当元晏。异日洛阳纸贵，挂名其间，庶几附骥尾而千里，则厚幸焉。

道光五年十月，德水许河拜撰

方垌序

黄君鹤楼善为骈俪之文，其文纵横排荡，才辨不穷。尝以质于雪庐徐先生，先生亟称之。予昔从先生学文，先生为予言骈俪之体，至唐大备，燕许、尚已，四杰齐名。类能于庄雅丰赡之中，寓清遒婉折之致。故波澜重叠，而寻味不厌，熟其轨范，以溯源于任、沈、徐、庾，庶蹊径融洽，为能得古人之神明。又言行文之妙，在审虚实，虚实相生，斯章法、句法各得其宜，而气韵出焉。文之有骈体，犹诗之有今体也。沈休文云："前有浮声，则后须切响。一简之内，音韵尽殊。两句之中，轻重悉异。"以之施于今体诗、骈体文，如金科玉律之不可逾越。背而驰焉，虽藻采斐然，要未足与道古。盖先生之论如此。既而综观六朝三唐之制，无不与先生言吻合。窃尝服膺斯言，以为准的。而数年来奔走衣食，未获专一从事于此。故迄未有成。近世固多作者，然嗜古者，病钩棘，尚新者，病破碎。其有高材绝出之士，又务为恢奇以震炫耳目。求合于古者鲜矣。况能神明变化，以成一家之言哉。鹤楼才气卓卓，十倍于予。就今所为，已能绝去近世之弊。试由先生言以穷讨源流，为之不已，则其文岂特一时之俊哉！虽几古作者无难焉。予与鹤楼为同门友，序其文，因述所闻于师者共证之。

道光乙酉季冬，门愚弟方垌拜题

木鸡书屋文钞目次

木鸡书屋文钞卷一

木鸡书屋文钞卷二

木鸡书屋文钞卷三

木鸡书屋文钞卷四

木鸡书屋文钞卷一

齐武王论

昔莽之篡汉也，声罪致讨者，则有安众侯崇、严乡侯信、徐乡侯快，莫不土崩瓦解，鱼骇鸟惊。独齐王缜以豪杰之资，宽洪之量，率八千子弟，恢百二关河。龙自天来，虎凭风起，鼓新平之锐气，殪阜赐之游魂，曾未逾年，而火井重明，新都大溃。云开日朗，慰十二帝之英灵；电击雷奔，复二百年之旧物。功虽不终，亦云伟矣。假令王自膺宝玺，直取神京。扫荡关东，廓清河北。吾知英声素著，王郎何敢诈立于邯郸；威望早隆，公孙岂能恃强于巴蜀。赤眉稽首，不用棰笞；青犊归心，但须鞭指。奚俟一十二年之久，而乃奏效太平哉。奈何悍将主谋，孱王窃位。熊罴解体，伤驾驭之非人；蜂虿有心，致英雄之殒命。悲夫！虽然此其中有天意焉。天意不在武王，而在世祖。故假手于李轶、朱鲔以除之。非岐州被害，周武帝未必登基；惟渤海先亡，齐文宣因兹得国。乃论者谓世祖能知善恶，而王莫辨贤奸。几以为苻坚误信姚苌，身遭颠覆；翟让不疑李密，祸发几微。而不知许庞萌为忠臣，东平僭号；推彭宠为良将，北道称兵。世祖亦未尝明于知人也，成败论人，是乌可哉。以予论之，汉之中兴，系王之力，固宜追加尊号，配食先皇。何当时君臣竟忘此举耶？夫子元独造晋家，爰称景帝，乃伯符首开吴社，仅赠桓王。此则有识之士所为感慨欷歔，而不自禁也。

姜维论

夫荩臣报国，必思挽日回天；智士临危，尚想出奇制胜。灰已寒而谋再燃，灯虽烬而求复明。其事无成，其心可谅。吾尝读姜平襄传而不禁感慨系之也。当夫武乡徂谢，后主庸愚。地等弹丸，国如累卵。公独力匡宗社，贯日心坚；议复中原，如云气盛。严攻狄道，特拔河间，摧徐质之英锋，走王经之劲旅。斯固赵家李牧，熟经边事之难；楚国项燕，不患强邻之逼矣。无何王灵渐替，天命不长。虺毒潜吹，阴平险失；豺牙密厉，剑阁锋摧。人哀望帝之魂，君作降王之长。斯时也，公岂不能衔须饮血，嚼齿穿龈，而犹苟且偷生，逡巡缓死者，何哉？特以四百年之社稷，奚忍遽亡；三十郡之封疆，何容轻丧。爰乃构其二帅，离其三军。假使弗泄阴谋，果成奇举。将如田单之图乐毅，齐社复兴；文种之间伍员，越邦再造可也。而卒之炎精欲陨，汉祚终移。智竭囊中，身捐帐下。惜哉！或者疑公策名魏室，改仕汉家。得毋违人臣不贰之义乎。不知以汉降魏者，去就失宜。以魏投汉者，从违得正。是故黄权不返，孟达出奔。虽蒙一日之功名，难免千秋之指摘。公则独精识鉴，鸟能择木而栖；自命英雄，虎且凭风而至。较诸庞德之甘为操死，怒抗云长；郭循之伪受汉官，刃伤文伟，真不可同年而语矣。或又谓公疲民祸国，致寇穷兵。昧居静之宜，失守经之理。然而恢复不同，兼并力战，贤于坐亡。欲挽狂澜，遑论成败；将扶坠鼎，敢计安危。彼祖逖屯众于雍丘，张浚治军于灵璧。古今旋乾转坤之臣子，皆公之遗意也。不然以保小邦者为上策，以拒大敌者为无谋。则阎宇之掩护弥缝，谯周之依违观望。反得谓之贤臣乎。呜呼！临洮之伟绩犹存，天水之英风不泯。非特胆如斗大，侠烈堪称；实由心似丹悬，忠诚可剖。宜乎孔明许为上士，士季叹为名流也。若夫思远竭忠，阵亡绵竹；傅佥尽节，斗死阳安。其舍生取义，不亦卓然人杰也哉。

王导、谢安论

粤自双鹅出地，五马渡江。东晋一百余年，士之生其间者，类皆风流是尚，放达相矜，此辈宜束之高阁矣。乃若元帝之朝，王茂宏独标重望；武皇之世，谢安石远播隆名。国家倚为安危，邻敌窥其用舍。说者谓晋室诸臣，二人为首。然以予论之，二人者可以欺当时，不可以欺后世；可以欺后世之庸愚，不可以欺后世之明智也。尝考导之生平，才逊夷吾，虚声窃据；功非博陆，机政久专。族大宠多，心熏意满。当王敦发难之初，倘能如国侨之诛子皙，成季之酖叔牙，岂不壮哉。而乃且却且前，若茹若吐。追至莽头传宛，卓脐燃京。

此盖皇泽未湮，人心乐用。而导又诩诩然，自以为功焉。夫赵穿肆恶，良由宣孟之包容；乃荡泽伏辜，谓出华元之筹略。大义灭亲，果如是耶。至于伯仁之于导也，情深簦笠，义重山河。叔向衔冤，幸祁奚之论救；左师无罪，赖皇野之伸明。奈何箭发暗中，刃藏腹里。忍绝交于平仲，反报怨于子西。导之所为若此，而犹万口揄扬，四方称颂。然后叹王述之正容相责，颜含之守礼不阿，决不可少也矣。又尝考安之生平，当其烟霞适志，风月娱情，可谓洁清自好者。乃累辞晋室之征，独赴桓温之召，谷永为王根所荐，孟坚依窦宪而居，良堪异矣。既而帝奕被迁，简文拥立，安不能节同卢植，义继杜乔。而反屈己苟从，望尘遥拜。独不思田蚡势大，汲黯不趋；司马权尊，王祥长揖。安何自卑之甚也。幸温即死，不然其能有陈平智计，王允忠谋，以除之乎？若夫事绩之奇，莫若淮淝之役。然苻秦之败，以朱序之徒泄其谋，姚苌之党伺其隙，故安得坐享成功。人第见兵开北府，师却西藩。费祎则不废围棋，王霸则依然饮酒，以为千古殊勋，而不知有所依藉故也。假令安有远略，自宜乘胜长驱，迁夫差于甬东，毙齐滑于济北，斯为大丈夫之志业耳。一胜之威，屐齿遽折，陋矣。然则二人以外，东晋竟无名臣乎？曰：非也。观于身遭围困，越石吹笳；志在勤劳，士行运甓。祖士雅临流击楫，义气淋漓；温太真洒泪登舟，忠诚郁勃。他若卞尚书之赴难、桓内史之捐躯，此皆立砥柱于中流，振孤松于寒谷。事关宗社，至大至艰；功载史编，可歌可泣。以视导、安之优游无患，文雅自居，果孰贤耶。虽然导、安亦正有可取者。导拒迁都之议，南土生全；安明相士之方，东州鼓舞。则固非无识之戴渊，书空之殷浩所可及已。

崔浩论

呜呼！君臣之际，岂不难哉？明如汉祖，竟杀淮阴；贤似唐宗，犹诛刘珀。然彼皆嫌疑渐积，宠渥日衰。早虚三接之恩，爰致五刑之惨。未有鱼方得水，遽被鼎烹；鸿正遇风，猝罹网密。如北魏之崔司徒者也。昔者拓跋崛兴，清河翊运。浩以邓仲华之弱岁，展周公瑾之奇猷。因风雨而西征，觇岁星而北伐。南国有虎貔之畏，东州无鸡犬之惊。抵掌高谈，发踪指示。郭嘉料事，动合神机；杜预论兵，中藏武库。万端千绪，同陶侃之精详；四达八窗，胜邓飏之明敏。加以经通匡鼎，礼定张纯。刘向则数解五行，钟繇则书工三体。才包内外，学贯古今。宜富贵之逼人，且功勋之盖世。帝亦嘉其懋绩，隆以美名。指貌以示高车，执手而夸凉使。大官鱼米，诏饷刘超；御服鹤绫，命颁卢志。锡宝剑于韩稜之第，送屏风于毛玠之门。君多雨露，殊恩臣际。风云盛会。此则张宾之于石勒，逊厥宠荣；王猛之于苻坚，同斯优眷矣。何图祸福无定，赏罚不常。白日当空，陡起一时雷电；清飙激水，顿生万丈波涛。朱浮竟致杀身，吾灿可怜灭族。天飞冤雪，地起愁云。此功臣义士所为植发冲冠、椎胸而雪涕者也。且夫浩之才略，固六代所难能；浩之贤劳，尤五胡所仅有。即使微瑕稍积，纤罪上闻。犹将议故议功，百年保护；无嫌无忌，十世生全。而乃推解未终，刀锯已及。独不思二十年连兴兵甲，熊虎飞扬；三千里广辟舆图，犬羊殄灭。是谁之力欤。况乎古弼减裁马数，获免严刑；高允触犯龙鳞，曲加恩赦。以太武之明，非不确知忠佞，洞识贤奸，何于浩而前后矛盾也。爰考浩之及难，以国史故。夫史也者，西京载笔，义不从谀；东观抒辞，文当取实。孙盛书枋头之败，不避桓温；吴兢纪岭表之流，肯徇张说。浩之摭成国纪，刊置通衢，未为非也。且以汉武之威严，而司马之谤书弗问；以高洋之残虐，而魏收之秽史仍行。浩奚为独不免哉。而世之论者，谓浩毁浮图、焚内典，不信西方之因果，遂遭东市之奇冤。彼盖以卢景裕念佛千声，系狱而锒铛自脱；王元谟诵经百遍，临刑而刀斧忽停。遂信其说而不疑耳。然而郭郡丞请汰僧徒，傅太史乞除佛寺。俱非释教，并得考终。则又何说焉。以予论之，太武固失德之君，浩究非保身之士。假令浩急流勇退，倦翼知还。思骊颔之难探，惧虎须之频捋。宜乎追踪少伯，并轡留侯矣。奈何白水要盟，黄粱酣睡。才夸杨恽，豆萁招诽谤之疑；气甚孔融，巢卵致倾危之祸。犬牵上蔡，何限伤怀；鹤唳华亭，不堪回首。毋亦我之怀矣，自眙伊戚欤。呜呼！君臣之际，岂不难哉！

周世宗论

三代以后，正统之君，则推汉文帝、唐太宗、宋仁宗、明孝宗；闰位之君，则推魏孝文、周武帝、金世宗。而周世宗亦其一也。世宗生五代之季，天地之祸极矣。神人之痛深矣。而能修通礼、定正乐、治律历、议兵刑，壮志英谋，独超于一十二君之外；宏规大度，卓立于五十三载之间。宜其得欧阳子之褒崇，司马公之赞颂也已。今夫贤主临朝，政先浑厚；暴君驭下，令必烦苛。于斯时也，朱三则肆厥淫威，王八则逞其黩货。钱镠重赋，征及鸡鱼；刘龚杀人，毒如蛟蜃。何斯民之不幸，遭此际之奇灾。帝则内苑录囚，外州布赦。贷米为赈荒之要，岂必求偿；均田为致治之原，特教颁法。建初之清冤狱，狼虎无虞；元和之免田租，鹄鸠立起。此则帝之仁也。且夫创业固须武略，守成亦贵雄姿。乃者唐主日强，末帝徒形涕泣，石郎渐逼潞王。祗是酣歌。重贵闻耶律之侵，鹰犹调弄；承祐知滑州之急，鸢未收藏。惟兹守府之不材，致废先人之成烈。帝则高平力战，潞州解围。孙策起兵，遂平王朗；姚兴新立，竟破苻登。迨至虎旅西征，八百人尽投戈，甲龙骧南下十；四州悉入版图。李势上表而称臣，梁元开门而献款。既而不遗一矢，直取三关。较之魏破柔然，唐擒颉利，无庸让焉。此又帝之勇也。若夫知人则哲，自古为难。存勖不愧英雄，段张以货财得幸；知远亦多识鉴，杨史以残酷受知。王氏十臣，无非嬖佞；李家五鬼，都是奸凶。帝则善别贤愚，大明黜陟。怒张美之供奉，薄冯道之依阿。窦俨陈课吏之章，虚心采纳；王朴上平边之策，俯首听从。徐台符文学兼人，郑仁诲谦恭下士，靡不加其显秩，待以殊恩。且其所用者，即五代之士也。子房归汉，始作名臣；叔宝降唐，爰成大将。所谓玉藉良工而献美，木因大匠而成材，是之谓矣。此又帝之明也。至于信神为哲王所不免，佞佛尤衰世所通行，王审知亲铸释迦，高季兴拜迎弥勒。金经一卷，李煜不厌披翻；铁塔三层，刘铱弥加绚饰。帝则诏除祠宇，禁度僧尼。独断宸衷，力祛群议。毁三千之铜佛，镕亿万之金钱。谓四大皆空，虽真身其不惜；六根已净，况利物而何辞。彼夫同泰舍身，一人讲经而说法；湘宫造寺，百姓帖妇而卖儿。其相悬奚啻霄壤哉。此又帝之正也。况乎凋敝之余，道宜樽节；乱离之后，义戒荒淫。何以蜀地繁华，四十里花枝摇曳；楚邦靡丽，十六楼金碧辉煌。或则地起缯山，或则天开锦洞。慨侈风之胡底，嗟国运之忽诸。帝则丝竹弗亲，珍奇悉却。杨氏之翠瓶无用，甘州之宝玉空输。晋武驾车，牛纼不须采饰；陈高置膳，蚌盘奚取雕镂。此又帝之俭也。惜乎图治虽勤，梦龄不永。四海之讴歌将遍，群瞻北斗星高；六年之功绩未成，无奈西山日薄。白兔之祥乍献，黑龙之谶旋兴。当孤儿寡妇之朝，天意既去留难测；值朝君暮仇之际，人心亦向背靡常。于是陈桥之变，不旋踵矣。不然世宗苟享国灵长，势必吴蜀全吞，幽并俱灭。社稷如苞桑之固，子孙立磐石之基。然则身上黄袍，袖中丹诏，何自而归点检也哉？

燕王靖难论

夫太甲素称令主，原系汤孙；成王已作长君，何劳公旦。吾观明惠帝位登四载，泽遍八埏。虽东角密谋，曾听子澄之议；而南昌请徙，不从卓敬之言。诛百户以警宗藩，归三子以全骨肉。帝于燕王，洵恩威之并至，亦仁义之曲全。奈何暗举黄旗，妄思白帽。阴柔狡狯，作石虎之奸雄；跋扈飞扬，同萧鸾之暴戾。刘安夙怀不轨，只畏汲公；吴濞早蓄异图，非关晁错。盖潜龙肆毒，竟忘带砺之隆恩；抑病虎工谋，无俟朝廷之激变也。当其嫌疑初构，离间迭生。为燕王者，既无东平好善之怀，又乏北海㧑谦之雅。宜乎束身诣阙，上金符鳌绶以自明；俯首归藩，奉黄缣白纨以赎罪。此逆顺之理应尔，亦尊卑之分当然。胡乃逞搏象之雄才，恃格熊之猛气。欲清君侧，忍违韩议之忠猷；广集凶徒，反拒薄昭之苦谏。遣应高以游说，招柴武而合兵。卒之燕子高飞，连年暴骨；龙孙出走，薄海伤心。其罪可谓深矣，其祸可谓酷矣。且夫燕师之初起也，长兴偾于前，曹国溃于后。九门被夺，三卫俱迁。勇士八百人，冲锋犯锐；大军六十万，弃甲投戈。已岌岌乎猛虎负嵎，长蛟搅海矣。继而东昌大捷，北阪几擒。恍如决胜木门，射伤张郃；何异疾趋淝水，剑斩苻融。方谓北平可计日而收，西水当按时而复。不图人心未涣，天命难知。粮艘焚而鱼鳖皆浮，大树拔而乌鸦惊散。哥舒急战，败绩乞降；周处无援，孤军失利。迨至金川早启，玉玺暮燔。宫殿仓皇，抚德昭而伪哭；山河窃据，夺正道而称尊。此则洪武之所唏嘘，而懿文之所痛悼者也。然而舆情所向，皆不随神器为转移。练中丞割舌何伤，方文学剖心不悔。铁尚书就趋汤镬，尚能溅湿龙衣；景御史只剩草身，犹复直冲鸾驾。九重虽称叔侄，一死自定君臣。而或者谓宋室孤忠，仅闻袁粲；周家殉难，惟见韩通。彼则易姓而未易致身，此则一家而转多抗节。其故何欤，不知建文。以汉昭帝之颖悟，兼宋仁宗之宽慈。四海沾恩，九州戴德，而乃身遭蜂虿，室毁鸱鸮。龙归沧海以何年，凤返丹山而无地。碧云红日，后人且有余悲；细柳新蒲，当日能无感泣。纵打钟自帝，白皃翁原应天心；而折矢不臣，黄鹂子独明大义。文庙亦奈之何哉。吾尝考诸明史，见其窃位以后，却玉碗、毁方书，重风宪之司、慎守令之选。逆取顺守，巧学世民；饰行修名，无殊光义。然励精图治，良规亦足千秋。而大节既亏，公论难逃一字。厥后高煦踪其故智，身烬铜缸；宸濠法其奸谋，头悬白帜。谚云："其父杀人，其子必且行劫者。"殆即燕王靖难之谓也，悲夫！

杨忠烈公论

假使天心未改，高庙有灵。内无王圣之威权，外绝江京之宠倖，岂不万年无事，四海乂安。即或魍魉弄人，狐狸当路。果能如阳球之收王甫，立被刑诛；韩琦之逐守忠，即时处置。将见二十四罪，不难祸戢黄虬；一百八人，何至冤沉白马。奈何一枭纵毒，三虎交哗。歼正士于东林，陷善良于北寺。三年碧血，惨结苌宏；八月飞涛，怒生伍相。呜呼痛哉！方熹庙之初登极也，势已披猖，邦将阽甈。公则手扶日月，气吐雷霆；一寸心丹，崇朝发白。王导抱托孤之任，拥护龙楼；吕端思顾命之言，调停螭陛。幼主深嘉其直节，清流咸许为正人。遂由给事之官，洊擢中丞之职。既而乾纲旋替，社鼠生威；朝事日非，牝鸡相煽。银挝画地，刘季述妄自尊崇；珠袖工谗，陆令萱生成娇妒。加以李邦彦浪子宰相，许及之由窦尚书。宵小成群，互夸六贵；佥壬得志，何异八关。公虑神器之将移，恐金瓯之欲坠。绛驺载道，白简生风。凤睹日而长鸣，豸遇邪而必触。陈蕃讨曹节，正在斯时；李固论宋娥，岂非其分。然而寡不敌众，正难胜邪。桓典之马徒驰，崔洪之鹰空击。蝇声交聚，断难许其生还；蝎谮丛兴，务欲置诸死地。卒至铁钉贯耳，铜镝攒身。空埋地下之愁，莫救天公之醉。诚可为一哭二涕六太息者矣。说者谓光宗玉体未寒，金闺不保。立毁小怜之画阁，遽迁大舍之妆台。事太纷争，身终罹祸。不知坚冰宜凛，祸水必消。彼选侍者乏徐惠之令仪，秉胡芳之骄性。苟哕鸾之移不早，将野雉之害无穷。公仗节直言，不使漦龙酿衅；持衡善处，免教飞燕衔冤。事系安危，心无适莫。非社稷臣而能若是乎？说者谓公之死也，三木频加，谓其纳贿；五刑备受，责以偿金。虽杨伯起暮夜四知，心堪剖视；而杜黄裳赂遗万贯，谤岂无征。不知两袖清风，一襟明月。家惟琴鹤，赵抃讵有余财；地少楼台，莱公独留正气。除非蚯蚓，始信为廉；奈此豺狼，敢施其毒。此又号呼莫白，痛恨难消者也。说者又谓孟博好名，竟致顾厨遭厄；子瞻负气，卒教洛蜀同倾。大抵小人所讥弹，每由君子之激烈。何弗稍为委曲，仗马休鸣；略贬刚严，寒蝉暂闭。不知张禹纵饶经济，附王凤而晚节不终；孔光亦号忠良，谄董贤而盛名顿失。存心不妨浑厚，大义岂可依阿。不得以王曾之伪顺晋公，赵鼎之偶从秦相，藉为口实也。又说者谓年将迟莫，广德悬车；时值艰危，季鹰引疾。老骥尚何恋栈，倦禽宜早投林。贺兴伯致命东吴，难云明哲；张茂先尽心西晋，只是愚忠。不知公欲旋转乾坤，挽回宗社。唐家多事，褚遂良簪笏难还；宋室将倾，赵汝愚鼎湖独负。愿作九重之心腹，甘殉七尺之躯骸。若避祸仓皇，临危畏葸，公屑为之哉。噫，兰以煎而弥馨，玉以刖而益贵。左袁一辈，无惭九庙神灵；田许诸人，尚有十年余臭。彼乃贻羞于万口，此亦何撼于九泉。二百载养士深恩，见劲草疾风之迹；十三人忘身报国，增泰山河水之光。然而元气凋残，人心溃散。迨至炎精渐熸，普天罹铜马之灾；姬箓告终，匝地起苍鹅之变。然后叹人之云亡，邦国殄瘁也晚矣。

仙说

粤自唾盘成獭，叱石为羊。乘赤鲤而嬉游，唤黄鹂而传语。由是人希玉宇，世羡瑶池。化神化气化虚，漫加附会；长年长心长德，益事铺张。习渍金消玉之方，尽驱白留青之术。然而六灵十诀，只堪侮弄愚氓；七返九还，岂足牢笼智士。谓余不信，请举数端。不见夫王质观棋，局未终而沧桑顿变；李班取石，穴甫出而闾井全非。食二桃而阅数春，舐一叶而更几世。夫丹台石室，年华本谓绵长；而紫府清都，时序转虞迅速。反不若人间高寿，可过期颐；世上中年，且周花甲。此愚所未解一也。更有张果化白蝙而飞，明皇征而即死；徐则驾赤龙而下，炀帝召而立亡。骨朽须臾，魂归恍惚。则是熊冠鹤扇，妄诩长生；麟脯羊珠，难延大数。腾云幻影，识者早哂其言虚；过电流光，庸人犹称为尸解。此愚所未解二也。别有文成献术，旋为武帝所诛；于吉藏形，竟被桓王所戮。妖言不售，巧技难施。身伏欧刀，恨东君之弗救；事干法网，嗟西母之无灵。然则丹灶化金，正是厌生之兆；瑶房嗽玉，适为贾祸之原。此愚所未解三也。他若曼倩为汉室名臣，人称大隐；青莲是唐家才子，世号谪仙。韩琦乃紫府真人，杨亿亦武夷山主，偶触上天之怒气，罚蒙大地之尘容。不知珠阙三千，何罪而遭谴责；试问碧城十二，几时得返真灵。此愚所未解四也。乃若刘聪僭逆，受箓东夷；姚泓灭亡，显形南岳。张昌宗品如枭獍，漫说成仙；李林甫心似虺蛇，亦称得道。初意奸雄既殁，宜罹十八狱之冥刑；谁知元恶将终，早坐三十宫之宝位。阆苑真纳污之地，神山实藏垢之区。此愚所未解五也。至于萼绿降凡，麻姑下嫁。张云容曾吞绛雪，私昵薛昭；杜兰香亲捧玉盂，留贻张硕。雾阁霞窗之际，情太缠绵；方壶员峤之间，事多暧昧。岂玉皇所不禁，抑金阙所罔闻。此愚所未解六也。若此者总属荒唐，全归诞妄。若果葆真养性，纵齐彭李而无难；如能树绩扬名，即不乔佺而亦寿。紫囊绿笈，壶中之世界俱空；黑枣红莲，洞里之烟霞奚慕。莫信绛都太史，白昼飞升；休言碧落侍郎，青霄游戏。彼张留侯尽心社稷，何妨伪托赤松；颜鲁公致命岩疆，不碍名依青简。於虖，如二公者，斯真神仙矣哉！

木鸡书屋文钞卷二

何公子《水仙吟馆诗钞》序

早燕新莺，萧子显游思绵渺；绿池红药，谢元晖寄托清幽。出语芬芳，无须獭祭；吐词隽逸，奚取虫镌。盖必胸中具冰雪之怀，斯能腕下生烟霞之气。何君子桑，吾师藜阁司马之嗣君也。生秉西樵，灵气所钟；家承东阁，雅吟之后。九龄出外，谢超宗擅誉凤毛；万里省亲，王子安叨陪鲤对。旁人以为翩翩公子，濯濯少年。势必裙屐自尊，膏粱坐享。挥谢家之玉柄，拥王氏之金沟矣。而乃被类朱儋，卧来久敝；衣同到溉，着处都穿。往来则偏爱白丁，谈笑则恶闻黄甲。陶泉明之令子，不事声华；苏玉局之佳儿，惟工吟咏。良由少轻世网，早濯尘缨。宜乎有墨皆香，无思不韵也。方其从游苕水，随宦吴羌。霞坞风清，联翩佳友；月汀露滴，宛转吟鞭。吊沈约之荒坟，乱山蔓草；寻子昂之故宅，流水残阳。极眺览之幽衷，寓缠绵于藻思。迨乎武林移驻，湖上闲行。泛青雀于中流，命绿凫为前导。六桥花柳，竞入毫端；三竺烟云，纷披简上。梦逋仙之梅影，唱铁史之竹枝。菊夫人舞袖飘零，杨妹子诗篇散佚。则又低徊无限，俯仰生悲者矣。既而别去西湖，远来东海。九山潮涌，似助吟声；万壑松寒，欲催健笔。蜃园寂寞，岂无怀古之章；龙冢苍凉，别有惊人之句。本性情之幽愫，发烟墨之清光。如此雅怀，邈焉独绝。予也初逢凤岭，谊切班荆；重晤龙湫，情深献纻。时听解颐之说，屡闻清耳之谈。每当雨到绿生，风来红扫。幽鸟双下，寒蝉一鸣。未尝不对月兴歌，临花拈韵。寄闲情于鱼茧，抽逸致于狼毫。而况同附龙门，源流素辨；并师马帐，得失深知。虽秋夕诸篇，元相自嫌少作；而波澜一致，杜陵早许有成。属委一言，为之三复。微云河汉，弥觉清华；初日芙蓉，迥殊雕绘。此日挑灯卒读，赠君都尉之鸳鸯；他年返棹相思，报我麻姑之蝴蝶。

方子春《白华田舍诗集》序

我友子春，天姿特出，慧业夙该。萧大圜幼读三都，王僧孺少通万本。弱龄播誉，朝霞新月之词；绮岁扬名，白犬黄蜂之对。既而笙簧六籍，黼藻九流。彩帙辉天，丹函压地。下笔则驰驱燕许，摛辞则出入曾王。固已银涌而金鸣，凤跄而鸾奋。至于并包六代，轹轹三唐。树骨楚骚，取材汉乐。则君之诗尤为词坛之圭臬，艺苑之鸿裁焉。使其名冠螭头，梦征鳌背。珊枝架赤，藜火摇青。一领宫袍，韦绶得邀异数；两行花烛，宋祁不愧风流。将秋云木叶之篇，落日春风之句。自可辉煌虎观，传播龙楼。然而否泰随时，穷通有命。桐焦爨下，始出奇声；剑闷函间，独冲宝气。君之所以学识日进者，正因鹏池未奋，萤案弥勤。志一神凝，彼登龙其奚慕；才多业富，虽失马而何伤。此非人之厄夫功名，实乃天之振其风雅也。故其为诗也，孤情远照，妙绪冥搜。气以炼而愈充，法以变而益上。桃花流水，原异人间；芳树白云，宛然仙境。临风吊古，尽是激昂慷慨之音；听雨怀人，无非悱恻芬芳之旨。以视世之鱼油璀璨，麟楦斑斓。驱狐士之綦骖，烹雁王之香象。相悬霄壤，迥隔天渊。虽然仆所俯首而倾心者，犹不在是也。今夫真儒相士，不徒才艺之工；君子观人，首重伦常之大。君天真不匮，至性过人。少痛萱花，刻丁兰之木像；长依椿树，浣石建之中裙。獭戏河滨，乌巢门上。当困苦艰难之际，极欢娱奉养之忱。然则孙仲彧大节无亏，学业因而足重；王休征本根弗替，文章于以堪传。援古证今，信有然矣。惟我与君，松柏说心，苔岑订契。董允实切磋之友，裴炎为耐久之朋。虽由道合风骚，亦系缘深香火。属为喤引，谨献芜词。登匠石之门，岂敢妄施雕琢；入针神之室，愿为相助钩描。雌霓欣赏于王筠，初日僭评于鲍照。勉哉千古，证此寸心。

林雪岩《菊泉山馆诗集》序

夫淄渑之味有别，而兰茝之臭无殊。予与雪岩，赠缟廿年，论诗五际。一则金戈铁马，扬厉无前；一则仙露明珠，清华自赏。不知者疑为燕函越镈，器用攸分；赵瑟齐竽，音声难协。然而马、杨各派，何妨异曲同工；韩、孟殊途，偏有和章联句。良以理惟一致，道非两歧也。君幼禀殊姿，壮多豪兴。崔约钞八千张而遍读；阮籍醉六十日而无伤。赋追谢雪宋风，书学蔡飞李篆。龙文螭纽，能辨印章；鱼泳鹇飞，兼通画意。顾才子虽多杂艺，而雅人自许工诗。锦绣千丝，得句则轻云欲舞；宫商一片，抗吟而啼鸟如听。春风摇波，秋竹堕雪。花淡若影，月流有声。读其诗者，可以想其境矣。今夫才思之隽，原由天分之高；温厚之音，半出人伦之乐。尊人齿逾八袠，胸有千秋。剑舞风前，花吟雨后。白头宫女，善说开元；绿发仙人，曾摩铜狄。君则亲承提命，恐教石奋心寒；偶讲篇章，能得陶潜色喜。而且辉联花萼，梦兆池塘。东西屋风雨同眠，大小山峰峦对峙。玉森两树，无蜀龙魏狗之相形；珠耀双丸，有贞风懋麟之竞爽。此则其家庭之庆也。况复嘤鸣求友，戴笠寻朋。多庾楼陈榻之流连，极鲁酒吴歌之宴会。太丘道广，雅俗莫不包容；夷甫量宽，往来绝无计较。加以善为戏谑，雅好诙谐。马疾马迟，刘茂琳偏工谑语；鹦母鹦父，诸葛恪特妙辩才。座有朱云，客防折角；时逢匡鼎，人尽解颐。此则其交契之宏也。若夫凭高伫兴，寓目流思。泛舟三泖湖边，蹑屐九峰顶上。三秋鹤唳，悲往事于陆机；八月鲈肥，想风流于张翰。他若慧山泉洌，香径花浓。凝露堂前，松枝零落；飞霞楼外，桃树纷披。吴大帝牧马之场，缅怀壮迹；周孝侯斩蛟之地，感慨雄风。此则其游览之胜也。由是出以微吟，传诸清咏。镕春入句，屑玉成言。以蕴藉为枢机，以和平为绳筏。并工诸体，尤善五排。仿右丞巴峡之篇，清新绵远；效子美洛城之作，顿挫淋漓。盖刻意以求工，亦因难而见巧。昔君世父汉阁先生，诗名藉甚。今则苏家有虎，愈昌玉局之名；顾氏生麟，不负彦先之望。斯又见其渊源之有素，轨辙之能循也。已惟我两人，各怀千古。丹鸡白犬，素切同盟；绿酒红灯，互相击节。既订雷陈之至契，且希江鲍之齐名。聊借弁言，小申结辖。临风朗诵，愿投张平子之琅玕；对月挥毫，尚愧范荣期之糠粃。呜呼！竹林游侣，辋水交情。微斯人，其谁与归？

费春林十六国春秋杂事诗序

概自罢兵有诏，防患无谋。君王只问虾蟆，宇内遍生豺虎。以致元黄睢刺，中外绎骚。分王者三百年，言符郭璞；著名者十六国，事纪崔鸿。我友春林，识见精明，才思壮丽，采戎夷之轶事，悉鼓吹以新声。似王建之宫词，语多悱恻；胜胡曾之咏史，义取箴规。索我一言，因之三叹。当夫中原云扰，元海星驰；十将纵横，四州骚动。迨乎鹿蠡继起，虎旅弥强。羽葆貂蝉，尽作新朝之物；柘弓银砚，忍忘旧主之恩。遂乃游猎不常，奢淫无度。二靳则光华似月，六刘则艳冶如花。蝗钻土而高飞，豖戴冠而升坐。遮须国之栖身果否，光极殿之流血堪怜。幸而族子复雠，长安嗣统，肯从忠谏。西囿辍功，欲报恩门；东堂陨涕，故能势倾关陇。威服姑臧，无何神现丹唇，树生黄发。牛亡彩纼，五梁之妖谶将符；马堕寒冰，三老之进觞可愧。时也羯奴势盛，襄国都成。口论高光，目无操懿。廿四郡舆图早辟，十六年锋刃谁撄。风雨奉龙，自夸河北还师之日；军人逐鹿，犹忆上东倚啸之时。奈大雅之仁柔，致中山之逼夺。于是宫铺十锦，扇制五明。玉镜万枚，铁灯百盏。一人纵欲，朝朝戏马骑猿；兆姓何辜，处处捕鱼罗燕。狼子生而储宫屡变，雁奴集而宗社将倾。全家尽丧于棘林，尺地总归于木斗。尔乃鲜卑之兴也，廆始开基，俊能成业。燕巢西殿，马铸东门。三军奏泒水之勋，百尔拜满池之宴。既而嗣君不慧，秦地蒙尘；福德犹存，吴王复国。网鲸笼鸟，抱十年韬晦之心；卧虎潜蛟，借一日风云之力。祥乍占夫五木，地忽失乎三台。舞异雀于名园，徒供玩赏；求冻鱼于盛暑，祇速危亡。又况一束两头，逆臣连篡；三刀八井，支庶称尊。南北两燕，更无论矣。至于氐苻之起也，长蒲生而六夷就抚，大屐获而三辅俱归。未几眇目被诛，坚头自立。以飞龙之英主，得扪虱之名臣。迅扫邺都，荡平蜀郡。西域三十六国，拜跪争先；东海六十二王，贡输恐后。奈何妄希一统，不顾三难。鹤唳江东，投鞭无地；鹰扬渭北，食椹忘情。时来铁甲千屯，频摧劲敌；运去锦袍一领，竟屈群奴。五将之谣谚无灵，二堡之精魂何在。纵复晋阳缟素，秦陇悲号。黄旗青盖，虚藏神主于军中；利剑长矛，终覆师徒于山后。呜呼痛哉！若夫姚氏，本出羌戎。崛兴马牧之间，果应龙骧之谶。大营严鼓，斩神像以自豪；中夜持矛，遇鬼兵而莫敌。赖守成之有托，非折棰之可笞。文雅盈朝，南台讲艺；武功震远，东国称藩。然而殿骇牛鸣，庙惊鹊斗。三百里重围难解，志不忘兵；四十丈高阁相连，心惟佞佛。加以东宫懦弱，西土凭陵，国难频仍，王师吊伐。渭水之艨艟迅疾，恍如霆击星流；咸阳之府库空虚，顿使冰消雪解。且夫大马横行，张轨用兵之际也；翔鸟飞绕，李雄治国之年也。一则序历九君，终见吞于绿狗；一则祚延七世，旋致变于黄鱼。彼吕光仅据三河，李皓祇兼六郡。亦即井蛙自大，穴蚁相尊。卒之二寇交侵，无复黑龙之瑞；三分未定，徒夸白兔之祥。念僭窃之几时，叹纷争其何益。别有乞伏猖狂，都名勇士；赫连残暴，台筑髑髅。天降朱衣，秃发持刀而起；地开元石，沮渠奋梃而来。莫不自命英雄，希图兼并。岂知河边鼠渡，预兆流离；道上狐号，早形萧索。空下西平之泪，进退无归；漫求南国之书，从违失所。此皆偏隅之琐事，抑亦闰位之美谈。嗟乎！皇纲废弛，二帝不还；区宇分崩，百年难复。然而刘琨舞剑，不乏奇谋；祖逖运囊，非无胜算。褚裒则进牧沛郡，袁乔则劝取成都。蓝田庆桓温之捷，始见官军；淝水成谢石之功，渐还旧物。大岘过而胡蕃力战，潼关破而道济先登。是皆念切复仇，心怀平虏。而究至神州糜烂，中土陆沉者，良由祖宗德薄，植本不坚；孙子才疏，挥戈无术也。虽曰天命，岂非人事哉。春林抑扬纪传，吞吐宫商。摛词而艳雪争回，击节而惊花乱下。思抽乙乙，请看一缕灵光；手运空空，具见三生慧业。仆素叨末契，敢献芜言。昔年雄辨高谈，听我千秋之史论；今日清词丽句，输君十倍之才华。

送赵琳圃明府乞病解任序

十奇成咏，才停王允之车；三径萦怀，忽解陶潜之绶。山川眺望，尽带离愁；鱼鸟徘徊，都含别绪。而况壶浆父老，争愿攀刘；闾巷衣冠，还思借寇也哉。我琳圃先生，灵钟申浦，秀毓君山。品则璞玉浑金，心则细针密缕。始也遨游幕府，暂作崔群；继也协赞琴弦，俨同江敩。虽位轻乎黄绶，实望重乎青云。鄠邑兰香，博陵松老。孟郊好咏，特开水上之亭；张旭工书，笑判堂前之牒。惜之者伤其小试，识之者信其老成。遂自闲曹，旋登剧县。尔乃麟湖摄任，化洽茅檐；鹁水升猷，恩周蔀屋。慈和在抱，经画因时。境界肃清，争系罗衡之马；苞苴屏绝，并辞孟信之豘。固已尽抚字之忱，著循良之绩。虽然，练达者才也，涵养者德也。彼苏绰昼兼朱墨，高柔寝抱文书。苻融则善发奸邪，广汉则巧为钩距。岂不一时称最，兆庶畏威。然刘旷居官，庭堪罗雀；王乔作宰，舄仅飞凫。亦能播厥芳猷，成其佳政。良以貌宽温而心仍严肃，外简默而内自精明也。公则冰贮壶中，镜悬堂上。印床花暖，底事纷纭；铃阁风清，自然静镇。荀淑著仁君之号，房谦得慈父之称。以今方古，殆无愧矣。于是霖雨沾濡，万家被泽；福星朗耀，四境生辉。将谓绩报三年，风凌千仞。继汉家之孔奋，追唐代之李常。何乃白发未催，宦情遽淡；青旌乍莅，归思旋生。时则枫叶飘红，芦花飞白。迢迢征路，回看湖上之九龙；草草轻装，只挈君家之一鹤。近者西湖托迹，南国潜踪。鹫峰月落之时，猿洞云开之际。披襟长啸，秋生三竺烟峦；倚楫高吟，春满六桥花柳。而且一飏一朏，谢希逸更有佳儿；半水半山，仲长统别饶逸趣。斯则雅人之旷达，几忘故吏之威仪也。然而车辙虽遥，口碑尚在。回忆荀庭集凤，几许流连；追思范甑生鱼，弥深感叹。金台菰芦下士，樗栎庸材。妄托题襟，聊同祖饯。白云杳渺，睹鸿雁而欷歔；青嶂苍茫，赋骊驹而枨触。公如栾布，及身已可祠齐；我望廉颇，他日还当忆赵云尔。

徐峨峰明府慈溪送行诗序

峨峰先生，望重胖泂，名标萃秀。牵丝出仕，制锦当官。曩者莅任防风，恩周雁户。再移苕水，泽遍麟檐。白石岩前，犹颂贺循之善政；青棠桥外，尚怀沈宪之芳猷。既而旌驻蜃江，舄飞象浦。儿童欣跃，酒泛北亭；父老欢迎，舟行南郭。藕花百里，定知甘雨沾濡；橘树千株，相见仁风披拂。一日者，迢遥江路，忽寄鱼笺；缥缈山程，偶传鸿信。来书竟寸，索序数行。则公初摄勾章，临别赠行诗也。夫勾章面控扶桑，背负溟渤。境当扼要，民苦瘠贫。公则发刃维硎，振衣得领。廉以律己，惠以字人。冠虎之剌无闻，牵牛之辞弗听。神明发越，鹤洲凫渚之天；政教章施，东郭西楼之地。去秋荼之繁法，圜户生青；普春露之湛恩，讼庭绕绿。爰于簿书之暇，特为讲院之谋。重修德润书院。范宁来而士识崇文，刘昆至而人知习礼。手提玉尺，口奏金声。弦歌流虎蹲峰边，俎豆设鹤鸣山下。诸生济济，种桃李以成阴；多士莘莘，聚兰茝而合臭。此固以文章为廉辨，以风雅为道腴者矣。斯时也，家歌慈父，户颂经师。配县社而拜陆云，立生祠而奉杜轸。只代庖乎期月，已普化于千村。无何鸿雁将飞，骊驹欲去。四明烟障，竞挽高车；六渡风樯，泣随画舫。公亦留诗抚慰，握醆踌躇。停帷盖于郊垧，感攀依于辕辙。于是鸡坛老宿，虎观词人。锦制争投，渐满杜暹之百纸；瑶章迭和，奚殊刘宠之一钱。民之情，公之德也。自非韩韶泽厚，杨沛风行，而能致此哉？且夫良吏才多，无施不合；仁君法美，随地咸宜。是故尹赏贤能，换县而弗虞捍格；法雄明察，迁官而所在遵循。以公之经画因时，清勤交济。慈云覆处，总被温良；德水流时，迭沾灌溉。异日者，蒙交章之荐，登考绩之书。鸾皇翔千仞而弥高，骐骥骋九衢而倍迅。斯则李君奭名书御扆，禄秩宜增；亦由丘仲孚政感民谣，声称大著也。某素闻佳绩，敬仰名英。遍览嘉谣，遂成短引。期洊登夫端贰，幸缓赋乎归田。读戚君谕俗之诗，知傅氏理民之谱。上仇长在庭之颂，当裴公惠政之碑。

送李啸山归蔚州序

龙城地阔，白草千堆；羊寨天寒，黄沙一片。霜浓绝域，李陵碑碣犹新；月照高台，萧后妆楼尚在。甚矣故乡之入梦，黯然别绪之萦怀。盖万里思家，既多庾信悲哀之意；矧三年读礼，正值罗威哭泣之时。然而良友长睽，故人远去。淄渑水合，长鞭遽断其流；兰蕙香投，仙斧竟分其种。此仆所以不能无言者也。啸山李君，健骨蛟腾，长身鹤立，马周表鸢肩之相，苏过呈犀角之形。因随宦乎浙西，遂远离夫代北。元龙壮气，居然湖海雄豪；司马奇文，助以江山灵秀。况乃学知不足，能自得师。唐勒读正则之离骚，侯芭访子云之奇字。从此衔华佩实，润古雕今。句琢红冰，词工黄绢。文场腾踔，无惭千里神驹；艺苑高翔，尽失一时凡鸟。余以壬午之春，始得推襟送抱，并辔连镳。与公瑾交，醇醪若醉；听裴绰语，古瑟如弹。君亦素切心期，弥欣手握。爱余六时勤苦，三箧精明。加裴頠以武库之称，标陆澄以书厨之目。五角六张之赋，不厌揄扬；千灯万佛之词，猥蒙佩服。呜呼！神交已久，曾寻高惠于梦中；知己难逢，何幸孔融之深许。正拟云中笙好，常闻子晋之音；谁知海角琴孤，忽断成连之曲。盖以尊人盛庵先生，年未耄期，身先委化。南山隙地，才欲归田；东海仙龛，早教复位。君则哀同和峤，毁甚方储。尽抢地之形容，酬终天之痛恨。近者梁鸿赁庑，暂作羁栖；赵壹空囊，无从乞贷。白氏之杨枝未放，颇费踌躇；崔家之磨勒先逃，尤深骇异。加以三吴沉潦，并无藕税芦租；两浙馕饥，偏是米珠薪桂。身犹匏系，心似旌悬。其能无星离雨散之悲，风泊鸾飘之慨乎。于是行李仓皇，不辞远道；垂杨披拂，似感离情。嫩绿连天，望野狐而揽辔；落红满地，瞻涿鹿而扬鞭。雕飞大翮之山，如迎故客；马渡桑干之水，遥接归人。窦滔则夫妇同还，刘岱则弟昆重晤。细玩五台胜景，岚翠模糊；回思三泖风光，烟波杳渺。嗟乎！交深风虎，踪比雪鸿。识君何迟，别君太易。西山感兴，赵景真那不传书；南浦伤怀，江文通因之作赋也。

送陆沅芗之官福建序

新溪陆沅芗先生，德性渊冲，英姿卓荦。班香屈艳，夙号能文。柳骨颜筋，尤工作楷。二十年琴歌剑舞，许多颠沛浮沉；三千里水宿风餐，备历艰难险阻。两京射策，尚输韦绶之恩荣；一邑调弦，仅屈士元于簿领。然而才华素裕，其钦苏白风流；经术初施，自有龚黄事业。先生方将就道，贱子窃为陈词。当先生之未远游也，少年奋发，壮志飞扬。六朝风雅之才，三国英雄之气。刘伶荷锸，醉可忘忧；鲁肃指囷，财能不吝。豪情跌宕，郑南阳置驿通宾；义气淋漓，孙北海复墙匿客。未几床头金尽，囊底钱空。穷甚昌黎，文难送鬼；困同靖节，饥易驱人。遂乃赋就《北征》，心怀西笑。听鸡茅店，策蹇荒山。燕市千金，有谁买骏；凭君一剑，久叹无鱼。白日回风，赵至之凄凉欲绝；牵牛旅雁，徐陵之哀怨何多。斯真肠绕九回，心劳百结也。已抑知否能转泰，屯必终亨。天心磨砺贤豪，人力挽回造化。卫青贵相，必非贫贱终身；李白雄文，讵患显扬无日。囊锥欲出，匣剑将飞。桂苑三登，鹿鸣预宴；杏园六上，雁塔题名。虽髀肉易生，未免久淹骥枥；而鬓毛未改，卒教远奋鹏程。今者衣锦还乡，分符出宰。慰一家之鹤望，稍可谋生；卜三载之莺迁，还思读律。以老成之练达，作小试之回旋。何难政美风行，加人一等乎。于是轻装一叶，远指东瓯；征路片帆，遥瞻北苑。过李纲吟诗之室，凭吊英风；经郑涣留佩之亭，眷怀清节。桃溪一碧，桐岫千层。藉山水之清华，为经猷之措置。鳌江蟹井，尽是春波；牛岭龟峰，都生善气。勒文章于岩壁，继彼贤声；留画象于人间，绳其祖武。况武公悔过，久无饮酒之豪情；将宓子垂堂，伫见鸣琴之雅化矣。仆与先生，潘、扬至戚，谊托葭莩；韩、孟忘年，交敦金石。愧乏绕朝之策，徒切攀依；反蒙鲍叔之金，弥深感泣。仰飞鸿而远送，染素茧以抒辞。愿君仁似孟舒，号称天下长者；愿君勇如裴侠，名标独立使君。愿君似顾建康之公平，酒能醇旨；愿君如张中庸之明察，灯是水晶。期鸾风以千秋，献刍荛之一得。钓龙台畔，预歌后日之甘棠；斗鸭栏边，忍折今朝之杨柳。

张桓侯八濛山题字跋

蛇矛决荡，起喑呜叱咤之威；鸟篆纷披，极挥洒淋漓之致。英姿飒爽，曾闻刁斗勒铭；天骨开张，复见蒙头题字。既忠义之独绝，亦文武之兼资。夫以侯勇冠三军，名惊淮北；身经百战，绩著巴西。摧张郃之劲兵，破曹瞒之鬼胆。非不手挥风雨，气挟雷霆。然陈寿但纪其战功，刘巴又嗤为兵子。几疑英雄好武，似斛律金之执笔怀惭；椎鲁无文，同库狄千之穿锥贻笑。而乃银钩飞动，毫间藏熊虎之神；铁管纵横，腕下走蛟龙之势。二十三字，名标石磴七盘；亿万千年，光照奇峰九曲。烟云缭绕，太史令何足道哉；日月昭彰，大丈夫当如是矣。且夫钟繇工书三体，北魏珍藏；朱育造字千名，东吴模楷。矧侯义扶汉室，心在刘家。大名自足长垂，遗迹尤堪不朽。载诸金石，颜鲁公墨宝同传；护以缥缃，岳武穆草书并重。

桓侯八濛山纪功铭凡二十三字，因其地在万山中，故流布甚少。松陵翁海村言，吴人入川，见摩崖高踞谷口，乃拓其文以归。乍浦刘素人假拓文双钩重刻，遂为博古家所共赏云。自记。

《虢国夫人早朝图》跋

华清宫内，庭燎无光；端正楼头，明星孰警。长衾大枕，吾王之友爱渐疏；堕舄遗钿，三姨之宠荣特甚。观于虢国早朝一图，可以想其繁华之极致，艳冶之大凡矣。当夫铜漏将残，金车乍驾。黄衫被雾，绿鬓扫云。银鹅偕金凤争辉，宝雀与玉蝉交错。白猿啼罢，日照楼西；紫马骑来，露浓亭北。太真酣睡，海棠之好梦未醒；采蘋孤眠，玉笛之凄声不作。须臾宫门洞启，复道徐行，九拜朝天，三呼伏地。后房乐奏，并进翔鸾唳鹤之音；内院筵开，迭陈舞象追貜之戏。当此之时，何其盛哉！然而福盈祸伏，乐极愁来。才闻南内霓裳，旋动北方鼙鼓。大将覆军于灵宝，可怜势逼黄虬；美人避难于陈仓，竟致魂飞青雀。回忆龙头泻酒，凤爪擘柑。官路春风，柳杏花飞之际；瑶台秋月，梧桐叶落之时。地老天荒，此景不可复得矣。呜呼！韩休未老，至尊必旰食而宵衣；宋璟不亡，群下尽早朝而宴退。即使五家车骑，不少豪华；总教万里山河，依然巩固。三郎三郎，曷不思患而豫防也。

书《庭闻录》后

右《庭闻录》六卷，南昌刘健述其父中宪公所言吴三桂谋逆事也。初公为云南府司马，三桂奇其才，欲罗致之。公义重如山，理明若镜。佯狂自免，费贻辞束帛之来；忍死不污，甄济任封刀而召。盖其心存螭陛，臣不负君。因而训示鲤庭，子能承父。读其书者，可以论其事焉。方三桂之出关乞师也。似伤楚覆，哭拜秦庭。如痛韩亡，谋归汉祖。然而田安志图娈嬖，赵苞忍弃宗亲，此心已可疑矣。即其殄灭鲸鲵，雪三百年之大耻；驱除蜂虿，报十五帝之深仇。斯特狐假虎威，并非鼠惊罴卧。而三桂且诩然自以为一片石之功，虽王僧辩之平侯景，李克用之破黄巢不是过也。然犹谓运值沧桑，不妨假借；时当草昧，宜善变通。此固不足为三桂病，既而王恢自请开边，李勣愿求远镇。荡平秦蜀，戡定滇黔。斯时也，盛世已臻四方，风动之休胜朝。谅无一姓再兴之势，永历之生死，诚无足为重轻也。夫潘美曾作周臣，乞免世宗之后；徐达本非元将，且容顺帝之亡。而三桂之于永历，既缢其身，复燔其骨。惨逾萧铣，悲甚姚泓。是诚何心哉？然犹谓灰虽寒也，不溺恐其再然；树虽仆也，不断虑其复起。则既绝情于故国，自当报命于皇朝。何乃势渐鸱张，衷藏狙诈。牢笼十镇，煽动三方。圣祖仁皇帝智烛几先，仁包度外。征还阙下，原非鸟尽弓藏；诏撤藩封，只欲虎包戈载。为三桂者，果能上辞机政，王茂宏安分任真；请罢兵权，石守信朝歌夕舞，不亦伟与。岂料主恩方厚，臣节不终。萧智亮久仕魏家，赤心变易；慕容垂忍忘秦惠，白首猖狂。甚矣，其惑也。然犹谓仓猝昏迷，遽撑螳臂，耄期疑畏，轻肆狼心。倘田悦改图，仍当曲赦；朱滔谢罪，亦许自新。奈何蚁结凶徒，鸠集丑类。引孙延龄、王辅臣为心腹，招耿精忠、尚之信作爪牙。一呼云屯，千里雾合。迨至李愬急攻淮蔡，狄青大破昆仑。地险难凭，天诛将及。隗嚣自伤其爱子，刘辟莫保其宠姬。袁术困穷，抚簀床而叹咤；王敦羞悸，停杯酒而欷歔。哀哉，然犹谓渠魁本非忠孝，自昧吉凶；部曲岂乏善良，应知顺逆。吾观马宝、王绪、胡国柱、郭壮图诸人，莫非智谋出众，材武超群。早宜缚彭宠以献功，斩李锜而赎罪。何为鱼游沸鼎，燕处危巢。单雄信受命世充，奋持马槊；张定边尽忠友谅，直夺龙舟。而况阿荦既亡，又复推尊庆绪；德明已没，仍思拥戴囊霄。卒之六师至而蛩駏骈诛，九伐严而罴貙并戮。此尤病狂丧心，中风自绝者矣。呜呼！五华山上，久无杰阁层台；七星关前，只有沉沙折戟。刘君运孟坚之笔，展承祚之才。言简意赅，词文旨远。舌锋锐扫，眼电横飞。发忠义之幽光，诛奸雄于既死。较赵云松平三逆之纪，此更淹通；视田从典拟九功之诗，彼徒藻绘。国门悬示，谅无一字之移；柱史珍藏，永作千秋之鉴云尔。

书《蜀碧》后

右《蜀碧》四卷，丹溪彭遵泗所述张献忠屠戮事也。夫铜梁玉垒，天设雄区；剑阁夔门，地真险境。勇夫重闭，几乎斗绝矣。奈何怀宗之季，群生涂炭，万户萧条。纵猛虎之咆哮，任毒龙之嘘吸。旌旗所至，鸡犬无存；斨斧所经，牛驴俱磔。论者谓巴蜀之间，人夸富丽，俗尚奢华，上天震怒，以降此鞠凶也。然而猪洞鼓鸣，咎征早著；马湖地震，殃兆先成。东岳则神像动摇，西方则星芒闪烁。此亦气运使然，不得尽归人事矣。当献贼之发难也，秦、晋、楚、豫，咸被其灾，而惟蜀为特甚。设长绳以歼文士，试劣骑以毙武夫。针铜人而杀医生，穿江穴而诛工匠。他若羽流衲子，都化沙虫；妇女童孩，悉为虀粉。然此犹其疏者也，更可异者，良友聚欢，取头而陈席上；爱姬侍饮，斮足而合山尖。状元乃三日蒙刑，右相亦一朝便戮。鸱张熊踞，二十年划削靡遗；蜂目豺声，一千里脔烹殆尽。天祸人国，竟至此哉。呜呼！剥皮凿目，此孙皓之奇刑；拉胁锯胸，乃苻生之暴法。宋子业宫中无事，只用戈矛；齐宝卷郊外闲游，概施刀槊。高洋则取囚供御，屈匄则积骨成台。朱粲嗜人，味逾羊豕；刘龑好杀，毒类蛟螭。是皆禀性凶残，任情酷虐，亦未有如献贼斩掠之多，骚除之久也。方其取肝益膳，流血成渠，且能叱退雷霆，震惊仙佛。关壮缪绛霄赴召，明知劫数难回；张桓侯黑夜显神，莫救生灵罹害。君子读史至此，有不恻然心伤，凄然泪下者鲜矣。我世祖章皇帝，受昊穹之眷佑，悯黎庶之疮痍。顺治三年，命肃王率师西征，奋砺熊罴，扫清枭獍。大兵甫至，小丑立诛。刳方腊于军门，磔黄巢于市肆。从此天彭井络，日月重开；巫峡瞿塘，山川复秀。回忆向之人烟寂灭，闾井凋残，岂非出水火而登，诸衽席哉！视汉光之取子阳，尤为正大；较宋祖之收孟昶，更觉光明。然后知祸乱之作，天所以开圣人也。后之览是编者，未始不可与左思之赋、常璩之志相发明云。

木鸡书屋文钞卷三

李忠毅公传

夫虎飞食肉，壮士之善战无奇；豹死留皮，忠臣之裹尸足重。是以常山割舌，节著唐家；温序衔须，名垂汉史。固已一日碧血，千秋白虹。然彼皆死于事之方殷，而非死于功之垂就也。若乃身经百战，智运九天，展筹海之奇谋，膺干城之重寄。十年累绩，常教虎穴穷探；万里长城，忽致鼍宫殒命。如我壮烈伯李忠毅公者，尤足以哀腾鹅鹳，水波为之不流；泪洒熊罴，大树因而减色矣。公讳长庚，字超人，自号西岩，福建同安人也。太白谪仙，适符名谶；陇西飞将，弗坠家声。中乾隆辛卯进士，以裴果之少年，授护儿之侍卫。早以忠信为甲胄，礼义为干橹焉。既而岩疆出守，戎幕独张。始为衢州都司，荣分虎竹；继擢乐清副将，慨想鸿图。林爽文之乱，入闽护海坛界。丈人律重，君子营高。帐中击周宝之球，水底被杜曾之甲。偶值杯蛇之误，遂罹沙蜮之谗。李代桃僵，玉遭石击，公不惊马失，转励鹰扬。誓率众以复仇，愿毁家而纾难。岑彭水战，亲历波涛；韦叡火攻，休辞焦灼。白衣摇橹，吕蒙之秘计何多；赤帜张山，韩信之奇猷独出。猿鹤欢呼而听命，蛟龙踊跃以观兵。江渚犀燃，潮阳鳄徙。此则公摄仕铜山，剿除夷匪之功也。嘉庆二年，补澎湖副将，旋授定海总兵。时则蔡牵等作逆者以百数，孙恩小丑，妄号水仙；徐海奸民，遽成剧盗。恶逾青犊，妖类白波。鳀渚阴霾，鲋浔雾塞。公则捣虚批亢，扼喉捪心。海天瞻朱鸟而行，将士获白螺而往。狄天使声名素著，元昊心寒；岳将军号令尤严，李成胆落。云飞电逝，斩郭援于万众之中；霆击星流，拔马武于重围之内。五旗递易，十炮连轰。遏其豕突之凶，断其鸡连之侣。天风相助，黄龙舰半覆洪澜；军气弥扬，白犬洋骈诛群匪。盖自交战以来，所获丁、郭、杨、乌、苏、柳、高、英等不知凡几，可谓敌惊思政，疑是水龙；人畏敖曹，号称地虎已。六年，擢福建水师提督，又调浙江总统。名驰虎将，宠荷龙光。公上感主知，下忧民瘼。益思驱除毒瘴，迅扫妖烽。鹿耳门边，力歼蝼蚁；牛心岙口，大戮鲸鲵。�首山临，虾须雨坠。彭乐截肠而再斗，铫期漂血而不知。斯时也，倘将帅一心，师臣同志。密张天网，潜扼地维。将见螳拒车前，何难灭此朝食；鱼游釜底，自当聚而歼旃。而无如大吏委蛇，边臣恇怯。马援老将，耿舒之猜忌偏深；杨业孤军，潘美之救援不至。卒使井蛙自大，不能旦夕成擒；槛兽临诛，又得咆哮逸去。东涌徒胜，北汕无功，可不惜哉！皇上赦吴汉之小挫，策陶侃以后图，公乃磨颈自期，奋拳突起。明知犀轩直盖，此行无复生还；马革残尸，异日终当死难。然而匈奴未灭，霍去病何以家为；氐贼不平，周孝侯为之气涌。于是穷搜象屿，遍索渔山。朝夕舟航，寝食风浪。迨至十二年冬，追及牵于黑水洋。三艘连缀，鹿铤无由；一鼓将登，枭飞何处。不图阳侯肆虐，飓母惊翻，空鸣周访之甄，猝犯刘江之炮。问淮南之草木，尚慑威名；观渭北之天星，难回寿命。语云：临敌引义之谓忠，以死勤事之谓毅。公其有焉。事闻，天子震悼，臣殉七尺，帝泣九重。招王琳之英魂，慰凌统之孤子。予谥予祠予恤，礼数叠颁；及身及子及孙，恩光永锡。假使公竟肃清蛟室，涤荡鲸波。转不过秦琼金瓶，羊侃珠剑。赐王常以离席，褒李勣以长城已耳。又安能震古烁今，隆天厚地，若斯哉！且夫介士每多负气，武夫恒易矜功。王濬罢兵，忿诉长江之苦战；韩擒奏凯，屡陈建业之奇勋。公则蹇蹇匪躬，恂恂自下。蒋钦平恕，遑计恩雠；冯异谦卑，不争功罪。而且刀头吮血，盾鼻挥毫。有杨大眼之英雄，兼贾长头之文史。毕诚条奏，思致绝人；曹翰工诗，才华出众。则又荩臣之余事，儒将之风流矣。今者烟消鹿港，风静蛇山。楼船遵鳀壑之程，鼓角应鼍更之响。十四年秋，蔡贼为官军所迫，沉海而亡。铁额铜头之队，尽被擒诛；白鸡青雀之徒，率皆归顺。盖公之精灵，实有以默助之也。张睢阳能为厉鬼，妖孽潜吞；周罗睺尚显神明，弓刀自动。呜呼！莲峰崿崿，生气常存；苎水苍苍，英风可想。竭忠报国，既刊羊太傅之碑；述德抒词，谨作李临淮之传。

即墨李公传

公讳毓昌，字皋园，山东即墨人也。以名进士候补江南。希文未仕，早深忧乐之怀；孟博登车，已具澄清之志。将以诗书之旧业，发为经济之新猷。斯固非风尘俗吏之所得窥其厓略矣。嘉庆戊辰岁，淮扬大水，蛟龙为害，鸿雁哀鸣。皇上悯彼黔黎，拯斯饥溺。贞观之发金账恤，祥符之乘传抚绥，所以子惠元元者至深厚也。则有山阳令王伸汉者，诡开饥户，邀取水衡，入祖约之私囊，盈李崇之宦橐。大府命公往察之，苏章行部，墨吏心惊；姚琇巡乡，贪官胆破。伸汉乃急生狡术，密诱甘言。恃其兔窟之广营，许以鼋羹之分染。岂知公松筠厉节，铁石为怀。廉比苏琼，长老之赂贻勿取；洁同杨震，门人之馈献犹辞。而况饮遗沥于盗泉，叨余枝于恶木也哉。于是伸汉大惧，私贿公家人李祥等，相与害公。嫉彼灌狐，偏令自溺；忌其熏鼠，转使遭焚。秽迹已彰，难免发奸于羊祉；恶谋渐迫，遂思进毒于牛皋。公遇酖终，以自缢报。时上下相蒙，无有觉者。未几公叔泰清南来，知公已殁，嵇侍中之血衣犹在，刘司谏之肿疾堪疑。窃闻道路之微言，遽赴天阊而泣诉。皇上大惊，立诏山东大吏检省，始知刘瞻惨死，原由邪党所为；杜范暴亡，竟出凶徒之计。案既定，伸汉斩首，李祥剔心，余官分别拟罪。赠公太守，赐其子希佐孝廉。张恢贪浊，莫逃三尺之严威；李固精忠，卒被九原之褒宠。魂而有灵，可以慰矣。乃或且有所虑焉，谓天灾流行，何时蔑有，倘异日岁逢祲歉，民苦颠连。凡百有司避嫌惧罪，谁敢上沈伦之议，绘郑侠之图。而不知圣天子怙冒倩殷，痌瘝念切。拯荒瞻急，但期世有黄香；济困扶贫，惟恐臣无元结。赵阅道之勤施积粟，定当褒厥贤劳；明山宾之擅发仓储，必不责其损耗。讵因一时之玩法，遂废万世之常经。然则后有良吏，自宜体殿陛之仁心，尽当官之实政。安得以公之一击，畏首畏尾乎哉？而吾独惜公之未有所设施也，以公之素德自持，纤尘不染。使其得登清要，上厕台司，则虽贵似曹彬，绝少铢金寸锦；尊如李沆，依然败壁颓垣。必能率一世于贞廉，警百僚以名义。独奈何牵丝乍出，才见鸾翔；捧版初来，猝罗鸩毒。可不哀哉！然而鹰鹯嫉恶，早知义胆忠肝；獬豸触邪，共仰清标劲节。即斯一事，良足千秋。是为传。

强忠烈公传

昔虞诩之治朝歌，善擒剧贼；高祐之镇酸枣，能戢豪民。此皆绩著滑台，名标汲郡。固宜百世祀之矣。若乃绸缪未雨，画策徙薪。社鼠城狐，方欲痛加惩创；天狼参虎，无端敢逞咆哮。命非轻于鸿毛，义实贵于熊掌。则我强忠烈公，殆其人与。公讳克捷，字月三，陕西韩城人也。龙门万丈，地泄菁华；凤谷千重，天生俊杰。中嘉庆戊辰进士，出宰河南滑县。经纶夙裕，锋刃新施。具陆瀫之神明，秉朱晖之强直。杨逸悉知善恶，曹摅明决是非。既正本而清源，亦防微而杜渐。公之意盖欲潜消反侧，俾识尊亲。有干有年，共乐尧天舜日；无虞无诈，永安殷土周原。无何小丑陆梁，窃相蚁聚；凶徒伏莽，渐觉鸱张。时则大兴林清造逆，滑县李文成、牛亮臣将举兵应之。事尚未发也，张角煽妖，而三十六方各推渠帅；宋江鼓乱，而一百八众互有声援。公则疾奋鹰鹯，急除蜂虿。披尹翁归之籍，发萧监州之符。何并大才，立擒赵季；虞延盛气，痛捶马成。爰将牛李二人，收禁下狱。扃鐍特严，无虑柙中出兕；锋芒甚锐，直须道上斩蛇矣。不图羊欲触藩，鹿思走险。妖云蔽日，毒雾漫山。贼党宋元成、黄兴宰等率众攻城，劫囚出狱。无赖何知天理，妄肆披猖；有司素识人伦，敢忘名教。雄心烈概，大丈夫视死如归；义胆忠肝，奇男子舍生弗顾。臧子源之宾客，并戮武阳；赵卯发之夫妻，同歼秋浦。以今方古，奚多让焉。更有公子妇徐氏者，貌胜花柔，舌犹剑利。坚贞自矢，肯登董卓之车；洁白为怀，甘受姚苌之刃。一门赴难，九死不移。此嘉庆十八年九月七日事也。然而公虽被害，贼亦无成。封豕丧群，气衰莫振；连鸡失队，势溃难收。假使当日者，公无阳球理奸之才，徐福知几之哲。任其阴风迭煽，孽气交讧，吾恐文成不获，则幽燕与南寇为邻，徐豫起北来之甲。又况衅生不测，汉殿闻瑟触之声；变出非常，明宫有梃伤之事。赵忠、张让暗结渠魁，钱凤、沈充私交元恶。火燎原而易炽，草滋蔓而难图矣。幸而圣主德深，良臣功茂。惟外援之既断，乃内难之旋平。然则公之捐躯，犹是人臣本分；公之剪翼，岂非社稷攸关也哉。事闻，天子惊叹，以为朕未识真卿，不知作何状貌；卿乃如卞壸，可怜殃及家门。既王事之独贤，爰恩纶之重畀。赐谥忠烈，韩城滑县俱敕建专祠。唐皇绛帛，亲自招魂；晋武须眉，何时干泪。黄封叠降，励古今臣子之心；白骨留香，壮宇宙山河之色。未几龙城飞将，直捣狐群；虎帐骁军，争摧螳斧。此日仆碑力战，终成史万岁之奇勋；回思奋袂亡身，藉慰韩千秋之毅魄。更可异者，当滑城之未作难也，公遣长子逢泰，送次子望泰归娶，故二子不及于难。今则一子职居水部，一子名列木天。新息贤劳，马敬平自宜食报；睢阳优恤，张去疾无事上书。禄以千秋，宥之十世。是则帝之所以褒崇忠节，原属非常。而亦天之所以报施善人，良为不爽也。且当其时，邻邑同殉难者，长垣赵纶、曹县姚国旃、定陶贺德翰率皆身罹锋镝，室被干戈。然或恇怯不前，未免贺兰坐视；或迁延失策，几同王叡无知。纵乘车载危，临事亦能慷慨；而整纷剔蠹，平时未善周防。嗟乎！如强公者，虽与日月争光可也。

福建布政使李许斋先生传

召公既往，空余南国之棠；江令不还，谁载西陵之石。循吏殁而讴思不息，善人亡而尸祝无穷。若乃直道难容，谗夫可畏。盖宽饶引刀自刭，万众呼号；杨伯起饮药而终，四方奄泣。则有如我许斋先生者是也。谨按先生讳赓芸，字生甫，江苏嘉定人也。簪笏传家，诗书累叶。少孤励节，陋巷安贫。争义入崔浩之门，横经夺戴凭之席。承宫好学，忘却猪群；朱穆攻书，不知马足。英年苦志，十试风嗟；大器晚成，连膺鹗荐。遂乃吴羌绾绶，柘水移符。百废俱兴，三时不扰。刀牛默化，铤鹿休惊。李惠断巢燕之词，宋均除飞蝗之害。桑阴雉雊，千村多雨露之膏；花外鸡鸣，百里遍弦歌之雅。士农则爱如父母，胥吏则望若神明。自历专城，洊升剧郡。五马随贤侯而去，一鹤伴良吏而行。弥复路绝苞苴，身居廉让。崔挺辞老人美玉，孟尝还合浦珍珠。冯野王莅治西河，民皆戴德；尹翁归拜官东海，人不干私。洵可谓袖剩清风，襟余明月者矣。既而迁驻八闽，控猷千里。东屏乃草窃深藏之地，错节盘根；南涣多诪张为幻之人，徙薪曲突。公则燃犀朗照，莫涸刁丁；害马严除，无虞旁午。城狐社鼠，奸氓俱绝迹海滨；锋蝟斧螗，土盗亦潜踪境外。人怀其德，帝倚其才。用是遇以非常，超之不次。才教陈臬，旋即开藩。方将竭葵藿之忱，勉图报称；炼桂姜之性，重励清严。不图谣诼丛兴，挤排迭出。蘧瑗耻独为君子，伯宗已触怒要人。歧乃类于亡羊，命竟同于磨蝎。虽臣心如水，海内皆知；而众口铄金，谤辞叠至。寇平仲独存正气，忽遭市虎之危；杨大洪岂有赃私，争奈营蝇之聚。周勃被侵于狱吏，不如无生；鲍宣见逼于权臣，只欠一死。云愁雾惨，系三尺之青丝；鬼哭神悲，洒九原之碧血。呜呼哀哉！说者谓公果问心自信，返已无惭。宜乎履虎弗惊，掇蜂自若。昌宗善谮，何害元忠；李定蜚言，奚伤苏轼。是非立判，狱中必赦出邹阳；曲直攸分，朝内且召还安国。胡至忧愁不展，遽蹙余生；沟渎自经，适成小谅。然而心可质诸苍昊，事难胜夫谗邪。贪廉任当世之评衡，真伪系后人之论定。肯从殷铁，再乞高官；讵似刘绵，还思厚禄。彼反相之士耳，能心知其意乎？无何覆盆渐白，见晛终消。圣主英明，远投豺虎；重臣鞠问，尽伏鸱鸮。镜以磨而益明，玉以攻而愈润。痛思毛玠，绝无美食华衣；追念伏波，始雪明珠薏苡。空山树碣，慰羊侯岘首之思；遗爱立祠，作马督浉城之祭。他年青史，定尔标名；此日黄泉，允堪含笑矣。金台年才舞象，门幸登龙。桃李无言，自成蹊径；兰茝不语，潜扇馨香。往来杨子之亭，出入王通之室。正拟从游南服，重沾化雨之恩；谁知偶过西州，遽见大星之陨。公所著有《稻香吟馆诗集》行世。死于嘉庆丁丑春正月十八日，时年六十有五。子卣未久又殁，以犹子华清为嗣。葬公于嘉兴之十八里桥。呜呼！绿水长流，青山无恙。百年父老，犹谈故吏之清风；一介书生，用述师门之大节。

宋陆左丞相冠带旧簏记

慨自红羊应劫，白雁横飞。普天兴麦黍之悲，遍地起沧桑之痛。文章节义，陈文龙指腹自明；慷慨悲歌，汪立信握拳长叹。尹家二子，加冠而后坐焚；江氏一门，结带而争赴水。莫不志坚化碧，气激倾朝。皓皓乎与朔雪严霜比洁也。若乃手障狂澜，力支大厦。虞渊日坠，尚欲挥戈；周鼎波沈，犹思举纲。则左丞相陆公秀夫，尤为烈焉。当公之作相也，景炎已殁，帝昺才登。万里江山，早无片土；一朝臣主，剩有孤舟。斯即良平复生，无能为役矣。公独乘险履危，决疑定策。端笏于流离之际，振衣于颠沛之中，晋室倾颓，赖刘琨而稍定；唐家疏略，得李勉而始尊。而且外督军储，屡草郑畋之羽檄；内书章句，日陈董允之忠言。一人藉以扶持，万众为之感泣。倘或天心未去，人力能回。共乘白鹞之船，直抵黄龙之府。返衣冠于大宋，慰父老于长安。邺下搢绅，获免季龙之暴；江陵文物，欣辞黑獭之营。岂不幸哉！奈何东海难填，南征不复。仓皇万乘，投鱼腹而长埋；辛苦三公，随龙髯而同去。覆亡之惨，从古无斯；忠义之忱，于今为烈。兹者金冠灰灭，破簏犹存；玉带烟消，敝笼独在。五百年英风未歇，一二物遗泽堪思。摩挲而顽懦俱兴，抚玩则鬼神欲泣。彼黄万石持牙牌而先叛，陈宜中捧宝玺而议降。赵王孙宗室重臣，裂冠毁冕；留承旨当时名士，易带更衣。其于为人，贤不肖何如也。裔孙洽，感念遗簪，怆怀旧笏。一器之珍藏有限，千春之景仰无穷。爰索芜词，用扬先德。呜呼！风云拥护，何殊信国之孤琴；星月辉煌，却似叠山之故砚。

黄忠端公《待漏图》记

夫杀身成仁者，必在敢言之士；而犯颜极谏者，要由守道之儒。漳浦石斋黄公，谊贯古今，学包内外。十年养志，上继程朱；一日登朝，自期韩范。苟有利于国，辄闻鸾凤之鸣；见无礼于君，即奋鹰鹯之逐。观其《待漏图》一幅，于以叹傅元之夜坐整衣，朱倬之夙兴露告，不是过也。考公之在思宗朝也，始为中允，继擢少詹。时则国制纷更，奸臣迭进。大风之歌不作，小雅之变日深。公则志在箴规，言多悫愊。指陈无忌，俨同田锡二十篇；激切上争，奚止郇模三十字。凡所奏议，皆有系于世道人心。而其最著者，莫如劾武陵一事。朱云请剑，奋厥孤忠；陈禾碎衣，抒其正论。肯作饥乌之噤，甘投乳虎之牙。图之作也，意在斯乎。且夫延年之奏霍光，卞壶之弹王导。裴谞纠汾阳之过，唐介攻潞国之瑕。彼皆故劾贤臣，要不失为直士。况乎公所指摘，一以消奸胆，一以沃君心。初非沽名卖直者之所能为也。而乃阳城泣谏，偏逢唐德之猜嫌；郑侠陈书，正值宋神之刚愎。谪官而复加下狱，赐杖而旋即长流。而公且屹立如常，风神自若。蛮云瘴雨，绝无邹浩之伤心；急电惊雷，不改胡铨之烈性。及至三川鼎沸，九域土崩。然后痛误国之豺狼，思触邪之獬豸，亦已晚矣。无何明社告迁，皇朝受命。铜驼弃晋，玉马归周。公犹力佐唐藩，希延汉祚。虽觉三灵渐改，依然百炼仍刚，然而灰灭难然，树枯莫起。淮北之雄军谁敌，江西之残卒空歼。事不可为，张叔夜忠诚郁勃；心期无负，李庭芝义气轩昂。当时血溅蜂旗，相见冰霜之凛冽；此日图存鹅绢，不随风雨以沉沦。益叹公之精灵呵护，有自来也。昔我高宗纯皇帝，念精卫之苦衷，怜杜鹃之滴血。特加美谥，用赏遗忠。今上登极，式敬典型，恢张名理，诏以公从祀孔庭。呜呼！舍生取义，堪增两庑之光；表德扬仁，愈见九重之大。公亦可以无憾也已。是图向为秣陵曹彦所写，雪庐徐夫子倩人临之。余得恭仰芳徽，拜瞻雅范。须眉耸秀，如观文丞相之容；袍笏端严，胜读王滁州之记。

徐雪庐夫子《听诗图》记

防风徐雪庐夫子，品节芬芳，才思清绮。怀冰雪之隽抱，沐典坟之古香。欧柳辞章，苦心研炼；王杨骈俪，刻意揣摩。至于四始源流，三唐矩矱，穷探津筏，独得枢机。鼓击麟皮，尽消俗响。灯然凤髓，朗照昏衢。锦段横天，金声掷地。掣丹鲸于碧海，不患才多；呼黄鹄于青霄，无忧意尽。宜其入古人之堂奥，为后学之典型也已。夫以我夫子誉早鸿骞，名如鹊起。亦何难绿衣通籍，红研宣毫。宫中称李峤之词，朝内重韩翃之句。而乃遥情云举，逸致风高。燕借巢栖，鱼随辙转。倚鸥槛而晨饮，据鹿床而夜眠。作风雅之主持，定人伦之月旦。孔车为天下长者，物望攸归；阮秀是儒林丈人，词坛倾服。加以怜才念切，爱士情长。网海觅珠，采山搜玉。一联合格，奚惜齿牙；片语成章，便生毛羽。沈休文之汲引，逊此殷怀；张壮武之吹嘘，同斯雅抱。然且文章憎命，苍昊嫉才。卢家则一树病梨，陶氏则千枝瘦菊。周兴嗣研经博古，眸子无光；张文昌渺虑澄思，瞳人倏闭。云遮天汉，雾隐名花。旁观代觉感伤，当局能无烦闷。而我夫子，坦然任运，悠尔忘机。抚摩茶灶笔床，领略烟钟风磬。居幽若泰，何须吴质工愁；履困如夷，岂必江淹善恨。山中芋栗，未订归期；海上琴尊，还留片席。独是双丁两到，问字俱来；八达三明，携囊迭至。将九天清角，谁教师旷聆音；百国宝书，孰使左公听读。则有师母陆孟贞夫人，镜鸾比翼，瑟雁调弦。韩兰英雅好琼章，吴棣倩惟耽丽什。每当冬釭叆叇，夏簟氤氲。四壁花深，道韫从旁而密咏；一楼香重，令晖侍侧而微吟。听曲情移，闻琴心写。眼无青白，口有雌黄。爰将蝉翼之笺，特倩虎头之笔。庭前逸趣，徐孝穆笑貌偏工；林下芳徽，陆圣姬清襟相对。图曰“听诗”，纪实也。金台趋风马帐，立雪程门。德荷滋培，恩深诱掖。诗书根柢，独授李翺；骚雅筌蹄，勉期唐勒。悔东隅之已失，迟却十年；幸比面之亲承，业经四载。开图见示，濡墨而思。敢云一钵相沿，和氏之心传可接；或冀七灯朗耀，张公之目疾重瘳云尔。

翁噩生《三十六鸥水榭图》记

柳塘花屿，王朧庵栖息之乡；茶灶笔床，陆鲁望逍遥之地。垂虹亭下，莺老不飞；笠泽湖边，鲈香可恋。怀蒹葭于秋水，咏花月于春江。图画当窗，不少红情绿意；烟波入梦，无非鹭弟鸥兄。此我友翁于《三十六鸥水榭图》所由作也。翁子以嵚崎磊落之才，生寂寞宽闲之境。松叶围屋，荻花绕门；岫云吐青，滩雪呈白。霜高橘实，雨过莲香；花气醉鱼，诗情问蝶。放鸭补徐熙之画，送鸿停柳恽之琴。曲槛听泉，略同卢氏五鱼之堰；小轩伫月，绝胜卫家六鹤之堂。加以爱结名流，常思雅集。访汪伦于桃花潭上，寻蒋诩于修竹径中。人如鹭闲，友比燕熟。牛腰束字，麈尾谈元。狂吟而山雀惊飞，击节则水凫并戏。白蘋千点，送人南浦之时；红雨一亭，置酒东桥之夕。胜情相引，古趣弥多。然而半世忧贫，连年作客。短蓑独速，长剑陆离。来牛去马之踪，旅鹤羁凰之感。蟾蜍小阁，日日斜阳；蚱蜢扁舟，时时夜雨。回思旧好，赖黄犬以传书；频忆故乡，问绿鹦而不答。又况瑟琴为合，终朝祗唱雉飞；枳棘不栖，举世谁容鹅傲。怅平生之孤冷，尝世味之酸咸。则又睹鸿雁而欷歔，对凫鹥而凄恻者矣。惟我与君，兰茝合臭，簦笠深交。同抱飘蓬飞絮之悲，各传泣鬼惊人之句。十年旧梦，每怀元度清风；一幅新图，如见仲瑛别墅。此日题词素绢，为歌黄鸟以赠君；异时泛棹具区，定遣白鸥而招我。

读《红楼梦》图记

蚁柯未醒，触绪恒多；蝶枕方酣，闲愁不少。以儿女无聊之恨，消英雄绝世之才。明知莲性藕丝，干卿何事；争奈兰因絮果，未免有情。扬厉铺张，无非红雨紫云之兴；缠绵感慨，几许黄桑白草之嗟。即色即空，果是《楞严》十种；亦真亦幻，何殊梵志一壶。此曹君雪芹《红楼梦》一书所由作也。雪芹以灿花之舌，抒绘水之思。口欲生香，眉堪撰史。百二十卷，补龟蒙侍儿之名；千万余言，胜张泌妆楼之记。陈思罗袜，媲美无难；温尉锦鞋，并传不朽。花真解语，石亦能言。渡欲海之慈航，照昏衢之智烛。揆其用意，略有四端。则有公子芙蓉，佳人豆蔻。脂香粉影，黛色钗声。芳气袭人，嫩寒锁梦；蔷薇雨滴，芍药风微。妾尝荷叶之羹，郎赴桃花之社。探梅而琼章满箧，访菊而锦制盈箱。亭看芦雪之飞，醉分鹿脯；轩爱蓼风之爽，戏下鱼竿。指尖则红染凤仙，眉尾则翠描螺子。窗围蝶翅，团扇轻兜；桥过蜂腰，芳巾吹堕。深颦浅怒，总不离花香鸟语之中；绰态柔情，自矜有天上人间之想。其欢娱有如此者。若乃时过境迁，愁多乐少。泪盈似竹，命薄如花。伤病肺于秋风，葬诗魂于冷月。海棠枝瘦，兰蕙香消。帘前之鹦鹉含悲，槛外之鹧鸪欲泣。凄凉五夜，只余白石苍苔；惨淡一灯，凭吊绿珠红拂。他若菊部之歌伶安在，莲台之鬘女堪怜。七夕霜飞，血溅鸳鸯之剑；三秋月蚀，灰扬鸩鹊之楼。甚至仙佛之性难回，孝廉之船不返。《南华》读后，永无张敞深情；西海归时，竟使文君守寡。其悲哀有如此者。且夫当其盛也，徐昭佩新承主眷，丁令光宠冠后宫。金屋酒香，玉台花丽。上元灯下，红猴黑兔之车；春水池中，青雀黄龙之舫。集金钗之十二，赏珠履之三千。王家以宝井夸人，石氏以珊株炫客。赵后金盘，武后镜四面玲珑；同昌宝帐，寿昌床十重绚烂。寿筵大启，八公十客齐来；繐帐高悬，七贵五侯并会。是则繁华之极致，洵为艳治之大凡。至其衰也，孤蛩吊月，怪鸟啼云。桂殿椒宫，狐狸夜瞰；茜窗兰槛，鼯鼠昼眠。委鲛帐于尘埃，捐雀裘于草莽。凹晶馆冷，不闻笛韵悠扬；凸碧山荒，愁听箫声凄咽。黄莺已老，杏帘与藕榭俱空；白鹤重来，柳渚偕蓼汀并废。加以风波顿起，雷电交攻。燕巢幕而忽倾，鱼在池而及祸。王根邸第，无复奢华；窦宪田园，半归籍没。则又苍凉弥甚，恻怆益深者矣。凡此描摹，俱关惩劝。广黄土抟人之说，作飞花坠地之观。仆本恨人，望白云而洒泪；臣原好色，缄红豆而相思。青崾峰高，几经迷恋；黄粱饭熟，旋悟空虚。爰倩虎头，为濡麟角。梦中梦岂无醒觉，身外身不尽流连。从此得失无关，爱憎胥灭。风流忏罪，证果奚嫌；月上参禅，拈花微笑。愧青衫之久困，敢夸杜牧多情；幸彤管之能文，聊示元稹寓意。

木鸡书屋文钞卷四

与许德水先生书

先生经义精醇，词华焕发。既入郑王之室，亦登潘陆之门。向尝与先生论《小仓山房全集》，似针芥之相投，无炭冰之不合。亦趋亦步，同抱瞻韩御李之心；斯咏斯陶，欲弭弹苏纠杨之口。于以叹先生议论之正，于以服先生识量之高。台近复披阅一过，窃有所得，谨敢陈诸长者。夫其大集洸洸，盛名鼎鼎。元九则少称才子，廉夫则老号福人。六代云山，尽供杖履；一园花鸟，亦具聪明。忘情狎鸥鹭之群，吐气慑熊罴之众。文光灿烂，正千灯挂树之时；墨彩汪洋，应万笔为桴之梦。任天而动，无愧通才；随地咸宜，洵称具美。然公所自许者，诗为第一，古文第二，骈体第三。而台则以为骈体第一，古文第二，诗为第三也。盖其骈体之特开生面也，声铿金石，气走江河，瑰宏而迥异，铺张高古而不流险涩。骊珠独得，鸳锦新裁，追庾、徐、燕、许之神，扫温、李、杨、刘之迹。羊肠九阪，许多曲折回环；熊耳双峰，亦复迷离变化。观其吴桓王祭文、于忠肃庙碑诸首，渊源宏远，根柢盘深，微特羡门、菌次所难能，实为迦陵、西河所未有。彼悔庵、拒石、岂绩、希张诸君，直走且僵矣。故曰骈体为第一。若夫古文，则役电驱星，擎云托月。神狮一吼，万马俱瘖。鸷鸟高翔，凡禽尽敛。碑志则如衡量物，传记则似镜取形，于论见心术之公，于书见经纶之大。当其游思窈渺，挥墨淋漓，直欲摄万象于毫端，绕千花于腕底。朝宗之爽健，冰叔之沈雄，兼而有之；钝翁之缜密，望溪之清灵，蔑以过此。然或好为谲诡，未如欧、柳之粹精；过涉张皇，尚逊韩、苏之厚重，故曰古文为第二。诗则专主性灵，不矜格律，抗吟竹裂，振腕泉鸣，最可诵者，咏史诸篇，游山数卷。空行绝迹，有生龙活虎之形；逸趣横流，无木马泥牛之态。纵有时俗同白傅，俚等诚斋。闲情乃彭泽之瑕，绮语亦司勋之病。然其菁华，殊不可掩也。假令美玉而再加砻琢，良金而重就陶镕。自当列阮亭、竹垞之间，必不居秋谷、愚山之后矣。故曰诗为第三。之三者，虽觉稍分轩轾，要堪争美古今。奈何世之论者，概且斥为嚣音，指为伪体。龙游大海，取笑蝘蜓；凤人青霄，见讥燕雀。独不念孟坚之轻傅毅，士衡之薄左思，延年之不满谢庄，佛助之惯嗤邢邵，是皆以智欺智，以才攻才。犹且不可，而况么麽不及数子，遽欲妄议名流哉。洵乎竹篱茅舍之人，不足示之以桂殿兰台也；土饭尘羹之子，不足饫之以猩唇鲤尾也。台也饮水知源，登山觅路，纵执鞭其有愿，欲捧席以何从。使得亲炙芳型，仰承雅范，往来柳谷，出入梅亭。将见即席赋鹦，定蒙赏鉴；构轩说虎，谅许追陪。厕华年惨绿之群，逞绝足飞黄之力，岂不幸哉！所惜生迟廿载，未识金容；还欣业有千秋，获窥玉册。披吟不倦，向往弥殷。沈约集中，自惭作贼；义山身上，难免私挦。当年牛耳争盟，非大邦孰雄坛坫；此日凤毛留彩，惟小子私淑门墙。耿耿之意，怀之有年。然此可为知者道，难与俗人言。先生闻之，庶之以为谬诞也。

与吴江陆兰堂书

绿梅才放，曾接麈谈；黄菊将残，久疏鲤信。霜鸿顾侣，念之子而永怀；苹鹿求群，望故人而不见。人之情也，能无伤乎？忆昔握手新溪，谈心客舍。我作赘齐之婿，君为适楚之人。江馆闻鸡，各抒素抱；彭衙系马，同诉幽怀。遂乃杵臼敦交，苔岑合契。片言则矢如白水，一诺则重似黄金。每当红雨一村，绿波四面。招北郭十才之秀，萃南皮七子之伦。金谷开筵，众客皆嵚嵜历落；玉山高会，主人亦跌荡淋漓。帘外花飞，能邀佛笑；灯前诗就，各见仙心。加以曼倩好讥，陆云善笑。浅斟低唱，弥漫十里烟云；雄辩高谈，摇荡一天星斗。彼一时也，乐何如之。曾日月之几何，惊风霜之忽变。悲欢靡定，聚散不常。仆犹刷鬓修容，依然鹘突；君已苍颜白发，顿觉龙钟。嗟乎！烈士闲来，鼠思恒积；英雄老去，龙性难驯。殷深源咄咄书空，不平何限；杨子幼乌乌斗酒，行乐无时。言念及斯，凄怆奚极。贱子行能无算，命数多奇。空求北斗之浆，谁馈东门之米。猪肝牵累，长此穷年；鹏翮振飞，不知何日。骏骨未酬于燕市，蜂腰羞入乎楚宫。七月初旬，蒙何藜阁、徐雪庐两夫子，招至乍浦。适当飓风掀簸，海水飞腾。蛟鳄负山，鼋鼍跋浪。身几葬于鱼腹，幸脱奇灾；命直等于鸿毛,偶逃劫数。近者三吴苦潦,两浙被淹。鸿雁声凄,尽入春陵之句;鹄鸠形瘦,忍看郑侠之图。仆以王郎斫地之哀,兼杞人忧天之想。寒儒益困,秋士增悲。斯诚无可奈何之日也。因而把剑一麾,废书三叹。抚心自问,痛半世之飘零;回首前途,感一人之知己。对晨风而独写,溯旧雨而长歔。伏愿涵养精神,珍重眠食。稍戒伯伦之酒,善消平子之愁。世路类羊肠,祢衡慎毋谩骂;人情似蝉翼,孙楚幸勿佯狂。况乃婚嫁粗完,林泉足老。董奉则医名素著,不患饥寒;赵岐则寿藏先成,尤能旷达。水犊风鸢之画,益造精微;跳龙卧虎之书,更臻神妙。仆之所以望君者,如是而已。情同芳草,思比银河。凭兰讯以通怀,述蓬心而致悫。悠悠远道,结梦在莺脰湖边;霭霭停云,缄书于龙湫山下。

与武康徐芸岘书

曩作史论数首,蒙雪庐老夫子深加激赏。以为孙甫之谈,洽乱朗若列眉;房乔之论,贤奸瞭如指掌。殆无以过,闻命之下,且感且惭,夫史学之不明久矣。问太傅之为谁辨,孟坚之非固当。今所在皆然。即有一二好古之士,非不驰骋千年,纵横万里。而往往是非颠倒,邪正朦胧。如论张浚也,弃其节义而讦其偏私;论海瑞也,舍其忠刚而訾其清刻。微特乖违心术,亦难餍服前贤。仆岂敢以知人论世自命哉。特酌量时势,探究隐微,不得不郑重以出之也。足下义心清尚,好学深思,英才夺孙绰之标,丽藻掩丘迟之锦。而又得老夫子耳提面命,遂乃洞明本末,该悉源流。李善有邕,两世并深稽古;谢庄得朏,一门迭著词华。既殚见而洽闻,复钩玄而探奥。他日抒辞东观,奋笔西清。雍容揄扬,舍足下其谁属哉?仆仰窥学府,窃号书痴。希子野之闳通,羡知几之才识。盖尝映萤暑月,抱犬寒宵矣。而终不免为家务所牵,俗尘所累。萧琛三好,自觉殊人;韩愈五穷,偏难送鬼。欲如文通之任漂粟麦,梁肃之不计米盐。则八口嗷饥,三旬乏食,将若之何。抑尤有难者,力殚图史,实无暇于干求;性秉朴诚,素不工于啼笑。而世之龊龊者,方且习渠牟之捷口,学元庆之笑颜。侧足逢迎,恨不犬嗥丛薄;低头拜祝,岂徒雀放雕笼。仆之不合时宜,固其所也。然昔人有言:不有合于人,必有合于己;不有得于今,必有得于古。则又何必以流俗之爱憎，为我心之休戚乎。自兹以后，益将养其元气，培厥本根。穷百世之渊源，成一家之著述。倘或春晖自至，不少菁华；果然秋令常行，当无怨悔。五角六张之境遇，不足伤也；一簣两口之讥弹，不足虑也。仆之所以定志者，恃此而已。微足下无以发吾之狂言。

与友人书

客岁五过湖中，蒙足下吐胆倾肝，吹枯嘘朽。设虞悰之美膳，贻陆逊以轻裘。虽竭忠竭欢，殊深惶悚；而予求予取，绝少瑕疵。仆涉历人世三十年，求如此之隆情厚谊，未易多覯。然而人贵知心，乃是金兰至契；友宜忠告，不妨玉石相攻。仆窃观足下之行事，而不能默尔息也。用敢贡厥迂言，申其愚悰，惟足下图之。足下年犹未壮，日出方东；才自非常，波流不竭。何平叔貌如好女，周孝侯力胜群雄。而又洞晓人情，熟精世故。胸中有竹，腕下生春。此固鸾鹤之姿，龙驹之品矣。而乃蹉跎岁月，良金未就陶镕；亏损声名，嘉木竟违绳墨。良以纷华日扰，嗜欲交萦故也。今夫酒以合欢，亦以伐德。使必苦守曹公之禁，勉遵范泰之辞。则垒块难浇，亦几筵寡趣。然陶士行未尝过限，道在摄生；张子布不敢沉酣，饮宜成礼。若乃朝朝酩酊，夜夜拍浮。慕山简之一池，陋王琨之两爵。吾恐周顗之名既失，且苏微之疾将成。此则足下所宜改者一也。若夫情场潦倒，花事留连，从古才人，咸所不免。岂无酒肆，阮籍酣眠；亦有章台，韩翃投赠。然彼皆风流自赏，大节无乖。如必兔窟营谋，狐踪曲折。密照方乔之镜，潜张郭璞之衣。殊损阴功，复伤雅化。又况罗敷贞妇，桑中奚忍私挑；碧玉小姑，花下讵容轻折。此则足下所宜改者二也。至于樗蒱为牧奴所戏，枭散非雅士所为。昌宗褫裘，到溉输石。自来膏粱子弟，金穴告空；纨袴儿郎，铜山忽倒。皆此物也。矧精神因兹而敝，衅隙从此而生。以温太真之贤豪，呼舟乞救；以谢宏微之宽厚，投局相争。彼朱异见患于乡邦，甄琛受欺于奴隶，更无论矣。此则足下所宜改者三也。且夫角力或致伤生，任气易于召祸。卢曹伸足，原是英雄；石勒挥拳，岂非暴戾。方今王灵赫濯，海宇澄清。纵具曹彰搏象之才，仍须敛戢；即有许褚曳牛之勇，莫逞英奇。不然抚剑陵人，举檏掷客，特匹夫之悻悻，非大雅之愔愔。此则足下所宜改者四也。更有片言，为君前箸。俭乃美德，当思蜀道艰难；友贵端人，无取长安游荡。仆所陈者，非敢过为激聒也，特以交深班尹，谊切崔卢。难辞药石之箴，谨进韦弦之佩。伏祈采择，勿生杨恽之嫌疑；所幸宽容，曲恕朱浮之狂直。

与顾访溪书

仆之钦迟足下有年矣，自今秋武林同寓，见足下束躬珪璧，矢志冰渊。始知石介清修，见称君子；何蕃植品，感动旁人，有自来也。况复殚力典坟，颐情图史。王充则肆中日至，遍阅奇书；任昉虽囊底无余，爰求异本。至于阐郑王之经义，穷孔贾之疏笺。尤能竟委寻源，望表知里。仆虽不敏，幸得备聆绪言，窃闻元解。不觉昭然若发矇焉。惜匆匆分袂，未获晨夕谈心，是所恨耳。用敢虔通笺素，略述胸怀，惟足下教之。仆自乙丑至丙子，斯时壮气飞扬，名心激发。愿图鹏奋，稍慰乌私。不意十年雪案，鸲砚空磨；五战秋闱，蜂旗难拔。频伤刖足，自悔埋头。不得不捐弃故技，更思要道矣。由是伐山取木，入海搜珠，思开射虎之弓，欲举函牛之鼎。学为骈俪，辄希继轨齐梁；每作歌行，窃冀追踪唐宋。其孜孜矻矻，夙夜弗遑者。良以植本不坚，则进退维谷；培根既厚，则显晦俱荣。然而入世寡谐，知音稀遇。徒呼今而唱古，难索偶而寻逑。其故何耶？盖天下相承以俗学久矣。师友心传，无非八比；父兄指授，不出五言。开缄尽是雷同，下笔何关风教。识同篱鷃，视三史如赘疣；智等井蛙，弃百家为土苴。我方羞而伏地，彼且喜若升天。于此有一好古者，厕乎其间。既臭味之相殊，岂炭冰之可合。自恃梯荣有术，翻嫌博物无功。不登大雅之堂，漫加戏侮；甘守小巫之局，轻肆讥评。然则扬子之文，惟桓谭为能欣赏；刘勰之作，非沈约无复见推。古人所云，得一知己，可以无憾者，岂欺我哉。足下以淹贯之才，为精微之学。业追汉圣，名擅经神。宜乎斥藻翰为骈枝，薄风骚为余技矣。而乃于仆所著述，屡为称扬，拾爨竹于荒亭，收坠钗于古井。披翻不厌，何殊王俭深情；抄录频烦，颇类刘邕癖嗜。此盖襟怀之不忮，亦由诣力之兼长故也。深荷吹嘘，谨抒忱悃。稍待词章粗就，更当引我穷经；只愁名教未敦，还欲从君学道。切磋是赖，毋弃江湖鸥鹭之盟；投契有缘，忍忘风雨鱼龙之感。

与方子春书

足下佩实衔华，雕今润古。口吐白凤，手抟赤猿。早宜揖让三雍，翱翔九列。而乃功名蹭蹬，迟见鹏飞；意气侵颓，依然鸾锻。人皆以此为足下惜，仆独以为不然。盖沈檀非爇则不香，宝剑因埋而乃贵。况潘花丘锦，益征著述之宏多；而薛凤荀龙，早见儿郎之伟秀。天之报施，原不爽也。今嗣冬郎，年才十四，气蕴万千。晏同叔之试经，恰符此岁；岑文本之作赋，正值斯时。而且李百药善解古书，麻九畴能为大字。妙才独擅，余技兼长。仆每与之一接谈，一握手，未尝不深珠玉在前之感，怀鼓旗倒退之惭也。加以秉性端庄，吐辞娴雅。朱勃髫龄，方领矩步；张堪总角，志美行醇。无胡寅桀黠之心，有杨亿老成之语。宜乎邑侯胡公、太守徐公，并与褒扬，迭相奖厉。孙放见称于庾亮，早卜奇材；孔融被赏于李膺，盛推伟器。足下于此，自合优游以俟，无劳责备过严矣。昔仆长男齐仲，学仅两年，书盈一尺。范云则日披九纸，应奉则目下五行。仆亦过觉欢忻，弥加鞭策，谁料八龄未满，一病旋终。杨柳三生，无多春梦；芭蕉一叶，倏已秋坟。痛有甚于扬乌，悲较深于王悦。纵良苗不实，咎非在夫烟锄；而仙桂致伤，祸似由于月斧。纳手扪心，其何以自解也。倘或天假之年，得附冬郎之后。将见谢、廉、赵、建，并号神童；张、率、陆、倕，同称隽物。不亦踌躇满志也哉。静言思之，何嗟及矣。今者次子晋韶，非不兰香绮岁，玉映髫辰。杨佶诵书，自能成句；王瞻守分，却少嬉游。但仆既抱夷甫失子之悲，未免义山骄儿之弊。不加约束，忍同缚轭之牛；无限矜怜，绝类伤弓之鸟。然则戴逵鸡碑，顾欢雀赋。王勃纠《汉书》之误，张策辨魏鼎之诬。岂易奏效于旦夕间乎。羽毛丰满，未识何时；头角峥嵘，尚须异日。足下其亦悉此苦衷否？噫！仆与足下，订交二十年矣，曩者送抱推襟，揽环结佩。君爱徐陵之似凤，我随东野以为龙。今则豪兴渐消，雄情非旧。所幸足下箕裘有托，衣钵早传。班氏孟坚，克昌世德；陆家从典，定振家风。蓝田美玉，天岂虚生也哉。长风万里，跂予望之。

送汤文正公从祀孔庙文

今天子御极以来，敦崇名教，式敬典型，始以蕺山刘公从祀文庙，复以睢阳汤公继之。盖圣人设教，必隆道学之纯儒；王者尊贤，尤重当朝之杰士。微特山川冠冕，实为宇宙楷模。可范俗而维风，且廉顽而立懦，诚盛典也。恭维汤公潜庵先生，烈妇之子，征君之徒。全德难名，巨材不器。际世祖抡英之日，品望早彰；蒙仁皇特达之知，纶言优奖。而公且襟怀独远，趋向弥高。八座三公，视为外物；四配十哲，志切景行。青天白日之心，霁月光风之度。宜其入魏果敏之荐牍，名冠一时；并陆清献之芳徽，道隆千古也。撰其大节，请举数端。其砥学也，屏绝歧途，追寻正轨。正谊明道务其大，居敬穷理求其精。始服阳明，终归元晦。师承有自，探大雅之渊源；门户无分，陋小儒之簧鼓。顾厨竞誉，陈太丘独著和平；洛蜀交攻，范祖禹不为朋党。斯固性情之纯粹，亦由识见之高明。其敬君也，无思不覃，有得必告。登宋濂为宫傅，辅弼靡愆；拜李撰作秩宗，寅清益励。虽陆贽被延龄所谮，势恐难全；李纲为潜善所诬，事将不测。而卒之诚能动地，忠可回天。兰性终香，葵心弗死。玉遭焚而自若，金因铄而增光。其洁己也，位列浚明，家无储积。丝挂山涛之室，尘堆虞愿之床。勖令子而安贫，戒庶僚之黩货。包孝肃刚严绝俗，关节难通；海忠介清苦持躬，苞苴孰献。而议者犹以为赵轨之教儿还椹，未免矫廉；张膺之遣女采薪，得毋饰俭。其能知公之用心哉。其爱民也，痛旱潦之不常，悯疮痍之未复。周忱慷慨，旧赋都捐；郑侠悲伤，新图特绘。而且宏开学校，严禁嬉游。德化两江，诚孚万姓。故当寇恂赴召，温峤内迁。儿童随紫马以行觞，父老持白鸠而拥毂。较之民思张咏，诣阙请留；人恋况钟，攀辕弗舍。又何以加焉。其衡文也，殚心棫朴，加意李桃。钟待叩而大鸣，镜涵空而朗照。怜才有泪，种德无方。人登刘尹之堂，即称佳士；客入燕公之帐，都是名流。至今越峤东西，尚怀哲匠；之江南北，犹颂经师。非其玉尺善量，冰壶在抱。而能若是乎。其除妖也，则有五通为厉，害甚狸狐；三老乘机，饱供羊豕。惟吴中之靡俗，类邺下之巫风。公乃焚厥祆祠，沉其土偶。韩昌黎为文驱鳄，浩气淋漓；孔道辅举笏击蛇，雄姿磊落。卿云开而阴霾扫，朗月照而江涛清。是则鼓妖惟范文正能除，而圣水非李卫公莫禁者矣。其捕盗也，则有吉安狡寇，伏莽潜滋；章贡狂徒，弄兵多有。兔思出穴，鸮欲栖林。公乃独运沉机，密施妙算。郑畋儒者，恰能迅扫豺狼；谢艾书生，竟得驱除蝼蚁。洵允文而允武，果立德而立功。此又贤者之绪余，名臣之显绩也。凡诸体用，具见根源，薄管乐而不为，尊伊颜而追步。今者杏坛配食，栗主新成。舞威凤于九霄，观瞻并肃；分特豚于两庑，享祀维馨。遂使含贞抱悫之儒，酌雅禀经之士。摩挲俎豆，叹濂洛、关闽之后，幸有斯人；翘企宫墙，知薛胡、陈蔡之余，岂无硕学。天存道统，非徒增千秋河水之光；人羡宗师，畴不切万仞嵩山之仰。

告神文

昔张公艺之族，九世同居；刘君良之门，百年无事。是遵何道哉？良以家多贤者，调剂咸宜；代有吉人，支持弗坏。故能六亲雍睦，百口恬熙。金台生世多艰，遭家不造。鸮将毁室，鸦莫护巢。泾渭无取乎合流，薰莸实难以共器。昔如阮氏，仅贫富之相悬；今类任家，竟妍媸之各判。窃观东西两族之溃败决裂，而不禁恻然于怀也。是用含悲上诉，挥涕直陈。神明有灵，尚其俯听。原夫东舍之盛衰也，其父鸡鸣早起，龙断独登。深明物力之盈虚，善测天时之丰约。百箱紫缬，刘腾之聚货何多；十斛白珠，梁冀之阴谋不少。而且王戎佳果，从未分甘；朱异珍羞，祇教独饷。岂知沧桑迭变，陵谷无常。生前甘作马牛，殁后徒贻豚犬。何次道好浮浊醪，孟灵休爱制新衣。酷嗜樗蒲，却少袁耽才技；沉迷花柳，并非李益风流。此时之泉府俱空，当日之铜山安在？加以州吁安忍，阏伯日寻。努目而悍若虎狼，反唇而恼如鹅鸭。比邻叱为患事，行道传作笑谈，可不痛哉！若夫西舍之兴败也，乃翁遍历风尘，备深机械。三千客路，力尽疲骡；七十年华，气犹虓虎。衅开同室，讼起闲田。孙秀则强夺蛾眉，元晖则生抽牛角。遂乃屡兴土木，盛饰林泉。自以为萧相名园，亭池永镇；到公别墅，鱼鸟常新矣。谁料白骨未寒，黄金遽罄。栾黡方彰其怨毒，高强更益以狂愚。蟋蟀擒来，坛边旗竖；鹌鹑斗败，囊底钱倾。消残东壁之图书，抛弃北门之管钥。任强徒之鸠合，排闼直前；让恶少之鲸吞，登楼难避。

堤有蚁而川溃，木已蠹而风摇。更不知其日后何如也。嗟乎！象以齿焚，麝由香殒。非特人心之公愤，亦征天道之好还。惟我先祖芝岩公、先考未芦公，仁厚宅心，公平处世。刘宽长者，乡闾自昔称扬；王烈善人，父老至今叹息。金台纵未得荣排棨戟，贵显门庭。然能穷著词章，窃有龙跃凤翔之誉；贫持节操，绝无蝇营狗苟之私。未始非前人遗泽也。所恨三室同居，两家日下。德惭麟趾，势等蜂腰。子文决策于机先，逆料越椒必败；辅果熟思于事内，预知智伯将危。诚恐巢燕同倾，池鱼并及。既伤心而惨目，复裂胆而摧肝。伏愿天诱其衷，神开其悟。默化豺狼之性，俾发天良；潜消螭蜃之魂，稍还人性。庶几转祸为福之一机也夫。时甲申某月日。

熊襄愍、周忠武轶事辨

从来贤臣遭祸，断无假托升天；志士捐躯，必不轻投死地。乃吾观全谢山、胡稚威所记熊、周二公轶事，而不胜骇异焉。其言襄愍之死也，将就刃而取枕代元。谢山言，廷弼入狱，每夕供一藤枕礼拜之，及被刑西曹，郎录其首，忽然不见，只有一藤枕而已。其言忠武之死也，未交锋而缒城被磔。稚威言，李自成急攻城，语守陴速献周遇吉，否且屠。遇吉闻之，即缒城而下，见自成大骂，竟为贼磔杀。此二说者，大足短英雄之气，而灰豪杰之心也。是不可以辨夫。左慈见逼，道上化形；于吉既诛，镜中现影。此特异人之妖术，而非君子之常经。襄愍以充国之老成，兼崇文之勇决。控猷千里，节制三方。特以经抚不和，封疆失事。仓皇被逮，檀道济愤欲呼天；慷慨赴刑，斛律光血能入地。而且九边传示，万目昭彰。悬施全之首于城门，藏臧质之头于武库。此则公所忍痛衔冤，死不瞑目者矣。而犹谓其羁囚诏狱，向北斗而私祈；变幻市场，致西曹之大索。无是理也。虽鲁公遇害，亦谓仙升；而郭璞蒙刑，究非兵解。公之刚肠直性，世所其知，安肯作此狡绘哉。若夫忠武之御自成也，以白棒之王罴，制黑山之张燕。始则登陴固守，群惊焦度之楼；继则驰骑直前，敢敌耿豪之槊。健儿善斗，韩麒麟屡出奇谋；灶婢知兵，王鹦鹉亦能奋勇。迨乎鼓声不起，箭镞交飞，公犹叉典韦之戟而空投，持庞德之刀而苦战。是盖从容就死，自重豹皮；原非卤莽轻生，妄投虎口。且公岂不知盗攻徐地，张文纪单马赴营；贼逼土门，李大亮只身入垒。然彼犹小寇，易以大义说降；此固巨凶，难以片辞折服也。况古今之骂敌而死者，如张中丞嚼齿穿龈，陈和尚折胫断足。要皆势穷力绌，然后取义成仁。讵有雉堞尚完，虎旅未溃，而遽束身以授哉。智略如公，谅不然矣。呜呼！时至明季，往往是非失实，好恶不公。袁崇焕之冤抑谁知，洪承畴之精忠果否。项煜未曾丧节，空被恶名；吴甕竟已失身，转蒙美谥。此亦无足深辨者。至于熊、周二公之大节，载诸实录，列在史宬。可泣鬼神，可感妇孺。而谢山、稚威独以伪说乱之其邪正，公私之别，所系非浅鲜也。余故为世之好异者，关其口而夺之气云。

乞留徐雪庐夫子仍主观海书院状

侧闻崇儒为立政之原，课士乃临民之本。是故韩延寿拜官颍水，讲艺明经；王义方莅治吉安，发蒙启滞。类皆选老成以作人伦之襟冕，延硕彦以为多士之楷模。诚以良玉含英，须加莹琢；祥金耀冶，必赖陶镕。讲堂之设，由来久矣。窃以武康徐雪庐先生，书味覃心，道腴泽体。词赋浴西江之月，文章辉东壁之星。学行兼优，贡入麒麟之阁；孝廉应举，选登鸾凤之群。其主讲观海书院也，剖尽珠船，收残铁网；裁成朴僿，针发膏肓。云蔚霞蒸，邻邑咸驱车而至；烟霏雾集，旗人亦鼓箧而从。说诗而香雨缤纷，谈艺则繁花洒落。怜才无限，李善道尤恤孤寒；相士有方，裴行俭先推器识。盖自庚申迄今乙酉，如一日也。而先生抚怀桑梓，欲整轻装；感念枌榆，屡催归棹。身羁于龙冢蜃园之地，心系于月汀风渚之天。水色山光，时萦梦寐；莺飞草长，那免欷歔。独是台等素被薰陶，久蒙培植。负笈担囊之士，愿事吴商；怀铅握椠之徒，群钦刘瓛。虽杜钦目损，时命堪伤；而张籍神清，品题无爽。鸟依嘉树，都乐飞鸣；鱼失清泉，将何涵育。况自先生设教以来，操修自励，三十年不改鸡廉；造就多端，九万里争思鹏奋。依光弥永，感德滋深。伏乞贤侯勉挽征车，仍留片席。往时桃李，复邀化雨沾濡；此日芝兰，并受春风披拂。助文翁之美化，成范宁之芳猷。幸月吉而常临，时闻讲贯；庶风规之恒见，获遂瞻依。合罄微忱，仰祈慈鉴。

募温将军神袍疏

盖闻精神不泯，千秋俎豆馨香；像设维严，万古冠裳赫奕。恭惟温忠靖王，家居华盖，身出仙岩。玉环山魑魅潜逃，瑞安江蛟鲸慑伏。显威灵于象浦，分香火于龙湫。胜钟进士之雄豪，绿袍整饬；似韩阎罗之状貌，紫府深沉。宜其静镇一方，光垂百世也。夫以黎丘之鬼，尺郭之神。竹王枫子之灵，白虎金鱼之幻。犹且垂衣翟璨，被服辉煌。况王志卫黔黎，力驱邪疫。苟任其绮襦破坏，锦绣凋残。神纵不言，民能无恫乎？所愿诸善男子、大宰官身，集狐腋以成裘，缲茧丝而作服。庶几八捆舆内，凛虎靴象笏之森严；七香亭前，瞻玉带珠袍之焜耀也矣。

木鸡书屋文二集

MUJISHUWUWENERJI

叙

道光庚寅8月，黄子与余定交于禾中，出《木鸡书屋文钞》索叙。余不能骈体，奚叙哉。然读其论，确而畅；读其传，实而著。读其他体，词足而意达，不与古文同工哉！有奇不能无偶，犹有乾不能无坤。谓偶不若奇，将谓坤不若乾乎？亦期于工而已矣。人之才固不可枉。古文而不工，毋宁骈体而工。黄子所以成其才者足法也。且余观黄子风流倜傥，口如悬河。虽年逾强仕，而英气扑人眉宇。异日终当为1代馆阁隽才无疑焉。前集早已行世，今将续刊二集。爰书此以质当世之知黄子者。山阴汪能肃雨人氏拜手。

木鸡书屋文二集目次

木鸡书屋文二集卷一

木鸡书屋文二集卷二

木鸡书屋文二集卷三

木鸡书屋文二集卷四

木鸡书屋文二集卷五

木鸡书屋二集卷六

木鸡书屋文二集卷一

金日磾论

呜呼！人之识量相悬，岂不远哉！吾观孝武之朝，赵绾、王臧迂儒也，而被戮；吾丘、主父辨士也，而蒙刑。他若王恢开边，李蔡侵地，任安纵罪，严助私交，之数人者，稍坐微嫌，顿遭大狱。君虽残酷，亦臣有以自取也。惟秺侯金日磾起休屠而归天汉，由厩吏以至将军。屡承昼接之亲，勤劳报国；恒切夜行之戒，明哲保身。绩著旂常，勋留钟鼎，非以识哉。间尝考其生平，感哀母像，则考叔之孝思不匮也；诛殛弄儿，则石碏之大义灭亲也。见后宫而目闭，同宋鲍之以礼持躬；防逆党而心惊，似由于之忘身卫主。然以予论之，侯之芳徽美行，犹人所能。其所难者，莫如拒上纳女一事也。夫权似上官，犹欲自尊于帝舅；忠如博陆，且思借重于后庭。故知承宠鸾闱，恃恩虎枕；玉楼夜入，金穴朝盈。外戚之荣，贤愚同羡。侯独默思既往，防患未然。不避万乘之威严，自守一心之畏忌，非矫激也。观于阿娇坐废，堂邑势倾；李姬早亡，贰师事败。子夫被谴，曾无委发之怜；钩弋衔冤，不记披拳之幸。粉黛未湮于内寝，灰钉旋及于外家。物有兴衰，情有起伏，势固然也。然后知侯之识，有大过人者矣。嗟乎！武帝穷兵绝域，黩武要荒。收三十六国之版图，耀十八万兵之戈甲。然而白藏空匮，获马匹而奚为；赤子凋残，封狼居而何补。所幸者，得秺侯一人耳。且当其时拔卜式于刍荛，擢卫青于奴隶。亦皆名高一世，声震三军。而侯发迹尤奇，登朝独久。心倾葵藿，卅年之大节靡亏；气凛风霜，六尺之藐孤堪托。卒之簪缨七叶，印绶一门，乐喜后亡，夷吾世祀。后之读史者，未尝不叹侯之识，足以裕后；亦帝之识，有以知人也。不然刘渊乱晋，侯景叛梁，其君固无足道。乃至唐皇之英察，而阿荦得售其奸；朱主之贤明，而继迁竟容其诈。何哉？祸发于所微，患成于所蔽。此皆学汉武而误者也。可胜慨哉！

孙夫人论

后世之尊崇夫人至矣，枭姬一庙，香火千秋。翠盖金支，迎芳魂之缥缈；明珠步障，拜神像之巍峨。学士文人，歌咏不息。然吾读吴、蜀二志，而窃恨孙、刘之好不终，虽仲谋之反覆，亦夫人之不善处之也。盖自赤壁同谋，夷陵决胜。既辅车之依倚，爰伉俪之合成。论其势，原殊越子之媚夫差；观其事，恰类齐侯之妻郑忽。为夫人者，纵未能追踪妫汭，媲嫩洽阳；亦宜俯首自卑，降心相就。而乃千条烛影，一色刀光。龙剑跃而妆阁云寒，蛇矛挥而洞房风起。才订鸳鸯之好，忽惊貔虎之威。勇逊兰珠，偏矜侠烈；才非荀灌，故作豪雄。假使夫人果文武兼资，则黄祖父仇也，何不厉庞娥之刃；许客兄仇也，何不操聂姊之兵。而徒以刚猛之气，施诸丈夫哉。已而拜辞吴会，并返荆州。斯时四海交讧，九州溃裂。先主之事方殷也，夫人倘识同邓曼，义继齐姜，岂不幸甚。何又钳制闺闱，挟持宫壸。腹心难托，莫警鸡鸣；肘腋堪虞，徒形狼跋。且夫甘后擅玉人之号，不改温恭；糜氏助银币之资，未尝倨傲。夫人独不闻之乎？而竟使先主芒刺在背，荆棘吞胸。君臣有鱼水之欢，夫妇无鹊巢之乐。呜呼忍矣！洎乎张松内附，法正潜通。此方攻取西州，彼已索还南郡。忿争要害，遍设将军；大发楼船，远迎女弟。夫人略无顾恋，贸贸束装；绝少踌躇，匆匆就道。非蔡姬之见绝，似向姜之不安。三分之鼎足初成，一篋之当归遽受。然此犹无足深责。所不可解者，挟阿斗以俱耳。夫阿斗者为君王之冢嗣，系宗社之丕基。秦康公纵属晋甥，长安君讵为齐质。若非赵云截取，则邯郸马走。虽不必却退慎姬，商岭鸿飞，又谁能保全孝惠乎？此固夫人所百喙莫辨者也。不然夫人苟有德于先主，则当章武建号之时，定宜情深故剑，迎平君以正中宫；义切遗簪，取丽华以资内助。彼刘瑁寡妻，何至蹈重耳怀嬴之覆辙哉。迨其后阿蒙用计，荡寇归元。先主盛气东征，愤兵南下。四十营土崩瓦解，七百里骨枕骸漂。马鞍疾遁，幸免生擒；鱼复暂留，旋传凶问。吾意夫人于此，或者抱代妻击斗之仇，洒杞妇崩城之泪。春风三峡，叫断猿肠；秋月一江，滴残鹃血。此亦分所当然，然而无闻也。乃流俗不察，误传其殉汉一事，啧啧称扬。芳名弗替，俨同湘女之神；令闻聿彰，妄比曹娥之祀。近见秀水王昙蝺矶庙碑一首，盛褒夫人，而痛贬先主。是非淆乱，进退游移。抑何俚诞之甚与。虽然夫人无全德之可纪，有一节之堪称。吾观鲁班为周循之配，更嫁全琮；小虎系朱樣之妻，复归刘纂。东吴女子，视其夫家如寄寓焉。而夫人尚能从一以终，其或可藉此以见昭烈于地下哉！

李勣论

唐凌烟阁绘功臣二十四人，其后张亮、侯君集以谋逆被诛。君子羞之。然侯、张之变，不过如杨仪失志，偶露恣睢；刘洎负才，时生怨怼，初无大害于唐也。若李勣之劝立武后，斯乃千古之罪人，非直一时之祸本矣。夫勣也，气吞狐鼠，勇却熊罴。闻甘兴霸之铃声，名惊四远；睹奚康生之弓力，威慑三军。既著绩于虎牢，复立功于乌德。降颉利五万众，扫清大漠之氛；镇并州十六年，屹若长城之峙。为国重臣，诚无恧焉。奈何晚节浮沉，天良汩没。多多益办，徒夸汗马之劳；诺诺自全，甘受濡鹈之刺。惜哉！况夫武氏之将立也，韩瑗痛龙漦之祸，来济忧燕啄之危。无忌固争，不顾妖狐之怒；遂良泣谏，竟遭此獠之呼。独勣巧作逢迎，密加掩护。谬托汉元择配王政君，赐出先皇；实同杨广逞媚陈宣华，俯从新主。鹑奔奔而自若，鱼唯唯而恬然。《诗》曰：谁生厉阶，至今为梗。勣其何以免春秋之责哉！且勣之于李密也，生则运筹画策，智类王元；殁则雪涕尽哀，义如栾布。可谓忠于所事者。然密之视勣，本无加于郝孝德、王伯当诸人也。迨至文皇委以心膂，俾为股肱。雷雨交驰，频颁厚泽；风云欣会，叠降殊恩。较之刀锡元龄，瓶分叔宝。赍药师以火鉴，赏万彻以貘皮，殆有过之无不及焉。勣于此固当效武乡之尽瘁，成博陆之孤忠。而乃避难逡巡，临危刺促。啮指之旧痕犹在，剪须之盛德遽忘。盖惟挟患得患失之私，遂至蹈不持不扶之病，亦奚怪其不负蒲山，而竟负昭陵也。乃或有为勣解者，谓夫敬宗谄佞，十斛麦早进甘辞；义府依阿，一斗珠特酬美意。此事非尽由于勣也。不知许、李小臣耳，高宗犹未敢信之。自勣参赞其间，而媚娘得势，孱主失权。二圣并肩，百官重足。寻至金轮僭号，铜匦受书。抱蔓摘瓜，惨听黄台之唱；铸钟铭鼎，忍看紫帐之垂。非张禹一言，孰坏汉家之社稷；惟贾充片语，能亡晋室之山河。厥后其孙敬业，厉众誓师，扬言讨逆。立义旗于三府，传檄草于四方。志在盖愆迹，殊不肖所恨者，翟文仲仓皇举事，难争王氏之锋；杨元感卤莽覆宗，莫掩越公之耻。然而勣之罪，愈不可逭矣。昔李西涯有乐府云：“无赖贼，逢人杀；难当贼，不平杀；为佳贼，临阵杀；为大将，见贼杀。”宫中一语后宫易，终负先朝为国贼。要知全躯自爱，千秋之笔削难逃；公议常存，百世之子孙莫改。不然勣之勋，与关张比烈矣。

韦应物论

今夫玉之污也，涤其瑕而复润；镜之晦也，刮其垢而即明。然则人特患不自振发耳。吾观唐之名流，王之奂纵情杯斝，感悔读书；陈子昂肆志摴蒱，羞惭力学。刘义狠戾，卒著词华；崔灏轻狂，且传藻翰。然诸人之所谓改过者，亦只入文章之苑，究难登道义之林，尚未足为异也。若夫韦公闭户攻诗，直追陶、谢；居官行政，无愧赵、张。而且约矩循规，秉蔡谟之笃慎；清心寡欲，得高允之廉平。是固文章道义，并绝人寰者也。而不知其初为三卫，放浪半生。逞弋博于骊山雪月之晨，窃姬姜于灞岸风花之夕。包藏亡命，无奈刘权；暴横比邻，居然贾淑。王颏则不知书卷，裴宪则未解儒修。而乃日月忽更，风雷交警。自伤失足，操沉船破釜之心；顿觉回头，具填海移山之力。一朝折节，千古流芳。公真人杰也哉！推此而言，侠似朱游，晚能直谏；躁如王濬，终立奇勋。徐庶逞凶，投刀而遂成善士；戴渊行劫，掷剑而竟作名臣。他若逐鹿之唐彬，斩蛟之周处。萧昱以屠牛自喜，魏收以搏兔争长。莫不赖改弦易辙之功，挽藏垢纳污之耻。韦公其有慕于此而然耶，抑别有所得而然耶？要之亡羊补牢，追豚入笠。视彼终身护疾，鸮性难驯；毕世匿瑕，狼心如故者，殆不可寻丈计矣。惜新、旧《唐书》皆无公传，故特论之，以为后世之悔过者劝，文过者箴。

韩熙载论

自来梁栋之材，非榱桷所能胜任；鼎钟之器，非瓶罍所得冒充。诚以力小者难以仔肩，量浅者易于倾覆也。知此者，可以论熙载之为人矣。今夫韩信建谋，所言悉应；耿庵献策，有志竟成。熙载之初至江南也，自谓当长驱以定中原。然而唐主不用者，非徒保境之思，实有知人之识。若果授之节钺，委以干城。将深源之谯城覆军，次律之陈涛败绩，势所难免者也。不然熙载苟能实践其言。则当北敌初临，南风尚竞，自必鼓我锐气，挫彼英锋。成谢玄淝水之功，奏鲁肃乌林之捷。何至檀来一唱，堂食半空。九十二种之香宴未终，一十四州之舆图顿失。划江为界，愁看鹅脚之浮；奉表称藩，耻应龟头之兆。然后知向之妄自尊大者，殆犹王昭远手挥如意，取笑旁观；景延广口说横磨，贻羞大敌。女子搏虎，禅僧飞鹰，奚其可哉！然或谓折冲御侮，原非文士之长；而纠谬绳愆，要是大臣之分。乃者，元宗晏驾，后主临朝。虽仁爱之堪称，究风流之未免。破传邀舞，由演来迟。君开绿钿之窗，妾奉黄罗之扇。金莲六寸，新月弯环；鬟朵千枝，香风缭绕。熙载于此，正当进王彰之苦谏，上傅绛之良箴。庶几国固苞桑，邦安磐石。乃绝无格非之道，而偏有分谤之心。聚群婢以嬉娱，邀众宾而谑浪。西园酣宴，击鼓捶琴；东院狂呼，争靴夺笏。王敦阁内，尽多齿绿唇红；夏亶帘中，不少眉黄咽白。猳猪杂处，蜂蝶纷随。甘蒙梁冀之丑声，自蹈贾充之秽迹。较诸其君，荒淫更甚。而犹欲援信陵以文过，引任永以掩羞。呜呼谬矣。且夫人臣之事君也，尤在延揽英豪，屏除憸佞。当日者五鬼同列，独缓放流；三害迭升，不先斥逐。他若直言之士，致命之人。或具舟而拜疏，或投局而进争，或持笏而告终，或饮刀而弗屈。何尝不丹忱贯日，烈气冲霄。熙载倘与之齐心协赞，合力挽回。则江左虽衰，未可图也。奈何宦逾四纪，休戚无关；身辅三朝，激扬鲜当。即其所推奖，如吴淑、舒雅、柳宣、张洎之徒，亦祗词华洋溢，负王、杨、卢、骆之才；并非器识恢弘，具房、杜、薛、姚之品。盖有愧于武侯用人，山公启事也多矣。迨至黄花水缩，白甲军空。鹿语园亭，羊登殿榻。金铃唱破，无复梦龙刻鲤之祥；石塔功成，竟符跨犬乘鸡之谶。于斯时也，徐鼎臣素号忠良，忍辞故主；郑文宝亦饶才略，改事新朝。俨同入洛之陆机，无异归周之庾信。熙载幸已前死，使其尚存，岂能如陈乔之投阁捐生，钟蒨之闭门完节乎。抑能如胡则之一家殉难，张雄之八口同亡乎。观其素行，決知其非成仁取义者也。然熙载之所以得盛名者何哉？盖世之目论者，或以其书成要览，训著格言。相与震而惊之，不知华士文章，尽堪充栋；书生议论，大半虚车。执此为重，是以榱桷而视如梁栋，瓶罂而当作鼎钟也。吾不敢信也。

张魏公杀曲端论

盖闻诸葛之戮幼常，所以正军法也；汾阳之诛元振，所以伸国威也。千古亦无人议其后者。乃吾读《宋史·曲端传》，知端不遵军令，不恤国艰，其见杀于魏公也当矣。孰意后之词人，深文巧诋，曲护端而专毁公，万口一谈，牢不可破。甚矣其惑也，夫以魏公之立朝也，志切复仇，力图殉国。其重用端者，奚啻周瑜督战，取兴霸为爪牙；韦睿将兵，视景宗为心膂。端于此正宜疾挥龙剑，速卷虎旗。鹤唳风晨，奏功淝水；鹅鸣雪夜，献捷蔡州。而乃袖手旁观，致彦仙之惨死；慢词饰诈，任娄室之横侵。屡犯王梁违命之愆，绝无冯异酬恩之义。伪示陆逊持久之计，实怀魏延幸祸之情。公犹赦厥前非，策其后效。奈何狼心不革，自负骁雄；蝮性难驯，依然傲忽。不得已而下之于狱，随为狱吏所毙。然则端之死，夫岂檀道济之衔冤于宋，斛律光之负屈于齐，所得同日语哉。公之杀端，抑岂钟士季之擅戮棘阳，沈田子之轻收镇恶，所可相提而并论哉。或者以公三将三败，失律丧师。由于智黯而不克知人，量褊而未能容众。然而当日者，奉子羽作上宾，任赵开为转运。表尹焞之大节，成吴玠之殊勋。而且韩、岳诸卿，俱蒙援引；虞王一辈，尽被吹嘘。故能保障江淮，奠安巴蜀。收桑榆于渑池之后，壮气飞腾；披荆棘于灵武之初，义声充溢。古人所云，荐贤受上赏，公之谓矣。杀一曲端，如孤雏腐鼠耳。而遽以此掩其忠君爱士之诚乎。乃不谓读书论世者，未经考核，漫肆讥弹。如袁宗道宿朱仙诗云：“一等英雄含恨死，几时论定曲将军。”陶允嘉过符离诗云：“万里长城一旦隳，魏公九原知悔否？”至于江盈科吊曲壮悯云。“何人为立将军庙，也把乌金铸魏公。”则尤狂悖之甚矣。不然果若人言，洪皓何以惜其投闲，喻樗何以称其重望。补天浴日，赵相何以推扬；植纪扶纲，朱子何以赞叹。若谓因子之贤，而力庇其父。吾未见张汤藉安世以获令名，褚贲挽彦回而成美誉也。彼矢口无忌者，不知奚取于端，而代为报怨若此哉。

王伦论

嗟乎君子，抱不白之冤有若是哉。吾尝观宋高之时，南渡苍黄，北盟怵迫，鼠真入角，燕类处堂。其势殆将岌岌矣。而枢密王伦万里奔驰，十年往返。胜张荐之三行绝域，似李彪之六遣邻邦。卒致被执虏廷，不作徐陵之求返；抗辞伪职，竟为孙忌之亡躯。古之肤使，何以加兹。奈何指为狎邪，目为欺罔。一时积毁，殊少平反；千载诟名，永无昭雪。则胡铨之一疏误之也，夫铨之劾秦桧，不可谓非奇男子也。以彼柳林窃议，涟水脱归。一日启纵敌之心，百年致为墟之叹。铨之疏奏宜也，而伦岂其比哉。且铨之所以劾伦者，盖以金使偕来，有诏谕江南之名耳，独不思金源之强也。旌旗疾卷，虎视鸱张；甲骑纷驰，鲸吞龙吸。伦以一介卑微之使，当四方扰攘之秋。其不能凭轼下齐，长缨系越也，明矣。然伦犹觥觥特立，侃侃直陈。折刘豫以危辞，告乌陵以正论。同赵咨之敏达，无愧良材；笑李顺之赂遗，谬称清德。自古有狎邪之子，欺罔之徒，能建苦节于穷荒，展丹忱于劲敌，如此者乎？而乃百口沸腾，一身芒刺。何吹毛之已甚，俨擢发之无余。呜呼冤矣！况当其时，冷山流递，洪光弼遍历艰难；雪窖悲伤，朱少章备尝险厄。此固忠如于简，节过张骞，其名与日月争光可也。他若黄中悉虏情之奸诈，魏杞正敌国之仪文。虞允文料事神明，往来不辱；范成大上书慷慨，应对无穷。之数人者，亦莫不衔命出疆，全身返国。伦之志节，复何异哉？乃不得与诸贤同垂美绩，反被恶名，抑何冤也。不然李棁乞和，俯首而听命矣；龚琦往聘，靦颜而受官矣。卢仲贤擅许四州，王之望依违两国。靖康、建炎以来，奉使贻羞，正复不尠。岂诸臣犹堪曲恕，而伦反无可解免哉。噫！伦之少也，类朱家之任侠，学毛遂之自媒。其始进，容有可议。既而羁身北海，除馆西河。独拒虎狼强暴之威，绝无雀鼠偷生之计。乃河间雨雹，能感天心；而朝内弹章，早罹众口。可不悲哉！可不悲哉！余又尝考胡铨一疏，出自范璿，本非自造，此亦无足深辨，惟是玉石不分，薰莸罔别。殆与包老之攻安道，欧公之纠汉臣，如出一辙也。议论多而成功少，宋室之弊，其以此夫。

明代内官论

古今椓人之祸，汉唐以来，惟明为最。其狐蛊内廷，鼠窥帏闼者，不可胜数。然不过假狗马音乐之娱，以惑主上，取富贵一身足矣。至英、宪、武、熹之世，值王、汪、刘、魏之凶。手秉王章，口含天宪。太阿倒握，等万乘于赘旒；瓜蔓株连，视百官如土芥。迨乎积威所至，举动倾山海，呼吸变风霜。左号回天，张称阿父。观天下事，无不可为。几几乎有温卓非常之志，莽操不轨之谋焉。然君实庸愚，菽麦不辨，故小人得乘其间隙耳。所异者，以章帝之英明，而郭敬、袁琦俱邀重眷；以孝宗之仁圣，而蒋琮、李广迭拜隆恩。益知小忠小信，其足以攀鳞而附翼也，有自来矣。犹幸敬仲立朝，竖刁难乱；武侯作相，黄皓无权。所谓用之则为虎，不用则为鼠。寸云尺雾，尚无损于日月之明也。爰及怀宗，亲诛大憝，撤江南之织造，罢塞北之监军。宫府肃清，殆庶几焉。曾未逾时，复循故辙，李顺诛而孙程见用，辅国戮而元振旋登。斯时高、熊倪、刘诸佐，何尝不进张钧之疏，陈、柳伉之书。然而朱穆发疽，无能挽救；鲁公争坐，徒益悲辛。卒之令孜致乱黄巢，封谞潜通张角。一朝社稷，万里江山，竟随阉奴而去矣。虽然，内官之恶者，至明而极；内官之贤者，亦惟明为多。观于云奇知西第之奸，力遮鸾驾；沐敬悯北征之困，亲犯龙须。覃吉通书，辨《孝经》《佛经》之邪正；兴安审势，决守国、迁国之是非。忠似怀恩，封还诰敕；义如何鼎，执奏椒姻。张敏忧劳，护皇储于西内；王安刚正，定大计于东宫。他若李芳则痛谏张灯，田义则苦争开矿。邓原、麦秀并著清廉，正化、承恩同垂节烈。此皆心存螭陛，志报龙廷。白璧明珠，洗尽泥沙之累；黄钟、大吕，生于瓦石之音。即使吕强承业复生，谅亦无庸多让矣。若此者，亦何负于明哉。要之，中涓之职，阉尹之司，载在简编，断难裁革。后之图治者，但当审其臧否，判厥薰莸。处置有方斯可耳。必欲草剃而禽狝之，不几令袁绍、崔允辈，笑人乘后车哉。

木鸡书屋文二集卷二

《西夏书事》后序

昔陆翙之记邺中，徐铉之录江表，此皆生居其地，身历其朝，犹不免简略之讥，矫诬之弊。甚矣，作史之难也。况夫河西陈迹，残阙尤多；拓跋遗文，传疑不少。于此而欲搜罗断简，编辑旧闻。成巨丽之观，得褒诛之正；极取裁之富，示进退之公。则青浦吴西斋先生《西夏书事》四十二卷为可贵也。夫西夏，系出轩辕，部分党项。自唐中和之世，迄宋宝庆之朝。二十传国巩苞桑，三百载基绵瓜瓞。笑彼南唐，两姓便唱檀来；愧他西蜀，十年遽呼孟入。古来偏隅窃据，未有若是之久者也。独是蕃书莫考，尝故失传。观李焘之《长编》，殊嫌罣漏；览王偁之《事略》，只是零星。钩索诚难，百世依然长夜；部居匪易，万年仍复迷津。先生淹有三长，旁通百氏。智珠善记，古尺工量。抽刀而斩棼丝，聚米而成山谷。年经月纬，朗若列眉；绳贯珠联，了如指掌。冠中朝之正朔，附列国之纪元。笔削维严，悉扫魏收之秽；体裁大备，尽登延寿之良。人但见其该博宏通，自成千古龙门之史；而不知其参稽印证，实积半生萤案之功。读是书者，可以究其善恶之源、兴衰之故矣。当夫起兵平夏，宣力残唐。射铁鹤于桥头，忠诚奋发；走黄蛇于关外，勇气飞扬。沙苑进军，黎园奏捷。持危定倾，厥功伟焉。既而五朝递易，十国争衡。处处蜂屯，年年蚁斗。西夏承六世之华胄，拥千里之提封。倘即角逐英雄，作夜郎之自大；遭逢运会，学元海之称尊。谁能阻遏其锋芒，或且震惊其荼火。而乃保境息民，任真安分。窦融审势，张轨藏机。贡马于末帝之时，进鹰于明宗之始。侵辽救晋，谨事中原；佐汉拒周，能扶孱国。暨乎陈桥革命，天水开基。玉带遥颁，锦袍下锡。黄河冰合，攻吴堡而献勤；青岭军来，略太原而助顺。克守肯构肯堂之志，永为不侵不叛之臣。此则其善之难没者也。若乃家门乖异，骨肉参商。兄则伪附阙廷，弟则跳梁沙碛。三垒直犯，万井交锋。聚众黄羊，戍兵白豹。

良茶美酝，弗思炎宋之恩；锦被狐皮，反结契丹之势。加以德明嗣绪，七事之誓约不从；元昊承基，一王之规模独创。礼裁九拜，乐革五音。寺起高台，宫开避暑。银泥封鸽，自诩奇谋；文枣画龟，亦遭暗计。穷兵黩武，犹夸二院习书；耽母杀妃，还向五台供佛。凶逾石虎，毒甚高洋。卒之禄山肠溃于床，全忠背撄乎刃，固其宜也。嗣后强臣用事，卧虎生威；女主临朝，牝鸡煽祸。武安之权日炽，辟阳之宠渐多。既逆势之鸱张，抑丑声之狼藉。此则其恶之最著者也。且夫当其兴也。五城连陷，七镇齐归。市置赤沙，地兼青海。遂乃白衫红绶，显窃尊名；紫盖黄旗，竟膺宝位。得斩蛟之勇士，收赋鹰之才人。十六司职位分颁，四十溜军容壮盛。故能远攻狮堡，大战龙川；血染牦牛，锋加拦马。葫芦河上，营垒频增；筚篥城头，弓刀乱跃。非无中朝妙算，名将力征。然而韩范经营，未必破其心胆；狄刘奋击，何尝挫厥爪牙。莫除淮上之悬疣，一任卧旁之鼾睡。至于谅祚奸儿，能改四军之号；秉常小子，复驱五路之兵。纵使西界千仓，尽遭夺取；南牟七殿，俱作灰尘。终无害其山河，仍不惊其匕鬯。斯固虎狼之余种，要非豚犬之庸流。及其衰也，值女真之崛起，致宜水之偾军。束手无谋，泝西拜赐；腼颜忍耻，面北称藩。未几户口索还，使人被执。仅比伪齐之奥国，甘随高丽之后尘。幸而大庆改元，皇躬图治。肯从直谏，特禁奢风。设太学以育材，得中宫而助政。是以黑沙涨地，未至成灾；赤日亘天，尚堪弭变。无何内难迭生，外忧交迫。豕妖兴而宗藩篡夺，龙气聚而蒙古侵陵。斯时也，倘知唇齿相依，或可腹心无患。奈何始则越秦坐视，继且赵魏交攻。东胜争强，西邠构衅。方围积石，又战临洮，两国之精锐俱歼，十年之仇雠未解。迨至金源大困，夏社将倾，干蛊有人，交邻始固。岂知途穷日暮，才消鹬蚌之争；瓦解土崩，无救豕蛇之逼。姚泓涕泣，父子同亡；萧铣忧危，君臣并去矣。若此者，霸国之始末堪稽，后人之劝惩有取。惟先生酝酿古今，贯通钜细。铸银绳而纠缪，拭金鉴以牖明。不嫌予夺之私，要以是非为断。是书也，吾知刘知几之苛以论世，谅必服膺；郑渔仲之严以律人，亦宜低首。金台仰希硕学，展诵鸿裁，蔡邕之宝《论衡》，奉为枕秘；萧琛之藏《汉》《史》，视作奇珍。灯华堕红，酒盏倾绿。掩卷三叹，濡毫一言。闻先生著述甚富，他日倘鼓枻来游，登堂造访。得尽窥吴国龙威之典，楚宫鸡次之编，是余之厚幸也夫。

《国朝名媛诗话》序

我国家化成万祀，光被八隅。户握隋珠，家怀赵璧。以至莺闺才女，不少风华；燕阁佳娥，每多情艳。然二百年来，诗话之作众矣。所采者，大抵词林硕彦，艺苑名流。即有偶涉乎玉台，要非专收乎金屋。良以时限一代，则甄综甚难；地隔九州，则搜罗不易。金山曹君锇仙，广为裒聚，加以雌黄。有璧皆完，无珠不慧。挹其奇气，虹吐美人；纬以苦心，雨飞天女。俾观者琳琅满目，而诵之金石为声。从此彤管扬名，香奁噪誉。于以叹君之功大矣。则有秦氏令妻，鲍家小妹。蛾眉窈窕，镜槛描云；茧足蹒跚，纺砖步月。帐内则红鹦怨晓，窗边则黄蝶感秋。鼠毫轻拈，麝墨浓蘸。桃花小纸，亲从素腕裁来；柳絮新词，恰向朱唇吟就。穿九曲明珠之孔，解十重步障之围。不独兰英可称博士，岂惟崇嘏无愧状元。又如琴悲别鹄，镜掩孤鸾。堕马辞妆，盘龙谢髻。莲有苦心之处，梅无点额之时。雨横风狂，咏孤松而见志；霜凋雹碎，赋枯竹而寄怀。教儿绘截发之图，吊古题露筋之庙。青天碧海，不堪蟾魄苍凉；白昼黄昏，犹剩猿声酬答。他若青衣善悟，白帕解题。丸药三更，肯依陈寿；担书五岳，恒侍史迁。说经义于泥中，度歌声于扇底。兰情密缔，蕙韵旁流。年年庭畔扫花，夜夜灯前捧茗。伤心卑贱，问几时修到鸳鸯；脱口篇章，许此日教成鹦鹉。是则蒨桃献句，宜邀平仲之怜；官柳通书，最得邦衡之宠者也。至于西陵妙伎，南部妖姬。杨柳新街，菖蒲别馆。颜令宾笺余五采，薛洪度歌罢十离。神枕莲灯，篇传史凤；柳眉檀口，句赏赵鸾。挥毫而钏响徐闻，舒纸而粉痕乱洒。无言拢鬓，笑看狻鼎鸭炉；有意书情，题到鸟裙蝶袖。能教词客留恋红楼，争怪狂生沉迷绿帐。别有莲台托足，兰院栖身。我佛慈悲，彼姝婉娈。乘舟月夜，曾闻海印之辞；留客花前，又见元机之作。三生可证，六慧旁通。柳线终缠，荷丝难断。懒向蜂王座下，月上参禅；愿从鸽女台边，风流消罪。此亦足以流传文囿，倾动艺林也已。凡此流葩吐韵，无非列绣雕琼。莫为表章，何异村姑里媪；果能汇辑，居然神女仙姬。锇仙构取十年，编摩一室。间舒议论，聊助谈谐。蓬山欣积玉之高，沧海免遗珠之叹。梅娇杏倩，芳容似出于行间；桂魄梨魂，冥感定深于地下。而不知者，犹谓识字为女郎之害，工诗乃当世所讥。不大惑乎？庚寅夏，五访钱仙于枫溪。爰出是编，属为弁语。所愿搜寻既富，品鉴宜精。贞淫不碍并存，雅俗正须严别。披沙见宝，缀锦成衣。庶兹集之有成，总关六义；暨厥功之告竣，弗朽千秋。肯辱荛咨，敢申芹献。

钱梦庐先生《番钱谱》序

外夷铸宝，载在《汉书》；中夏通商，见于《隋史》。考《钱谱》于董逌，曾及遐陬；稽《泉志》于洪遵，亦详绝域。故凡龙文马剑，大小相悬；三雀双鹰，重轻各判。他若风蓬水草，芽菜蓑衣。张弓披甲之奇形，持伞织帘之诡状。非出自罽宾、安息，即来从葛剌、婆罗。然而渺渺八瀛，茫茫万国。炉锤迭变，花样频翻。苟无意搜寻，谁识六名五物；惟有心采辑，备知南赕西琛。此固非博物君子不能也。梦庐先生性耽金石，身入嫏嬛，范云读秦望之碑，束晳辨显陵之策。偶将彩墨，戏拓夷钱。个个朱提，巧为刻画；重重白水，细作钩摹。具珠联璧合之奇观，恍地涌山鸣之交集。赤袴白衫之队，纸上可呼；紫髯绿眼之群，卷中欲活。嗟乎！尘寰攘攘，世俗营营。万里求财，自喜鸟船风便；一生涉险，惯轻鳀壑波狂。利只逐夫蝇头，身每埋乎鱼腹。孰若先生描成卷册，置在缥缃。古趣萦怀，宝光夺目。萧斋披览，仅费狼毫兔颖之功；净几摩挲，绝无鳄沫蛟涎之患。且夫先生之意，岂沾沾为玩好之具已哉！盖欲证我朝威灵广被，声教遐敷。大皇帝亭育八荒，早觉风行黑齿；小诸侯环趋九陛，不徒化洽红毛。是以银汞金精，尽堪互市；山琛水宝，概许流通。凡文人之得扩见闻，由王者之不分内外也。金台悬罄自嗟，空囊抱愧，家兄难唤，姹女寡缘。青鸭不来，驱贫乏术；白牛未现，致富无方。虽万卷之博观，竟一钱之不值。偶披尊谱，似获奇珍。行行梵字蛮书，了如指掌；历历井文火焰，灿若列眉。并非和峤之爱钱，更异张骞之凿空。题罢掷笔，不觉望洋惊叹者久之。

《灯谜录》序

今夫通儒，湛深经术，无取偏长。才子雅擅文章，不矜薄技，然而旨酒佩玉，未易参详；麦曲山蒡，亦难领悟。其有思抽乙乙，想入非非。喻秦客之廋辞，特精钩索；探齐人之谵语，独具灵明。非尽出于荒唐，要无伤于典则。尔乃秋宵月朗，春夕风微。西漆荧煌，南油闪烁。豹髓鱼膏之下，筠架低悬；狮跳凤翙之余，采笺巧饰。于是邹、枚并辔，崔、蔡联镳，搔首沉吟，扪胸回惑。四围拥看，问谁骊颔探来；一士争先，恰早龙标夺得。盖杨修颖敏，能知绝妙好辞；丁谓聪强，善解独眠孤馆。晰状元之四字，端让刘瑊；剖误国之九言，还须苏轼。自非心悬明鉴，腹有灵珠者，其安能巧擅解铃，智夸椎璧乎。余也自愧钝槌，绝无慧剑。每当粲花客至，闻羊裘龙尾之谈；挥麈人归，听大鸟海鱼之说。既可惊而可喜，亦渐积而渐增。是用分作数条，汇为全帙。或诗辞经语，妙具机关；或巷议村谣，自然贯串；或推测万般之品物，或猜详千古之姓名。好事者为之，莫嫌蛟室蜃楼之幻；晓人当如是，尽有蜂窠燕卵之奇。虽无解于骈枝，或犹贤乎博奕。伯喈见而秘枕，非所望焉；士衡取以覆罂，亦无啻也。

《明史纪事本末续编》序

谷公霖苍撰《明史纪事本末》一书，条分缕析，义正词严，固已不胫而走矣。所惜者见闻未广，漏略滋多。青浦吴西斋先生，摭采遗函，廋疏古典。有补编六十卷，犹以为未足也。辑三藩之杂事，成一代之完书。又有《续编》二十卷。然后概括靡遗，菁华大备。作者功深而学博，观者色舞而神飞。今将次第镂板，而以《续编》索余为序。慨自兔舞周京，鸡鸣汉殿。烈皇帝既殉社稷，福世子自小朝廷。于是贿积西园，狱兴北寺。朝解三军之甲，夜传十客之觞。张丽华玉树歌残，周娥皇烧槽曲罢。华林高卧，但问虾蟆；葛岭沈酣，广征蟋蟀。甘弃从龙之士，偏容指鹿之奸。汪伯彦倚宠专权，英雄束手；丁大全欺君误国，豪杰灰心。岂知燕子桃花，南内之优伶未歇；龙骧羽骑，北来之将帅如飞。四镇土崩，两江雪解。凤凰台冷，惟余明月三更；鸡鹊楼空，剩有斜阳一片。若夫聿键之据闽也，三关失备，百札空投。形同蹈井之蛙，势等危巢之燕。未几而鲁藩争立，浙土相乖。大敌当前，袁氏之弟昆自斗；中兴未卜，萧家之骨肉交讧。加以悍将无谋，强臣怀贰。李轶闭门而送款，辛毗奉使而约降。亡何仙岭尘扬，浦城辙乱。楼船疾下，鼓角惊鸣。湖北十三镇之兵，既鞭长之莫及；江西九千人之众，复粮匮之堪虞。地险难凭，天诛将及。荇登夫妇，剧怜力尽遭擒；刘曜君臣，忽致国亡被戮。至于由榔之据粤也，蕞尔蚕丛，渺焉萤火。军中将佐，早无邓马之才；朝内公卿，复树李牛之党。南雄破而皇皇失所，西峡奔而蹙蹙靡依。既而危地逼迁，权臣跋扈。缙绅荼毒，无奈朱温；宫庙焚烧，谁除董卓。人生到此，时事可知。猿啼楚地之愁云，鸟泣黔天之苦雨。矧乃穷投夷徼，远窜炎陬。回首中华，望红关而不见；伤心毒瘴，渡黑水而长行。卒之边信绝闻，残生莫保。三灵已改，休夸象阵横冲；一檄遥颁，难免龙舟绐取。然而天运虽移，人心未涣。其间荩臣赴难，壮士勤王。洒血临戎，裹疮鏖战。莫不指挥日月，叱咤风雷。生摧毛炅之肝，死剖姜维之胆。当日者，或空山遇害，木杪猴悲；或绝地被俘，井中鱼去。或尸投浊水，虎负出而登堤；或骨葬荒郊，鹤悲啼而绕树。此皆从容一死，感动万灵，纵吠昧尊尧，亦情同望帝。宜乎我世祖深加赞叹，许鲁国以后降；我高宗特为表彰，悯殷顽之好义也。凡若此者，属胜国之遗闻，为后人所取鉴。苟非考证，奚自详明。先生才类休文，识同永叔。删诬辟谬，尽扫稗官；取信存真，折衷前哲。呼忠魂而欲语，褫奸魄于既寒。何妨浊酒之浇，不顾唾壶之碎。谷公有知，亦当懑然心服矣。金台幼习古编，长耽群籍。每当春灯落艳，秋扇延凉。亦尝思甄综前闻，缵排轶事。特是自惭学浅，谅难步承祚后尘；窃恨才疏，岂易继子京绝业。读先生所纂述，不几爽然若失哉！

《张海门诗》序

丁亥夏五，以试事赴由拳，与张君海门始定交焉。才通缟纻，便协芝兰。相与低昂古今，差别贤否。芥针契合，英雄之识见略同；珠玉纷飞，才子之锋芒可畏。悔五年之识面，漠视神驹；幸一夕之知心，获窥全豹。仆之倾倒于君，盖几欲缣图叔宝，金铸子昂矣。惟君真宰内充，英华外润。秋水芙蓉之品，春堤杨柳之姿。崔浩纤妍，风流冉冉；李邕秀异，露爽棱棱。餐沆瀣于三霄，仙才焕发；蕴神明于五岳，壮志蜚扬。播厥声称，无惭犀角；考其著述，早压牛腰。其为诗也，藻思搴霞，朗吟喝月。近体则追踪王、李，古风则学步高、岑。五色相宣，八音迭奏。情文华茂，行间之花叶交飞；骨格沈雄，字里之弓刀并跃。有言必妙，无语不工。洵堪簟夺五花，允合床横七宝。尤可异者，才逾舞象，已振飞鹏。膺选拔乎龙门，得观光夫鳌禁。君年十九拔贡。骇声华于何妥，殊觉才多；问龄齿于王融，是何年少。精神满腹，力扫千军；文字撑肠，气高四海。然则他日者，簪毫鹤籥，佩绂鸾坡。抽华省之秘思，步花砖之晷影。事为固有，语似工谀。乃末俗之所欣，非吾徒之所尚。然而仆窃有感焉，昔尊大父熙河先生，行芳志洁，抱道自尊。秋实春华，负才未遇。所著《婴山小园诗集》，行世已久。兹者陈群志大，克承燕翼之贻；沈众学成，奚啻鹤阴之和。追怀丁颉，尽读遗书；感念范馨，犹藏故研。本青葙之旧业，舒黄绢之新辞。足征盛美人之相符，益见报施之不爽矣。若仆者簏里鱼生，囊中萤朽。十年老女，尚画蛾眉；百战偏裨，空存猿臂。敝帚则千金自享，铅刀或一割稍长。喜托新交，属为弁语。抚哀默念，剧怜瑜亮之同生；展卷欣题，还幸温邢之并世。

《萧雨香诗》序

仆少时与顾蕉圃游，即知先生振奇藻府，翔誉骚坛。仆窃心向往之，既而旅馆班荆，良宵剪烛。入门握臂，已惊侠气如虹；把卷谭心，弥讶宏才似海。恍逢管辂，难敌鼓旗；几类君苗，欲焚笔砚矣。夫以先生并包万象，融贯百家。胸罗秦望之奇，手挹沧溟之秀。独舒慧眼，萧楼操选政之权；快捋长髯，戴席夺说经之坐。抉灵心于红药，逞妙舌于青莲。直堪儿命融修，伍羞绛灌。奚祗、蔡洪为洛中第一，黄香号江夏无双而已也。然而时运不齐，命途多舛。钓鳌有志，市骏无媒。况复妖鸟生灾，火龙肆焰。束生十志，无几留存；谢监百篇，半从燹没。苍昊之嫉才何甚，黄舆之处境奚堪。遂乃奔走淮徐，经游吴楚。足涉千里，心伤六朝。扬州看大业名花，京口访永初战垒。螺女之遗踪未远，惊闻白浪喧腾；猘儿之霸业都消，愁见青山重叠。连年作客，社燕思归；到处依人，饥鹰觅食。羊肠遍历，暗销游子之魂；马齿频加，为下英雄之泪。虽然气骨以厄屯而弥炼，文章因抑塞而尤奇。是以先生之诗，巧夺天工，思随地涌。其遒警也，弯长弧而落雕；其沈雄也，飞健镞而饮虎；其密致也，珠一串而俱圆；其清新也，磬千声而远彻。江山万古，偕高李而登临；人物一时，作刘卢之赠答。旗亭醉后，昌龄夸妓唱之词；策蹇吟来，贾岛得僧敲之句。吐长虹而起舞，喝凉月以倒行。蝇可运斤，牛无顿刃。纵功名蹭蹬，红云之宝殿难登；而著述恢张，白雪之高楼早建。霸才沦落，徒老陈琳；大笔淋漓，终推韩愈。仆也鹅笼贱士，马磨寒儒。刻楮靡成，梦花欲落。魏公藏拙，谁与吹嘘；扬子解嘲，独甘清寂。何幸殷勤过访，特许攀嵇；慷慨相推，猥蒙说项。遍窥巨制，开缄似睹灵蛇；窃顾菲材，执策敢为前马。漱芳含润，君肯倾仙掌之珠；舐墨濡毫，仆竟著佛头之粪。惜蕉圃已殁，不得起九原而共证之也。

汪雨人《学博诗文集》序

昔人有言曰：清才易，奇才难。盖所谓清才者，不过吹竹弹丝，发音浏亮；含芳吐秀，著色鲜明已耳。求其星斗荡胸，云雷绕膝。白吞鸾凤，赤缚麒麟。制胜出奇，加人一等者难矣。广文汪雨人先生，当今之奇才也。诗则直追魏晋，文则兼法汉唐。探龙颔于波中，凿蚕丛于天上。神君控弩，碧玉为牙；佛女缫丝，红珊作篗。意欲宣而词尚隐，疑孕烟霞；笔未到而气已吞，如催风雨。能事颖脱，心花怒生。语必盘空，生面独开一代；言皆有物，古人难占千秋。虽然先生不特著作之奇也，其遭际尤奇。先生免乳漓江，读书桂岭。淋漓大笔，弁冕群英。先生原籍山阴，因生长广西，遂寄籍焉。为戊辰乡试第一人。斯时也，方谓鲤得水而高腾，雕乘风而遥举。南宫获隽，东观争荣。上黄鹦鹉之文，进赤龙驹之赋。刘孝绰籍田歌罢，名噪鹓班；崔仲文观射篇成，才倾鹭序。奈何螭头难上，鸾翮频摧。丹成而九返其魂，璞献而三刖其足。科迟贾岛，年老曹松。灰心蕉鹿之功名，回首莼鲈之乡味。舟车万里，始归宗籍于蕺山；苜蓿一盘，聊就冷官于胥浦。是则数之奇，岂才之奇有以累之邪？孰知先生，萧然自得，澹若无营。忘得失于楚弓，任盈虚于鲁席。鳣堂春雨，尽可安居；鹤渚秋波，更多乐趣。陡岂烦乎署尾，屋且容其打头。课士心劳，金针密授；怜才眼冷，玉镜高悬。儒林得郑穆为经师，艺苑推萧该为宗匠。犹复墨飞晚露，毫洒初霞。兔管吹花，萤灯照叶。不怨投闲置散，惟知润古雕今。斯真龙藏鱼穴，头角非常；鹤立鸡群，羽毛迥异者也。彼夫车马赫赫，剑佩峨峨。孤竹未知，金根错对。即或夸著述，大都陶穀俳优；偶示篇章，难免敬翔鄙俗。然则天下奇才，岂在宦途之显晦，势位之升沉也哉。金台空呕心血，黄榜未登；如许头颅，青衿依旧。屡伤按剑，久困碎琴。虽七穆三桓，偶效武甄之对；而五愁四怨，弥增曹邺之穷。叔夜之灯欲残，正平之刺久灭。独于先生，则素钦北斗，愿识东阳。庚寅之秋，始得亲接笑谈，仰瞻道貌。先生不以台为椎鲁而矜宠之。山谷见贺铸之词，谓同谢朓；赞皇取封敖之作，道胜陆机。不嫌豕是白头，且得禽夸丹嘴。爰将大集，命缀小言。捧诵之下，但觉潮声汤汤，云气缕缕。紫电闪于纸上，白虹起自行间。剸兕斩蛟，不足方其豪迈；呼龙召鹤，尚难拟厥神明。不禁谡然敛袂而起曰："先生此集之奇，万非他人所能及者。"何也？盖奇而不诡于正也。

贾蘅石《京口游草》序

城高铁瓮，发杜牧之旷怀；浪打金山，起窦庠之壮思。江声海色，祖咏工吟；旧垒空林，长卿得句。京江之胜，作者如林。虽然恢奇者境也，跌荡者才也。苟情文怯弱，谅难挥绰三雍；格调肤庸，岂足贯穿五际。然则登高能赋，触景善怀。援翰泉流，襞笺云起。此非特江山之助，要得诸性情之微者矣。贾子蘅石，僻嗜云山，耽怀冰壑。于乙酉岁作丹徒游，尔乃日观辉煌，月坛朗耀。风来吴楚，雨过淮徐。塔碧朝烟，楼红晚照。云留仙躅，涛溅佛身。旧巷马嘶，坏坟狸出。鸟拜藏春之坞，龙盘海岳之庵。渚畔停桡，星摇鱼脊；峰头布席，果坠猿怀。重叠亭台，莫辨谁家灯影；回环烟雾，难分几处铃音。洵足以俯仰兴怀，低徊尽致。鼓哀筝而慷慨，抚长剑而欷歔。于是逸兴遄飞，深情独往。泉水侵舄，竹阴满衣。扫青螺之晴空，挹黄鹤之秀气。西园吊蕲王觞盖，北固窥供奉画图。柳树一村，尚识刘惔雅度；松花万亩，犹余刁约清风。他若瘗鹤真书，杜鹃奇卉。沈括梦游之所，萧嶷经览之区。靡不备极形容，历收光景。心神交畅，绘屏风而寄鲍照；才调弥遒，敲绰板而招苏轼。赏由物召，境以情迁。宜其素毫一挥，精采十倍也。仆也蟏户闲居，蜗庐坐闭。足不出乎三百里，心已负于四十年。春衣细马之华，聊抒神往；海鸟江花之趣，徒付卧游。诵子佳篇，益令我深不能奋飞之慨焉。

闺秀程玉映《伴花小草》序

《伴花小草》者，魏塘许友巢淑配程夫人遗稿也。夫人名表，字安贞，一号玉映。前身娥月，夙世璇星。徐彩鸾爱诵篇章，王虞凤早娴翰墨。十年乃字，美人即是才人；百两于归，佳偶殊非怨偶。尔乃茶烟湿鬓，梨雨催妆。生就桃腮，最嫌粉扑；本来樱口，无取脂匀。学画午窗，惯作戏猿睡鸭；弹棋子夜，偏能走马飞蛾。期郎主以成名，时听鹊语；喜良人之报捷，尚觉狐疑。临别则满镜眉愁，将归则迎门齿粲。当夫虾帘高卷，凤管双悬；拂拭麋丸，摩挲鸲眼。云欲飞于纸上，月似落于行间。春风暖而雏燕催吟，秋雨凉而孤蛩索和。偶过迎帆阁下，临水长哦；闲从疑舫亭边，问花得句。竹枝袅袅，别擅新思；莲叶田田，尤工小令。洵裙笄之绣虎，乃闺闼之祥麟。友巢得徐淑之唱酬，极高柔之爱玩。方谓柳眉蓉脸，好景常新；杏蕊兰芽，韶华正永。何图青衿甫得，红袖遽亡。一曲哀蝉，数声别鹄。伤心五夜，蝶梦空寻；屈指九年，蚕丝永断。虽鸾胶再续，岂无新种之黄花；而鹤驭难追，忍睹早残之红药。所幸余香既散，剩草未灰。岁月无情，金洞之仙何在；文章有道，玉台之咏犹存。爰出遗编，属题谫语。表幽潜于巾帼，长留枯竹泪痕；传懿好于闺帷，认取昙花芗泽。开缄朗诵，鹧鸪欲啼；援笔未终，蟋蟀如泣。

木鸡书屋文二集卷三

日本广濑《子基诗》序

丹山耸拔，定有畸人；黑浦溟茫，岂无杰士。风车火徽，虽属中华以外之天；晓井春云，亦为自古生才之地。今观子基先生《远思楼诗集》一册，益信斯言之不谬也。先生胸罗万卷，志抱千秋。奇气郁盘，英姿跌宕。当夫博多晓望，须惠宵游。霞生赤马关头，日落碧鸡峰底。鸟惊旗影，鲸骇鼓声。绿鱼喽波，黑蜃喷气。大蟹随潮而去，飞猴越涧而来。蜂巢天女之荒祠，鼠穴明王之古庙。虾灯焰紫，蜊瓦光青。南海鸡鸣，西洋象至。靡不发挥藻思，收拾锦囊。据岛屿而分题，就沧溟而洗句。况复龟井吊古，豹园访今。远望锦屏山下之花，近攀珠水桥边之柳。烟开马岛，荡为虚光；瀑挂龙门，听有奇响。处处八方市侩，满舶珍奇；年年七月中元，倾城游戏。嵌龙凿凤，腰佩倭刀；绘月描云，手挥洋扇。客过黄薇岭上，人归碧藻津前。鸣镮趿屐之余，欣逢女史；鼓笛吹箫之暇，频集诗僧。即用诗集中“本事”。宜其意蕊横飞，心花怒茁。挥毫而羊皮纸尽，磨墨而龙角膏残。敲铿则紫贝千箱，咳吐则白珠十斛。不独太清亭古，偶示佳篇；岂徒多贺城高，惯商健语。昔者晁监还乡，辋川送别；智师返国，梦得赠行。嗣是裔然进表于雍熙，嘛哈献辞于洪武。残山剩水，天祥曾咏苏台；花市酒家，答里亦歌湖舫。普福传返照浮云之句，中心著渔灯野寺之章。此皆载在遗编，列诸稗史，班班可考者也。今复得先生以继之，沿波讨源，搜株抉隐。蛉洲象岭，不少吟资；鸟卜狮言，尽供才料。六台高唱，挟鲲身而欲飞；七道行歌，鞭鳌背而使起。山川有助，烟墨如生。尤快者，贤郎吉甫，秀毓长崎，灵钟广岛。徐份搦管，宛然孝穆才华；陆琼发言，妙得云公旨趣。所撰《旭庄诗草》，超乎尘壒，脱然畦封。虎子不凡，鹤鸣能和。此先生之所以踌躇满志，俯仰欣怀者与。仆也生在中原，幸遭盛世。玩游于金薤琳琅之策，寝食于玉函蝌蚪之编。所恨才逊尧臣，谁织弓衣于南极；词非冯定，难书屏幛于西蕃。偶因犀舶之往来，见示龙荒之述作，不辞喤引，猥缀卷端。敢谓新罗，求张鹭之文章；庶几吐谷，备子昇之笔墨。神交有道，所思在七十二岛之间；面晤无期，寄想于八十一浦而外。

卢揖桥《乍浦纪事诗》序

乍川一利薮也。牛场鱼市，货别隧分；象贝鲛珠，商骈贾凑。大都驵侩钱刀之习，殊少词人文墨之风。于此有人焉，诗杂仙心，字成霞气。割锦千尺，餐花一林。青山对门，恍逢旧识；白云入户，亦认良朋。长讴发而病燕如听，逸韵飞而老蛟欲舞。则卢生揖桥所著纪事诗，有可观者，盖有名流揽胜，骚客探幽。访白石之棋枰，摩黄盘之井甓。看罢百株梅影，凭吊潜夫；听残万壑松声，感怀靖献。乳溪闲步，岂无沙虎登筵；鄂岭寻欢，尽有画鹏佐酒。若乃将军大阅，壮士争雄。弓刀跃而蛇阵回环，筚篥吹而鸟枪奋击。船排鹢首，红翻千顷狂澜；军演虎头，白卷四山急浪。回想前朝寇祸，剧怜百战之艰难；何如此日升平，但睹八旗之勤练。至于佛家遗迹，僧寺荒基。钟号飞来，洪声失响；泉名无欲，活水犹香。天王征托梦之灵，大士擅能医之目。土中珠子，曾闻释氏空谈；山下金身，且付樵人闲话。别有娇娥结队，少女成群。眉黄善描，齿绿微露。春风浪静，渡海不惊；秋夜月明，向潮私拜。茅庵小憩，笑看红蝶迎人；古墓微行，愁说黑蜂螫体。揖桥生长九峰，激昂千古。身如病鹤，肯废弦歌；室似笼鹅，偏忘窄陋。浊酒迟酌，清琴昨张。月贮一瓶，烟留两屐。招来凉鹭，似识风人；借得疲驴，要驮诗料。歌同白苎，曲异红盐。既悉旧闻，尤详近事。岂祗葬龙伏虎，采取前言；巨鸟穹龟，网罗故典而已也。难得澄思渺虑，早传百首之珠玑；还期溯本穷源，自树一家之旗帜。

汤虞樽先生《金源新乐府》后序

今之浅见寡闻者，两汉三国尚未揣摩，五代六朝且难搜讨。而况完颜往事，女直遗闻。并姓氏之罔知，将词章其曷著。惟青浦汤虞樽先生，以茂先之博，兼仲初之才。尝取金源一朝，作乐府二百余首。采诸正史，参以稗官。凡洪皓之纪闻，宇文之国志，元好问《中州》之集，徐梦莘《北盟》之编，靡不尽入网罗，均归陶铸。银手骋研，锦心抽秘。仆反覆读之，而不禁为之眉飞色舞也。用敢涂鸦，窃思附骥。当夫兵初满万，神若扶三。左右翼突将无前，前后营敌师大溃。不作东怀之帝，俨为南面之君。白水成功，遂俘辽主；青城奏捷，直取宋家。三镇咸归，两河悉定。任呼狗辈，竟易龙袍。虱扪五国城中，鸽放六桥堤外。强弓毒箭，卒教黑虎奔回；雪窖冰天，那许黄龙痛饮。四将安能复地，九哥甘自称臣。从此息马投戈，坐收岁币；斗鸡击鞠，高宴使人。岂知运尽百年，兵连四境。衅开西夏，势逼北朝。大笑庸奴，亦作中原皇帝；可怜寒食，已无百姓人家。狐来浮碧之池，驼载中山之宝。三军南渡，六宫北迁。四百斛粒米无多，七千枚大珠并去。虎符犀带，谁挽天亡；狮颈牛头，漫同儿戏。曩日千屯黑帜，马饮长江；尔时一盏红灯，鱼游沸鼎。此则一代之盛衰，其可纪者一也。若夫武元创业，文烈承基。既成百里日辟之勋，即敷五教在宽之训。求才下士，则榜列七十贤；溯本穷源，则庙尊十一帝。却庆元之佛骨，拜阙里之孔坟。至于让国之际，绝无嫌隙，尤足远胜世民，近惭光义焉。无何宴设五云，熙庙徒闻酗虐；词填八月，海陵更逞凶残。击嫡母者再三，戮天演者数百。燕山迁鼎，万骑黄麾；洛阳看花，千军紫甲。臣试获熊之赋，主悬立马之图。龙舫扬帆，自道才过项羽；龟山中箭，谁知身作隋炀。所幸大定改元，圣君出世。罢贡羊之役，黜养鹰之官。决囚之数二十人，劝孝之钱五百贯。诗歌铁摆，万岁齐呼；驾幸金莲，一言便止。继而明昌亦崇儒术，付托失宜；贞祐颇著仁声，迟疑寡断。爰至哀宗，适丁末造。鱼难求于河上，鸢空放于城头。天子十年，自知无过；舆图万里，竟让何人。然而一火身亡，千秋义奋。殆非晋怀之行酒，叔宝之乞官所可同日语者。此则九主之美恶，其可纪者二也。抑更有臣子之贤奸焉，当从龙之始，重汗马之功。粘罕主兵，横行一世；乌珠督战，转斗廿年。锤豕拳牛，子弟莫非大将；山猿水獭，亲藩尽是奇才。暨累叶之承平，赖群工之翼赞。车将北狩，谏出梁襄；殿设东宫，疏来孟浩。康元弼治河有效，郑子聃决狱无偏。迨乎运值倾危，士多节烈。截须不顾，冯延登视死如归；噀血大呼，陈良佐捐生奚惜。他如殉身之少叔，拗颈之强伸。赴火之郭斌，投水之仲德，靡不气吞雷电，光照河山。独是佞幸有星，奸雄亦寿。金总管漫言铸佛，椎相公惯喜笞人。酒沽胥氏之楼，钱满李家之第。高琪误国，金鼎邀恩；崔立翻城，石碑颂德。国家至此，尚容马面之军徒；时事何如，犹用雀儿之参政。此又载诸简策，垂作箴规，其可纪者三也。且更有后妃之邪正焉，盖自青牛作聘，黄马从征。俱殚内助之劳，实著始基之渐。至于柔如大氏，低心愿处西宫；节似乌林，正气无惭东岳。郑资明独操宫钥，力护储皇；李宝符自绣佛幡，肯迁异国。最异者，方正隆之渔色，作禽兽之聚麀。实库余都，孰非同气；古真阿懒，亦系宗支。金殿逞淫，尽学宣华之事；玉阶肆秽，均为巢剌之妃。何鹑鹊之许多，乃鲂鳏之无耻。又况耶律制软金之袋，窃赠前夫；定哥盛大箧之衣，私藏奴子。此皆亘古以来，所不数见者也。他若青纱障设，琼岛花开。巫女作鸳鸯之符，优人唱凤凰之瑞。亦不过阿娇猜妒，合德奢华。虽无徐惠之令名，犹免玉环之致祸。斯则事关宫闱，义在春秋，其可纪者四也。先生淹通群籍，涉览百家。借酒浇胸，挥毫得意。天荒地老，感怀青冢斜阳；鬼笑灵谈，凭吊白山冷月。事皆征实，意必凌虚。是非不敢有私，褒贬一归于正。倘逢玉笥，应许倾心；若遇展成，定当把臂。斯真所谓作者笔欲花，读者心欲醉矣。至其余著述之富，证据之精。已详周泉南原跋中，兹不复赘。

灯光山宴集序

山形拔地，螺髻巑岏；海色连天，鲸涛浩渺。况当宿潦初霁，金飙振凉。重重碧阴，寸寸秋色。岚光欲滴，鸦归红叶。林中爽气先来，猿啸白云坞里。真良时之难得，亦清景之堪娱。余于戊子之秋，棘闱报罢，又作刘蕡；蜡屐寻欢，且为康乐。访吟朋于东海，继盛会于南皮。尔乃翠嶂横穿，丹梯直透。践苔罅而微咽，拨松根而入深。石类虎皮，滑虞失足；草生猬刺，高欲侵胸。遥空闻鸿雁之音，半岭带蛟龙之气。于是纵观万顷，凭眺千寻。纤尘扫而鲫渚浮青，巨浪兴而虎门卷白。虾须浴日，鳌背掀云。梁驾鼍宫，楼开蜃市。一声疏磬，大鱼窥佛座之灯；百道轻帆，小鸟译倭奴之语。目极鹰窠峰顶，疑从绝域飞来；神游马迹潭边，不怕罡风引去。遂乃入禅室，憩幽斋，蔌兰肴，斟桂醑。谈高趣逸，体旷心闲。洒冰雪之胸怀，吐云霞之意气。恰幸烟消鹿港，岩疆之烽火无惊；还欣风静狮台，名士之琴尊极乐。樵人指点，错教认客为仙；

僧侣逢迎，劝道将诗呈佛。仆因之有感矣。窃思长天孤鹜，王子安滕阁言欢；明月游鱼，宋之问昆明写景。权文公龙沙置席，李供奉虎屿飞觞。极清兴之绸缪，于今不再；赖烟毫之鼓舞，自昔留传。兹者送抱推襟，联裾接襶。天与闲中滋味，人夸物外风流。他日或鹤唳层霄，或豹藏穷谷。感星期之违易，念云约之践难。然后叹此时之北郭携尊，东瀛话旧，真仅事也。宜挥风藻，常令青壁垂名；用志鸿泥，休使白鸥笑客。是日同游者，陈鹤亭、卢揖桥、曹澹秋、邓晴溪、钟穆园暨予凡六人，期而不至者林雪岩也。

《鸳湖饯春诗》序

满地红飞，连天绿嫩。东君欲去，客馆愁新；西子将归，离亭梦杳。匆匆春事，宛似玉关送别之情；渺渺予怀，可无金谷飞觞之举。己丑首夏，暂寓由拳，时则蝴蝶影残，鹧鸪声歇。花消北溆，水涨南塘。白苎村前，老军浴马；绿萝庄下，少女分蚕。人游鱼乐国中，画船映日；客过蟹行桥畔，纨扇招风。感时序之递迁，觉风光之顿异。尔乃朋邀鸥侣，宾选兔园。值龙门试士之余，作蠡水饯春之会。筵铺樱笋，盏洗蒲桃。对落花而逸兴遄飞，听读曲而遥情竞献。访天庆七贤之迹，大畅清游；较永和三月之辰，别开生面。然而诸君逌尔，仆独怆然。盖以怕别之江淹，而兼伤时之杜牧。三十年鹤洲频过，知交渐若晨星；百廿顷鸳渚如前，良会半非旧雨。抚光阴之冉冉，万古如斯；望烟水而茫茫，百端交集。不有雅什，曷追古风。所愿各洒珠玑，流传韵事；并舒锦绣，压倒英雄。是日与宴者，刘心葭、林雪岩、卜达庵、刘乙斋、钟穆园、伊铁耕等十一人，凡有作者，皆著于篇。

赠曹澹秋序

昔者戴宏少日，吴祐早与结欢；韦粲轻年，张率便相订契。他若钟、荀之交爱，王、阮之同游。古之人善结英豪，罔拘龄齿，殆未可悉数也。然则仆与澹秋之缟纻交投，琼琚永好，奚足怪哉。澹秋乘羊貌美，吐凤才高。王氏龙超，贾家彪怒。加以学贪鸡跖，功积蝇头。虞翻读书，神人相助；崔浩争义，鬼子俱惊。故其为文也，语羞雷同，思必雪亮。风回海上，巨浪沸腾；春到人间，奇花怒放。宜乎楼卧百尺，席夺十重。杜正元果好秀才，陈同甫乃真国士。足下自此远矣。仆也识陆扆于后生，觉孟嘉之小异。长松千丈，可无庾觊推扬；琼树一枝，自负王戎赏鉴。虽然鼠肝虫臂，仆已侵颓；麟趾凤毛，君方独秀。仆爱君，君岂必爱仆哉！而乃殷勤访戴，慷慨推袁。审言则雅敬崔融，居易则肯亲顾况。庾楼秋月，屡荷招邀；谢屐春风，恒偕步履。有心劝酒，兴酣暮雀飞余；无意催诗，吟到乱蝉声里。窗西灯绿，未罄雄谈；砚北笺红，猥蒙下问。风骚契合，敢言桃李成蹊；道义交深，更喜芝兰同臭。尤奇者，邓芝不轻低首，只重姜维；孙楚绝少服膺，独尊王济。眼高群辈，心折一人。足下自此远矣。且夫仆固芦东之鄙人也。以冯衍之厄穷，兼嵇康之疏略。纵结羊、何之侣，无补平生；遍登牛、李之门，罕逢知己。甚至小隙而每遭唾面，索疵而枉被吹毛。沧海横流，忍看幻蜃；中山薄倖，争奈封狼。君则义笃三生，情坚一诺。肯怜贫女，东壁分光；为念波臣，西江激水。底须刎颈，便如唇齿相亲；乍可知心，早觉肺肠极热。叹世俗群趋夏日，惟君情迥异秋云。仆何以得此于足下哉，然而足下益自此远矣。况足下今年，才二十四耳。后路正长，前程无限。所愿马蹄轻驶，指万里以为期；鸿羽高骞，向九霄而直上。异日者或黎韬闭户，仍叨杨戏之恩；或贡禹弹冠，获拜王阳之德。此皆无俟仆请，而足下思虑所及者。敝门人卢子揖桥、钟子穆园皆与君为云霞之交，应不以余言为河汉也。

刘瑞圃丈《南涧访僧图》记

昔子美之晤已公，相为酬唱；香山之交如满，迭与往还。皎然投契于李端，无可见知于姚合。自来雅士多爱高僧，非崇信夫元宗，聊消除乎俗虑也。瑞圃先生，家傍九峰，园盈十亩。风廊水榭，频开北海之尊；诗牒酒筹，恒作南皮之会。而乃襟情萧旷，道味清腴。好揽胜于名山，复缔交于禅客。三生可证，早知灵运前身；一瓣轻拈，自具阆仙慧业。则有理安僧澄谷者，胸藏宝月，手握智珠。静苑谈经，虎心亦善；讲堂说法，鹿梦都圆。禅已悟乎六通，诗更参乎三昧。大竹长松之下，唤鹤衔书；佛桑仙桂之间，呼猿磨墨。所刊《倚杖吟》一编，梁山舟侍讲、吴榖人祭酒、马秋药太常、陈古华太守，靡不称其逸韵，赏厥清音。遂成秘演之名,大著贯休之望。先生于是探幽宫,蹑峻岭。竹桥问路,石扇寻门。孤筇拨而黄叶飞,游屐穿而红泉涌。入万峰之深境,离十丈之嚣尘。茗话初欢,兰香旁溢。指花中之塔影,病鸽斜窥;聆水外之磬声,游鱼入定。虫鸣细雨,尽是梵音;蝠舞斜阳,无非诗料。证苏子石泉之梦,试房公铜碗之吟。先生殆不愧古人乎。呜呼,林皋已往,让山不生。惟我澄公,克追净业。溯源流于东竺,增景色于西泠。一自先生过访,而狮座忘言,并谐素愿;虎溪大笑,各惬幽怀。得妙趣于溪光岚翠之馀,悟真机于鼓断钟零之后。信良游之足纪,亦佳话之堪传。爰属蒋君花隐,绘入丹青,施诸粉墨。经营惨淡,状螺髻之巑岏;位置流连,写蜂台之幽渺。是图作于已巳之秋,迄今盖二十年矣。老僧冥化,难问前踪;梵宇苍凉,徒余荒径。而先生每一展图,犹似绿云满地;晤对松风,依然黄雪霏天。纵谭水月,感鸿泥之易逝,幸鹅绢之长留。命缀芜辞,重题尺幅。自惜文场久困,远输邺侯衡岳之期;还欣末座可参,得附摩诘辋川之集。先生将续梓《卷勺园集》。

柯小坡《南漪秋泛图》记

武塘胜境,文水幽乡。往来多樯影篙声,远近尽渔村蟹舍。上迎帆之阁,遥对烟芜;登疑舫之亭,恍闻橹唱。平川屈曲,闲乘青雀之航;秋色苍茫,戏访白鸥之宅。取彼清景,供我雅游。柯君小坡得之矣。小坡心如菊淡,骨比松癯。擅赋手于班张,继胜情于陶谢。尔乃扬青翰,扣乌弦。恣冥搜,寻幽赏。芦花全白,枫叶半红。破柳挂罾,残荷碍橹。雁阵排岸,蝉声到船。鹭或熟眠,鱼方出戏。桥头鸭语,塔顶鸦归。黄蝶倒飞,红蜻乱扑。斜塘潮落,惊走蟛蜞;仄径草荒,暗藏蟋蟀。十里五里,前溪后溪。日斜僧楼,烟起窑户。一碧环而云气无际,九曲转而晴光若迷。鹤湖之月催来,鸥石之风送去。煮将巨蟹,共罄浊醪。买得肥鲈,重添清酌。联襼非无太白,佐觞只欠樵青。放怀成鲁望之诗,乘兴补元章之画。是处洵称泽国,其间绝少风波。又何必泛楫五湖,鼓棹三峡。然后谓之壮游哉。曩者熟梅时节,特来访君同游。雁塔为吊,诗僧遥望;鸥亭将寻,涯客适逢。骤雨狂飙之至,未极探奇揽胜之欢。今观是图,觉此景恍然在目也。

刘心葭《桐江载雪图》记

仆尝读李谪仙青溪之吟，赵阅道玉亭之咏。而知锦峰绣岭，绝妙风光；怪石长松，特饶胜概。窃神往其间，而未能一游也。丙戌之冬，刘司马南屏先生，摄守严郡。我友心葭，联袂从行，束装就道。所过钓鱼故址，驱虎遗踪。紫瑞峰高，朱池泉冷。陆羽品茶之地，桐君采药之区。潮生七里泷头，花满五云山下。绿榕树古，宿鸟争巢；紫橘林深，老猿窃果。斯时也，双桡拨雾，一舸泛烟。岭背帆回，使风无力；江心艕剪，荡月有声。往来则路尽鸥乡，远近则人多鹿帻。寻幽仄径，酒浇抵掌石边；访胜长亭，诗在画眉声里。所尤快者，诸天玉戏，大地银铺。三峰两峰，著色皆素；千树万树，无花亦香。樵随飞鸟而急归，僧与乱云而争渡。日光渐澹，红藏卖蟹之船；风色横侵，白到听鹂之馆。君乃发舒雅抱，畅适闲情。李胜之酒频斟，谢庄之衣欲湿。王猷之兴渐作，郑綮之思顿生。篛笠蒙头，自商冷句；舵楼跂脚，独耐寒宵。长啸而凉鹭惊窥，高吟而冻蛟出听。可以谓之豪矣，可以谓之达矣。既而宾鸿游倦，客燕遄归。爰将龙耳之奇观，特倩虎头之妙绘。辛卯岁，始出图见示，索余记之。展览之余，但觉心逐泉飞，骨分山瘦。当头黄霰，与诗并寒；过眼白云，著纸犹活。独惜余蜷局乡里，不获追随于山光水色之间，是所憾尔！

《借书图》记

夫元晏苦躭简籍，向天子而借观；孝标酷嗜缥缃，逢友人而借诵。古之君子，大抵皆然。余也囊乏余钱，情萦竹素；家无担石，性癖图书。非不江泌劳神，顾欢笃志。特是运输子骏，难从秘府搜寻；名逊仲宣，安得贤豪投赠。想青编而时形梦寐，睹赤轴而不觉流涎。自怜五蠹之攒，恒作一鸱之借，盖亦有所不得已也。且夫书非借不能读也，假令五车三箧，累累满家；八会九华，重重充栋。则亦高束焉，庋藏焉已耳。惟是暂假曹仓，偶移邺架。庶几晨昏孔迫，强自吟哦；寝食均忘，急为披览。而余之借书，则更有不止于是者。必且掇其旨奥，采厥新奇。茧纸横铺，学纪瞻之疾写；狼毫饱蘸，同裴汉之勤抄。

速不逾十日之期，迟亦仅三旬之数。无俟荆州逼索，顿教赵璧归还。以故任氏奇编，尽许如携如取；李楼善本，毋虞莫往莫来。此则余借书之大略也。呜呼，膏粱子弟，纨绔儿曹。弃铅椠于尘埃，视典坟如仇敌。百家烟墨，轻掷深渊；万轴牙签，肆投烈焰。若辈庸愚，诚无足论。至于揣摩举业，希幸巍科者，不过挟兔园之半册，遽赋鹿鸣；守鸡肋之一编，连登鹏路。固不必傅昭之博览，应劭之洽闻。而竟已翘然得志矣。若此者，何事于书，又何事于借书哉。余非敢自谓识解，独超心神，殊远也。只以戟枝罔弄，棋局弗知。要惟黄卷青灯，深饶旨趣；玉箱金板，足解烦忧。牛衣辗转之余，莫忘油素；马磨流连之下，犹切编摩。回思廿载以来，若非急急索求，殷殷乞假。则虽隐侯劬学，二万卷岂得纵观；仲郢好文，三千篇奚从辑录也。爰属陆君蓉舫绘图，而记之以文，俾儿子晋酚守之。异日者，倘能略辨虎鱼，粗知豹鼠。其无忘而父之勤哉！

木鸡书屋文二集卷四

马忠壮公传

公讳全，原名瑔，山西阳曲人也。生而骁果，长更魁奇。能立马而奔驰，可曳牛而却退。由陕督标兵中乾隆壬申武探花。登翘关之科，入期门之籍。鹰瞵鹗瞬，勾陈太乙之旁；麟振龙骧，甘泉长杨之地。未几授福建游击。斯时也，公年当侠少，气甚轩昂。偶因广坐狎谈，遂与同官角力。锋铓难犯，尉迟恭即席挥拳；顾盼自雄，史宏肇举觞厉色。然而甘凌愤斗，要非国士之风；田灌纷争，殊失朝家之体。遂为制府所劾，落职家居。公乃瞿然而思，皇然而悔。以为爪牙可作，将效驰驱；齿发未衰，已遭黜退。虽耿豪负奇材之目，而留赞无见用之期，是不成丈夫也。于是赴都易名，旋入营伍。时相国傅文忠公网罗俊杰，延揽英豪。邓羌见赏于清河，焦度受知于师伯。己卯庚辰，贯顺天籍，联捷殿试，时初拟榜眼。上廉知之，特拔状元。连番中鹄，冠古超今；频掷得枭，光前耀后。可谓不蜚则已，一蜚冲天；不鸣则已，一鸣惊人者矣。天子爱其材之绝伦轶群也，不次迁擢。未二年，授江西总镇，旋进提督。以公为马孟起，无惭虓虎之臣；以公为周幼平，可备熊罴之士；以公为萧摩诃，挥刀而出入如飞；以公为贺拔胜，临阵而从容不变。公亦愿殚臣力，图报主恩。斫十五刀，制三千甲。撒星布阵，偃月造营。盖其磨厉，以须投袂欲起，也非一日矣。壬辰岁，大小金川俱叛，上命大学士温福为定边将军讨之。公以甘肃提督从征，连战克获，遂由功噶尔拉深入，犀甲朝寒，鱼肠夜啸。攀鸟巢而直上，寻象迹而潜行。于栗碑黑稍横驰，威传绝域；薛仁贵白袍昨著，勇冠全军。孟获成擒，吕嘉就戮，在此行也。越明年，癸巳春，温公以贼扼险不得进，别取道攻昔岭，驻营于木果木。则见绝涧捎云，崇峦切汉。碉楼一炮，杀气弥空；鬼火千灯，阴风蔽野。既冒天灶龙头之险，难施偏箱鹿角之方。六月，贼酋索诺木自山后来扰我军。绝水道，劫粮车。逞彼狼心，入其虎口。公已自知不免矣。犹复披发叫天，奋拳入地。两甄俱败，双戟空投。杨业军孤，抚膺无及；花云力竭，断颈何辞。肯为吴明彻之生降，甘效周德威之死战。时文武官殉难者数十人，公死为尤烈焉。事闻，赐谥忠壮，恤礼有加。呜呼荣哉。公器识精明，风神旷远。习十围五攻之策，知三隧四义之规。方拟李郭勋名，将开东第；鄂褒毛发，待绘南宫。不图有志未成，抱材早殒。哀腾七萃，忍抽来歙之刀；泪洒六军，惨睹何逢之马。张郃亡而魏家震悼，高昂卒而齐氏悲伤，固其所也。然而魂返九霄，声留千载。王罴冢在，毅魄常存；韦虎名高，英风未歇。公之目可以瞑矣。初，公督松江，一夕郡城火作，公以矢射之。白镞横飞，素操落雁号猿之技；黄车惊退，遽戢奔熊鸣鸟之妖。俄而晨旭将明，死灰复炽，公又射之，火竟不熄。遂乃危坐神祠，誓殉骸骨。卒之义格苍穹，怒回荧惑。方星流而电击，忽雾散而烟消。祝融感文进之诚，霹雳让孤延之勇，岂不伟哉！又一日观海，适潮水大上，公即戏踏层波，力分巨浪，从行者，尽被沾濡，公独寸丝不湿焉。游行自在，竟同吴猛之画流；忠信无忧，岂至杜畿之溺水。此又名将之奇情，介夫之余事也。金台仰希伟烈，慨想神威，爰采纪闻，勒成别传。若夫诸葛心书，卫公兵法，其所以上结主知，下垂军令者。有国史在，非某所敢知矣。

花将军传

我国家多大将才，而近数十年以来，频立战功，卒殉王事者，得三人焉。前则马忠壮公，后则李忠毅公，中则惟我花将军。将军讳花连布，满洲镶白旗人，以世职历官贵州安笼镇总兵。乾隆六十年，将入都觐天子，已就道矣。正拟蓼萧宴咏，亲接龙光；忽然羽檄催归，命提虎旅。盖其时适铜仁红苗作乱，贝子福嘉勇公以总督进剿，檄留将军随营，悉以剿事委之。则见南洞幽深，井蛙窃据；东山苍莽，猰犬成群。将军以羊侃之骁雄，兼马隆之谋略。黄汉升受知诸葛，愿作前锋；白孝德见重临淮，思吞小丑。金戈日耀，铁甲霜凝。大呼而鹰为倒飞，奋跃而虎且慑伏。驱杨璇之火马，破走殃徒；用赵逦之生猱，诱擒剧寇。岂独多多益善，实能蹇蹇匪躬。经烽火而心炼成丹，积忧劳而鬓衰似雪。盖未数月，而将军之精神渐竭矣。皇帝嘉其壮猷，宠以殊格。锡金带于君廓，赏雕戈于继周。擢升提督，再加太子太保。将军仰感君恩，弥殚臣职。方欲左屠右剪，捣平白虎之营；前拒后攻，踏破青牛之垒。净烟尘于猿窝凤岭，荡邪秽于马口龙溪。无如虿尾仍摇，狼心尚肆。危梁险阻，一望妖云；深涧浸淫，四围毒雾。一日者，单骑逐贼至落花坡。谶应彭亡，兆符窦入。地遭绝路，难夸陈武之强；身被重伤，不见典韦之出。骂敌之刘平无愧，坠崖之魏胜堪怜。事定出其尸，颅骨寸折，一臂失去。海内闻者惋惜焉。呜呼！将军勇冠万夫，才超一世。自受命平苗以后，红藤卷地，白刃摩天。蚁聚渐消，狐鸣半戢。使得稍假时日，将见旌盖拥祭遵而返，壶觞迎徐晃而归。直旦暮间事耳。奈何未奏丰功，遽罹凶焰。亭公弩父，抬箭镞而悲号；剑客材官，捧靴刀而感恸。鬼哭唐公之故垒，人怀焦氏之空楼。未几天子知之，特赐祭葬。诏翰林洪亮吉撰文勒石。初，将军与洪公素为至交，今则睢阳之事，传自于嵩；知运之碑，成于张说。虽由圣主酬庸之典，亦见将军爱士之征也。将军有马名驼罗骢，神骏也。虬龙增尚父之威，铁象助曲端之勇。兹者曹洪已往，遂传白鹘之名；裴果云亡，并显黄骢之迹。益以知将军之义烈，非徒感乎人，而兼能孚乎物也。然则生平大节，得与忠壮、忠毅二公，并垂不朽者，复何疑哉，复何疑哉！

原任左副都御史春溆陈公传

公讳嗣龙，号春溆，浙江平湖人。熊克生时，雀翔卧内，胡寅诞日，鱼跃盆中。以故青天白云，幼能领悟；金桃银杏，少负聪明。张俨赋犬之年，见称长老；褚陶咏鸥之岁，获誉名流。年十五游庠，年十八拔贡。雏凤鸣而百禽敛翼，神狮吼而万马销声。乾隆戊子己丑，乡会联捷，廷试以第三人及第。授编修，时年才二十三耳。漱芳艺圃，擢秀词林。擅知几之三长，兼伯施之五绝，谢希逸赤鹦赋就，折服同侪；刘孝威白雀文成，被知当宁。龙涎爇后，三万卷饱阅琳琅；鸡舌含来，二十年不离清秘。天子深悉其佩实衔华之学，叠授以衡文取士之权。其典试江西、湖北、福建、陕西也。莫不网采珊枝，笼收药物。一天秋色，清入龙门；万种春花，荣敷鸡树。其督学八闽也，爱罗少俊，多选妙龄。人或以是议之，不知丘迟聪隽，宜邀何点之知；杜弼英奇，奚怪甄琛之赏。而况王修识高柔于弱冠，终见大成；张承拔谢景于童孩，自能远到。若必嫌少年之鹘突，取老态之龙钟。亦良惑已。然人但知公文学之长，而未知公操守之正也。其时大学士和珅，气凌朝野，威震公卿。虽无蓝面之奸，已有黑头之附。金蛇献媚，玉鹘取怜。董贤高门，苞苴山积；曹爽窟室，宝玩星繁。甚至赵履温愿与挽车，崔公度甘为拭带。席上演沐猴之戏，专事逢迎；篱边作吠犬之声，竟忘廉耻。非胥门之十哲，即李氏之八关。公独棘棘不阿，棱棱自重。识如崔挺，心鄙赵修；刚似褚翔，目无朱异。迨至王铁籍没，元载伏诛。向日肉膻，群趋蝼蚁；尔时树倒，顿散猢狲。杨骏亡而下粹名高，刘勋毙而杜畿品著。不然使公稍为委屈，略减廉隅。则失身仲颖，伯喈之贤节安称；炙手叔文，子厚之才华曷贵。又何论杜钦党王之辱，廉范依窦之羞哉。是以无假奥援，累膺迁职。嘉庆戊午，擢左副都御史。奇才久已知轼，此印无以易尧。凤自能鸣，岂少十思献替；鹘将独击，决非三旨摸棱。特是芒角时生，孤芳易忌。王符不苟同流俗，程昱每见忤世情。其后与左都御史熊枚不和，桓范、蒋济数致忿争，韩愈、李绅互相攻讦。圣上以为寇、贾私嫌，正宜消释；萧、朱挟怨，底事纠纷。降公为翰林侍讲，熊亦贬官。云翮暂摧，霜蹄偶蹶。敢望去珠再得，自怜堕甑犹全。念主德之渊涵，恩逾东海；奈臣年之日暮，景迫西山。以丁卯十月，终于官舍，寿六十有一。公所著，有诗集若干卷。心颖密抽，言泉细酌。不矜牛鬼蛇神之技，无取鱼油龙屭之华。所谓弦匏笙簧，皆正声也。夫人沈氏，才思灵敏，识见通明。虽朱博勤官，希相接见；而王椿历职，赖以保全。后公数年而卒。子葆清今为县丞。

前翰林院编修洪更生先生传

夫潘陆雅善文章，而彝伦有愧；马王最深经术，而忠义无闻。若乃艺苑腾声，儒林著美。而又清风兰郁，劲节松高；德合金心，名成铁汉。则更生洪公足以当之矣。公讳亮吉，字稚存，江苏阳湖人也。幼标凤德，早蔚豹姿。祖莹擅圣儿之称，李泌得奇童之目。六龄而孤，随母蒋氏，寄居外家。折葼励志，画荻传经。喔喔鸡声，寒女千丝之泪；星星萤火，小楼一碗之灯。毛义之捧檄稍迟，秺侯之泣图何及。公之孝思不匮，有自来也。已而学贯五车，才夸一石，累十二棋于手上，罗廿八宿于胸中。与黄仲则、孙渊如辈，拔帜争先，联镳并骋。一时巨公耆宿，如朱石君、毕秋帆、袁简斋、邵叔绵诸先生，靡不加之青眼，誉以白眉。高轩过李贺之居，极口称项斯之作。乾隆庚子，举京兆试，庚戌捷礼闱，廷试以第二人及第。授编修，充文颖馆纂修官。步红药之阶，入紫薇之省。苏颋则文辞颖敏，杨亿则注释精详。癸丑，督学贵州，铁网冥搜，金针普度。黔中之士，蒸蒸向风。郑侠至英州，人文因之大振；常衮临闽地，学校于以日兴。公之勤于报国，已见一斑矣。嘉庆丙辰，奉旨上书房行走。戊午大考，题有征邪教疏，公则贾生对策，流涕直陈；宾王献书，尽言无讳。愿作朝阳鸣凤，羞为败叶寒蝉。迨己未春，仁宗睿皇帝始亲政，其时秦蜀之间，兵事孔棘。徐凤兴妖，滕抚之功未奏；潘鸿煽乱，度尚之捷迟闻。公蒿目时艰，披肝诚切。于是移书钧辅，希达宸聪。独抱朱游敢谏之忱，恨无桓典居官之职；欲尽杨阜爱君之道，致忘虞翻过激之词。有旨军机大臣召问，群议汹汹，佥以为大不敬，宜伏法。公亦坐待灰钉，就趋鼎镬矣。恭遇圣天子山河恢度，宇宙为心。谓邻翁之议筑墙，原为妄发；而新妇之谈炊灶，岂足过嫌。曲畀生全，仅流绝漠。公乃短衣就戍，匹马从戎。自分敕勒浮云，难归魂魄；纥干冷月，永老生平。听黄沙夜夜之笳，餐白草年年之雪。乃百日之期甫及，而九重之赦旋行。幸非伏锧于藁街，复免袭棺于异域。而且追思药石，当作韦弦。不疑公辅之沽名，转取子方之危语。彼夫王蕃苦口，受戮吴廷；李集抗辞，被刑齐殿。固无论焉。即汉光之免罪桓谭，晋武之忍容刘毅，亦安足拟此日之隆恩哉！尔乃归营十亩，栖息三间。残喘幸留，余生无恙。提琴而就竹筱，酌酒以劝梧桐。宠辱两忘，跌宕于鹭弟鸥兄而外；菀枯莫计，徜徉于花明柳暗之间。士林奉若西河，海内尊为北斗。所谓进退有度，表里必符者，非公其谁与。己巳四月，游焦山归，疾终于家，春秋六十有四。公酷爱山水，遍探幽遐。始则鼓棹江淮，继乃碾轮关陇。迨乎白狼堆外，悬度徐行；黄鹄歌中，风沙远踏。以故子瞻议论，都作波澜；道济文章，自然孤耸。加以穷究天文，熟精地理晰司农之奥义，阐洨长之微言。所著有《左传诂》十卷、《比雅》十二卷、《汉魏音》四卷、《六书转注录》八卷、《乾隆府厅州县图志》五十卷、《三国东晋十六国疆域志》十二卷、《卷施阁诗文集》四十四卷，其他杂作甚夥。樊宗师之著撰，囊括百家；王伯厚之纪闻，牢笼万象。天下奇才，夫岂虚哉！而况乎行谊之高，尤卓然不可及也。

资州陈烈妇传

烈妇陈氏者，四川资州人，为刘建富篷室。刘时年已六旬矣。芍药芳妍，正值春风之候；海棠明艳，偏当夕照之天。然而赋性柔嘉，宅衷正大。蝶帐鸳衾之下，不怨杨稊；羊灯雀扇之旁，自安桃叶。虽逊随清娱之得依文士，差同江无畏之幸侍富人。亡何，灾生无妄，变出非常。先是刘爱交游，好施与。全琮慷慨，三千斛米散穷黎；程骏豪雄，六百匹帛施故友。尝有僧募修佛寺，刘即捐金与之，实不识僧为何人。岂知法庆虽系沙门，善为妖术；广宏自夸佛力，竟起邪谋。僧既伏诛，刘乃坐党，发宁古塔为奴。此乾隆壬子岁事也，时则四壁萧然，万金散尽。亲朋雪冷，奴仆星流。刘也怜络秀之才多，痛小蛮之年稚。谓老夫已耄，休守兔株；之子且归，别谐鸾镜。陈氏乃唏嘘载拜，哽咽陈词；请听微言，敬申大义。既乏吕荣特识，早进箴规；更无赵瑗奇谋，密教脱遁。至今日而犹欲骅骝易主，鹦鹉移笼。尚忍言哉。于是云松宝髻，乱逐蓬飞；露湿弓鞋，暗随磷走。故园安在，惊看红岭嵯峨；险境如斯，愁说绿河澎湃。奈刘长途告惫，老态顿增。易逝驹阴，难瘳鱼疾。抵冀州而猝死。适刺史他出，停尸待验。虫溢于途，妖狸旁瞰，黠犬阴窥。氏则昼剔浮蛆，宵驱毒蚋。许多旖旎缠绵之意，悉化凄怆恻怛之怀。行路观者，相与嗟叹者久之。既经殓埋，叩请火化。官不许，乃辞夫墓，大恸而去。斯时也，愤极呼天，恨深抢地。哀动顽艳，诚孚鬼神。悲风起而岭猿啼，大雾凝而林雀堕。翻羡朝云有福，得先玉局而亡；剧怜关盼，多情终殉建封而死。呜呼惨矣！且夫礼重同牢，诗歌偕老，伉俪之道严矣。以故李德武之南流，裴氏矢心不嫁；耶律奴之北戍，萧妻决计同行。然其义烈之传闻，已属史书所仅见。况陈氏特小家女耳，岂有荀采阀阅之崇，谅无庾芳荆茗之训。而且分殊合卺，命只抱衾。遵夫命而还母家，谁复责备之者。而乃万里风尘，愿从绝塞；千行血泪，哭送灵幡。白璧无瑕，青松有志。是孰使之然耶？不然，陈氏稍一转念，则即强以随征，迫之偕往。柳枝非逾墙而遁，胜雪亦从客而奔矣。又安得卓卓流芳，感人至此哉！王葑亭通政曾书其事，余更加以铺张，重为点缀。庶使雁江龙水，长留今古之美谈；金华玉清，永表乾坤之正气。

华亭周孝女传

孝女名瑞英，江南华亭人。父鲁璠，才夸七步，声俊一黉。奈伯道之无儿，仅中郎之有女。女二人，长即瑞英，次曰晓英。并娴文墨，小乔绝类大乔；同习礼仪，若昭无殊若宪。人皆以女学士称之，然而瑞英为尤贤云。方其少也，意慵比云，眉淡如月。神情楚楚，诗骨珊珊。砚匣启而春生，笔床移而花落。庚晨展卷，青抽猊鼎之烟；午夜观书，碧散萤囊之火。固已蜚声闺闼，拔萃裙钗矣。亡何严亲抱病，大势濒危。瑞英恋鸠头之已老，伤燕翼之犹孤。亲涤厕褕，躬尝药裹。欲挽西山之暮景，卒归东海之仙龛。爰哭苍天，彘肩设奠；再求善地，马鬣安眠。备历风饕雪虐之晨，几经雹碎霜凋之境。腰围瘦减，筋力消磨。尾变赤而鱼劳，背褪黄而蜂苦。梁间病燕，如答哀鸣；箔上新蚕，俨同愁状。尤难者，郎罢先摧，摩敦尚健；园林荒秽，种玉殊艰。井灶空虚，卖珠不足。当此千钧一发，江才君安得轻生；还亏十步九思，葛妙真自坚不嫁。于是妆抛巾帼，塾设里门。白云依慈竹之园，红雨课芳梨之馆。高悬绛帐，人拜韦娘；纵辨青纱，客惊谢女。判书签于甲乙，聊收执贽之羊；呼粮食于癸庚，稍救啼饥之雀。而况昼披玉轴，宵把金针。制衣裳为嫁他人，谋薪水兼供同室。又以晓英年将及笄，为择高才生黄发育配之。姊辞鸳牒，妹赋鹊巢。一则黄蘗久甘，李法行空房独守；一则碧桃正艳，杨容华佳偶同欢。然至此，而瑞英之力疲矣，瑞英之心更瘁矣。回忆二十年来炼指生皴，刳肠贮苦。偶裁松粒，都忘时序之往来；试问海棠，便识泪痕之多少。我辰安在，孤影如鸿；人寿几何，瘦躯似鹤。银河露冷，顿惊月缺三分；玉井风寒，忽见花枯十丈。病剧以母托妹，卒于嘉庆丙辰，年止三十有四。虽然桂魄已消，兰香永在。溯其苦节，岂徒白盐赤米之劳；缅厥芳徽，实壮黄浦青江之色。则夫发潜德于既往，扬清芬于后来者，又曷可缓哉！

义伶杨花传

杨花者，陕西人也。籍隶华林，名高乐部。当场舞燕，荡子魂销；入市骑羊，路人目送。时江右徐孝廉以大挑试用长安。风流自喜，倜傥不羁。石结三生，城倾一顾。遂乃鲽鹣作队，蛩蟨相依。断袠邀庾信之欢，分桃得马周之宠。李翰思涸，命奏清歌；周郎醉余，犹知误曲。斯时也，但爱其貌之柔娇，而未识其心之义烈也。无何邪教鸱张，逆徒蚁蝱。探黑丸而杀吏士，持白伞而煽愚民。天子命将往征，徐捧檄催趱粮运，杨花实左右之。每当大旗日落，横角风高。烟光合而鸟惊啼，林气腥而虎欲出。大夫缚袴，顿改戎装；小史牵裾，亦充后骑。阅历于鸟道蚕丛之境，追随于狐鸣狗嗾之场。崤谷二陵，伤心烽火；潼关四扇，满目兵戈。斯时也，但喜其侍奉之勤，犹未知其忠贞之志也。既而寇氛渐炽，杀气日深。蒋钦未获秦狼，董袭迟平彭虎。一日者，徐催运至郃阳驿，猝逢猬毒，将肆鲸吞。徐则匆迫无谋，杨乃从容画策。嗟彼黑獭，不免笼东；牵到青羸，急教向北。徐去而杨独留，须臾贼至，问杨何为在此，答曰："吾代主催饷，俟此数日矣。"贼众大悦，即置酒令杨度曲，杨于是伪作欢容，暗收泪点。擎觞劝饮，击板高吟。俟黑夜之沈酣，即青锋之直刺。莺声宛转，正看笑靥歌喉；虎目狰狞，忽见穿龈裂眥。盗魁既殒，余党大惊。群起刃之，应手而毙。居人重其义，筑土葬之。树碣曰：义伶杨花救主处。此嘉庆己未夏季事也。呜呼！曹洪让骑，孟德于以解危；谷利著鞭，仲谋因之脱险。蓼泉败绩，辛深进辔于李歆；汾水偾军，傅武授绥于刘曜。此皆身为名将，志在报君，义有所不容辞也。杨花一歌童耳，亦能血洒龙泉，尸抛马革。激昂赴难，踊跃捐躯。悦己有人，即为知己。他生未卜，先尽此生。彼张廷范之恃恩，郭门高之负德。同一伶人，而贤不肖之相悬若此。知人洵未易哉。今者芃狐穴尽，妖鸟巢空。孤花自明，芳草未歇。觅残碑于沙路，访轶事于樵人。莫谓梨园，独无义侠；从知菊部，自有英雄。于是孟九我绘图以传，许小欧作歌以纪。而余复立传以表彰之。朱颜永逝，休嗤我辈之钟情；白骨留香，窃叹斯人之不死。

上虞袁孝子传

夫蔡顺呼号，回禄从而息怒；何琦泣祷，飞廉于以收威。自来纯孝之人，每被昊穹所佑。乃若白华粲粲，方赓河獭之诗；赤熛炎炎，猝受池鱼之厄。痛遭一炬，恨抱九原。吾于袁孝子有深悲焉。孝子名翊元，字羽公，浙江上虞人。父早卒，事其母陈氏，柔色以温，无形而视。蜂集王庸之室，鹤翔庾域之堂。无何调卫失宜，颓唐卧病。取莲华而供佛，未见休征；持竹缵以祈神，久无灵应。可怜衰白，贴席淹淹；为觅岐黄，出门惘惘。何图曲突失防，祝融降祸。弱妇哀号于户外，稚儿悲叫于庭前。翊元狂奔而归，但见黑焰横飞，红球直滚。门盈赤虺，树少白鸦。既乏徐生先见之明，又无麋竺乞恩之智。难求郭宪反风之术，只逞孤延斗火之威。一步一颠，逐黄车之使者；三入三出，夺白发于炎官。然而母也，年已侵颓，体兼沉痼。惊魂莫定，何由夜鹊安栖。孱肉无多，忍受非熊虐噬。惨惨涂煤之状，哑哑吞炭之声。盖不逾时而遽没矣。翊元自伤无状，肯恋余生。业经烂额焦头，况复椎心泣血。念当日承欢视膳，欣占黄雀之祥；奈今兹无妄生灾，竟值红羊之劫。运同邓朗，岂徒尺地无遗；命似贾恩，试问苍天何酷。鹤返西池而莫挽，鳌扶东极而无功。泪尽三宵，身捐七尺。呜呼哀哉！初，翊元父以刲股疗亲疾，里党以孝闻。吕昇探肝，总根至性；王翰抉目，自尽愚忱。今翊元又以救母殉躯，所谓孝子之后，必复有孝嗣也。伫见名如皎日，高悬绰楔之乌头；还知魂化断霞，永射空江之鱼尾。

训导方南园先生传

先生讳球，字蕴章，号南园，浙之昌化人。父梦兰行谊载入邑乘。先生生而岐嶷，长更徇齐。秀质鸾骞，晋殿恒香之粉；词锋犀锐，隋宫不落之花。才撷频芹，旋分廪饩。方谓直登华省，鸡舌含香；谁知遽就闲曹，虎皮设座。作秦博士，课鲁诸生。阶前雀飞，堂下马系。在百六爻内，独契见几；于五千言中，恒怀知足。然人但见先生冰襟洒落，霞想冲夷。而不知其本原之地，有独厚焉。当夫晖留绿野，曲奏白华。蛟栖吴猛之帷，鱼入张昭之网。十年侍疾，刘瓛勤劳；三载持丧，陆琼毁瘠。而且玉昆金友，前襟后裾。韦放同床，杨椿共饭。奈紫荆频折，既鸣鹿之失群；而赤熛生灾，复非熊之肆虐。脊鸰何在，无限感伤；雏燕满前，更勤抚字。家庭之间，无惭德矣。若夫服官以后，爱士为先。羊脯匪贪，鲸钟待叩。建德仅一年祭酒，桃李盈门；当湖为十载经师，槐楸列屋。卫恂少贱，独蒙杨俊所知；陈寿被诬，偏得何攀所赏。或鹤粮未足，不惜吹嘘；或虎榜迟登，弥深策励。或生前频加藻熨，或殁后尚切经营。即如金台者，仅同腹背之毛，亦玷齿牙之论。猥推末学，能擅三长；谬许微才，直追四杰。较诸谢朓写孔颉之表，王融读柳恽之诗；张缵爱云公之碑，范云称何逊之策。人虽不类，情则奚殊。况复仰企前徽，景行曩哲。南皋拜鲁公之墓，东泖访陆子之居。式敬芳型，每叹鱼鳞久圮；抚存贤裔，愿教燕翼长留。是则王商旌严君平之祠，顾邵觅徐孺子之后。蒋之奇情深慕古，绘宋璟、李勉于堂中；张南仲志切希贤，祀卫飒、唐羌于学内。古今人何多让焉。乃若湔裙鹉水，蹑屐龙湫。蜂恋酒香，莺催诗兴。约蝶同梦，呼鱼共谈。云封读画之船，雨洗问花之屐。仙同陶岘，豪等方山。杜牧则到处洞箫，陆游则每家团扇。仿山阴之修禊，四十二人；拟灞上之题襟，三十六体。斯又所谓逍遥以适其趣，旷逸以舒其神者矣。所虑者，广平后嗣，或涉于荒嬉；诸葛家儿，渐邻于傲忽。先生则义方有训，远过孙旂；庭诫独严，居然徐勉。以故得笔得义，早有替人；为酪为酥，莫非珍味。贾家彪怒，卞氏龙多。田有玉以生蓝，门无眉而不白。方谓积善者定延鸿算，饬躬者宜享鹤龄。而乃蒿里朝吟，缁帷夕撤。酒藏之吏，戴洋见征；晓寒之宫，萧贯受召。琴弹兜率，老成已邈，风流剑挂。遮须后进，谁为月旦。卒于道光壬辰三月四日，春秋五十有七。子三人，长登贤，拔贡生，宰甘肃文县。次登俊，邑庠生。次登青。孙四人，俱儒业。登贤昆季，与余交联江范，谊托雷陈。属志青徽，俾扬芳躅。惜芜词寡要，难希千古之传；幸实事堪征，聊报九原之德。

木鸡书屋文二集卷五

与门人卢揖桥书

春夏以来，短榻容懒，长镵独支。室虿户蜂，尽是无聊之境；弓鸡杖狗，莫非致怒之端。投契尠你张范之交，及门乏薛姚之俊。余独何心，能不慨然。回忆五六年间，抗颜称师，侈口说法。黄钟悬而牛铎应，素月照而蠙珠盈。意气既许以同心，踪迹复欣于聚首。夕阳共卷，朗吟而花鸟争飞；夜雨穿窗，辨难则波澜迭起。在余虽尽倾肺腑，弗惜齿牙。琢玉情深，砻刀力竭。然而许商设教，惟唐林不负提撕；李郃授经，非冯胄曷能领悟。其所以殷殷诱掖，款款指陈者。良由生之敬奉南丰，诚依北海也。近时后进之从我游者，非不示以准的，导其步趋。而乃俭腹自安，反诮边韶之博；童心难革，或嫌常爽之严。周勃之立法虽宏，吕防之叛徒已起。自悔蔷薇之种，竟虚桃李之栽，然此亦余之失计也。饲熊以盐，饮獭以酒。载鼷以车马，乐鹦以鼓钟。在此则期许过奢，在彼且冥茫莫解。宜其罔顾恩情，转生谤谎矣。生其勉乎哉。所望学贪鸡跖，射贯虱心。勿自隳于难成，勿自矜于易得。勿因厄穷而意倦，勿以俗冗而功分。夫阚泽起自农家，卒成名士；杨方始为铃卒，竟作通人。王育驱羊，专心砥砺；承宫牧豕，刻意钻研。彼何人哉。要在一振作间而已。而况生之处境，犹未至此也哉。异日者，程骏能终从刘昞，实遂鄙怀；李谧倘转胜孔璠，岂非至愿。区区之意，谅所深知。兹复有所言者。诚以鸟依嘉树，而树亦乐鸟之翔鸣；鱼育清渊，而渊亦爱鱼之踊跃。故略陈其大概焉，统惟亮察不备。

劝友人止食倭烟书

盖闻食河豚而陨命，不乏其人；饮苦鸩而亡身，亦多此辈。然或无心而误，或有为而然。未有行乐无方，寻欢不厌。既罄百年之蓄积，复捐七尺之躯骸,如倭烟之害者也。当夫来自重洋,价增十倍。红炉活火,几费煎熬;湘管银装,便堪呼吸。梅花盒小,竹节盘轻。帐中藏栀子之灯,塌下掷芭蕉之扇。别有勾留楚馆,迷恋秦楼。四体横陈,五更谈笑。浓烟入枕,红透三分;香篆出帘,碧萦一缕。醉倚听鹂之院,咳唾花生;倦眠射鸭之轩,朦胧梦短。少年逞欲,自谓乐此不疲矣。无何血脉暗消,精神顿困。春风照镜,华面渐非;夜雨支床,瘦肩高耸。莫解长卿之消渴,竟同平叔之枯浮。尸居余气,可不哀哉!且此更非贫士所能为也。凡食此者,势必朝羞熊白,夜饫鹅黄。进韦陟之嘉肴,供何曾之美膳。庶几销磨岁月,偷度光阴。然且铜山倒后,蝉腹空鸣;泉府消时,龟肠欲断。拨余灰而再咽,佐口凭谁;拾残沥而重煎,朵颐可耻。况乃金无十笏,粟乏一囷,如足下者哉。足下上有高堂,下多弱息。年华壮盛,宜知稼穑之艰;家计萧条,岂暇浮华之务。斯即矜持节用,尚忧蚁垤难高;郑重保躬,犹恐驹阴易过。而乃沉迷弗悟,嗜好浸多。初无养性之方,偏爱腐肠之药。岂司空之生圹,先已经营;陶氏之挽诗,预教索取乎。溺人必笑,仆深为足下抱危也。幸早三思,毋忽。

与山阴高中翰论蒋苕生诗书

前日获亲雅范,甚惬鄙怀。席间论及蒋苕生诗,先生深加推重,以为袁蒋齐名,洵不虚也。台窃惑焉。敢以质诸左右?夫袁之所以腾踔词坛,蜚鸣艺苑者,固在文而不在诗。虽然即以诗论,亦非苕生所及。盖袁则能纵能敛,而苕生但如浊浪之奔冲;袁则亦刚亦柔,而苕生徒若枯枝之直立。此其天资之灵钝,学力之浅深,固一展卷,而了了可辨也。且先生亦知古来诗豪,声称竞美者,都未可一例论乎?高岑并辔,而岑更恢奇;王孟联镳,而王尤超绝。白、元对峙,或嫌元作轻浮;韦、柳迭雄,尚觉柳词枯槁。他若温、李、钱、刘,大都类此。然之数公者,俱抱万夫之禀,特差一间之微。要无愧笙磬同音,芝兰合臭焉。若乃袁蒋之分,殆不啻宋襄之于小白,秦武之于孟贲矣。彼诗仙诗佛之称,好事者为之耳,岂定论哉。先生又以为苕生乐府,突过随园。顾随园之不工乐府,人尽知之。而苕生所作,豪气有余,霸才无主。微特仲初、文昌,觉龙鱼之不类;即如青丘、元美,且鹏鹦之相悬。骚雅遗音,至斯委地。不知当日何以倾倒士林，而迄今余威尚在也。抑尤有不可解者，同时钱辛楣、王梦楼诸先生，率皆吐秀含英，芬芳旁溢；敲金戛玉，神韵遥流。实出茗生之上，而均不以诗鸣。毋亦世之耳食者多，而心赏者寡与。抑别有说与。台蠡测管窥，未必有当。近闻先生选国朝诗成八十卷。伏愿别其纯杂，审厥是非。毋以誉重而滥登，毋以名微而轻弃。以是信今传后无难也。台再拜。

与鲁介庵论侠士书

昔潘稼堂先生有言曰：古来侠士，自分两种：有豪侠焉，有义侠焉。朱家郭解之 徒轻财施惠，植党交欢，奔走结客，睚眦杀人。此不过豪侠耳。若夫锄强抑暴，济困扶颠。风生豫让之桥，云起田横之馆。显英姿于六合，人间忘紫绶之荣；传浩气于千秋，海内重黄衫之客。此所谓义侠者非耶。豪侠者，世所不必有；义侠者，世所不可无。史册具在，请举义侠之磊落轩天地者，为足下约略数之。夫不有冒危而拯人者乎？朱博诈为医士，力救陈咸；魏劭假作家僮，苦随史弼。苟无李笃，谁送张俭于遐荒；赖有孙嵩，肯藏赵岐于复壁。他若朱俊微服，廉范变名，孰非履虎尾而恬然，编龙龙须而自若。夫不有犯难，而哭人者乎？李固露尸，郭亮秉铁而奔视；杜乔暴骨，杨匡持帻而呼号。朱震则大恸陈蕃，赵戬亦深哀王允。至于董贤诛而朱诩陨涕，钟会死而向雄含悲。似觉无名，或嫌过分。然其轻生而取义，要可观过而知仁。夫不有代人受刑者乎？杨政援故人之急，利戟叉胸；戴就证太守之诬，巨针刺指。陆续就考，五毒备尝；缪肜入牢，四年长系。不徒褚冕楚掠而终护萧君，岂独魏铏痛笞而不言李相。夫不有与人共祸者乎？臧洪遇害，陈容不愿独生；李守伏刑，黄显甘为同死。孙拯感陆公之德，亦毙圜扉；程邕恋边子之恩，并婴斧锧。斯其勇趋汤火，笑就灰钉。讵或却而或前，真可歌而可泣。又岂无慰人于生前者乎？卫青势衰，独任安犹在；王亮罪废，惟周舍仍来。客去杨凭，而徐晦尚留连置酒；人疏邹浩，而王回偏慷慨赠装。依然牛耳之盟，庶免雀罗之叹。又岂无挽人于殁后者乎？邓骘谗死，朱宠舆榇而讼冤；卫瓘族诛，刘繇执幡而诉枉。况以伏波之美绩，叔阳敢不辨诬；邓艾之奇勋，段灼能无叫屈。惟抗论不循夫流俗，斯忠魂大慰于幽冥。又岂无为人保孤者乎？华轶之家已破，高悝则尽力周旋；士衡之女犹存，纪瞻则竭情抚恤。以至李震匿王镕之息，绝不言劳；赵玉负吕兖之儿，未尝稍倦。情坚一诺，肯避艰难；义笃三生，非图酬报。又岂无替人除残者乎？孙翊惨亡，傅婴斩戴员之首；周宝困毙，杜棱剖薛朗之心。此固誓报仇雠，克完志愿。乃若伍孚之欲诛贼董，施全之直刺老秦。事虽不成，气则尤烈，更足以震惊神鬼，感动天人。嗟乎！雨覆云翻，世态之浇漓日甚；风欺雪虐，人情之险刻何如。惟彼英雄，耻为薄倖。激昂自喜，笑谈可却熊罴；精悍无前，度量直吞狐鼠。存亡弗顾，奇男子气挟星辰；缓急堪依，大丈夫手挥雷电。当今之世，安得复见斯人哉！足下胸襟落落，骨相棱棱，亦有意为古之侠士者。然义侠可为，豪侠不必为也。足下以为然乎否？

与白牛和尚书

往者壬申之岁，就馆金山王氏，得读上人诗，见其清机徐引，逸趣横生。瘦石崚嶒，孤花掩冉。殆古之齐已、无可俦也。心敬羡之弗敢忘。既又知上人丹青入妙，直逼贯休；行草并工，上追怀素。益复钦钦在抱，渺渺相思。至于今盖一十有七年矣。夫以上人身处方外，才绝区中。谓宜倾动一时，播扬四海。包佶之交灵彻，汲汲争先；李端之赏皎然，殷殷恐后矣。而乃声称寂寞，踪迹微冥。其故何与。良以生长僻乡，主持穷寺。所与游者，只里间之伧父，乏宇内之英流。高闲不遇昌黎，空怀绝技；秘演非逢永叔，孰表奇能。嗟乎！遇合之道，盖可以忽乎哉？仆尝五过吕镇，俗冗牵连。未获访远公之社，遍诵佳章；登支遁之堂，欣观妙迹。及今追思，始悔向者衷怀之龌龊，识见之凡庸。得一高僧，而又交臂失之，为可叹也。虽然，仆不足以传上人。天下之大，岂竟无香山、东坡其人者，愿上人出而结纳，时与周旋。将见如满隆名，定当十倍；辨才韵事，良足千秋。或谓浮屠之教，只宜鼓钹摇铃，下鸽座狮台之拜；讽经赞呗，守猿江鹿野之风。天空烂然，浮誉何有。然则周贺、贾岛一流，逃释归儒，不更为梵家所取笑也哉。是不然矣。

答友人劝赴秋试书

台不敏，鲤化无期，莺迁莫必。以壮心之宗悫，作失意之孟郊。扈载数奇，李相莫能提掖；董传福薄，魏公难与扶持。终年居愁女之城，半世哭愤王之庙。夫固甘于沦弃矣。乃蒙足下谆谆慰勉，强回搏虎之车；款款开陈，劝觅亡羊之路。揆厥盛情，有与鄙衷相刺谬者。敢以芜言，复于左右。仆自丁卯以来，科历十余，闱曾九入。非不思昂藏变豹，慷慨屠龙。经高千佛之名，山到三神之地。而乃贾驰运蹇，韩琬途穷。鹄不中心，蛇徒画足。回看故侣，处处泥金；只剩鄙人，年年泣玉。倍曹沫之三北，逾孟获之七禽。独是千古文章，共称有价；一时侥幸，讵曰无人。甄琛鄙碎之篇，偏蒙激赏；田诰迂疏之作，竟获荣名。分明豕是辽东，俨若马来冀北。仆也空劳精力，自然早厌羊羫；勘破机关，底事苦争蜗角。雪案之灯犹在，云衢之兴都灰。况复马齿频加，鸡皮渐老。即使白袍得脱，黄榜许登。而燕颔虎须，颓唐已甚；鼠肝虫臂，适用何堪。在当时惨绿年轻，尚难腾达；岂此日飞黄力退，翻想驰驱。不特此也，省门一踏，家累弥增。仆固一贫如洗者也，东方朔不免叫饥，北郭骚剧怜守困。残羹冷炙，且自依人。柳车草船，无从送鬼。裘真敝黑，毡仅余青。陈登之豪气久除，赵壹之空囊孰补。米盐琐琐，事甚艰难；科举劳劳，谈何容易。妄思鸣鹿，枉费修羊，不亦悖哉。嗟乎！运厄卅年，生虚一世。既不能从军万里，虎帐扬威；又不能作宰一方，牛刀奏绩。而徒操三寸管，拥五车书。工平子之四愁，拟茂明之六笑。鲫鱼措大，漫博虚名；鹦鹉声华，未征实效。长铗弹而何恩可报，短衣著而无地堪投。以故敛戢雄情，消残芒角。身如病骥，幸毋恋栈贻羞；心似闲鸥，曷弗息机自乐。悔滥竽于往日，弃堕甑于今兹。仆所以决不赴试者。初非有闵于有司，正以自伤夫薄命也。虽然仆非矫枉过正者。或者许棠六十以前，获登上第；刘象七旬而后，幸列巍科。果然佳遇之肯来，岂必诡辞而不受。而今则频嗟奔北，暂歇图南。虽苏张掉唇于前，韩白按剑于侧，无得而诱我也，惟高明共鉴之。

书《高青丘集》后

汉祖但诛信越，不闻随陆谴殃；魏王只戮崔毛，未见王陈论罪。文字之祸，人主盖有所不忍为也。乃吾观明祖定鼎以后，恩威莫测，赏罚无经。庭草空梁，每忌艺林之翰墨；藐躬小子，屡诃文苑之语言。周内深文，亦云惨矣。则有如高青丘者，楼成五凤，塔造千花。具撑霆裂月之思，擅抉汉分云之技。奈何才多获谴，竟触罹罗。名盛招尤，猝遭鸿网。登北郭诗人之社，孰敢齐肩；对西曹狱吏之尊，空怜束手。或曰青丘之死，以题宫女图。故夫一声河满，宫中歌承吉之辞；七夕长生，朝内赏香山之作。燕窠蛇穴，元稹缘此承恩；獭尾鸡头，王建未尝见责。在彼何幸，在此何辜。或又曰：青丘之死，为魏观作上梁文。故夫观固开国之循吏也，永叔记有美之堂，岂为谄佞；老泉题益州之像，颇事铺张。此亦宇宙之常情，古今之恒理。矧当日者，称费震为贤臣，释诸缧绁；叹周荣为良牧，免厥锒铛。孝陵亦初非寡识者，观独奚为而衔冤，启又奚为而被累哉。且夫明初文字之祸，不止青丘一人也。苏伯衡上笺微忤，致毙囚牢；孙仲衍题画见猜，横加斧锧。王蒙、徐贲并伏严刑，谢肃、戴良迭罹惨法。揆厥所由，靡不罪生词句，衅起篇章。遂婴虎尾之危，莫挽龙颜之怒。不知高皇抚心自问，其果何嫌何疑，而乃草菅名流，若斯荼毒也。嗟乎！此辈特书生耳。犹不免暴风震荡，疾电砰訇。何况颖国奇猷，累膺节钺；宋公伟绩，大著旂常。他若廖胡、费陆之徒，唐薛、郑曹之侣，亦皆枕戈卧鼓，沐雨栉风。呼鹰百战之场，跃马三军之地。然则功高震主，烹狗藏弓。复何论哉，复何论哉！虽然兰以香而召刈，桂以膏而蒙煎。彼夫景文息机，东海之大鱼难觅；宗仪匿影，南村之野鹤谁招。绩溪水好，舒頔幽居；横玉峰高，沈贞隐遁。诗咏明哲，易称知几，是之谓也。若青丘者，殆亦未思此义乎。然而后世人君，当以洪武为鉴，而永绝文字之祸焉。斯可矣！

书侯朝宗《文集》后

《壮悔堂文集》十卷，雪苑侯方域朝宗所撰也。才思震荡，骨格雄奇。挟鱼龙而欲飞，呼雕鹗而起舞。文如其人，谅哉！夫其志凌万物，气蔑九州。郑仁表以门阀自高，崔信明以文章自负。顾牛、陆马肆庞统之狂谈，潘鹅、吕羊逞卞彬之利口。疑若非人情，不可近矣。而乃义因事奋，忠为人谋。须眉翕张，肝胆倾露。鲁肃三千斛，半赠周瑜；阳城五百缣，悉资郑俶。然而热肠结客，散若泥沙；冷眼看人，刚如铁石。桓谭秉正，直拒董贤；嵇绍嫉邪，肯亲贾谧。自有江敩移床之智，岂无王球举扇之严；居然周访投椀之豪，何减戴逵破琴之愤。其轻财也如彼，其守义也如此。故其著之于文也，手绕雷霆，胸奔江海。独倡韩、欧之学，能追《史》《汉》之神。章台走马之余，拈毫顿挫；大野射雕之暇，掷笔低昂。语必惊人，言皆有物。直将词翰，褫马、阮之游魂；敢坏声名，负吴、陈之至契。所惜者，三年龙战，十试风嗟。方干未掇巍科，陈亮频遭大狱。以致郭嘉无禄，遽掩金刀。李贺早亡，竟埋玉树。虽然英雄抱恨，淹骥足于生前；才子终传，留豹皮于死后。王充已逝，《论衡》始行；扬雄不生，《太元》乃显。宜乎阮亭俯首，牧仲倾心。而杜于皇犹谓其根柢不坚，陈之问尚讥其伎俩甚浅。此则文人相轻之故态，非仆所敢言也。

书王荆公《原过篇》后

甚矣，言行之难符也。尝读荆公《原过篇》曰："天有阙蚀，地有崩竭。卒不累覆且载者，善复常也。人固不能无过。卒不害圣且贤者，亦善复常也。"荆公之言如此，荆公之行如彼，何其谬哉！当夫蔑弃前型，创行新法，妄希管仲富强之政，适类商君朘削之为。欲继郑侨严猛之功，并无王猛设施之术。四方骚扰，剧怜剥髓椎肌；万姓沸腾，难免医疮剜肉。虎狼之横行日甚，鹄鸠之残喘无多。荆公独非人情乎，而何以不自悔也。况斯时也，众士纷攻，盈廷交劾。杨绘进"五难"之说，刘挚陈"十害"之箴。称贷取赢，亦有陈襄之苦谏；鞭笞必用，岂无苏辙之名言。他若富公仰屋而长歔，钱觊出台而奋詈。吕诲乞退，心疾难瘳；唐介愤争，背疽遽发。荆公其果甘心乎？而何以仍不悔也。且荆公非特不能悔过，更巧于文过者也。观其哓哓聚讼，悻悻自专。厉色以待伯淳，造言以诬晦叔。听张戬之抗辨，漫作笑容；持范镇之奏书，不禁戟手。威权独用，几枭郑侠之头；壅蔽日深，敢塞冯京之口。以至老成尽黜，群小毕登。聚一时传法护法之邪，启异日大惇小惇之祸。倒行逆施，一至此哉。善乎曾舍人之言曰:安石勇于有为,吝于改过。呜呼尽之矣。夫王衍之误晋家,卢杞之坏唐室。一则处心狡诈,一则秉性奸凶。故其害有不可胜言者。独惜荆公负盖世之盛名,膺非常之殊遇。固宜爱君忧国,保百年忠厚之基;守道奉公,养一世中和之福。奈何逞其独断,废厥众谋。裕民而竟以穷民,辟国而反以蹙国。岂非获疾忌医,漫无省察。有以致之与。彼武侯之勤劳也,犹受崔、徐之启诲;郑公之精密也,亦容房、杜之箴规。荆公素轻二子,曾不一思其补过之方乎?厥后温公作相,详定役法,子瞻诤于前,尧夫辨于后。温公初虽怫郁,继即信从。斯真所谓善复常者矣。庶不愧宰相之度也哉!

书吴梅村长平公主挽诗后

呜呼!人非鹤市,紫玉重生;镜异鸾台,乐昌再合。慨虞渊之日落,忽蒿里之霜飞。石马凄凉,嘶寒风于暮暮;金蚕出没,泣冷雨以年年。此吾读梅村长平公主挽诗,而为之欷歔再四也。公主名徽娖,明怀宗女,周皇后产也。尔其托体皇枝,承休圣善。雏钗簪髻,鱼笏垂囊。赏花北房,分膳南厂。匕箸不折,敢触怒于唐宗;宝藏无私,得承欢于宋帝。正值蛾眉三五,伫看鸳颈一双。时则都尉周君名显者。客是乘龙,桥将填鹊。方谓襄城孝行,能安萧锐之家;广德柔情,可作于琮之妇。玉管作画,上追秦国芳踪;铁簪记租,远继汉阳佳话矣。何图寇贼鸱张,关山蚁溃。既残秦晋,直捣幽燕。五夜鸾凰,未谐红烛;九门狐鼠,尽纳黄巾。当斯之时,倘或如平阳之抚降群盗,大可慰也;即或如鲁元之见护功臣,犹可从也;又或如平原之急嫁将门,已可悯也;否或如临海之略卖民户,不可言也。而况姚苌见逼,兵渐入宫;侯景逞凶,势将纳主。帝乃从容处变,慷慨割慈。内人拥红袖而啼,王子著白衣而去。持觞大痛,无限椎胸;拔剑亲挥,竟遭断腕。尸横紫籞,血喋彤闱。吁其惨哉!无何残骨重完,返魂再活。金人辞汉,玉马朝周。转羡唐安,从属车而道死;翻惭新野,遇乱卒而兵亡。誓愿清修,玉真入道;苦求披薙,郃国为尼。世祖不许,诏仍与周君作配。月已缺而复圆,星将离而旋合。犊车载去,并非柔福冒名;龙剑归来,绝异鲁班改嫁。然而神伤半体,心恋双亲。才赋彩云,秾李下降;

遽歌薤露，扶桑上仙。香消韦氏里中，泪满荀侯巾上。彼夫太平选尚，燎设千重；安乐成婚，池开九折。吴兴恣傲，缚王偃于后庭；山阴诲淫，逼褚渊于客舍。在彼则秽声四播，在此则芳节千秋。虽恨拥青年，而名标彤管矣。梅村抱沈初明之心事，负元好问之诗名。词谱永和，曲传宫扇。银泉寄慨，青门写愁。而于长平一事，尤觉一篇之中三致意焉。弹毫珠零，落纸锦粲。灵妃缥缈，声断秦箫；神女徜徉，悲深楚些。余既感长平之苦衷，而又喜梅村之能为诗史也。于是乎书。

书金圣叹《才子书》后

窃以曼倩滑稽，长公怒骂。虽偶涉夫游戏，要无害于纲常。若夫专信稗官，独崇异说。评绿林之豪客，曲尽形容；赞红粉之娇娃，漫加附会。灵谈鬼笑，恣一己之私情；楚谚吴歌，悦千奴之庸目。则未有如金氏圣叹之甚者也。以彼唇锋锐利，眼电精荧。假令洗涤邪思，折衷正道。将出其才力，不难了却十人；播厥词章，尽可自成一子。奈何雕镌俗状，周内世情。好为阳五之淫辞，惯作桓元之危语。羊颐狗颊，尽是诙谐；马默驴鸣，无非穿凿。加以讥弹无忌，夸诞不经。笑刘昼为骆驼，诋任圜为虫豸。诗曰："善戏谑兮，不为虐兮。"圣叹何相倍之戾也。其贾祸焉，不亦宜乎。呜呼！何晏风流，卒婴斧锧；王融险躁，竟被灰钉。叔夜临刑，欷歔爱子；蔚宗论罪，悲泣名娼。伯深之裂胆堪怜，君彦之蹙心何惨。语言取累，空留谢客之须；意气自高，已抉杨郎之目。自来才士，都鲜令终。非诡妄以招尤，即轻浮以致败。况区区圣叹也哉！

木鸡书屋二集卷六

白沃使君庙碑

当湖之故迹，为品物之市廛焉。顾邑之名区，有神灵之窟宅焉。粤以时当永建，地忽成渊。风雷挟鲸鳄而来，士女随鼋鼍而去。使君仓皇疾走，叱咤大呼。留一角之残墟，夺万民于劫祸。金鞭挥而神驹奋跃，铁锁镇而毒蜃深潜。牛化李冰，妖氛难敌；蛟抟周处，水患欣除。天假英雄，剩有绮塍绣壤；人怀清晏，永无骇浪惊涛。记云："能御大灾则祀之。"祠宇之设，所以报也。尔乃宝座厞屭，虚堂掩冉；虬檐月白，雉堞烟青。杨柳春湾，芙蓉秋水；河鱼戏舞，海燕来朝。四十里卵色长留，三千年狂澜不起。持鸠野老，听社鼓之喧填；射鸭村童，话神灯之恍惚。水蛭旱蝗之害，有祷必征；佳虾名蟹之羞，无时或歇。享祀不忒，神人以和，良非偶然者焉。或谓世已辽远，迹涉恢奇。虽得故老之遗闻，恐非儒流所取信。不知渭川之洪澜泛溢，精神先告崔昇；秦望之急溜奔冲，山灵不欺何允。或惊波覆舰，忽来青鸟飞仙；或积潦迷途，幸遇白狼童子。稽诸往昔，不少灵踪。岂尽属邹衍之谈天，齐谐之志怪乎？或又谓事虽可据，名竟弗传。未免凭虚致疑，乌有不知。博城老父，救汉光于危急之秋；灵武妇人，获唐肃于艰难之际。他若投石函而治沉痼，授铁简而御郁攸。此皆偶显英灵，不详姓氏。要其有功于民社，即可无愧于烝尝。必欲求其人以实之，凿矣。所憾者，迩来俎豆渐衰，香烟稍替。村氓寡识，庙祝无知。遂乃改事佛家，妄迁神座。西方因果，易惑听闻；东汉明威，偏遭轻亵。夫亦思今日之万家烟火，平野堆黄；九派湖光，晴波漾绿。处处杏花，莒叶同乐麻和；年年桃渚，桑洲毋虞溃裂。藉非使君之明灵默佑，英爽潜扶。其能若是乎。而犹不载颂安澜，忍忘遗烈者，殆非人情也已。上舍鲁模悯盲俗之过愚，念旧规之宜复。肃衣冠而致拜，洁蘋藻而敬陈。犹以为祀事虽虔，仅足表彰一邑；穹碑未立，将何昭示四方。爰属鲰生，胪陈故典。呜呼！徐登咒水，立止飞涛；吴猛画流，若行平地。然只自夸幻术，初非能捍奇灾。而如使君之泽被蒸黎，事关家国者，其相悬奚啻倍蓰哉。因书功德，详其御患之灵；用述馨香，勒在丽牲之石。且作神弦之曲，俾工歌以乐神。其辞曰：

湖之东，云濛濛，神翩翩兮欲下，提长鞭兮策白马。湖之西，风凄凄，神来游兮驾楼艤，大旗翻兮花乱舞。絜酒兮一卮，召村巫兮弹青词。愿神兮沾醉，福我民兮千万世。五百毒龙兮过此愁，犹恐将军兮，横刀在上头。

重修陆忠宣公祠堂碑

道光六年，天子俞台臣之请，以唐陆宣公学业粹精，经纶宏远，特诏从祀孔庭。九原可作，深衔雨露之恩；千载流辉，益壮星辰之色。惟是嘉禾胜壤，槜李名区，系公诞生之地。旧有祠屋在焉，属以星霜递易，风雨摧颓，裔孙某仰体皇谟，感怀祖德，重葺治之。因求纪实，用敢摛文。夫以公早登螭陛，名重鸾坡。假使时值太平，日当隆午。亦不过西垣载笔，学刘向之校书；东观司文，夸陆澄之隶事而已。一自政苛若虎，赋毒于蛇。聚怨嚣嚣，腾谤藉藉。遂致豺狼肆扰，猰貐横行。裂土假王者四凶，滔天僭帝者二竖。六军解体，持戟徘徊；万乘蒙尘，奔车鞹瓱。行者忧而居者苦，群臣孰尽贤劳；往不咎而来不追，孱主犹归气运。公乃独抒抱负，丕展经猷。镇定于人心向背之秋，挽回于天意去留之际。辨如贾傅，不涉空疏；忠类汲公，却非愚戆。是以诏书一纸，山东之反侧俱安；罪己数言，河北之猜疑立释。风雷屏息，日月重光；九庙肃请，四郊荡涤。然则唐室再兴，虽系李晟收京之力，韩滉运米之功，亦由公之尽心启沃，有以致此也。况当是时，邺侯退位，段尉捐生，真卿以重望见倾，公辅以沽名获罪。惟公恒随豹尾，敢犯龙鳞。具明体达用之才，负遗大投艰之任。七患九弊，指画详明；八计三科，敷陈恺切。帝亦视为心膂，俾作股肱。引觞从王导之箴，辍食称顾谭之善。晨昏延接，屡及张纯；大小机谋，必咨赵典。使德宗果能尽用其言，则四方感戴，六寓讴歌。将见魏徵成贞观之休风，宋璟佐开元之盛治。以公继之，不难鼎足而三矣。奚只扫除枭獍，殄灭鲸鲵已哉。无如臣节弥坚，君情难保。鲁昭出外，备历崎岖；卫献复归，顿生骄慢。当其蒙难也，一言感悟，楚王曲听子西；及其居安也，九术消除，越子渐忘文种。加以鸥鸮得志，魍魉弄权。蚊聚堪憎，蝇营可畏。十年内相，未竟设施；万里忠州，遽遭摈斥。国方增九鼎之重，身已如一叶之轻。奈此谗夫，莫投有北；嗟彼正士，谁许归东。然而暴主之猜嫌，柄臣之忌克，俱无足论。独惜公忠诚勃发，智略纵横。适逢阳九之交，上应魁三之象。止土崩于绝岸，收板荡于横流。乃何以始任翰林，殊觉浴日补天之易；晚居宰执，翻忧除稂去莠之难。此岂公之不幸与，抑亦唐祚就衰之征也。或谓诗称明哲，易美见几，当市虎之方张，宜蜚鸿之早远。角巾东路，徒步南冈，奚不可者。不知公心在朝廷，志安宗社。畏覆车而鉴戒，尽是忧劳；虑毁室而悲鸣，无非忠爱。幸免伍胥之被戮，何妨屈子之长流。且夫韩愈贬官，阳城罢职。亦因危言激论，悉教置散投闲；矧公之上不负天子，下不负所学。其素所蕴蓄者然乎。若必自走烟霞之路，别求泉石之朋。夫岂纯臣之本分哉。今者杏梁改旧，栗主更新。诹吉日以涓成，望灵旗其来下。分两庑特豚之祀，俎豆斯馨；瞻九霄祥凤之辉，规模式廓。重刊贞石，用告神明。庶几鸳湖明月，永怀光哲之清芬；鹤渚春风，留作后儒之矩矱云尔。

海忠介公庙碑

袍笏森严，溯明灵于南海；樽罍芳洁，增采邑于东湖。盛德在人，青山不老；威名行远，绿水常新。当年万众聚观，共识李邕之貌；此日四时致奠，如瞻包拯之神。孔子所谓古之遗直、古之遗爱者，公独以一身兼之。庙祀之隆，夫何愧焉。当公之在世宗末也。时则黑雾漫天，黄风刮地。天子方朝思桃核，夕问枣花。讲经征灵素之徒，采药命文成之辈。鹊盘旋而献瑞，兔驯扰而呈祥。宫婢以红组作奸，犹奉三清宝殿；妖人以白旗谋逆，还夸万寿金书。公乃独沥忠肝，直舒苦口。神仙妄诞，进刘琭之谠辞；方士荒唐，陈裴潾之正论。辛毗激烈，不惮牵裾；杜静忧危，竟劳舆榇。始也，骊廷议罪，佥援骂父之条；继也，龙驭上宾，才识哭君之义。不然使公稍存顾忌，略避猜嫌。则当日者，夏言以监醮蒙恩，严讷以撰词得幸。惟中去位，且因召鹤而乞怜；宗宪立功，尚假献龟而获赏。之数人者，孰非希踪王旦，附会祥符；藉口莱公，依阿乾祐。公何为独不然哉？且夫诗言正直者，人臣敢谏之风也；易言经纶者，君子见功之地也。苟无勤施之实效，空负謇谔之虚名。公也才脱锒铛，罢刑东市；旋膺节钺，开府南都。贾琮来而赃吏悉祛，杨绾用而奢风顿革。似采风之文纪，莫问狐狸；同疾恶之光庭，力驱蚊蚋。松到天而不屈，春随地以俱生。十驿三梁，征徭均省；一榆百薤，措置咸宜。而且玉尺持躬，冰壶约志。任昉剩粗粮五石，苦节能安；孔觊燔美绢十船，清风罕匹。是以军民雷动，遐迩飙传。家图朱穆之形，路颂岑熙之政。而无识者，犹谓其处家过啬，御众殊苛。岂知伯起辞金，原非沽誉；乖崖吃剑，终是爱民。非衣之谤奚伤，有衮之思永属。然则公之忠君报国，固有大异于浅儒俗吏之所为者矣。若此者，诚贯星斗，节悬风霜。允宜百世蒸尝，千秋报赛。我邑之有祠也，盖以颁条设教，三江既被宏恩；措正施行，两浙亦蒙余荫。日高升而普照，水润下而遍通。岂必王堂之祠，专崇巴郡；陆馛之寺，仅显相州已哉。祠为明季邑人鲁思政所立，今其七世孙模默感神庥，惧淹祖德。石坊镂白，慨念何穷；瓦印余红，摩挲弗释。试看九龙并戏，湖水依依；回思一鹗孤鸣，忠魂耿耿。金台愧无巨笔，敢刊阮略之碑；粗述前闻，敬勒贾逵之庙。铭曰：

嘉靖四十余年事，法度陵夷纪纲替。君王日想钧天醉，仙药仙桃重叠至。杨刘苦谏死不避，蹇蹇孤忠海公继。九重震怒诏下吏，自分头颅西市弃。忽闻红日当空坠，哭抱鼎湖迸血泪。出典封疆膺重寄，公才公望名盖世。威声棱棱犯众忌，宁虎、郅鹰总非类。况复四知暮夜誓，一片冰心对天地。至今江南遗泽被，春秋蘋藻时拜祭。鹉湖有祠缺碑志，齐东野语人各异。我为作辞祛群议，风马云车神其莅。

林烈妇墓表

芝草无根，独挺一时之秀；莲花不染，永垂千古之芳。烈妇之死，至今几三十年矣。而人犹啧啧称叹者，岂非以两间清气，积久而常存；一片贞心，逾时而难灭者与。烈妇姓林氏，平湖南门外人，适乍浦水师营卒顾大。大故无赖，其母本土娼也。绿帻豪奴，时来曲室；黄衫侠少，屡匿深闺。召鼠穿墉，教猱升木。妇微觉之而隐忍不言也。姑乃俯瞻弱媳，绝妙韶颜。劝抱琵琶，思招车马。三月三日之桃叶，无限风光；千树万树之杨花，定增声价。妇是阿姑之妇，姑为新妇之姑。似宜曲听雉媒，珠将论斛；勉从鸨母，香可名衔。岂知妇也，铁石居心，松筠矢志。谓负薪供爨，乃所优为；若贳酒当垆，断难俯就。兰虽厕于萧艾，玉肯累夫污泥。不读诗书，却识《关雎》之义；素娴礼法，敢为野鹜之飞。以故绥绥雄狐，频挑彼美；娟娟雏凤，苦拒狂且者，盖已匪朝伊夕矣。姑乃阴谋日甚，诡计益深。集短蜮而射飞沙，引游蜂而争落蕊。犹思入月，强捉蟾蜍；未许开笼，放生鹦鹉。错将溪畔伤心之树，认作筵前解语之花。妇于是掩面唏嘘，椎胸哽咽。腰无一尺，泪有千行。尽抛粉黛于西窗，欲殉躯骸于东海。愿将碧玉，下饱蛟涎；那使明珠，轻投虎口。姑乃弥深愧愤，大肆咆哮。诟谇朝朝，棰笞夜夜。甚至肩婴斧削，腹撞刀环。灼荣爱之目睛，割望卿之唇舌。漫天雪厚，压死红梨；满地风狂，摧残白柰。此嘉庆甲子正月晦日事也。年只二十有三。呜呼痛哉！斯时也，虽复邻里不平，市人抱恨，而无如奸徒计密，莫雪奇冤。长吏法宽，仅从轻典。一棺亟阖，任教人龁衔悲；三尺不施，竟许妖狐漏罪。是愈可伤也已。嗟乎!以烈妇性如玉润，品似冰清。使其获配参军，定谐伉俪；或归才子，亦耐清寒。奈何凤乃伴鸦，鸳偏随鸭。赵妻命薄，难回夫婿之非；张女心酸，莫挽姑嫜之恶。然且一生自好，能独清而独醒；九死无辞，终不挠而不屈。益信古今正气，半出闺闱；宇宙英姿，每钟巾帼。苟非横罹荼毒，备受风波。亦无以显其雪柏霜松，若斯之烈者也。烈妇墓在汤山麓，今者黄茅烟锁，青磷风飞。蝶蜂不栖，狐兔远徙。潮回大海，疑带哭声；花发崇冈，尚闻香气。友人顾蓉屏、鲁介庵等，皆以为岁月迁移，传闻互异。既不得表闾秩祀，妥厥贞魂；又不能砻石镌文，慰其毅魄。将何以励纲常，敦名教耶!余也不才，爰采朱雅山、丁小鹤诸先生所纪述者，而为之表。

鲁简肃公海塘显神颂

江浪奔腾，赖李冰之默助；河流险恶，幸谢绪之阴扶。自来灵迹之昭彰，必非史书所附会。今观鲁公海塘捍灾一事，尤足信焉。惟道光十年七月二十一日，狂飙陡发，怒浪横飞。蛟欲天升，鲸如人立。虾须百尺，随铁飓而高撑；鲎尾千张，挟银涛而疾卷。武原地当冲要，势已濒危。雁翅横排，九百丈石塘顿折；鱼鳞稠叠，十万家烟户将沈。无何夜漏未残，天风忽转。遥见鲁公浦上，灯光一道，旗影千条。中有神焉，直走鼍宫，遍巡鳀壑。金戈铁马，逐白练而回翔；羽葆珠枪，拥红袍而驰骤。灵威所到，妖蜃魂消；正气所凭，毒龙胆落。识者咸谓此简肃公福我也。士夫忭舞，妇孺欢呼。身幸免于鲸鲵，命岂同乎蝼蚁。虽地维不绝，原由帝德之宏深；而天网重开，实藉神明之佑庇。因思公之宰盐邑也，时则蓝田壅塞，白塔湮埋。民兴黄鹄之谣，地少青蛇之迹。自公开其沟渎，浚厥沮洳。度势筹形，经许扬之硕画；遏咸引淡，尽杜弼之贤劳。莱堰修而人感傅祇，芍陂筑而众歌刘颂。至于今鸥凫戏狎，鱼蟹充盈。行桥下而溯遗徽，过亭边而怀美绩。况复苏缄既殁，英爽犹存；王畯虽亡，精魂未歇。楚王救患，庙中之矛戟俱摇；蒋帝显灵，座右之鞍裳尽湿。然则功关社稷，泽在烝黎。尤宜合七邑而蒸尝，亘千秋而俎豆者矣。公旧祠在城中东南隅。前邑令杨丹山先生捐俸重建。绣座巍峨，虚堂掩映。淮上之思田昼，无废明禋；建州之报李频，恒隆肸蚃。兹者年垂八百，命拯万千。祸弭南邦，欢腾东海。蛟涎鳄沫，消为日月之光；鳌背鲲身，化作云霞之气。其在《诗》曰："赫赫厥声，濯濯厥灵。"呜呼！岂偶然哉。于是雕龙才子，绣虎词人。各著诗篇，用酬神惠。爰不揣冒昧，而为之颂曰：

昔者海寇，扰我边陲。赖有霍侯，大展神威。今者海水，坏我塘岸。赖有鲁公，拯民于难。洋洋大风，汹汹狂涛。万户惊慌，众官呼号。天眷圣清，命公祐之。无数红灯，左之右之。聚神兵矣，斩长鲸矣。万目骙骙，庆重生矣。公昔存兮，罗汉示梦。公今往兮，阳侯敢哄。拜公之祠，颂公之功。知公魂魄，常在江东。马迹潭边，鹰窠山下。请勒丰碑，以谂来者。

曝书亭吊朱竹垞先生文

夫谢公墅废，名流过而踟躇；庾信园空，骚客为之惆怅。而况金风旧迹，大雅堪追；长水遗墟，流芳未歇。青山虽逝，白云能来。有不因地而思人，抚今而缅昔者乎。曝书亭者，秀水朱检讨竹垞先生置书地也。当其落落风尘，翩翩书记。孟嘉嗜酒，得宣武之欢娱；杜牧耽花，赖奇章之保护。据鞍于云中济上，放棹于湘北海南。斯时固未暇十亩闲闲，穷年兀兀也。既而王筠晚岁，独步艺林;李峤暮年,共推宿老。恭遇求贤之主,特开博士之科。先生簪笔趋廷,弹冠拜命。馆中修史,突过檀超;殿上讲书,何惭张酺。入参机密,岑文本属草辄佳;出任文衡,陆敬舆得人最盛。且当是时,阮亭作诗坛盟主,钝翁为文阵雄狮。毛大可经贯匡、刘,陈迦陵词追周、柳。莫不家珍赵璧,人握隋珠。而先生奄有诸长,不矜一枝。澄思渺虑,独成子野之心;殚见洽闻,无负孝先之腹。余子纷纷,更无论矣。然而才高见忌,名盛招尤。子美登朝,竟入拱辰之网;曲江避位,免遭希奭之钳。于是肆志烟霞,怡情雪月。一楼杏雨,三径桐云。古槐出墙,修竹环岭。菊塍兰砌,尽足盘桓;菱汊芋陂,并供赏玩。春水生而红鱼戏跃,秋风起而黄雀争飞。饮卢仝七碗之茶,载米芾一船之画。东坡诗句,万里流传;北海碑铭,九州照耀。以至缥缃重叠,李溪之排次渐多;签轴纷纭,韦述之校雠勿辍。藏书之富,盖几几乎西斋吴氏,南渡尤家焉。无何白驹易逝,黄鹤乘空。蟹舍灯寒,鸭阑花谢。枳篱零落,不见青鸠;苔径荒芜,难寻绿蝶。叹丹铅之散佚,悲黄墨之丛残。任昉奇编,半归他姓;郑樵良产,知入谁家。向者阮芸台学使,怀旧情深,怜才意笃。爰探故址,重葺新亭。曾日月之几何,又沧桑其若此。夫以先生千秋硕学,一代伟儒。犹且春风如故,邺架无存;夜月依然,曹仓何在?况乎涂鸦浅技,画虎微长。妄希没世之留传,私冀后人之守护,不更难哉。金台居同一郡,生后百年。未及厕三千剑佩之班,不获窥八万琳琅之册。偶过鸳水,眷前哲之余光;为访鹤洲,钦老成之绝业。宗风可溯,定自从公;词客有灵,还应识我。呜呼!

蜃园《访友图》跋

昔阮孝绪遁迹穷阿,任昉无由往见;关康之逃名绝涧,延年未敢交谈。室迩人远,惆怅如何?若乃金石同心,苔岑合契。如郭泰之寻黄宪,共罄绸缪;似范式之晤孔嵩,自然浃洽。此蜃园《访友图》之所以传也。蜃园者,在乍浦城西南隅,明孝廉李潜夫隐居地也。当夫海水群飞,昆冈失火。梁代之金楼何在,陈家之玉树都消。故内凄凉,鹃啼残照;孝陵毁坏,鬼哭秋风。先生乃避地幽居,弃家肥遁。方袍圆钵,丈室孤栖。冬橡夏菱,空山独往。云萝掩映,雪树迷离。感恸木猴,悲吟铁凤。循烟霞以永日,托泉石以穷年。屈指故交，大半骑鲸而去；关心知己，伊谁载鹤而来。则有宁都魏冰叔，才思云委，议论风生。少隐翠微，晚游江海。遇汪沨于湖上，识徐枋于吴门。不辞千里之遥程，遍觅一时之遗老。遂至乍浦，与潜夫先生订交焉。两心相印，怀抱顿开；四目交看，欷歔何极。树摇鸭脚，无妨稍坐烹茶；苔积虎皮，正可此中把酒。纵谭文史，万叶呼风；并话沧桑，一灯吹雨。而犹未已也。冰叔怜其饥冻，费厥踌躇，乃谋诸曹倦圃侍郎，略营朝夕之需，为救厄穷之况。谁知先生寒蝉抱洁，病鸟何求。粥鼓斋鱼，甘作头陀以送老；解衣推食，肯因良友而失身。盖与冰叔别未半年，而先生竟归道山矣。爰有虎头，特舒鹅绢。绘孤高之状貌，描贞朴质襟怀。斜日松杉，梦归萧寺；晓霜薇蕨，踏破秋篱。属才士之来投，与高人而坐对。法真潜德，能教郭正倾心；张荐清风，何必右军避面。天荒地老，尺幅常新；石烂山枯，寸衷若揭。敬瞻雅范，如游鸥室之居；缅想芳徽，欲拜牛桥之墓。

屠牛说

尝闻鲁公作沼，恩及蚬螺；宋子编梁，泽施蝼蚁。江泌则不除虮虱，陆彰则并惜螵蛸。此皆物之至微者也，犹且动君子之矗伤，致仁人之恻怆。而况田登黄稻，力惫乌犍。竟无帷盖之怜，反受剥烹之惨乎？君不见东皋始作，南亩方勤。鸡逐蜢而过堤，鹭衔鱼而上岸。赖一犁之荦确，翻百顷之水云。羁络蒙头，老翁叱出；鞭丝在手，幼女骑来。更或昊天降灾，旱魃为虐。芳树之鸠声永断，腴畴之龟坼堪嗟。红汗千条，屡防蹄脱；青刍一刺，难疗肠饥。蚊刺胁而毛凋，乌啄疮而背裂。千万村增修场圃，尽望秋成；九十日辛苦泥涂，谁勤夏令。未几节逾白露，陇遍黄云。虎掌香浮，龙睛颖实。牛乃茅棚暂歇，照瘦态于月中；草舍低眠，留余生于霜后。人皆哺含而腹鼓，已独骨倦而筋消。奈何才别沟塍，遽罹鼎镬。半生牧笛，从未言功；一命屠刀，缘何获罪。宛转赤砧之下，呼号白刃之间。俗流争禁朵颐，雅士亦为染指。夫岂银鲈紫蟹，未遑肥甘；芦雀稻鸡，尚嫌琐细。而必太牢是享，然后快心与。此则宁戚之所拊膺，韩康之所扼腕。饮巢谷者，深为痛悼；挂汉书者，无限欷歔也已。嗟乎！人特未之思耳。彼夫鹿则乞恩于何允，鹑则托命于蔡襄。蛇安虞愿之床，龟报孔瑜之印。羊教免杀，感王固之深情；雉得复苏，拜裴公之盛德。万物孰非畏死，群牛岂独轻生。而乃玉粒坐收，金刀作报。含冤入地，俨同吕雉之醢淮阴；垂泪向天，何异佛狸之屠崔浩。是可忍也，抑独何哉。所赖长官严禁，明法痛绳。杀之者固宜伏辜，食之者讵容贳责。庶几荞民知惧，稍戢贪饕；薄俗可更，渐生愧悔。秋雨滴绿杨桥畔，免曰烹曰炙之灾；夕阳照黄叶林间，得或寝或讹之乐。

冯漱泉女史哀辞

鸣呼！潘鱼永隔，陈凤不归。嗟丝尽于春蚕，感轮亏于秋兔。罗衣菱鉴，韦庄之凄怆奚穷；锦褥绣帏，韩偓之缠绵无极。则有如何君菘蹊淑配冯孺人，诚足伤已。孺人讳润，字漱泉，冰雪聪明，兰茝芳洁。戚逌遥焚香默坐，张窈窕照镜生姿。缘侍宦乎芜城，遂远离乎柘水。集奇材于南国，谁中雀屏；赘快婿于东床，克谐鸳牒。斯时也，鸭炉张夕，鸡枕催晨。玉笛吹而杨柳纷飞，金针绣而芙蓉欲活。凭阑斗茗，白定瓯圆；搦管拈题，红丝砚小。双桨荡甓湖之月，唤出游鱼；八窗迷瓜步之云，招来仙鹤。既而鹿车共挽，鹢舫同回。初调洗手之羹，并举齐眉之案。卖书船至，鬻去秦珠；沽酒人归，典残蜀锦。柔情缱绻，赠婴年旧弄之环；弱腕摩挲，指昨夜新临之帖。杨容华夙多颖悟，王韫秀尤善箴规。宜乎高柔生爱玩之思，庾衮得安和之趣也已。然而聚散何常，合离靡定。菘蹊学成麟角，文比豹斑。名早冠乎鸡坛，身未登于蟾窟。李廓之科名久踬，崔群之书记偏工。孺人识见通明，机神练达。中厨自任，劝为千里之游；内政能修，勖以四方之志。虽王孙远道，剧怜马足频劳；而少妇深闺，未敢蛾眉抱怨。无何桃花骨瘦，桂子心空。态失嫣妍，病成殗殜。顾麟儿以痛绝，抚凤女以悲萦。月魄难圆，星桥顿圮。琼楼燕泣，绮阁乌啼。蛾吹帐下之灯，鼠窃筵前之果。彩云影散，只余黄蝶穿帘；薤露歌终，无复红蛛绉镜。可不哀哉！且夫夫妇之际难言矣！彼王茂宏负惭九锡，刘孝标致憾三同，若斯之伦，诚无足数。然或寻常嫿婉，贤逊桓妻；世俗倡随，才输鲍妹。则即鼓来庄缶，未觉沈哀；弹到离弦，尚非至惨。兹则两美克逢，四德咸备。奈何定情十载，才夸萧史乘龙；判袂三生，遽见彩鸾骑虎。菘蹊伤逾孙楚，恨甚江淹。金碗难酬，玉台已渺。织缣织素，忍忘昔日之鸾盟；营奠营斋，勉报几年之鸡骨。留将蠹本，不少零珠碎锦之传；孺人有《蕊香阁吟草》。话到牛衣，尽多剩粉残脂之恸。余与菘蹊交敦嵇、阮，谊笃荀、陈，爰索芜言，为扬芬范。因系之以哀辞曰：

维东湖之明秀兮，乃笃生乎名姝。继词华于道蕴兮，拟丰致于罗敷。得才子为佳偶兮，有倡予和汝之欢娱。何良人之数奇兮，频毷氉乎穷途。不得已而赋远游兮，一鞭羸马兮长驱。嗟红颜之孱弱兮，努力而主庖厨。谋堂上之甘旨兮，典玉钗而质珠襦。俄二竖之缠绕兮，阅半载而玉貌渐枯。梨花因娇而弥怯兮，柳枝欲断而难扶。前身本迦陵之佛鸟兮，尘世肯暂留乎斯须。我欲解义山之轸悼兮，释元相之烦纡。只愿青天不老兮，他日重作春风之双蝶，与秋水之双凫。

谢陈憩亭饷水蜜桃启

灼灼花艳，离离实蕡。均出桃林，独称水蜜。别标风味，直伴阆苑之三；来自云间，讵逊绥山之一。仆才非曼倩，敢窃天浆；品异葛由，难寻仙果。何意解人可索，嘉贶遥颁。未沾唇而涎流，乍入口而水滴。饱余扪腹，疑化冰壶；吸罢摩胸，竟成露瓮。暑忘三伏，何须沉李浮瓜；甜到十分，绝胜吞梨啖蔗。愧乏琼瑶之报德，聊将笔墨以抒情。从今消渴无虞，曾尝沆瀣；况复热中早澹，更灌醍醐。

谢顾蓉屏贻姑馊饼启

秋练春绵，赋成束皙；银泥玉屑，说著吴均。则有家住鹨湖，人居燕阁。十年不字，小姑是青女化身；五夜寡居，大嫂亦素娥再世。而乃当垆技巧，不托名传。运络秀之心思，点麻姑之手爪。金刀剪胜，桃叶缤纷。玉乳搓酥，枣花掩映。包则准以六数，价则定夫二分。仆也自愧老饕，颇难饱饫。交州四百屈，岂能赐出大官；曲江廿八枚，空想宴开闻喜。乃蒙嘉惠，得味珍滋。紫裹徐开，香真触鼻；白环渐破，软欲黏牙。雪乱洒于喉间，莲忽生于舌底。而今果腹，不羡驼蹄蚶壳之名；自此铭心，翻嗤鸡卵羊肝之制。

跋

我师黄鹤楼先生，力学好古，著述等身。而骈俪之文，尤为独出冠时。天风浪浪，海山苍苍。行神如空，下语如铸。直于徐、庾、燕、许诸大家外，别辟一境。丁亥岁，曾雕初集四卷，传诵艺林。人人叹绝，而先生斤斤自重，不轻投赠。竟有求之不得，以此抱憾者。五六年来，又编定二集六卷。其学益博，其识益精，而其文益复神明变化。美哉渊乎！所谓愈唱愈高，去天尺五者也。友人传抄甚多，患不能给。崧因力请重付剞劂氏，以公诸同好。且欲使世之读先生文者，知骈体之法尽于此，散体之法亦尽于此也。先生曰诺，遂梓而存之。

道光壬辰岁，正月雨水日，门人钟步崧穆园谨识

木鸡书屋文三集

MUJISHUWUWENSANJI

序

自来负奇气不遇于时，复老且贫者。其发为文章往往荒诞愤懑，不能为和雅之音。固然无足怪，而亦有不得以此例者。若唐之《樊南》是其一也。吾友当湖黄君鹤楼，早岁负盛名，性磊落不羁。善记诵，博洽经史。借他人书手抄忘倦；谈忠孝轶事，目炯炯口若悬河。遇浮薄士，傲不为礼；有真才，亟相赏延誉无虚口。意气飞扬，至老不衰。其少壮时可想见也。则负奇气者莫如君。乳臭子习帖括，掇巍科去者不胜枚举。君负其才，可纵横一世。乃十试于乡不得售。又素峭直，好臧否人。阅人辞章，鲜所许可。故所致辄龃龉，郁郁居乡里间，可谓不遇于时矣。君所居平邑僻壤，家无担石储。性不喜干人，复遭时不靖。烽烟近逼，室家为忧。今年将六十，犹不免穷饿。所谓老且贫者非耶。以君之才之遇，视《樊南》何如者。而乃编星贯月，戛玉锵金。本宏丽之辞，发为渊雅之响，以继轨前哲。古今人岂必不相及哉。文初集、二集前以梓行。今岁予橐笔海上，适君亦来游。谓有盛君云泉，乍之豪士也。许任剞劂事，复将刊其三集文者。亟征弁言，爰书数语，以质诸君。并质诸当世之爱君嫉君者。

时道光癸卯春仲，秀水孙灏次公氏拜序

与黄鹤楼书

寥寥旧雨，知交曾有几人；落落晨星，胜侣罕来三径。偶于盈川之坐，谓杨樨云。获闻江夏之名。宝印集中，先觌佳构。曾于王征君所梓《岳印集》内读君大文。停云里畔，幸奉清尘；快挹裔晖，更霏玉屑。推襟送抱，追芳躅于羊求；泻水悬河，接谭锋于荀陆。稔知阁下嘉禾名宿，艺苑文豪。询其大名，合厕翘材之馆；呼来小字，宜称玉笛之仙。养气已逾十年，功深纪渻；木鸡书屋，君斋名也。献璞何止三刖，愤抱卞和。杜正元穆誉难隆，李方叔瑰材未采。卒使转蓬踪迹，宾馆栖迟。压线生涯，嫁衣辛苦。古今同慨，命也如何。何图甫缔新交，旋颁巨制。欣喜欲绝，爱玩难名，如凄序之回春，如窭人之暴富，并悉比年著撰，多如束笋，美比横金。是编只捎云之半柯，曜日之片羽。然尝鼎一脔，即知其味；嗅花一朵，即闻其香。自当什袭藏诸，奉为轨范。洵识同窥管，痴甚嗜痂。幸术业之不殊，叹学殖之将落。空执鞭其有愿，将追步以何从。惟有手胝口沫，往复雒诵而已。至于文体之妙，已详两序，不赘一辞。珠玉既怀，琼瑶乏报。具清玩四种，敬尘左右。匪敢云酬，伏惟莞纳。

吴县愚弟蒋如洵谨启

木鸡书屋文三集目次

木鸡书屋文三集卷一

木鸡书屋文三集卷二

木鸡书屋文三集卷三

木鸡书屋文三集卷四

木鸡书屋文三集卷五

木鸡书屋文三集卷六

木鸡书屋文三集卷七

木鸡书屋文三集卷八

木鸡书屋文三集卷一

刘裕篇

呜呼，刘裕固命世之才，惜其以征诛之天下，强为禅让之天下也。当日者，江山不复，徒教半壁撑持；家室仅存，久被纤儿撞坏。独裕不阶尺土，特起布衣。一奋义师，三擒伪主。龙文五色，天意攸归；虎步一时，人心欣戴。于此而膺帝位，拥皇图。代晋而兴，岂不光明俊伟哉。奈何外示忠勤，中怀凶狡。始则挟君以自重，终则篡主而称尊。弃汉祖之宏规，踵曹瞒之故智。陋矣。特是以正得国者，其后必长；以诈开基者，其祚必促。裕也但思攘位，罔顾贻谋。乃未几而麻拂葛镫，渐忘先业，衲衣锄器，轻笑田翁。鹏鸣屋而乱生，萤入八箱而变作。君王多讳，谓白汝门；臣子纷争，谁黄其阁。戏马之高台安在，屠猪之别院堪怜。刑或至于剖心，像不免于黰鼻。回想射蛇壮绩，何等英雄；那知偷狗，后人如斯狂悖。观于家国之倾颓，不得不归咎于本根之浅薄矣。然此固无足深论。吾尤憾其力能一统，而不早为计也。方其屠广固，破潼关。赤旗指而妖垒洞开，黄钺挥而凶徒粉溃。不乘此振兴熊虎，扫灭犬羊。而乃仓猝旋师，从容养寇。遂始佛狸坐大，虏马频来。白面书生，了无经略；苍头老将，徒有忧危。纵敌一朝，贻忧十世。漫藉苏兄神力，难当淮北之雄军；空余蒋帝威灵，莫挽河南之失地。萧萧芦荻，白摇江岸秋光；片片胭脂，红作战场春色。揆厥所由，岂非裕之急图内禅，无暇外谋，有以致此哉。且夫魏之改社也，山阳犹得考终；晋之移祚也，陈留依然无恙。而裕则窃据九重，连除二主。自以为残芽尽剪，死灰不然。子孙帝王万世之业也。曾不逾时，而彦回负黄褶之托，敬则持白帽而来。苍梧被戕，何殊安帝；汝阴蒙害，又似零陵。齐台建号之年，悉遵司马家儿之例。彼道成者，并无事征诛，而亦妄称禅让矣。吁，可慨也夫。

节愍太子论

节愍太子之起兵诛武三思也，其气奋发而激昂，其事光明而俊伟，可谓雪国耻快人心矣。而迂儒犹责其称戈向阙，以叛目之，冤哉！当其时政由妖后，诏出艳妃。公主开九折之渊，侍臣献八风之舞。而三思以狡诈之姿，逞荒淫之性。点筹宫内，悬榜桥头。贺徽登床，徐姬之秽声日著；士开握槊，胡后之丑迹大彰。中宗全无心肝矣。壮哉太子，奋不顾身，斩关讨逆。叩阁索奸，卧榻除鼾睡之人，中苒洗可详之事。岂石宣之造乱，欲害官家；异刘劭之逞凶，窃窥神器。不然，使太子稍缓须臾，将蝇营不息，蝎谮可危。非晋遹之蒙诛，即孙和之坐废。且夫孝敬遇鸩于前，章怀自杀于后。此皆武后所亲生者，犹且含冤莫诉，饮恨难伸。况节愍非韦氏所出，而能始终保全乎？吾意中宗于此，纵不旌其讨贼之功，亦宜赦其矫制之罪。而乃歼其羽翼，枭厥头颅。甘容哲妇造谋，翻为狡童报怨。何倒行至此哉。然赖有是举，稍足戢牝鸡之势，褫群狗之魂。五王若遇，应愧不如；三祖有灵，堪舒积忿。谚云：龙子作事，固自不凡。节愍其庶几焉。以予论之，唐之节愍与汉之戾园，虽其迹略同，而其心较苦。盖巫蛊构变，祸止一身；而帷薄贻羞，事关万古。乃一则追怀储副，台号归来；一则痛惜奸雄，柩偏设祭。即此益见中宗之下愚不移矣。厥后惠妃擅权，子瑛被害；良娣巧谮，广平几危。女祸无穷，后先一辙。君子读史至此，而窃叹节愍之尚有余憾也。

周瑜篇

呜呼！时至三国，一人才汇萃之际也。乃者，陈宫、高顺，不取信于温侯；沮授、田丰，反见疑于袁氏。抱才不遇，良堪浩叹他。若荀彧诚杰出之英，贾诩亦非常之士。郭嘉善断，预陈十胜之机；程昱工谋，获保三城之要。然而所事非人，徒漫用其才耳。求其英雄盖世，识量超群。著奇绩于一时，垂荣名于千古者，则非瑜不足当之也。夫以瑜颖敏夙成，遭逢不世。值风云之际会，展雷雨之经纶。大帝君臣，原同骨肉；小乔夫婿，自觉风流。展旗帜则韩信英年，脱兜鍪则陈平冠玉。盖自大吴新造以来，走刘繇、破薛礼。寻阳战捷，获部曲三万人；沙羡功多，夺船只六千具。周郎之名，早遍大江南北矣。而其最快人意者，则莫若乌林之役。当夫百万曹兵，蜂旋蚁運；二三吴将，鹿骇鱼惊。文表志在迎降，张公计将乞食。幸瑜力袪群议，自将精兵。南岸营高，东风势猛。龙幡直指，虎旅长驱。四壁苍茫，坏云昏黑；千军踊跃，列炬通红。半夜击将军之鼓，乌鹊惊飞；三更拔丞相之旗，鲸鲵大戮。从此东方坐大，南面称孤。底定三江，抚临六郡。斯则其功之最巨者也。尤难者，其时草创初成，规模尚简。朝廷之尊卑未定，宾客之去就无常。独瑜义辨堂廉，礼明天泽。入为心膂，出作爪牙。忠若祭遵，惟知忧国；谦如冯异，绝不言劳。其立勋也如彼，其执节也如此。又岂游说之蒋干可得动摇，作书之元瑜所能离间也哉。而吾独惜瑜之早死也，倘得天假之年，将见挟荆扬之旅，捣宛络之墟。金戈铁马，直逼燕齐；紫盖黄旗，径趋河渭。操虽猾虏，未可敌也。彼先主亦奔窜不遑，决不能规图蜀郡，经略汉中矣。直瑜殁而权乃俯首称臣，甘心入贡。隳猘儿之雄略，贻鼠子之丑声。遂始豺虎逞凶，魏氏则黄初僭号；蛟龙得志，刘家亦白帝开基。局竟定夫三分，势难归于一统。然则瑜之存亡，其所系岂浅鲜哉！乃世之无识者，误信生瑜生亮之说，以为瑜才出孔明下，而不知孔明所长者，瑜无一弗如也。孔明用关张，而瑜亦能指挥韩、蒋；孔明制杨魏，而瑜亦能驾驭甘、凌。孔明容法正，而瑜亦不以程普为嫌；孔明识姜维，而瑜亦早已以鲁肃上荐。至于决机制胜，通变达权，则瑜实非孔明所及。呜呼！孔明且难以及周瑜，而又何论夫余人。

驳《汤来贺王彦章论》

呜呼，区宇分崩，鸟难择木；英雄激烈，豹独留皮。自开平以讫显德，终使五十三年。如彦章者，可多得哉。而汤氏以为彦章可谓猛将，不可谓忠臣；可谓伤勇，不可谓死节。斯言矣，非特灰豪杰之心，殊失善善恶恶之旨矣。君子岂忍出此。方梁晋之苦战也，始则康怀英败于夹寨，继则王景仁溃于柏乡。刘鄩善谋，而元城偾绩；贺瑰持重，而胡柳弃师。杨刘之四寨无存，德胜之两城难取。惟彦章孤提一军，责限三日。举笏画地，挥戈叱天。二十里警报捷来，浮桥悉断；六百人军锋锐甚，连锁齐摧。几几乎响应山东，势恢河北矣。无何朝惑青蝇，阵亡白马。中都不复，飞虎将以失威权，大节自期，斗鸡儿岂能招诱。其从容以就死，不可谓非杀身成仁者也。乃汤氏以为彦章者，非忠于君，乃忠于贼耳；非为共主死，乃为贼党死耳。然吾观田崧尽心于刘曜，身殒金城；董遵致力于姚泓，血膏新蔡。徐嵩赴难，愿为苻氏之臣；苏霸临危，甘作凉家之鬼。之数人者，谁非亲事伪朝，卒成义士。无他，孝子不以父之顽而视如行路，烈妇不以夫之恶而别许他人，忠臣亦若是矣。乃汤氏又以为彦章能与晋王合谋讨梁，庶几识顺逆而辨是非者。不知毛璋脱走，河上効功；阎宝出亡，山前献策。彼皆反雠乎故国，要岂见重于新朝。又况康延孝才赐锦衣，卒教伏法；朱友谦昨颁铁券，仍复蒙冤。徒作二臣，究无一是。则何如见危授命之为得哉。嗟乎！繁台玉册，尽化烟云；古寺铁枪，尚悬日月。那知冯道自叙五朝将相之荣，幸遇欧阳特伸千古纲常之旨。若如汤氏之言，恶梁而并恶彦章，则是彦章之慷慨而死，与李振、赵岩等之谄谀而死，同贻笑于后世焉。甚矣，邪说之害人也。

萧望之论

汉宣帝时，四夷宾服，九宇乂安，将相公卿，俱极一时之选，而望之亦名噪龙廷，形图麟阁。其后为宏恭石显所谗，伤于非命，君子惜之。然余以为望之无足惜也。夫子桑举善，祁奚荐雠，古大臣之用心如此至也。乃观望之，则大不然。以赵广汉之廉察，而拟以极刑；以韩延寿之勤劳，而中以危法。无他，彼皆才出望之之上，恐其逼已故耳。他若丙吉作相则轻之，张敞为傅则遏之。耿寿昌奏设常平，诋其良法；冯奉世威行绝域，阻厥荣封。凡若此者，莫非外以饰其公忠，内以济其忮刻，抑何褊浅之甚也。况其历官行政，本无卓卓可纪者。守平原而自嫌远出，试冯翊而复恨左迁。有患得患失之情，无进思退思之义。既而为太子太傅矣，拜前将军而受遗辅政矣。元帝之凉薄寡恩，谅亦知之。奈何居危不惧，频捋虎须；既退复来，重添蛇足。独不见孔霸识机，力辞相位；疏广知足，归老故乡。同为元帝之师，而彼则早作鸿冥。此则甘罹鸩毒，何足惜哉，何足惜哉！且望之固所称经术通明者也。其在《书》曰

"休休有容",其在《诗》曰"惨惨畏咎"。望之所为,果有合于经术否耶。若夫绝乌孙之婚,拯匈奴之患。斯二者,出于望之之谋,亦不无可取云。

寇准论

古之所谓大臣者,有盖世之才,尤必有高世之节;有绝人之智,尤必有观人之明。然后可以当社稷臣而无愧。而惜乎寇准之未足与语此也。世之论者,多以澶渊之役,为准奇功。不知宋之于辽受侮不少矣。前此一败于岐沟关,再辱于君子馆。兹者倾师入寇,御跸亲临。准即不能使匈奴臣汉,突厥降唐,固宜力劝真宗遣骁将石保吉、杨延钊辈,提兵要击,分路穷追。鞭投拒马之河,帐卷飞狐之岭。收契苾四百三之部落,耀朔方十八万之军容。取威雪耻,正在斯时。不得以帝方厌兵,而遽罢也。而乃城下定盟,岁终输币。黄旗一角,空呼万岁之声;赤甲千屯,枉示六军之势。虽曰息事安民,然前朝十六州之故地,未获取回;后日七百里之提封,又遭割弃。岂非一日纵敌,数世之患哉。以此为功,浅矣。既而天子东封岱岳,西祀汾阴。像铸玉皇,牌颁金宝。旱蝗水蛭,漫视奇灾;野鹿山雕,并为美瑞。时则钱易进殊祥之录,夏竦多神怪之谈;李溥献三山环海之形,钦若呈万云朝真之像。彼小人者,又何责焉。准固素称敢言者,当如恒谭之非图谶,萧仿之谏祷祠,乃不谓乾祐之书,朱能之诈,即准所成也。逢迎时局,陷主上于不经;粉饰太平,负相公之重望。夫岂王旦之美珠,亦曾分赐;孙奭之奏牍,偏不与闻耶。不然何热中至是也。至若丁谓,巨蠹也。王模秽迹,陈群预识其奸;杨竺沽名,陆逊早言其恶。斯可谓知人则哲者。乃准之于谓,始则过作褒扬,引狼自近;继则加以恶谑,逐雀无谋。羹污须而易除,钉入眼而难拔。卒之毒中虿尾,祸发猘心。张道济见嫉宇文,致围第宅;李赞皇结仇僧儒,竟窜遐荒。既输李沆之先知,又乏王曾之巧计。语云:机不密则失身,殆准之谓矣。虽然准亦未可轻也。当太宗末命,已著贤劳。迨真庙中年,倍昭勋业。边陲锁钥,敌震其名;野渡横舟,民怀其惠。读霍光传,渐知不学之非;得魏徵风,自其致君之术。五鬼之游魂久熄,千秋之烈气常垂。荆南之竹,斑斑恍凝蜡泪;巴东之亭,矗矗可当楼台。如准者,欲不谓之良相,得乎。要之,准救时类姚崇,加以宋璟之方严,则得矣；殉国如李绛，济以裴度之纯粹，则善矣。春秋责备贤者，吾故于准而特论之。

司马迁当从祀议

尝考孔庭从祀，七十二弟子外，后贤又几及百人。而司马子长独未与此数，不可谓非阙典也。夫以我孔子，祥应水精，教宣木铎。道得不坠于地，文乃未丧于天。独是战国以来，诸子百家，以儒为戏，莫不侮圣人之言矣。虽学似荀卿，而孔子与子弓并举；才如贾谊，而孔子与墨翟同称。数百年间，迄无定论。卓哉龙门，神识非常。表彰极力，读书而殊深企仰，适庙而无限低徊。且其时黄老盛行，申韩错出。而彼犹能折衷阙里，扶翼尼山。遂使素王之德，悬日月而不刊；至圣之名，并山河而俱寿。此则“世家”一篇，推崇之效也，其功岂小也哉。乃或者谓其曾陷典刑，有惭明哲。不知仲由致身于卫，愈见其贤；宰我被难于齐，无伤其行。若以蚕室之余，屏诸鲤庭之外。为此说者，其亦不仁甚矣。况其矻矻著书，殷殷卫道。绍先民之绝业，开后学之修途。较之丘明，殆相伯仲。安见盲左可以酬功，而腐迁不当食报乎？宜增栗主，分两庑之明禋；允配杏坛，补千秋之缺憾。谨议。

于庙当铸徐有贞、石亨铁像议

鄂王墓下，铁摹奸桧之形；睢阳祠前，铁铸贺兰之像。盖以诛凶邪于既往，示鉴戒于将来也。乃吾读《明史》，而见徐有贞、石亨夺门一事，彼岂能如陆丽、刘尼抱文成而讨逆，张浚、吕浩拥康王而复兴乎。不过博取好官，希图厚秩，以上皇为孤注耳。而乃敬宗得志，枉害长孙；祖珽工谗，冤诬斛律。于公之死，二人实力陷之。狱成两字，已无及于噬脐；罪著千秋，殆不胜于擢发。苟非红炉镌状，乌金揭名，其何以慰忠魂，褫奸魄哉。当夫土木之难作也，六师陷敌，万乘蒙尘。斯时有贞、石亨，一则妄占乾象，先教妻子还南；一则请避寇锋，未见师徒逐北。赖有于公竭其股肱，敷乃心腹。姚崇之要言有十，李纲之预备惟三。亚夫挥三十六将军，独操节制；吉甫除千四百冗吏，孰敢依违。居则存蹇蹇之忠，出则履堂堂之阵。百官进退，只听霍侯；万姓安危，群瞻郭令。未尝五求回鹘，四谕坚昆，而货匪居秦，璧还入赵。气陵项籍，敢云烹我太公；威慑苻坚，谨送家兄。皇帝英庙之得生入玉门，实公一人之力也。设以徐、石辈，当其责任，不知若何溃裂矣。况郕王御极之初，举有贞为侍御，命石亨总军营。以使诈使贪之方，收群策群力之效。公之于二人，不可谓无情。奈何雀不报恩，狼思反噬。遂乃勒兵四鼓，窃钥九门。妖兴郑国之蛇，暮动齐侯之鼠。贪天有幸，忽生马角于崇朝；举事无名，反赐鱼肠于硕辅。而徐、石辈，方自以为平勃协谋，能诛吕产；张袁合计，得斩昌宗。竟蒙狐、赵之勋，并受萧、曹之赏。岂知貂冠才戴，未半载而南徼从军；虎子刚封，不阅时而西曹毙命。碧鸡空访，黄犬兴悲，真天道之好还，觉人心之稍快。然则宁喜之就刑，与叔申之被戮，其相去果何如也。呜呼！杨震殁而大鸟来，傅纬亡而毒蛇现。方忠肃之受害也，愁云满天，冤雪入地。四方感叹，忍忘鸜鹆之谣；九宇呼号，共惜鹭鹚之咏。今者，西湖古庙，日月常新；南山高峰，烟霞互绕。在公亦无所恨，惟是徐、石也者，蝇营蝎谮，虽已获罪于生前；狗党狐群，尚未诛奸于死后。所望陶镕螭魅，刻画鲸鲵。容万众之捶笞，任百代之唾詈。庶几惊神泣鬼，可酬凌烟阁之元勋；尽态穷形，足愧偃月堂之巨慝。仅议。

杨球称酷吏辨

今夫天心有舒惨，秋肃无害于春温。吏治有宽严，义正不殊于仁育。违乎情，则兵原非福；合乎道，则刑亦称祥。吾观司隶阳球，收考逆阉，磔尸署榜，其有功于汉室大矣，安得谓其酷哉！夫汉至灵帝，此乾坤何等时也。鸡化寺中，蛇盘殿上。三独坐但知阿媚，十常侍大弄威权。蕃、武已亡，谁能讨恶；膺、滂并死，无复诛凶。而球独抚髀咨嗟，奋髯激发。烹狐群于鼎镬，殛鼠辈于刀碪。较诸韩演劾左悺之奸，黄浮案徐宣之罪，滕延捕段珪之党，张俭破侯览之家，殆有过之，无不及焉。所恨者，王甫虽诛，曹节尚在，不旋踵而球亦被祸。痛鸱鸮之毁室，未尽伏辜；驱虎豹以当关，依然得志。然则论世者，固宜家表其节概，雪其冤诬。而乃附之于酷吏之末，不大谬乎？且所谓酷吏者，任情刻削，肆意封屠。如羊祉以天狗得名，王愔以皂雕著号；韦焜则虐同虺蝮，吴渊则毒比蜈蚣。此固仁人君子所恻然心伤者。若球之志除蜂虿，力扫豺狼。于以伸国威，于以快公愤。是乃良吏非酷吏也。呜呼，以球为酷宜乎？张汤、杜周反不入酷吏之传矣。作史者，既漫无定评；读史者，将何所谓取信哉。

斡离不为宋艺祖后身辨

世传斡离不貌类艺祖，遂以为艺祖后身。盖应艺祖授天下于太宗，而太宗负之实甚。故艺祖假手于金，以报之也。呜呼！为此说者，殆小人之无忌惮者矣。夫自古豁达大度之主，如艺祖者，岂易得哉？观其奉命慈闱，不私神器；免鹡鸰之永叹，爱龙虎之非常。较周武帝之靳立齐王，迥相悬绝；比吴桓王之亲传大帝，更觉光明。乃太宗坐昧天良，横贪大位。世文无恙，事变李雄；乐陵尚存，忌同高演。陛下岂容再误，媚主偏工痴儿，何至若斯。抱尸已晚，揆厥恒情。似艺祖宜抱憾于太宗焉。然艺祖固所称豁达大度者，既能让之于生前，安必不容之于没后乎？且余以为艺祖之心，其视太宗之子孙，犹己之子孙也。历年二百，玉烛常调；传世九君，金瓯永固。亡何狐升御榻，国步多艰；鹘起燕山，敌锋甚锐。既而三镇尽割，两河并亡。月冷青城，六宫大去；风寒黑水，二帝不归。难招雁足以传书，空望龙髯而设奠。由此言之，斡离不者，艺祖之仇也。吾知艺祖有灵，必将夺苻主之鬼兵，思歼巨寇；驱唐宗之石马，力遏妖氛。庶足释南渡之悲，消北盟之痛焉。若如或言艺祖假手于金以报私怨，是以艺祖灭艺祖也，有是理哉。且夫后身之说，之不足信也久矣。张衡为伯喈前生，刘沆系僧孺再世。郭祥正降胎之际，或梦谪仙；范淳甫堕地之时，自称邓禹。凡诸名士，似有夙根，然不免语涉荒唐，迹归诞妄。而况艺祖之于斡离不哉。苟以貌类为据，则枢密王德用者，亦貌类艺祖，岂亦艺祖后身乎。吾故曰为此说者，乃小人之无忌惮者也。

木鸡书屋文三集卷二

周肖濂观察《竺国记游》序

天上文昌，本兼枢府；人间才子，每入军营。故薛弼之从岳侯，韩愈之佐裴相，靡不垂其伟绩，著厥贤劳。而况万里奔驰，三年跋涉。金风铁雨，历中华以外之天；雪岭星河，到古佛长生之地。如金山周肖濂观察者乎。乾隆辛亥，廓尔喀侵扰西藏，时仁和孙文靖公督理军务，观察在其幕中。元康则七纸立成，龄石则百函并发。陈汤有屈指之计，马谡进攻心之言。而且晓著征鞭，宵眠警枕。间关鸟道，出人蚕丛；狂呼鹰飞，清啸鹘落。听鸣笳而自壮，歌折柳而弥豪。银河洗兵甲之光，铜柱勒丹青之字。军符稍暇，成《竺国纪游》四卷。岂非书生之胜概，艺苑之奇观哉。尔其毒雾漫空，瘴烟殷壑。海滨鬼物，频作波涛；山顶神灵，惯兴雨雹。烈焰四出，云光亦红；积阴历时，雪色俱绿。阿耨池百泉交汇，窟笼峰万剑相摩。马岭天深，苔浓数尺；鱼通地动，石碎一街。龙场狗场，市人并集；雀口象口，商客能来。月堕化猪之宫，花残别蚌之寺。佛像挂九层楼上，梵声来百喇殿中。汉将军造箭之区，尚余炉鞴；唐公主驻帷之地，犹剩碑文。其古迹之可纪，有如是者。况复牛善踏冰，羊知驮米。鸭如鹅大，两翅淡黄；犬等驴高，双睛深赤。日未落而鸦语，风欲腥而熊狂。巨蟒悬皮，血痕漉漉；雄鸡生卵，花点斑斑。黑雕攫云，黄狐拜月；石开兔窜，沙起鹿奔。鱼见火而上池塘，獭冒烟而出土穴。他若伊兰香远，长枣味甘。红花满斤，易金一镒；青稞成担，酿酒百瓶。家藏龙目之珠，箧置狮头之罽。手持白绢，耳缀绿松。其物产之可纪，有如是者。若夫黑帐群居，朱靴便走。屋顶用三和之土，坛前披五色之衣。刑法四十二条，字母三十六数。案无笔砚，孩童亦上学堂；室有茶酥，稚女偏明市价。木碗盛食，生啖猪羊；金刀剉尸，没饱鹰鹊。旗悬码密，杵弄降魔。腊羊脂以代灯，取鸡骨而占卦。短工短箭，逞猎荒郊；小钹小锣，乱敲僧寺。浴水则口含狮乳，拜香则体著牛皮。其风俗之可纪。有如是者。且夫卫藏之地，唐宋以来，叛服不常久矣。我国家黄图远廓，紫甸遐周。惟西陲一旅，猬毒频吹，鸱张妄肆。是役也，高宗命福大将军往征。介子楼兰，斩头酒后；班超鄯善，捕使中宵。百道飞行，三军奋跃；刀光耀日，人声隔云。斗虎豹万壑之中，战鱼龙一桥之下。于是封狼敛角，伏鳖销芒。戍夜星烽，早减蓬婆之塞；庚邮露布，旋收的博之城。九伐之威既伸，两阶之舞重睹。果八战而八克，亦三绝而三通。斯则庙算之神明，元戎之勇决。尤宜载笔而书之焉。观察飙轮遍历，电策长征。每当万叶堆门，一灯闪壁。囊驰驴背，剑解马头。昼看鲸鲵之屠，夜闻髑髅之泣。尽横蟠于胸臆，将腾快于齿牙。遂乃纸写羊皮，墨磨龙盾。状雁海猴林之险境，云气纯青；话蛇山狼窟之战场，秋容惨白。异博望之凿空，补伯翳所未知。道光己丑，既辞腰折，始付手雕。乃张掾鲈鱼，甫酬夙愿；而贾生鹏鸟，遽见妖征。故此编流传者罕。枫溪谢石云明府，搜其残本，刊就完书。从此价重三都，家珍一帙。诗章间列，如诵高、岑边塞之篇；记载胪详，恍披班、范外夷之传。

《南野堂诗集》后序

文章一道，能作者未必能传；骚雅千秋，相近者自然相契。以故孙晟服膺乎贾岛，朱昼低首于孟郊。张耒吟诗，酷摹白傅；葛密得句，每仿义山。余于吴澹川先生《南野堂集》，不禁中心好之者，殆犹此也。先生幼挺英姿，覃心映雪；壮怀干略，雅志乘风。通名法十七家，足文史五千卷。骑来青凤，天边谪下酒星；师事白猿，海上飞行剑客。善陈琳之草檄，作阮瑀之从军。小范经纶，独饶兵甲；大苏文采，不负江山。此先生之诗，所以能笼罩百家，发皇万态也。与方其停骖渭北，寄迹终南。雁拖莲顶之霜，马踏桃林之雪。空山独走，云迷太华三峰；古塞高歌，日落潼关四扇。帝王坟在，剩有虫声；田窦宅荒，仅余狐迹。他若花观杜曲，柳折灞桥。靡不触发吟怀，激昂才思。既而远游闽峤，直抵台湾。蛟欲逼船，鲎将吹沫。茫茫黑水，一鸟不飞；渺渺红番，万鱼并立。门开鹿耳，忽闻蚁贼跳梁；剑挂鸡笼，正直龙骧飞渡。骈长刀以扫穴，轰大炮而开山。酒后谈兵，声惊霹雳；灯前草奏，气薄云霄。斯时也，尤觉抗节沉雄，吐音豪荡矣。无何脱身海国，作客武昌。台呼大野之鹰，楼借仙人之鹤。汉阳枫树，红隔一江；鄂渚荻花，白沿两岸。则又荆巫狗嗾，楚鬼狐鸣。雾满三湘，风寒七泽。一军筚篥，往来大将营门；十丈旌旗，出入尚书幕府。火牛之谋不用，狡兔之窟迟歼。两湖乱时，先生劝火攻，主兵者不从。盾鼻空磨，唏嘘欲绝；刀头罢唱，感慨弥增。尔乃迹倦宾鸿，心闲老骥。吴钩醉解，越棹轻归。功名等春梦之婆，萧散得秋声之馆。寒鸦古木，净扫纷华；仙犬落花，别生兴趣。窗凭蝇打，梁任燕租；帘卷呼鹰，户开送鸭。朋来说笛，夕阳在墙；客去收棋，孤月窥牖。每闻渔唱，便抱溪情；偶得僧书，如披云气。无限软红，尘迹不到鸥边；自怜垂白，年华惟同蝶梦。心神俱畅，歌咏逾清。而先生之诗，又从此一变已。呜呼先生，才本人龙，学工绣虎。固宜鹏飞远路，豹变崇朝。奈何白发萧条，螭头难上；青衫潦倒，鱼额空归。客有荐雄文，谓同司马；生乃与哙伍，竟屈淮阴。烽火余生，几经涕泪；英雄末路，只藉文章。然而运厄方干，名高罗隐。君虞篇什，九州传作画图；昌谷词章，四海播诸弦管。真千人之皆见，亦百世而可知。余生也晚，不获亲炙先生矣。冢上王郎，清谈莫接；梦中李白，仙魄难寻。幸得读先生之诗，但觉珠光玉采，霞蔚云蒸。长鲸跋浪而来，天马腾空而去。窥唐宋之大手，压齐梁之小儿。才雄而束以范围，气盛而归于缜密。近今以来，斯诣绝少。爰抒管见，窃附卷端。非敢谓丝绣平原，金镕少伯也。先生名文溥，嘉兴人，以明经终。

《宋小茗先生文集》序

昔仁和宋助教茗香先生，以红杏尚书之裔，擅青莲学士之才。访日月于赤城，口吞奇气；踏烟云于黄海，腹孕灵机。故其所著《学古集》一编，频皆出语嵚崎，寄怀超妙。句可呈佛，心时杂仙。前辈风流，于斯为最。今小茗先生，助教公之哲嗣也。歆能继向，固不愧彪。缥缃则聚似李磎，钞撮则勤逾荀勖。范升驳史迁四十五事，卫冀难左氏六十三条。以迄识服匿于单于，辨威斗于新莽。秦碑善读，蜀镜能详。靡不淹贯古今，该通本末。若夫词章之富，笔墨之精。则又酝酿儒先，渊源家学。诣征诸实，神妙于虚。风雷藏径寸之胸，星斗落毫芒之手。言皆有物，关千古之纲常；藻不妄抒，验百年之掌故。真情婉挚，大气盘旋。米出三春，蓍经五浴。诗集早已行世，今将校刊文集，命金台为序。台因先生之文，而窃感先生之遇矣。夫以先生根柢盘深，华实布濩。岂难登蓬苑，入木天。袖携雉尾之霞，冠耸鳌头之日。而乃龙鳞久困，鹏翅频摧。扬雄之五脏空流，苏轼之一头迟放。金针压线，虚过半生；铁树开花，仅邀一第。痛数奇于李广，嗟官冷于郑虔。从野鸥游，观孤蝶舞。梧桐乡外，坐明月以一床；芙蓉浦前，泛斜阳于双桨。獐头鼠目，半拥高轩；凤骨鸾姿，偏居薄宦。我以知先生悲矣。然犹谓伏如老骥，早虚千里之思；闲似流莺，可稳一枝之借。虽味同鸡肋，亦累少猪肝。奈何市虎言繁，杯蛇影误。桐危入爨，兰刈当门。落落儒官，自署冰条之一；区区微秩，亦褫鞶带之三。竞失楚弓，谁还赵璧。两争鹬蚌，总属无端；风及马牛，料应有数。我以知先生益悲也。今年先生六十有八矣。去日堂堂，流光冉冉。溯一生之心事，空负黑头；念同辈之英雄，无非白发。悲歌慷慨，稀逢叔牙；蹩躠蹒跚，有类凿齿。毡将生虱，釜欲游鱼。因旅寓乎由拳，求童蒙而糊口。频伤老境，惟余瘦鹤之姿；何意佳儿，又抱童乌之惨。夷甫之愁怀莫释，香山之隐恨难平。我以知先生悲无已时也。然而啬于命者，丰于才也。厄于今者，传于后也。剑非万灌，未必称神；丹藉九还，斯能见宝。而况山水之盟可恃，诗书之福终清。向朗高年，依然好学；胡昭晚岁，犹自校文。落霞冥天外之鸿，隐雾遁山中之豹。眼空蝉蜕，讵知显晦于云泥；胸有龙绡，肯受炎凉于冰炭。果从蜻而自乐，纵失马其何忧。独是金台学昧蹲鸱，文同疥骆。少时曾读助教公集，今又得先生之文而序之。道尊先进，心契后彫。愿既遂于登龙，名复欣于附骥。翰墨有缘，何其幸与。抑更有一言，为先生慰者。先生非特高才，尤多风义；彦方厚德，大感人心。子约阴功，独鸣已耳。他日者松龄永茂，蔗境渐佳。赋小游仙，拟大作社。天之报施，要自有在。愿先生其勿悲矣乎。

《高益庵遗诗》序

呜呼！不可知者，命也；有可信者，才也。是故兰焚而香益烈，桐爨而音弥长。慧性难磨，神明可接。虽文康埋玉，已历岁时；而安石碎金，常有精采。如我亡友高君益庵者，非其人与。益庵气凌一世，神历九霄。迮袁暇之大材，逞孙搴之精骑。傲如贺铸，自夸驱使李、温；诞若审言，直欲衙官屈、宋。加以刘伶貌丑，张载形奇。其疏纵也如彼，其寝陋也如此。以长情度之，得毋招魏收惊蝶之讥、陆验生犀之谤乎。然而词华焕发，崔镖不碍轻狂；才力恢张，王粲何妨偃蹇。是则名标麟角，望重龙头。夫岂虚哉？余与益庵契结青云，誓要白水。香山则爱交元九，摩诘则时忆丁三。每当绿杨雨酣，黄菊风老。觞开北海，烛剪西窗。舞长槊以自豪，敲唾壶而欲缺。雄姿蹀躞，奔蹄突过骅骝；妙语诙谐，慧舌奚输鹦鹉。三更醉后，犹复鲸吞；一曲歌残，互相雀跃。有是哉，风虎之追随极乐，雪鸿之踪迹堪寻。此情此景，曾几何时，而今不可得矣。夫以益庵手挟龙文，胸张牛弩；思皆绝俗，语必惊人。固不仅以诗鸣，而即以诗论，则亦有非凡所及者。盖其悠扬四始，祖述三唐。铿金不寒，炼玉能暖。挥毫疾洒，春蚕食叶之声；著纸欲飞，秋鹘凌风之气。裁出则无非鸳锦，探来而尽是骊珠。即此一编，良堪百世。呜呼！益庵为文恪之后人，擅江村之世业。峨峨列戟，奕奕崇闾。李縠白藤之舆，尚留主眷；房乔黄银之带，犹在臣家。以彼奇才，绳其祖武。将见抱拔韦绶，钟赐杜淹，可操券而得也。奈何逝波箭流，急景飙及。丹桂昨攀于仙窟，白杨遽种夫荒郊。而况鹤驭才归，鸿妻复丧。呱呱黄口，旋殇扬氏之童乌；惨惨红颜，流落荀家之阿鹜。人生到此，尚何言哉，尚何言哉！所幸玉棺纵湮，金简难湮。龙出骨而可怜，豹留皮而未死。余也曾随蝇吊，空作驴鸣。深悲邻笛于黄垆，忍鼓瑶琴于白社。诗人已去，如闻辛弃疾之大声；故鬼犹灵，屡入卢元明之噩梦。因而校详故牍，申诵前编。献我芜词，报卿知已。四十年之事迹，略见一斑；十五载之交情，顿成千古。呜呼！

黄霁青太守《诗娱室集》后序

今夫豫章千寻，乃有翻风之势；艅艎万斛，斯呈破浪之观。故知气盛者词充，才雄者语健。今之诗人，或僄轻以失其度，或沈腿以病其辞。求其机杼内操，规绳外立；手造五凤，胸吞万牛。精思默往，则雷雹无声；神采忽来，则星云失色。其惟我霁青先生乎。先生幼即英奇，长而敦敏。父子则才同庾氏，弟兄则名并薛家。当夫东庄探梅，西圃就菊；寻僧莲社，访友桃源。狎浪而订鸥盟，隔楼而招燕语。阮孚醉后，飞花和屐齿俱红；灵运梦中，芳草与诗心并绿。鸳湖夜泛，月白三更；鹫岭朝登，峰青一角。斯时也，早已鹰扬艺圃，鹗视骚坛。子建夸七步豪吟，公明擅一黉隽誉矣。尔乃脱却青衫，搴将赤帜。以犀角无双之士，领蛾眉第二之班。先生为己巳科传胪。光映鸾台，荣邀鳌禁。时则虎坊闲住，凤沼初游。赏雨陶然之亭，看花崇效之寺。争雪光而白战，围烛影而红摇。气欲凌云，笔能画日。王规五十韵，授简立成；到沆二百言，应声即就。籍田之咏，刘孝绰实冠一时；郊庙之歌，谢超宗独高十子。既而暂离冀北，远涉黔南。持玉秤以量才，刮金篦而试士。所过江汉巨浸，荆襄故墟。关号辰龙，溪名亥豕。洞藏红蝠，林挂黑猿；蘘荐鹧鸪，药收蛤蚧。以及武侯铜鼓，关索铁枪。狄武襄驻师之营，王文成讲学之社。所闻所见，半入品题；有情有文，都堪唱叹。此使黔一编，尤闻乐者所为，叹观止也。然而必登内翰，所以成文士之荣；久处蓬山，犹未惬苍生之望。于是辞鸾掖，佩虎符。初临江右，早著循声；再守粤东，尤彰美政。人方虑蛮风好斗，薄俗难惩。宰白鸭而可怜，牵红鹅而孰诉。岂知神君一到，风化大行。狐鼠戢其奸谋，蛟鲸敛其虐迹。慰癸庚于雪屋，户免流亡；精甲乙于风檐，人知学术。而先生方且吮毫官阁，擘楮讼庭。白公则"乐府"十吟，元结则"春陵"一曲。臣心似水，随时为琴鹤之游；宦迹如云，到处得江山之助。花狸谷犬，尽触吟怀；猴蔗鸭桃，亦供诗料。斯则范公帅粤，录著骖鸾；韩子迁潮，文成驱鳄。殆无以过焉。今者舍二千石，作六一翁。梦醒春明，情浓秋兴。园真独乐，馆是忘忧。灰心蕉鹿之功名，把臂柳莺之故旧。才抽手版，有东坡大笠之风；偶脱头衔，无南山短衣之叹。绿云三径，黄雪一房。书雄百城，酒罄千榼。编陈起江湖之集，作张为主客之图。从此著述弥增，词章益粹。王筠晚岁，无愧耆英；李峤暮年，群推宿学矣。金台笼鹅自苦，绣虎休夸。名虽远逊龙头，心则愿随骥尾。敢将卮语，希附瑶编。若夫项斯穷句，借重于杨公；张祜苦吟，上干夫李相。他日拙诗手定，亦望先生不吝一言也。

汪一江《古梅溪馆诗》序

忆甲申岁，晤一江于九峰寓舍，才经识面，未订知心。固无由读其诗也，既而于友人处，见君所刻《古梅溪馆二集》。于焉盥以蔷薇，薰之艾蒳。秋云木叶，欣图柳恽之词；海日江春，遍写王湾之句。回环佳什，殊切鄙环。特是两地相思，虽有神而有道；三秋久别，竟莫往而莫来。席间难遇孟嘉，梦里空寻高惠。渺渺百里，忽忽十年矣。丙申春仲，始谒君于梅里。志切推袁，情殷访戴。文章合契，愧桃李之迟投；风雅论交，喜芝兰之互拂。君乃出其全稿，属为一言。白璧自握，不鄙碔砆；黄钟在悬，特眷瓦缶。君既独有其千古，仆岂莫赞夫一辞。则请即君之生平而敷陈之，可乎？尔其遥溯前徽，上承令绪。王刀无恙，范砚长留。陆平原能述先芬，谢康乐善扬祖德。母丧抱痛，窦群啮指而悲号；父疾难瘳，吕升探肝而力救。白鹊集朱家之舍，黄蛇驯程氏之庐。风凋秋树，无限伤怀；日澹春晖，尚思图报。本靡瞻靡依之念，发至情至性之言。此一时也。既而豪情勃发，游兴频牵。鹫岭餐霞，虎丘踏月。寻螺峰鹄峰之胜，历蝠洞燕洞之奇。树树泉流，岩岩石峭。倩野猿而携芒屩，招老鹤而导枯筇。黄叶飞时，最多鹿迹，白云高处，忽有鸡声。登临则风欲折腰，谈笑则烟皆入口。山川有助，发道济之奇情；笔墨如飞，盘昌黎之硬语。此一时也。若夫良朋聚首，密友谈心。径开栗里之三，贤选竹林之七。则有马小眉观察、冯柳东太史诸公，相与宴设南楼，觞飞北海。立美人于花下，醉后弹筝；呼壮士于灯前，狂来说剑。往往一篇跳出，四座传看。罚除梓泽之苛，体胜柏梁之制。郭侯席上，共让李端；阎督筵间，群推王勃。此又一时也。近者袁安闭户，沈重课徒。春梦都消，冬心独抱。萧条四壁，浑忘窄似鹅笼；孑立一身，不解计营兔窟。竹有低头之叶，梅无仰面之花。犹复拥膝构思，皱眉索句。推来贾手，捻断卢髭。昌谷呕肝，费精神于夜夜；文园病肺，增著述以年年。此又一时也。要之君诗深造，以资练才于学。其境之高也，如华山明月；其气之厚也，如太液层波；其体之秀也，如瑶岛鲜花；其格之老也，如成都古柏。故能遥情孤往，逸兴遄飞。以雅以南，可宫可徵，傥逢贺监，貂尽犹赊，若遇上官，纸飞不落矣。忆昨与君访曝书亭，绿梅朵朵，过蝶舍而流连；红柳丝丝，循鸭阑而顾盼。未尝不叹竹垞之学贯千秋，才凌一世。生能敌夫贻上，殁且服乎归愚。斯文未坠，必有英绝领袖之者，今读君诗，乃知顾琴虽杳，曩哲堪攀；和钵尚存，后贤可谓。老杜往而小杜继，前刘去而后刘来，大雅之运，岂偶然哉。

赵凌洲道人诗序

道光己丑岁，凌洲道人索题《秦溪春泛图》，余为作两绝句。斯时也，即知道人冲襟远标，胜气直上。陶春秋之佳日，缔风雅之良缘。余固心仪之而未见其颜色也。今年余至古盐，得见张云槎炼师。读其诗，声锵金石，彩溢珠玑。追琢之工，禀乎大雅；精能之至，发为坚光。为之欣赏不置，云槎谓余曰："子爱余诗，子亦见凌洲之诗乎？凌洲名句独造，奇情毕宣。"余殆弗如也。次日，即访凌洲于栖真观，松关迢递，萝径幽深。龙竹一枝，鸭桃几树。绿庭雨过，清光入楼；丹灶风生，爽气盈座。梅花修到，定费几身；瑶草栽来，不知人世。顷之凌洲出诗相质，果然天机飙发，逸趣霞骞。毫端走万壑之涛，腕底借三宵之露。青龙夭矫，疑流影于行间；白鹤翔鸣，似堕声于纸上。盖其养心有术，炼骨多年。笑富贵为一时之花，知盈亏是千古之月。访秋云北，看雨水东。橘中布棋，梅外作画。十丈之软红不到，千杯之大白频倾。落落空山，问谁知己；茫茫大海，此即散仙。故能天籁独鸣，灵璈自奏。聪明绝世，石记三生；神妙超群，丹成九转。以视云槎所作，一则性情缜密，一则才力恢张。譬犹双珠斗光，两剑角胜。笙箫不同音，而总适于耳；兰芝非共气，而俱悦于魂。二君可谓劲敌矣。呜呼，士子半世埋头，穷年拥鼻。或且灵源未讨，妙旨难寻。贩凤而自是其愚，楦麟而不以为耻。较诸道人之笔濯红泉，字坚白石。不平庸以伤气，不沈腿以病词。高下浅深，系啻倍蓰。张叔未赠句云："勾曲诗情张伯雨，雪溪画意赵王孙。"萧雨香赠句云："长河秋月影，太华老松声。"真知言哉。余前日登障海楼，见夫潮生白塔，浪涌黄湾。晨旭才明，怒雷忽起。蚝房蟹舍，幻成一片冰壶；鼍府鼋宫，擂出千重战鼓。心惊目眩，仿徨久之。读凌洲诗，恍惚在烟波兀兀中也。

《天寥和尚遗稿》序

庚寅仲夏，余过胥塘，友人柯小坡、魏小石示余天寥刻诗三卷，急取读一过。爱其性灵独发，华液相滋。恨不得如李洞之晤云卿，郑谷之交齐己，以豁我尘抱焉。为怅然者久之。二君谓余曰："天廖殁一纪矣。其生平行事甚奇，子曷不序之，以传诸将来乎。"余曰："可哉。"按天寥俗姓吴氏，名鹍。吴江芦墟人，本衣工也。时同里郭频伽以诗鸣吴越间。北郭筵开，十才联轸；南皮宴设，七子齐镳。天寥久习兰香，顿移蓬性。邵谒厕身于微贱，特爱风骚；汪遵托迹于卑污，偏知吟咏。当头烟景，裁剪都工；满眼风光，针缝入妙。频伽乃假之毛羽，奖以齿牙。骥尾许随，牛心取啖。年年上巳，祓水偕游；岁岁重阳，登高互唱。并泛苕溪之月，同探邓尉之花。此一时也，乐可知已。然而薄俗难容，孤芳易忌。虽扬眉于雅士，每切齿于庸流。盖频伽既取嫉乡邻，而天寥尤见恡市井。恶徒龙吠，将挥石勒之拳；丑类鸱张，欲折范睢之胁。天寥惧其难作也，遂乃纵诞不羁，颓唐自放。呼卢白昼，喝彩黄昏。既逐戏于猪奴，复潜踪于狗盗。甚至一身无主，作张俭之逋逃；十载离乡，杂王成于佣保。迹等伤弓之鸟，情同食蓼之虫。骨自销余，见蝇飞而神悚；胆从破后，闻蚁斗而魂惊。临风嚄唶，字字牢骚；对雨呻吟，言言沈恸。此一时也，悲何如之。幸而知己尚存，交情未断。榜道而求孙惠，引舟而访郭翻。挽厥迷途，开其觉路。先是魏塘雁塔寺，有诗僧北莱者，与频伽为方外交。天寥亦曾识之，遂以北莱为师，而择日薙发焉。于是珠销泥滓，镜出尘埃。树清净幢，破烦恼障。一波不起，万花欲飞。狮座忘言，虎溪大笑。习犹染乎名士，颠不碍夫阿师。已往悲欢，都付东流之水；从今甘苦，但看西海之云。耻同周贺，复返儒冠。愿作彦和，终持佛钵。方谓红尘永脱，鹫岭缘长；何图白业才参，鱼山梵绝。盖为僧仅十有四月而遽殁矣。鸣呼！天寥少年为缝人，壮年为博徒，中年为逋客，晚年为释子。连遭横逆，唾面难干。备历艰危，剥肤可痛。而尤能泉飞藻思，云散襟情。狂吟于山砠水涯，兴寄于露初星晚。此其中必有所以自得者，然非频伽之刻意裁成，尽心提挈。窃恐豹藏穷谷，莫见一斑；马困盐车，孰知千里。由此言之，天寥可无憾矣。彼夫嵇家署凤，楚国沐猴。豕腹盈途，獐头满坐。生不作千秋之计，死竟无一字之留。较之天寥所得，为何如哉！余序天寥而兼表频伽者，良以灵彻名高，实藉严维之力；高闲望重，要推韩愈之功。而不知者，反以天寥之颠踣一生，浮沉半世，谓频伽以诗误之也。不亦无识之甚，与试质之柯魏二君，其以余言为然否。

顾榕屏诗序

丹霞满天，红日近地。蝇营莫避，蚊热难祛。忽然秋意三分，凉情一味。口似咽夫黄雪，身若化乎绿烟。则我友顾子榕屏寄诗一册，索余点正者也。榕屏非熊再世，吐凤高才。左思貌寝，而辞藻缤纷；贾逵身长，而文史充足。尝以古学受知于学使何仙槎先生，特冠一军。洛下秀才，蔡洪第一；汉家斗将，韩信无双。固以名著雄风，句传雌霓矣。其为诗也，清而能婉，丽而不佻。有宫沉羽振之音，无剑拔弩之态。手割丘迟之锦，口喷张祜之花。天上鹤飞，名言可摘；梁间燕落，好句忽来。秋风起而逸韵流，春草生而芳情写。唐球瓢内，投片片之流霞；辛愿橐中，贮霏霏之艳雪。乃复殷勤访戴，慷慨推袁。其所往还者，如方子春、徐芸岘、卜达庵、张海门诸君，旗鼓相当，珠玑互洒。而仆亦得结求羊之侣，订枚马之交。高会西园，联吟北郭。尝赠余句云："诗笔恢奇逼杜韩，文章雄丽追徐庾。"又云："才大未妨遭世忌，家贫转觉着书闲。"余滋愧已。犹忆虎林暂寓，鹫岭同登。一路松光，四围竹响。表里青霭，高低白云。处士坟荒，梅边访鹤；美人楼远，柳下闻莺。西泠之急雨催来，南屏之夕阳欲去。两堤风紧，行来马迹之前；三竺烟深，吟到猿声而外。胜情相引，古趣弥多。兹者重读瑶篇，倍钦雅制。兰言自馥，松格独高。迥非豕腹痴肥，亦异蜂腰寒瘦。仆才如退鹢，气尚食牛。虽不敢妄下雌黄，或庶几能分牡墨。愿君勉期千古，再上一层。异时长庆之集，副在名山；宛陵之诗，传诸后辈。必有更胜于斯者。则是编其犹嚆矢也夫。

钟穆园诗序

宋钧设教，独重徐苗；薛汉授徒，首推杜抚。他若唐彬之从阎德，克荷薪传；皇侃之事贺瑒，尽窥枕秘。自古师若弟之契合，殆不啻风铎之交鸣，霜钟之递应焉。此余于钟生穆园之诗，喜其清新雄丽，实获我心者，良有以也。穆园英姿正蔚，朝气方升。张思曼杨柳一枝，谢康乐芙蓉十亩。每当烟黄竹晓，露白荷秋，蜂钻纸而频敲，燕窥帘而直入。飞花阵阵，群蚁倒拖；宿草萧萧，一蛩独语。斜阳欲落，碧云归鸟之山；孤月未来，红叶乱蝉之寺。生乃发挥藻思，抒写襟期。五字城高，七言帜建。凉边洗句，鸥到同吟；空外传声，雁来如答。满囊烟雾，驱野鹿以驮归；绕指风霆，掣长鲸而使起。海色收无边之绿，山光接未了之青。宜其逸趣横飞，古怀遥集。赋景则苍茫独立，言情则宛转关生。可谓语选青钱，字工黄绢者矣。尤忆生之初受业也，妃豨莫辨，帝虎多讹。余也婞直性成，烦嚣舌敝。马才受驾，蘧期蹑电追风；鸟始习飞，便望冲霄入汉。窃笑沈重提撕之浅，愿为樊深讲解之精。几同阳城督责之严，绝少张伟宽和之趣。而生则色无忤恨，志益勤劬。常爽之罚何嫌，傅昭之言悉领。曾不数年，而凤毛易长，犀角通灵。程骏则能反三隅，尹征则博闻六艺。包何妙笔，善学浩然；石介雄词，无惭孙复。一片之宫商选奏，九天之珠玉齐飞。美哉渊乎，未可量也。所望蛾术时增，萤光勿辍。芝兰香远；还要栽培；桃李花荣，尤须灌溉。他日者傥得如韩偓成名，荐赵崇于朝宁；宋璟出仕，引李恺于田间。岂不快甚。即不然，如李至写徐铉之集，常抱一编；陈寿辑谯周之文，俾垂千古。亦足慰传灯之素愿，报琢玉之微劳。若夫宋挺忘恩，郑伸负义，岂烦为生过虑也哉。嗟乎！老莺强舌，难调睍睆之音；倦马识途，尚带腾骧之气。岂敢汗流籍湜，要当心服晁黄，兹因生之所请，序其简端。生其沿波讨源，因枝振叶。伫见町畦日辟，追步齐梁；节奏弥高，希声汉魏。才力所至，必有更造其极者。呜呼！果能层累不息，其所造当不止诗辞也已。

木鸡书屋文三集卷三

蒋眉生《静志斋诗集》序

岁在庚子，余客金阊。出游三日，未识一人。门前之雀可罗，场外之驹谁絷。自愧鹦湖之下士，敢攀虎阜之英流。不意眉生先生，猥采虚名，先劳文旆。东阳过访，直教孙碁情倾；北海论交，顿使祢衡心服。夫岂马勃之贱，亦登医书；牛铎之微，堪佐乐律。以故殷勤说项，慷慨推袁乎。自兹以后，频接麈谈，遍窥鸿制。所示骈体文及试帖、律赋诸种。靡不英辉烛天，黼黻藻地。植干综古，敷材艳今。文阵张鹅鹳之军，词澜吸鱼龙之气。非读万卷，身难入门。但传一篇，纸早贵市。若夫祖述三唐，抗行两宋。则其所著诗集，尤觉冥思云构，逸致霄飞。春水涌其言泉，秋霞丽其辞藻。王筠十咏，妙能指事肖形；萧远九吟，最善模山范水。巨则驱雷役电，叱呼鳌岛之间；细则吹竹弹丝，尔汝莺帘之下。鹤市七里，鲈乡一亭。鸦啼短簿之祠，鹿走长洲之苑。悉皆纷披纸上，收拾行间。更奇者，到沆握管二百言，仓猝即成；魏收挥毫五十纸，须臾立就。札给十吏，尽是佳篇；钵敲一声，居然杰构。奚必肝呕长吉，手推阆仙，而后惬心贵当也哉。余与先生，交才一月，义笃三生。知先生少岁风华，家资殷实。蔚宗自奉，尽多器服衣裳；游楚出行，不少琵琶筝笛。羊灯雀舫，拥南国之佳人；鹑脯鼍羹，醉西园之雅客。夜月倚红柑之树，秋风赏白藕之花。今则扈载清寒，冯衍坎壈。倪瓒之万金尽散，长卿之四壁徒留。又况薛剑空投，陈琴久碎。棘闱屡荐，退鹢难飞；槐市迟开，修羊不至。亦何怪沈腰瘦尽，卢齿脱残乎。然而范汪处贫，披吟不辍；王侨守困，风节仍高。以东野之穷，作《南华》之达。宜其精思壮采，自有千秋；健笔雄词，加人一等也。呜呼！吴中固人文渊薮之地，先生之外，余又得新知数人，如杨稺云、褚仙根、施君珊、黄饮鱼诸君，亦皆口吐珠玑，胸横锦绣，而先生尤才高八斗，勇冠三军。乃复鸾鹤藏辉，下侪野雉；熊罴敛气，肯伍凡狸。余因得尽出小言，折衷大雅。惭非左赋，谬荷抄传。愿把丁文，特求更定。先生屡有琅玕之赠，一月以来已惠骈体二篇、七律四首。贱子可无糠粃之投，益叹今岁之作客吴趋，尽为我两人契合之缘也。

《鲁懒仙诗文集》序

仆耳懒仙先生名久，云霞契慕，神交者十二年；霜露苍凉，道阻者三百里。庚子春仲，始把晤于吴郡，偶印雪鸿之迹，遂敦风虎之交，蒙示骈散文及古今诗数种。捧诵之下，叹其思若云涌，语羞雷同，批熊掌而拉虎斑，拔犀角而擢象齿。琼琚玉佩，柳子厚大放厥词；铁版铜琶，苏长公能伸其气。近时作者，未之或先也。而仆所最服膺者，则在《日本乐府》一卷，以西崖之体制，纪东国之人文。龙漠而遥，见闻无误；鸿蒙以外，考证靡遗。佩缩地之壶，逞谈天之口。斯则词如冯定，屏幛堪书；才类尧臣，弓衣可织焉。夫以先生幼吞丹篆，长窥绿图。华搴七英，藻速十札。本南镇之名士，作东吴之寓公。既而负笈北征，出门西笑。疗饥则红豆煮饭，夹路则黄沙满车。回思乡土，越山曾遇猿公；遍历风尘，燕市惟交马客。意牵今感，胸触古悲。宜乎明远歌行路之难，仲宣赋登楼之恨也。近者大鹏羽息，老骥心闲。艳艳桃花，家近唐寅之坞；离离橘叶，业精钱乙之医。而且忠为人谋，义因事奋。来君叔东京信士，孙宾石北海贤豪。暇则对竹构思，托松觅句。雨后双屐，吟与蝶听；霞边一觞，歌凭莺和。况吴中为名胜之地，冶丽之区。七里水环，一楼山入。邓尉之梅万树，洞庭之柚千林；花落斗鸡之陂，草上养鹤之涧。行春桥下，兔月招人；销夏湾前，鸥波送客。挟两三之箫史，呼二八之船娘。不尤足以抒写襟情，激扬藻思乎。向者闻道路之言，谓先生眼空四海，气盛一时。刘季绪不少诋诃，吴迈远恒多凌轹。魏收傲物，每嗤邢邵之文；灵鞠矜才，不取王俭之作。居然黄鹞天降，卑视众禽；紫骝地飞，耻侪凡马矣。乃仆自订交以来，但觉先生神采月和，语言雪洒。入荀令之室，芬芳满怀；聆裴遐之音，琴瑟盈耳。岂其百炼刚化为绕指柔耶。良由阅历久则意气渐平，学问深则性情自粹也。先生所著，尚有《语录》一卷、《字母》三卷、《韵略》二卷、《姓氏补》一卷、《经史辨正》一卷、《本草补遗》二卷。茂先洽闻，夹漈博物。此亦可与诗文集并传者。辱委弁言，义不敢让。但仆中郎枕空，孝先笥俭。纵执鞭其有愿，欲追步以无从。如何如何！

丁溉余司马诗序

千丛林细，五色泉阴。峰头鹤唳之天，江上龙吟之地。山水毓秀，人文蔚兴。以故南村则笔砚自随，东海则文章远播。杨铁史蓬台狎伎，不废啸歌；陈眉公茅屋留宾，共商著述。是皆才高一代，光照三吴。近者风雅稍歇矣。乃有元圃采玉，赤水求珠。文心如彦和雕龙，赋手若韩洎造凤。抽牍霞灿，洒墨露飞。抱膝闲居，目无管乐；拈髭苦索，句有阴何。则丁司马溉余先生是也。先生笔扫千军，学贯九变。万卷撑入胸肠，十围副其腰腹。声腾黉序，未遂鹏图；名注铨曹，依然豹隐。晖承绿野，曲奏白华。鱼生陆政之池，蟹入张根之室。加以伯霜仲雪，前襟后裾。杨氏竹林，谈笑弥洽；谢家池草，唱酬胥同。乐志之愿既酬，栖幽之胜毕具。家有宛在园焉，春生柳眼，秋入兰心。梅开而雀巢亦香，莲动而鱼影欲活。残红骑蝶，乱舞斜阳；嫩绿坐莺，群歌宿雨。罗含黄菊之宅，柳恽白苹之汀。壁间风动，琴声偶闻；窗外潮来，帆影倏过。盘谷居李，辋川图王；洞非避秦，斋是宝晋。成北苑之画意，畅南华之天机。倶有烟霞，足消岁月；从无风浪，或到林泉。而且郭巾一角，阮屐双穿。蜂随载酒之舠，猿捧问花之杖。鸡陂鹤涧，吴苑寻欢；龙井马塍，武林访胜。携筇西雪，桑阴万株；鼓棹南湖，菱叶千顷。秋归鸦背，踏白门之晓霜；波动鲈腮，泛黄浦之夜月。龙湫望海，唤鼋鼍而听讴；莺脰赏春，招凫雁而共语。雅游则尽争地胜，奇句则力破天慳。野鹤闲云，定是神仙之侣；鸣蝉落日，时闻山泽之音。况乃鸡坛爱士，兔苑留宾。房彦谦交道日宏，张子布声闻大著。凡树米架羊之彦，饮爻吐凤之英。靡不把袂欲先，揽环恐后。夜半之客，讵惟逸甄；日中之期，弗爽前范。孔樽恒满，徐榻不悬。王舟突来，蔡屣频倒。甚至金闺才女，争识耆卿；玉版高僧，亦知坡老。书窗云集，德里星联。月堕笑声之余，花香绮语之下。宜其诗之晚而入细，变而弥工也。今者年逾周甲，学更艰辛。河海之气，迎秋而潮；松柏之姿，经冬则绚。积五十年之久，成四十卷之多。徐雪庐待诏、朱椒堂侍郎、陆饮江大令、姚水北明经，皆曾撰序。金台似无庸赘一词矣。犹忆郭泰庭前，曾充末座；李郎门外，枉过高轩。每论风骚，最相契合。话别又经四载，吟诗不厌千回。兹复不弃菲材，俾为喤引。都官晚出，得披表圣之编；皇甫后生，竟序逋翁之集。不可谓非鄙人之幸也。

方古然女史《自怡诗草》序

葛山少妇，执越布以歌劳；拓馆贞嫔，裂齐纨而感旧。或传钗凤镜鸾之句，或著雨蝉风雁之章。然则机杼之余，米盐之外，其于一吟一咏，正复何嫌何疑。而必谓翰墨非中馈所宜，文章乃深闺所忌。岂通论哉。古然女史，医士陈生之室也。夙嗜缥缃，特长篇翰。前身莲叶，早洗陈泥；此日椒花，尽多新制。嚼红霞于舌底，调白雪于手中。谢女解围，珠帘微隔；韦娘设教，纱幔高悬。当夫茗煮龙团，香萦鸟篆。目翫平碧，眉浮远青。窗间则倦绣红绒，几畔则欣裁黄绢。羊灯宵烬，擘残十幅蛮笺；鸡枕晨催，拈取一枝斑管。题诸粉壁，兰气恒馨；书到罗巾，桃花欲笑。《诗品》所云，取之自足，良殚美襟者，此之谓也。女史又能填词，灵响遥结，古调独弹。谐琴雅于秋林，和笛家于春水。尝作《竹坞填词图》，风前鸾尾，十竿五竿；月底凤声，一阕两阕。观者靡不叹其有林下风致焉。女史又善画梅，状一角之寒烟，写三更之残雪。空山古径，老鹤如飞；流水小桥，瘦驴疑活。以李清照诗歌之暇，兼管道昇绘事之工。岂非技擅三长，才包众美者与。且夫曹洪笺启，曾丐贷于陈琳；贾谧词章，亦借资于潘岳。在搢绅且多赝作，况巾帼尤鲜真材。故朱锡鬯谓前明诸闺秀诗，皆系伪托，良可哂也。今女史则自能制锦，无藉捉刀。虽稍逊左鲍于千秋，已足分裴张之一席。余因为之删其繁复，掇厥菁华。庶几吟榭流芳，艺林播誉。尽堪浮白，赏金屋之好辞；请付杀青，续玉台之新咏。

朱畹芳女史《先得月楼遗诗》序

余尝谓闺秀之诗，易于流传。何也？片言偶发，价若兼金；只字争求，珍如珙璧。音乖正始，尚称不栉之书生；赋类俳优，曲恕扫眉之才子。此亦古今之通病也。若夫剪月为心，镂霞作想。清华炼骨，夺出梅胎；曲折运思，通入藕孔。而况凰分俪影，雁怆单飞。井中之水无波，雪后之松益翠。刘令娴祭夫之作，悱恻动人；李弄玉叹逝之篇，悲愤无极。则有如朱夫人《先得月楼遗诗》，斯足尚焉。夫人讳兰，字畹芳，吴江人。徐淑工文，宪英知义。园花不盼，庭草自馨。年二十二，适乍浦沈君晋儒。以莺脰之才娥，配龙湫之佳士。牵丝鹊夕，奉盥鸡晨。如意珠圆，同心佩合。鸣机佐读，迈于羊妻；漂麦惊呼，陋彼凤妇。暇则蜃窗拈管，鱼网织词。千回锦上之文，四角盘中之曲。香生砚匣，韵人琴弦。既鸿案之相庄，宜鹿门之偕老。何图卫叔宝乘羊之日，即是贾长沙赋鹏之时。甫庆熊占，旋伤鹤化。人影与青灯独对，泪痕随红血俱流。特因姑已白头，正须侍奉；儿才黄口，端赖提携。遽践同穴之盟，孰任持门之寄。遂乃彻其膏沐，卸厥巾褠。七宝凤头钗，易兹珍膳；三梭鹄纹布，裁作冬衣。亲尝熊胆之艰辛，备历羊肠之险阻。三生梦断，把白玉玦而不离；百炼心坚，问黄衤舀而尤在。每当凉月入牖，残星堕楼，林鸮有声，梁燕无影。愁容惨淡，惟许蚕知。苦意缠绵，只与蛩语。孤生桐冷，独活草伤。以茹霜嚼雪之人，作泣露啼烟之句。秋生纸上，吹出西风；春褪毫尖，飘残夜雨。虽韩娥悲响，齐女痛吟。无以逾其凄切也。所幸贤子浪仙，禀姿绝高，媚学不倦。室有恒家之豹，庭来贾氏之彪。六月遗孩，未尝姑息；五龄入塾，倍切提撕。以故周伯仁少佩义方，房景先幼明诗礼。早着凤毛之美誉，实由燕翼之贻谋。而无如寒泉不流，虚谷颓景。病鹤返素，哀蝉蜕红。天不从赵昱之祈，人欲罢王修之社。夫人殁于嘉庆乙亥，春秋仅三十有六。痛哉！今浪仙年亦四十余矣，著书满家，积稿盈几。入室者须读五千卷，乞诗者乃得九万笺。孙绰句作金声，张融集名玉海。能成绣虎雕龙之业，大慰孤鸾寡鹄之心。然且追念庭帏，不忘训诫。张讥对帕，隐痛难胜；丘杰奉瓯，余哀未歇。迩者蛟潭肆虐，鳀蟞逞妖。鄂岭烟腾，几无人迹；乳溪云暗，尽作战场。险遭猛虎之奇灾，脱身锋镝；急抱慈乌之遗集，索我文章。呜呼！源深者流自远，本茂者枝必荣。以夫人荼苦一生，兰馨千古。将见匪石之操，扬炜管于范书；如松之贞，播芳徽于刘传。奚祗耽情吟咏，肆力简编。区区列殷淳之选中，入常璩之志裹哉。而浪仙之孝思不匮，则尤可感也已。

柯小坡《杏花春雨馆词稿》序

余与小坡交二十年矣，尝同受知于山阳汪文端公。叹其赋才独擅，文采克彪。戛一片之宫商，流千官之珠玉。潘江陆海，自著恢奇；谢月宋风，别成馨逸。而未知其工倚声也。丙申夏，始出《杏花春雨馆词稿》见示，盖取虞伯生寄柯敬仲风入松词意。派演丹丘，惯唱江南之曲；名题红杏，讵希小宋之踪。激昂而铁拨谐声，宛转而银笙应拍。响在弦外，神传个中。风怀特遒，雪格尤洁。受而读之，不觉其夺我目、移我情焉。当夫远离莼渚，随宦栝州。船泛鸬鹚，好认同年之妹；阶飞蝴蝶，谁怜冷署之官。停车于八咏楼前，步屧于九盘岭外。戴山风软，歌听鹂声；严濑波寒，光分渔火。酒旗舞而枫落，猎网悬而筱欹。靡不调极铿锵，思通要眇。探锦寨剑池之险，字必求安；揽金炉石鼓之奇，节俱入妙。既而客游袁浦，路出胥门。访香径而行吟，过琴台而吊古。玉钩夜冷，难消粉黛之愁；铁瓮春残，欲下英雄之泪。苔缠坏冢，问漂母其奚归；草蔓荒城，怅甘罗之不见。望断乡关之远，怆深旅舍之艰。局脚床穿，凹心砚敝。倚铜箫而寄傲，把金盏而衔悲。羁绪迭生，妍词逾富。至其雕镂群象，点缀化工。刻竹分题，搜花入句。暗香疏影，多自度之腔；瘦蟹残蝉，续补题之旧。刘一止晓行之作，张九成桂子之吟。并托长笺，纷摹小物。鸟语如答，鱼行许听。标隽句于黄花，变新讴于绿意。写生酷肖，顾误殊难。他若兴寄香闺，语传绮障。春人心事，落花能知。秋士襟期，残叶并堕。小扇单衫之趣，金刀绣段之缘。东墙则宋玉多情，南浦则江淹善恨。故能镂肝贮雪，嚼齿流霞。月照弯弯，非无枨触；花开缓缓，不少流连。此又可参崇祚之新编，步耆卿之小令者矣。嗟乎，词人已老，白发萧条；骚客无聊，青衫偃蹇。李龟年逢场有日，杨狗监荐士何时。鹦鹉才华，聪明久误；鲫鱼措大，嗢噱偏多。惟我与子，竹柏悦心，芝兰合臭。互相标榜，各助切磋。愧徐庾之齐名，谬推俪体；谱周秦之逸调，窃附知音。诵美清风，殊觉品高青兕；话联旧雨，直将盟矢丹鸡。

张采言《清溪竹枝词》序

丙申夏，晤林雪岩于韭溪寓舍。出张君采言所撰《清溪竹枝词》百首索序。余循览而起曰：异哉！朱锡鬯之《鸳湖棹歌》，以一郡言之也；彭羡门之《金粟闺词》，以一邑言之也。若夫地仅一隅，途非四达。纵有渊云墨妙，严乐笔精。其曷以伸引艳情，激扬藻思哉。乃观张君所作，抑何采摭之宏，而剪裁之巧也。尔其旧隶盐官，俗名林埭。东湖一棹，胜景如云；南海九峰，晴光入画。郎住蹑云桥下，妾居钓雪汀前。屋绕青桑，篱围紫槿。三家村外，树树桃花；百可园中，田田莲叶。风回柴荡，渔翁卖蟹而来；日落石圩，村女呼鸡而过。客到马骑港口，一路草香；人行鱼乐泾边，四围浪静。宿雨消而酒家悬旆，晚烟起而窑户烧砖。破寺水环，老衲临流而闲望；荒庵木落，雏尼对月而有怀。亦既掇入锦囊，播诸铁笛。五花采管，写尽风谣；十幅蛮笺，制成水调。若乃倪参政题扇之风，尚存清气；沈秀才横戈之地，可想壮猷。远陇牛归，乱踏松楸古冢；平田鸦噪，似怜烽火倭墩。莺啼绿柳之庄，燕吊红桎之舍。横塘六里，只见白鸥；茅屋三间，惟余黑蝶。遗踪不少，轶事尤多。则又感慨交萦，欷虚并集者矣。是编也，婉而有情，质而不俚。将见传诸画舫，竹肉引其缠绵；睹到旗亭，檀槽谐其节奏。地以人传，非此之谓乎。雪岩曰然，是用述之弁厥首云。

柯春塘《太上感应篇·说颖》序

夫使作福作威，忘元机之迭倚；余殃余庆，昧神道之至公。则是裂检逾闲，不遭冥谴；修身砥行，罔获天庥。人情之暧昧难明，世路之倾危益甚。然而《易》系吉凶之旨，《书》陈迪逆之谟。在往籍方丕著其明威，岂后儒不深思夫显报。此柯君春塘所以有《太上感应篇·说颖》之作也。按《太上感应篇》，载《宋书·艺文志》，由来尚矣。惟是理宗御题而后，著述始尊；郑相作赞而还，流行渐广。而数典者，恒嫌古奥；遣词者，或病支离。孰是简而弥文，繁而不杀。令阅者憬然悟，惕然惧哉！春塘才高学粹，志洁行芳。久泛孝廉之船，将膺广文之职。犹复五经之陈，弥虔庚子；杂识之纂，不减癸辛。而是编也，昭彰瘅之公心，示劝惩之至意。耳提聋俗，木铎声宏；指点迷途，金绳路彻。引南针于苦海，悬北斗于灵台。言则白傅解诗，能通老妪；事则道元画壁，可怵凡夫。非徒一粒之丹，直作千秋之鉴矣。或谓报施之说，殊非贤圣之经。不知降异殃祥，保衡作训，征分休咎，箕子陈畴。苟无人焉，提撕而警觉之。窃恐羊祸鸡妖，罔知孽报；雀环龟印，谁识善缘。因果之不明，即危微之未析也。然则妙作箴规，广为宣导。婆心独抱，苦口靡辞。作五典之敷陈，当三章之约束。语长心重，何妨二酉同储；词达理明，谁谓六丁敢摄。

琴台赏雨诗序

琴台者，在武林艮山门内。盖姚春漪孝廉之墅，尝与吴縠人祭酒谈艺于此者也。当日者，地辟三弓，廊回十步。一拳石古，半壁池清。兰芳逼人，竹晓催鸟。红飞蕉鼠，绿戏荷鱼。棋声敲雪屋之灯，诗兴发风楼之笛。博山睡鸭，香炉绕烟；芳草斗鸡，酒缸滴露。此林亭之胜概，可想像而知焉。壬辰秋仲，余与顾子榕屏同寓斯园，時则梧叶坠阶，枣花堆屋。槐青月淡，藕白风香。群萤夜流，一蝶朝舞。头飘黄霰，脚跋绿云。顾子乃集良朋，设芳宴。挥玉如意，浮金屈卮。几费杖头，嘉肴适口。勿劳屐齿，好景盈眸。绝无孟祖之叫嚣，饶有深源之谈咏。尤奇者，旱经一月，田坼千畴。适当北海筵开，忽尔西山雨至。骊龙睡醒，鼓大地之风雷；孤鹜飞还，带漫天之云雾。银湍乱洒，珠沫横冲。树停蝉声，墙满蚓迹。脱帽而十分秋意，披襟而一味凉情。把盏高歌，却喜鱼鳞尽活；停杯遥盼，尚惊马鬣腾空。此足以兴傲七贤，欢逾四美者矣。然而聚散靡常，合离无定。回忆春漪、縠人诸君，花边握臂，松下掀髯。倚栏听云，傍牖读月。去泛西湖之艇，闲共鸥盟；归携北郭之樽，醉寻莺语。烛刻三寸，钵催一声。序王、裴辋水之思，成皮、陆松陵之集。乃未几而庭空燕泣，砌断蛩悲。薇瘦红欹，柳低碧软。酒垆重过，嗣宗已作古人；琴曲乍终，子期久为异物。宋祁客去，不见名流；杜佑亭存，复来我辈。惟秋兴最宜客子，况甘霖欣谢天公。盍洒狼毫，述斯佳话；再须鹅绢，绘厥良游。顾子曰然，于是同人各撰一诗，方子春作记，而推余为之序。

《鸳水联吟》序

盖闻易占丽泽，诗美他山。友朋规摩之益，非只在词章也。而亦未始不在词章。以故简折邹、枚，坛倾高、李。秦黄一辈，互角辞场；元白诸公，动盈吟轴。以视世之拥衾索句，扃户成篇，独学而无友者，岂不远哉。戊戌之秋，社开鸳水，课集鸿才。始只及乎乡邦，继乃遍于吴越。卷分午帐，题寄庚邮。鸾笺络绎，晨驿传来。风藻联翩，夜航递到。楼台合造，旗鼓相当。霞灿舒奇，云来入妙。品以二十四而备，体非三十六为工。花万树而齐芳，草百种而一碧。南辕北辙，关山未免分离；东主西宾，翰墨自能合契。大雅宏达，于兹为群矣。不特此也，风华掩映，既舒多士心裁；月旦平衡，端籍老成眼力。问三百人内，岂乏滥竽；看十九人中，果谁脱颖。分标甲乙，细别丹黄。铺素练而玉尺善量，绣红绒而金针巧度。磨瑕疵于白璧，定声价于青萍。果卢前王后之无讹，亦贾瘦韩豪之并取。不特此也，自来牛耳之盟，尤贵龙标之得。王摛隶事，簟挈五花；李端工词，帛分百匹。到洽取绢，延清夺袍，真快事也。今社中略仿此意，凡成一课，每润五名。纵不若月泉之社，吴翁遍赠罗缣；醮樵之吟，饶氏豪投金宝。然而戋戋细物，芝兰具见深情；琐琐微仪，桃李偏能永好。风雅之途，固无取乎豪侠焉。不特此也，搜来杞梓，尽是瑰奇；付厥枣梨，庶垂永久。苟非裴潾妙选，曷由姚合成编。乃者种赤珊以数年，量白珠之十斛。惊才绝艳，谁非心擅雕龙；采秀撷芳，屡见集成刻鹄。各体咸备，片长必收。近时洛如之联吟，韩江之雅集。七子敦槃之盛，九家壁垒之坚。岂必能胜此也哉。惟是事历三秋，诗刊十集。虽方兴而未艾，忽逝者之如斯。周叔斗、蒋霞竹、唐菱伯、王诗石诸君，身早骑鲸，魂都化蝶。黼黻藻地，丝未尽而蚕僵；英辉烛天，珠方生而蚌死。得毋抱晨星之痛，增旧雨之思乎？顾吐肠之梦，已谶生前；而钵肝之言，幸存世上。不可谓非社中诸君子之力也。金台才愧呼豨，名欣附骥。素称好事，频效微劳。往时奔走鹦湖，网罗硕彦。去岁往来虎阜，号召英豪。鹭鸥联翩，騕褭腾踔。遂觉香薰艳摘，骚坛益高；银涌金鸣，吟事弥盛。李尚书芝龄、黄太守霁青、翁征君海琛，皆曾撰叙，而余复书此者，盖补群公所未言也。司社事者五人，曰于秋淦源、曰岳余三鸿庆、曰孙次公瀜、曰杨小铁均、曰严松圃人寿。

茸城近课序

三十年久别茸城，白鸥不识；一百里相违柘水，红鲤难通。壬寅仲秋，重过云间，得晤丁君步洲、雷君蕴峰，知二君方集英流，频兴雅集。鹭觅其友，鹿呼其群。披襟而时过求羊，授简而迭分枚马。聚八音以合奏，汇五色以成文。一辈交游，相团白社；百年文献，克踵黄门。二君欲余作平原十日之留，厕建安七才之列。匆匆未暇也。夫云间为俊秀之区，人文之薮。粤自堂开二陆，碑记三高。南村之别墅犹存，东海之故居无恙。他若亭名看剑，场号乞花。留云之壁百寻，涌月之台十仞。雉媒芳草，曾见佳篇；鲈脍香莼，时闻隽咏。近者风人渐希，吟事亦辍。今得诸君子起而振之。招邀仙才鬼才，啸咏达伯朗伯。千牒绮合，一囊香霏。琴无偏弦之张，锦非独茧之剥。侔色则珊枝架赤，斗采则绢匹舒黄。不可谓非佳话也。当夫金风过箫，银汉案户。九山枫叶，初标浅红；两岸芦花，徐堕荒白。瘦蝶出茧，黄若野人之衣；枯蝉集枝，绿于吟客之鬓。时则一笻选夕，双桨寻秋。残荷雨来，著纸欲湿。老桂月入，与诗并香。迨乎蝇冻罢飞，雀拳无语。鸭灯烛冷，鸡缸酒寒。桥头鞭响，驴蹄触霜；渡口船回，鸥背拖雪。则又鼎搜韩孟，灰拨阴何。鼠须结冰，犹自呵毫斗韵；鸲眼烘火，依然促膝分题。较之嵇、阮竹林，裴、王辋水。皮、陆倡和于甫里，范、杨联吟于石湖。何多让焉。窃念去年入夏以来，雾吐黄蛇，山盘赤蚁。黑唇吹火，碧眼跳珠。上洋云暗，鳄尾高撑；大泖烟腾，鼍牙欲噬。突阵忽来，封豕当关。竟失老罴，万卒麇奔，孰射危樯之怪鸟；三军狼溃，谁歼巨壑之狂蛟。雁户仳离，鱼扉零落。地有疮痍之迹，家无弦诵之声。而诸君子犹能渺虑澄思，绨章绘句。杯斟犀角，管舞兔毫。泛方舟鱼蟹之乡，订圆笠鸡豚之社。况今鲸波不起，化为瑞日之光；象燧已消，恬作彩霞之色。云中鸡犬，都觉相安；风里马牛，料应不及。益当擘笺砚北，剪烛窗东。门外车停，座间钵响。顾玉山主盟坛坫，杨铁史管领风骚。人来白燕庵前，争分吟席；客过赤乌碑下，愿厕词场。洵足振梁苑而先鸣，驰楚泽而方驾者矣。金台手乏八叉，肱非三折。义山獭祭，承吉虫雕。乃蒙叠贲邮筒，俯收拙构。不嫌樗栎，并付枣梨。每自病于蜂腰，辄幸附乎骥尾。近复寄书一寸，索序数行。日轮远照，翻取耀于病萤；风翮齐骞，偏借声于退鹢。贯珠缀玉，胜读温歧汉上之编；撷秀采芳，恍披元结箧中之集。聊为喤引，以作韦先。

杨小铁诗序

夫兰生空谷，无风自馨；梅发空林，得月弥艳。是知神之远者，境不得而限之；品之高者，物不得而浼之。诗之为道，何独不然。嘉禾杨君小铁躬亲廛肆，业托贸迁。未免玉掩泥沙，花飞藩溷。而乃胸藏明镜，骨蕴慧珠。饮若长鲸，醉尽花柳；游凭画鹢，赏穷江山。葛巾飘烟，团扇夺雪。柳文畅牵兰北渚，水碧于罗；曹子恒击蔗南皮，灯明似昼。含毫薄染，上逼倪、黄；矢口成吟，直追元、白。当其抑扬风雅，标举性灵。春云则舒卷自如，秋水则波澜独老。骋妍抽秘，思酣茗余；密咏恬吟，声堕竹外。而且风怀不减，霞想弥殷。袭妙句于徐陵，台将号玉；继芳情于韩偓，奁亦疑香。尝受知于同里曹种水、马澹于及仁和宋小茗、吴江叶改吟诸先生。十咏郊居，独得东阳之赏；一篇宫体，免遭北海之诃。郑当时交多大父之行，嵇中散游半忘年之契。少时曾与秋淦霞城诸君，结六子诗社，早已秀情超拔，奇绪纷披。群艳耀日，众香同风。迩年来复与次公、松圃诸君，远征硕彦，高筑吟坛。成《鸳水联吟》二十卷。大罗天并集众仙，小乘禅齐参一佛。揽环结佩，多由萍水之遭；拾芥引针，便洽苔岑之契。裘成狐腋，冠聚鹬毛。不惜捐金，特为攻木。而君之诗亦自此益工矣。惟我与君交深十载，缘结三生。初闻高咏，求识袁宏；继领剧谈，大奇彭羕。每共西园之宴会，恒随东野以周旋。蚁樽浮青，虾灯落紫。游戏三昧，嘲诙万端。殆相忘于形骸之外也。壬寅之岁，君复移居。有小阁一间，适对烟雨楼，因颜之曰“南湖水榭”。一日者，为余置酒于此，则见雁齿桥弯，龙头屋小。斜照欲下，脂痕尚红；凉飙已生，帆影微白。僧入柳阴古寺，女撑菱外轻舠。鱼恋书声，掉尾极乐；鸥知客到，耸肩相迎。云舞若花，月流如水。渔笛接晓，鹭鹚不眠。塔铃答秋，猿獭先起。双溪波活，睹拍岸之鸭群；六里街长，甪里，一名六里。听隔城之莺语。余戏谓君曰：“以汝雅流，居兹胜境。”地分北苑烟云之画，身入东坡笠屐之图。即非诗人，亦能诗矣。而况灵心自晓，著手成春。锦绣抒其胸怀，珠玑生于咳唾。领铁史之风月，主玉山之敦槃。又乌以测其所至哉。回忆去岁以来，水犀风急，海鹘云屯。黉背千帆，鲸牙万队。干戈动地，涌来巨鳌白鼍；烽火涨天，飞出满山黄鹞。王粲则穴狐感咏，许浑则林燕哀吟。得毋抱荒槐秋井之悲，起细柳春江之感乎。幸而跕鸢息厉，毒虺停吹。乡号更生，亭名丰乐。趸船蟹艇，兵燹渐消；鹤渚鳌矶，薜萝无恙。君乃招邀渔弟，跌宕醉侯。花径重开，不惊鲛蜃。草堂犹在，仍对鸳鸯。乃属惠施知我之深，遂有敬礼定文之托。所愿能参五际，自成一家。干将入冶，光烛蛟龙；成连拿舟，声驾鸾鹤。此日清新俊逸，早传警句于吴江；异时宏丽裔皇，应接元音于汉代。

孙次公《始有庐诗》序

癸卯之春，余将锓骈体三集，秀水孙君次公为余撰序。萤灯细焰，藉龙烛而增辉；蝶版微声，借鲸钟而发响。余心殷殷感之。未几君亦以诗集乞序，若急欲得余一言以自信者。良以王籍之词，非刘孺不能击节；何逊之作，惟范云独肯见推。忝属深交，何庸多让。惟君玉骨内涵，金心外朗。情浓与酒，才艳若花。得希逸之风华，兼子升之逋峭。登高作赋，自抒九能；比物言愁，穷探五际。兰亭日暖，群贤共泛羽觞；桃渡云迷，侍婢曾歌团扇。雅人深致，名士风流。君之谓矣。独是人情爱古而薄今，贵远而贱近。此间伧父，致士衡酱瓿之讥；何物田翁，招沈彬火炉之诮。陆喜论撰，称诸葛而后行；张率篇章，托隐侯而始重。当西施之玩镜，偏弃蛾眉；岂伯乐之停车，空收马骨。蒙窃惑焉。然而不逢知己，且食蛤蜊；傥团赏音，定呼鸾凤。惟余与君五年以来，拍肩相爱；三日不见，刮目惊看。每诵君诗，觉秋水为神，春风驭气。名将立阵，刁斗一新。奇士游山，蹊径屡换。以故逢人说项，到处推袁。潘岳读夏湛之篇，大加叹赏；陈琳见张纮之著，不厌褒扬。君今受知于罗萝村学使，送入诂经精舍肄业。苏威试题，正藏立就；王俭隶事，何宪独多。非晋公池上之蔷薇，是仁杰门中之桃李。伫见群空冀北，岂徒秀擅江东。迩者海角暂羁，岛间长啸。黄蜃吐气，欲荡神机；绿鱼扬鬐，若酬妍唱。流连乳水，战场又复花开；恣吊鄂阳，军垒才经火熄。幕上之栖乌未去，峰头之唳鹤犹闻。斯时也，定当笔墨横飞，声情激越。状鳄窟鳅宫之景，血浪消红；写鲎呿鲸吼之形，惊涛涌白。遥想扒金击玉，才人必更上一层；自惭乱辙靡旗，老夫当退避三舍矣。

木鸡书屋文三集卷四

陈白牛先生塑像记

三贤祠尚存，檇李以先生配享宣公也；六客堂犹在，吴兴以先生陪祀苏子也。而况泾水一湾，系前哲幽栖之地；胥乡千古，发后人仰止之怀。其可不念切瞻韩，情深铸范乎。谨按先生讳舜俞，字令举。熙宁初，以屯田员外郎知山阴县。时也，十八条之新法初颁，二百载之旧章尽坏。刘挚则上陈“十害”，杨绘则进说“五难”。吕诲之疾谁医，郑侠之泪如海。先生一末吏耳，亦复凤鸣朝日，鹘击西风。因北阙之腾书，责南康之监税。天津桥上，忍听啼鹃；庐阜峰头，但闻叱犊。遂乃挂朝冠，返初服。得马牧先生之意，追鹿门高士之踪。锁秋云于一囊，踏春雪于两屐。菱港柳溪而外，处处流连；莲泾梅渡之间，年年眺赏。掌上集顾欢之鸟，口中呼卢度之鱼。绝类志和，寄情西塞；岂同种放，腾笑北山。以故骑牛一事，李龙眠绘之于前，朱元晦跋之于后。至今市以白牛名，里以白牛名，塘以白牛名。清风亮节，可想见其为人矣。癸巳之秋，余过风泾，吴君西斋谓余曰：“我今新塑白牛先生像，将供诸文昌宫中，子盍为我记之，以垂诸无穷乎。”余不禁叶拱而起曰：“有是哉，君子留意于先贤也。”夫王秀写宗测之形，杨宣摹宋纤之貌。郑遨晦迹，登唐室之绘图；魏野逃名，入宋家之描画。此皆及身而有像者，况乃时阅千秋，名高百代。苟非传神于阿堵，曷由慨想夫遗徽。闻前明正德时，邑令胡洁曾为先生肖像，在嘉善县东七里。近则崇祠渐圮，神状将颓。而君独能因地思人，抚今缅古。撷余芬于未沫，使生面之重开。明月前身，须轻捻而欲活；餐霞本相，肩高耸而疑生。仿房琯之抟嵇康，神通寤寐；学李洞之镕贾岛，契结幽明。从此雾节回翔，星舆止顿；伊人宛在，故能俨然。窗开则白鹤晨窥，户闭则青猿夜守。雪满一林，梅树恍接清襟；烟笼半亩，桐花如亲逸致。汾湖蟹美，可荐馨香；淞浦鲈肥，还供报赛。以修故事，以妥英灵，礼也。昔溯都官之风范，曾歌元镇之诗；今瞻居士之仪容，愿续吕意之记。

拙宜园记

昔者杨凭第宅，卒付香山；萧复田园，后归王缙。天于幽雅之境，往往郑重爱惜。必畀诸克称此居之人，转不若朱门华屋之滥施而无靳也。拙宜园者，在海盐南城。康熙间，杨耑木中允别业也。当其时，径曲分三，窗虚敞六。春杯露晚，秋笛星多。鹤飞竹里之亭，鹿卧水边之砦。陆放翁之诗圃，不乏寒梅；刘侍中之讲堂，最饶深柳。南园裙屐，聚五先生；北郭敦槃，招十才子。斯亦极人生之乐事也。亡何，刘伶埋锸，傅奕归山。砌断蛩愁，庭空蝇吊。今为吾宗晚香先生所得。先生清如菊澹，静比兰芬。年逾七旬，身老三舍。软红尘迹，莫惹鸥心；垂白光阴，闻问鹤梦。则有贤郎莲舫、韵珊两昆季，凤毛誉早，龙腹名高。学如鸡跖之贪，卷积牛腰之富。友爱则无殊溉洽，文章则直掩机云。尔乃游神萧辽，涉览明瑟。虚堂论史，鸟亦垂头；侧径敲诗，虫偏啮踵。苔痕染袂，竹韵到琴。帘约烟清，檐寻雪白。皎皎梧桐之月，微微杨柳之风。鱼唼波而有声，蝉翳叶而无影。茧丝黏壁，蝶破而飞；雀食堕阶，蚁逢而运。沿溪石瘦，花为静女之容；绕屋云憨，松作孤僧之态。余于乙未仲夏，特访名园，为寻胜概。幽步徐引，素襟遂开。韵珊留余小酌，属撰园记。客是求羊，举樽相对；人非枚马，授简不辞。余因之窃有所感矣。世之盛饰园亭者，非无凉房燠馆，绣槛雕楹。五楼十阁以为华，百栱千栌以为胜。乃未几而丛荆乱棘，改作牛宫；败瓦颓垣，化为马厩。梁间旧燕，飞入谁家；屋上新乌，归于何处。即以武原而论，冯园则古桧青浓，常园则山茶红焰。喻园之风棂水榭，不让玉山；寐园之花笑鸟歌，岂输金谷。今已大半不可问矣。由是观之，亭台纵好，主人须得名贤。予弟多才，佳境斯能生色。我晚香先生，志洁行芳，义精仁熟。埋蛇救雀，素称积善家风；起凤腾蛟，又出读书种子。莲舫、韵珊，丁年深汲，午夜旁搜。鲤有角而将飞，豹以斑而难隐。伫见堂开四桂，庭辟三槐。则所以传此园者，岂不远哉？金台忝附茑萝，欢联棠棣。诗曰：岂无他人，不如我同姓。烟霞有知，定当相昵；鱼鸟可语，谅不生嫌。故承命作记，而不禁欣然泚笔焉。

月上楼记

归安奚虚白先生，博贯典坟，研详金石。辨襄阳之简，识是周王；读东海之铭，知为越女。百函绮札，朝朝秃尽狼毫；万个丛篁，夜夜泼残鹅绢。有楼焉，八窗洞达，十笏平量。山暖当春，水凉知夕。启牖则榆青绕屋，倚阑则苹白满湖。清琴一张，藉之赏月；古砚几匣，用以说云。帘疏而红雾乱侵，几净而碧烟欲走。尤可喜者，发思古之情，申尚友之志。眷怀往哲，沙抟叔夜之形；缅想芳徽，金铸子昂之像。盖斯楼也，雍正间故鲍氏宅。厉樊榭征君纳姬人朱月上于此者也。当夫兔窟光盈，鸥波色嫩。杜牧水嬉之日，始睹娇姿；李端酒宴之时，忽成佳配。何意青溪之妹，相逢白石之仙。面似花枝，笑窥秦镜；口霏玉屑，爱说唐诗。樊通德好侍伶元，随清娱不离马史。只道邦衡渐老，官柳恒依；谁知平仲尚存，蒨桃先逝。遂乃托词幺凤，比曲哀蝉。明湖十里，春水犹香；小山四围，晚霞已落。惜哉，今者之问故居，早归摩诘；杨凭旧第，改住香山。汤雨生都督，驻节苕上，曾为先生绘《溪楼延月图》，题八绝句。德清蔡尔眉序之后，又得樊榭遗像，因倩费君子苕别摹一幅，并绘月上小影，附于册尾。每当霜辰露旦，叶落花开。一瓣真香，两条明烛。设八桂老人之席，如接神灵；悬九天玄女之容，迥非凡艳。名士之风寂寂，妙韵常新；美人之雨萧萧，流芬未沫。斯则令威化鹤，尚有余欢；弄玉乘鸾，永无遗憾者矣。仆久仰名区，欣闻奇趣。惟愿他日者，鼓棹苕水，蹑屐岘山。随紫燕而寻主人，倩白凫而作介绍。得与先生同凭鸭槛，并坐鹿床。快论风骚，纵观宝绘。不可谓非乐事也，敢以此文为息壤焉。

梁武帝翻经签记

自古人君佞佛者，指不胜屈。然而身依十地，心恋四天。百万金钱，频闻赎帝；一家弢略，只是谈禅。未有如梁武之甚者也。嘉禾沈子远香，得梁武翻经签一枚，签长九寸，有字一行曰：“大同六年造。”虽真伪未知，而得失可鉴。睹其物者，何妨论其世哉。方其功开西邸，兆起东郊。龙渎闻老父之言，鹄矶见毛人之集。金瓯奠定，五十年长享太平；玉座披吟，九百卷特垂著述。六代以来，亦云美矣。而乃万几多务，惯说六通；百艺俱娴，更明三慧。造五百之寺院，育十万之僧尼。妃诵净名之经，臣披受戒之服。甚至郊庙废牲牷之物，锦纹除鸟兽之形。岂知四部徒开，八功罔验。淮流决而民为鱼鳖，菩萨难扶；辇毂饥而人似鹄鸠，伽蓝不管。又况封狼肆噬，毒虺潜吹。主岂薄肠，表陈十失；奴虽跛脚，兵逼三台。南门之梵呗未终，东府之弓刀交下。江鱼迟跃，火雉空投。鸢解传书，斯真下策；猴能登座，果是前因。雀鷇谁探，熊蹯莫许。纵他日揾盐五斗，剧贼头枭；而尔时索蜜千声，至尊口苦。不信长眉佛去，忍抛慕法之老公；何图眇目僧来，又作参禅之天子。

明宣宗恭让皇后赐印记

成帝之黜许后也，以赵昭仪之见嫉；哲宗之废孟后也，以刘婕妤之工谗。在庸主诚无足责，吾独怪明之宣宗。令主也，乃以胡后无子孙，贵妃取宫人子为己出。因册贵妃为后，而胡后号静慈仙师，赐以厚载崇教之印。呜乎异哉！夫以后祥征黑凤，瑞应白羊。美映椒房，芳闻兰掖。贤如明德，敢乞恩私；敏似和熹，好求典籍。守高徐之家法，追任姒之徽音。而乃弓韣虚祈，菖蒲迟发。璿宫无福，不闻草长宜男；钩弋有缘，偏得门开尧母。独不思虞美人，实生冲帝，但号大家；李宸妃亲诞仁宗，仍为嫔御。兹则未知无恤产自何人，一任不韦居然奇货。夺金鸡之倖获，遂玉凤之轻投。援汉家光烈之仪，漫居正位；袭宋室金庭之号，别处中闺。非阿娇之善妒，亦退长门；岂成君之逞威，竟迁永巷。攘羭之讥，谅难免已。嗟乎！郄徽抱愤，龙化庭中；乙弗含悲，狗嗥屋角。后独菀枯弗计，进退自如。紫緌辞恩，黄纯易服。幸非王姬骨醉唐宫，差胜甄妻发披魏殿。千经诵罢，芳名已改披香；六字颁来，宸眷犹思故剑。俨珍珠之一斛，慰团扇于三秋。极怜此后吟诗，可许红螭押尾；回想少年获玺，空占白燕当头。则又对片玉而欷歔，捧恩纶而恻怆者矣。虽然，吾不独怪宣宗而尤怪当时诸臣，如蹇夏三杨者，莫不才称舟楫，任重监梅。奈何唯诺成群，绝少褚韩苦谏；逢迎希旨，未闻孔范危言。并无作赋之王禋，讵有上章之邹浩。为国大臣，澳涩宜尔耶。从闺范不彰，王章日紊。刘娘固宠，武后之中壶疑虚；客氏弄权，熹庙之长秋几殆。万妃则药中储君之顶，选侍则肘掣太子之裾。语曰：作法于凉，此之谓也。印旧为嘉禾曹氏所藏，后归古余太守。友人某属余记之。

常开平王铁衫记

尉迟已去，鞭犹载在唐书；彦章不生，枪独传于宋记。凡英雄之遗迹，历时代而弥光。如余所闻开平王之裔孙在云间者，以王所遗铁衫舍道院，助铸神炉。道人惜其旧物，因藏弆焉。嗟乎！自古功名盖世如王者，有几人哉。当日者，气凌雕鹗，力胜熊罴。采石交锋，高凭一跃；鄱阳鏖战，勇夺三军。盖延弯弓三百斤，每忘躯而深入；贾复被创十二处，且临阵而先登。青袍表裴果之威，赤甲负耿豪之勇。带朱伺之铁面，敌尽震惊；投杨津之铁星，人都靡烂。此衫也，当王生时，不知几经血渍矣。而乃榆岭风寒，柳河星陨。龙江之临未久，第宅苍凉；鸡鸣之像犹新，门庭萧索。旗常早毁，空负十万众之隆名；箧笥幸留，独余四百年之故物。吴璘之铁钩宛在，郭遵之铁杵依然。睹铁锤者，慨想德威之猛气；玩铁简者，追怀任福之雄姿。岂非王之灵爽式凭也乎？夫中山华胄，世食南都；黔国后人，代雄西徼。王之功绩，殆有过之。乃偏不如彼之永保带砺也。岂主眷之不常与，抑贻谋之未善与。虽然元勋宿将，如冯宋国、傅颍侯者，犹且朝解征衫，暮投铁网。王独早骑箕尾，免作韩彭。斯则不幸中之幸也，已尚何言哉！

柳如是遗镜记

徐淑合欢，镜真可玩；乐昌半破，镜亦重圆。从古佳人非无宝鉴，若乃以西陵之丽质，作东美之捐躯。莒妇工谋，荀女就义。龙涎紫结，芳尤烈于焚余；蛾粉红僵，艳更伤于蜕后。吾于河东君遗镜，不禁抚摩三叹焉。尔其红杏芳龄，白莲娇态。香招媚蝶，枕置神鸡。精素素之楷书，擅田田之尺牍。陋他楚女，专解行云；奚必谢娘，方工咏雪。张秾改姓，将封国夫人；柳翠前身，素称善知识。紫衣入户，谁为李靖英雄；绿绮当垆，期作长卿佳偶。斯时之镜，则固当眉写翠，对脸传红。稚齿韶颜，丰姿出众；雪肤漆发，艳冶非常矣。既而见摈黄门，致惊打鸭；言归蒙叟，为赋栖凰。许张敞之画眉，笑陆展之染发。不胜李书记华年之感，大有杜司勋晚遇之情。每当秋舫一帘，春屏四壁。称诗弟子，伴病维摩。撷西天称意之花，种南国相思之豆。述师爱妾，岂只能歌；子京丽姝，时观修史。担书五岳，恒藉清娱；拥髻三更，忍离通德。而且情柔于水，语妙如珠。薛瑶英龙绡侍客，无事猜嫌；步非烟蝉锦贻人，尽容放诞。自是司空见惯，不忧丞相怒嗔。斯时之镜，弥觉碧光连日，紫色属霄。鹊盘玉蕊轩中，蟾照绛云楼上者矣。亡何兔舞周京，狐游汉殿。三千里龙骧军至，刁斗森然；五百年麟脯筵开，沧桑变矣。于是握绳讽义，指剑沥诚。素号东林之党魁，宜尽西山之名节。乃毛惜偏能誓死，而褚渊只解偷生。早知燕颔难封，谁料龙头无耻。三朝实录，自称危素老臣；一纸降书，竟出梦炎名士。沈郎反覆，空令老婢之取怜；张谷迟疑，枉负新声之苦谏。斯时之镜，未免凄凉寡色，黯淡失辉。网户珊瑚，嬾相拂拭；妆台瑇瑁，不用摩挲矣。迨乎戴洋见征，萧贯赴召，鸾分俪影，鹄恨单飞。屋频穿夫鼠牙，巢将覆其鹊卵。承嗣之觊觎未绝，严武之愤恚难消。泪洒犀帘，愁萦鹦槛。遂乃粉书垩壁，带挂贞枝。甘为罗爱爱白组之悬，不虚关盼盼黄金之费。当年红线，幸充记室之名；尔日绿珠，须报君侯之德。雾沉洛艳，月吊湘魂。斯时之镜，则又银字斓斑，锡花零落。昭阳七出，无复饰匳；武都一枚，任教表墓矣。是镜也，为郑使君所藏，友人吴铸生等曾作诗歌，余更为记以永之。俾知节高晚，盖莫轻杨柳之身；义激颓风，益重蘼芜之号尔。

岳威信公宝刀记

昔者刀成诸葛，淬蜀芒新；刀铸韦皋，定秦字古。薛孤延刀锋尽折，独自殿军；呼延赞刀刃直前，惯能破阵。靡不英风远著，锐气上腾。若夫威震九边，功开八镇。霜硎闪铄，扫残龙户马人；雪锷阴森，斫倒狐坊雁塞。则威信岳公所传之刀，尤足使昆吾失色，葛党无光矣。公虎头著名，猿臂善射。贺齐则干矛出众，典韦则饮啖兼人。在世宗朝，从大将军年羹尧，征罗卜、藏丹津。剑挥青海，旗卷黑山。斩八万贼徒，擒十五台吉。五千里穷边远捣，十六族遗孽请降。响戢狼嗥，浮无鳖渡。漠漠黄沙之地，毒雾旋消；毵毵红柳之天，妖云尽灭。直抵四蛇之境，爰刊双兔之碑。李药师之胜大非川，魂惊吐谷；高仙芝之破小勃律，气夺拂菻。筑唐家三受降城，置汉代五属国府。此则公之功在西域也。在高宗朝，起废为四川提督。讨大金川，先夺碉楼，次平苗卡。昼飞岑彭之炬，夜转臧宫之车。狮突营中，猱腾栅外。鸢欲飞而羽忽堕，象未战而胆已消。会贼有求降意，公即亲诣贼巢，谕以祸福。阚棱脱鍪，敌皆罗拜；冯盎释胄，众并欢迎。送金盘以贮花，拔银枪而芟草。螳车谁奋，牛酒争持。共识令公，果大人之获睹；遥闻仁贵，知名将之尚存此。则公之功在南蛮也。当斯时也，三蘖迭鉏，九婴悉殄。及锋而试，血染鲸鲵；游刃有余，魂歼狐鼠。天子嘉其茂绩，赏厥壮猷，赐金削于齐聃，赉玉环于怀祖。果应王濬悬梁之梦，遂成周瑜荡寇之名。然而霍嫖姚频率三军，非不立威万国；曹武惠曾经百战，未尝妄戮一人。能杀能生，戈铤岂不祥之物；可伸可屈，锋颖亦积福之基。况乃贾复敦儒，吕蒙好学。傅修期既工草檄，周罗睺尤善制诗。此又足见善刀而藏之雅度也。已今者，四海鹑居，八荒蛾伏。小娃对月，犹唱刀环；老卒犁田，每逢刀镞。柔远之鸿模可想，绥边之骏烈难忘。刀近存蜀中王州判家，姚春木先生尝见之。启匣而星辰动摇，拔鞘而雷雨澒洞。百年器重，实胜景明白鹿之光；三尺芒寒，奚殊壮缪青龙之宝。物以人传，岂不信哉！公讳钟琪，字东美，官至兵部尚书。谥襄勤，为忠武王飞，之后云。

驱妖记

夫山妖川魅，夏鼎图神异之形；野仲游光，汉京载驱除之法。故知蛇灯蚁网，不少邪踪；鼠穴蝇菇，类多沴气。猴著白纱而昼现，鸡顶赤帻而宵行。宛市化羊，宫湖变鸭。安得以目所未睹，而谓必无其事哉。壬辰之秋，余女于归金氏。至十二月初旬，无端为物所凭。三更吹霎，毒雾侵花；一梦沉迷，妖星入月。岂猿摄欧家之妇，岂蛟缠黎氏之妻。岂鸽化少年，竟来堂内；岂獭冒夫婿，混入房间。岂蝉可幻形，向树头而调戏；岂螬能假体，据榻畔而披猖。语甚不经，身难自主。佥以为丹朱之仪房后，同此挟邪；公妪之娶唐山，类斯作孽矣。越翼日，金氏遣急足来告，余不得已往视之。见其颜色焦枯，精神恍惚。目昏若翳，手寒于冰。妖由人兴，信不诬巳。或谓宜延师巫以禳之，或谓宜召羽士以遣之。余独以为不然，遂乃背灯危坐，抚卷默吟。因思夫黄龙肆虐，郭振能除；白虎逞残，张田善禁。王嗣宗去狸狐之害，程明道绝蜥蜴之灵。彼何人斯，要惟正能克邪焉耳。余纵未得媲美古贤，追休前哲。然而衷无私曲，讵容匪类之相干；文有光芒，安在幺麽之难敌。果尔清风洒处，凶秽潜消；旭日明时，氛祲渐退。上下搜而绝无兔骨鹅毛之怪，左右视而不见猪蹄驴臂之奇。未尝淬刃于度朔之山，未尝传札于葛陂之老。而游枭焰息，跛鳖技穷。盖不数日，而女病旋瘳矣。非然者，果惑人言，必将入户悬符，结坛鸣鼓。窃恐法官力怯，反遭若辈揶揄；村觋术疏，转助灵场威虐。然后叹王旦至而群魔悉避，景清来而恶魅自惊。古来御灾捍患之功，终出秉直亶聪之士。余也不才，偶然却厉。补干令升：搜神之记，岂敢矜张；读萧子显伐社之文。漫相附会尔。

游狮子林记

有境焉，秀夺天巧，奇争鬼工。险凿五丁，雄驱六甲。割将鹫岭，分得龙湫。侧走雷霆，倒垂菡萏。寒蛟跃出，日光不红；孤鹤归来，云气尽绿。烟青朝吐，月白夜吞。到溉奇礓，逊其布置；苏公雪浪，无此玲珑。则吴门狮子林是也。庚子之春，余客吴下。鹤市七里，虎丘一峰。天平之巅，支硎之麓。亦既风光入眼，烟景娱神。而独恋恋于狮林区区之地者何哉。犹忆初入门时，但见高不十寻，广非百亩，双冈对峙，一览无余。以为无甚奇观也。岂知渐进渐幻，愈入愈佳。勇士植竿，猛若赴敌；靓女照镜，艳乃无言。空青塞扉，浓紫满坞。松抱石罅，老而生鬣；苔铺砌坳，细皆似发。曲池波涨，鱼跳桥心；深谷风寒，雀堕亭角。百磴雁列，一径蛇蟠。步步高低，层层凹凸。教猱升木，昂头可呼；如蚁穿珠，捷足先得。将登复下，兔窟藏踪；欲往仍还，螺纹旋掌。蜂腰几折，径讶崎岖；驼腹频摩，洞偏空旷。深抵龙穴，恐埋地中；仰攀鸟巢，别出天外。犬牙互错，蜢腿交撑。在后在前，交臂忽失；或左或右，拍肩又逢。危栈千盘，老马犹怯；怪峰九曲，神狐亦迷。真觉海上三山，近悬眉睫；人间五岳，收入心胸矣。或谓石以狮名，于义何取。盖狮者，势能搏象，气可怖熊。威慑南蛮，雄传西域。而兹林也，卷毛毯舌，钩爪锯牙。夕阳坠黄，英姿兀傲；

午夜昏黑，猛态狰狞。翩翩仙灵，骑来蝴蝶；咄咄怪事，琢就狻猊。缅怀迂、倪，千秋绝技；愿学颠、米，再拜不遑而已。

游细林山记

道光癸卯仲夏，重访丁步洲于云间。谈及九峰之胜，游兴跃然。既而陈研芗、钱渊亭二君为余载芳醑，携嘉馐。简折邹、枚，舟聚李、郭，同游于细林山。是山也，一名神山。极水木之清华，系真灵之窟宅。彭翁得道，林端余独鹤之巢；吕仙挥毫，天半起神鼍之馆。当日者煮石揖云，烧丹抱月；戏骑龙竹，偶种鸭桃。翱翔太赤之宫，啸傲空青之树。魂返金阙，神传玉书。杳冥恍惚，莫得而详焉。尔乃杖策以上，缘梯而升。磴积鱼鳞，桥分鸳翼。平坦之径，时露峭容；咫尺之峦，独工远势。空坛松暗，鸟梦都圆，上界花新，蜂音出妙。龟毛呈绿，蛇背透黄。鼯窜藤间，鸡鸣竹外。海雾扑眉，洞云拥脚。口吞蠡庵之泉，手弄莺窟之石。杨亭夏墓，凭吊遗踪；孙阁周台，历访名迹。俄焉入精舍，憩闲房。似到碧城，恍游丹地。琱甍皃翥，绣桷虬伸；楼通鹊巢，牖接蟹舍。于是蚁觞徐泛，鸬杓互斟。狂传青兕之呼，痛甚黄獐之饮。三升渐罄，四顾而兴。但见天马西来，巨鳌东掷。一枝瘦塔，如立美人；千顷肥畴，时睹野妇。长林烟散，鹤归频访子孙；绝壁霞明，猿坐还分宾主。割九华之半臂，收三岛于一胸。所谓乐虽寰中，趣溢天外者矣。惟是炎曦久炽，清飙不生。莫兴南山之雷，谁挽西江之水。龙卧池底，那肯作云；鸠醉树巅，未闻唤雨。纵兵戈暂戢，海靖狼烽。而膏涊恒悭，田多龟坼。用是肃登绀殿，虔叩瑶扉。乞彰润下之功，为拯焦原之势。果然时逾三日，泽遍千村。白泉乱倾，大施霡霂；丹井忽沸，旋解蕴隆。岂真凉德之感乎，实系神明之灵爽。而余窃更有喜者，余于四月中，作吴苑之游，陟灵岩之顶。近瞻木渎，遥瞩洞庭。七十峰虎踞熊蹲，绵延百里；三万顷鼍翻鼋踊，喷薄九天。俯仰上下，顾而乐之。兹复五茸揽胜，十景探奇。读简文之旧铭，溯阳冰之真迹。归途回首，山容尚带眉悬；醉后含毫，酒气都从指出。既寻佳境，愿慰三生；况得甘霖，愁舒万户。洵乎斯游为不虚也。是日偕往者，陈钱二君之外，则有高兰翘、张筱峰、丁步洲、雷蕴峰，暨余凡七人。

《耆友论文图》记

今夫淮海八公，商山四皓。世外绿毛之女，壶中白发之翁。此神仙诡诞之奇踪，非儒者寿臧之常道。所难者，胡昭晚岁，好学弥勤；徐广遐龄，读经勿辍。免击镶固之豕，偶扶孔光之鸠。暇则一室高谈，四筵聚宴。潞国耆英之会，百世重开；温公真率之欢，千秋复睹。真熙朝之人瑞，亦艺苑之美谈。癸卯暮春，丁丈溉余，出视耆友论文图，属余为记。图中凡九人，张叔未解元、黄砚北刺史、黄霁青太守、谢石云明府、姚水北明经、姚苏卿、姚珊滨、柯小坡三茂才，其一即溉余司马也。则有曾持虎节，频驾熊轓。贺监乞湖，右军誓墓。亢龙无悔，倦鸟知还。药不服乎上池，车惯乘夫下泽。心忘宦海，风流爱折角之巾；气压骚坛，月旦拜掀髯之座。其或孟郊无官，方干不第。鸿冥云外，豹藏雾中。少同朱穆之专，老若袁遗之笃。怪松三径，望隆学者斗山；芳草一帘，春在先生杖履。此九老者，莫非唐家显庆，鲁国灵光。遗矢未三，曲踊能百。朗笑明月，时眠落花。天留白雪庞眉，人带紫芝仙骨。清襟相对，绘白傅于屏风；佳话遥传，写放翁于团扇。鸥心并乐，鹤梦能长。抑又闻之罗结城高，年逾大耋；李充壁古，齿迈期颐。秦代张苍，至汉孝景之世，隋家思邈，及唐永淳之时。今以诸先生较之，犹为壮盛也。又何必致叹于金城之柳，大已十围；元都之桃，凋残千树哉。丁丈既绘兹图，又欲汇诸先生诗，各梓一卷。执斧伐山，祗求嘉木；挈瓶赴海，但汲甘浆。不愁明远思枯，句多芜累；最爱子山气健，文更老成。此则先进之典型，尤足为后生之准式也。金台蜩甲薄姿，蚁封微状。蒲柳自愧，岂堪备黄发老之询；桑榆尚遥，未足感白头翁之梦。然而猴心尽敛，早过芳辰；马齿渐增，亦将周甲矣。呜呼！

木鸡书屋文三集卷五

翁贞女《耐寒庐图》记

单凫寡鹄，弱羽不飞；瘦蛈寒螀，生涯最苦。花交春而无色，月堕秋而有声。茕茕一生，茫茫百感。心定于水，节高若山。牛女知书，博通三教；马英矢志，不字十年。然未有如吴县翁贞女者。贞女名慧，字悟卿。妙莲十丈，青泥护馨；幽兰一枝，丹谷扇馥。玉仍在璞，珠未离渊。方其少也，廪藏足而黄雀来，家运昌而白牛现。西蜀王孙之室，宾从骈阗；东海縻竺之家，珍奇充牣。为怜娇女，特致名师。时则日满秦楼，雪凝谢苑。唐诗口诵，绿鹦应笼；晋帖手临，红猴涤砚。松风几阵，凫掌轻弹；梧月三更，龙唇细拨。至于折枝入妙，没骨能工。墨沈一壶，尽成香雨；胭脂十斛，都化仙霞。道昇以还，久无其匹；净鬘而后，惟见斯人。然而否泰相循，盛衰迭倚。万金散尽，四壁萧然。诸姊俱已秣驹，弱弟仅能缀凤。贞女念鸠头之渐老，悲鹤发之谁扶。适所字丘生者，未及乘龙，遽嗟赋鹏。于是妆辞鸾镜，声绝凤箫。甘同季女之斯饥，请学婴儿之尽养。方谓夕阳红好，暮景恒留。寸草青多，春晖不去。乃始则疾危郎罢，病困摩敦。几断愁肠，叠刲弱臂。李法行截指自誓，兔入房间；吕良子割股无伤，鹊飞户外。继则山南桥陨，堂北萱凋。担重千钧，厦支一木。弥复苦心食檗，疾首飞蓬。料理米盐，储收姜蒜。山塘七里，未窥虎屿之花；水阁三间，只展鹅溪之绢。千毫尽秃，暂息鸿嗷；十指忘劳，稍苏鲋涸。今四十有七年矣。一身萤单，双鬓蝉薄。屋牵萝而待补，袖倚竹而忘寒。枯藤对壁，病吟一蜂；瘦梅出墙，冷恋孤蝶。檐日杲杲，楼风萧萧。梨云自香，兰雪独洁。斯真月里素娥，怜其劲节；霜前青女，鉴此幽衷矣。道光己亥，郡守诸城李月汀先生颜其居，曰耐寒庐。同郡黄谷原主簿为之作图，其族兄鄂生属余记之。表幽潜于巾帼，足挽鸡台鹤市之浇风；传懿好于裙钗，永垂燕阁莺闺之芳范。

顾榕屏《横山草堂图》记

昔逋翁之隐横山也，仰接狮岭，俯窥龙潭。约云鹤以偕游，招海鸥而共话。青林绿浦，俱符雅怀；白绢黄衫，更惬幽趣。犬吠百花之外，鲈肥八月之中。野火春风，偶标戏语；孤烟秋磬，遥答书声。至今风流余韵，未尝不想见其为人焉。我友榕屏，含英咀华，骋妍抽秘。西蜀凌云之赋，东阳咏月之篇。作萧统之十二书，拟江淹之三十体。固宜宗工迭赏，屡持牛耳之盟；弟子从游，争拜虎皮之坐。而乃朗月延想，和风入襟。虚白启牖，时来冷光；孤青篆炉，俄领香气。一鸠啼午，双燕话宵。蝶魂酣红，鱼影嬉碧。半池砚水，渴蜂共衔；数朵瓶花，游蚁群嗅。莲须雨细，竹尾烟新。入夏而凤仙争妍，当春而莺粟斗艳。较诸庾氏小园，狂花满屋；刘郎陋室，芳草入帘。夫固并厥幽情，同其逸兴矣。犹且忆华阳之真逸，每诵先芬；思殷水之旧庐，愿绳祖武。因颜其居，曰“横山草堂”。属人绘图，而索余志之。呜呼！迩日者，烽火星驰，羽书云集。王尼露处，沧海横流；苻朗遥奔，乡关不见。孰是能麋鹿无惊，鷦鷯有托乎。如君者，可谓幸已。惟余与君，谊切肺肝，分同唇齿。交逢公瑾，似胜醇醪；情到汪伦，倍深潭水。丹鸡结誓，业已十年；黄马剧谈，动经数日。飞辨而间以嗢噱，浓笑而杂以悲歌。余之出入斯堂者，盖不知凡几焉。承命缀言，敢谢不敏。

计二田《溪阳展墓图》记

夫韦孟念祖，扬四牡之前徽；谢公述先，溯五湖之往迹。陆机曾咏世德，曹休亦拜遗容。绵绵生之瓜，忍忘遗泽；薮薮方有谷，幸附清门。然或芜没郑乡，寂寥扬冢。一盂莫奠，三尺渐倾。狐曳栾书之骸，雀衔昭明之胫。斯则乔公叹息，不徒鸡酒之虚；柳子悲伤，弥切马医之痛矣。闻川计君二田，甫草先生之族裔也。先生墓在烂溪之北，上承岘塘，下沿长水。既历二百年星霜之久，保无五十步樵采之侵。红蔫一枝，绿惨千树。怪松谡谡，饥鸱互窥；败芦萧萧，荒蛤乱吠。兔窜幽而甓坠，牛触痒而碑移。道光辛卯岁，二田谨谒其墓，拜扫良久。元堂勿毁，石室弥坚。神鸦衔祭肉而飞，瑞燕带香泥而贺。岂是云礽莫考，只凭仁杰之告身；初非氏姓偶同，妄哭汾阳之故垄。能惓手泽，更笃心香。此《溪阳展墓图》所由作也。按甫草先生为青辚公子，吴公扶九之女夫。当社事之兴也，名夸八俊，声应三明。牛耳争盟，虎须频捋。先生与西园之宴集，识东国之人伦。苏过是玉局之儿，渊源有自；李汉系昌黎之婿，刚略相同。况复丹篆罗胸，墨书盈掌。才如仲任，万牒吐文；智比叔皮，千言草奏。其所作《筹南五论》，马宾王之卓识，陈同甫之豪情，蔑以过焉。既而鹿鸣早赴，雁塔迟登；班笔空投，陈琴欲碎。大中对策，偏摈飞卿；嘉祐抡科，独遗明允。遂乃一鞭月镫，十载霜鞍。恨阮籍之穷途，慕向平之名岳。龙城雕野，眺览雄区；兔园雁池，流连胜迹。访燕赵悲歌之士，交齐鲁奇节之人。拜震川之空庭，残花黄落；吊茂秦之荒碣，宿草青芜。迨乎朝廷征博学之儒，卿相膺举贤之任。方将试正藏以五体，荐夷吾以四科。乃兽袍未夺东方，而鹤驭先归西海。生前罗隐，无分成名；殁后方干，难邀补阙。感文章之九命，极身世之七哀。吾知先生其有遗恨矣。今日者，空林乌语，幽圹萤飞。老鹤晨归，酸蛰暮吊。幸二田心耽风雅，义重钧衡。频念遗簪，不忘故砚。长沙族祖，早成靖节之诗；河南将军，免构安生之讼。扫寒山之虺蜮，散春社之鸡豚。城巩眠牛，坟宜下马。某丘某水，其地孔嘉；有竹有梅，伊人宛在。壬寅之冬，二田属余记之。呜呼！存则有蛰庵之筑，殁则余蜃圹之封。嗟我后生，每希前哲。英魂虽逝，愿借辅嗣相谈；词客有灵，窃想孔璋应识。

林雪岩《东海酒徒图》记

昔者邴原抱废业之忧，范泰述伤生之理。是以身耽麴蘖，周顗失名；口溺糟浆，苏微成疾。酒之为世诟病也甚矣哉。然而刘伶荷锸，自号大人；毕卓拍池，居然佳士。欢伯之性情偏适，麴生之风味何辜。此吾友雪岩《东海酒徒图》之所以作也。雪岩志同六逸，家傍九峰。表里紫霄，左右青霭。花粘四壁，猿鸟知归；潮涌双门，鱼龙可狎。每当故人风至，名士酒来。马乳浓浮，鹤觞满泛。醽醁宵酌，作渴骥以直奔；梦魂晓飞，踏长鲸以先去。欲尽西江之水，能空北海之樽。愿咒龙湫，悉化洞庭春色；漫思鲚渚，都成玉井秋香。然使灌夫骂座，张缵凌人。甘为吴质之纷争，绝少孟公之佳趣。毋乃金波玉液，徒供无赖之资；病叶狂花，真是不祥之物。君则黄封斟后，善发奇谈；白堕倾余，惯舒妙语。谑马牛于刘瑀，客尽解颐；譬鸡凤于王慈，人争拍手。以故崔稜昨到，满坐禁声；太初将临，名流拂席。醇醪一石，恍如顶灌醍醐；咳唾九天，奚啻口生珠玉。虽然此尤未足以重君也。不见夫泉飞藻想，云散襟情。倚马才高，笼鹅技擅。笑推敲之太苦，押竞病以无难。王粲捷挥，浑疑宿构；史犹急就，总自成章。夺异彩于蜃楼，借奇思于蛟窟。呼出蟹奴鱼婢，醉余而鳞甲欲生；骑来鳌肯鲲身，歌罢而肺肝皆热。六十日何妨连饮，五千言不厌长吟。所谓风流人豪者，君诚足以当之矣。惟我与君，订缟纻者四十年，聚几筵者千百次。回忆乳溪同步，杂花乱飞；鄂岭并登，缺月相候。未尝不瓶倾蚁绿，盏洗螺红。赏岚色之当头，喜涛声之入耳。百卮立罄，何曾颓倒玉山；五斗重添，那怕罚依金谷。此情此景，何日可忘。今观是图，犹觉梨花酌处，白云自香；竹叶浮时，苍雨欲滴。醉乡可游，殆将老焉。世之龌龊者，慎勿轻视高阳酒徒也。

张筱峰《藕花香里填词图》记

东泖名区，鸥波无际；南塘胜境，鹤唳遥闻。铁厓之余韵犹存，海叟之流风未歇。意必有人焉，灵响独结，孤怀远生。抒秋士之襟期，写春人之心事。则张子筱峰是也。余与筱峰别十年矣。思六郎之风趣，无限低徊；爱三影之才华，恒嗟契阔。乙未重九，特来访君。满城风雨，竟负登高；一室烟霞，侭教读画。庭积绿雪，户流白云。花香满天，瘦蝶尤媚；人影在水，野凫与游。余盖披其图而益羡其境焉。夫其聪明天授，意气飙驰。三笔六诗，门多著录；十华八会，家富缥缃。早已文媲曲江，博同壮武。然而周郎偏能顾曲，潘令尤善言情。酒畔鸣筝，时填小令；灯前侧帽，务协大晟。每当莲叶田田，荷花艳艳，鱼闯凉以出戏，鹭入梦而迟醒。君乃幽绪徐抽，冶情忽触。擫笛裁谱，捶琴选音。割烟山而表姿，剪霞水而辅态。炎风尽扫，兴酣孤鹜飞余；旧雨偶过，响杂暮蝉声里。况复虎阜踏月，鹫峰攓云。白下感怀，凭吊六朝裙屐；红桥访胜，饱看十里亭台。数年来风景之流连，帆樯之阅历。浅斟未已，逸韵先飞。

玉管珠喉，锦心绣口。有不每变益上，所诣弥超也哉。异日者，东观簪毫，西清待漏。枝头春意，宋祁应号尚书；汾上秋风，李峤独呼才子。较诸此时之芦碕款乃，菱浦呕哑，当别有一番境界也。余故书此以为卷云。

徐童子《灌花图》遗像记

徐童子名德源，我师雪庐先生之孙，芸岘孝廉长子也。奇颖发翘，冲姿结秀。三四岁受唐宋小诗，十岁能作五言。褚陶咏鸥之日，顾欢赋雀之年。黄山成篇，紫石作赞。抚谢朏之背，早决不凡；摩薛奎之头，预期成立。而且客乡稚齿，酬对便工；张霸妙龄，孝让自励。王叔慈但取石砚，彭思永不拾金钗。盖人世休祥，特生鸑鷟。亦君家先德，合产麒麟。奈何明月未盈，彩云忽散。河鱼抱疾，海燕失雏。促年命于风花，迫光阴于泡电。才夸神骥，遽殁童乌。卒于庚子仲春，年只十五。存诗百篇，赋三首。生时一编以外，百卉自娱。捉杨柳以絮轻，攀海棠以线弱。枝头春到，娇啼一莺；墙角秋生，冷抱双蝶。今则丁帘叶落，眼与碧疏；午槛花残，意将红断。空征兰梦，恨剪杏殇。此《灌花图》所由作也。呜呼！优昙偶现，玉树易摧。以余所见，如方子春令嗣金彪、姚兰洲令嗣以煊，并号奇童，受知哲匠。韦温以垂髫拔萃，袁宪以总角成名。何图魏混早殇，徒增哀恸；贺徽无禄，反切悲伤。岂是高明，果然有鬼。可知子弟，端不宜才。古今定例，复何言哉。芸岘潘鬓久凋，卢牙半脱。突遭厄运，王衍之情境何如，尚幸达运；韦敻之神色自若，既能任命。奚事呼天。题姚称之编，足传宋神童之目；标刘达之墓，常留梁妙士之名而已矣。

《扁舟访友图》自记

盖闻气谊之感，易喻云龙；切嗟之功，雅譬皋鹤。以故性情相契，孝穆投笺于李那；风器不凡，叔夜测交于赵至。他若祖刘共被，潘夏连茵。靡不敦揽环结佩之欢，极解带披襟之兴。然而萧朱隙末，许李凶终。深交即是深仇，结契反成结怨。则又未尝不叹知己之难也。余自束发以来，求友四十余年矣。或乘雪而寻戴，或冒雨而过苏；或序裴、王辋水之思，或商皮、陆松陵之句。斯时也,擘笺砚北,剪烛窗西。唤客则鹦哥出笼,留人则鸠妇啼树。方谓常景作始终之友,裴炎为耐久之交。而乃张邵室中,才烹鸡黍;王蒙棺内,旋纳犀杷。吊承吉之墓前,姬啼枫影;经孟寂之门外,鬼哭杏花。残云同剑气长悬,流水与琴心俱去。嗟晨星之零落,复今雨之绸缪。偶遇戴宏,吴祐自忘前辈;一逢高俭,道衡不薄少年。斯时也,则又两桨荡烟,一篷泛月。家寻松下,人问芦中。冷鹭闲鸥之地,古水无波;寒蛩瘦蝶之天,斜阳入画。此《扁舟友访图》之所以作也。抑更有可纪者,曩时妄诩声华,漫夸结纳。凤举鸿轩之侣,不少倾心;狗屠牛贩之群,亦多握臂。今则班荆郑重,赠缟迟回。有周朗之逸朋,无敬容之残客。彦谦所爱者七友,罔非雅澹之儒;高岱相识者八人,悉是伟奇之彦。此则择交之慎,良由阅世之深。于是属德清蔡可阶绘像,黄岩方治庵补图,而余自为之记。

投徐辛庵侍讲书

仆尝读史而叹友朋交际,每于富贵贫贱之间,有遗憾焉。试观颜竣得势,拒向柳之陈情;王陶显名,致姜愚之失望。此富贵而妄自尊大者,固无足道。若夫刘瑑位高,薛逢于以抱愤;赵凤官大,于峤因而不平。贫贱骄人,亦复何为也哉。总之,褊私未化,嫌隙易开。若此者,非特阁下所不屑为,抑亦仆所不敢出也。去冬晋谒崇阶,荷蒙雅爱。步月北郭,赏花西窗。依然鹏鹦偕飞,不觉龙猪殊分。夫以阁下,典试江左,督学岭南。及门多桃李之英,入室尽芝兰之秀。可谓大丈夫得志于时矣。而犹周旋夙好,祓饰故交。杨戏之于韩生,恩情弗替;江祀之于崔子,款洽如初。揆诸昔贤,应无多让。但自此以来,三次造访,俱为阍人所阻;投书一缄,至今未蒙惠覆。五内皇皇,罔如所措。然仆之所以必欲再见阁下者无他,欲有所言也。仆命等挚虞,运同唐意。三声牛角,谁怜寒士之艰;一片猪肝,大博屠门之笑。所历遍七陶八冶,相遭皆五角六张。虽君子固穷,琴书足乐;而小人有母,菽水宜供。兹者糊口难求,饥肠欲裂。罕邀青眼,致累白头。厨空而留壳无螺,囊罄而数钱有鼠。斯即薪非兰桂,米异金珠。已抱朝不及夕之尤矣。况乃水潦失时,灾荒迭告。听新店民之语,痛切哀鸿;读《石壕吏》之诗,感深病鹄。当此之时,虽有子云解嘲，枚叔作启，为之张乐洞庭，观涛江岸。列珍百席，纵猎万军。而欲使江淹眉展，沈约腰宽，处仲歇歌，伯仁罢泣，岂可得哉！然仆犹且埋头而亲文字，犹且枵腹而课儿曹。不敢以虫臂鼠肝，自嫌废物；不敢以蝇营狗苟，自昧天良。其食贫也如彼，其立志也如此。谅亦仁人君子所闻之而感动者也。伏祈光分东壁，水激西江。傥教苦李之姿，得被甘棠之荫。庶几乌头变白，鱼尾忘赪。蜗角生涯，堪成乐土；羊肠险境，得化康庄。粟既饱于一囊，书岂烦于三上。夫孙惠之干东海，即荷吹嘘；鲍昭之谒临川，亦蒙馈赠。在彼未经识面，况此忝属知心者乎。临颖翘注，意不尽言。不胜迫切待命之至。

寄海盐张云槎道士书

游仙百咏，传自曹唐；勾曲一编，成于张雨。今之云槎道人，殆其流亚与。向者萧明经雨香，达道人之意，索序于仆。仆因未亲雅范，罕睹瑶章。以故迟迟久稽见报。顷于钟生穆园处，得读道人所题“观山秋集图”。语既清奇，书亦遒媚。益复倾倒不置。恨不室访九琳，床登七宝。如李顾之谒张果，王起之从毛仙，一伸怀抱焉。然而马磨穷儒，鸡窗贱士。出门非易易也。请先以管代言可乎。夫方外之作，视儒者而实难；羽客之诗，较缁流而更鲜。乃以武原一邑论之，则大不然。盖自徐秋沙、吴两峰提唱宗风，奖成后进。嗣是沈寓瀛有三楚之章，丘晋吾有八闽之咏。湖山啸傲，黄竹楼之高情；松竹幽间，张星聚之逸韵。迨入国朝，骎骎日上。席承平者二百载，无羡九华；工著述者廿四人，悉通六义。或云璈互奏，或风格独标。靡不飞清于人海之中，腾异于烟霄之表。盛矣哉！自古黄冠未之有也，道人生长名区，涵濡先泽。每当一声笛起，黄鹤惊翔；数著棋残，青龙赌胜。决瑶水而呼鲤，剉琼花而饲驴。往往孤怀远生，灵响特发。红雪寸寸，会自目前；白云重重，得之言外。一篇甫就，万籁都空。隔花闻顿挫之音，倚树作推敲之状。清词丽句，随慧月以俱来；密咏恬吟，化仙霞而欲去。岂徒熊冠鹤扇，仅智步虚；凤肺麟胎，高谈道术也哉。异日者，仆傥一舟过访，双屐欣联；秋琴既张，春酒并酌。莺声柳色，徜徉半逻塘中；鱼影苹花，游泛永安湖上。踏黄盘于百仞，摩白塔之一枝。他若揽胜龙潭，探奇狮石。宣慰之妆楼何在，但见鸦栖；逋翁之书舍久荒，还闻犬吠。雅游果惬，遥情自伸。定有新诗，题残竹树；可将此语，说向桃花。抑更有请者，道人之集已富矣。即宜诠排，以付剞劂。继瀛洲之十老，早见替人；垂骚雅于千秋，岂无识者。幸勿韫椟而藏，致猿鹤之腾怨也。

与吴江吴铸生书

铸生先生足下：窃忆三四月间，欣晤鸳湖，叠蒙麈教。谈世道则须髯尽奋，论词章则齿颊俱芬。具古人风，消名士气。令我至今往来于心，而不能释也。先生以菲史枕经之业，发雕今润古之才。所著《睫巢》文稿，莫不腕底风生，胸中雪亮。鸾吟凤啸，万花欲飞；虎步龙行，六辔如舞。极庾信老成之致，具扬雄深湛之思。至于诗则刻骨镂肝，直追东野；书则得心应手，不减南宫。古所称学擅三长，艺兼五绝者，非先生莫属矣。奈何鸿羽空羁，蛾眉见侮。三都或讥于伧父，四杰偏哂于尔曹。以致王粲多愁，江淹善恨。铁绰板敲残夜月，玉唾壶击碎春灯。然则飞黄惟伯乐能知，结绿非卞和莫识。读士衡之作，君苗砚焚；见希逸之文，阳源笔阁。文章知己，要不在多也。仆剖心寡窍，对面多墙。惟是牛荐摊书，时勤钞撮；鸡沟展卷，不废校雠。自丙申以来，取国朝古文数百种，细加甄选。核其数已九百首，计其人约三百家，而先生亦与焉。狐裘集腋，蜂蜜聚馨。虽未极海内之奇观，亦足为词场之佳话。前许借示近人文集，再行补录。未审何日可以寄来。刘松假魏收之典籍，谅不致嫌；李权求秦宓之简编，还防见却。六月初曾投一札，未蒙惠报。故敢重抒鄙悃，伫望好音。当兹中秋佳节，月色满天。先生泛舟莺湖，载酒鲈渚。其亦系念故人否耶？

复秀水于秋淦书

夏秋以来，长鲸跋风，妖蜃鼓浪。将无燕颔，谁屠鲎背之腥；军少虎头，莫断虾须之怪。足下具杨愔之大肚，抱索靖之愁心。张融牵舟，孔嵩蹴屋。甘为蜀士，高谈刘姓之天；幸作宋人，还坐赵家之地。所示诗章，调合猿声，节谐凤叫。温柔敦厚，不愧风人之遗；悱恻芬芳，此为才子之最。然于奸民劫夺情状，曲为恕之，谓彼哀鸿，称其饥雀。得毋君子失言乎。抑知奸民之敢于作逆者，非出饥寒，实由强暴。约狂徒而鸠合，从妖寇而鲸吞。林有飞鸮，村多吠犬。乘机食肉，因乱探丸。蚁拥蜂旋，四乡迭扰；雀穿鼠攫，万室尽倾。此非吴季重之弦歌，韩延寿之钟鼓，所能感格也。亦非路铎之示民十二训，戚纶之谕俗五十篇，所能诱导也。谓宜乱丝立斩，蔓草全除。鸧鹹九头，虫摧百足。刘陶诛慝，赵熹锄奸。真刻不容缓矣。奈何鲁地藏凶，臧孙不诘；郑邦伏莽，太叔迟歼。南山之判可移，东海之波复起。况今年红莲绕畛，黑秬盈筐。家家社报豚蹄，处处香浮鹦嘴。此又非王望给粮，陆续赋粥之时也。更非韩褒调财于殷户，苏琼贷粟于富家之日也。乃无端而击梆，无端而坐饩，无端而任其诉荒，无端而许其平粜。彼蚩蚩者，自以为法律难加，爰书曲赦。豺心无厌，仍肆跳梁；鹰眼不仁，弥形慓悍。蜮含沙而日射，狐出穴而公行。绝无赤子之天良，竟是绿林之行径。窃恐诗成李涉，未足弭凶；文媲陆机，尚难化暴。足下词章甚美，议论稍偏。殆亦忠厚之过也。至于避难诸篇，秋夜不寐诸律，则皆字字生花，声声戛玉。孤灯叶落，伴寒螿而细吟；荒径草平，招独鹤而与语。能于鲸吸蛟呿之际，写出鸾飘凤泊之形。真有情而有文，亦可歌而可泣。且夫三年之中，余所见姜小枚、孔莲君、柯小坡、吴彦宣、孙次公、顾榕屏、沈浪仙诸君，靡不感伤虐焰，悼叹横流。凄凉宝剑之篇，肮脏唾壶之调。老苏才识，都觉深长；小杜罪言，毋嫌激烈。仆亦自怜虎口之余生，恒捉鼠须而寄兴。狂时挥洒，蛇走冰纨；醉后淋漓，鸦涂粉壁。自读君诗，益觉气静神恬，志和音雅。有目咸赏，无胫而行。乃蒙垂念刍荛，达投珠玉。曲邀周顾，那不移情；句倩韩敲，还期酌字尔。

上朱小云观察书

盖闻李洞之于岛佛，抚卷服膺；昌黎之于谪仙，开编入梦。或遍体刺白太傅之字，或蜜膏饮杜拾遗之灰。是皆未接音容，犹深仰企。若夫居非异地，桑梓情亲；生幸并时，芝兰香近。而况才人重望，文悬北斗之辉；廉吏休声，清过西江之水。其有不心殷附骥，志切登龙者乎。庚申之秋，已识先生之盛名。其时先生授徒于龚少府家，先大父以事至彼，拜读鸿文，惊骇欲绝。日下无双，早钦到洽；云中独立，深许刘讦。归语小子曰："朱君今年必售矣。"未几而手搴蜂旂，身入蟾窟。文章有价，赏鉴非虚。弱冠高柔，不负王修眼力；知名乐广，克符裴楷心期。辛未之夏，欣闻先生之高第，南宫冠榜，东观校书。嘉禾黄螾可以图，奇木白麟有以对。春回芍药，香生蝴蝶梦边；响彻梧桐，人在凤凰声里。既而翰林三载，郎署十年。出持龙节，取士皆骏足之英；入处乌台，上书比鱼头之劲。足使湖山壮采，非徒门第增光。乙酉之春，始接先生之芳徽，时则刘丈瑞圃，宴先生于卷勺园，鲰生得陪侍焉。红雨到槛，绿云绕廊。名士鱼来，酒人虎健。共苏琼坐，迥出尘凡；御李膺车，居然仙客。一面曾瞻泰华，九河不弃蹄涔，此生识元鲁山，应无遗憾；于人得欧阳子，自谓奇观。己亥之冬，得读先生之大集，始知吮毫官阁，擘楮宾筵。水吐千瓶，才倾一石。其间严滩揽胜，白鸥与游；滕阁登高，黄蝶欲舞。四百峰梅花遍赏，三千颗荔子饱尝。他若马营龙驿，雨雪纪程；獞妾猺仙，烟花问俗。地图在掌，指挥河岳之灵；天马行空，蹴踏风云之气。车能记里，笔可横秋。诵徐孝穆之序文辛庵侍郎，洵称实录；观陆士衡之弁语芷江明府，足概生平。金台蓬鷃翱翔，辕驹局促。致身无术，已叹艰辛。取士有程，偏逢令甲。癸庚呼而莫应，申亥困而谁援。惟是牛荐安贫，鸡窗励学；萤枯欲死，犹解耽书；蟫老难仙，只甘食字。黄卷宵肄，得烛烬数升；青毡岁更，减版床四角。功名付诸儿辈，小儿晋黺，前受知于姚伯昂侍郎，拔冠郡庠。今受知于罗萝村侍读，得补廪膳。著述尽此余年。所虑者，士简成诗，恒见诋于虞讷；孝标作论，偏不悦于到公。无益声名，徒资嘔噱。窃念先生月旦无私，风流宏奖。傅元见孟阳之赋，辄自揄扬；张缵爱云公之碑，每加嗟赏。读集中所题顾榕屏诗卷，兼及鄙人。自斩芜秽，远逊子虚；何幸品题，受知君实。谨献旧刻骈体文初集四卷，二集六卷。虽云泥分隔，难如魏勃扫门；而风雅道同，敢效鲍昭投卷。苟以蚓唱蛙吟为可用，将附龙鳞凤翼而弥彰。伏祈不吝提撕，特加绳削。雀逢杨宝，顾蒙巾笥之恩；马遇孙阳，应免盐车之感。轻干威重，曷任兢惶。

玫华亭雷蕴峰书

仆束发求友，于今四十年矣。自得足下，相见恨晚。家乡百里，论交山水之间；骚雅千秋，投契形骸以外。仆虽不敏，能不慨然。足下容如冠玉，才擅披金。胸吞活云，眼挂明月。琼树挺秀，根蟠十围；长离弄吭，音协九奏。应、刘七才子，媲厥声华；沈、范两尚书，交相激赏。而且性同菊澹，气夺兰香。十里春山，神何蕴藉；一泓秋水，梦化潺湲。不诩诩以自矜，恒抑抑而自下。求诸当世，实罕其伦。仆鼠肝材短，蝉翼力轻。窃抱孺悲无介之虞，每深仲氏未同之虑。何意品非玉谷，谊荷金兰。去年丹桂风前，识荆伊始；今岁黄梅雨里，访戴重来。无笑客之美人，有拜宾之童仆。北场南馆，频设樽罍；东主西宾，互商翰墨。星联德里，月落书窗。作七日之淹留，通两家之情好。余心感焉，如鳌戴石。而足下殷殷未已也。一日者，邀余泛圆泖之舟，登潮音之阁。诗人未到，鸥已先知；酒徒初来，鸭似相识。鱼穿荻渚，雉卧麦场；犊叱烟开，蟹随波上。僧击松间之磬，客收柳外之帆。狮座花黄，猴池水碧。芙蓉瘦削，青环九峰；薜荔纷披，红暗一塔。兴豪而鸽能劝饮，谈罢而蝠欲催吟。既而斜日将下，渔笛徐吹；晚霞乍明，寺钟远送。桥头星坠，凫尽归家；渡口潮平，豚不拜浪。乐哉斯游，可入图画。益令我钦钦在抱焉。嗟乎！自人情之日浇，致交道之不古。心违皦日，愤出嵇康；时尽谷风，恨生朱穆。鷦鷯之一枝莫借，雁鹜之余粒难分。乃足下之于仆，萍水偶遭，苔岑遽合。朗月照其肝胆，清飙入其襟怀。与公瑾交，实胜醇醪之味；聆裴绰语，如闻琴瑟之声。今者燕别张巢，尚多依恋；雀辞杨馆，未忍轻离。但愿自兹以后，所期许者文章，所谆勖者道义。云龙角逐，皋鹤切磋。庄惠相知，不关形迹；裴魏结契，必全始终。如是而已。余复何言！

与盛云泉论金石书

足下以道义为彝，以忠信为鼎；以礼教为法鉴，以才艺为文瑜。古之人与古之人也。而且帙拥癸辛，签悬甲乙。致班固之瓠史，探杜林之漆书。暇则杂仙心于论诗，参禅理以读画。瓶一花而自韵，案片石而皆奇。凡关内之印，宣和之炉；蜀师之砖，海岳之砚。所收金石约百十种。云霞粲丽，虽未极北苑之藏；湖海英灵，亦足备东观之论矣。乃或者谓寂寞荒宫，狐鸣夜月；萧条古墓，牛砺斜阳。拾坠器于齐梁，调羹不足；抱遗砖于汉魏，易饼未能。此庸陋之子所以不欲取古物也。或又谓年代牢落，见闻差池。未免游赤水而失元珠,登泰山而迷白马。妄珍燕石,致见斥于解人;误宝康瓠,亦被嗤于哲匠。此訾伪之人,所以不肯信古物也。或又谓龟趺螭首,频陨深渊;鼍纽兽环,属遭烈焰。千秋秘玩,每为造物所私;三代尊彝,偏属彼苍所忌。此迂诞之士,所以不愿备古物也。或又谓贾师宪威权独揽,妙迹充箱;严惟中溪壑难盈,奇珍满室。未几籍归天府,散落人间。铜虎玉鷃,略似烟云倏过;银蝉铁凤,安能日月常新。此曲谨之儒,所以不敢贮古物也。然而前贤版碣,史书之得失堪稽;往代軙匜,掌故之存亡可按。观于陆澄验服匿之形,刘杳志牺尊之象;何承天识新莽之斗,贾希镜辨荀晞之铭。他若释安釐冢之古文,缉显节陵之遗简;睹蜀镜而立证,诵秦碑而如流。博物君子,类如此矣。以故阁名天籁,款识骈罗;亭号金风,图书充牣。近则述庵侍郎、芸台相国,搜罗宏富,鉴别精勤。墨气融青,金精绽紫。瑶林玑璧,晕采回旋;铁网珊瑚,枝柯交错。础铭碣赞,岂殊允伯之居;跋尾标题,不让欧公之集。精力所萃,鬼神可通,猗与盛哉。足下眼冷浮云,胸藏古月。史参己亥,铭解庚寅。每当春帘雨深,秋灯风定。字青石赤,亲自疏笺;土绣苔斑,细加考索。燕游十友,素善搜奇;明珠一船,尤能得义。昨者长鲸跃岸,短蜮含沙;烽火连山,戈矛载道。瑶觞绣簋,尽如羽化之银杯;宝鼎华钟,半作啮残之追蠡。而君独琅函无恙,玳匣犹存。固知渊雅之宗,宜获神明之庇。仆也未到琅嬛,莫知戈礫;砚思玉带,曾著芜词。爵考金陀,偶标俚句。伏愿足下广搜乐石,遍访吉金。以成武库之编,以解文园之疾。若云玩物丧志,则彼情萦狗马,手弄鹞鹰。沉溺于花柳之场,耽迷于摴蒱之薮。数者反胜于此耶,足下其勿疑焉。

木鸡书屋文三集卷六

袁简斋先生传

公讳枚，字子才，号简斋，浙江钱唐人。宏景在孕，神捧香炉；彦昇初生，人瞻旗盖。年十二，举茂才；年二十，试鸿博；二十三，捷京兆；二十四，入词林。斯时也，博物七篇，能穷柱下；看花一路，直上瀛洲。才擅休文，貌夸雕武。拜表而谐凤卜，还朝而厕鹓行。方将上蔡邕十意之篇，献崔骃四巡之颂。不谓凤池遽夺，凫舄遄飞。冀北天遥，暂辍三都之赋；江南地好，先腾五袴之谣。以任延之少年，施虞裴之才具。黄昌断七百余人之狱，尽服神明；应奉录四十二县之囚，绝无遗漏。十雄报最，三异交称。而公则为恋双亲，遂辞七品。异渊明之去职，急返柴桑；如永叔之罢官，仍居颍上。盖其视民如子，杏花村遗爱常留；因而以宦为家，桃叶渡闲踪暂寓。尔乃开别业于鸡鸣埭畔，接层峦于牛首山巅。蔚蓝之天，层层欲闪；水晶之域，色色皆空。柳谷打鱼，苔阶饲鹿；万竹依水，六松为亭。春归香雪海中，秋入芙蓉城里。红雨朝落，白云晚生。海岳奇情，惟知拜石；河阳余事，竟到栽花。别有神画一厨，好书千轴。箧内则尧钱舜策，座间则乙斝丁觚。于是周颙慈亲，桓冲贤妇；何点兄弟，王融舅甥；子长外孙，明远弱妹；方回少婢，颍士佳奴。靡不即景怡情，推爱养志。泗水之鸢鱼俱乐，淮南之鸡犬都仙。加以太丘道广，夷甫量宏。门延七贵五侯，坐列八儒三墨。绣虎雕龙之彦，并与知心；侩牛屠狗之俦，亦多接踵。茶煎陆羽，膳设何曾；伶捧金杯，妓鸣玉柱。树爇千枝，灯火影乱鱼龙；镜张十丈，琉璃光腾鸾凤。裴相之小儿坡上，景自堪夸；庾公之老子楼前，兴复不浅。但标晋士之风趣，不作汉官之威仪。由此随园之名，震宇宙矣。虽然人所爱公者，犹不在此也。当夫俯仰一室，区画三才。对白下之名山，挥黄初之诗笔。九霄日月，擅韩柳之大文；万古江河，垂王杨之俪体。总之性灵独写，门户无争。子建则才绝寰区，君房则语妙天下。曹霸画马，生面特开；齐王嗜鸡，精华善采。置身百尺，自成一代风骚；放眼千秋，不作六经奴婢。以故徐陵稿脱，海内传钞；邢邵篇成，京师纸贵。遂使人怀附骥，客想登龙。得子将片言，公然名士；蒙刘尹一纸，胜似灵符。而且金屋名姝，群知承吉；玉台淑艳，争拜耆卿。正不独名臣之赞，必出杨戏；钜公之碑，交推孙绰而已。更奇者，吴雄不问医巫，而身弥康健；傅奕勿谈因果，而境却安恬。晚年来画鹢频催，文驷屡跨。攓云黄海，观瀑赤城。登衡岳之千峰，入武夷之九曲。蹑屩罗浮，蝶争前导；支筇桂海，鸾效左骖。笑前身合是白猿，喜此日曾题黄鹤。况复大吏重客星之过，小尹占紫气之临。欣开北海尊罍，愿接东山杖履。风怀不老，霞采恒新。麟阁王公，欲认阳休面目；鸡林商贾，索观冯定文章。仰李邕者拥看中都，慕张鷟者惊闻外国。抑何盛哉。仙龛既筑，恒干终捐。卒于嘉庆丁巳仲冬，享年八十有二。呜呼！公豹蔚英年，早对红云之殿；蠖藏中岁，大开白雪之楼。翰林二十科，朝内少贞元之旧侣；高隐五十载，集中多长庆之新篇。人指所居，是为福地。天留此老，永作文星。当鹤发之盈头，尚鸿名之沸耳。今公殁已久，往时御李，一辈销沈；尔日弹苏，百端攻讦。世上尽有蚍蜉之撼，先生要无蜂虿之伤。群儿徒自愚耳。公所著有《小仓山房诗文集》八十卷，《诗话》《尺牍》《同人集》《子不语》又各数十卷。子二人曰通、曰迟，俱有官职。通尤长于倚声。

顾莲姑传

顾莲姑行三，湖北竹山县世家女也。年十七，依兄而居。白莲教之乱，室痛鸰原，身罹虎穴。业已鱼游釜底，何由兔脱罝中。时有某公子者，显族衣冠，少年裙屐。骑鹤则腰缠万贯，倚马而手就千言。为制军高弟子，值大帅督师襄郧间，制军荐入幕中。一日者，偕王司马、李都阃行役至房竹之交，则见兵燹之余，人烟寂寂；妖烽所过，鬼火荧荧。迨暮得空村，因投宿焉。俄而狂飙疾卷，猛雨忽来。四野呼号，哀流鹃血；千声饮泣，惨若猿啼。探之知难民为寇所掠，弃诸村后者也。公子命以行帐蔽之，且赈以粥，比晓按之。则皆年少妇女，计百三十五人。烟魂月魄，无限悲伤；雾鬓风鬟，都形憔悴。公子商诸王李二君，移置房邑之尼庵。邑宰谓公子曰："流亡妇女多矣，凡民之无妻者，许缴三金，即准给领。请照往例行之。”乃以妇女年貌编册，女中之韶秀者十三人，附于册尾。其居末尤文且媚者，则莲姑也。娉婷轶众，不须春黛双描；袅娜动人，何待秋波一转。同是失巢之燕，飘泊堪怜；今为出谷之莺，归依早切。何图苦李得附甘棠，而莲姑之心稍慰矣。既而单凫寡鹄，队队成群；雌蝶雄蜂，纷纷作匹。无如丝萝所托，尽是菜佣；桃李争投，莫非灶养。百余人者领渐尽，将次及十三人，悉皆窘类囚鹅，危如骑虎。恐以出墙之红杏，而成逐浪之青萍。公子恻然，私念辟火神珠，岂甘弹雀；截犀宝剑，那屑驱蝇。必欲屈燕婉以戚施，辱才人于走卒，无乃过与。况节幕宾朋称盛，必有怜而拯之者。乃属邑宰止领，而致书制署，宰欲结公子欢，因为诸女制新衣，具美馔，锡瓶缄茗，银合饷花。诸女亦感公子之厚意也，脉脉含羞，盈盈欲笑。伵许刘桢平视，毋嫌杜牧狂言。而莲姑独冠红颜，尤蒙青眼。旁观者佥以为周郎未偶，必纳小乔；司马求妻，端宜卓女。庆遭逢于一日，订伉俪于百年。本月殿之佳人，自合有郎如玉；原霓裳之旧队，何愁无屋贮金。而莲姑之心大幸矣。亡何制军覆书至，言幕中无愿留者。仍照例发领，并撤诸女服用。四篚无余，依然鼠食；一簪不着，犹是鹑衣。十三人者又尽去，惟余莲姑一人。适佛诞日，公子进香于庵。莲姑乃烟柳凝颦，露桃含泪。履士会之足下，唾荆卿之耳中。谓黄蘖生春，早知味苦；红蕖出水，难受泥污。所以不即死者，恐辜公子恩耳。三生薄命，已逐浮云；万劫余生，愿沾法雨。敢望龙笙象管，争说仙姝；但思鸽座狮台，永为佛婢。如不可者，非鸩饮即雉经矣。老尼劝公子留之，公子未决，复上书制府。请寄署中，制府许之。于是乘鹢舫，坐羊车。从之若云，观者如堵。节署多闺秀，靡不爱彼丰姿，怜伊困踬。或投以九凤宝钗，或贶以双龙明鉴。或萱支慧婢，持纨扇以乞书；或桃叶名姬，敛香襟而索句。且知莲姑之意在公子也，将公子所藏什物交付之。姑复绣连环如意于衣领，以寄公子。织手频劳，柔肠几转。临云望鹤，对月思鸾。虽身未分明，张敞之双眉迟画；而情偏依恋，子京之半臂先贻。偶闻青鹊啼檐，知添喜事；蓦睹红蛛缒镜，预卜佳期。而莲姑之心弥觉畅然自满，以为始愿不及此矣。然而福星暂照，圆月终亏。有蔡垢仙者，以术数游吴楚间，下榻节署。谓此女也，曾有乘龙之选，近客人闽；奈当射雀之期，未谐两姓。次年春，公子自营返署。蔡老请挈女至闽中，制军闻之曰，是善举也。即促女行，所惜女也身同入瓮，耳岂属垣。遂使羊以虎，蒙鹿将马，指不得已。与公子面诀，呜咽失声，竟为蔡老挟之以去。斯时也，车转腹轮，刀抽肠角。峰青江上，月黑舟中。任红袖之长啼，鲜黄衫之力数。巴蛇虽思吞象，采凤讵肯随鸦。遥望鼍梁，惊涛拍岸；俯窥蛟窟，浊浪排空。与其馁碧玉于犬牙，曷若瘗明珠于鱼腹。盖至道士湫而竟赴水死矣。痛哉莲姑，著述散佚，间存诗句。直可联镳苏蕙，并辔左芬。而乃自入情场，连遭魔劫。难从箫史，同居弄玉之楼；并让党姬，得入销金之帐。气消蜃市，魂断蚁柯。命也如何，已尽春婆一梦；天乎不谅，徒增秋士千悲。惟是大帅统师，无以戢虎狼之暴；制军好士，未尝察狐鼠之奸。若公子之拯人而复误人者，则亦为德不卒者也。故皆隐其姓氏云。

书吴氏双孝娥事

甪里灵光庵，创自南宋，当日者，经驮白马，舍辟青鸳。猿啼东塔之云。鸽舞南湖之月，盖亦禾中一净域也。康熙间，庵邻有吴氏双孝娥焉。情深爱日，志欲凌霜。魏华存幼具慧根，葛妙真长依净业。苦辞鸳牒，并守莺闺。前身同是白莲，此日共尝黄檗。一针到晓，饥蚊乱飞；双剪答秋，睡燕惊起。凉月入巷，制他人之衣裳；朝霞映窗，进老母之珍膳。然而米盐凌杂，薪水艰难。田无种玉之人，家乏卖珠之婢。望愁云而目断，对寒雪而肠回。零丁孰怜，呼癸谁诺。一日者，庭前忽生通草，时有蝴蝶栖集其间。粉翅一群，香须百哑。绝似悬藤峡下，翠缕紫斑；岂殊牡丹宫中，金钱玉屑。二女乃戏以通草，剪作蝶形。黄蔓收残，绿裙揉碎。纸缝张绰，逊厥神奇；衣化葛洪，输其新艳。遂乃市人竞购，豪户争求。文章裁出三春，声价增来十倍。怜渠五彩，好凭祝女之灵；资尔半生，稍尽婴儿之养。松龄永茂，蔗境渐佳，良可慰也。无何西晻日落，北堂草枯。劈耳叫天，截发抢地。依然凤子，春雨群嬉；奈此乌雏，秋风抱恸。所幸终始能坚其节操，存亡悉倚其经营。鹊翔吕女之庐，牛拜李姝之户。未几皈依鹿苑，虔奉鸡园。数牟尼一串之珠，献大士双林之果。寺门之内，萧萧竹声；齐房之间，郁郁兰气。既而灵娲鼎化，玉女盆倾。桂魄已消，芝香永在。至今庵后骨塔存焉。庵旧设佛像，土人即呼为通草蝴蝶观音。语虽涉俚，事则非诬。向有碑文，未登志乘。道光辛丑岁，震泽唐蓌伯寓此，搜剔得之。呜呼！仙杏两株，免遭风落；妙莲十丈，不染泥污。寻遗踪于寒蛩冷雨之中，吊芳范于寡鹤孤烟之外。形容憔悴，休猜蒋三妹之丰姿；香火连绵，莫谓杜十姨之谬误。

书小颠上人事

小颠名禅，一字心舟，梧桐乡人。出家净慈之万峰，为让山大师弟子。以诗酒为业，而狂名特甚，因又自号“小颠”云。其为僧也，不遵鸡园之教，不诵鹿苑之经。四谛十二缘，未尝参究；九溪十八涧，且任逍遥。况复龙井亭高，虎跑洞古。朝入万松岭北，暮经五柳楼西。沿堤狎鱼，隔峤呼鹤。杖挑黄叶，兴非寂寥；钟过白云，声更清越。数百里山明水秀，可卧可游；六十年谷汲岩栖，即仙即佛。其作诗也，无蔬笋气，有烟霞情。每当疏梅入窗，老桂绕屋；苔浮砌绿，藕放池红。放歌于鸽女台边，长啸于雁王座下。六桥月冷，约鹭听吟；三竺雪深，呼猿酌句。今所传法喜集者，率皆空灵超脱，特辟町畦。人以是方诸唐之灵彻焉。其耽酒也，溪中闻鲸吸之声，塔顶作龙吞之状。觥船百斛，痕满袈裟；醽醁千觞，香浮瓶钵。梨花酌处，戏浇苏、白之祠；竹叶倾时，醉奠岳、于之墓。偶交北海，只为芳樽；欲咒西湖，悉成佳酿。尝门图酒人，倚瓮而卧；又尝入酒肆，持鳌泛卮。高踞上坐，有某尉见之，欲加以杖，赖有援之者得免。人以是方诸宋之道济焉。然而人重其才，人爱其饮，而独畏其狂者。何也？盖南屏为巨公游息之场，贵族往来之会。势不能闲如野鹤，懵若痖羊；而上人则气作狮腾，性尤鹅傲。楼头雨过，独自写怀；岭口云多，未闻赠客。曾与江生及邻僧某善已。而江贵盛，复见邻僧拱揖惟谨。颠辄盛怒，大声詈之。且时时语人曰：“吾日游杭城，所忌者惟官与粪耳。”人莫不骇且惊也。顾于方外之交，社中之友，如朱青湖、鲍绿饮、屠琴坞、赵笛楼诸君。则又旧雨相寻，新泉可汲。谈倾蜂座，笑过虎溪。篱蟹草蛩，快联吟于贾岛；钵龙庵虎，邀题句于岑参。盖惟镜出尘埃，珠掀浊水。目空俗辈，时多鸡狗之诋诃；心爱名流，便作鹭鸥之亲狎。吁！此颠之所以为颠也。同时有理安僧澄谷者，亦著称于士大夫间，与颠相伯仲云。

书罗军门平逆猺赵金陇事

罗公名思举，四川东乡人。伯之少日，好着獭冠；君廓幼年，尝负鱼笱。乡里都畏避之。嘉庆初，白莲教之乱，蜀为最甚。公练李玚之乡兵，扼鲍信之坚垒。以白棒王罴之勇，破黑山张燕之妖。时历十年，身经百战。名高虎将，宠荷龙光。积官至湖北提督。道光辛卯冬，湖南江华县猺人赵金陇作逆，始假术于师巫，继成谋于鬼蜮。铁券金鼓，狂类张昌；黑绶绛衣，凶逾徐凤。气类潜通两粤，蔓延欲入九嶷。天子命制府卢公坤严壁永州，命公从湖北率劲旅往剿。时则逆徒乘新起之锋，挟必死之志。攀援绝巘，若猿引而猱腾；啸聚层岩，忽狼奔而豕突。提督海凌阿、副将马韬等，同时被害。韩贤断胫，任福绝喉。鼠入营中，王孝杰因而覆众；鹊巢庭下，高敖曹遂尔捐躯。壬辰三月十日，公至永州，旌旆流星，羽檄烛日。将军心赤，群贼胆青。然而径路嵚崎，箐林邃密。溪荒蜮暗，地老鸢愁。遂乃诱虎离林，引狐出穴。使彼失翻山之长技，入陷阱之危途。贼果窜至羊泉。其地有长街一道，高墙数重，贼即盘踞其间。燕巢卫幕，鱼游宋池。走险莫逃，尚思螳拒；乘墉已迫，犹肆鸱张。于是甲帐悬符，庚铃制胜。扫残蜂虿，殄尽鲸鲵。贾复披羽而先登，铫期摄帻而再奋。鹿角遍设，麾韦叡之奇兵；鸡足乱腾，出江逌之妙计。未几逆党被获，金陇亦被官军斫死。貙肩分裂，豹尾生抽。虽智高未擒，龙衣难信；而灵助既毙，乌村尽空。刘方统廿七营之师徒，一举蒇事；耿弇树十二郡之旗鼓，数旬奏功。彼张嶷之缚魏狼、蒋钦之平彭虎，亦曷以过此哉。时又有贵州提督余公步云亦在军中，谋力云合，指麾风从。如陈欣之与韩雄，呼吸相应；非荀彘之与杨仆，狡愤频争。故能各展奇猷，并扬伟绩。楚氛既靖，粤匪旋消。赵青雀之跳梁，立时扑灭；孙白鸡之草窃，不日歼除。从此烙跖之徒，穿镰之俗，呼汾阳而为父，拜新息以如神。我国家长治久安之业，其在兹乎！金台弇鄙无文，谨取《周宜亭司马平猺述略》而书之如此。

书陈军门殉难事

自英吉利之滋扰也。鲎背揭风，鳌头浴日。炮响震耳，刀光眩眸。以致荀桓击鼓于军中，高克弃矛于河上。宏渊摇扇，妄说清凉；延赏结坛，但求和好。然而三年以来，非无血洒沙场，身膏原野。林瘫鑿足，魏犨束胸。胡僧祐白门已开，麦铁杖黄衫自备。斯亦足以壮河山之色，增日月之光。而惟江南提督陈公之死，为尤烈焉。公讳化成，号莲峰，闽之同安人。由行伍洊升游陆福建水师提督，屡立军功，技擅猿臂，名高虎头。踏壁则直上五寻，涉水而能游数里。朱伺铁面，状若鬼神；长孙雕弓，声如霹雳。独包王雅之胆，不皱耿豪之眉。冯道根未尝言功，傅修期恒自讳老。道光二十年，调任江南。甫七日，闻夷人入定海。公即驰赴吴淞，筑东西两炮台。置杨津之铁炉，造世谱之火舫。徐盛则频设奇计，张郃则善料地形。遂乃简练材官，激厉隽士。熊貔之众雾集，鹅鹳之群风驱。舞龙雀刀，勒鸟蛇阵。公徒三万，吴山耀荼火之容；君子六千，越水淬芙蓉之锷。而且谢尚分襦，邓训煮药。段颎不甘蓐寝，坚镡仅食菜羹。既赏罚之严明，复苦乐之与共。以故羽林踊跃，愿属大树之营；卫卒嘘唏，图报宽饶之德。斯则夷吾在江左，夫复何忧；李勣胜长城，遮几有恃也已。二十一年春，夷人去定海，入粤浙，警稍舒，公戒严如故。八月，定海复陷，遂破镇海。钦差大臣裕谦死之，江南震动。斯时也，讹言屡与，警报迭至。公于是檄潮阳之鳄，然江渚之犀。徼巡鲸窟鲨浔，出入于于鼍宫蜃市。静则周访射雉，以安众心；动则邓遐截蛟，以作士气。今年春，浙江进剿失利，夷势大张。四月上旬，入乍浦，逼近金山。卫候乘满月，气动欃云；公则晓挂铜钲，宵弯玉弩。贺齐益修器械，王霸大享军人。龙角天鸣，夔鼙地奋。共相尝胆，誓使然脐。五月初八日，夷人直逼吴淞，公上西炮台指挥御敌，夷人死者甚众。李苗纵火而焚船，董袭抽刀而断绁。长戈扼虎，短剑剸鲸。方将梏贰，负于三危，殪蚩尤于四冢。而东炮台守将不能御其登岸，督战者亦失援应。惟遣骑邀公者再。公面叱之，时则百道烽烟，黄郁鲛人之室；千营血雨，红溅虎士之衣。公犹重整残军，思歼狂孽。陈安矛失，不待三交；彭乐肠流，非缘一醉。蔡恭援绝，周处势孤。成买临戎，自期必死；张光报国，便似登仙。盖公为夷炮伤足，又被洋枪七，乃北面再拜而绝。武进士刘国标，负公尸藏芦苇中，越十二日负出。刘康祖面目如生，周罗睺魂灵未散。老人瘗血，同哭寿阳；烈士抗词，高歌岛上。呜呼壮哉！惟公深识九变，妙用五权。薮薮风威，棱棱霜气。沈光取索，直上龙头；辛谠行田，竟折牛角。故夷人有云："不畏江南百万兵，只畏江南陈化成。"闻刘胡之号，能止儿啼；书石虔之名，可愈疟疾。而无如苏定方气吞贺鲁，反被阻挠；王海宾力却吐蕃，偏遭忌嫉。譬犹捕鹿，犄角无人；转似引狼，跳梁入室。遂使鲸牙横砺，螳臂直凌。鼠穿孝杰之营，猪啮云长之履。此义士所以拊膺，壮夫因之躅足也。奏入天子，甚加悯恤。诏殉难处及原籍，俱建专祠。宝山千丈，待刊功德之碑；泖水三条，半是军民之泪。入汧城者，共伤马督；过岘首者，犹念羊侯。此时上将星沈，定已魂归仙鲤；异日神兵雷击，还须寇戢佛狸。噫！公可谓哀荣兼至矣。随公死者，有松江员弁韦印福、钱金玉、许林、徐大华、许攀桂诸人。俞纵被桓彝之恩，致身兰石；姚訚合张巡之志，毕命睢阳。尤足见公之能得人云。

书桃花事

贵州某，官松江后营游击。有婢曰桃花，一枝娇艳，万种温柔。绛帐红裙，不入马融之室；金灯绿酒，偏依羊侃之家。虽樵青择配，已嫁他人；而紫光弃夫，仍归故主。则有何万春者，某之娈童也。璧月流辉，玉茁后庭之树；薰风吹暖，香开别涧之花。未几驱爵入丛，教猱升木。赤衣围处，底须郭氏之符；白扇携来，为制谢娘之曲。一则逢荡妇而猳猪互悦，一则爱狂且而蜂蝶纷飞。岂知鹭鹭雌雄，密意才投；绥绥雄狐，贪心未足。某有女年及笄矣，何复令桃花诱之。墙头一笑，藉青鸟而订佳期；枕畔五更，引元驹而谐欢梦。香偷韩寿，花活秦宫。莫顾龙惊，专思鲷誓。蜃窗晓闭，斜通鸟鼠之山；蛤帐宵垂，巧合鸳鸯之社。无如女也，红丝早系，白璧先污。忽闻坦腹之郎，将举齐眉之案。秦娥楼上，伫驾青鸾；赵后帷中，难藏赤凤。桃花乃谋成兔脱，劝作鹑奔。背负红绡，凿坏共遁；手开青琐，破壁同飞。牢不补而羊亡，柙已空而兕出。木兰玉貌，改为男子之装；张胜韶颜，诡作丈夫之态。然而雾生三里，叶不翳蝉；风挂一帆，舟徒泛鹢。纵蟾宫之私窜，奈狐窟之穷搜。遥瞻南镇山头，将求乐土；才过北星关口，旋露行踪。豚放苙而追回，狗丧家而觅得。自知失足，方悔噬脐。贯索星明，淋铃雨泣。楚囚相对，蹈九死以奚辞；秦狱难逃，怅三生之永诀。案定桃花绞，万春瘐死。某被劾归，饮郁而殁。此嘉庆甲子岁事也。呜呼！将军无郭虾蟆之才力，侍儿有王鹦鹉之奸谋。藏垢匿瑕，处仲之家姬靳放；逾闲荡检，公闾之爱女蒙羞。卒致祸起蛾眉，名登白简。讼兴雀角，罪著丹书。世之渔色者，尽亦鉴诸。

木鸡书屋文三集卷七

风水说

自孟坚著史，而列形法之家矣；平子作赋，而述冈垄之状矣。以迄焦赣之言鳝市，世隆之撰龟经。玉函封八字之书，金精号五经之士。覆舟却月，觇形势之低昂；木华粟芽，识机关之微眇。风水之说，转相师授。其毒遂遍天下焉。论者以为陶侃寻牛，位登极品；羊侯堕马，爵至上公。鹿经吴氏之坟，兔入刘家之墓。他若元武藏而毋丘偾事，白气属而杨素灭门。吉凶否泰，信可征也。然而刘伶荷锸，独具旷怀；郑泉化壶，自饶达趣。又况赵兴故犯妖禁，爵禄益丰；吴雄偏择弃茔，子孙大盛。是则赤霓青囊之妄，玉尺金斗之诬，夫固不辨而自明矣。乃吾观今之人，仁孝万不逮古人之一。而于窀穸之事，则十倍焉。剖判阴阳，斟酌向背。六秀三宝，甚费踌躇；五音九星，频烦拟议。以至房分之禁忌，族葬之拘疑。阅遍红箫，难谋片壤；踏残黄叶，未卜一丘。其在单寒之第，孤寡之门，原困于力之无如何。若夫世族大家，珠玉之含，未尝缺也；缁黄之忏，未尝废也。幡幔铙吹之盛，非不能举也；车骑羽仪之华，非不能置也。乃亦舍昭昭之可凭，索冥冥之罔据。盛衰之理，但责青山；休咎之机，专求白骨。以枯骴之无识，当奇货之可居。或暂寄野外。曾不获一抔之固，四尺之封。转不如陨身营舍，反收葬于曹褒；毕命城隅，得掩埋于周畅也。已嗟乎！歆羡之余，流于迂谬；贪昧之极，发为狂愚。不知荣辱无常，是非有定。红灯万盏，时亨以积善而发祥；绿竹千枝，智兴以修身而获福。鹑飞瓮内，瑞应蔡宏；龟负山巅，休符梁士。凡地形之吉美，即天道之报施。未有存心险刻，行事乖方，而能如袁安之四世兴隆，张裕之一门昌炽也。吾愿世之人毋妄挟私情，毋误听邪说，毋徒虑二使之叱，毋轻觊三仙之逢。欲广福田，须凭心地。若必以一线丘陵之气，作百年富贵之图。然则莽操不难以天子之禄，享厥先人；桧下不难以宰相之茔，封其祖父。岂亦得吉壤而然耶。吾不知之矣。

博徒说

粤自经吐青龙，彩成红鹤。三撅四秃，诡计频生；六箸二茕，奇谋迭出。拜南山之老叟，邀东壁之军师。擒鱼打马别其名，斗虎夺枭分其类。赌博之风，遂为古今之通病焉。观于曹植制二骰之局，李翱撰五木之经；温飞卿红豆成诗，杨铁史朱窝遣兴。以彼才华绝世，学业超伦，犹且役志欢场，营情采战。而况游手好闲之辈，熏心逐利之夫。投饵以诱鱼虾，张罗而俟燕雀。安排珍馔，陈设氍毹。遂乃狗党纷趋，蝇群翕附。卜昼而兼卜夜，忘食而且忘眠。喧呶辟寒，袒跣消夏。神思昏黑，颜状焦黄。妖狐惑人，输其酷烈。毒虿害物，无此灾殃。由是而分无贵贱矣。既延搢绅，亦引奴隶。凤阁鸾台之彦，接膝下流；牛宫豚栅之人，昂头上座。由是而礼无尊卑矣。式号式呼，或舞或蹈。茂宏父子，至投局而相争；到溉君臣，亦携盘而并戏。由是而闲无内外矣。绿窗大开，红楼不锁。灯前局败，艳妻解放猧奴；席上筹多，娇女且知鹤格。由是而交无亲疏矣。陌路殷勤，故人睚眦。盟心握臂，平时巧作周旋；食肉寝皮，尔日顿成仇敌。其有千思万量，十步九计。杀机暗伏，狡术深藏。刘毅一掷之豪，作慕容三卢之胜。卒之视如粪土，用若泥沙。倏存倏亡，天心不爽；易得易失，人事靡常。若夫力怯图南，身恒偾北。申叔非徒失画，昌宗不免褫裘。珠玉百箱，悉归质库；田园千顷，尽属他家。车马皆诲盗之资，妻孥亦鬻人之物。处焚屋之下，痛饮百觚；入漏舟之中，清歌一曲。有靦面目，全无心肝。诚何乐而为此也。吾独怪世之为长吏者，非不煌煌示禁，累累系囚。法密秋荼，威伸夏日。而无如退衙之暇，五白消闲；弄印之余，四绯角战。监奴秉烛，狎客点筹。是岂谢安石系念苍生，无忘赌墅；杜少陵许身稷契，不废呼卢。已不正而能正人，有是理乎。然则竟无术以止之。与曰方今盛世休明，圣皇御极。那容败类，敢肆妖氛。是在父兄督责，警彼童昏；师长箴规，开其觉悟。焚图谱于炎火，投摴蒱于清流。如有不率教者，毋或包荒，痛加惩治，轻则絷其手足，重则毂其头颅。盖私禁之严，远胜于官禁也。庶几四民安分，人间无马吊之谣；万户乐生，海内绝猪奴之戏。

烟草说

原夫烟草之为物也，瀛岛移根，闽山分翠。至于今五沃之土，半作磳田；九市之场，相连烟铺。层层嫩绿，惟叶而不惟花；片片轻黄，取味而先取色。润资春雨，曝藉秋阳。曰衡曰建辨其名，为熟为生异其制。由是桃笺五采，密密缄封；兰佩一囊，盈盈津液。拖一枝之湘竹，镶数寸之滇铜。剉瑶草而呼龙，切金丝而饲鹤。台称吐雨，囊号锁云。八角名高，十分气暖。呼吸成夫三昧，咳唾落于九天。美岂醇醪，辄思公瑾；餐堪软饱，聊快子瞻。斯则烟草之大略焉。若夫产贩兰州，臭分香谷；弯环象鼻，旋转螺纹。珠胎易盈，玉漏微滴。纸燃萤焰，红满窗南；篆散风烟，碧萦砚北。拾人牙慧，居然一喷一醒；折我腰支，亦复三咤三哜。此水烟之一种也。至于珍同丹药，色类紫泥。瓶系绣巾，盖垂银勺。点金砂之腻粉，沾玉指之纤尘。南粤船来，勿笑吴侬之嚏；东华市满，先流燕客之涎。嗅不厌乎千回，妙似开夫百窍。此鼻烟之一种也。别有梅花盒小，竹节盘轻。炼火成膏，递筒互吸。灯光彻旦，长悬不夜之城；床第毕生，自爱传香之枕。先生眠食，乐果何如；老子卧游，兴正不浅。眼底有烟云之过，胸中无渣滓之余。此又洋烟之一种，尤足诱人者也。嗟乎！嗜痂曾说刘邕，幻茶亦闻陶縠。世之好烟者，火乃号圣，草且称仁。昔者慕庐尚书，既传三嗜；樊榭名士，更谱一词。因前辈之风流，动后生之遐想。谓能辟邪祛瘴，蠲忿消愁。甚红豆之相思，恃翠筠以为命。以故日本之盒，琉球之盆；朝鲜之横枝，暹罗之藤管。靡不搜寻万里，布列一庭。君不见早朝待漏，鸡舌并含；深夜留宾，龙涎斜袅。书生白屋，浓喷吟咏之喉；绣女红闺，香入婵娟之口。以及牛童马走，蜑户猺人，亦皆取以充饥，藉之疗渴。甚至鸾鸣雁叶，伶人吹筒而成声；鲛室蜃楼，术士吐火而作戏。真尽人而同嗜，且举国之如狂。然而户口日繁，盖藏渐乏。夺世上牛耕之地，遍殖油丝；指天间鸟注之星，漫夸瑞草。况乎肠非布而火浣，口岂突而墨黔。奄奄尸居，似遭狐媚；荧荧火炽，或致鱼殃。是以琅琦督相，野葛同讥；梁溪使君，旱魃等视。灵皋论农务之妨，言尤切直；愚山志友人之疾，语极酸辛。凡彼虞箴，并宜殷鉴。余也偶以自娱，未能免俗。旧尝托契，今将绝交。犹恐病酒之夫，复思狂饮；难产之妇，仍欲合欢。故作此说以自惕，且以警世焉。

祭范大夫庙文

鸣呼！甲辰返国，四友扶持；丙午临朝，八臣协助。莫不名可刻于金石，声可托于管弦。然而东武功成，臣子之勤劳不少；西城战胜，君王之嫌忌渐多。求其勇退急流，早离世网。一官抛掷，免鹰视狼步之猜；万里徜徉，作鹤去鸿冥之想。其惟范大夫乎。当日者，会稽残破，只存甲楯五千；笠泽苍茫，未造戈船三百。痛作飞鸢之咏，甘为前马之夫。既而六翮重生，三津竞渡。二十年冬冰夏火，艰苦备尝；八百里水秀山明，风声复振。式怒蛙以警众，驱封豕以同仇。酒献三觞，衣披五胜。剑戟尽白猿之术，江北齐心；宫墙占黑犬之妖，甬东授首。此则执荚之盛业，孰非少伯之奇勋。谓宜带砺荣封，宥之十世；旂常宠锡，报以百年。岂知鹿已游台，狗将烹镬。与其谋余六术，效力前王；曷若迹避一方，脱身故国。遂乃穷北渚，历西江。老我烟波，消伊岁月。鸣榔击楫，何似昔日之提鼓援枹也；戴笠披蓑，何似昔日之杖矛操剑也。浮家泛宅，何似昔日之筑郭建城也；渔弟樵兄，何似昔日之习流俊士也。心原如水，倍励臣躬；象可铸金，转全主德。喜此际波乘万顷，能寻鱼鸟之欢；悔当年威振八都，翻抱龙蛇之惧。夫惟大雅，明哲保身，大夫其知之矣。或谓其泣辞乌喙，笑拥蛾眉。红杏村中，重觅浣纱之女；碧梧树外，亲迎响屧之人。不知剑沼烟空，妆台云幻。岂秋波之尚媚，乃春梦之不醒。此其不足信者一也。又谓身经三徙，赀积万金。九市场开，六街利擅。来则服牛而轺马，去则曳缟而履丝。何好爵之不縻，而驵侩之是效。此其不足信者二也。或又谓虽离越土，复相齐邦。龙暂伏于深渊，鸿仍仪夫逵路。则是鸱夷一舸，正是钓名；鸥国十年，未尝晦迹。果洁身以远俗，讵慎始而改终。此其不信者三也。或又谓误遣长男，致亡中子。人皆诧叹，公独恬熙。室有虎而曾不早防，屋有乌而绝无余爱。岂曩时避世，既弃子而如遗；此日安居，复丧儿而自若乎。此其不足信者四也。金台屡游祠宇，再拜神明。缅雉堞以纡回，循鸭阑而顾盼。斜阳澹澹，五色螺浮；流水汤汤，一群鹭冷。金铭寺近，老僧时卓锡而来；白苎村遥，少女或焚香而过。溯伊人其宛在，依然秋水蒹葭；慕前哲而难忘，荐以春风苹藻。

哭方子春文

呜呼！长沙之舍，忽感鹏妖；通德之门，已污鼠迹。霜凋夏绿，雹碎春红。痛白鹤之不还，嗟赤虬之遽去。而况分同唇齿，谊托肺肝。方谓范缜寡交，知已惟余王亮；谁料荀攸年少，归途偏早钟繇。能不弹琴而哭顾荣，披札而悲刘沼哉。君讳垌，字思臧，同邑人也。通眉早异，秀骨特殊。年十四，为茂才。嘉庆丙子，举于乡。道光丙戌，大挑二等，摄武义县训导。后连遭内外艰，服阕将补钱唐县训导。岂知郑虔冷官，未邀薄秩；萧贯妖梦，遽赋晓寒。方束装赴省，以疾殁于旅舍。年只四十有三。时甲午七月八日也。呜呼！君子学业可得而穷哉。彼夫李善淹通，徒称书簏；裴遐博洽，第号谈林。董遇虽学尽三余，刘画乃赋嗤六合。才力所限，不可强焉。君则食古而化，冥心于虚。北海文雄，非无锋颖；南丰法在，自有准绳。至于诗，则抗行周雅，长揖楚词。涤白玉于冰壶，奏朱弦于瑶瑟。千辟万灌，字字碎金；十色五光，行行锦带。昌谷之心肝尽吐，梦得之鳞爪全删。然君犹以为未足也。江毫丘锦，既擅才华；戴席董帷，更精经术。孔子袪讲《尚书》四十遍，卢道虔驳丧服七十条。刘兆为春秋调人，萧该亦汉书宗匠。盖其汇三才之元秘，寻六籍之指归。固非一朝一夕之功也。呜呼！君之行谊，可得而测哉。当其少年流动，拟卫玠之乘羊；绮岁通明，作魏收之搏兔。阮咸入座，豕或同升；谢尚当筵，鸜能善舞。佥以为才子风流耳。亡何聪明尽敛，芒角都消。隳栝其心，斧藻其德。光风霁月，茂叔襟期；璞玉浑金，巨源道貌。兰以香而可贵，菊因澹而弥高。存理则如女子之守身，克欲则似武夫之胜敌。虽昌黎论道，疑谤交乘；伊川立诚，攻弹不少。然而独孤之镜，磨且益明；叔度之波，摇何可浊。飞霜严而竹柏仍翠，烈火炽而圭璋更寒。至于何炯纯孝，居丧而不服猪蹄；裴宽守廉，却馈而空埋鹿尾。大节不渝，更无论已。呜呼！君之设施可得而量哉。假使经营宇宙，负荷艰难。必将抱已饥已溺之衷，具公望公才之略。乃蛟龙少雨云之助，而鸾凤仅枳棘之栖。譬犹崔骃巨儒，官终邑宰；管辂绝学，位屈府丞。莫建勋猷，难言干济。然其司训武义也，谒晦翁之堂，拜成公之墓。刚肠疾恶，默化鼠牙；慧眼怜才，奖成犀角。黜浮崇雅，狂澜力挽百川；讲学明伦，暗室新开一炬。但系官舍之马，遑问束脩之羊。由是士愿凌云，人思立雪。堂为鳣集，门已龙称。孙复人师，洵非碌碌；胡瑗弟子，都是彬彬。虽八月而遄归，实百年所罕睹。视彼声名罔顾，利析蝇头；职分自卑，贪争鸡肋者，真未可同年语矣。独是才同绣虎，每遘穷途；品本人龙，偏遭涸辙。饥寒交迫，疾病频连。潘安之鬓难青，魏羽之须早白。所尤惜者，令嗣金彪驹齿才生，凤毛即奋。凡历三试，皆冠一军。张堪得圣童之名，宗怀擅学士之目。谓宜虬松挺秀，直上千寻；鲸海壮游，远凌万里。而乃昙花偶现，瑶草先凋。种失石鳞，悲逾金鹿。以北郭之守困，兼西河之丧明。而君亦从此逝矣。呜呼哀哉！君所著有文集八卷、诗集十卷、《生斋自知录》三卷、《读易日识》六卷、《春秋说》若干卷、《门人语录》若干卷、文准若干卷、杂著若干卷。考其述作，允堪接武鹤山；溯厥根原，奚止希踪马氏。今者王充殂谢，《论衡》将行；扬子凋零，《太玄》渐显。若天假之年，更不知造何境界也。而不幸人之云亡矣。呜呼哀哉！余年十七，与君同受知于今相国潘芝轩学使，时沈子赤石、高子益庵亦与是选。三人皆才出余上，而君尤不可及。不图十年以来，休文既往，庐阜谁吟；达夫不生，吹台绝响。而君又金刀忽掩，玉树长埋。徒使我踽踽独行，茕茕无侣。真有如子恒所云，既伤逝者，行自念也。回忆当日者，把盏花南，擘笺砚北。亲挥团扇，秋云句赏元长；试着练裙，夏月书留子敬。奈何鸿泥犹在，驹隙如流。东海仙龛，遥迎白傅；南皮高会，竟少元瑜。非黄壤之埋君，乃苍天之孤我。交深三十载，那堪仰数夫晨星；文洒千百言，尚觉抱惭于旧雨。呜呼哀哉！

祭许德水文

呜呼！辽海珠沈，昆冈玉碎。光阴易逝，驹隙如流；前哲难追，虎贲奚似。而况孔车号天下长者，物望群归；裴秀为儒林丈人，宗风是赖。一旦刘兰告咎，梦枣征凶。有不增秦失之三号，发张翰之一恸哉。惟我德水先生，白贲沃若，黄流瑟然。玉雕大士之身，金铸维摩之像。藏锋敛锷，刚方则非露鱼肠；抱璞含和，柔懦则自安鸡肋。门堪罗雀，户任悬蛛。目不观鱼里之优，口不尝螺卮之味。猪肝勿累，宠辱都忘；蜗角休争，盈虚曷计。律身如黄叔度，斯符颜子之称；敦行若陈太丘，庶合仲弓之号。鹭飞白水，鹤饮青田，未足方其高洁也。若夫学力之专，功修之密。则更有非常所及者。当其下董子帷，坐崔生室。抄长谦八千纸，绎刘兆七万言。拾遗无厌乎獭残，取赡有同于鸡跖。缥囊数尺，不愧蜀才；翠帙千条，岂惭汉圣。故凡瓠芦之本，宛委之藏。洞庭龙威之编，梦泽鸡次之典。靡不过眼如月，罗胸若星。爇残刘峻之须，触遍郧侯之手。遂乃百家腾跃，万象陶镕。以公彦之勤成，茂先之博识，苏武之服匿，详阮咸之琵琶。周家竹简，惟江淹能明；齐国牺尊，非刘杳谁悉。况复文章夙擅，诗律兼长。则又采握蛇珠，辉腾龙烛。莩甲新意，齑辛妙词。歌向风前，散作九天霞绮；悬诸市上，化成一树珊瑚。自非根柢盘深，枝叶峻茂，而能若是乎。故当日者，阮芸台宫保，李许斋方伯，悉皆待以国器，目为通儒。谓宜厕迹西清，列名东观。旌恒荣稽古之力，显崔光博物之材。而乃佛海将登，仙山复下。未邀上第，仅获副车。登盘作半面之鱼，绁木似旁骖之马。由是自甘鹢退，永息鹏图。抱七松处士之心，得五柳先生之趣。一生家食，免糊口于四方；毕世书淫，乐撑肠之千卷。丙申岁，主讲观海书院，年已六十八矣。嗟马齿之频增，乃虎皮之始坐。鸳针普度，鱼钥遍开。龙湫之多士胥欢，鹿洞之芳型可想。方冀谷神永保，恒干能贞。桃李被其吹嘘，芝兰藉其培植。奈何蓉城易主，蓬岛迎宾。飞鹏无知，适来庚日；梦鸡有兆，遂应酉年。当龙舟竞渡之时，正鹤驾遥升之际。悼星精之贯地，速云驭而狃天。彼行道者，犹惜风徽；在问字者，曷禁雪涕耶。忆余初识先生，时年才弱冠也。窃惭凡鸟，取笑蛮鱼。三纸无驴，自嫌寡识；一斑窥豹，敢语通灵。荷蒙小友之呼，爰订忘年之契。陆云早岁，闵鸿决是良材；裴頠妙龄，周弼许为人杰。非良眉之最白，乃籍眼之垂青。陈思定敬礼之文，辄相叹赏；高构削道衡之草，亦有诋诃。自兹以后，余因偏探阃奥，穷溯源流。蜂善钻坚，蚁能时术。不逢伯乐，凭谁驯习飞黄；幸值卞和，始得裁成结缘。期则诣习主簿，胜他书读十年；识韩荆州，陋彼侯封万户者矣。今者九原不作，百念皆非。书欠鸿传，形先蝉蜕。北海之风渺尔，西州之泪泫然。更可叹者，向秀之书，未经编定；信明之集，半属沈湮。既不能直上龙门，羽仪一世；又不得永藏马帐，焜耀千秋。此尤艺苑增悲，士林深痛。而非只余之涔涔不止也。呜呼！九峰胜景，翠色依然；一线斯文，灵光安在。他日车过三步，敢忘腹痛之言；尔时酒奠一觞，不尽心伤之语。哀哉尚飨！

《关壮缪画像》赞

呜呼！自古豪杰多矣。顾第文人学士，能称说之耳。至于田夫野叟，共识大名；老妇孩儿，佥知遗事。则惟壮缪一人而已。盖其英魂不泯，毅魄长留。香火遍于八垓，冕旒及于万国。是以家家绢素，笔尖传熊虎之威；户户丹青，座上涌蛟龙之气。盛矣哉！生民以来，未之有也。回忆炎精将陨，蜀郡偏安。惟壮缪勇过黥彭，才超吴耿。方其降于禁、逼曹仁、击吕常、枭庞德，气直吞乎河北，势欲并乎江东。盖不崇朝而即可画像云台，图形麟阁矣。奈何蒋济拒迁都之议，董昭献露表之谋。徐晃军来，连摧四冢；吕蒙橹到，掩取三城。以盖世之虎臣，偏陨身于狢子。天实为之，谓之何哉！然而自汉迄今，二千年矣。有祷必征，无祈不应。较子胥而更烈，视博陆而弥光。蒋子文见重南朝，逊斯赫濯；尉迟迥显灵西土，逊厥尊荣。况复妙绘流传，余威震铄。奇姿杰出，犹是单刀赴会之容；生面独开，居然麾盖解围之状。猪能啮足，一时之遗恨都捐；龙似依髯，七尺之伟躯可想。称万人敌，爰思陈寿之言；为百世师，用拟杨戏之赞。其辞曰：

水之行乎地也，无间于江滨海滨；日之行乎天也，无改于千春万春。惟我壮缪，逸群绝伦。白衣何在，绿袍恒新。虽有儇夫盭子，悍卒骄氓，谁不对图像而惕然悚神。此亘古之英雄，实亘古之圣人。

岳忠武王玉印赞

将星惨淡，披南史而仰孤忠；神座辉煌，过西湖而怀壮绩。王之英名，岂必藉印而传哉。然而一物留贻，鬼神欲泣；千秋爱玩，顽懦堪兴。按印高一寸，方广九分。乾隆间，有贾客得自湘江，遂流转至江左。今归震泽王砚农征君。征君于弆藏之斋，颜曰宝印，并索同人歌咏。斯盖王之灵爽，实式凭之，非偶然也。夫以王踊跃行兵，纵横杀敌。云雷五子，家尽熊罴；皋宪八人，将皆鹅鹳。山下扫黑风之帐，营中悬红字之旗。果使呼苍兕以长驱，抵黄龙而痛饮。将见威行万里，驾返两宫。雪南渡之余羞，了北方之大事。斯则君王神武，不必谢单于而闭玉关；男子功名，正当杀贼奴以取金印矣。奈何术须已薙，桧脚偏长。秦陇鹦啼，小朝廷自轻宝玺；吴山马立，大将军难补金瓯。遂使汾阳贯日之忠，竟遭林甫偃月之计。学万人敌，恢复终虚；成三字冤，英雄尽哭。斯时也，淮阴之军符悉夺，道济之冠帻空投。又何问区区一印哉。既而黑狱洗诬，丹书被奖。铸奸遗臭，叹白铁之无辜；赐爵流芬，喜红铜之有幸。而兹印也，龙纹一角，螭纽双蟠。劫火虽侵，土花不秘。犹想见当日者，战法三篇，兵书七卷。猩云影活，押向瑶函；獭髓痕匀，钤将玉册。千万丈星芒远闪，珍逾齐珝楚理；七百年虹气长存，贵比商彝夏鼎。然则征君之宝此印者，可以教忠，可以论古。固非沾沾焉作玩好之具已也。因为赞曰：

惟王之诚，诚心抱赤；惟王之冤，冤血流碧。王之大节，载在史编；王之遗玩，留在人间。四字背涅，金石可裂；两字手镌，云霞不灭。壮缪一纽，平原一章。堪鼎足而并立，愿世世其珍藏。

木鸡书屋文三集卷八

书姚广孝所译《贝叶经》后

盖闻真宝抗金源，被俘不屈；莫谦拒蒙古，力斗而亡。此固释子而能为忠臣者，不亦美哉。他若澄公居赵，戢石虎之逞残；道安在秦，戒苻坚之好战。君子犹有取焉。即不然，巧如怀丙，独挽石桥；技若志言，能援海舶。虽仅传夫方术，尚无碍乎禅宗。乃观广孝所为，斯真宇内之妖人，非只佛门之蟊贼矣。方其狮座谈经，蜂台说法。诗宗灵彻，画学贯休，诚浮屠之杰出者也。奈何白帽献谀，黄屋贡媚。谢佛鸽于西海，起毒龙于北平。刀仗且雨自天边，戈矛亦涌从地底。铁围三战，鬼母皆飞；法螺一吹，金刚尽甲。既而北风甚劲，南山忽骞。燕子高翔，夺黄袍而妄干天位；龙孙远遁，破红篋而反作僧徒。痛哉，不特此也。斯时怨结勃鞮，憾修雍齿。广孝若进一言，自可宾晋臣之勿屈，释蜀将于方刑。而乃袖手闲观，缄口无语。金刀血渍，绝少慈云；铁帚膏黏，靳流甘霞。一朝得志，肯容抗节诸贤；十族何辜，竟绝读书种子。任彼群乌之涕泣，依然病虎之狰狞，其居心尚可问哉。且夫燕王之未作难也。汤宗告变，朝家遂召关童；倪谅发奸，少主即诛周铎。而广孝独安然无恙，岂果天心之佑助，几疑佛力之护持。宜乎既窃高官，仍依净域。红莲再踏，绿桂重烧。瓜蔓抄余，天子且颁法曲；斧碪饱后，老臣还诵梵书。然而六孽早深，三摩难解。五百道小夫人乳，漫想醍醐；十八部大弟子经，枉势参勘。可怜少日，曾称北郭诗人；只恐他年，羞见西山老佛。此则观其所译诸经，而尤不禁植发冲冠者也。嗟乎广孝，幸而得成事耳。否则法庆作奸，立婴鼎镬；昙成造乱，旋被灰钉。头断绍伦，胫折圆静。古今真一辙矣。世徒论成败之形，昧逆顺之理。翻有欣羡夫广孝之功者。不知行似豺狼，心同虺蜴。申申见詈，大负女嬃；咄咄有辞，抱惭宗泐。三教中殊无此辈，五伦外别有斯人。较诸雪庵长老，系恋亡人；云门高僧，感伤故国。其相悬奚止什伯哉。经凡一百八叶，诸泾农人于沙土中得之，余特书此，以示后之论古者。

书张蘧若侍御《请毁魏忠贤墓疏》后

天常山有董卓之祠，魏兰根曾夷其树；成都有黄巢之冢，王刚中立仆其碑。凡所以儆巨憝，昭大法也。乃若逆阉魏忠贤者，毒过赵、张，凶逾节、甫。五侯七贵，大亵威权；八座九卿，悉供奔走。朝盈三蠹，门列十钻。纵兕虎于街衢，烹鸾凰于鼎镬。甚至祠宇遍海内，俎豆及学宫。贤非荀勖，竟祀安阳；学岂荆公，敢配尼父。亦何怪高茔大起，势等祁连；石椁早成，制同陵寝也。既而英主登基，元凶伏法，案颁六等，诏布四方。不意余焰尚存，遗根未铲。莽头已漆，谁葬衣冠；峻骨虽焚，偏传碑碣。虎羊排列，驼马回环。巨柏长松，独占西山胜境；金题玉蹬，大书东厂高官。万死不足蔽其辜，一抔犹欲护其魄。苟非兰台执奏，字挟风霜；柏府上言，笔驱雷雨。将虺蛇无忌，依然冢表王敦；枭獍莫除，奚啻坟留秦桧。乱贼之徒，复何惧哉！况斯时也，我圣祖方诏修前史，追奖名臣。既怜雕鹗之孤忠，宜扫豺狼之秽迹。不须电火震倒丘墟，如挽银河洗除腥羯。还青山之面目，地得重新；显白日之晶光，天非长醉。呜呼，吉凶有定，九千岁枉自作奸；成毁无常，五百儿可能赎罪。龙盘凤舞，当时发指行人；兔窜狐奔，此日眉开过客。然则侍御之疏，较诸吴元济之像，撤自孙瑜；区希范之神，毁于程珦。其功殆加十倍矣。侍御名瑗，康熙辛未会元，出王阮亭尚书之门。

书《天水冰山录》后

《天水冰山录》一书，载严分宜籍没资产甚详。雍正间，周石林因刊本残缺，补成此编。其所以垂戒将来者，不可谓不深切焉。吾观分宜之初登任版也，奸雄未露，恬澹为高。李义府能进箴规，蔡元度颇称廉洁。声称翕集，职此之由。无何主求丹药，臣贡青词。丁谓呈白鹿之祥，张洽作黄獐之舞。遂乃大蒙恩眷，窃弄威权。渠牟对君，辄逾五六刻；朱异柄政，竟至三十年。王根则两市通财，孙玚则十船排宴。石崇步障，五十里美锦争夸；子頔山灯，二千石香油浪费。梁家苑内，遍刻兔毛；李氏屋头，都设鸱尾。龙须凤翮，张易之频肆征求；羢毛虎皮，段思恭惯能截夺。妓走楼间之马，奴抛厨下之鹅。五百两钟乳何多，八千匣兰亭并集。况复诬陷刘张，悉由崔湜；驱除梁范，尽出章惇。蓝面鬼魁柄独持，黑头公权门群附。尚书由窦，御史呈身。为大参拂髯，与太尉濯足。手捧溺器，口承唾壶。颂西第者，乃是经生；记南园者，非无名士。既而人心大愤，天眼忽开。王鉷家籍，蔡京儿诛；窦宪田园，仍归旧主；王涯书画，半弃当途。一丝无得著肩，片瓦不容盖首。虽孔雀之毒，莫掩文章；而钦鸮之凶，卒投罗网。空书咄咄，难唱匆匆，可不痛哉。余因之益有感焉。向使彦回寿短，定不失名；抑或介甫官卑，奚从误国。否则内苑赞元之日，稍念钤山读书之时。纵未能近继富、韩，远追姚、宋。亦不过怀慎伴食，胡广中庸；石庆缄口，无事匡扶。李纬好须，任人取笑而已。又何至五奸大著，十罪并彰。野鸟为鸾，逞其妖妄；老牛舐犊，纵厥贪淫。倒行逆施，一至于是耶。是书也，严迂叟序于前，汪龙庄跋于后，而余复书其末者。欲后人痛鉴沈舟，勿循覆辙也。不然秦阁格天，李堂偃月。朝露之势，危于商君；燎原之形，类夫董卓。其不溃败而决裂者几希矣。

杭州南、雷二将军庙碑

武林城中，有南、雷二将军庙，不知建于何时。或曰功垂骆越，新息祠高；德被燕齐，栾公社立。一方感戴，百世馨香。若二将军者，未尝渡江而东，何与报功之典。不知河洛之豕蛇既沮，斯江淮之鸡犬无惊。岂张、许之忠义，南土可以并禋；而南、雷之勋名，西湖不当同祀乎？方安史之造逆也，衅生献马，谶应斗鸡。故跸已幸夫成都，新诏旋颁于灵武。陈涛斜之败绩，食客鼓琴；延秋门之出奔，王孙碎玦。叹贼氛其甚炽，嗟伟略以谁舒。时则张公巡独据雍丘之冲，继与许公远同扼睢阳之要。誓鸠虎旅，以遏狐群。爰有二将军者，鲁奇应岑彭之募，朱伺属陶侃之军。出则斫营，入而守堞。六射之须眉不动，一城之志气弥坚。豕指王罴，楼登焦度。盱眙有臧质，魏人之智力俱穷；玉璧有孝宽，齐氏之凶威难逞。台城告急，火雉乱投。司州见危，土犹遍塞。此则背城杀贼，莫非二将军之力也。既而朝命迴隔，援师不来。雀尽林间，鼠空穴底。三军并悬虎口，一饱仅仗蛾眉。以有尽之疲兵，当屡增之强寇。不数耿恭食筋之苦，岂殊来歙发屋之劳。纵饶吉挹挫敌之才，已同杨津被围之久。秦庭首碎，莫赋无衣；宋国骸炊，终羞求质。卒之孤城被陷，烈士捐生。田崧瞋目而大呼，毛炅割肝而不悔。张、许两公，后先殉难。而二将军，亦并骑箕尾而去矣。说者谓二将军，未登朝坐，何遽死绥。讵知利合而动，乃市贾之鄙怀也；恩加而报，非臣子之奇节也。二将军诚贯金石，气挟风霆。狼瞫见黜而驰师，柱厉不知而赴难。况陈容合臧洪之志，岂愿独生；俞纵感恒彝之情，肯教孤负。斯其义重熊掌，命轻鸿毛。固宜超千祀而挺生，奋百代而特立者也。世徒见致命之节难，而未思扼险之功大。脱令当日者乏三时之坚守，任千里之横行。窃恐九庙抱惊，两京难复。微特烽腾西北，豕突鸱张；伫看席卷东南，狼吞狗噬。天下事不可问矣。惟其力拒九攻，志专三版。能为陈宪悬瓠之保，耻作思政长社之降。故当陷城之期，即为克敌之日。金瓯无恙，玉弩旋消。近迎真主之銮，远迓上皇之仗。而且三吴安枕，鼙鼓罕闻；两浙开门，戈矛不到。然则吾地之黍稷虔供，牲牢致赛，亦天良之不容泯者。尚何疑哉！尚何疑哉。乙酉之秋，余寓庙中一月，老僧某将刊乐石，屡委鲰生。呜呼！阿荦虽亡，尚抱戴天之愤；贺兰未灭，还余斫地之悲。生不负乎人伦，死且甘为厉鬼。考昌黎之叙，备著忠忱；读柳州之碑，尤垂壮绩。此日灵旗式焕，足酬四百余战之成劳；何时神宇重恢，并记三十六人之义烈。

刘烈女井铭

妖氛匝地，罗妙安自淬佩刀；烽火连天，韩希孟预题练带。夫岂轻于一死哉。良以心同劲竹，节负贞松。当兹虿蜂肆虐之时，毋作雀鼠偷生之计。然则从容殉难，慷慨捐躯。赵宫白璧，经睨柱以还全；秦国连环，值挥椎而不碎。诚璇闺之壮事，彤史之美谈也。兹乃于刘烈女见之。烈女行七，家乍浦之四牌楼，余友心葭次女也。瑶草仙胎，梅花冷骨。玉台贞气，本具灵源；金井微行，弗譬跬步。时或龙梭织锦，兔管吹花。胜李氏之足娘，类左家之娇女。然而珊珊弱质，生不逢辰；郁郁愁怀，命偏舛午。自庚子六月之变，大憝鸱张，洪涛蚁聚。落日黄而鳌头疾卷，流霞赤而蛩背高撑。斯时也，七姑则小胆惺忪，芳魂断续。心惊唳鹤，骨瘦飞龙。早已命轻鸿毛，义重熊掌矣。迨及今年狞鳄乱沸，长蛇益骄。百炮雷轰，千刀雪滚。熊奔象突，腾万屋之火威；蜃吸蛟呿，裹四城之尸气。赤袴紫衫之队，入户横搜；绿睛黑脸之徒，登楼遍索。斯时也，七姑则猿肠寸断，鹃血长流。但有林幼玉试经之才，恨无荀灌婴退敌之策。耻蹈蔡文姬出关之辙，愿师岳银瓶赴井之情。遂乃发散鸦鬟，足飞凤舄。甘为偃鼠，饱饮寒浆；好伴清蛙，永潜深穴。此时绝命，岂藉龙工；他日显魂，定无羊怪。譬葬江中鱼腹，差胜一筹；只伤树上乌心，空悲两老。尤可憾者，李屏早选，温镜将圆。黄竹成箱，青绫制被。以乌鹊填桥之际，当鼋鼍跋浪之秋。以鸳鸯待阙之人，遇豺虎满山之寇。秦箫未引，谢絮先零；渤海鸾归，冰奁蚕冷。此壬寅四月十三日事也。得年二十有二。吁其痛哉！心葭齿盈周甲，运值艰辛。方奏鹤飞，忽嗟鹿铤。拳频加于鸡肋，体幸脱夫鲸牙。家园已作战场，濒海更无乐土。晨烟弗举，釜可游鱼。旧雨不来，门堪罗雀。假令掌珠无恙，闺玉尚存。则大家聪慧，足慰叔皮；宪英贤明，常依佐治。而乃云暗珠箔，月沉绮窗。堕天上之蟾蜍，泣水边之精卫。并乏一抔之土，浅厝桐棺；惟余九仞之泉，谁施茅绖。枯篁号夜，但闻冷声；落叶满庭，不见履迹。所作哭女诗十章，几于字欲呕肝，泪将洗面矣。虽然宝剑因埋而乃贵，沈檀非爇则不馨。荼苦一时，兰薰百世。况自乍城失陷以来，千髑委地，与苔俱青；万磷隔溪，著树尽紫。抛国殇于春草，鸢啄残骸；哭鬼母于秋郊，犬衔朽骼。彼独非人子也与。而惟七姑，则节定于水，名高若山。懿烈独垂，芳徽永著。所望封狼息焰，伏鳖销芒。上请龙廷，仰邀凤綍。腾声华于志乘，表翰墨于搢绅。而是井也，玉骨深藏，冰肌不出。嗤他双角，徒传石姬之名；愧彼景阳，莫洗张嫔之辱。噫井亦何幸，而得附烈女以不朽也。铭曰：

展如之媛，秉性芬烈。擅徐淑之才华，继曹娥之气节。想见井旁，白莲花开，月明之下，姗姗其来。是奇女儿，胜伟男子。我为之铭，先濯笔于银河之水。

国子监生盛君淑配邱孺人墓志铭

盛君云泉于庚寅七月，丧其淑配邱孺人。鹍弦罢弹，鸡枕罕抚。一番梦井，元微之惆怅靡穷；四壁绳床，王摩诘欷歔无尽。人间春短，花亦知怜；心上秋多，月犹抱怨。壬寅之冬，将迁葬于祖茔之北写吴字圩。出其事状，索予铭幽。彤管既淹，元石斯耀。台虽不敏，其何敢辞。谨按孺人姓邱氏，名杏，字绛仙，小字应姑。上舍生篔岚公第五女也。仪容嫓婳，德性幽闲。吕良子谨事严亲，大星朗照；朱妙净曲承慈母，爱日方长。年十九，归盛君云泉。以希范之世族，入孝章之名门。鲤跃银瓶，洗手视三朝之膳；鸳裁金剪，同心配五色之丝。夕薰衣而互香，晨对镜而双笑。齿绿微露，眉黄善描。暇则字学卫恒，诗吟曹组。郎原名士，爱诵楚骚；卿是仙娥，能书唐韵。试经义四十三件，靡不通明；解回文八百余言，是何颖悟。加以好谈因果，恒抱慈悲。阶前之蚁阵不驱，林下之蝶衣休裂。抛来余粒，庭有驯乌；舍却残羹，厨无饥鼠。固宜鹤龄永享，鸿算克延矣。无如熊梦连征，凤雏不育。态嫭妍而若失，怀抑郁而谁宣。遂致莲子心空，桃花骨瘦。鹊医罔效，兔药无灵。赵瑟秋僵，秦箫暮咽。吴市之烟忽散，齐宫之梦难圆。七年伉俪，聚首无多；一病迁延，噬脐何及。春秋只二十有六。呜呼伤哉！云泉才同昌谷，病类韩郎。肘不柳生，奈多痛楚；足如葵卫，偏苦蹒跚。重以奉倩缠悲，子荆衔恨。索梦中之鹿，憔悴红蕉；望天上之鸾，阻修黄竹。魂消别鹄，声惨哀蝉。蝶心不苏，鹤语若怨。余芬未沫，传安仁翰鸟之词；清泪长流，写商隐春蚕之句。今者纱窗云艳，重逢解珮之仙；镜槛风柔，再唱定情之曲。然而新缣已赋，故剑难忘。觅影帷中，恍睹珊珊之貌；痴心陌上，还疑缓缓之车。是则情之所钟，正在我辈。当亦君子所不废也。铭曰：

风音锵锵，并栖高冈。情同玉润，性比兰香。抚尔砚匣，弄尔笔床。知学舍之即在闺房。何桃夭之才赋，乃杏嫁之旋殇。帘空水碧，机委流黄。歌离吊梦，涕泪淋浪。吁！此皋如者，系玉骨之所藏。定见优昙花之开其上，而书带草之护其旁。

黄谱桐女史《花卉卷》题词

夫折枝入妙，赵昌所以成名也；没骨能工，徐熙所以播誉也。他若刘鱼吴鸭，并具神明；秦蝶唐禽，各精藻缋。斯固才操文士，未闻技擅女郎。谱桐女史者，奉贤汝君雪岩之德配也。有道韫之风格，兼若兰之聪明。每当鹦鹉喂残,鸳鸯绣罢。香盘龙篆,茶煮凤团。阑干亚红,帘箔垂绿。秋风兴而池荷褪,春雨过而庭梅开。尔乃假以丹青,图之竹素。吮唇樱而渲染,凭腕藕以摩挲。吴净鬘碧草千丛,芳心欲活;贾蓬莱绯桃一树,笑靥疑真。管仲姬之画兰,态浓意远;魏夫人之写竹,神动天随。现生气于鱼笺,寓幽情于鹅绢。丰姿绝世,前身本绿萼之仙;笔墨超群,此日夺黄荃之席。神乎技矣,名不虚哉!况复牛衣莫叹,鸿案欣齐。扇扑蝶而郎欢,枝啼莺而妾起。象管鹅笙之侧,斟酌诗情;蜃窗蛤帐之间,商量绘事。高柔爱玩,矢此终身;荀粲加怜,伴兹佳偶。是则扬香匳之风藻,洵属美谈;扇镜槛之清芬,无惭韵事矣。抑又闻之,女史素称善病,曾抱隐忧。自六法之精参,遂三医之不谒。河鱼无恙,久舍药炉;香麝有缘,频亲砚匣。从此芳名远播,何难二妙偕传。如其宝绘通灵,窃恐一厨飞去。

《先大父芝岩公文稿》跋

通德之里,复生小同;述祖之诗,群推大谢。杜氏之宝田未绝,顾家之嘉树犹存。此余所以抱大父芝岩公遗稿,而不觉累欷涕洟也。大父居贫乐道,处约安仁。家无造业之钱,口绝嗟来之食。冯参则礼仪谨饬,刁聼则法度严持。魏朗身无惰容,赵昱目不邪视。而且积王忳之阴德,马入亭中;发杨宝之慈心,雀藏笥内。谢庄设溟漠之祭,陈向勤骴骸之埋。故能轨范人伦,表仪物望。闻薛湖之品,乡邻息争;慕任嘏之风,横逆惭谢。始受知于李鹤峰侍郎,入邑庠;继受知于窦东皋总宪,补增广。冬心永抱,秋驾晚成。以儒林丈人,为文学祭酒,其所作文,义正词醇,思清笔雅。虽寥寥无几,亦的的可传。金台幼时,最蒙大父钟爱。四岁扶床,即教认字;七龄入塾,便与讲经。诵盲史则别有会心,读萧选则不愁棘口。时则玉芽才茁,珠颗频摩。卫叔宝之丰神,伯玉叹其有异;王镇恶之英锐,景略卜其将兴。迨年十七,即补诸生。到荩负才子之名,张凭擅佳儿之号。老人顾而欣然也。不意明年春,大父遽赴道山。马监瑶环,依然娟好;范乔石砚,无限悲伤。大父尝阅乡会题名录。辄笑问曰:“汝他日能列此否?”又每观名流佳制,则复问曰:“汝他日能作此否?”乃者四十年来,玉频自献,金是不祥。燕颔难封,蛾眉失宠。登高有赋,空羡凌云；入梦能飞，可怜贴月。挟齐瑟而罢奏，携隋珠而竟还。凤阙龙池，料知无分；牛宫蜗舍，且自安居。幸而上探六籍，下穷百家。王邵思书，临餐闭目；杨凭好古，对客摇头。所撰诗古文辞，靡不锦摛霞驳，涛涌云驱。极千趣万态之奇，著六采五章之艳。奖人一节，几于吻际生花；状物百端，恒若掌中置叶。抽思茧绪，曲尽缠绵；骋妙蚁封，尤工穿穴。然则科第之荣虽负，惭于慈训；而文章之业，固不辱其先人矣。所恨驹阴易逝，鸿算难延。回忆灯下挽须，席间依膝。爱王鉴游鱼之对，加崔昂神驹之称。字虞诩以升卿，勖顾承以令闻。谆谆启牖，时深燕翼之谋；粥粥抚怀，不第羊肸之惠。迄今思之杳然，如在天上矣。追维手泽，窃希丁度之藏书；敬奉心香，聊比曹休之拜像。此日守无功之集，永秘箧中；何年求有道之碑，为题墓上。道光壬寅岁仲春之月，孙男金台谨跋。

责须檄

余岂欲加谢康乐之须长过膝，王文中之须垂至腰哉。又岂欲加许主簿之美须见憎，李尚书之好须取笑哉。特以年渐老成，貌非少艾。熏香薙面，耻为好女之容；对镜拈髭，须得参军之状。奈何寥寥半寸，落落数茎。岂鳖臛之未烹，乃羝根之难长。反逊花间之蝶，须拂春风；还轮渚畔之虾，须摇秋水。空羡敬容之胶刷；闲抛壮武之帛囊。潘鬓凋余，频增衰态；飞胡学得，浸忆儿时。真琐琐之堪怜，是区区而莫畀。愧乏褚渊标格，表厥丈夫；只愁蔡义颓唐，类他老妪。髯奴何在，忍尔十年；墨子有知，传余一檄。虽仪容贵雅，无庸磔似猬毛；而点缀生姿，庶或光同鸦羽。

木鸡书屋文四集

MUJISHUWUWENSIJI

《木鸡书屋文四集》序

顾子韦人，余姑之仲子。善属文，取友必端，故其所接，皆隽材硕彦。余奉讳旋里，杜门却扫。韦人时相过从。一日，偕其友平湖黄君鹤楼来访，野鹤孤松，翛然尘表。余止而觞于新筑四铜鼓斋。盖宦游粤西，得铜鼓四，因以名斋志幸也。酒半，鹤楼抽毫伸纸，为余作《四铜鼓斋记》，洋洋数千言，顷刻而就，一座咋舌。既又命令子棠衫孝廉执经请业，留连竟日。余久耳鹤楼名，至是益倾倒。嗣余开府陕西，鹤楼制文邮赠，并示所刻木鸡书屋骈体文，共三集。泉飞藻思，云散襟情。读之如置身方壶圆峤中，仙气拂拂扑眉宇。叹为不可及，今年春，引觐入都。韦人寓书于雷竹泉比部云："鹤楼四集已成。"又将谋剞劂，欲余文开其端。余与鹤楼属有古欢之雅，棠衫又为余门下士，何敢以不文辞。忆少时肄业书院，主讲者为吴穀人祭酒，提唱宗风，推东南坛坫，余率尔操觚，浮烟浪墨，都邀甄赏。自一行作吏，此事遂废。回首前尘，辄呼负负。癸酉之冬，识徐雪庐于邗上，深谈契合，出赠所刻集，足称杰构。今观木鸡书屋，与有正味斋、白鹄山房鼎足奚多让焉。独是见西施之容，不自憎其貌。而犹调铅吮粉，其不为嫫母所腾笑者，盖十八九矣。书复韦人，请质之鹤楼。

咸丰纪元辛亥孟秋之吉，华亭愚弟张祥河拜序

与黄鹤楼书

鹤楼先生阁下：去冬邑人金听秋自禾中归，得读大著《木鸡书屋文集》，窃惟骈体之作，六朝三唐两宋，代有佳文。元明体近俚俗，至于国朝，陈其年诸家，尚不免堆砌叫豪之习。乾隆间，简斋袁氏出，浑灏流转，生面独开。继此縠人吴氏，犹夷宕往，远去俗氛，亦云具美。他如邵、刘、孙、洪诸子，或则过于枯淡，或则失之艰涩。先生以单行之气，运排偶之词。锻炼精纯，叙次明净。丽而有则，巧不伤雅。直可与子才、圣征鼎足而三。昔人谓本朝，诗山东有真传，古文江西有真传，仆则谓骈体吾浙有真传矣。夫以先生之学之才，倘直承明著作之庭。当冠冕乎金马、玉堂之彦，而乃十踏省闱，仅以明经终老，穷矣。然苍苍者，每欲分学问、科名为二事，区文章、福泽为两途。亦若与傅之翼者两其足，予之角者去其齿一例。彼沾沾于帖括者，其中枵然无有。即掇巍科，登朊仕。数十年后，人遂不能举其姓氏。较诸成此一编，长留天地间，垂诸不朽，为一朝有数才人。孰久孰暂，谁啬谁丰，必有能辨之者。然此可与知者道，难与俗人言也。仆夙好诗、古文词，时艺误之，课徒误之，又从事于散体之作、说经之文，所撰不多，体制错出，敝帚自享，问世无期。安能如先生专精诣极，梓成数巨集，卓然可传也哉。《诗》曰“心乎爱矣”，遐不谓矣。谨陈忆语，用托神交。又闻先生乘米家船，流连访旧。有安乐先生春秋晴日乘小车出游洛城之风。仆僻处山城，著书仰屋。何当从先生访友舟中，相与沿溯于琴川、香溪、莺湖、鲈浦间。击节扣舷，高歌浮白也。、

临海蓉塘弟汪度拜启

木鸡书屋文四集目次

木鸡书屋文四集卷一

木鸡书屋文四集卷二

木鸡书屋文四集卷三

木鸡书屋文四集卷四

木鸡书屋文四集卷五

木鸡书屋文四集卷六

木鸡书屋文四集卷一

高贵乡公论

夫朕称狗脚，孝静帝难享耄期；臣具龙形，零陵王终遭惨祸。人君当艰屯之厄连，值跋扈之巨奸。其能令终者鲜矣。然与其纳污藏疾，隐忍求生。孰若吐气扬眉，激昂就死。吾观高贵乡公之讨司马昭，其庶几乎。方公之入承大统也，西掖答拜，东堂步行。幸辟雍而赋诗，宴太极而讲礼。慕少康之美绩，中书服其德音；论神尧之用人，博士逊其独见。楚庄王能言七德，晋悼公妙选六官。宜乎宗社之福，钟会私称；非常之人，石苞惊叹也。无如太阿倒握，魁柄下移。司马氏以三世之政权，总六戎之禁旅。季孙得众，将符鸜鹆之谣；陈氏不亡，久协凤凰之卜。马食槽而妖梦应，龙潜井而讽诗成。君臣猜忌，非一朝一夕之故矣。高贵因临轩发愤，掷版决行。是可忍也，出黄诏于怀中；其为戮乎，集苍头于殿下。才击东门之金鼓，忽交南阙之戈矛。剑犹握于手间，刃已出于背上。然而子般遇贼，虽出圉人；杵臼被攻，讵由帅甸。高贵之死，果为谁死哉。而乃王经陨身，竟碧苌宏之血；贾充进秩，不殇荀偃之头。虚构伪言，实成罪案。谓卫衎之墟桑濮，先暴定姜；谓太甲之出桐宫，将图伊尹。犹复巧涂耳目，伪作惊惶。天下其谓我何，身遽投诸地；舍人可夷旋耳，罪将谢夫天。卒之三代之直道犹存，四方之人情共愤。安平枕股而哭，元伯呕血而亡。受庾纯之怒詈，奸党汗颜；闻王导之微言，裔孙掩面。司马所为，不亦欲盖弥彰哉？且夫高贵之死，固非鲁隐之优柔酿祸，亦非晋灵之暴戾取殃也。盖渠弥肆恶，早为郑忽所知；华督无君，先致宋殇之怒。高贵之憾司马，亦犹是尔。观其亲率虎贲，奋登龙辇。假令神祇默佑，社稷有灵。天坏霍山之户，尽室伏诛；兵围梁冀之门，举家自杀。事固未可知也。不幸而御跸方临，凶锋猝犯。天方授晋，鬼欲亡曹。命毕车中，良由三祖之薄德；身埋水次，终蒙万姓之深悲。生时黄气烟煴，精流日月；殁后赤光闪烁，怒激雷霆。然则高贵之死，视彼空唱鸡头，曹芳卒幽于河内；巧知鼠矢，孙亮致废于会稽。殆未可同日而语矣。

解缙论

自古人臣之怀忠而死者，亦贵死得其时耳。若解缙者，吾惜其不死于惠帝之难，而死于成祖之疑也。夫缙也，年才二秩，书奏万言。高皇帝有知人之明，称苏轼为奇才，留齐贤于异日。无如少主膺图，强藩构变。烽腾玉阙，门启金川。逐燕高飞，潜龙远遁。为缙者，即无包胥之义，复楚王于郢都；宜有子家之忠，哭昭公于野井。否则抽豫让之剑，气欲干霄；关杜柏之弓，鬼犹作厉。庶志士敦在三之谊，亦贞臣怀不二之心。奈何马尾乞降，螭头上表。岂不以宗社未尝绝祀，翊戴何必择君。人佥白帽之相加，我岂黄泉之甘殒。既符楚平之璧，休射齐桓之钩。忍耻偷生，亦何足怪。顾范质虽未死节，而王珪尚能报君。处禁籞之间，参帷幄之议。为国喉舌，作王爪牙。迹其尽忠之最大者，有二端焉：一则议建宗储也。其时突阵者自负任城，树功者群夸天策。叔段得众，成师定名。高煦之夺嫡者屡矣。缙独以李泌之智谋，作周昌之强直。先言皇太子仁孝，继言好圣孙之英明。乃得离舒王之腹心，全孝惠之羽翼。苟非史丹嘘唏，贾诩计虑。窃恐文惠雀裘之责，难免惊弓；昭明鹿子之谣，复循故辙。一时谏征交趾也。夫孝文未加南越之兵，光武不开西域之路。所谓天子有道，守在四夷也。乃文皇则劳师绝徼，逞力炎陬。靳象鼻而直前，破鸡翎而远下。方将定天山于三箭，界铜柱以千年。缙则以为俘其人不足供使令，得其地不足为郡县。宋广平躬逢英主，恐开黩武之端；张安道生值盛朝，苦谏用兵之害。斯则珠崖议罢，君房本欲安民；而非维州掷还，僧孺偏思误国。于斯时也，谟猷屡进，启沃良多。立春颁金绮之衣，中秋侍玉觞之宴。白蜜一石，朱祐蒙恩；黄柑数枚，萧嵩拜赐。授何戢以蝉雀之扇，引到溉于鳊鱼之舟。君臣际遇，何其隆也。而乃谗人百计，东宫之瑕衅日闻；伪主三擒，南戒之军声大振。凡缙所言，帝已不能无疑矣，而缙且疏大臣之短失，吡内侍之披猖。读卷不公，凿江妄奏；被宠方深，吾丘获咎；出言不慎，彭羕伏辜。始则七子同朝，继则九人共狱。天威赫怒，势若震霆。臣罪奚辞，身埋积雪。迨至汉王作逆，卒罹三百斤之铜缸；黎利逞奸，空费二十年之刍饷。孙霸既诛，方思陆逊；高丽于叛，始念魏徵。缙之忠，无不验矣；缙之死，不可追矣。枉诛庾岳，谁不抱冤；轻杀朱浮，徒劳后悔。然而缙也，素负盛名，深知大义。与其报主于太平之日，仍婴履虎之危；何如捐躯于靖难之时，早免呼猪之耻。

北齐后妃论

今夫虬髯重色，巢刺人宫；骈协忘伦，怀嬴沃盥。文姜渎礼，致贻鲂鳏之讥；南子诲淫，难免豭猪之咏。然未有若北齐之闺风多玷，阃范久漓。播丑声于一门，传秽德于三世者也。当夫白鹰猎泽，赤蛇蟠床。武明娄后，参六镇之密谋，育九龙之俊物。制袍制袴，欢结三军；射鸱射乌，恩加两妇。内助之功，高王实倚毗之。然而纳孝庄之后，自称下官；取广平之妃，私贮别室。斯其作法于凉，早已贻谋非善矣。文襄以机警之姿，逞轻狂之性。孙腾弃妓，擅宠椒闱；崔括故妻，承欢兰寝。中冓之耻，尤不可言。既而果报迭施，余殃不绝。敬后蒙羞，十屋之金缯何在；祖娥见逼，一囊之血肉堪怜。兄兄之骨未枯，姊姊之腹已大。文宣武成之淫虐，殆不啻齐厉之奸翁主，江都之蒸淖姬矣。而且薛嫔曾通高岳，髀作琵琶；胡后素悦士开，手持矛槊。哭罢东山之席，笑施北壁之床。较诸何婧英私交巫子，徐昭佩戏狎道人，又何殊焉。从此上行下效，相习成风。崔倰世族，小妻遍接朝臣；祖珽盲人，寡妇亦呼娘子。卢询祖伦常有愧，毕义云帷薄不修。莫不荡检逾闲，纳污含垢。吁，可怪哉！迨后主之登基，值邺都之将覆。漂流槲叶，憔悴黄花。而小怜一镜，艳妆三堆。逞猎呼凰高阁，骑马战场。红粉两行，方邀主眷；黄河千里，已属他家。逊玉奴之殉东昏，似甄氏之归北魏。《书》曰："骄淫矜夸，将由恶终"，此之谓也。若夫上党令妻，持杖鞭仆；乐陵淑配，把玦殉夫。一则失贞而自悔，一则守节而不移。差强人意，是可取尔。

驳《欧阳公纵囚论》

欧阳公论纵囚一事，以为不近人情，其言诚是矣。然以之责唐太宗，则犹有未惬焉。当日者，鸢肩客上陈时政，禁令从宽；羊鼻公屡进嘉猷，浇讹渐化。加以戴胄执法，而冒荫者免诛；仁师案刑，而胁从者得理。民命所关，莫不劳睿虑，而廑宸衷焉。以故纵囚一事，当时美之，后世颂之。香山诗云："怨女三千放出宫，死囚四百来归狱。"此正太宗施德之效也。欧公何以痛责之哉。且纵囚固不自太宗始也，戴封之为中山相也，纵囚而依限俱还；曹摅之为临淄令也，纵囚而克期自诣。他若建安之凶犯，何允纵之而莫逃；上州之罪徒，萧抟纵之而不负。至于东阳王志纵囚于冬至，惟一人以妇孕而迟来；南郡方明纵囚于岁终，惟一人以酒伤而晚赴。此皆唐以前事，太宗特踵而行之耳。然余以为君者，行令者也；臣者，奉令者也。人臣而纵囚，苟非干誉，即是市恩。此则欧公所谓上下交相贼也。若夫人君犹天也，霜雪之惨，化作日星；雷霆之威，变为雨露。大权在握，何妨施格外之仁；曲赦偶行，原不作后来之例。欧公何以不责戴封诸人，而独责太宗也哉。虽然以太宗之谨刑，然犹轻言谗言，张蕴古忽婴斧锁；偶逢盛怒，卢祖尚竟被欧刀。而且张亮以怨望伏辜，刘泊以语言抵法。斯则白璧微瑕，不无遗憾。欧公舍此不论，而偏哓哓于纵囚一事，窃以为过矣。

炮　论

粤自燧象奔师，火牛走敌。耿纯烧舍，战乃有功；度尚焚营，兵期前进。周郎妙计，毁残万斛之舟；王濬雄军，煎尽千寻之锁。此皆火攻之策，每成破虏之勋。然不过助军势，乱敌心而已。要岂若镕成白铁，贮满黄硫。霹雳从空，直号万人之敌；烟尘乱落，相传百子之名。如今之所谓炮乎。夫炮也者，曰叐，曰砲，取义相谐；为炮，为礮，命名各异。观于甘延寿投石超伦，曹吉利抛车取胜。诵潘岳《闲居》之赋，雷骇群惊；考卫公《兵法》之篇，风旋迅发。然汉唐以前，仅有石炮，而未有火炮也。宋之战采石也，炮用纸而已奏捷；金之守汴京也，炮用铁而渐著名。然犹未精也。迨元世祖之破襄阳，初得回人之法；明文皇之平交阯，乃置神机之营。然犹未播于外也。嘉靖之世，始发诸边镇而遍传矣；天启之朝，始称大将军而致祀矣。从此佛狼时习，木马益工。六合铳最利舟师，九矢图更宜陆地。红毯跳跃，奚须龙豹成韬；黑焰纵横，反胜鸟蛇列阵。古今炮制，大概具矣。我朝师贞协吉，离照扬辉。太宗创业之年，神威无敌；圣祖当阳之际，制胜有方。志考五行，卜先庚之刚日；钢期百炼，开太乙之洪炉。御丙宣威，作辛利用。神功炮，万方昭示；永固炮，六宇同瞻。九节十成，岂独虎蹲形异，龙腾鹘奋。非徒鸟铳图传，偕喷筒而猛势谁当，杂火剑而先声早夺。勇搴赤帜，满眼流星；名溯红衣，当头闪电。以故招摇所指，地轴俱倾；挞伐用张，天雷遥震。良由武备修而军器善，自能戎行肃而士气扬也。然而用炮之法，必也运掉得宜，施放合度。无迸裂虚发之患，有守城却敌之奇。否则演技未工，铜千斤而太重；发机不捷，药一线而难燃。纵使燎原，安能碓敌。况迩者西夷滋事，东海扬波。起鲸岛之妖云，逞鸟船之虐焰。当此精修火具，无庸拘守旧规。力扫恶氛，要必别图新法。庶几三军胆壮，深入鼍宫；万众手灵，摧残鲸窟。余故私为此说，以俟当局者垂意焉。

祭韩忠武王墓文

甲戌之冬，余应王竹屿都转观风之试，作韩蕲王湖上骑驴赋，大蒙激赏。癸卯初夏，始游吴中之灵岩，经王墓道，因欷歔拜谒，而为文以祭之曰。惟王际南渡之时，抱北盟之痛。神驱泥马，都稳金牛。王乃手握兵符，腰悬将印。出禁中之颇牧，作阃外之孙吴。充国便宜，申上奏而寅报可；崇文勇果，卯受命而辰即行。尽瘁则蹇蹇匪躬，将兵则多多益善。王之生平，岂徒擒苗傅、破李成。区区剪灭鲸鲵，扫除蜂虿而已哉。君不见金山厄险，铁绠乱投。挥韦叡之龙环，集王琳之猪舰。星流万箭，撼军难似撼山；云拥千樯，使船竟如使马。熊罴上将，荡决无前；龙虎大王，俘囚早献。虽白浪横飞，未能灭火；而红袍幸脱，不复渡江。既而京口重屯，大仪再战。忠勇旗揭，背嵬军来。功成淝水，谢元驱草木之兵；捷奏渑池，冯异收桑榆之效。论汉家之国士，淮阴自觉无双；溯唐室之中兴，汾阳终推第一。假使天心未变，人力协谋。将见清五国之风尘，复两京之文物，可拭目俟也。不图一德格天，相公误国；两河划地，少保旋师。莫须有北寺呼冤，归去来西泠招隐。老臣无罪，休言痛饮黄龙；大将保身，从此威韬黑虎。六桥残雪，容我乘驴；半壁斜阳，任他放鸽。官辞枢密，职罢醴泉。狻猊之鍪早抛，凤凰之弓久弃。间种花于庭角，空余白发老兵；忆击鼓于江头，只对红颜佳偶。不信是翁之矍铄，竟成居士之清凉。时事至此，尚忍言哉。今者，冷猿啸月，哀雁号云。宰木犹新，寒泉孰荐。黄肠永闭，不见狮袍；白骨未枯，还存龙脑。想英魂之所到，仍拥珠旗；笑奸魄之方寒，难熬铁棒。穹碑三丈，蛟螭曲蟠；长松万株，雕鹘欲语。河山破碎，问谁泪洒六陵；勋业保全，毕竟福高四将。金台西浙下士，东湖陋儒。幼观剧而羡王之功，长读史而钦王之识。昨过沧浪亭畔，晋谒遗容；今来灵岫峰前，仰瞻古冢。太湖水碧，怒卷秋潮；绝壁花红，艳敷春色。不辞下拜，早知狐鼠潜逃；未敢高呼，窃恐虎狼酣睡。

拜夏节愍公画像文

今夫范云六龄，日诵九纸；虞荔九岁，早通五经。才则美矣，而未见其干济也。丁信十五，已拜尚书；袁宪十四，便为祭酒。位则高矣，而未见其节义也。李远少日，善布军容；赵雟幼年，豪称营长。气则雄矣，而未见其识量也。孔融二子，稚齿捐躯；卞壶两儿，弱龄殉国。事则烈矣，而未见其才华也。若夫黄口文章，能惊老宿；绿衣戣略，独冠谋臣。缀凤之年，即擅雕龙之目；乘羊之日，遽膺履虎之灾。亘古以来，惟节愍夏公一人而已。夫以公识风丁于襁褓，净云甲之聪明。琼树无伦，玉山迥出。眉长过眼，胆大包身。宋辕文许以后进有人，陈仲醇叹为老儒莫及，非虚誉也。无如运丁叔季，时值沧桑。灵武龙旂，偏荒事业；建炎马渡，自小朝廷。乌啼上苑之花，鹿走孝陵之树。鬼谋曹社，人泣楚宫。龟鼎北迁，龙骧南下。时则尊人忠节公义高于云，胆壮若电。魂归大鸟，身媵文鱼。公也郁家国之烦冤，饮君亲之夙恨。市无朱亥，讵屑交游；客有於期，每深义愤。半弓薇蕨之地，一寸蓼莪之心。蹈海而拒帝秦，运筹而思复汉。表进越石，檄传子荆。长戟则西掖备员，短衣则东州亡命。秋风石马，欲问唐陵；落日铜驼，终依晋阙。独是公之死也，或以为从卧子起兵，或以为佐日生举义，或以为涉谢尧文之事，或以为预吴胜兆之谋。传闻不同，纪事互异。要之龙性难驯，鼠思长积。愿铩鸾翮，甘磨虎牙。生不还少伯之乡，死欲傍要离之冢。海中精卫，一水群飞；花外子规，千山并哭。固纳肝而无憾，亦绝腰而偏欣。乃论者谓忠节既抱石沉渊，节愍当韬光匿采。王褒不仕，任永藏身。庶一线之可延，且九原之用慰。何必南冠被絷，西市伏刑。花残稚林，珠碎眺月，而后为快哉。然而风疾才知劲草，岁寒乃见贞松。方公之蒙难也，苍凉诀母，啼月里之慈鸟；慷慨别妻，痛花边之寡鹄。眷言龙隐，尚忆女兄；行过虎丘，为辞良友。既而景纯之命将尽，孝章之龄不延。当此骖鸾驾鹤之时，犹余拉兕批熊之气。南八殉节，态自从容；刘四骂人，语尤激烈。至今血经秋碧，磷入夜红。袁最之名义独高，韦尼之精神罔敝。然后知谯周大耋，恐为汪踦所羞；冯道遐龄，必被终童所笑者矣。若乃著述淋漓，词章灿烂。楚大夫《离骚》创体，韩公子《孤愤》成篇。以故讨逆有文，大哀有赋。六君有咏，五子有吟。雄放如万马之嘶风，凄切若孤鸿之叫月。吴箫燕筑，莫拟其哀；越锦蜀罗，均输其艳。假使生逢清晏，世值升平。不过如刘晏神童，唐宗官以正字；杨亿早慧，宋主授以秘书。亦安能招忠魂于纸上，笔懔佚狐；聚正气于毫端，香逾班马也哉。所幸尸还马革，首正狐丘。白云一天，绿草满地。神来笠泽，怒涌秋涛；鬼过枫江，悲鸣夜雨。直指庵向藏陈夏二公及节愍遗像，余随诸同人三往祭之。鹊炉斜袅，犀斝满斟。下神鸟于空庭，戢灵鳌于水府。英姿飒爽，裂绢风凉；贞范清高，披帧霜劲。睹庞德之状，于禁怀惭；拜彦章之容，欧阳生羡。固知赤心未死，忍忘十七龄韲粉之辰；青骨常存，宜享千百祀苹蘩之奠。

书《杨忠愍公奏疏》后

昔分宜之当国也，攻者如云。而忠愍一疏，吐词愈严，被祸益惨，读之者有余恸焉。当夫蓝面弄权，黑头附势。誉者称林甫美相，见者谓处仲可人。公乃舌奋常山，头戴秀实，旵非獬豸，欲问豺狼。胪列五奸，条明十罪。岂畏百鸾之困，何妨一鹗之鸣。斋三日而奏闻，直撄虎尾；召二王而质问，只请龙颜。假使臣章才上，天眼即开。将见叱义府者三，立驱宵小；疏蔡确者十，竟斥凶顽。此则朝廷之明，抑亦宗社之福也。奈何钦鸡得宠，孔雀逞邪。谓朱游廷辱大臣，谓王尊涂污宰相。延龄之白麻未裂，子谅之赤棒先加。三木迭婴，五刑备受。而公且从容搒掠，尚奋鱼头；谈笑锒铛，偏辞蚺胆。南冠鹿梦，肯为苏子之悲；西陆蝉声，不作宾王之叹。似握拳之鲁国，气慑奸雄；胜刮骨之云长，泪流狱卒。抑何壮哉。或谓世庙忍心，诸贤掣肘。刘魁谏雷坛而获罪，沈炼论贡事而见尤。周冕请东宫预教，塞外长流；海瑞止西苑酣游，狱中久系。公于斯时，正宜隐身若豹，何必逐恶如鹯。然而既被主恩，敢亏士节。大相况兼小相，九重之心腹凭谁；忠臣难似良臣，七尺之躯骸何有。乌鸣曹辅之屋，蛆生杜根之尸。誓九死而无移，亘千秋而不泯。今日者，考天水冰山之录，愤切东楼；吟香风枷锁之诗，痛深西市。益知作威作福，介溪非贵溪之流；不图危行危言，应山继椒山而起矣。

书《李西涯花将军诗》后

汉家新造，周苛奋骂项王；晋室方兴，毛炅愤呼吴将。大都创业开基之主，必有捐躯致命之臣。然非传诸歌咏，播厥风骚，则虽节炳一时，未必名芳千古。此吾读李宾之花将军歌而不觉再三击节也。方其从龙而起也，号黑将军，辅朱公子，克怀远、拔全椒、下金坛、破常熟。马驮杀贼，牛塘立营。贺齐则白棓千条，杜嶷则朱弓四石。陈庆之披袍着铠，连平三十二城；刘善会冒刃冲锋，曾历七百余阵。《诗》中所云："杀人如麻满山谷，遍体无一刀枪痕也。"乃者陈友谅以捕鱼之儿，作逐鹿之计。其攻太平也，龙舟直下，雉堞遽登。孝宽之栅未完，思政之城已陷。周文育一绳被系，段志元两骑夹驰。将军断索大呼，夺刀乱斫。温序须磔，挝杀数人；典韦手搏，横投双贼。既而竿樯紧缚，锋镝丛施。矢攒郭遵之衣，密如蜂刺；镞贯尹玉之胄，多若猬毛。刘感怒号，头将碎而气益壮；姚洪痛詈，肉已封而声未终。《诗》中所云："骂贼如狗狗不猜也。"夫人郜氏默料机先，熟筹事后。赵昂贤妇，扶危而慷慨脱环；张恺令妻，临难而仓皇入井。《诗》中所云："夫人赴水死，不辱将军门也。"最奇者，婢子孙氏，携三岁之藐孤，历九江之险地。渔家暂寄，陶穴窃居；浮槎代舟，哺莲当饭。幸逢老父，得谒至尊。是盖四德俱全，百灵默护。江上鼋鼍，未尝肆虐；军中狼虎，那敢逞威。还嗤樊素、小蛮，徒为侍婢；不信程婴、杵臼，竟出女奴。诗中所云"孙来抱儿达行在，哭声上彻天能闻"也。是诗以千钧之巨力，运八斗之奇才。气挟生龙，笔挥飞兔。述东丘侯之伟绩，可继景濂石室之文；传西涯子之佳篇，岂殊子美花卿之作。

书《徐俟斋先生一砚二印拓本》后

震泽王砚农征士与余神交十年矣。咸丰元年五月，见访韭溪寓舍。衣冠古朴，谈笑率真。具黄花晚节之香，得白云自怡之趣。盖古之人也。为余言徐俟斋先生祠墓在青芝山麓真珠坞中。复嶂层岚，雅符高士；朝霏夕霭，合称幽人。近者郑乡渐芜，扬冢将毁。燕泥零落，常黯檐牙；鼠迹纵横，乱侵屋角。莫问红箫之陇，畴封青石之阡。因于道光乙巳岁，偕吴郡诸君子重修之。寒泉秋菊，谨供靖节之祠；孤岭芳梅，罗拜逋仙之墓。不劳龟卜，复妥牛眠。纵无守冢三十家，合禁采樵五十步。嘉与此邦人士，斯爱斯传；依然前哲平生，宜山宜水。既而得先生遗砚一方，遗印二颗。非寻常之玩物，实希世之奇珍。不可无文以纪之。慨自玉马沉沦，铜驼委弃。申酉之交，吴中士大夫岂无志切龙潜，品高蛛隐。扫除粉黛，作老客妇之谣；抛掷簪缨，负大布衣之号。未几而回车中道，变节暮年。雷简夫陇上骑牛，无端改服；卢藏用谷中藏豹，忽漫居官。立志不移，有几人哉。独先生痛深荆棘，恨抱蓼莪。著危苦忧愁之辞，舒悒郁侘傺之气。义熙甲子，题罢犹悲；德祐庚申，纪来最悉。因而膏肓泉石，玩弄烟霞。郭瑀指天外之鸿，陶淡呼山间之鹿。徐伯珍寄居石壁，招白雀而与谈；沈麟士高卧余干，赋黑蝶而寓意。不愧墙东避世，肯招山北移文。季子指金，掉头勿顾；陶奴馈米，枵腹仍辞。贵客倘来，鹤能拒户；高僧暂别，猿解传书。从无薛方诡对之讥，自免龚胜亡身之祸。盖四十年如一日也。今征士慨怀亮节，追念芳徽。既丙舍之聿新，宜丁仙之默感。惟此一砚二印之宝，得诸千桑万海之余。砚则涛泻九秋，云裁一片。对七十二峰之胜，勒一十六字之铭。薄烟未消，明月疑落。可是挥毫东涧，鸜鹆睛圆；莫非染翰西湾，蟾蜍口咽。印则巧琢鱼丁，神开鹊卵。一为戴南枝所刻，一为顾云美所镌。红润新泥，青凝旧冻。岂分湖咏诗之日，色点燕支；或邓尉画佛之时，光增獭髓。嗟乎！庾易亡而蚌盘无恙，刘虬往而鹿袷犹存。鸿去千霜，鸥留一梦。摩挲手泽，如见逸民怀汉之情；瞻仰心香，可知嫠妇伤周之意。二物余皆未睹，征君所示者拓本耳。泚笔书此，不禁神往于秦余山下也。

书《葛壮节公年谱》后

咸丰元年四月，晤桐乡孔雅六于禾中。见赠葛壮节公年谱，知公讳云飞，字鹏起，号凌台，山阴人。生符罴梦，幼即龙超。淹贯百家，熟精三史。十五岁出就文试矣，父凝斋公改命习武。盖以史宏肇才堪大将，底用毛锥；班仲升志在封侯，宜投秃管。年三十一，中嘉庆己卯武榜。癸未成进士，发浙江试用。时海中寇盗充斥，公乃符悬甲帐，令发庚牌。鳄檄潮阳，犀然江渚。弓刀自负，不标黑矛之将军；舳艫深藏，伪作白衣之商贾。巡北泽之要地，逐南鹿之奸氓。集师凤山，校士龙港。武襄设宴，忽已擒魁；文伟围棋，竟能办贼。戮杨幺于湘浦，渔唱腾欢；沉徐海于梁庄，舣歌忭舞。道光十九年，授定海总兵。公先以丁外艰归里，而大府稔公才，就询海上事。宜公逆知英夷之窥伺也。逞鸟言夷面之凶，藏狼子野心之诈。虽鬼方小丑，尚慑天威；而水国大洋，偏夸地利。有鸮萃止，张口欲吞；为虺勿摧，噬脐奚及。宜先几而筹备，毋临事而惊惶。当事咸以公为过计，未能用也。二十年六月，英夷突破定海，大府致书劝驾。公即驰至镇海，上十二策，约千百言。扼劲旅于两山，定密谋于三日。八月擒其伪军师某，英夷势窘，公请乘势复定海，议不果行。滑台之役，王元谟不许进攻；梁城之行，吕僧珍未容深入。二十一年正月，粤东书来，命以所擒夷目交还，即收复定海城池。此夷人之诡计也。公明知马市虽通，狼烟尚炽。屯蜂恣聚，徒开三面之恩；怪鸟横飞，将肆九头之暴。因请各山均置炮台，沿海预备战艇。公之意，盖欲如黄盖轻舰，载以荻柴；贺齐大船，施以千橹。庶几有恃无恐也。议又不果行。八月十二日，夷果再犯定海。长鲸喷歆，又翻霜雪之涛；毒虿连蜷，敢触雷霆之斧。兵戈云扰，警备日严。时寿春镇王锡朋守晓峰岭，处州镇郑国鸿守竹山门。公驻半塘，土城适当其冲。孤悬绝岛，惟二三臣；独镇大营，贤十万众。健将都推红眼，精兵早列黄头。六日相持，一军独奋。智如方翼，断板而画虎文；才类浑瑊，掘隧而焚马矢。诛其伪帅二人，或曰即朴鼎查、安突得也。头悬姑翼，乃常惠之大勋；手斩郁成，真赵弟之奇绩。斯时也，百炮鳝烂，万刀鲸吞。鲱渚血红，犀潭潮紫。莫非公之功焉。无如王琳力竭，周处军孤。台城之火难空投，司州之土犹难塞。见星未已卒乘，犹补于鸡鸣；甚雨及之役徒，几尽于鱼齿。内则羽毛渐落，外则唇齿失援。彼则腹背无虞，我则手足俱露。十七日，定海复陷。公身被四十余创，刀劈其面，炮洞其胸。铫期则额已中枪，裹创复斗；祭遵则口亦伤弩，洒血直前。王廷义破脑堪怜，柳仲礼斫肩甚惨。公乃植立崖石而薨，郑、王二公亦死之。赖义勇徐保夜负公尸而归。救桓冲于生前，恨乏石虔之辈。夺张纂于殁后，幸有安都其人。呜呼！自夷事之起也，杼柚告空于二东，鼓旗蒙耻于三北。霸上如戏，枋额抱惭。独公拳殴突厥，骨莿防风。断跋浪之长鼍，驱含沙之短蜮。潘璋兵少，势若万人；徐盛卒稀，力歼千众。奈当事者，守不能尽从其策，战不得少助其锋。遂使并卒攒戈，罕儒陨命；夏师集矢，任福捐躯。未唱铙歌，遽闻虞殡。一身是胆，九死成皮。年只五十有三，惜哉！公所著有《制械要言》四卷、《制药要言》二卷、《水师缉捕管见》十六卷、《全浙险要图说》八卷，诗词若干卷。早知学问，突过半袁；似此甲兵，岂输一范。而且以花卿之雄力，擅草圣之妙书。较诸库狄干之穿锤，斛律金之造屋，不可以道里计矣。然公之生平，不在此也。公俭以律身，严以驭士。赏罚必当，甘苦必均。杨公则之卒徒，丝毫勿取；冯道根之部曲，村陌无惊。宣宗皇帝叹公以四千残师，当二万巨寇。备其西北，亚夫料敌之明；战其东南，道古麾兵之勇。不图共工头触，蚩尤尾摇。师漏多鱼，翁悲失马。杲卿劲发，怒尚冲冠；卞壶空拳，握真透背。爰颁美谥，特建灵祠。杀贼有功，报国之心自赤；福民无咎，异人之骨偏青。是谱也，写肤公破斧之忠，风凄纸上；状爪士伏弢之烈，月堕行间。余因书此，以励世之杀身而成仁者。

木鸡书屋文四集卷二

《棠荫录》序

《棠荫录》四卷，云间唐茹庵司马暨哲嗣梧生明经所辑。雍正以来，公私文字之为周太守作者也。太守讳中鋐，号念吾。秀钟东越，良擅南金。筮仕崇丞，既邑符之叠绾；摄官常倅，且船政之兼司。才固绰绰有余，事乃多多益办。及其守松江也。以盘根错节之艰，如熟路轻车之快。梦详乘马，苻融雪董丰之冤；威戢飞鸮，李章决赵纲之罪。既而淫霖泛溢，濒海沸腾。万户橧巢，尽师鸟雀；三秋穲稏，偏豢鱼龙。公则夺赤子于鼍宫，拯苍生于雁泽。功逾陆续，岂徒赋粥六百人；惠比苏琼，能使给粮一千室。况复谙悉土宜，熟精水利。芍陂旧堰，赵轨开三十六门；曲阿新塘，张闿溉八百余顷。时方挑浚吴淞。公以老成持重，从事独劳。刘河属工，陈渡置堨。绵亘百里，足涉污泥；指挥千夫，手携畚锸。迨夫合龙之夜，遂乃乘鹢而行。适当怒浪云屯，急湍雷斗。马尾难援吴汉，蛟头未授孝侯。鸟填东海之波，身捐七尺；鲸吸西江之沫，命殒九泉。此雍正六年三月二十九日事也。窃思水冲瓠子，王尊立而骇浪顿回；河决澶涧，寇瑊留而狂澜忽退。公独以扁舟一叶，陷巨壑千层。并非捉月之谪仙，竟作骑星之傅说。然而冥勤纵甘水死，禹绩终卫民生。浩气常伸，精诚不泯。乾隆年初闻海啸，默奠鸠居；道光年重起塘工，暗消鲸吼。前既升禋名宦，后复特建专祠。俎豆四时，苹蘩二仲。呜呼荣哉！而松人百年慨想，万口同声。群歌有脚之春，尚恨无情之水。野鸡墩畔，追念鸿猷；唳鹤滩前，亦崇象设。神乌夜叫，欲唤英魂；鬼马晨嘶，如迎毅魄。瞻空庭之古柏，夕阳正红；荐圆泖之香莼，秋水方碧。今者遍集口碑，付刊手匠，将见奇勋永著。不殊白使君之威灵，伟绩恒留；克媲黄大王之赫奕，而公之明德益远矣。

《于公德政录》后序

庚戌之秋，余游虞山，见《于公德政录》一卷。知公名宗尧，字二巍，三韩人。康熙七年，任常熟令，年只十九。阅五年而卒于官。是编所录治绩二十五则、杂识四十一条。盖邑人戴兆祚笔也。其侄孙束又续志数条。而公之事略备。夫以公渥洼龙种，丹穴凤雏。本东阁之郎君，作南方之慈母。政成五稔，德感万氓。舞象之年，即播龚黄之化；乘羊之岁，能成史白之猷。然今之人，知公者鲜矣。则试举其政之最美者，而一一胪列之，以为后之作宰者法焉。常熟一邑，地则八十五区，漕则二十万石。历任以来，赋毒于蛇，政苛若虎。雁户星散，鸿嗷日腾。自公至而官兑既行，火耗旋革。王仲舒课赋无缺，陈君仁输税遍赢。城狐不能凭其妖，公狗无所肆其逆。千村荆棘，变作莲花；三径蒺藜，化为蕙草。大吏鉴其恺悌，不忍吹毛；同僚服其良能，无从掣肘。鲁侯戾止，齐国庶乎？此则公之大有造于斯民，厥功为最伟也。若夫诉牒纷庚，案牍旁午。纵秋毫之能察，奈春色之深藏。公则秦镜高悬，吴钩新淬。息弟昆之讼，蝉孰叹于有绥；成夫妇之婚，雉得遂其求牡。良由钱勰多智，摘七百牒之隐情；周处大才，决三十年之滞狱。藉神犀之朗照，喜乱羊之遂除。其明察有如此者。且夫折腰者每多失意，强项者亦易偾功。公则拒坐差之官，逐巡海之使。扑宦仆而纪纲敛戢，杖守戍而营卫肃清。董宣格湖阳之奴，可知胆气；满宠收曹洪之客，自有神威。崔楷善挫豪强，李绘不谄奸佞。其刚方有如此者。顾宽猛必须相济，恩威尤贵兼施。彼虎而冠，徒知搏击；執莺其羽，得假游翔。公则兑泽旁敷，巽风普浃。蒙襦袴者，既多喜色；被桁杨者，亦致颂声。钩距勿设，而劳鱼渐苏；苛娆悉除，而害马乃息。西京得仁恕掾，东里真慈惠师。又况聚暴骨而掩埋，恩如萧秀；挽病人而全活，德似殷钧。其仁爱有如此者。慨自陈褒黩货，渚敛鱼头；谢朏嗜财，户征鸡卵。封狼何限，硕鼠难惩。公则衷怀三戒，堂署四知。鹿瘗裴宽，犹辞孟信。廨中橘熟，柳玼未肯轻尝；厨内梅干，萧仿几曾妄取。朝饮尚湖之水，暮吞吾谷之云。其清廉有如此者。大凡曲意鬼神者，每由邪慝；营情巫祝者，必非善良。公则气贯青霄，心悬白日。淫祠八十所，赖刘宰而顿衰；妖像三百躯，非蒋静其谁禁。千厉俱息，百神罔恫。而且山麓之猛虎能驯，自感法雄德化；署中之长蛇远徙，毋烦道辅驱除。其正直有如此者。或以公贵比玉芽，珍逾珠颗。素安甲宅，恐倦午衙。而乃露冕行春，星轺问夜。偶遭夏旱，于翼为祷山川；时值秋霖，郭衍亲备船栰。程琳救郁攸之虐，洪皓拯歉岁之灾。筹画必良，经营尽善。凡纠结盘根之处，率笑谈游刃其间。其贤劳有如此者。若乃网疏而鱼漏，绳急则麕惊。欲经纬以合宜，顾韦弦而非易。公则弛张各具，操纵自如。黠吏慫慂，劣衿畏祸。杨湛奸贪，遇薛瑄而改节；张的凶狡，见褚玠而潜踪。鹰眼还慈，鸮音革故。所接者不过宾佐，而皆指目青天；所令者犹是胥徒，而悉誓心白水。其驾驭有如此者。所患俗尚奢华，人夸靡丽。自古嬉游之病，最伤衣食之源。公则效王猛之捕酒徒，法陶侃之投博具。南油西漆，并绝张灯；菊部梨园，那容演剧。从此民风丕变，四诫愿奉秦彭；士习克端，三学欣从高佑。门无竿牍，周彦伦之芳猷；户有弦歌，吴季重之佳政。其教化有如此者。总其美绩，膺此盛名。双凫久飞，一鹗伫荐。奈何始则病膝，继则患痈；未跻壮龄，遽即长夜。蕙风斯扇，薤露旋歌。能致四境之鸠安，莫保一身之鹤算。能免万家之鹿铤，莫延百岁之鸿禧。于是父老抚膺，妇孺躅足。泪和峡雨，哭振巴雷。引朱邑之旧例，马鬣崇封；刊阮略之新碑，龟趺兀立。卢潜已去，聚香会于群黎；崔挺云亡，铸铜身于故吏。百世常供寅篚，四时迭献丁尊。精爽如存，神灵以妥。斯则马忠有庙，不废牂牁；羊祜立祠，永垂岘首矣。是编搜采必真，论断入古。微言屑玉，记事拈珠。较之祭萧昱者四百人，尤为痛恻；志伏晅者十五事，倍觉周详。而余之愿序斯编者，盖以任长孙之为会稽都尉也，未盈弱冠；柳叔夜之为新野太守也，才及成童。翩翩少年，卓卓循吏。自古迄今，得公而三。岂易旦暮遇之也哉。

《壬寅乍浦殉难录》序

圣朝四海鹑居，八荒蛾伏。二十八宿所不照，胥归白阜之图；七十二代所未臣，悉贡元都之玉。乃自迩年以来，寇讧粤溢，烽迫翁洲。鹢首山临，虾须雨坠；帆飞鲎背，出入鳝宫。鼓响鼍腰，往来鲚渚。时则雄师云合，上将星高。月旗亘天，霜戟排地。方谓吕蒙艅艎，精甲密藏；王濬楼船，奇兵直下。

戈捣鲸穴，舰沉蛎滩。聚兕党而俱歼，执蟹魁而永定。奈何中黄不振，太白空张。鸡有肋而孟德军回，鸽无翎而曲端卒溃。楚师怯战，尽化沙虫；晋国先声，愈摇风鹤。任猬毛之势炽，竟螳臂之气凌。庚子六月，窥我乍浦。至壬寅四月遂陷之。齐乡僻壤，久享承平；顾邑岩疆，辄遭狂孽。火攻破堞，水溢倾塘。虽时仅一旬，而毒流四境。蒽蒽黎庶，各垂饵于鲲牙；蹩蹩老羸，并糜肌于鳌腹。所幸成仁浩气，半属偏裨；恤纬孤忠，尚留妇女。斯亦足以光增日月，色壮山河焉。则有虎头食肉，未唱铙歌；马革裹尸，空闻虞殡。典韦目炯，彭乐肠抽。先元自生，颜发不死。遭红羊之小劫，身殉南溟；哭朱鸟于大旗，灵归北斗。至于八旗劲旅，三辅孤军。吴戈倒挥，秦弓逆折。猿望云而掩涕，鹤渡海而还魂。磷入夜青，尚想戎容之猛；血经秋紫，长存战骨之香。他若市井蚩氓，能为柱厉；闾阎小子，亦作汪锜。刀光白而头飞，炮火红而胸洞。别有蛾眉宛转，茧足蹒跚。以北宫之淑姿，蹈西山之高节。浣衣石上，云垂愍女之碑；投金濑边，月皎义姑之阙。凡若此者，谁非愤血溅野，英灵烛空。不有表章，奚从征信。沈君浪仙一毡拥坐，千卷署门。檠檠大才，岳岳奇气。假令黄皮缚袴，作陶侃之护军；绛幞缠腰，厕刘琨之从吏。将见星驰羽檄，风涌才思。陈元康七纸立成，刘穆之五官并用。熊貔队里，浓书露布之文；鹅鹳声中，快撰云铙之曲。岂非君之素志哉！而乃请缨无路，霸才徒老。陈琳搦管有心，罪言仅同杜牧。王尼露处，蒿目时艰；许靖还乡，抚膺世故。探访两载，勒成一编。抉皮里之书，制井中之史。笔酣墨饱，能通讽谕之情；酒醒灯残，时下英雄之泪。此《殉难录》之所由作也。今虽象燧初消，狼烽暂息。犀军闲暇，三千士无事屯营；雉堞巍峨，十万家依然巨镇。犊卧黄泥之坂，鸦归白沙之村。龙君吹细浪成花，鲛客将明珠作市。风生乳水，仍来十里香舆；月照鄂阳，犹是四山粉黛。试回忆夫昔日者蜃市霆飞，鲨浔雾卷。青林坠鹘，黑夜啼猩。鬼语出于桥心，神灯闪于峰顶。赵师坑后，莫吊精魂；楚炬焦时，难收残骼。赖得是编以纪之。发杜陵忧国之思，雪贾傅伤时之涕。鼍愁鳄愤，流腥沫于行间；猿哭鹃啼，堕哀声于字里。幸逃虎口，为洒兔毫。其情壮，其志悲矣！异日助成国史，可增东马之阙文；尔时传播艺林，佥服南狐之直笔。

徐芸岘《山满楼骈体文》序

俪青妃白，或谓壮夫不为；晕碧裁红，要亦才子所尚。以余所见，同人中工此体者，霁青太守以外，如姜小枚、蔡蜕石、蒋眉生、刘小春、应笠湖、仲子湘诸君，靡不猎艳楚汉，伐材齐梁。并有渊源，各成机杼。若夫锦摛霞驳，银涌金鸣。王仁裕西江之水，别具麟斌；李德林东注之河，独标鸿丽。则武康徐芸岘孝廉是也。尊人雪庐先生，名飞，吴越业定汉唐。许玉斧神仙一家，独占全福；周盘龙父子两骑，足当万夫。君也过庭鲤趋，升堂蛾术。非谈兵之赵括，乃述史之孟坚。其为文也，仪古遗貌，融今取精。神剑九光，华冠万变。高陵大谷，甄铸在心；截贝编珠，卷舒于手。兴公句里，字字生金；开府集中，篇篇是玉。尔乃蟾宫早入，雁塔迟升。红芳待折，杏路偏迷；绿汁长干，柳神难问。不得已马头戴雪，鹢首冲烟。汴水垂杨，曾探古迹；梁园修竹，兼吊遗踪。看大河九折之流，寻少室三花之胜。既而牛渚坐月，马当乘风。溯霸气于赤乌，访仙踪于黄鹤。君山眉黛，一点秋痕；臣里梦魂，十分春色。斯则马迁作记，河岳增光；燕说工文，江山壮采矣。无如才大槃槃，发短种种。美人迟暮，恒感灵均；同学少年，独悲子美。意欲重鞭赭白，复踏软红。将输卜式之赀，期捧毛生之檄。特以恶溪产鳄，妖窟藏蛟。长鲸从西海而来，毒蜃蔽东溟而下。遂乃麋奔荒野，兔脱危途。抱张融僦屋之愁，赋王灿登楼之恨。又以马君瑜珥，频失奇珍；羊叔金环，难寻隔世。急聘荀家之阿鹜，待生李氏之公麟。从此青鞋布袜，闻达不求；红粉香奁，颓唐自放。此君之志也。奈何麒麟未降，鹏鸟遽来。兰蕙闭芬，芙蓉易主。金粟佛独先谢客，玉楼仙早召李郎。词赋恢奇，不逢狗监；子孙绵远，翻让马医。惜哉！仆与君总角交也，丹鸡诅盟，白驹永夕。意气之盛，飙驰电流；文字之娱，波谲云诡。且仆之从事于俪体有年矣。恐遇机、云，或嗤伧父；敢呼屈、宋，使作衙官。君乃极口称扬，倾心拜倒。睥顾公瑾，背搔麻姑。不为惊蝶之魏收，代藏拙劣；偏许雕龙之刘勰，远播声名。君岂私我也哉！良以蓼虫桂蠹，辛苦自明；采雉文鸳，羽毛互惜。名士每多合传，佳人却喜同时。何图雨别苍茫，风流销歇。不堪回首，飞黄之同辈渐空；那禁断肠，垂白之故交又去。幸而甲集尚存，丁文可定。龙虽骨出，豹自皮留。锦成五色之丝，蚕何遽陨；珠值千金之价，蚌自不知。仆也痛过西州，悲深北海。因述陈三之细事，为序孟六之遗编。感黄公旧日之垆，剧怜短命；校白傅当年之本，允服长才。

《芬陀利室诗钞》序

从古文人，每皈十地；由来奇士，别有一天。吾读宝山蒋子剑人之诗，而深叹其才华之茂、踪迹之奇焉。剑人生而鹤异，幼即龙超。驱文作江，落笔摇岳。吟成霹雳，石虎群惊；弹入烟云，天鹅乱落。阮芸台相国、林少穆尚书曾见其所著而赏之。方以为三霄露渥，自润枯荑；九仞风高，定扶弱翅。龙虎人既经赏鉴，牛马走何患饥驱。无如志切钓鳌，缘悭市骏。七诱十醉，陆昉之文虽工；四怨五愁，曹邺之境仍困。壁立司马，鬼嗤伯龙。加以孟阳状陋，瓦石或投；太冲貌穷，酱瓿待覆。空负倜傥权奇之概，谁拔抑塞磊落之才。不得已而千里云帆，一鞭月镫。雄鸡唱白，匆匆打包；野马吹青，缓缓蹑屩。箬绿弹雨，衫红罥烟；驴背驮愁，鹃声逼泪。花飞树里，香生希范之书；草满江头，恨入文通之赋。饥雀啄野，谁为分粱；穷猿投林，岂暇择木。斯则陈琴掷碎，难写牢骚；祢鼓挝残，莫抒抱负矣。遂乃撇却红尘，皈依白业。灵运夙世，本系佛徒；彦和中年，忽参空座。方谓鸡园绚色，鹿苑增辉。白莲作社，高咏先成；红柿满庵，新书欲遍。林中灯灿，鹤亦助吟；水外花开，鱼能听讲。岂知四斤布衲，枉自披身；一个蒲团，竟无坐地。清净之幢未树，烦恼之障尤多。况复海沸蛟涎，郊盈象燧。烟黄戍堠，讵能佛鸽安栖；月黑旌旗，怕被天狼横噬。乃甫脱鲸牙之险，复遭虿尾之伤。蜚语何来，狐工射影；恶声迭起，蜮惯含沙。纵教弥勒低眉，莫禁俗流唾面。赋青蝇而退，意兴寥寥；偕黄犬而归，行踪落落。然而数年以来，名满骚坛，诗传艺苑。其在南汇也，则与范雍亭刺史、王四篁贰尹倡和连年；其在毗陵也，则与杨阆仙太守、朱稽松广文流连匝月。纱帽非俗，袈裟亦尊。座倾玉薤之杯，谈尽铜荷之烛。李端善咏，最契皎然；郑谷耽吟，爱交齐已。证苏长公石泉之梦，合有因缘；入韩熙载夜宴之图，尽容放诞。今者顿抛佛钵，复返儒冠。周贺犹是词人，贾岛公然名士。甲辰春，受知张小坡学使，紫衲才离，青衿遽赋。秀才第一，群让蔡洪；文学无双，端推管辂。迹虽邻于狡狯，道自妙于转圜。仆也天逢缘假，地喜岑同。把臂五茸，谈心千古。敢窃明藏之论，私署已名；素闻法抚之材，戏赌所记。君乞严维之品目，仍以灵彻自居；我惭姚合之声称，忍以无可相待。剑人今名敦复，为僧时名妙尘，字铁岸。芬陀利室者，盖为僧时自署其诗也。

蒋楚亭《求纯集》序

乙巳之春，复客乍浦。适上元蒋楚亭先生薄游海滨。宾鸿旅燕，正值同途；荀鹤陆龙，因兹会座。须眉古淡，肝胆轮囷；桃李欣投，芝兰合契。遂乃出其全稿，嘱为一言。披诵之余，叹其意必探珠，音还戛玉。举足搅海，引手摘星。淬锋武库，纵横五兵；洒笔文坛，璀璨十色。至于乐府诸篇，近宗铁史，远法香山。感事则鹃欲啼秋，言愁则狐将泣月。尤为集中之杰出焉。夫以先生家依雀桁，人在凤台。蟠地一龙，起看山色；腾空万马，卧听江声。花放红罗之亭，水咽青溪之树。小姑镜堕，月化中流；大令舟回，烟消远岸。地兼白下三山之美，才是黄初七子之流。固灵秀之独钟，宜词华之焕发。无何烟云一藜，风雨双屐。出游江北，曾寓竹西。月白琼花，探廿四桥之故迹；春红豆蔻，吊十三女之遗踪。既而长洲苑外，访胜鸡台；短簿祠前，寻欢虎屿。时则郄风幕下，庾月楼中。西园飞盖之筵，东阁翘材之馆。王充十箧，载得奇书；刘穆百函，乃其余事。杜牧极烟花之趣，陈登真湖海之豪。然而才子多穷，名流罕达。非无壮武，深识陆机；亦有休文，雅知刘勰。无如鱼腮易曝，鹏翮难骞。孔昭不举秀才，何蕃仅入太学。青云未售，失志无聊；白雪自工，解音绝少。几见铸来贾岛，但闻哭到唐衢。重以骨肉凋零，手足溃散。少岁悼亡，镜孤鸳社；中年失嗣，璧损羊车。张融哭兄，觉风流之顿尽；韩愈祭侄，复雪涕之难禁。境冷于僧，愁多如梦。宜其忧端蕴结，绮思缠绵。越吟序哀，楚骚写怨。剑以不平而惯啸，竹因有泪而恒斑矣。先生技非一长，才兼五绝。醉挥兔颖，书残柿叶千条；香染狸毫，绘出梅花万纸。而且箫谱能修，笛家善唱。潇潇暮雨，林外黄鸡；袅袅斜风，山头白鹭。矧复好谈方术，诡托神仙。霞障晨丹，雾筵宵碧。星文云籀，五百珠吏之宫；绣羽银泥，十万金仙之府。此又见风人之余绪，达士之闲情也。近者年过六旬，集高一尺。遥乘鹢舫，特访龙湫。地有九峰，时当三月。春生乳水，久息蛟涎；花满鄂阳，已消象燧。先生马蹄偶涉，鸿爪暂羁。黯黯征衫，黄频黏土；依依新柳，绿欲化烟。入莺歌蝶舞之场，作凤泊鸾飘之客。看人上冢，又是清明；知尔思乡，几经梦寐。已是倦游之司马，将为返驾之季鹰。先生归矣。姜尧章之侍姬，妙解词曲；萧颖士之仆隶，雅知文章。女有彩鸾，素娴翰墨；婿非碧鹳，早擅声闻。从此长抱鱼竿，闲扶鸠杖。陶公晚岁，时抚五弦；放翁暮年，益窥三昧。独是仆与先生，霜髭相类，雪鬓互怜。才欣季虎之来，复惜伯鸾之返。一宵灯火，幸聚欧梅；五字河梁，旋分苏李。倘使前缘未尽，请君开三径之蓬蒿；庶几后会可期，待我访六朝之烟月。

宋樗里先生《鸡窗四续稿》序

癸卯之春，沈子浪仙见赠《鸡窗百二稿》正编、续编、再续编、三续编，曰此海昌宋樗里先生诗也。先生摛藻平原，少时已重；论文开府，老去更成。罗江东早弃功名，陆渭南独多著述。苦心孤诣，积六十年；密咏恬吟，得三万首。而乃取半脔于函鼎，拾寸玑于大渊。存者二三，续之再四。钱必纯青之选，裘成粹白之观。今年丙午，先生八十有四矣。华翰遥颁，瑶章下贲。尺素迢递，寸丹缠绵。谓年华荏苒，流水如斯。而暮景飞腾，夕阳无限。蚕丝未尽，雀尾自怜。今将刊四续稿。曷弗一言，以弁其首乎？夫诗至今日，殆难言矣。其或牛涔局促，蚁垤彷徨。管欲窥天，见何太小；饼如画地，啖亦终虚。又若买尽胭脂，涂涂如附；窃来糟粕，剌剌不休。书残博士之驴券还无用，拾得相公之兔册究奚为。先生则孤标拓今，别趣合古。持一管空灵之笔，扫百家陈腐之言。其咏史诸作，断制谨严，议论透辟。神剑快舞，劖云一红；铁箫乍鸣，吹月四白。至于联句体健，夺韩子斗鸡之工；叠韵篇多，得庖丁解牛之技。近复伐毛洗髓，别有深功；刿目怵心，更无剩义。积元圃之玉，无非夜光；拣赤沙之金，时见异宝。陈芳国里杜老，原是诗王；兜率宫中白公，应称教主。岂只丁卯一集，共说许浑；甲乙二编，争夸商隐也哉。且夫世之贵老者，为其道隆先进，节保后雕也。假令智识昏庸，语言颠倒。仅支龟息，神明早衰。高卧鸡窠，食饮罔觉。虽臻百龄之寿，何异三尺之童。否或形化白鹄，身骑青牛。此神仙狡狯之踪，非儒者寿臧之理。先生则逍遥榆景，矍铄松姿。春梦久消，冬心永抱。每当北郭菊黄，西岩枫赤。谷湖柳色，碧浮一眉；审山桃花，红吐三面。先生闲披鹿帻，时泛螺觞。爱徐邈之景光，作启期之行乐。而况孙琏晚岁，仍嗜篇章；伏胜遐龄，犹明掌故。山中大隐，非宏景其谁当；海内奇书，惟郧侯之是问。将见筑罗城于大宁，引田相以小车。四照花开，十分月满。先生之福，正未艾也。金台碌碌软红，区区守黑。偶为骈俪，聊度光阴。自嫌蛩语幽微，庸望莺声感召。以故闻鸡鸣而嗟室远，睹雁阵而恨天遥。鹉水一隅，音尘雨绝；鹃湖百里，遇合星乖。何幸虚心下交，刮目相待。传留青之札，写怀白之思。岐俞用方，兼收败鼓；夔旷审器，肯取枯匏。记读表圣之诗，曾经数载；为序次山之集，竟在今朝。所愧者声闻过情，类未涸之夏雨；积学殊薄，比追泮之春冰。钓海边连犿之鳌，君真龙伯；驱阶下蒙童之鹤，我负羊公。

《卜达庵明府遗诗》序

呜呼！子敬已往，谁调床上之琴；景阳有灵，尚剩囊中之锦。深深黄壤，寂寂元文。只论科名，未足增荣吾党；若推才艺，固应共惜此人。则有如我友达庵明府是也。方君之为诸生也，昼闭董帏，夕穿匡壁。十年之读，统贯以神明；万卷之储，尽经其镕铸。以五经鼓吹，作三代文章。健笔凌云，光腾斗北；大名如日，声彻江东。道广而人识太丘，门高而士师元礼。而君且襟期月朗，神采风和。有芬芳悱恻之怀，无夸大矜张之色。故其为诗也，独披仙骨，自抱佛心。花发佳晨，气清于水；琴弹静夜，声脆如秋。咳珠玉以成言，吸云霞而造意。不同元九，新格自标；肯向陈三，瓣香遥乞。诗如其人，良不诬已。夫以君誉擅龙头，盟持牛耳。鸾翔振藻，鹤立空群。高攀黄雪之香，联步青云之路。虽回风乍引，未列鹓班；而甘雨待施，遥飞凫舄。屈神仙于外吏，淹国士于风尘。路涉鱼凫，远行万里；人随猿狖，并下三巴。云拥一舆，雪消千仞。力士挽牛之处，地曾凿险缒幽；君王化鸟之乡，天许搜奇揽胜。星轺问俗，瓦鼓村歌；露冕劝农，银鞍小队。身瘁而不辞鞅掌，心闲而仍耸吟肩。考二十四洞之碑，数一百八盘之岭。卧龙跃马，叹英雄割据之多；橦竹桃花，咏士女骈阗之盛。薛能诗里，不负嘉州；郑谷集中，尤称蜀道。文字得江山之助，男儿须汗漫之游。奈何才逾强仕，遽赴重泉。降隅之鹏忽来，过隙之驹偏骤。桑中远宦，仅历三秋；柳下无年，已传一诔。然而龙伯高之谦约，共钦节概于生前；羊叔子之恩施，永著声名于殁后。而况清词丽句，鸿爪犹存；剩馥残膏，豹皮无恙。贤郎祥伯，感怀红帕，宝护青缃。纵马鬣久荒，松楸抱痛；幸凤毛不坠，梨枣急谋。乞撰弁言，为扬先哲。鹤笙已杳，重忆廿年缟纻之情；马策空挝，忍披一卷珠玑之集。

伊铁耕《秋水书屋诗》序

仆今年六十矣，雄心化作闲鸥，傲骨仍如孤鹤。愧知途之老马，忝作人师；喜出谷之新莺，引为同调。迩年来屡读《铁耕诗集》，红昙艳眸，黄菊馥齿；隋珠的皪，雷剑陆离。豪则力可却罴，丽则思能迷蝶。春风才大，怒放千花；秋水神寒，清莹一鉴。聆其快语，真堪大白之浮；索我芜词，还藉雌黄之定。爰拈枯管，以当清谈。君之少也，风垂张柳，日照谢芙。白袷衣新，红丝砚小。徐勉绮岁，便传雨霁之文；任昉髫龄，早擅月仪之制。麟珍独角，羊贱千皮。生山海之奥区，习风骚之渊薮。巧思一缕，盘出龙湫之云；彩管双枝，挥来蜃海之月。早已挺后来之秀，负远到之姿。南山之材，不揉自直；东箭之美，有斐可歌。洗马愁乎，阿龙超矣。其不可及者一也。既而志奋鹏图，文占豹变。才预青衿之选，即分红版之粮。猿臂莫叹夫数奇，鸢肩早知其腾上。三秋得路，已到云梯；万里耸身，快登月窟。方谓鸿羽叶吉，凤鸣归昌。名齐玉笋之班，荣撤金莲之烛。何乃逸致飙举，远情云飞，谢劳轮蹄，卒业坟典。美人弹指，便欲成仙；才子回头，可知是佛。便便腹笥，有人间未见之书；落落胸襟，无世上难平之事。独持妙手，屡耸吟肩。不须启事于山公，最爱分笺于水部。其不可及者二也。无何衅起西戎，尘扬东海。流蛟涎于乳水，腾象燧于鄂阳。君已三窟预营，一枝早徙。身羁吴地，情恋齐乡。悲鸿雪之生涯，问狼烟之消息。虚灯焰绿，旅人无枕席之安；长剑光红，故土有兵烽之惨。声惊鹤唳，梦怵狐鸣。家信百番，难凭黄耳之犬；乡心一夕，变作白头之乌。越石闻鸡，空劳蹴被；少陵看燕，偏易沾裳。而犹频洒兔毫，兴嗟龙血。哀深庾信，萧瑟江关；思切张衡，凄清家国。际此鲸呿鼍吼，羽檄星飞；依然凤啸鸾歌，才思风涌。其不可及者三也。今者托迹麇城，定居鹤市。斯地本繁华之窟，妖冶之区。浮夸竞而剧场多，风雅衰而吟社少。笙歌远沸，月满一城；园囿初开，春来千户。十三楼上，珠帘斗花；四百桥头，画阁临水。乌啼茂苑，鸭浴横塘。重午龙舟，激莺脰湖边之浪；中秋鹢舫，泛虎丘寺外之天。孰不心醉软红，神游甜黑。君独避黄鹂之请，藏赤豹之斑。王微不好诣人，张荐惯教避客。于蝶闹蝶喧之境，作鸿潜鹤隐之思。交懒似嵇，吟寒于孟。冬心一寸，为惜古花；秋梦三更，尽归香草。其不可及者四也。昔君家葭村先生，艺备九能，学穷五际。泉明老去，婆娑莲社之游；鲁望年尊，倡和松陵之什。兹复得君以继之。渊源有素，机杼翻新。家学于以不衰，解人自然可索。知君慧眼，直扫西崑；令我低头，愿从东野。诵经百遍，快慰五中。爱刘勰之文心，惭非沈约；重左思之赋手，勉作士安云尔。

陆秋山丈《鸭船吟草》序

红桥夜雨，鱼逐潮来；白塔秋风，鸽掩云去。东泖之烟波入画，北溪之雪月交辉。中有人焉，长明灯古，灵光殿高。名重而乡里莫知，曲高而国人难和。鬓衰如鹤，看镜生愁；松老成龙，著书不辍。则新溪陆秋山先生是也。先生姿禀绝伦，技能出众。壶中灵诀，上证帝轩；肘后良方，远师臣意。郭芍药咒留符水，关枇杷书擅犊山。湖海交游，不弃卖浆屠狗、诙谐敏妙，非夸炙毂雕龙。故其为诗也，得风人之性情，异伧父之面目。神摇春柳，洁挺秋芙。枫落吴江，独标隽致；兰生楚泽，自具骚心。回忆千里奔驰，半生羁旅。始则家移青浦，遍历九峰；人到白门，感怀六代。继则远游榕峤，作客枫亭。暑雨荔枝之天，暖风甘蔗之地。乱峰四合，总不知名；绝壁双悬，最难寻径。未几又离闽海，遥泛鄱湖。帆随皀雁而高骞，枕接鱼龙而共卧。对小孤之残照，红落江波；望大别之暝烟，青迷汉郭。每当水驿灯早，舵楼朗吟；山城鼓严，津店敲句。具耸壑凌霄之概，出缒幽凿险之思。盖人因阅历而识增，诗以玩游而语健矣。无如长途转徙，故交稀若晨星；老境苍茫，前尘邈于坠雨。有南山芜田之叹，兼东野失子之悲。顑颔实多，凄怆未免。然先生固达者也，虽头颅之似雪，尚谈笑之生风。霞彩在天，料非暮景；月明于水，或是前身。徜徉莲社之游，捃拾松陵之唱。剑淬古铁，琴弹寡丝。少日才锋，尽许千军横扫；晚年进境，犹能一律精研。金台谊切葭莩，情殷桃李。每叹苏髯早白，还欣阮眼仍青。念七旬矍铄之翁，抱三载暌违之恨。折王维别时之柳，客舍萦怀；得陆凯寄到之梅，故人无恙。谬以台能区正变，略识酸咸。因索弁言，俾标卷首。一编早播，曾披鹈水棹歌；前刊《鹦鹉湖棹歌》百首。全集待雕，为序《鸭船吟草》。

陈曼寿《味梅华馆诗初集》序

戊申之秋，余始识曼寿茂才于禾中，见其犀角方茁，麟文便彰。叔宝神清，犹是骑羊之岁；陈思才大，早传绣虎之名。丰度瑶林，文章琼树。九天仙子，骖虬突来；五陵少年，怒马独出。后生可畏，心窃羡之。己酉初夏，将客闻川，先经长水。重访曼寿于望吴门外，并晤尊人觉生先生，及贤弟筠石。始知谢家父子，迭著词章；窦氏弟昆，俱耽篇什。业承弓冶，曲协埙篪。风雅一门，不可及也。余乃与曼寿拿舟鸳渚，打桨雁湖。桃港花残，远寻名士；莲墩水嫩，大会酒人。圆茶梦于鱼天，洽琴言于蟾夕。游兴既畅，吟声互闻。已而南湖分袂，折柳伤离；东海扬帆，浮萍难合。无何暑雨天漏，洪波地流。家余产灶之蛙，树有巢枝之鼠。蚁穷频徙，鸠窘忘婚。砚北田荒，愁多于草；江东粮绝，价长如潮。郿稻难收，周禾尽偃。宋邦淫潦，实害粢盛；晋国荐饥，谁输米粟。君乃狸毫濡染，兔颖淋漓。睹凫没而呻吟，泪流纸上；听鸿嗷而悼叹，声堕行间。所作感怀诸诗，虽郑监门之图绘流民，元刺史之词成贫妇，蔑以过也。仆也衰竹心空，枯桐力惫。窃喜曼寿英姿方蔚，朝气初升。遽能吐思若云，飞藻似雨。五色兼丽，八音并宣。包萧统之十二书，具江淹之三十体。斯则摩霄之干，大匠赏其奇；照乘之珠，举世钦其宝矣。今者出青箱之佳制，为白雪之新编。将付开雕，先资喤引。所愿景行千古，勉上一层。剑因百锻而愈纯，丹以九还而弥炼。清新极致，乃臻庾信之老成；深湛为工，毋悔扬雄之少作。

《参香室遗稿》序

《参香室遗稿》者，张筱峰德配孙湘筌孺人所作也。孺人大父彭山公任金山参府时，筱峰年十三，鹤立空群，鸾翔振采。公一见器之，因以孺人字焉。

温台宝镜，先兆团圞；江剪巾箱，预征婉娈。道光癸未春来归。金粟三生，得修此福；玉台双影，群望如仙。嗈嗈雁警之晨，膈膈鸡鸣之夕。言无梱外，诗有盘中。含香入毫，兰蕙失秀；摛艳成句，芙蕖妒妍。尤难者，料理芳闺，非徒花月平章，中馈或到米盐。况筱峰五岳萦怀，四方寄迹。庞林外出，动历岁时；周渭客游，免劳顾虑。此杜甫所以怜健妇、高柔所以爱贤妻也。然而神悴春芝，心枯冬草。三眠三起，体竟如蚕；一唽一呻，医难逢鹊。己酉夏，筱峰摄丹阳教谕，孺人力疾随行。适值四旬淫潦，千里横流。筱峰奉檄勘灾，孺人曰："君勿谓冷官秩薄也。"虽乏牧羊之责，忍听嗷雁之哀。活流瘠于鸠栖，宜思补救；拯遗黎于凫没，急畀生全。比筱峰回署，孺人和衣榻畔，骨瘦飞龙；拥髻灯前，魂惊别鹄。俄而琼钗燕失，锦瑟鸿飞。寒乌弃雏，霜鹤辞侣。盖抵家十日而遂逝矣。兹者砚僵不云，镜冷于月。偶摩臂钏，惜此芬芳。欲理牙签，凭谁检点。四十三龄之短寿，秦凤不归；二十七载之良缘，吴鸾竟去。所幸青绫未坏，黄绢尚存。花间仍唱鲍诗，泉下好修班史。白云长往，休怜仙魄之难招；绿雪同编，定卜芳名之不朽。筱峰著有《绿雪馆诗词集》。

陶梅若《山馆纪幽册》序

秀水陶梅若先生，鸥心独远，鹤骨欲仙。阮修畏见俗人，张廌是为高士。倚竹露滴，种蕉雨来。松寮孤青，梅屋一白。壁间琴语，弹小忽雷；炉畔茗香，瀹大团月。遂乃寄情艺苑，肆志缃帷。驱使云烟，甄陶山泽。神明于宋人三昧，出入于元季四家。鸟呼丁帘，对之索影；蝶绕午槛，取以写魂。年年杨柳窗前，争奇角胜；夜夜葡萄酒后，尽态极妍。甲辰之春，偶作《新年纪事》《武林纪游》二册。既而落花点点，春已渐阑；芳草萋萋，日又将暮。鸡鸣桑叶之树，牛饭菜花之田。宜雨宜晴，屡闻鸠语；乍寒乍暖，偏觉燕忙。新绿一栏，对景而老怀多感；淡黄三径，闲吟而昔梦频侵。爰摘取稿中古今体诗，起自庚寅，止于癸卯。共得如干首，一一成图。或写鹤觞独酌之娱，或摹鸿案相庄之乐；或作鹢舫闲游之趣，或抒鸥乡怀旧之思。而且描白傅之须眉，清襟独绝；貌苏门之履舄，雅韵欲流。兔秃千毫，麝磨十斛。解衣磅礴，脱帽酣嬉。图成名曰《山馆纪幽册》。可谓研析个中，冥搜象外者矣。余生平交友中，如天台方治庵、松陵翁小海、云间周莲叔、魏塘郭琴材、青溪何穆山，靡不会通六法，控引三长。秦蝶刘鱼，俱臻灵妙；戴牛包虎，并擅精能。然欲如先生之百家汇取，九朽功深。夺昌白之藩篱，变徐黄之仪态。要亦不能数见也。盖先生诗才超隽，词旨幽微。思逐花新，句争竹瘦。烟波无极，常得秋澄；云壑相鲜，自生春笑。良由胸储根柢，故能手运炉锤。妙取生机，善参活笔。郑虔诗老，寄逸趣于丘岚；摩诘文人，师真宰于造化。白描延誉，绝似公麟；红粉知名，奚殊伯虎。然而蜀笺丛集，吴绢纷来。求者甚艰，如乞中郎之传；索之匪易，等征大令之书。独余一面才逢，两心相印。往岁曾蒙画箑，去年复得绘图。分米舫之丹青，似珍琼玖；获顾厨之粉墨，谨护缥缃。今者不鄙菲材，特征芜语。窃愿遥寻羊径，纵观北苑之神姿；还期共把犀尊，细话南村之轶事。

贺雷蕴峰、熊苏林同举进士序

仆阅人已久，择友有年。素惩乌集之朋，只慕鸿轩之侣。以故郦原所周旋者，范卢最密；陆瑁所结纳者，陈蒋尤深。初非必以富贵相期，亦未尝不以功名相勉。华亭雷君蕴峰，青浦熊君苏林，仆皆识于未遇之先。休文迟暮，才晤王筠；道衡颓唐，始逢高俭。得兹佳士，相岂以皮；说到斯人，甘真似肉。因而吴戴作忘年之契，崔袁订国士之交。盖早知其为海内之奇才，而非池中之微物也。蕴峰秀藏楚璞，芳播越兰。邺侯则少日疑仙，贾岛则前身是佛。王恭姿貌，濯新柳于风前；谢朓文章，烂初芙于日下。胸挟琼尺，手调玉琴。元圃之光千寻，丰城之气十丈。江淮筵宴，钱仲文最擅胜场；汾水歌谣，李巨山堪称才子。犹忆壬寅中秋，言寻郑谷，突入门中；笑向孟郊，恍逢梦里。则见琚谈飘雪，瑶想堕烟。秋月词高，不被延年之玷；春风气霭，欣沾公瑾之醇。三生有缘，一见如故。嗣是再到五茸，屡经三泖。赖君作东道主，续南皮游。消夏莲西，访秋苹北。春盏则碧同斟酌，夜灯则红共提携。时或楚袖贡娱，齐冠索笑。陶秀实邮亭之曲，娇女能歌；王之涣画壁之辞，雏伶解唱。胜情互引，欢致良多。苏林司马隽才，元龙豪气。刚如仲孺，不拜武安；狂若正平，仅推文举。擅九宫一算之术，明六弢三略之编。四部名繁，何宪悉能口答；五行志缺，陆倕竟自手书。而且逸藻霞飞，雄思雷动。麟皮天鼓，震秦汉之希声；

蝉翼古香，构齐梁之俪体。奇欲泣鬼，艳真杂仙。惟是妙手屠龙，世皆未识；苦心吐凤，我独先知。甲辰秋杪，偶同凫酌，获领麈谈。览云公之碑，张缵亟加奖许；读水部之策，范云不靳游扬。遂乃美誉鸿骞，英声鹊起。人乞兴公之笔，客传孝绰之文。而君亦自以为剑逢巧冶，琴遇知音。从此潘、夏接茵，祖、刘同寝。赠答尽欧、梅之兴，登临极高、李之欢。聚则迹狎鸥群，别则声通雁讯。无惭皋鹤，相逐云龙。丁未之春，二君捷报南宫，名标西寺。看抟鹏于瀛海，喜走马于长安。世岂无时运艰辛，命途舛午。几阅风檐之晷，莫登云路之程。即或偶掇巍科，许棠自怜晚岁；暂开老榜，曹松已是耆英。今二君并以壮龄，获邀上第。谓宜西庭掌制，杨炎与常衮偕登；东观除书，苏晋与贾曾同列。而乃空腾火色，未到木天。一则现宰官身，一则膺度支选。得毋小试，难展大猷。然而凫舄遥飞，百里亦觇经济；鹤厅高踞，六曹仅可敷施。县栽潘岳之花，堂判韦维之字。仆愿二君之各舒素负，图报盛朝也。且夫王阳在位，而贡公自庆弹冠者，世俗之见也；江祀居官，而慰祖忽教绝迹者，贤智之过也。仆也初不生系援之念，亦不作矫激之情。惟冀杨戏待友，贵贱休忘；常景论交，始终勿变。此则二君所优为，亦仆所切祷耳。自夸目力，预知两凤之齐飞；忝属心知，敢寄双鱼而驰贺。

儿子晋翖《北行日志》序

道光丙午秋闱，晋翖受知于周芝台司寇、王清如编修两主试，其卷则李香谷大令所荐也。白袍逐队，画烛烧三；银榜题名，斗杓第七。幸遇山涛之鉴，得著祖逖之鞭；爰筹陆贾之赀，为觅虞卿之屩。欣然西笑，飘尔北征。遂于丁未新正六日，偕王晓莲孝廉同行。尘羹土饭，初历长途；名山大川，渐窥胜境。则见莺脰波恬，虎丘云暗；燕矶石耸，萤苑草长。斯时但觉舟楫之安，未知轮蹄之瘁也。尔乃橹声尽处，已过江南；马力健时，将游冀北。讴歌几队，杂以秦筝；馎饦数枚，下以鲁酒。一村星冷，身靠疲驴；五夜霜浓，梦随断雁。晓月将坠，大于车轮；层沙乱堆，高若山阜。历齐鲁之故迹，经燕赵之奥区。石径崎岖，同蜀道羊肠之险；鞭丝摇漾，作幽州马客之装。既而草草劳人，暂停行李；巍巍帝室，待奏长杨。时则雪消西山，日丽南苑。丰台花发，窑厂云高。桥边驱象之奴，郊外放鹰之客。晨烟刚散，人来鸦鹊声中；夕照欲沉，路杂马驼影里。风尘九陌，黄飞市廛；灯火六街，红照城郭。于是朝登孙阁，暮接丙茵。拥篲门墙，得随魏勃；谈经便坐，窃比彭宣。更有鸣鹿同年，登龙侪辈。旅窗话雨，献缟带于名都；德里占星，聚珠襞于异地。极乐寺残红未尽，联襼寻欢；陶然亭新绿才浓，携尊共赏。每遇凤城佳日，快观鱼里名优。悦目滋多，娱情匪浅。独是点睛，难必烧尾。无缘西寺观光，应汉室求材之诏；南宫报罢，吟唐人下第之篇。马因瘏而致黄，貂以敝而减黑。春风已负，莫探旌节之花；夏日初长，须念当归之草。乃与叶勤诹、唐西庑两孝廉偕行，至五月十一日抵家。举凡辇毂之繁华，道途之艰苦。师友聚散之概，科名得失之关。俱一一笔之于册，成《北行日志》一卷。呜呼！余自二十年来，为儿抚摩提诲，不遗余力矣。当夫下九为嬉，束之礼法；肄三入学，训以诗书。刘殷示太史之编，郑兴讲春秋之旨。授徐份以赋诀，勉谢朏以文词。肠欲搜枯，肝几呕出。不惜老牛之舐，原期雏凤之鸣。幸而蟾窟早探，蜂旗捷拔。慰二十科之隐恨，先祖芝岩公秋试七次，先君未芦公三次，余又十次。作三千里之壮游。今虽刘十上书，未能得志；郄三落榜，依旧还乡。然而荜门下士，曾过东华；蓬户少年，欣瞻北阙。飞觞樱桃之馆，剪烛杨梅之街。行来古藤屋中，坐到山姜花底。至今西园灯影，东阁酒痕。尚觉涌现行间，纷披纸上。况余恒坐板床，罕出庭户。浩然游迹，难入京师；叔夜闲身，仅寻山泽。睹此一编，恍置我于红门白塔之间，琼岛玉泉之侧也。所望重勤夏课，再战春闱。当天下有道之时，快驰骥足；趁父母俱存之日，急奋鸿毛。种芝兰而忘勤，期桃李以滋茂。此日题儿新制，非夸李志之能文；何时酬我旧恩，得似陈颢之立宅。

褚二梅《拜月盟花阁诗》序

自古通人，必非晚学；由来名士，多出神童。以故少即称师，曾闻荀爽；儿堪号圣，亦有祖莹。二十年来，所见童子入庠者，于同郡得三人焉：一魏塘钟子勤，一语溪谭癖云，一则禾城褚君二梅也。二梅生而彪怒，幼已龙超。熟《文选》之《三都》，对《汉书》之十事。年十三，受知于姚伯昂学使。赵建通经，早被左雄推荐；张纯善赋，得蒙朱据称扬。登桃李之门，名倾十辈；依藻芹之水，声俊一黉。雏凤锵鋐，神驹腾踔。遍数古今奇杰，奚让终童；从知天下文章，当归阿士。斯时也，余仅识其貌，而未获与之交接也。迢遥百里，良会星乖；荏苒十年，美人云隔。辛亥初夏，余至郡中。偶于友人处见《拜月盟花阁诗钞》，知为二梅所著。蔚采霞飞，雄声雷动；光芒万丈，壁垒一新。抒抑塞磊落之奇，极慷慨淋漓之致。唾含智慧，咽来陆眷腹中；力开沧溟，喜入杜陵眼里。有如此作，杨于陵极口推崇；是大好诗，李逢吉低头拜服。相马不失之瘦，好龙必取其真。斯时也，余虽读其诗，而仍未得与之盘桓也。未几而二梅过访寓舍，艾绿榴红，正当重午；凫飞鸽语，恰值芳辰。未开仲宝之筵，已倒伯喈之屣。陆云入座，壮武掀髯；王筠吐词，休文抚掌。鸳湖昔晤，郎君才对月之年；鹤渚重逢，才子负凌云之气。英英露采，咄咄逼人。虽赠缟之初通，将买丝而欲绣。未几而二梅寄书芦川，兼贻七古一章。雁讯遥传，鸿章惠贲。以天马烟云之笔，写鸣鸡风雨之怀。水倾千瓶，花吐十色；才大于海，情高若山。有太冲乞序之诚，作敬礼定文之托。西江社里，瓣香愿奉涪翁；东观门前，屈节甘师江夏。余因之有感焉。二梅英声鹊起，美誉鸿骞。乙杖分光，刘子骏克承贤父；西山撷秀，孔君鱼早胜名师。饱八华十会之奇编，擅万户千门之巨制。伫见蜚英鳌禁，染翰鸾台。颁献碧鸡，词成朱雁。三章艳曲，醉来玉笛沉香；两字奇才，撤去金莲宝炬。安得以雕鹗之荐未膺，骅骝之姿迟骋。而乃鼠思长积，如居愁女之城；鹤怨难平，频拜愤王之庙也哉。以余虱处穷乡，蠹饥残卷。腕多生棘，胸似塞茅。山长头衔，现主芦川书院讲席。虎皮空拥；老人心境，鸡肋堪怜。当桑榆晚景之时，遇竹箭挺生之秀。知宇内非无佳士，幸生前先有替人。愿二梅千古自期，一层更上。濯心烟素，抗志风骚。非徒宏我汉京，抑且第诸周雅。窃叹搜肠无力，不胜黄霸误鹖之惭；还欣把臂，有缘得见褚陶咏鸥之妙。

木鸡书屋文四集卷三

与震泽张渊甫先生论《春秋谥法》书

甚哉，易名之滥也。微独后世，春秋之时已然。或为世室大家所窃据，或为谐臣媚子所私求。优劣不分，名实相背。三代直道之风，澌灭尽矣。今姑略举数则，以折衷于先生焉。考春秋时，君臣皆有谥者，惟鲁卫齐晋为然。其余秦、楚、宋、曹诸国，则君有谥而臣无谥。吴、越、徐、莒诸邦，则君臣皆无谥。独郑为王室懿亲，居中华胜壤。而前则惟论礼之皇武，后则惟断事之冯简。其末也，驷宏为桓子思，罕达为武子剩。俱系琐材，初非杰士。以故子皮之行善，太叔之能文，不闻其以谥显也。即子产为春秋一人，其谥成也，仅见外篇，不详内传，则何也。至于晋之得谥者多矣，然亦有不可解者，从亡之臣，功最大乃成季而外，狐偃、胥臣不与焉。中军之帅，位最尊乃宣孟以前，郤縠、先轸俱缺焉。他若士庄，以世族得谥，而祁奚、张老不及。名贤乐桓以嬖人得谥，而叔同女齐反遗师保。轻重失伦，是非倒置。则又何也。更有悖逆之臣，而得美谥者。林父忘燕幕之危，谥文固显违令典；意如应鸲巢之谶，谥平亦难惬人心。而况庆父曰共、仲遂曰襄、崔杼曰武、荀偃曰献，此皆一世之奸雄，头颅幸保。不意九原之褒宠，魂魄增荣。则又何也。且有诛戮之臣，而得佳谥者。国佐以尽言获咎，而仍称武子矣；宁喜以专政被刑，而仍称悼子矣。长鱼作难之余，谥昭者犹怜郤至；见《国语》。斐豹焚书而后，谥怀者尚恤栾盈。何刀锯之甫加，忽华衮之用锡。其他魏犨谥武、荀寅谥文，既经罪废，亦获休称，则又何也。复有小国之臣，间得赐谥者。陈固弹丸，辕宣仲竟膺美号；邾尤僻陋，茅成子独享荣名。此岂有功足纪，有德堪传，而俨然受谥哉，则又何也。先生最精奥义，善解微辞。井大春五经纷纶，张君夏一生著录。胸中有竹，眼底无花。必有灼见于中者，伏希教之，俾得昭然若发矇焉。

与青浦熊苏林书

仆所交畸人杰士多矣，然学似匡、刘者，无与风骚；文如潘、陆者，不涉训故。甚矣，全材之难也。今不图于足下得之，足下经通伏壁，典探陆厨。试李充之九千言，释谢该之七十事。而且崔慰祖学穷地理，孔休源策究天人。精思则玉算虬壶，博物则珠疏龙馆。夫亦楼卧百尺，席夺十重矣。而乃班孟坚谈经虎观，能作文人；蔡中郎刻石鸿都，仍称才士。走笔秦汉，取材齐梁。声来命骚，词往荐雅。澜翻舌本，龙可生擒；雷起掌心，狐真欲泣。飞兔吸月，尽得菁华；大雕盘云，是何矫健。掇古芬于春藻，穷冥想于秋毫。况复肠足撑千，手只叉八。每当三升酒罄，一声钵鸣。马踏花而如飞，蚕食叶而甚速。万言立就，李供奉仍是恢奇；七纸疾挥，陈元康依然整暇。尤难者，文畅才多，元长齿少。以飞黄之神力，出惨绿之华年。鬓仅垂青，睛多露白。江东独霸，猘儿难与争锋；冀北空群，龙子问谁敢敌。仆也作客五茸，得占一席。无端把臂，不禁掀髯。序齿竟长三旬，输才奚翅十倍。虽三问三答，偶屈淳髡；而五称五穷，殊惭子晋。敢呼李泌为小友，且引陈群为忘年。雨中百觞，雪后双屩。别三日而刮目，聚一宵而轩眉。若论读书，君真袁豹；以云益友，我是郑熊。惟是一气交融，诚如水乳；两人嗜好，微别酸咸。高赤颇有异同，输墨岂无攻守。然而论事偶分洛蜀，交情原比雷陈。仍胶漆之相投，非盾矛之互陷。所恨星曾小聚，月不恒圆。拍肩何迟，分手偏易。只缘修羊太瘦，饥鹤不肥。吴市之乞可怜，楚人之钳将及。几闻上客，处之囊中；却笑将军，辱于袴下。不得已遂辞鲈浦，重馆龙湫。则又墙卑及肩，室小容膝。琴书之地，刚类野航；几席之间，杂陈土铿。猫犬溷入，叱之复来；鸡鹜群栖，避而不得。加以淫霖一月，鼋鼍甚骄；寒气十分，蜂蝶并恼。近者陶陶嘉节，暧暧芳辰。柳带莺声，桃分马色。渔子捕海蛳而去，盐丁获沙虎而归。日落潮黄，龙拜天后之庙；烟开草碧，燕巢大王之祠。斯时也，每念前欢，眷怀旧绪。秋庭稻蟹，幸共华筵；春社桑鸠，难同佳宴。水生申浦，可记鸥盟；花落辰山，未通雁信。人远如月，梦来若烟。元亮感咏于云停，仲宣怆怀于雨歇。白头浪迹，深愧老夫；青眼高歌，还期吾子。抑仆更有进者，足下具伏虎吞牛之量，挟鞭鸾笞凤之心。丁谧才高，友嗤何、邓；祢衡气盛，儿视孔、杨。非徒睥睨同侪，抑且诋訾前辈。不知李戡之鄙白、元，雍陶之轻沈、宋。如撼树之蜉，则不知量；为攻花之蝶，亦太忘情。惟愿足下降心相从，勿愿足下易口自毁耳。余言未尽，别纸具申。

与翟筠堂大令书

昔者何武出仕，先见诸生；颜斐居官，便兴文学。自来循吏之传，必系读书之人。然而世不概见者，何也？良以蝇纷诉牒，日满讼庭；鱼贯吏曹，时呈判牍。正恐簿书鞅掌，凫舄匆忙；安能文教关心，鸳针指授。未奏龚黄之治绩，难追苏白之风华。公之来宰当湖也，下车伊始，布政聿新。吴泉易贪而为廉，段溪转恶而成好。时则寇贼鸱张，官书蜂午。公即穷搜兔穴，深入鸮林。朝授张敞之桴，暮振李崇之鼓。王畅讨猾，独运神机；虞诩擒奸，岂容漏网。赖神犀之朗烛，得害马之旋除。遂乃扃门试士，据案论文。分制锦之余闲，目披绮绣；出鸣琴之偶暇，耳辨宫商。王、卢之次第攸分，沈、宋之评衡不爽。儿子晋畇，质非颖敏，曾无犀角之名；学少渊源，安得凤毛之誉。有惭武库，倖胜文坛。赋赏硾星，诗称零雨。千丈森秀，许和峤以美材；五兵纵横，奖裴颀为杰士。犹忆癸卯之秋，晋畇闱卷，为翟公晴阿所荐。可恨陆驹，空蒙汲引；剧怜祢鹗，未获飞腾。今复受知于公，既立雪之有期，岂凌云之无日。辱承雅爱，差同屋上之乌；欲报深恩，思作门前之雀。金台年将周甲，面枯渐作靴纹；字愧识丁，才短仅如袜线。雁乏善鸣之具，鹢有退飞之嗟。思弯猿臂，筋力早衰；爱写蝇头，眼花久困。然而嘶风病马，尚求良御先驱；喘月胡牛，还望相公垂问。前以诗文集寄呈，不揣冒昧，窃冀裁成。他时愿效凫趋，此日先凭鲤使。本非傲物，仅可羼前，况值招贤，乞从隗始。

与顾榕屏书

仆客茸城，已月余矣。蒙诸友人陈辖频投，孔樽屡酌。顾盘飧兼味，久厌咀吞；而山水方滋，未尝领略。幸熊苏林订作青溪之游，于是携叔夜琴，载泉明酒，著康乐屐，登子猷舟。五月初四日，黎明放棹，须臾至天马山。悬磴半空，排如雁列；孤峰百丈，曲若螺旋。鹿眠八仙之坡，鹊噪三高之墓。林无虎而风善，塔有鸽而云飞。时有三秀才读书上峰寺中，一见款洽，相与登楼遐眺。则见平畴万顷，牛带烟来；远水千陂，鹭翻雪去。为留憩者久之。日之方中，舟至青浦。即游邑庙之曲水园。盖刘云房学使题额也。皱云堆径，选石都奇；杂卉绕廊，向人自媚。闲步喜雨之桥，高谈得月之榭。荷槛下瞰，千鱼尽香；梅亭上登，一鹤独睡。其壮丽盖甲于一邑云。次日谒孔宅，拜圣容。升愿学之堂，入瞻在之室。莼乡浦绿，尚葬衣冠；杏雨坛红，如聆丝竹。二十碑熊蹲虎踞，三百树凤舞鸾栖。又二里，过慧日寺。路是三叉，忽闻犬吠；桥支独木，且作蟹行。麦陇摇黄，筑场似砥；梅园绽绿，沿墙结篱。暂憩鹿宫，旋登鹢舫。迤逦至嘉定之安亭镇，谒归太仆祠。其后有因树园，即震川畏垒亭遗址，陶云汀制府所经营者也。松格落落，藤阴盘盘。竹摇古魂，兰惬幽趣。延青阶静，绝无人声；生白室虚，惟有鸟梦。清晖水榭，恍游摩诘仙庄；平远山房，不减休文别业。又次日，游淀山寺。玩通灵之泉，神虬深蛰；吊烈女之冢，鬼蝶翩飞。登最高处望淀湖，一水浮蓝，四天荡白。三十六里之辽阔，鲸浪奔雷；七十二汊之回环，鸥波泻雪。是日，本欲往淀湖，缘长年只一人，恐遭风涛之厄，遂泛于莲湖焉。一橹徐曳，鸭欲附船；三篙乱撑，鱼偏争路。陶岘西塞，看鸦翻鹭立之形；杜陵南陂，免鲸作鼍吞之险。别有万圩者，湖中之小洲也。若明若灭，半露仙鬟；不即不离，疑呈佛髻。归途经珠街阁，访王少逸于雪葭浜。出视其祖述庵侍郎三泖《渔庄图》四册，题章已旧，着墨如新。杨侯指树，本少年游钓之区；贺监乞湖，写老臣归田之乐。溯流风于前辈，羡继起之后贤。又次日，偕苏林回棹云间，便游佘山，庄侠君亦同往焉。遥企狮岩，旁循龙堰。春风已去，却无劚笋之人；夏日初长，犹有采茶之女。隔溪野雉，落其一毛；越岭山鸡，望之五色。将寻眉公之遗宅，觅子野之故园。无如钩衣草长，碍帽藤曲。苏林贾勇造巅，余与侠君先下山矣。归以语姚春木先生。先生笑曰：是役也，虽非壮游，饶有清趣。波弄白鹤，峰玩青螺。两屐烟留，一囊月满。又况李、郭同载，望若神仙；孟、韩联吟，图为主客。亦可谓临世濯足，希古振缨也已。足下闭户深居，杜门罕出。虽陶庐寂处，可披山海之经；而宗榻卧游，终鲜烟霞之趣。草此邮寄，得毋跃然心动乎？

答乌程孙愈愚书

愈愚先生足下：五月中得手教，并惠诗文大集，又见赠五古二章。三秋系念，传来江上鳞书；两地萦怀，颁到枕中鸿宝。向者豹斑略窥，鸡跖未餍。今得全集读之，益觉掞天五光，涌地万斛。采采流水，一编如见古人；洋洋大风，三月不知肉味。先生之贶我良多矣。窃慨世人之以俗学相沿者，念切制科，功专帖括。问画眉之深浅，勤刺股之揣摩。烧尾无期，槁项莫悟。间有稍知吟咏，粗解风骚。无如读书未破，每笑蝇钻；下笔不超，恒嘲驼跻。先生友拜龙须，集编麟角。博学吞九流之要，雄辩敌四海之锋。其为诗也，车轮之虱，发必中心；棘刺之猴，细能入目。截玉词粹，掷金调宏。挥五弦以鸿飞，歌三叠而鹤舞。思抽茧绪，最擅长篇；迹骋蚁封，尤工险韵。其为文也，成一家言，扫千人乘。涛澜倒海，四渎不能息肩；珠玉随风，六经皆我注脚。快如爬背，隽可解颐。惟其有真性情，所以为大手笔。且以先生十年疢疾，两足伶俜。难遂凫趋，时形狼跋。黄鹂恰恰，三请徒劳；白兔茕茕，一房独守。偏能居幽若泰，履困如夷。对虚白之纸窗，避软红于斗室。陶庐隐处，宗榻卧游。蹒跚半人，刁凿齿不嫌病体；明识万事，贾长头自是通才。宜其心精力果，早定千秋；气一神凝，独跨一世也。若金台者，事业总如春梦，头颅自愧冬烘。偶作骈词，殊惭伪体。明知蚁虮之细，切竟何堪；只因鸡肋之余，弃还可惜。以视先生所作，窃恐伯玉调高，骆王退步；昌黎气盛，燕许失容。乃蒙揄扬过情，奖饰逾分。烛龙悬照，亦取萤灯；彩凤和鸣，偏怜蛙鼓。称祢衡为一鹗，岂免失言；引李志为二鸿，真乃降格。抑又思之，我两人苔岑相契，萍水未遭。秋露空思，春云遥跂。假使执雉得见，鸣鹤幸逢。邴原之觅孙崧，忽然把臂；高间之谒崔浩，便尔倾怀。鸥则相近相亲，驹则永朝永夕。眉轩酒半，齿粲茶余。岂不大快也哉！而乃梅花香远，仅传驿使于岭头；桂树阴浓，徒忆美人于天末。西江之月，冷此征途；南浦之魂，消于长路。爱而不见，我劳如何？至于佳制下颁，和章未就，则又有故。良以丰隆门外，惧为私响之蛟；庄叟林中，愿作不鸣之雁。自嗤伧父，敢比天孙。学步非工，颦眉讵巧。竟少和皮之什，有负说项之心。区区微忱，尚祈曲谅。再有请者，明年将刊骈体四集，欲得先生一言，以弁其首。作敬礼定文之托，兼太冲乞序之诚。知音实难，直道尤贵。璧月入户，永矢神交；绮霞满山，屡形清梦。聊裁小牍，急期笺达双鱼；谨恳大文，伫待楼成五凤。

与上海王叔彝书

甲辰三月，把晤云间。开筵坐花，剪烛觞月。至今犹时时忆及焉。别来五年矣。悠悠远道，霭霭停云。结辖为劳，想同之也。去岁重阳后，钱渊亭招游上洋，则见鸟翼干云，帆影都碧；龙鳞射日，浪花忽黄。当秋而雁鹜争呼，近海而蛟鼍怒吼。遂乃入城游城隍庙之豫园。红桥九曲，翠阁十重；水声一溪，石气千丈。所惜林泉幽境，杂以九市之场；花柳名区，溷以百廛之货。雷轰竟日，青山抱惭；尘沸四时，白云腾笑。化雅为俗，识者嗤焉。至于外夷杂居，华屋新构。千楣雾葺，万户霞张。翥鹤呈姿，蹲熊发状。上则阑干尽绿，下则帘幔垂红。地设氍毹，纤尘莫染；梯包锦罽，寸泥不沾。婆罗之楼筑七层，栏悬珠宝；犁鞬之宫连十里，柱用水精。离娄为之失睛，输般无所措手。加以珍奇云积，纤丽星繁。滑国之金床，于阗之玉印；顿逊之酒树，占城之火油。靡不胪列庭前，铺张户内。然而蜂虿须防肆毒，犬羊莫谓善驯。彼岂如颉利请和，鱼胶作贽；弄赞慕义，蚕种乞归。牟寻之献丹砂，明其向化；蒙瑛之纳毒箭，誓不犯边乎？不过觊上国之膏腴，刮神州之美利。碧睛赤颧，出入自如；紫袴白衫，往来无忌。非雁臣之暂寄，乃虎落之常居。思马流之传基，实狼腨之无厌。盘瓠之六男六女，多聚族而偕来；哀牢之十子十妻，半挈家而分处。鸟言满耳，蜃气盈眸。而泄泄者，且以为汉将白马之盟，无虞北塞；秦王黄龙之誓，永靖南蛮。未敢信也。若夫大将坛高，白沉凉月；孤臣血尽，红涌怒涛。楹桷聿新，几筵有秩，则淘沙场所建陈忠愍公祠是也。当夫八阵风云，鼓鸣诸葛；一军旗帜，营列顺昌。方谓文鳐不飞，腥鳄咸戢。江猿看洗兵而出，沙鸟听奏凯而归。何图掌仅孤鸣，肘多旁掣。河三呼而未渡，城万里而忽隳。赵云之胆空张，典韦之睛余怒。周盘龙生撄敌阵，力却万夫；韩擒虎死作阎罗，魂留千祀。挟赤鲤而游巨壑，骑白鼋而逐灵潮。固宜严帷闭幄，状貌耸观；桂酭椒浆，蒸尝虔报也已。仆思沪渎之游，二十年矣。丙午之秋，酚儿幸列贤书，忝居高第。羸僮疲马，将随计吏之车；破帽残衫，勉拓阿难之钵。思欲扬舲黄浦，投刺朱门。只缘介绍无人，逡巡未果。今此行也，以为范式登堂，陈遵投辖。固意中事也。乃渊亭诸君，才歇行装，即飞归棹。薄游三日，旋返五茸。以致溯洄溯游，空切蒹葭之慕；我来我往，徒深杨柳之思。窃惟足下北阮家资，东阿才学。精神秋月，谈笑春风。仆虽萍水初逢，苔岑遽洽。兹者音尘雨绝，遇合星乖。爱而不见，如何如何。定当重寻剡曲，借宿洄溪。送抱推襟，话三秋之契阔；开胸写臆，作十日之唱酬。谅必不我遐弃也。

复嘉善孙稼亭书

立夏前三日，应令业师柯君隙北之招。新莺旧蝶，高会武塘；晚笋余花，特开文宴。既而隙北以事赴郡，得与足下聚首一旬，谈心千古，真快事也。时则水嬉方盛，举邑若狂。螭舫低昂，鹿船踊跃。窗开六柱，桨荡万枝。人唱二郎之神，客歌三妇之艳。桃花拂袖，红记此门；柳浪湔裙，绿侵彼岸。少焉蜺旌上路，鹤盖入城。队伍整齐，车徒络绎。道周侧帽，听腰鼓而蜂屯；尘后掎裳，随牙旗而蚁附。至于蟾魄将吐，鼍更已深。犹复蜃结百花，龙衔千炬。四门灯亮，空巷趁赶；五里鞋香，满街蹀躞。伫嗤者达旦，欢呀者终宵。然仆此来，私心欣幸者，不在东门士女之多，而在北海宾朋之满也；不在南郭烟花之趣，而在西园觞咏之欢也。况如足下之玉树临风，金茎浥露。发谢朓惊人之句，成张华励志之诗。能不引高俭为忘年，呼王戎作小友乎？仆也晚霞不红，繁霜渐白。画眉老女，自愧难工；行脚残僧，尚能恃健。每怀昔柳，愿接初芙。遍历尘寰，罕堪把臂。一逢佳士，旋即掀髯。或当坐而赏陆龙，或隔船而知袁虎。窃见足下家庭肃穆，克守石风；经训菑畲，独传韩法。而且诗词雅隽，大历十才；骈俪清华，永徽四杰。字学更明于徐铉，篆法尤冠夫李潮。天付奇材，人成慧业。将飞大鸟，何待三年；欲化长鲸，定须万里。然犹心虚若月，气霭于云。以飞黄骏发之姿，交垂白龙钟之叟。三升酒罢，喜联北地之缘；一瓣香焚，甘下南丰之拜。仆何人斯，而克当足下之尊如鲁殿，重若唐车也哉。所惜才投缟纻，遽赋河梁。到处词场，如星偶聚；别来诗梦，与月同圆。而乃重荷垂青，辱蒙怀白。芦川新涨，忽来双鱼；剡溪古藤，欲造五凤。

盥薇露而卒读，流松烟而溢芬。勉索枯肠，期开笑口。此日遥酬雁讯，正当鹤湖夏雨之天；几时再接鸥襟，须俟鸳水秋风之夕。

上陕西抚军张公诗舲书

鲈乡地近，昔年频到龙门；凤岭途遥，此日久违燕寝。侯嬴年老，殊难步担登程；陆贾装空，未易扬舲泛渚。望灞桥而目断，念韦曲而神驰。侧身西向，良用怃然。明公入居清要，出作循良。黄道平行，青云直上。方其持龙节而抡才闽峤，驾熊幡而察吏齐邦。治水中州，靖蛟窟鳍宫之浪；开藩粤右，化猺人獞女之顽。早膺凤綍之恩，久拜雀翎之赐。近者钦承心简，陕以西特命召公；流誉口碑，斗以南共推仁杰。潼关四扇，春生树里烟云；华岳三峰，秋入鞭梢风雨。月明函谷，定多佳政之敷施；花发曲江，伫见奇猷之展布。或疑公凤舞依霄，鸿飞遵渚。身经盘错，措手殊艰；心运经纶，仔肩甚重。似兹劳神于宦海，奚暇角艺于骚坛。而乃八驺频驾，不废披吟；三节偶闲，便闻啸咏。以茂先之博雅，兼道济之文章。鸳锦千襄，鲛绡五色。专集才出，鸡林之贾客传抄；新词甫成，燕阁之媌娥竞绣。至于李北海崖摩隶篆，米南宫壁绘丹青。余事俱工，众长毕备。加以倾襟礼士，折节怜才。种树成林，镕金入器。下阶与语，为爱茅容；上堂闻声，即知赵壹。若金台者，望非麟角，微类牛毛。辱荷招延，亲承谈笑。犹忆筵开东阁，烛剪西园。人集午桥之庄，杯流丁字之水。槛外云冷，壶中日长。花南鹭飞，叶北鱼戏。石台影瘦，属吟辋水之诗；铜鼓声圆，教作平泉之记。命撰《四铜鼓斋记》及石丈诗，俱已勒石陷壁。谓非抱魏公之雅量，怀叔子之虚衷，而能若是乎。儿子晋馚猥以萍蓬之质，获登桃李之门。非红海之珊瑚，私欣入网；仰黄州之衣钵，窃冀传灯。豹一斑而许窥，骥千里而可附。昔为杜佐，曾经下第南归；今作孟郊，拟再计偕北上。而无如地遭夏潦，人迫冬饥。将效终军之弃繻，竟乏绕朝之赠策。以故盼月中之名字，尚想扬眉；怅日下之程途，只宜裹足。恐辜期望，用敢布闻。再者，金台六七年来，所著骈俪之文，又得百余，删存八十。虽蛙鸣蝉噪，无足称长；而马勃牛溲，尚期待用。方谋攻木，端藉捐金。倘能集腋以制裘，庶得合尖而成塔。此则不能不有望于公者也。特罄蚁忱，统希鸿鉴。

与海昌李壬叔书

夏初奉访高斋，雅谈相接，俗虑都捐。寻闲鹭之旧盟，赴只鸡之近局。蒙订重阳，时观红叶于殳山焉。谓万树胭支，夕阳如画；四围锦绣，秋色弥鲜。败荷枯柳之余，独饶风趣；瘦蝶寒乌而外，别有文章。仆心欣然，拟欲蜡谢公之屐，携陶令之壶；支阆仙之筇，吟樊川之什。以偿此夙愿也。不料芒种以后，豕涉洪波，蛟翻大泽。滂沱竟日，淅沥终宵。皇甫亮低宅早沉，任文公大船迟备。食人而鱼鳖偏肥，易米而猪羊反贱。略同围赵，悬釜待炊；安得乞秦，泛舟相送。哀鸣之雁，或摇饥橹而来；求食之乌，尚扑荒塍而去。龚黄已往，孰廑民依；郑白不生，谁谋水利。四十日淫霖未歇，三千里积潦难消。斯则虑深昏垫，巨山论之而增唏；目击流离，介夫绘之而累叹者矣。不特此也，天时莫测，蚩氓成鸠鹄之形；人命不常，佳士值龙蛇之厄。盛子云洤、柯子陇北俱于六月初旬下世。夫云洤仁流肺肝，义显眉睫。好诗入眼，便许杀青；名士承颜，每招浮白。而乃年年床蓐，日日药炉。苦陆绩之蹩躠，久婴宿疾；恨郭恩之躄躠，竟致伤生。陇北业承名父，才冠群英。江左家声，断推庄朏；颍川友谊，并及纪群。奈何桂窟未攀，芝宫先返。辞华雪艳，岂让徐陵；身世电光，倏悲李贺。斯二人者，与仆为忘年之契，有如旧之欢。每忆春水试茶之天，秋灯联榻之夕。西园宴会，既极酣嬉；东道往来，且供乏困。窃冀兴乘夜月，重接鸥襟；谁知影灭晨星，遽催鹤驭。辛弃疾音声犹在，丁令威变幻何常。未尽百年，心知日减；屡弱一个，腹痛弥深。盖自半载以来，田芜南亩，既伤黑蝝之生灾；路绝西州，更怅白鸡之入梦。幽忧无极，独闭蜗庐。游兴全消，久辞鹢艇。长此郁郁，其如之何。足下以扬、马之工文，兼徐、熊之好古。郎颉之言七事，洵可翼经；京房之明五行，曷尝背理。奈芳徽之久别，致雅抱之莫申。今者西窗风紧，寒飐油灯；北牖霜浓，冻凝瓦砚。冷蜂有影，拳雀无声。鸡鸣切愿见之怀，鱼素呈相思之字。只惜林雕枫叶，既失约于乱鸦流水之间；还期浪涌桃花，须寻欢于宝马香车之所。

复临海汪蓉塘书

庚戌二月之杪，接到手书，知先生去冬于金听秋处得见拙著骈体三集一编。特通雁讯，遥贲鹦湖。自愧毛輶，得邀齿及，何其幸也。夫骈体之由来久矣，昭明勒选，早示楷模；彦和著书，特传科律。先生谓六朝而降，两宋以前。江流不废，代有名家；光焰常新，从无伪体。元明则自桧而下，毋庸讥焉。其论与鄙见相同。又谓国朝户握隋珠，人怀荆璧。然或失之堆砌，或失之空疏；或失之艰深，或失之俚俗。惟乾隆间，简斋则浑灏流转，生面独开；穀人则宕往犹夷，俗肠尽浣。二公之文，可云具美。其论又与鄙见无一不同。至谓仆以单行之气，运排偶之词。锻炼精纯，叙次明净。可与袁、吴鼎足而三。昔人谓本朝，诗山东有真传，古文江西有真传。今则骈体吾浙有真传矣。似此过誉，仆何敢当。非特心惭，抑且颜恧。夫仆亦尝从事于功名矣。青衿误我，窃羡制科；黄榜诱人，强攻帖括。无如利非越剑，钝类燕锥。秦庭之书，曾经十上；齐将之战，奚止三奔。刖足生悲，掉头且去。既绝纡紫拖青之念，因作抽黄俪白之文。兴寄三余，劳勉十舍。半生甘苦，固已熟尝；百代源流，犹堪沿溯。罔顾颦眉之丑，漫思攘臂而前。然而薄技所存，仅成鸡肋；浅材自炫，取笑鼠肝。客或嘲雄，宾亦戏固。徒酱瓿之见辱，谁齑臼之留题。独蒙先生奖挹过情，揄扬溢分。张缵读云公之制，道似伯喈；房琯睹刘秩之书，谓同子政。拟不于伦，殆有嗜痂之癖矣。况先生笔涉龙门，经谈马帐。韩退之雄称文虎，董仲绥智作儒枭。亦既胸抱千秋，目空四海。何乃华峰五千仞，反推鹳垤之丸泥；渤海九万程，转让牛蹄之勺水。幸邀薛烛青萍之赏，未指陶潜白璧之瑕。敢不益加淬厉，重付琢磨，以副期许之盛意耶。嗟乎！桑榆老去，剧怜知己萧条；桃李投来，难得爱才真切。对春江之花月，溯秋水之蒹葭。二人同心，千里如面。仆向闻贵地山水清奇，神仙栖集。峰影忽动，与云俱流；瀑声乍寒，挟雨并下。大鱼跳浪，仰吞日华；飞鸟横空，俯带霞气。桃花落而一溪红烂，槲叶飘而千壑青浮。恨未从先生坐黄石，登赤城。寻八桂而入深，践万松而忘远。琼台玩月，骑鹤高骞；华顶招云，随猿直上。以畅清游，以偿夙愿也。匆匆奉酬，缕缕未尽。

与沈浪仙书

人因福薄，智慧才生；天与才多，精神却费。足下鹅笼长闭，兔窟羞营。落落半生，不带徐陵之热；茫茫四海，谁怜范叔之寒。然抑塞者才奇，士每狂歌斫地；而澹泊者志达，人固知命乐天。当其厉志芸编，游思竹素。昏灯校字，目眵犹披；冻管写书，手皲难辍。许叔重能匡俗谬，王伯厚广积纪闻。而且吐气为霓，挥毫似雨。谪仙下笔，动辄百篇；务观成诗，早逾万首。实赅表圣之品，无愧下贤之名。曩者衅起西夷，祸延东海。戈横路而雪白，炮裂城而霆红。鹰瞵鹗视之群，四门窃据；鳄沫蛟涎之气，十日沸腾。两浙湖山，险沦越甸；一天风雨，痛殒秦师。足下所著《壬寅殉难录》一编，既彰轶事，复附哀诗。固已书之万本，兔管秃锋；传到四方，鸡林增价矣。乙巳以来，爰取古今诗之有关海上者，成《乍浦集咏》十六卷。遍搜河岳英灵，不止枌榆里社。狐集裘而粹白，蜂聚蜜而纯黄。群玉矗峰，万花剪水。事因备志，每欲探幽；诗为存人，最难割爱。近乃甄综益富，采选弥勤，又成《沧海珠编》二十卷。前则窥豹未全，今则调鲭具足。识大识小，更扩新闻；征鬼征人，定增故实。斧凭修月，赖七宝之合成；台构凌云，欣众材之大备。非徒用力之深，足见存心之厚矣。且夫乍川固浮华之薮也，白塔十层，帆樯雾集；黄盘一带，灯火星飞。形病夏畦，蜗角竞相趋利；魂萦春梦，獐头亦欲求官。惟足下甘负长镵，肯安短褐。抱刘臻之学，而不举秀才；擅阮瑀之文，而不就记室。独清独醒，胸涵千顷澄波；非佛非仙，面带一团和气。有语皆倾肝胆，无诗不露性灵。三径秋来，人如鹤立；九峰月上，吟与龙听。而况赤水寻珠，元圃采玉。百年文献，竟属布衣；千古词章，永存寿木。窃谓蜃园而后，始见替人；从兹鲸海之滨，别开诗界。宜乍地同知龙见田、广孔愚、李芗园诸公，俱赏其编缉之劳，别裁之当也。虽然，诗之涉于齐乡者，既经收拾；文之系于顾邑者，讵任沉沦。仆愿足下再成《乍浦文征》一书，求雅材于策府，觅蠹简于羽陵。错落散行，追踪秦汉；裔皇俪体，步武齐梁。庶几选楼自萧统而高，文苑暨扈蒙而备。虽属一隅之琐事，实为九囿之矩观。足下其有意乎？

答陈板桥论医学书

概自世远鹑居，人希鲵寿。毒每中于肺腑，邪易入于膏肓。要惟方明五诊，妙析毫芒；技擅六微，洞知症结。庶几良称九折，功奏十全。奈何今之俗工，病机十九条，未尝审察；脉形廿七则，漫不参详。误用刀圭，妄施汤液。三指之下，杀人锐若龙泉；一剂之余，毙命速于鸩酒。无他，读书甚罕，识理未精。宜其以人命为儿戏也。足下该通万轴，淹贯五车。食鸡跖数千，方其善学；辨皂毛三丈，推其多闻。所著诗古文词，逸气霞轩，奇思云涌。掀翻青史之案，鬼唱秋坟；倒负黄封之瓢，婆谈春梦。即其应试之作，经义则八登前列；古学则两冠全军。捷拔蜂旗，誉驰凤藻。而乃出其余技，业问长桑；展厥隽才，门栽文杏。王彦伯情殷拯世，岂责报施；李元忠志在活人，遑分贵贱。顷得手函，兼示《医学新纂》一书，参万方于葛氏，订一录于桐君。纲举目张，阐发帝轩之蕴；条分缕析，扩充臣意之言。精究六门，穷探九部。亦足见其功之勤，而养之邃矣。仆生平以诗书为命，与药石无缘。虽曾疾抱河鱼，从未医延越鹊。乃世之人，每逢二竖之困，多作三年之求。然则足下仁者爱人，学焉先觉。宜思元化之何以湔胃，仲景之何以验眉。腹孕雏鸡，褚澄何以能疗；脚生大蛤，文伯何以善针。不为良相，则为良医。是在足下，勉之而已。

与芍仙校书书

十三楼上，鸾迴鹊顾之容；四百桥边，凤管鹍弦之局。看华鬘天际，谁最有情；算艳福人间，我偏无分。顷者插萸佳节，采菊芳辰。值虎丘重九之天，访鸾镜初三之月。才牵珠箔，得见玉人。颊晕黄娇，眼生红笑。莲蹙举步，暗觉鞋香；荑手露尖，微闻钏响。银筝比岁，锦瑟量身。自言少长邗江，家傍红桥小榭；客游茂苑，门临绿水长洲。虽云吴市欢娱，大半秦楼薄幸。幸逢名士，好风吹来；况值良宵，华月乍吐。少安毋躁，且住为佳。遂乃银犀通理，瑶虎牵丝。绮语蝉嫣，芳情燕婉。一层纰缦，影薄于烟；八尺琅玕，气凉似雨。顿解文园之消渴，不辜杜牧之寻春。夫以卿窈窕倾城，聪明绝世。颜如杏艳，口吐兰芬。倘能打桨两枝，迎归桃叶；凌波一笑，洗出莲花。李药师或有奇缘，得留红拂；霍小玉可无遗憾，休倩黄衫。岂非幸事也哉。奈何聚无三宿，别即千秋。草草短缘，鸳鸯局散；漫漫长恨，鹦鹉心知。梦断荆台，魂留魏枕。秋风一夜，遽返旅人；暮雨几时，再逢神女。嗟乎！鸿雪之浮踪靡定，莺花之佳趣倏过。未老风怀，难消月夕；试寻旧梦，怕近黄昏。偶触闲愁，狂倾白堕。若无青鸟，谁传五色之笺；为觅红鱼，遥寄十离之句。

木鸡书屋诗文集

下

（清）黄金台／著

平湖市图书馆／点校

中州古籍出版社
·郑州·

木鸡书屋文四集卷四

青浦孔宅塑像记

七百里祥毓水精，启儒宗于万世；十五邦教宣木铎，垂道统于千秋。固宜殿陛庄严，冕旒秀发。鞠躬致敬，习叔孙通之礼仪；翘首抒诚，式吴道子之图像。拜瞻风彩，謦欬如通；谛视龙蹲，神明若接。盖至圣之有塑像，其制为甚古，其典为甚巨焉。按青浦城北九里，有孔宅一区。延康之季，汉少傅筑室以居；大业之终，隋长史瘗环以葬靡裘郑重，宝殿长函；象佩流传，泉宫永闭。鬣封白马，一抔争日月之光；劫换红羊，百代护风雷之气。地分吴会，派接鲁邦。肃冠带于春黉，精灵赫赫；荐藻芹于秋浦，仪度雍雍。康熙乙酉岁，六飞驻跸，三泖呼嵩。双联颁鸿藻之辉，四字荷龙章之贵。遂使五茸增胜，十景腾华。小丛林佳气郁葱，人切景山之想；大盈浦微波清浅，士怀观海之思。非徒赤县蒸尝，于今为烈；抑且青溪俎豆，从此不祧矣。然而岁月频移，规模渐改，庭罗虺蜮，阶走鼪鼯。石砚光埋，荒榛满径；铜钟音寂，宿草成堆。试看慧日高甍，嵯峨如故；只恨零星断甓，历乱奚堪。杨君闲庵等，悯吾道之将穷，幸斯文之未丧。道光己亥仲冬，请于督学淳甫祁公重加修葺。公即鹤俸亲颁，鸠工敦迫。乘星轺而展谒，发霞唱以低徊。于是址拓数弓，墙恢十仞。士喜如云而集，民歌不日之成。宰我墩傍，重檐虬绕；颜渊井畔，高桷鸾翔。万梅馚馥而含葩，双桧茏葱而挺干。堂上则祥呈宝瓮，壁间则响出金丝。却同虚墓犹存，沟称白兔；差喜讲堂不远，江溯青龙。时圣裔一峰州牧，摄青浦邑篆。来从邹峄，人是孔融。寅畏而作宰官，辛勤而集邦彦。庀新材于燕寝，三壁同藏；摹旧貌于龟蒙，两楹再奠。像未改乎张孚敬，记当续夫陆应阳。桥号咏归，群来鹄立；轩名瞻在，各效凫趋。当年辙遍四方，未经南土；此日容留一邑，即是东山。假使未遂更新，任伊剥蚀。萧瑟三江之浦，凄凉一亩之宫。丹桂林前，难瞻河目；白檀花下，莫企堤眉。徒邀枫陛之恩，渐失杏坛之迹。良可慨已。幸而星使宣劳，云礽继美。谋成夏屋，重拓鸿规；坐向春风，旋增象设。奏弦歌于先甲，致祝告于上丁。接一瓣之余芬，文章莫大；仰九容之遗范，灵爽凭空。癸卯之夏，余游云间。杨君属为记之，剧喜今朝载酒问字，登西蜀之亭；还期异日焚香拖经，拜东吴之宅。

李许斋方伯改建嘉兴试院记

夫滕王之阁，王中丞复事经营；岘山之亭，史光禄重加葺治。然只供山川风物之娱，不得为翰墨文章之助。嘉庆乙丑四月，前郡守钜野姚公，才试嘉善、海盐二邑童生，遽丁丙艰。嘉定李公以海防丞，权守郡篆。甫至即扃门试士，时则淫霖不歇，积潦难干。试场湫隘，人似鹊拳；号舍淋漓，士如蝇冻。公恻然伤之，居无何，实授郡守。公乃跃然曰："今而后可以改作矣。"于是首捐鹤俸，继促鸠资。荐绅相与仔肩，胥吏不容措手。广征凫匠，遍召鲸工。材则坚致而整齐，事则周详而缜密。外缭以槛，内隔以庭。上则障以籧篨，下则甃以砖石。栋取诸壮，蔀转而丰。霞张百亩之宫，雾葺千人之座。春风均被，斯是广居；夏屋欣依，迥非陋室。骋妍抽秘，得争一日之长；踵美增华，奚只百年之久。盖不特两浙试院之冠也。夫以公经术饰治，学道爱人。气压元龙百尺之楼，胸蟠子美千间之厦。政迹所著，此特其一端耳。不数年，擢至闽省方伯。方一岁而九迁，忽终朝而三褫。不图蝉洁，转被蝇营。陇右故侯，遂烦对簿；杜陵男子，那肯诣曹。嗟薏苡之难明，致芝兰之自刈。幸而秦冤尽洗，梁狱早平。善类虽失其指南，谗夫卒投诸有北。一死仓黄，四海同哭；半生坚白，九重独知。帝称萧傅之贤，人作栾公之祀。崔靴未敝，薛榻犹悬。至今我父母之邦，能说公仁明之迹。政除害马，甘存南国之棠；节矢悬鱼，清忆西江之水。狼跋脚而仕途真险，豹留皮而物望群归。白傅仙龛，已归兜率；朱公茇舍，即在桐乡。在公亦奚憾也哉！金台弱龄被赏，暮岁无成。昔在膺门，忝作登龙之彦；今过董墓，频为下马之人。特念应试生童，四十年风檐角战，尽多夕秀朝华；百千士星次相排，得免雨淋日炙。竟不知公改建之力也。故为记其缘起云。

游横云山记

甲辰九月二十五日，王达夫招同雷荻人、丁步洲、雷蕴峰、胡小樵作横云之游。时则平野草枯，绿消无赖；疏林叶脱，红尽可怜。已残半湖之菱，早获千顷之稻。蝉恨秋老，蟹知潮生。白鹭掠波，近接舵尾；黄鸡啄谷，遥飞陇头。须臾泊舟山麓，登岸徐行。樵路三里，过桥小憩；农村数家，挈榼携樽。寻幽陟胜。则见仙鬟扑地，佛髻刺天。高耸七峰，奇标十景。崇冈青峙，拥石如潮；古树绿浓，缠藤作带。访石门于古洞，白龙不归；寻铜滴于荒坟，赤狮欲活。蒙笠以语，倚筇而呼。恍睹大痴着色之图，共吟小杜停车之句。其最奇者，为小赤壁。碧莲千花，紫泥万斛。羽客吹箫之地，仙人浇酒之区。仰攀危崖，啼一声之青鹘；俯瞰小涧，走几队之黄猿。入云门而惊为鬼工，临风穴而疑有神怪。或起或伏，熊罴乱腾；若吐若吞，蛟蜃欲泣。其最幽者为云鹫庵，门开[illegible]翠之下，僧老菊黄之余。犬作豹声，似嫌生客；鸽如鹤立，遥唤诗家。叶随人而入来，花对佛而微笑。三泠古涧，时喷寒泉；十丈平台，横亘秋壁。惜丹桂之久悴，喜青松之尚存。才到此间，便忘岁月；更于何处，求觅神仙。其最古者为含清堂，王俨斋尚书修史处也。当日者王珪被遇，一朵珠花；苏轼蒙恩，两行金烛。直笔经董狐之手，雄文出司马之心。五绝兼称，三长并擅。今则鹤归华表，燕去空梁。竹径烟霾，仅舞双雀；荷池水涸，不生一鱼。旧居悲宋宅之非，通德切郑乡之感。一场富贵，早成春梦之婆；百岁光阴，空剩秋声之馆。其最新者，为望云庄。今张诗舲方伯别业也。方伯船依日月，履曳星辰。陆贽衡文，榜悬龙虎；王尊立水，浪静鼋鼍。每承昼接之荣，将引夜行之戒。闲吟秋兴，图报春晖。季真请休，非有鉴湖之乞；摩诘挈眷，先成辋水之图。桐阴在庭，兰香满座。预开枌社，肯受北山之嘲；伫返莼乡，自饶南涧之趣。是日也，搜剔尽致，玩赏极欢。左右奇观，往来灵境。龙嘘鲸吸，妙作诙谐；猿挂螺旋，敢辞险阻。欲穷千里之目，愧乏九能之才。既而谢屐告疲，杜壶渐罄。归鸦四起，半随去帆；寒雁数声，时答柔橹。蟾月将上，鼍更已深。十里归来，回首竟如天上；三宵梦去，置身犹在峰间。结来愿于丹梯，誓寻盟于白石。古今代谢，舒羊公岘首之怀；少长同游，写右军山阴之乐。却笑酒人风味，最爱霜螯；且将诗客游踪，聊存雪爪。

南湖访秋记

余往来南湖，四十余年矣。乙巳中秋，又以试事至郡。始则骄阳尚炽，晚蝉竞嘶；继复积雨难晴，乾鹊靳报。严子伯年，约二十八日，作访秋之举。谓百里无山，湖遍擅胜；四匪如画，景最宜秋。请浮壬戌之舟，预备甲寅之爵。是日也，日气乍瘦，云容渐肥。蓼比人长，荷如女老。疏疏残柳，千枝蝶黄；瑟瑟枯萍，一个鹭白。人疑入月，船若登仙。先至烟雨楼泊焉。时方广征凫匠，遍召鲸工。丹柱电熌，皓壁星朗。于是迎风倚槛，披雾过亭。桥低而鱼气更香，塔远而鸽音徐度。菱剥嫩绿，饱嚼一盘；茗浮新红，渴尝七碗。遂乃三篙桨荡，一席樽开。喜李、郭之同舟，踞荀、陈之首座。志和西塞，共此烟波；昌黎南溪，无兹檠敦。奇情跌宕，欲与鸭言；醉态淋漓，或惊鸳梦。须臾转东城，过南堰，入徐园而小憩焉。丹桂一株，花余屋角；黄禾十顷，香拥楼心。风帆叶叶而到门，露槛层层而临水。虫抱苔罅，伶俜眷秋；鸟谈竹间，嘲杂混客。既而再登鹢舫，重整犀杯。时未昏黄，水益寒碧。九曲相引，一堤屡环。回绕鳌矶之旁，盘旋鹤渡之外。鹜影霞影，隔岸齐飞；雁声橹声，中流互答。客皆起曰："乐哉游乎。"而伯年冼豪同北海，未歇壶殇；颠甚南宫，将求图绘。却忆去年蒲舫，妓索比红之篇；还欣此日莲舟，客饶浮白之趣。同游者八人，高藏庵、顾榕屏、孙次公、杨小铁、张龙门及余子晋翗也。

游平波台记

癸卯四月，余偕盛云淦客游虎阜，路出莺湖。舟行鸭阵之前，台冷鸟声而外。鱼龙作队，别有一天；凫雁成家，似无余地。桥著画眉之号，秀莫与俦；水辞濯足之人，净不容唾。盖尝登快哉楼一眺览焉。迄今七阅寒暑矣。顾兹赏心，久失交臂。己酉首夏，访计君曦伯于闻川。曦伯乃夕具犀樽，晨呼雀艇。招同李耘庵、李子远，先至亚望，邀吴右岑、右涯昆仲，重游于平波台。则见复榭重轩，风光依旧；回廊曲槛，霞采顿新。同赤壁之后游，疑元都之再到。闲鸥哂我，已成老夫；野鹜导人，恍得良友。梵僧献茗，云满双瓯；渔女隔花，烟笼一网。是时也，樱桃之风正软，芍药之雨乍晴。柳阴渐圆，莺早无语；荷气刚发，鱼先觉香。树眠醉鸠，溪护孕鲤。千家市远，燕知此日春归；一角楼高，鹤见古时月好。况复地通笠泽，路接霅溪。千帆百帆，渡口飞白；三点两点，山眉送青。不惊西塞之风波，并胜南湖之烟雨。荇花片片，莫非鸂鶒余粮；菱叶田田，都是鸬鹚别业。于是琼筵肆设，瑶斝陆离。主宾不分，笑语罔择。水分丁字，却过帘前；花落辛夷，乱飘杯底。座无俗士，可恼元真；亭聚群贤，何渐逸少。抑余闻之，斯湖当竞渡之时，雷涌凫车，风旋鹤盖。黄头按部，赤手建标。十里芳洲，衫争苹绿；一堤画舫，裙妒榴红。然以水木明瑟之乡，作旗鼓喧阗之薮。以蓑笠清闲之境，变绮罗艳冶之场。纵属美观，殊乖雅趣。奚若此命俦啸侣，送抱推襟。载颠仙书画之船，得杜老沧洲之兴。仙解款客，佛许同龛。鸿爪常留，鸥肩欲拍。徜徉半日，聊随竹院之缘；点缀数言，思补松陵之集。

游虞山记

虞山者，东南一名胜也。庚戌九月，张筱峰、丁步洲招余同游。适金陵蒋楚亭偶寓南沙，愿为东道。竟留三日，遍历一山。快哉斯游，真梦想所不到者也。当夫晴旭初上，晓烟不飞。步步玲珑，重重明靓。天开沙屿，俯临蛟窟千寻；地逼海门，遥指狼山一角。亭有辛峰之号，墩无甲帐之遗。僧院未开，树眠鸦背；女墙稍缺，岭断蜂腰。兔藏言子墓中，鸠唤昭明台畔。三台石古，七桧枝高。然此仅城中之景也。既而曳踵出郭，举头见峰；萝攀渐深，苔践忘远。危栈历历，曲如螺旋；舆夫盘盘，险若蚁挂。所过兴福、清凉、维摩、松泉诸寺，群木夹径，烟光尽黄；丛篁满崖，日色都绿。龙去而涧仍合，鸟鸣而山更幽。松杪人行，猿先争路；梅花僧定，鹤亦解禅。幡悬一志之亭，灯现八思之阁。幢影入地，鼪鼯不惊；钟声出林，鹳鹊互答。坡名九里，曾闻灵鹫分支；殿涌千华，忽见金牛题榜。佛屋蕉碧，客窗桂丹。入鸟涧而取凉，招鸽峰而欲语。虽吾谷之叶无数，红未霜酣；而石洞之泉不喧，白如露滴。若夫剑门之险，尤为兹山之冠焉。破空陡竖，百梯一落，居然千丈。芙蓉出水，朵朵花青；箭栝通天，层层影黑。危磴豹伏，晴雷转而有声；怪峰狮蹲，斜日碎而失色。

别有拂水傍岩，石梁跨涧；倒峡成画，飞涛入琴。岂真练出吴门，浑似绵弹越杼。徐行西麓，打头都是乱云；倘遇东风，溅面还疑急雨。他若绛云楼杳，蛩吊夕阳；红豆庄荒，鸟悲残月。龟趺草没，谁知杨柳芳魂；马鬣烟平，莫问蘼芜小字。则又唏嘘欲绝，感慨交萦者矣。嗟乎！世人埋头蟏户，未携贾岛之筇；局膝蜗庐，孰蜡阮孚之屐。独余齿逾周甲，心恋芳辰；长源身轻，康乐兴逸。结羊求之俊侣，作禽尚之清游。攓云入怀，掬水洗口。草粘两屩，秋贮一囊。四百仞叠巘层岚，目不给赏；三十里横溪断谷，足竟忘疲。借山水为涵泳之资，使文章得行生之趣。岂非人生之乐事也哉。援笔记之，以示楚亭及丁张二君，并使后之游者，得所依据焉。

虎阜登高记

庚戌九月初八日，余偕张筱峰、丁步洲，由琴川至金阊。帆飞百里，如过马当；秋载一囊，将寻鹤涧。次日同访王养初于胥门，余谓潘大临满城风雨，七字留传；王子安一色水天，两言绝艳。靖节哀蝉之句，樊川秋雁之篇，皆重阳故事也。而况长洲苑外，不到十年；短簿祠前，适逢九日。曷弗作登高之兴乎。于是联袂出城，褰裳问渡。不用红藤之杖，且乘黄篾之船。半途访戈顺卿于翠薇花馆。素闻词客，青兕名高；遂造幽居，白鸥气合。既而酒楼小饮，快浮山简之卮；香径同寻，已泊袁宏之舫。寺未登而孤塔见，路将转而小桥横。烟火万家，遥指千人之石；楼台一带，又开五色之花。时山侧新成韦刺史祠。林亭翠交，堂屋丹绚。一房云拥，果然秀溢虎丘；三径风清，犹是香生燕寝。无何暮烟凝紫，晚照敛红。帽落参军，棹回王子。则见灯船四面，美人都作惊鸿；箫管两头，豪客尚呼酌兕。虽得十分月色，绚烂文章；可知七里风光，繁华世界。谁洒牛山之涕，肯输凤岭之欢。养初才如江海，思入烟霞。即夕填龙山会一阕。丁、张二君，从而和之。余也丑敢效颦，喜生见猎。摸鱼塘下，正值良时；斗鸭阑边，幸逢名士。秋风袅袅，未工楚客之吟；暮雨潇潇，且听吴娘之唱云尔。

四铜鼓斋记

诗舲张方伯之承宣粤西也。路拥万松,人沾甘雨;堂开八桂,士被休风。瘴云扫红,玉乳吐白。飞鸢不堕,狂象亦驯。载酒南薰之亭,哦诗北牖之洞。鹅毛鸡骨,翻柳州之旧篇;虎箭鱼钩,继玉溪之佳什。则有铜鼓焉,聚千八百岛,铸三十六炉。豕腹膨亨,鲸睛瞠突。每当狼卡獞屯,元宵祭鬼;猺娘蛋女,秋夕赛神。鬓插山鸡之翎,褥织孔雀之尾。进鲜则黄柑黑荔,佐酒则白榄红薯。九座坛前,大声鞺鞳;五方旗外,余响镗鞈。狗王受禋享而来,马人佥醉饱而去。然则是鼓也,必以为新息所制,武侯所遗,殆附会之词耳。乙巳之秋,方伯奉讳旋里,携四铜鼓以归。贾琮亮节,特辞交阯之珍;陆绩清标,仅载郁林之石。先是方伯辟园于横云山,颜曰"望云山庄",将乞养太夫人焉。不图移爱日之念,为见星之奔。兰欲采于陔南,萱忽萎于堂北。因不乐山居,乃于宅之东偏,葺治隙地。辋水园林,别开胜境;平泉花木,取畅闲情。露牙角则怪石皴苔,鉴须眉则明漪漱玉。藤缠檐紫,莲抱池红。鸟冲曲坐之烟,鱼唼平台之月。鼓则腰似庚甋,面如辰鉴。瓜纹缭绕,微露鹧鸪之斑;铜锈缤纷,尚盘蛟蜃之气。三叠徐击,四筵俱惊。此四铜鼓斋之所由名也。丙午春暮,金台重过云间。蒙方伯特开东阁,招饮西园。不愁行马之施,竟惬登龙之愿。陈遵投辖,醉止无休;韩轨留宾,宵分未歇。因命作记,以勒于石。夫以方伯经储边腹,诗解匡颐。临书摹北海之碑,作画上南宫之舫。无才不备,有体皆工。异日者,进八伯歌,成一品集。公自志和音雅,何难奏响于西京;我惭气竭声嘶,安敢献铭于南郡。

欠轩记

铜山李大令香谷先生,儿子晋翖房师也。荐邀北海,谬许英才;香祝南丰,长称法嗣。戊甲之秋,先生自杭城寄书来言。三年奉讳,子舍云孤;千里离乡,客装霜俭。虎林久寓,鹤俸全空。司马之四壁萧条,人谁佽助;伯龙之一官贫薄,鬼亦揶揄。今夏迁居于马所巷中,书舍一间,颜曰"欠轩"。盖以鱼圉圉而索肆,燕涎涎而谋栖。命是客星,身为债帅。轩以欠名,职是之故。今夫巧臣之夤缘不少，美官之钻刺恒工。或一斛而得凉州，或万缗而改宣歙。势堪炙手，欲更熏心。外绮内珍，户积邓家之宝；厚轮大郭，椟盈曹氏之财。佳驴与名马同征，水鳖偕山獐尽取。执金花之烛，婢侍百余；下玉箸之钱，食縻万数。沃土之脂膏顿竭，贫黎之皮骨无存。鬼瞰奚虞，舆评罔恤。若夫先生，则蟾宫早入，雁塔旋登。谓宜冰倚头衔，讵意尘蒙手版。陆贾南役，未蓄千金之装；贡禹西征，转损百亩之产。良由书生本色，岂解腰缠；廉吏居心，安知头会。巧莫施于有面，穷且甚于无锥。陈汤之积贷已多，潘璋之索逋恒满。负市间之酤价，奚止十千；借天上之聘钱，几逾百万。筑台罕地，燔券何人。崔九之作孝将终，久虚乌养；祖三之伤离更剧，难逐鸿归。遂使伯鸾留吴，赁从庑下；士龙入洛，借住廨中。百事星乖，千愁雨集。其能无杜门贡愤，仰屋兴嗟乎。然而屯必终亨，否乃转泰。叔夜何虞乎潦倒，广微休叹夫艰辛。且武林为山水之区，神仙之窟。六桥画舫，十里沙堤。饱看马塍之花，闲尝龙井之水。藉消旅况，足畅清游。而况舄凫佳政，人爱王乔；琴鹤清标，廷知赵抃。伫见云衢骥奋，士元非百里才；星海鲲飞，祭彤增一等秩。又何烦感伤蠖屈，抱恨鸠栖也哉。金台技徒刻鹄，才愧譬龙。未获瞻韩，先蒙说项。有丝麻而无弃菅蒯，深感恩情；投桃李而莫报琼瑶，只凭文字。敢将俚语，用慰羁怀。还期后约无乖，许我来窥东阁；纵使前程正远，知公尚恋西湖。

朱秋田《享帚山房图》记

乙巳十月之晦，我友沈浪仙招同江浦马石樵、海昌李秋纫饮于守经堂，嘉禾朱君秋田亦在座焉。酒半，出其《享帚山房图》，乞余作记。盖取南华之微旨，成北苑之新图。君之意抑何深且婉也。夫以君家居东郭，鹅鸭为邻；地近南湖，鸳鸯不去。秋尽而花发无际，天空而月流有声。新苔上径，座少杂宾；古芸生香，架多秘籍。才盈八斗，技了十人。谓宜璧贵倾秦，珩奇动晋。出三都而纸罄，成一字而金悬。奈何时乏赏音，世希知己。斩兕之锷，不及铅刀；蔽牛之姿，仅同散木。茫茫四顾，未闻北海怜才；落落半生，聊作东方玩世。斯图之作，良由此耳。当其雨窗选韵，雪槛抽思。击铜钵以铿金，贮锦囊而韫玉。清飙徐奏，莫非天上宫商；仙露饱餐，非复人间烟火。鹤舞花而三径静，骊探水而一珠圆。似此苦吟，合称风汉；从来名作，难索解人。则惟以诗歌自享而已。况复六法能精，三昧独得。寒香万朵，月无不白之时；密筲千栾，日有难红之地。秋声在叶，春痕上枝。摇笔烟横，拓笺霞绚。乃嘉陵山水，画壁徒工；而杜曲桑麻，薄田罕置。则又以绘事自享而已。而且心殷救世，志在活人。迹隐壶中，方悬肘后。十全为上，休夸抉蟹搜鸡；三折称工，奚取出蛇走獭。龙潜橘井，水亦疑仙；虎守杏林，花应并寿。然而不逢晋景，孰知秦缓之良；纵遇齐桓，漠视越人之技。则又以医术自享而已。嗟乎！倾身障簏，祖约何愚；握算持筹，阿戎甚陋。椟积王伾之宝，壁藏江禄之钱。谁不利析秋毫，市连夏屋。君独心持坚白，骨洗软红。襟披蕙风，袂洒兰雪。梦得陋室，岂必无铭；子山小园，自堪著赋。得清闲之趣，吾爱吾庐；语争竞之风，卿用卿法。贤兄竹陂，亦雅士也。姜被偕温，田荆滋茂。不比谢家瞻晦，遥隔门篱；还如张氏绪融，时谐笑语。竹陂有诵苕帚图，与君享帚之义。盖互相发明也。西风忽起，兄方障座上之元规；东阁休窥，弟肯作门前之魏勃。

钱渊亭《秋灯忆女图》记

鸣呼！玉律不暖，金梭忽飞；鸾环熄声，鹤驾韬影；心惊别鹄，曲制哀蝉。赋到金钗，元相遣怀之什；诗成锦瑟，义山感逝之章。此皆夫妇之常情，而非父女之恒理。若乃忆左家之娇女，饮泣吞声；痛李氏之足娘，含酸茹叹。笺天写恨，穴地埋愁。则钱君渊亭《秋灯忆女图》是也。女名愈姑，盖以生时，其祖母大病出愈故也。片月方堕，一星始辉。口齿自清，眉目如画。擘丝学绣，便拟针神；彤管习书，先排字母。教十年而奠牖，蘋藻夙娴；歌二月以盈门，李桃正盛。则有沈生鞠泉，洗马神清，士龙才俊。本卢李之中表，缔潘杨之昏姻。一缕红丝，双卮白玉。尔乃鸿妻烛理，羊妇识儿。盥先鸡兴，绩后乌宿。上头夫婿，裁成鹦鹉之篇；纤手佳人，绣出鸳鸯之谱。才真劲敌，欢若良朋。宜荀粲之深怜，极高柔之爱玩。方期倡随之乐，百岁与偕；试问伉俪之缘，几生修到。何图碧桃骨瘦，红蕙姿枯；柳被风欺，蕉因雨碎。二竖为虐，三医不灵。两载飞凰，华茵正暖；一声朝雉，长簟俄空。齐眉之案犹存，洗手之羹已远。辛丑八月七日，以娩难亡，年仅二十。鹿胎骑下，黄口才啼；蚕茧抽余，红颜顿逝。为鞠泉者，其能无鹍弦痛断，鹊镜悲离。置丛棘于回肠，借流珠以洗面乎。而渊亭则以为瑶草易凋，昙华难老；桃夭乍赋，杏嫁旋殇。每当万叶迎秋，一灯入夕。檐无噪雀，屋有啼乌。空阶蚁旋，侧户蛩咽。月浪微白，随风晕蓝；烛花坠红，及几忽黑。回忆婉婉肘下，依依膝前。紫石解书，碧笺认字。瑶仪四映，如兰有心；妍笔一枝，替花传语。智识比于辛宪，聪明即是丁娘。曾岁月之几何，乃星霜之告变。越溪日瘦，翠鸡不飞；吴市烟寒，白鹤乱舞。嗟韩挐之早没，闻声徜来；期郑采之重生，灭影犹望。于是借一幅之丹青，写十分之心绪。鹦悲燕泣，已矣重泉；鹊顾猿回，依然故态。虎头笔妙，鸟爪仙留。椒壁红时，似招娥影；枣帘绿处，欲唤香魂。若必责其过情，讥其溺爱。则庾开府伤心之赋，陈思王永逝之文，彼亦何为而忆女也哉。

张次柳公子《白马涧访僧图》记

淮宁张次柳公子，以南梁之才人，作东吴之寓客。夙承家学，原系凤雏。为侍宦游，恒陪鲤对。乘羊美貌，舞象英年。文章绍苏，忧乐继范。早见传经藜火，无愧红侯；初非佞佛菩林，自同白傅。惟是人澹于菊，气和若兰。独抱清标，迥超浊世。青山日落，吟来短簿之祠；碧水泉飞，咏到长干之里。则有枫桥诗僧觉阿者，曾赋青衿，忽参白业。梅沙弥天，机敏妙竹。尊者法相清奇，初地到来，即能慧悟；蒲团坐稳，亦是英雄。公子于是访花宫，寻兰若。时则寒蜂有影，睡鸽无声。淡淡梅花，鹭啄一池之雪；萧萧枫叶，鸦翻万树之潮。无如狮座空悬，鹿宫静闭。綦毋潜之题灵隐，只见白云；皮袭美之过栖霞，仅余青霭。莫逢行脚，谁与拍肩。陶社未开，王舟虚返。然而四禅天上，不昧前因；三宝地间，仍期良会。灵彻终当缔合，法和自有因缘。夹道松声，重来雅士；四山花影，争拜诗人。茶吃赵州，芋煨衡岳。方干订交于齐己，船有鹤居；陆羽投契于皎然，门无犬吠。并坐三生之石，欣逢一字之师。留笑语于虎溪，小住亦关絮果；悟机缘于鸟偈，大师不让莲池。此《白马涧访僧图》所由作也。夫以虎阜繁华，鸡陂靡丽。银灯替月，珠箔藏云。七里风光，竞围花市；百分春色，都在酒船。千指调丝，十眉环席。谁不魂销欢喜之地，心醉奈何之天。公子则凤音本清，鸥意独远。遍识寰中俊侣，更交方外高僧。孙逖之宿云门，烟花趣妙；王维之游香积，泉石声寒。斯则四姓小侯，逊其淡雅；八厨名士，无此萧闲矣。仆也未谋一面，遥印两心。将与公子，共钓五湖之秋，同玩千涧之月。庄襟老带，各惬幽怀；雪北香南，互参妙谛。公子其必有以许我也。

郁荻桥《雪屋填词图》记

余三十年来，好作骈俪之文，罕遇知音，难求同调。迩来于同邑中，得三人焉：一为伊孝廉铁耕，一为陈茂材乐泉，其一即荻桥也。霞思焕发，烟墨横飞。玉十瑴而皆双，锦百两而成匹。幸宗风之递嬗，庶吾道之不孤。然而才大者不只片长，业精者必兼众艺。荻桥诗情超隽，已抉欧梅之藩；词旨幽腴，直闯周柳之室。顷以《雪屋填词图》索题，窃叹其慧业夙授，瑶情自深。节协鸾歌，吟调凤律。身饶仙骨，手应佛心。泠泠乎，如濯魄于冰瓯，而洗神于玉镜也。当夫墙角风号，窗眉月瘦。酒冰寡味，灯冻无花。哀雁过而一绳青，栖鸦归而千点黑。琼琚掷地，绝不闻声；珠玉自天，倩谁拾唾。花飞六出，耿先生爪冷难抟；茶煮三更，陶学士肠枯易润。君乃莹发灵瞩，控引古怀。烛刻半红，笺裁小碧。资其湛澹，益我芬芳。凄入鸥心，瘦争鹤格。雀拳鹭缩，触拨其长谣；蝶怨蜇愁，描摹其幽致。霜钟一杵，响戛枯枝；风琴七弦，音铿古井。百折镂腑，万妍荡魂。何妨玉宇之高寒，偏爱嵰山之滋味。宜其花舒兔颖，香溢狸毫。妙掩金荃，工逾玉楮者矣。余也自愧哑钟，致讥湿鼓。倚声一道，无能为役。即以骈俪论之，亦恐文通就衰，已嗟才尽；明远垂暮，渐觉思枯。不敢与君角逐也已。

于辛伯《南湖柳隐图》记

余交辛伯，垂二十年矣。见其寄情吟咏，抗志风骚。字字珍珠，声声碎玉。吐词峭绝，莲叶清香；含毫邈然，梅花神韵。而且结联吟于湖上，云集簪裾；作琐话于灯前，风生咳唾。近时浙西之谈诗者，未之或先也。夫以辛伯仙笔动人，芳名震世。羡之者，佥以为姿容秀丽，丰骨清癯。张散骑杨柳摇风，谢临川芙蓉映日矣。而乃蔡泽巨肩，杨愔大肚。袁象行步，扶倩数人；韦艺独居，坐盈一榻。容仪特异，髀肉堪怜。由是矢志冥鸿，谢情轩鹤。芹香春水，早入黉宫；桂子秋风，懒游矮屋。室开虚白，尘避软红。高眠北窗，一蝶入梦；散步东郭，双鸳出迎。猊鼎香焚，少妾捧笺而侍；羊灯灶落，娇儿放学而归。催租无败兴之人，载酒有问奇之士。庐名一粟，容膝差便；架插万签，撑肠自满。茶烟入画，花气如禅。两字功名，偏轻雁塔；一湖风月，欲占鸥乡。此《南湖柳隐图》所由作也。余与辛伯，王肥沈瘦，状貌悬殊；谢笑颜嗔，性情迥异。然而芝兰协臭，松柏悦心；鸡黍尽欢，莺花并赏。爱君风怀澄澹，云意逍遥。胸襟具丘壑之奇，城市得山林之趣。鷦鷯知足，鹅鸭无猜。西踏蟹行之桥，南玩蛟舞之石。三篙新涨，鹭下红边；万树浓阴，鱼嬉碧外。欲认柴桑之宅，试观辋水之图。空谷自安，知魏三并非充隐；钓师可作，叹朱十竟有替人。

方莲卿《易砚图》记

禾中方莲卿司马，箧多珍秘，室满琳琅。卣则父癸母辛，鼎则伯申仲丙。拓来蝉翼，尽名贤碑碣之文；印出鱼波，悉往代云雷之器。洵迈俗之佳士，亦饕古之畸人。若夫紫腹池开，璧友珍藏于陶氏；绿腰墙曲，金城宝贵于徐君。石仅一卷，物足千古。则竹垞太史遗砚是也。昔竹垞高隐池南，著书亭北。五处士内，徐稺名冠乎姜、袁；七才子中，王粲文高乎应、阮。斯砚也，割紫云之一片；泻碧浪于九秋。质异虎头，品超龙尾。置诸蝶舍，恍含金斗。二星涤向鸳波，疑出白珠十颗。八万卷牛腰重束，家有良田；十三字鸲背细镌，友成妙制。既而庾园花没，扬冢草长。砚为孟颐山明经所藏，其子松田茂才，珍重世泽，不轻示人。莲卿见而爱之，遂乃和璧入秦，许田归郑。美人易马，得长公之遗风；道士换鹅，继逸少之佳话。摩挲自慰，把玩不离。薄烟未消，明月欲活。况莲卿素工书法，为高爽泉入室弟子。自获斯砚，益觉利器有资，临池日进。硬黄摹出，神运笔尖；飞白挥来，力透纸背。以朱五经之旧物，作方三拜之新交。癖嗜一生，几同颠米；磨穿十载，无异矮桑。夫以一砚之微，且犹绘图纪胜；然则仰企金风，亦贵博搜经义。眷怀长水，尤宜妙综诗词；我知莲卿，其必有以步武先民矣。

王苣亭《槐花吟馆图》记

戊申之夏，霪雨不歇，狂飙怒吹。户无鸡谈，墙有蜗篆。芦川病叟，正卧鹿床；篁里诗人，忽通雁讯。则王君苣亭，以《槐花吟馆图》索文时也。尔其家邻甲溇，庐傍丁溪。陆游三亩之居，庾信一枝之地。兰烟出砌，碧绕窗纱；桃雨入帘，红分砚水。梅风落纸，画带湿痕；松雪扑弦，琴作古语。桐荫半榻，桂馨一轩。据之而眠，紫藤沿槛；涉以成趣，黄蔷蔓檐。况君学积董帷，名高谢墅。古玩搜汉唐之秘，良朋结吴越之豪。室筑庚申，足娱垂白；诗编甲乙，频付杀青。字字鲸铿，行行虎绣。心如脱兔，妙运巧思；目送飞鸿，善描佳景。曲终人远，钱仲文笔若有神；月尽珠来，宋延清才称绝调。清飙徐拂，韵协修篁；甘露饱餐，味同檇李。宜乎鸡林市贾，争此琳琅；兔苑文人，逊其妍秘矣。爰倩虎头，为舒鹅绢。图成北苑，梦醒南柯。疏花瘦蝶之间，高树吟蝉之外。淡黄庭院，歌向鹂听；新绿帘栊，句凭鹊和。苣亭勉乎哉！心香可接，原是唐家四杰之魁；手植常存，足征宋室三公之兆。

绿杉池馆《修褉图》记

梦蔬道人诗通六义，书擅八分。鹤立之姿，自成澹逸；蝉联之语，时发铿锵。涤砚则云满一池，抚琴则月临五夜。乃以殷七栽花之暇，约黄九把盏之欢。丁未上巳，招同沈筤溪、罗友兰、钟穆园、朱文江作修褉之会。斯时也，节当三月之首，人在百花之中。亭角软风，莺梦乍暖；溪头薄日，蝶衣正凉。桑下啼鸠，红雨欲落；柳边系马，碧阴渐多。胆瓶贮春，腰鼓催酒；桃花万点，竹叶三杯。画阁初开，好山如活；羽觞已罢，新水犹香。回溯壬寅，忍话齐乡烽火；虽非癸丑，奚殊晋士丰神。彼夫射兔分朋，撩鱼戏女。结钱龙而置宴，扑粉蝶而鸣欢。岂足拟此日之星聚名流，风生健笔也哉。抑余自念生平，每敦白社之交，尤爱黄冠之侣。如武原张补梅、赵淩洲、瞟城王溪云、魏塘彭卧云诸道人，靡不芳范相钦，雅材互赏。高松独鹤，萧炼师投契孟郊；浅水游鱼，许羽士缔欢袭美。迩年来，又蒙梦蔬送抱推襟，揽环结佩。春留瑶岛，系念刘威;玉㗩元关,感怀王起。兹者出视文江所绘《修禊图》,笔花洒落,裙屐皆仙;墨采飞腾,池台顿古。写半醉半醒之客,描不晴不雨之天。呜呼!一日称心,自堪千古;百年聚首,难得几回。纵未能侍宴承恩,效束广微之对;窃自喜振毫纪事,附王元长之文。

时祉卿《空山鼓琴图》记

风嗉龙腰,余响远出;青翻白博,古音欲仙。苟非高雅之人,难语徽弦之妙。时君祉卿,风怀澄澹,云意飘飖。交谢狗屠,师寻马帐。珊珊弱质,雀瘦不飞;黯黯苦吟,莺啼若和。兰露研墨,松风拓笺;春涌毫端,秋生腕底。尔乃虚白凿牖,孤青缭垣。萤光堕红,鱼影嬉碧。树萧森而蝉蜕,石嶕峣而猿鸣。有趣必佳,无弦亦妙。黄雪三径,鹤才梦醒;绿阴一庭,鸿欲归去。虚籁未息,点尘不生;叶声满林,花影在地。又闻尊阃绿云夫人,才女也。发甄书而神通,临卫帖而格肖。鸲砚晨涤,云飞一池;兔毫夕挥,华灿双管。每至鱼霞敛巘,麝月当楼。罢描长眉,旋抚焦尾。鸾柱徐拨,湘兰吐馨。鹍弦乍弹,园竹尽裂。斯则鸣鸠载咏,韵叶参差;弋雁兴歌,音调静好者矣。每慨绮纨子弟,裙屐儿郎。有撺蒲蹋踘之娱,无书策琴瑟之好。韩符学浅,要非入海之鲸;嵇喜品凡,真是题门之凤。祉卿独金心外朗,玉骨内涵。引遥思于雨窗,发高吟于月榭。成连海上,能移我情;文畅斋中,如见其志。岂非翩翩浊世之佳公子哉!

木鸡书屋文四集卷五

户部尚书何文安公传

公讳凌汉，字云门，号仙槎，湖广道州人。父文绘，廪生，以学行伏一世。公禀庭训，恒跪而受读。韦稜幼年，便自说经讲义；陈颧少日，早为立宅起门。九岁应童子试，年十六，州府试皆第一，补弟子员。公家极贫，又连丁内外艰，于是覃心映雪，矢志乘风。吕向就药市观书，游雅乞浆壶作字。熊生设教，士被裁成；马帐传经，学分等次。既而木鸡养到，火候十分；金鹗高飞，云程万里。嘉庆壬戌，以拔贡生朝考一等，为吏部七品小京官。甲子应京兆试中式，乙丑联捷，以第三人及第。斯时也，奉职麟台，校书虎观。风云得气，下笔有声；星斗摩空，雄文无敌。扈六飞而视草，供十吏之挥毫。旧典朝仪，雅谙王令；撰辞奏议，断属燕公。仁皇帝时，由编修擢至祭酒。今皇帝时，由侍读学士擢至尚书。其间任顺天府尹最久。手析牛毛，心悬鲤镜。德威并著，宽猛均宜。号令严明，张京兆搜少年三十辈；仁恩汪濊，袁邵公出狱罪四百家。时值兵事方殷，军需孔迫。前征回部，后讨台湾。队压貔貅，粮支鹅鹳。师韩滉举囊之智，万士争行；学寇恂输辇之勤，三军宿饱。至于筹屯防之便，酌捐赈之方。议京察之条，定回漕之例。姚通宋法，并取其长；杜断房谋，兼擅其胜。李文靖善读《论语》，节用爱人；吕公著能折同官，约言精识。宜乎卿历五部，职效三司。绩奏朱宣，功开黄序也。今夫日行黄道，躔度或讹；星傍紫垣，缩离偶忒。公则卅年赤绂，一路青云。纪勋则列笏难书，志宠则铭钟未罄。凡参貂福字之赐，不可胜数。王旦蒙犀带之颁，范镇拜龙茶之赏。饷酴醾于李绛，褒以忠勤；锡钟乳于高冯，报其切直。天廷湛露，总是光荣；宦海福星，从无波浪。猗与休哉！近世名臣，未尝有也。公学贯九变，艺兼三长。对梁甫七十二封，数河图四十六事。诗律得诸廿四品，书法本诸十三行。以故叠掌文衡，屡膺简命。为督学者二，典乡会试者六，作同考官者一。其他泒阅覆试、朝考散馆、试差大考卷，络绎无间，握鉴欧阳，果能得士。焚香清献，绝不瞒天。参满狄笼，衣传范钵。己亥秋，充顺天副考官。长子绍基，亦典试福建。恩纶颁丹凤十行，优眷及白乌十子。苏颋随父，平时禁篽同居；崔宏率儿，此日轩轺并驾。尤极儒生之盛遇，允为海内之美谈。庚子春，值孝全皇后丧，齐集西淀十余日。偶膺鱼疾，遽逝驹阴。大雾尹殂，流星葛陨。年六十有九。上悼惜者久之，赠太子太保，赐谥文安。据谥法，勤学好问曰文，止于义理曰安。本朝二百年来，得此谥者，自公始。盖惟公崇山涛清虚之德，厉卫绾谨慎之风。名世文章，董玉杯之醇正；立朝奏疏，张金鉴之光明。故能生被隆恩，殁邀重眷。三台云暗，乘箕思黄发之臣；七泽风寒，捧日忆丹心之佐。易名之典，洵足与先儒陆文安公、金文安公相媲美云。金台亲见公督学浙江时，遍搜怀挟，危坐堂皇。虽矩令之霜严，仍襟期之月朗。马逢伯乐，曾奋轻蹄；琴遇中郎，辱知焦尾。而乃李门才厕，韩席遽睽。公自骑鲸，已失干桢于周室；我犹屈蠖，空悲杞梓于楚邦。

山东曹州知府吴公传

夫公望公才，虞骓克备；用文用武，裴侠能兼。清献拯民，携去一琴一鹤；崇文擒贼，收来万瓮万牛。危非仁而不扶，祸惟智而立定。斯盖张辽才大，长社勿惊；亦由虞诩器良，盘根自解。生为保障，殁作神灵。岘山刊思德之碑，桐乡纪名臣之传。如曹州知府吴公者，殆其选矣。公名阶，字次升，江南武进人。年十八，即独身走京师，受知于王侍郎昶、朱学士筠、陆中丞燿。谢庄年少，秀冠江东；崔浩才高，名空冀北。读书而兼读律，富学而即富兵。旋游幕于秦、晋间。潼关日出，屡闻晓鸡；汾水风寒，时见秋雁。作令狐之书记，壮司马之赀财。遂乃南金北毳，散如泥沙；秋水春山，赏尽花月。供夏侯以四马百人之食，举世夸豪；置春申于一枭五散之间，及时行乐。放荡几同阮籍，聪明实过杨修。玉露取材，罗大经尤能记事；金星入命，段少连更善聆音。燕姬挟瑟之场，赵女鸣筝之会。亦复讴追王豹，曲著野狐。楚袖贡欢，齐缨索笑。无如心殷捧日，足滞笨云。许文休万里空驰，朱翁子五旬未遇。铁剩桑君之砚，金空陆贾之装。然而髀里肉生，初心纵负；酒后耳热，壮气犹存。先是公罄所蓄，赀入户部，以知县注选，次后不得除。久之，投效南河储刍茭，程畚插吕梁立埭。著雄略于谢玄，浚仪墕流；展伟才于王景，及夫竣事，受知当涂。以本班发山东试用，累署聊城、郯城诸邑。政成十奇，名播三善。腰虽频折，手可独支。嘉庆十八年秋，摄金乡县。初非三载之颍川，不过五日之京兆。时则奸氓王则，妄习五龙之经；逆竖张昌，诈称一凤之瑞。公以为牧刍既受牛羊，田稚岂容螟螣。立擒贼首崔士俊，及其党孙战标、宋大勇等。萧惠开素称卧虎，本是奇才；张文纪遑问野狸，直诛元恶。而乃苏缄料寇，反被怪于刘彝；宗丹知几，偏见疑于陈珙。不数日，而大兴林清之难作。幽燕蚁动，齐豫蜂屯。拟潜龙八卦之名。分钜鹿三公之号。北门窃管，南内称戈。敢倚猬毛，互凭虿尾。公已先行保甲，次练官丁。臂指相维，爪牙是寄。训申三略，令下十条。宵则万灯星悬，昼则千盏电翻。借九日黄花之宴，伏四城白棓之兵。运筹动契于龟著，抚士乐同于凫藻。笔能倚马，三千牍疾若风飞；志在歼鲸，八百弩投如山积。王罴指冢，欲死者来；韦虎张幢，有前无却。不然任聚萑蒲之众，莫施渤海之绳。如定陶、曹县之间。贼已然眉，官犹束手。耿翔作逆，枭长吏之头颅；方腊逞凶，探宰官之肠肺。若斯之伦，诚不足数。至于滑令强公克捷，先捕牛、李二贼，旋被其党攻城，阖门死之。盖一则如崔楷陷贼，势必捐躯；一则如薛登捍城，力能荡寇；一则如睢阳义烈，殉节者三十六人；一则如孝宽智谋，苦守者六十余日。一死一生，功孰伟焉。自有公而豺牙势敛，螳臂气衰。万民顿以鸠安，一邑免其鹿铤。特是雉方带箭，已经五采离披；虎尚负嵎，敢恃千盘郁律。鸠夺巢者非一，免营窟也有三。于是刘运司清、马参将建纪，云旗亘天，霜戟斫地，三百曲踊，七十据鞍。歼兕党于髫山，磔羊群于扈集。穷搜鼠穴，雄驱力士之丁；遍扫狼烟，净洗长河之甲。京营貔虎，得唱凯旋；山左虺蛇，无虞蠢动。试从燎原之日，还忆徙薪之人。苟非桓范有囊，高冯若镜。先剪羽翼，预锄萌芽。又安得系越缨长，定秦刀大。文传露布，曲奏云铙也哉。然则读杜陵诸将之篇，上吏部元和之颂。益叹公之经猷出众，斡略绝伦矣。公摄篆凡九十七日，论功擢桃源同知，旋授曹州知府。蒙九重特达之知，迈三载考功之典。益复廉能自厉，劳勚不辞。清有孔姑臧之葱，严无屈突盖之艾。子康礼教，敝人息词；孟博威名，贪吏投印。贾琮上簿，计最于十三州；郭贺褰帷，服殊于二千石。方将资寇准以锁钥，畀韦皋以珪符。而不谓胆尚如云，鬓先点雪。年迫日索，文渊生悲；食鲜事繁，武乡竟逝。道光元年八月，遂终于曹，春秋六十有五。公生平事迹，详见陆祁孙、盛子履集中，兹不多赘。其著作则有《礼石山房集》五卷，《手治官书》《金乡记事》各四卷，《皖江云》《人天诰》《护花幡》传奇三种，靡不词澜喷薄，才藻飞扬。健龙扛之文，增鸡市之价。而以言乎公，则犹其末务焉耳。

朱母盛太恭人传

盖闻读书之效，江母所以训文通也；择友之严，张母所以诲密学也。持身之要，周母所以励伯仁也；美政之成，郑母所以助善果也。自来良骥之腾骧，每出慈乌之教督。视彼严妪回辙，温母绝裾。识富贵之不祥，叹乾没之致祸者，岂可同日语哉。朱母盛太恭人，小云观察之母也。少习张箴，长知颜诰。徐淑素娴文义，荀灌克尽孝思。年二十一，归赠公梅坡先生。洗手调羹，齐眉举案。龙梭夜月，花不落而恒飞；凫弋明星，天未晨而戒旦。无何遭君舅之丧，族人与赠公为难。室内操戈，救无披发；突边厝火，祸在剥肤。兰忌当门，桐忧入爨。逼人太甚，中山奈此封狼；助我凭谁，破屋更多黠鼠。刘伶则挥拳可畏，张俭则托足何方。太恭人情殷保赵，志切安刘。贮辛苦于荷心，拓艰难于棘手。衅消十辈，计定三迁。赖兹挽鹿之功，得免射牛之害。时观察公犹童子也。怀中蛟吐，预卜能文；笥上蛇蟠，果知必贵。鸢肩早奋，鹿角频摧。才采鲁芹，便攀燕桂。辛未岁，举礼闱第一人。名冠南宫，身登东观。坐升七宝，人望如仙；影步八砖，堂原署玉。既而木天谢职，水部改官。何逊擅才子之称，张籍得文雄之号。拜恩北阙，典试南荒。白僰乌蛮，词客壮游之地；碧鸡金马，名臣奉使之区。斯时也。万里长征，双亲遥隔。低回屺岵，绿迷芳草天涯；怅望门闾，红满夕阳楼角。癸未秋，观察公丁外艰归。丙戌春服阕，始奉太恭人北上焉。树飞驯雉，拥省郎之青缣；冠带神羊，捧侍御之白简。壬辰岁，授永平府知府。雕野龙城，星轺问俗；鸡田雁塞，露冕劝农。不作郅都之鹰，只携阅道之鹤。奸顽渐化，革带牛佩犊之风；廉洁自持，坚使马如羊之誓。太恭人犹且警虞潭以忠义，勖崔寔以公明。衣被所余，曾无德色；鞭笞之下，乃有颂声。盖自出守永平，以至分巡清河，如一日也。观察公宦情素淡，计决收帆；归兴正浓，气消叱驭。罢射北平之虎，将盟东海之鸥。且欲为太恭人进九秩之鸯觞，祝百龄之鸿算。萱荣堂北，兰采陔南。与其宦海淹留，鲊封陶侃；曷若家园侍养，鸡宰茅容。从此七旬萧愿，尚有高堂；八帙丘为，永依贤母。何幸如之。特以三载戈兵，四郊烽火。正值大壑鸱张之日，尚非慈闱燕息之时。倘遭长途鹤唳之惊，殊乖孝子乌私之报。蹉跎既久，殗殜遂深。青黏之散无灵，白柰之花已兆。卒于甲辰四月十五日，享年八十有九。宜观察公之对帕衔悲，捧瓯致恸。社停桑柘，诗废蓼莪者也。虽然太恭人年随德茂，庆与善俱。象服翟衣，既膺美号；犀翘爵钿，无愧令仪。回忆当日者，蛋尾交侵，鸮音不歇。怒移见蟹，危伏掇蜂。况复家徒四壁，破窗纸而蝶飞；屋漏七星，涩灶泥而龟坼。贫空雁粟，寒乏牛衣。几几乎鸟屡伤弓，虫频食蓼矣。所幸福门日盛，珂里称荣。加以观察公爱日情长，流霞酒泛。种子母檀栾之竹，戏妇姑腷膊之棋。奉杖莺辰，扶舆蟾夕。供庾沙弥之甘蔗，献陈叔达之蒲桃。山涛就衰，能承色笑；荀凯渐老，敢惮勤劳。以六十五岁之儿，依然婴稚；竭一十九年之养，足慰生平。斯亦何憾也哉！太恭人禀受素厚，纤微必亲。起争鸡先，宿每乌后。而且霜俭律已，云慈覆人。拯涸辙于西江，借余光于东壁。以故任昉禄米，半乞亲知；杨恽赀财，恒分族党。阳金手掷，阴德耳鸣。初观察公艰于嗣，太恭人为迎桃叶，遂茁兰芽。阮氏高门，特生遥集；李家先德，已产衮师。燕玉呈祥，犀钱启瑞。益见其储休有自，造福孔多也已。爰索芜辞，为扬芬范。芳华诔素，殊惭希逸之才；端懿昭彤，徐俟蔚宗之史。

柯小坡传

君讳万源，字星庐，嘉善人，府学增广生。祖鸿逵，县学生，善书工诗。父汝锷，乾隆壬子举人，官龙泉县训导。君弱岁耽书，妙龄延誉。戴逵游戏，便作鸡碑；张俨聪强，立成犬赋。年十九，始出应试，即补弟子员。遂乃铭心自厉，淬掌忘疲。刘知几练习史材，李崇贤专精选学。三十乘图书之秘，胜于张华；八千纸钞撮之勤，似彼崔慜。于是奇思风涌，丽藻霞蒸。谈折朱云，曲高白雪。方干织字，妙得龙梭；沈约谐音，讵烦牛铎。时山阳王文端公按试禾郡，君以投醪赋受知，冠其曹偶。吴兴尚书，雅知东海；洛阳开府，独许宛陵。

葭既入于狄笼，衣宜传夫范钵。无如鸡坛望重，蟾窟缘悭。纵秋实春华，学能兼擅；而冬雷夏雪，才竟违时。淮南鸡犬，偏易飞腾；江上鱼龙，卒难变化。痛蛾眉之未嫁，巾箑生悲；嗟燕颔之不侯，弓刀长啸。尔乃远离莼浦，随宦栝州。枫树湾头，红叶铺径；桃花隘口，白云漫山。龙吟铸剑池中，鸟语留槎阁外。嗣复帆过淮城，桡停袁浦。蛙声五月之雨，蜃气一湖之烟。满天云意，鹄鹈乱呼；终古江流，黿鼍为伍。触目风波之险，关心旅况之艰。因而社燕倦游，劳鱼永息。雾豹藏迹，文章益奇；冥鸿闲飞，羽翰遍逸。汉唐绝业，自定千秋；吴越才人，应空十辈。故其标举性灵，抑扬风雅。啭春莺于叶底，流转如环；扑秋鹘于峰巅，精爽时露。能参五际，自成一家，则有《墨磨人斋诗集》若干卷。笛家善唱，琴谱惯修。松姿独清，兰格弥静。手持纨扇，凉乎白燕之魂；口咽玉箫，醉倚红鹦之曲，则有《杏花春雨馆词》若干卷。若夫篇篇积玉，字字掷金。木海郭江，特标雄制；宋风谢雪，尤骋妍辞，则有《延绿草堂赋稿》若干卷。至于裴松注史，尽辑奇闻；向秀释庄，别多解义。扫前人之纰妄，示后学之津梁，则有《陈迦陵四六注》若干卷。晚年来更精考据，不懈校雠。长卿才士，兼授七经；仲宣文人，亦通三礼。则有《周易名物类考》《礼记郑陈异同》若干卷。况复搴词林于中叶，酌笔海于前修。怅庾信之篇章，存惟有五；惜安世之书箧，亡已经三。虽窥豹而未全，冀调鲭而得合。其勤搜乡贤之遗集，有如此者。而且青毡高坐，绛帐宏开。扬雄立问奇之亭，张楷成学道之市。谓读书端宜识字，考古先贵审音。恐凌霄蔽日之姿，不归绳墨；愿蹑电追风之骏，悉受辔衔。其善诱后进之苦心，有如此者。惟余与君，并采芹香，互披兰馥。得如乌幕，温、石俱罗；绝似兔园，邹、枚并集。参苓药我，口虽苦而疾瘳；醇酬饮人，颜未酡而心醉。四十年鹭盟永保，一百里鱼素频通。犹忆庚寅初夏，癸卯首春。宾至如归，客来不速。同游古寺，饱餐雁塔之云；共载画船，戏弄鹤湖之月。夜永而流觞无算，谈深而拂剑有声。欣风骨之依然，讶霜髭之如许。何图未周六秩，遽返九霄。小别几时，竟成噩梦；大招何处，莫慰知音。宿草已长红心，故交谁敦白首。电绝文采，露晞山阿。生赋九歌，天真难问；死怜三拜，鬼岂有知。卒于道光乙巳八月朔，得年五十有九。子六人，长名尧桂，府学生。瑰颋家学，早闻四方；纪群交游，兼及两世。今尧桂已乞霁青太守作诔，复以传文托诸鄙人。承先志也。呜呼！风花错迕，抱痛松楸。烟墨丛残，急谋梨枣。窃哂李郎一集，徒掷溷中；还欣晏子七篇，永留楹下。此日追怀白社，空招骑鹤仙人；他时重过黄垆，为吊狎鸥亭长。狎鸥亭长，君晚年自号也。

沈臞宾道人传

臞宾讳蕴和，姓沈氏，海昌之硖石人。八岁出家于乍川之城隍庙。以初平牧羊之日，作王乔控鹤之身。月步云姿，来从瑶泽；霞翎雪羽，降自珠田。早见其风骨之不凡焉。先是庙中有鹤怀道人，列品于七十二仙，储精于八十一气。恬吟密咏，鹤振翮而遥聆；泼墨含毫，龙点睛而欲活。春酒罢酌，时眠落花；秋琴昨张，且伫凉月。神游黄古，境隔红尘。臞宾其徒曾孙也。渊源有自，堂构相传。闲吟伯雨之诗，偶作华光之画。桂华挹露，芬满一山；兰气迎风，香来十步。而且胸藏智玉，骨蕴慧珠。敏决如流，机宜洞照。每当人如麇至，事比猬繁。疑酬接之难周，亦经营之易倦。而乃言流珠玉，锯屑欲飞；韵带烟霞，不衣自暖。层城结伴，李炼师见重香山；海岛从游，焦羽士得交摩诘。观其二十年来，以庙事为己任。展四达八窗之略，聚九柯十匠之材。画栱熊蹲，雕甍鸾翥。烟栖虬桷，星入虾帘。网户迎秋，曲房延夏。云萝四壁，水竹一轩。日方照而霞障红，雨未来而雾筵碧。楼头俯瞰，马拂千鬃；池面平看，鱼衔百尾。无何值壬寅四月之变，星狼焰炽，风鹤声喧。鲲背高撑，豺牙狂噬。鬼哭空青之树，神号太赤之宫。虽海滨之狩鳄旋移，而屋上之妖狐竞啸。井堆牛骨，日炙弥腥；庭积蛟涎，风吹不散。檐頳鸱吻，瓦解鱼鳞。蛇盘粉壁，乱堕轻砖；鸟啄风筝，时飘碎玉。乃凭修月之斧，重葺凌云之台。犀象不惊，鼋鼍永戢。溪山明秀，无烦食墨之龟；轮奂丹青，复见贺堂之燕。此则臞宾之有功于庙宇者最巨也。奈何河鱼无恙，巢鸶告灾。窃谓鸡能舐鼎，道力长坚；岂知蝉已蜕翎，仙风遽杳。竟于甲辰七月初四夜无疾而终，春秋四十有一。贞白委化，屈伸如常；思邈仙游，颜色未变。异哉！仆也本尘中客，结方外交。鹅来逸少之家，鹤入长公之梦。乃闲寻白鹿，刘威之赠句方新；而遥控青骡，张贲之伤怀何极。其徒孙殷葆真乞志风徽，将征哀晚。藕花十丈，已归太乙之仙舟；瑶草一茎，请奠长庚之絮酒。是为传。

书赖豫仙事

赖豫仙名鹏飞，字程九，浙江象山诸生。学通九流，才蓄一石。登高作赋，疑小谢之后身；临池习书，得大王之遗法。然而俗疵文雅，人恶俊英。指跃冶为不祥，目柯亭以废物。鹴裘典尽，囊空入手之钱；鹤料饥来，炊乏撑肠之米。穷鱼失水，旅雁叫秋。一枝吹吴市之箫，半束乞齐邻之缊。荒村月落，作陶令之叩门；破庙风寒，拟阿难之拓钵。花飞藩溷，玉掩泥沙。消白日于墦间，任彼揶揄而笑；指青云于天上，依然顾盼自雄。尝行乞至金山之张堰，时诸士子将赴关庙文社，豫仙先往入座，僧徒叱之，豫仙大言曰："我亦能文者，何轻我也？"既而诸士子据膝咿唔，皱眉思索。豫仙乃口吐鸾凤，手挥龙蛇。以袂蒙屦辑之容，极墨舞笔歌之乐。藻摛五色，脱稿竟署龙头；力扫千军，主盟俾执牛耳。于是怜才晏相，好士平原。惜星鹊之无依，劝雪鸿之小住。烛分东壁，浪激西江。脱却鹑衣，竞致轻裘炫服；抛将鼠食，饱尝大酒肥鱼。栖幕之燕可安，束脩之羊且满。无如任情落拓，秉性狷狂。闭以雕笼，青鸾因而停舞；羁诸皂枥，紫骝从此罢嘶。神龙则气实难驯，角鹰则饱即思去。酒旗戏鼓，浪迹酣嬉；僧帽道鞋，行踪诡诞。既奔走之无定，亦辱侮之孔多。虽群盗见怜，偶知李涉；而醉人无识，惯骂苏瞻。卒之夸父之逐日徒劳，列子之御风未善。秋虫秋鸟，时为远客之吟；江草江花，不入故园之梦。千山独走，呕出诗肝；一锸恒随，埋将醉骨。未几，卒于盐官法喜僧舍。墨子之突未黔，黄公之垆已邈。丁仙鹤返，应悲我已无家；甲口鸡鸣，谁念鬼犹求食。此亦谓天壤之狂生，人间之畸士也已。甲戌之春，余游白泾。单君静山谈及豫仙遗事，故至今犹约略记之云。

书陈蕴斋事

陈蕴斋名球，自号一篑山樵，秀水人。家在瓶山之麓，少补博士弟子员。屡踬秋闱，弥勤冬学。读书深柳之堂，抚卷孤松之径。月吟雪讽，力行尤勖丁年；雨晦风潇，高论每及申旦。名高马帐，望重龟山。打头之学舍三间，接脚之门生数辈。生平最工骈体文。晕碧裁红，六朝绮丽；抽黄配白，四杰才华。尝得冯梦祯所撰《窦绳祖传》，因成《燕山外史》一编。阳亢宗键户六年，崔慰祖聚书万卷。言皆璧合，句必珠联。凤藻飙腾，龙绨雾落。写欢娱之境，花都解颜；抒愁苦之词，烛亦垂泪。顾其所以著是书者，固别有寄托焉。盖蕴斋以司马之高才，乏伯鸾之佳偶。忧生脱辐，祸起剥床。才牵系足之丝，便肆反唇之剑。空举齐眉之案，忍挥撞腹之刀。邢子才偶入深闺，竟遭吠狗；陈季常惊闻拄杖，难绝吼狮。故其外史中，言室人之交谪，叙阃内之寡情。几于鼎铸神奸，图描魔母。然亦太甚也矣。蕴斋素擅三长，尤精六法。神追北苑，妙契南宗。郭恕先天外数峰，米元章烟中一抹。今相国阮公督学两浙时，试画于宏文馆，名列第二。公颇重之。后公开府于浙。蕴斋自甘淡泊，不事干求。兔窟羞营，牛宫长闭。性惟嗜酒，以此自娱。朝泛孔樽，夜倾毕瓮。焦遂高谈，醉惊座上；潘璋索债，立满门间。尝买猪睹一枚，套于左手，啖以佐酒，人笑之不顾也。良由胸藏抑塞，骨抱权奇。是何鸡狗，毋混乃公；且食蛤蜊，不知许事。晚年处境益贫，周舍庭前，惟施荻障；沈觊厨下，仅啖荇根。有闻川学生，载脱粟一航饷之，拒而不纳。献门人之花练，姚察竟尔回头；馈弟子之盘餐，张绪未尝果腹。可知儒者，廉果如鸡；莫笑畸人，操偏似蚓。斯真一介不取，万钟无加者也。今者董帷尘满，扬冢草长。诗文俱已散失，于君辛伯偶得其小诗数首，急录入《灯窗琐话》中。藏凤半毛，获麟一趾。所惜方干身后，未蒙补阙之荣；还欣元结箧中，略有搜扬之举。

书王蔗田太守保守松郡事

自英夷之躏东南也，蛟涎吐云，飑毒吹雪。凡守土者，靡不望轮车而鹢退，闻飞炮而麇奔。列幕千屯，凭巢燕雀；狂澜万顷，任浴鼋鼍。尾不剪鲸，鳞谁批鳄。其有履霜警备，未雨绸缪。芒看玉弩之生，众有金城之托。老罴当道，保障独劳；妖蜃潜溪，波涛永奠。其惟松郡太守王公蔗田乎。公以辛巳举人，授江苏沛县知县。巡抚林公奇其才，调知江宁县，擢海门同知。卓茂以盛德见褒，杜诗以殊猷报最。已略见一斑矣。壬寅四月，英夷陷乍浦。松守遽引疾去，公奉委权郡，是月二十四日，受印任事。时则顾邑之鲎帆才退，宝山之狼燧频腾。五营官兵，七邑军械。俱调赴吴淞。郡中仅弱卒二百名耳。公即属募丁壮，亲训止齐；捐修子城，务令坚固。五月初八日，夷人攻吴淞。提督陈公化成力战死之。越二日，入上海。奸人未除，赵信勇将先失；岑彭已见，妖星纷缠太白。谁将朽索，驭定飞黄。敌有黑鸦之军，我无苍兕之队。望气而可怜吴墨，腾声而莫破宋聋。公急上书乞援，请以调赴吴淞之寿春镇所带兵二千，截留防御。十二日，夷船由黄浦犯郡。适寿春镇尤公渤先至，公出乞援禀稿示之。尤公慨然曰："公文官不惜死，况我武臣乎？"遂乃指臂相维，爪牙互倚。丁晨筹笔，午夜传餐。胸运六弢，手携一剑。征鼙雷动，契箭风驰。时土匪乘间劫掠，公擒为首二人杖毙之，又获汉奸二人，力斩以徇。鲁盗急捕，秦谍旋诛。于是任光持炬而行，耿纯衔枚而出。兴霸银碗，遍酌百人；杨津铁炉，乱投群贼。夷人始惧，然犹欲取道泖湖，直趋苏郡。公先密谕渔人，诱之入浅，草胶舵牙，泥污轮腹。朱伺则邀逐水阵，王轨则遏断敌船。遂使狡兔技穷，但思离窟；贪狼焰息，无敢凭城。非特五茸免蹂躏之灾，三泖得安全之庆。而且麋城重地，幸脱鲸吞；虎阜要区，未闻鹤唳。公之力可谓瘁矣，公之功可谓高矣。既而铁瓮之坚城又破，金陵之和议旋成。公竟以失援上海，被议落职。论者以公身当羊犬，临事不惊；气作鹰鹯，逢凶必逐。以二千石之职守，贤十万师之甲兵。政令先庚而已孚，军民旁午而相贺。方谓勋名出众，丹霄之觐日非遥；岂知蜚语遭弹，白简之飞霜已入。官轻鸡肋，罢黜奚悲；福让獐头，荣华自在。往事付梦中之鹿，闲情同水上之鸥。虎口余生，几经涕泪；蛾眉众谤，且任纷纭。然而百代是非，终悬日月；一时得丧，只等云烟。公既无贾生问鹏之嗟，亦不作韩公见蝎之喜。遇坎则止，善刀而藏。况乎人怀召伯，愿留南国之棠；吏畏陶公，争认西门之柳。辰山遗老，尚戴宏恩；申浦残黎，还歌美绩。公亦可欣然而自慰矣。沈晓沧、姜小枚、张春水、俞少轩诸君，皆赋诗颂公。而幕客唐梦蝶纪事尤详，故余得掇其大略而书之。公名绍复，字伯阳，山东蓬莱县人。

书颇健坛事

颇健坛名永刚，上海县武生。具五陵侠少之风，禀三辅大人之气。骨坚白铁，品炼青铜。入学后为上海营马兵。貔貅队整，鹅鹳粮多。三箭穿杨，双竿舞蔗。剑倚天而白猿动，刀斫地而赤鹊飞。忼慨直前，愿虮虱生于介胄；跌宕自喜，冀貂蝉出于兜鍪。盖其存宗悫破浪之心，立樊迟逾沟之志，固已久矣。自英夷之入犯也，魁蟹横行，屯蜂逞毒；鼍梁云暗，鳍窟烟昏。壬寅五月，既陷吴淞，旋侵沪渎。君则怒喷蜃市，愤指鲸涛。荒鸡鸣而晨兴，神龙跃而夜啸。贾生流泪，欲系尉佗；徐乐直言，只忧闽越。斯时也，倘得黄帽从军，白衣摇橹。统组练三千之士，领横磨十万之师。将见燧牛象而排山，沸鸳鸯而燃海。六十具急鸣战鼓，封彼长鲸；三百斤独挽长弓，猎其雕虎。功成犀手，暴戢豺牙，岂不伟哉。无如事权不属，氛祲日深。敌已然眉，官无尝胆。廪丘之郭，猛顾而颠；铁上之车，罗痁而伏。雉堞百堵，孰如臧质之坚持；蛇矛三交，仅见陈安之战死。谓陈忠愍。君乃先驱其妻子入池，已亦赴水。邻人急救，妻子得生，而君已绝命矣。军无后继，李苗浮河；寇尽入门，吴峦投井。潭州奋杨霆之义，肯惜微躯；襄阳涌张顺之尸，尚余生气。斯则孤忠自矢，含笑蛟宫；大节无亏，怡神鸥国。身葬鱼腹，名留豹皮矣。君好诗书，能吟咏。傅永论兵之暇，涉猎史编；吕蒙置阵之余，解谈易理。宕渠挥翼德之字，华光唱景宗之诗。尝有闻雁句云："想是孤鸿寻旧侣，今宵相遇月明中。"人颇称之。既而笔掷虎头，经抛牛角。厉健儿之身手，效祈父之爪牙。而乃壮志难酬，奇猷莫展。竟作骑鲸之太白，已成化鹤之令威。未挥狼瞫之戈，偏获死所；足愧羊斟之御，枉自殄民。今者草生官道，壁垒青销；花落战场，髑髅红泣。所幸维桑生敬，设桂传哀，附主于陈忠愍公祠。当年赴难，作水仙王；此日栖神，依木居士。杜几亡而加赠恤，绍宗溺而配庙庭。奉四时之馨香，风六军之义勇。欲知遗迹，试寻屈子湘流；若唤英魂，请视江家止水。

书柳贞女事

柳贞女名新眉，字依依，吴江平望人。粹质珠莹，柔仪玉耀。倚膝捧砚，挽秋入诗；回眸理裙，流影在镜。姹花袅竹，对午槛而写生；长笛短箫，傍丁帘而度曲。至于闺中织素，机上流黄；华牵绿仙，丝补红女。则又灵心独运，妙手绝伦。使其赘曲逆于外黄，浮淳于以大白。得成佳偶，自是好逑。而无如所字赵生卍亭，六气潜乖，双睛顿失。为抱郑袤之疾，致损到溉之明。不图徐晦之贤，偏类姜愚之困。女家父母闻之，恐丁掾之终盲，恨丙符之不效，未归之子，便返原庚。而女不知也。既而微闻消息，无限惊疑。红豆风凄，碧桃雨泣。慨然曰:“焉有一女子而事二夫乎?”既鸾镜之缔盟,岂凤箫之重引。曾雀屏之入选,肯鸳帐之他移。而况张太祝偶患青盲,非终瞽目;崔慎由暂遭黑翳,旋复清眬。即使月苦云遮,花愁雾掩。卢太翼瞳人永闭,尚堪手摸诗书;杨希闵眸子难痊,亦可耳听经史。忍以左公之丧目,而违梁案之齐眉乎。遂乃日吞紫磨,腹哽黄镠。两间之正气独存,一缕之香魂遽断。回天乏力,可怜曙后星光;捣药无方,谁返空中月魄。秦灰累劫,赵璧仍完。艳影消霞,冷光披雪。时嘉庆甲子三月二十一日也,女年一十有七。然而事更有奇焉者。蟾蜍抱憾,方悲掷地之金;精卫含冤,能化补天之石。是年十月,赵目忽瘳。非必煎百花之散,竟复离明;未尝佩五明之囊,倏开蒙蔽。人佥谓女之默佑也。惟是金篦虽刮,玉镜终抛。七灯悬而夫目重辉,一环咽而妾肠早裂。莺湖水近,碧波亦带哭声;虎屿峰遥,白日从教变色。所幸兰仪未沬,松操独撑。事毕青春,人嗟珠碎;义垂彤管,天实玉成。不有文章,曷彰贞烈。宜采山南之石,为志芳徽;大书河东之名,永昭劲节。

书烈女赵二姑事

烈女赵二姑,山西榆次县东双村农家女也。俗原勤俭,本山枢蟋蟀之风;人更端庄,鄙野水鸳鸯之队。道光初,女年十三矣。邻人阎思虎者,窃觑蛾眉,思穿雀角。伺其父母他出,突至犯之。女也辱遭牵臂,恨切剥肤。何物狂奴,猝作蜂狂蝶乱;可怜弱质,犹然燕鷇鸦雏。及其父添和归,女以告。添和踌躇久之。盖以射雀有人,已红丝之早系;乘龙待婿,宜白璧之藏瑕。女乃解佩吞声,牵衣掩泣。既愧尹家之贤女,拒杜彧而被戕;又输王氏之娇娥,击梅芳而自杀。纳污含垢,亦奚以为。越数日,父始鸣诸官,而思虎财可通神,钱能使鬼。值有司之贪墨,为无赖所钳持。迨被讯时,县令不问思虎,苦质烈女,谓其有桑中之约,谓其忘李下之嫌。漫言女子善怀,故教龙吠;却喜好官自做,遑惜鹃啼。女出谓父曰:“此冤不得伸矣。”添和曲慰之。翼日复讯。令词色益厉,罔顾阶下之诉,但施堂上之威。女也既罹虿毒,转诮鹑奔。纵入地而负惭,忍戴天而共视。一号几绝,五内皆摧。寒风飕飕,喉茹刃白;烈日惨惨,颈溅珠红。女既死,令惧。反谓添和杀之,以为锋挟青萍,实出乃翁之手;花戕红杏,遂离倩女之魂。是并欲诬其父矣。女之叔父添中上诉都堂，奉旨覆讯。郡守欲令其母曹认与思虎奸，以实烈女之和。谓教猱升木，本由徐娘诲淫；殴爵入丛，何怪卫女丧节。曹怒甚，以头触地几死，是并欲诬其母矣。斯时也，里巷痛心，道途侧目。愤豺狼之得志，嗟魍魉之弄人。而封疆大吏，则又巧庇贪庸，罔知节义。雍州立判，南山之案无移；于公不生，东海之冤莫白。幸御史梁公中靖，白其事于朝。请下刑部，思虎至刑，不具而辞伏。鬼扼其喉，天夺厥魄。孽同枭獍，死有余辜；戮等鲸鲵，罪无可逭。遂乃下鸾章而光贞烈，颁凤綍而阐灵芬。梁狱终伸，孰谓君门之远；秦冤获洗，谁言天网之疏。一时问官皆谪戍有差。梁公擢太仆寺少卿，凡以厉民风肃吏治也。昔康熙间，钱唐有孙秀姑与阎士积为邻，士积亦号阎虎，百计挑之。秀姑则宋王台畔，绝意捐生；董相车前，甘心惨死。花拒雪而无力，月当天而有光。命陨一宵，尸香十日。如何百余年来，又生毒兽；三千里外，复出於菟。或虎而冠，或虎而翼。其害人一至此哉！然而深山之白甝黑䶂，罪莫逃夫三尺；香阁之青鸾丹凤，节皆旌自九重。敢作虞箴，庶垂殷鉴。

书尹香事

尹香，语溪王氏婢也。诵灵光赋，解《柏舟》诗。眸子一双，光能顾凤；年华十五，鬓仅垂鸦。王之戚潘生者，少补博士弟子员。学贪鸡跖，遍读典坟；利觅蝇头，兼通市贩。文章玉树，丰度瑶林。人夸城北之徐，女爱墙东之宋。一日香奉遣过焉。生直前逼之，惨绿妙年，偎红韵事。将打桨而迎桃叶，先凌波而折莲花。香乃依依一脉，叩叩两情。谓妾貌甚愧惊鸿，君才有如绣虎。以碧玉小家之女，侍琅琊大道之王。固所愿也。特是女子善怀，男儿薄幸。诚恐翻云手幻，定须指日心坚。于是烛点羊灯，香焚猊鼎。订秋期于十索，合掌来前；逗春意于三分，低头拜祝。无何生之母妻忽至，生欲逸去。香固止之曰："此终身大事也。"并非偷说风怀，何必曲防露眼。遂复牵星郎而共祷，对月姊而仰祈。佛香袅袅，毕罄丹忱；仙佩珊珊，遥闻清响。母妻等咸以为奇焉。然而月照初三，人方逞艳；风经廿四，花正遭魔。香归自潘氏，其主母则欢谐风卜，其主翁则怒发虎威。以为何物鲰生，漫相鹘突；谁家灶婢，妄作鹑奔。棒喝当头，杖挥落手。鸭遭竿打，鹊被珠弹。从此青溪白石，一水门遥；碧汉红墙，半天路隔。

安得厩中借马，人种追还；纵教扇底画鸾，芳姿空忆。时同邑有姚令者，作宦羊城。欲求雁婢，聘香同往。议已成矣，行将有期。人忽不见，俄闻水中拯得一人，视之香也。东君太忍，远嫁蛾眉；西子含悲，愿殉鲸腹。惧为鲍妾之易主，甘作曹娥之投江。云汨湘鬟，珠沉汉佩。郁金玳瑁，栖燕咸惊；丽玉箜篌，枯鱼亦泣。湿衫痕而似雨，绉裙折而生潮。虽魂返蛟宫，依然红袖；而绿悭鸳社，邈矣黄门。未几又有吴门沈孝廉者，四十无子，正室以疾废，欲娶香为侧室。议又成矣。香则决策几先，熟思事后。鱼轩甫至，鹢舫欣登。既入沈门，忽焉辛房障袖，午夜啼妆。犀角帐中，口衔石阙；象牙床畔，泪落连珠。任教万唤千呼，不解三心五嘱。如是者数日，沈乃委曲导之。谓余名噪张凭，资盈陆贾。苦无顾氏之熊，须得荀家之鹜。或者石麟下降，玉燕早投，亦汝之福也。香因敛衽以前，整衣而拜。明心月炯，义色霜飞。罗敷本自有夫，使君无与；窈娘若真别嫁，郎主何堪。遂具道所以然者。时则生也，宾鸿远去，社燕初归。意态彷徨，精神恍忽。隍间索鹿，天上望鸾。未醉仙桃，先尝苦李。回忆锲臂定盟，披肝共誓。言犹在耳，事岂忘情。面映花红，崔护之去年可记；手攀条绿，韩翃之往日难追。恨绕羊肠，音乖雁足。西窗晓梦，王鹦鹉何日归来；南浦离怀，郑鹧鸪此时愁绝。红罗三尺，拟挂青枝；白卤一尊，将埋黄壤。生母计无，复之遣媪入吴，备述颠末。香泣然曰："我固知生之不相负也。"碧草马蹄，郎行似水；桃花蛛网，妾命如丝。我分死久矣。亦欲令他人知我心耳。沈故豪杰士也，爰乃掀谢太傅之帏，开王将军之阁。春风好去，韩滉还戎昱之姬；萧郎路人，于頔返崔郊之婢。只道延津剑化，谁知合浦珠回。犹幸瓜时未遭蝇点，剧怜花信免被蜂衔。由是母妻皆大喜，俾成礼焉。呜呼！诚心点石，直欲成金；竭力磨砖，终期作镜。耐得三年之雨，迎来一朵之花。生衣如蝶，黄不能胜；薄鬓同蝉，绿犹无恙。得卓女以解渴，求绛仙以疗饥。马空冀北之群，狮罢河东之吼。而又念沈氏之好义也，鹰许脱鞲，鱼能解网。衔玉而酬杨宝，镕金而顾孔愉。然非香之心似犀灵，智同龟鉴。亦何能长辞白扇之悲，卒免绿阴之憾哉。

书江苏学政李侍郎侧室王氏殉节事

盖闻韩公北使，侍女潜奔；枚叔东行，小妻不往。良以义非伉俪，身可去留。在生前未免薄情，岂殁后能持劲节。若夫鸾封泪镜，蚕断愁丝。飞檐角之梅花，云还缭白；落江头之桃叶，雨不能红。命殒高楼，关盼忍辜恩眷；躯捐客路，清娱遂作神灵。则有如户部侍郎李柟堂学使侧室王氏是也。惟公秀毓滇南，名高冀北。翰林六绝，学士八砖。材与地以双清，命自天而三锡。职除常伯，李绛不进羡余；官领右曹，苏辙善详赋役。乃以金仓之重任，复持玉尺而量材。定沈、宋之品评，胸中有竹；分王、卢之次第，眼底无花。时公鸾胶已断，鸳侣先亡。赖有红线之掌书，可作黄花之续命。遂使小青之慧质，得随太白之仙才。人珊珊其来迟，花龋龋而欲笑。曼倩退朝之后，羹遗细君；子京修史之时，墨和侍婢。况乃腰如荆玉，获奉羊公；貌似真珠，欣归牛相。非特容华绝世，抑且福分殊人。然而禀性端庄，吐词婉顺。恐呼内子，招杜佑匹嫡之嫌；敢号尚书，恃王导私情之宠。斯则周家络秀，媲厥贤声；赵氏阳台，逊其淑范矣。无何赤蛇之祥，方期易绶；白鸡之梦，遽应饰巾。公于戊申首春，二竖偶侵，三医罔效。姬则辛勤调护，子细扶持。莫挽骑鲸，空嗟化鹤。遂乃呼天大恸，伏地长号。半臂玦披，一襟琼裂。金钗蒙饷，幸侍盘龙；王钏轻抛，惧为阿鹜。已断燕姞之梦，逾深韩娥之悲。悬白组之一端，烟消吴市；垂红罗之三尺，风振齐台。盖公薨于正月二十一日，姬即于二十二日自经以殉，年仅二十有一。斯时也，林鹃有声，梁燕无影。春波南浦，树不藏莺；夕照西陵，衣都化蝶。碧莲挺挺，埋洛水之神魂；红柳毵毵，减燕支之颜色。霜老啼鹃之石，云昏吊凤之山。此非以礼义为佩珩，以贞亮为檠衺，而能若是乎。或者谓姬倘忍死须臾，不辞艰苦。帷车万里，马助哀鸣；过峡百重，猿随悲泣。黑龙潭外，银凫辉甲乙之阡；碧鸡山前，金雁奠庚辛之穴。岂不足以表小星之穆行，树后日之芳型。而不知姬也，胆照若月，气高于云。芝兰感雨露之恩，松柏凛冰霜之操。苟非义重熊掌，命轻鸿毛；赵瑟朝摧，秦环暮碎。亦不过韦皋少妾，忆黄雀于前生；沈庆爱姬，驰白驹于半夜。徒邀嬖宠，莫播香名。又安见楚畹芳草，薰以十年；峄阳孤桐，高逾百尺也哉。今则琼楼月黯，瑶海花冥。留奇节于鹿城，传烈名于蛉水。蝉鸣汉殿，尽作离声；鸟近蜀城，俱含血泪。青林萧瑟，长飞夜雨之磷；彤管辉煌，宜表朝云之碣。

木鸡书屋文四集卷六

冷仙祠堂碑

原夫南荣北烛，荒诞无凭；九井十洲，虚诬难信。神仙之说，儒者罕谈。然而张楷潜形，能为浓雾；孟钦遁迹，变作旋风。入凤麟洲，乘龙虎跻。幻化之事九百，宝箓之文五千，亦岂尽伪也哉。我今谒冷仙之祠，而叹其名在绿籍，身归赤城。冥鸿远飞，免罗矰缴；文豹高隐，迥脱嚣尘。此盖自具根源，而非徒夸奇诡也。仙讳谦，字启敬，元季人。居禾城春波门内。诗宗伯雨，画法华光。而尤精于音律。擅苏门之鸾啸，学嶰岭之凤鸣。洪武朝，官协律郎，定郊庙诸乐章。猪骇雉登，情文迭奏；雕争夔吼，条贯相生。无何，为恤贫交，偶行左道。作东方朔之游戏，拯北郭骚之饥寒。事类攘鸡，情同盗马。岂是尉迟书帖，聊攫货财；几如孙奋窃金，将遭收拷。仙乃挈瓶有智，入瓮请先。掩七尺之微躯，炼九华之精气。罗公远深藏石碣，尚有声音；费长房跳入药壶，杳无踪影。卢耽化鹤，朝列佥惊；元放变羝，旁观尽骇。纵复环摧齐殿，斗撞楚军。其奈仙人乎哉！呜呼！南柯蚁穴，笑富贵之空忙；东海蜃楼，看神明之善幻。惟仙控驭八极，飞腾九阳；独运鲲溟，自同蝉蜕。殿门脱走，谁知介象灵踪；衣服空悬，莫测王嘉异迹。暂经小谪，旋返大罗。祠今在圆妙观东偏。白云时生，红日不到。霜飞鸳瓦，星入虾帘。鹤驯于鸡，犬吠若豹。客踏绿阴而上，仙随紫气而来。石曼卿合主蓉城，陶贞白宜居蓬岛。蕊珠天近，思寻勾漏丹砂；朗玉人归，欲问华阳白蜜。相传祠中祈梦，最有征验。音容可接，符骑狮射蜃之占；寤寐潜孚，应舞鸽抟鹏之兆。决穷通而如响，判得失而无讹。蝶幻由人，鹿藏问我。即此一端，亦足见其英爽之常存，精诚之不泯矣，铭曰：

仙之灵，驾虬来，碧鸡坊里琪花开。雪羽霞翎好骨相，三十六天随所向。宵深吹律风泠泠，紫云飞堕城楼上。生前金可取，生后梦可祈。千变万化，人奇事奇。惟南湖之勺水，即仙人之瑶池。

乍浦同知龙公德政碑

夫太冲才藻，未闻吏干推长；辅嗣清闲，不见事功显著。虽云良吏，无济生民。若乃盘根错节之区，击毂摩肩之地。苟非具公望公才之略，兼用文用武之能。安得害马都除，驱鸡善使也哉。乍浦五方糅杂，四境繁华。廛闬云连，帆樯雾集。外夷逞蛟鲸之虐，内地藏雀鼠之奸。公狗横行，城狐难去。缓则有沉膇之患，急则有束湿之虞。乃自桂林龙公之莅任海防也。一官强项，万事察眉。钩距善施，鞭笞不贷。吏踏春冰之上，人行夏日之中。昼不演鱼里之优，宵不唱凤楼之曲。樗蒱户绝，陶侃则痛责猪奴；花柳街空，包诙则严除狐妓。奸人诈马，高谦之密破其谋；妖女挟蛇，王刚中立绳其罪。而且广设耳目，遍布腹心。猴入库而杨绘即知，蟹钻篱而沈遘已觉。遂使含沙蜮泣，拜斗狸惊。虞升卿之境中，贼俱骇散；宋世良之界外，盗悉远奔。此则公之锄残去莠，荡垢涤瑕，有功于民者最巨也。况复温肃相济，恩威并施。则见任延莅官，关心儒术；吴质为政，注意弦歌。技薄雕虫，受斫者青牛文梓；奇传相马，空群者紫燕桃花。公于是重兴书院焉，至于杜畿执经，高祐立学。栽培蒙稚，渐成蛾术之功；延请师尊，为具鹤粮之费。公于是特开义塾焉。又以龙钟垂老，谁与扶持；鹄病余生，畴为资养。寒回黍谷，动王望之悯怜；泽沛岱云，作韩裒之振给。公于是设养济院焉。复以蜃园之风徽已邈，龙湫之祠宇久荒。表彰前哲，萧服兴孟宗之亭；修复旧规，王商重严遵之祀。公于是葺介节祠焉。若夫雄文如潮，灵思若月。敲铿于判牍风清之暇，研索于讼庭电扫之时。海色收归，神龙欲舞；山光洗出，天马空行。香山讽谕之辞，叔简呻吟之语。路铎所述者十二训，义切恫瘝；戚纶所示者五十篇，情深劝戒。著书秃兔，连轴汗牛。加以隶篆纷披，直追北海；丹青渲染，妙法南宫。此尤见公之风华绝类，�雅超伦者矣。然而孤芳易忌，薄俗难容。鲁不识麟，郑偏谣虿。思弹黄鹄，妄作青蝇。良由疾恶如风，以致飞言似雨。公且逌尔自若，坦然不惊。凤无啄腐之羞，龙有难驯之气。杜陵男子，强直自居；即墨大夫，毁谗何害。而大吏亦明知公有守有猷，不谄不渎。未徇借寇之请，特上荐祢之章。伫见云路鲲升，风衢骥展。郭贺以殊勋报最，服赐三公；祭彤以异绩见褒，秩增一等。惟是乍浦绅民，亲见公三年以来，明镜高悬，智囊独运。设三科以御暴，定四诫以谕蒙。遇疑能断，本如晦之高才；无令不行，同孔明之治法。花浓四野，莺燕交飞；潮晏九峰，鼋鼍敛迹。今者愿留陆馛，将成佛寺于相州；欲报王堂，拟建生祠于巴郡。爰纪张堪之政，待刊阮略之碑。以金台曾蒙吐握，亲接笑言。特许拈毫，聊为播德。所恨才非吐凤，莫详杜纂之芳猷；文愧雕龙，未尽卢潜之美绩。谨为颂曰：

东海之滨，繁剧难理。自公下车，政声日起。雷厉风行，令发如矢。雀角无穿，鼠皮有耻。公曰徐之，猛济以宽。义显眉睫，仁流肺肝。怜才眼慧，课士心殚。经术饰治，美非一端。昔宰荆南，屡报佳政。今官浙西，士民交庆。彼不知恩，自恃枭獍。鉴磨愈明，波摇愈净。英英郎君，为第一人。韶年文鸾，当代祥麟。天之报公，以公贤勤。欲知公绩，视此碑文。

《顾征君刲肱刀图》赞

世之迂儒，动言事亲之道，发肤不可毁伤，支体不宜灭裂。然而孝子当悲痛之时，作急迫之计。安危未尝萦其念，利害无所介于怀。盖亦出于不得已也。不然果若人言，则是窦群啮指，王翰抉睛；吕昇探肝，进昭截腕。俱非庸行，有戾常经。何以光昭史乘，见重人伦哉。吾故于华亭顾征君事而有感焉。征君讳德言，字荻洲，母叶太安人，忠臣之裔，名宦之家。鸾镜才开，鹍弦遽断。嫦娥表端正之月，慈佛现吉祥之云。时征君犹龆齿也。制被而给孟仁，织屦而畀方进。教珐印以礼度，勉华谭以诗书。征君亦善奉慈帏，仰承阃训。晖留绿野，杖边花雨之山；曲奏白华，琴里松风之屋。既而太安人疾婴二竖，医罕十全。赵昱祈神，焚香一月；刘霁侍寝，束带七旬。口中之药石无灵，臂上之脂膏或验。母昔刺血，绝不呻吟；征君父病革时，太安人刺血书疏，愿以身代。儿今刲肱，敢言痛楚。果然血方洒地，诚可格天。默鉴乌私，许增鹤寿。现奇光于夜半，褚母渐瘳；得寸绢于空中，萧亲旋愈。方谓篱间黄菊，秋日正长；海外红桑，夕阳不去。无如驹阴易逝，鸿算难延。以令伯爱日之诚，抱皋鱼泣风之恨。回忆单凫寡鹄，二十年守节持家；叫雁啼鹃，三十首义声苦调。萱忽凋于堂北，兰罢采于陔南。阮家之鹿不来，王氏之蜂已去。

陶子锵之奉讳，断食莼羹；庾沙弥之执丧，永辞蔗味。固宜行孚犬乳，村改乌伤。乡邻感王修之哀，社停一岁；刺史嘉陈纪之孝，像绘百城也。征君文媲欧、梅，诗追王、李；书宗颜、柳，画法关、荆。早已奄有诸长，并包众妙。而况克遵慈诲，羊琇竟以全身；图报亲恩，牛徽并能化盗。蹈非常而垂范，体至性以流芬。道光初年，特举孝廉方正。周家三物，教浃贤能；汉代四科，名高征辟。殁后李秬香广文，倡议送入孝悌祠。己亥春，奉旨旌表。当时鹤版征书，称其至行；此日乌头绰楔，播厥休声。贤嗣韦人刺史。父书能读，先泽常留。抚雪锷而衔悲，对霜锋而抱恸。丁未之秋，出图相视。举凡小山之彦，大雅之材；锦绣连章，琅玕满幅。韦人复征骈语，用附鸿编。余可无一言以应之哉。因为赞曰：

抚儿鞠儿，繄惟母德。熊胆课书，蛙胆疗疾。征君幼病，太安人急以蛙胆治之而愈。母也劳止，沉绵床笫。血染莱衣，终于不起。呜呼孝子，两臂瘢痕。其刀尚存，留示后昆。邱杰奉瓯，张敷泣扇。不谓当今，古人再见。亭林之村，村树啼乌。谁非人子，请视斯图。

塔塔喇恭人暨二女殉节赞

两间烈气，恒在闺幨；千古芳声，每传巾帼。若乃干戈动地，烽火涨天。力穷苍兕之呼，家殉红羊之劫。甘为涸鲋，耻作奔麇。骨埋纯青，血溅幽碧。啼慈乌于月下，泣雏凤于花边。生女重生男，芳徽足式；改邑不改井，古迹常存。其岂非力荷纲常，气分光岳也哉。则有诰封恭人塔塔喇氏，镶黄旗佐领果公仁布淑配也。克端阃范，尤善军谘。勖仁贵以图功，佐赵昂之运策。壬寅初夏，英夷入犯。乍浦蚤船蟹艇，曳到千帆；鳄水蛇山，来从万里。四郊多垒，一日数惊。时则果公率其二子，晓挂铜鞭，宵弯玉弩。王逊之怒裂帢，毛宝之血满靴。无何水犀风急，海鹘云屯。山头多鲨虎之群，城内尽蛟鼍之气。八旗部下，户户狼奔；十家营中，人人兔脱。有招恭人同行者，恭人立志已坚，矢衷不变。以为王刀魏笏，数十世祖泽相承；何扇周钗，二百年国恩未替。当此鲸鲵之逞暴，忍同雀鼠之偷生。窟室休藏，冯妙真自投勺水；后园暂匿，夏婉常遽赴寒泉。衔精卫于沧溟，堕蟾蜍于碧落。恭人有二女焉：一名称姑,十一岁;一名荣姑,才八岁。随肩燕阁,携手鸳帏。杏靥微红,狂飙莫受;莲心最绿,尘垢难污。自知破巢之余,必无完卵;涸辙之下,岂有纵鳞。遂乃婉转牵衣,从容连带。虽逊卫娘之抵甓,竟如岳女之抱瓶。盖恭人与二女,俱死署后井中。此四月初九事也。果公创痛未伸,凄怆曷极。斧螗锋蜎,遍值奇灾;靡凤吪鸾,空怜佳偶。大旗日落,望蟾影于灵帷;衙鼓雷喧,忆鸡鸣于角枕。既失眉间之案,更抛掌上之珠。不得已即葬三人于井。缭以红槛,封以青砖。碑勒于前,亭筑于右。银床露重,环佩生寒。玉甃风凄,衣裾欲化。藤缠瓦紫,桐抱栏黄。荒槐落青,瘦菊惨白。檐牙萤度,似闪神灯;墙角蛩啼,恍闻鬼语。不亦悲哉。嗟乎!乍城遭陷以来,时事不可言矣。李桃逞艳,攀折满街;杨柳弄娇,纷飞入溷。邺中女子,适符三月之谣;洛下妇人,恨被千奴之辱。而恭人及二女,则愿同凫没,免使龙惊。寒星坠烟,冷月照雪。芝兰一气,每闻香心;松栎十围,时有灵爽。深埋九仞,骨肉相依;游戏三霄,精神如在。魂随孤雁,身媵文鱼。蛙不喧鸣,龙知呵护。况复鸾章载锡,凤绰特旌;窀待齐封,宫传鲁颂。呼延西去,方崇陕妇之家;度尚东行,必祭曹娥之墓。底须寿恺,已极哀荣。爰承果公之命,而为之赞曰:

长蛟大鼋,肆其荼毒。灞上儿戏,枋头军蹩。吕姥萧娘,甘受诟辱。惟我恭人,雪干霜筠。二女从之,慨慷捐身。尸香十日,气振千春。井也何幸,葬此良媛。殷殷蛰雷,烁烁飞电。树结三枝,云归一片。诏出九天,恩及九渊。北宫之节,西山之贤。定有好风,吹开白莲。

《龙瑞堂集咏》跋

夫驼鬌断时,王容大魁于宋代;龙湖坼后,张治及第于明朝。此皆湖南故事也。至于"龙阳洲出状元来"之谚,载在《黔阳邑志》久矣。乾隆丁酉岁,是州适见邑侯叶二枫,因题龙瑞堂额于厅事。偶留棠舍之题眉,伫望楩楠杞梓;谁作杏林之榜首,兴歌棫朴菁莪。迨道光丁酉八月,桂林龙见田司马来宰是邑,又于学宫之右,建状元路坊额,亦犹叶侯之意。欲斯谚之夙应也。时则哲嗣翰臣,鲤庭趋侍,鹤署随游。以象郡之客星,咏龙标之寒雨。沾衣柳绿,早许神灵;调鼎梅红,预传消息。至辛丑岁,为对策第一人。丁年首举，甲榜胪传。始悟龙其姓也，瑞其名也。状元来者，自外来也。六十年粉署留春，三千里蓬瀛得路。跃渊有象，久钟赤宝之灵；迁地为良，姑借青萝之杰。移来粤桂，用作楚兰。鸿爪因缘，水仙王早知此日；螭头领袖，金粟佛应悟前生。尤奇者，池上有凤毛，正喜题名千佛；治中展骥足，适当报最三年。一则夺东方虬之锦袍，骊珠独得；一则奏西门豹之异绩，凫舄高飞。两世功名，一家运会，何其隆也。人但见赋就李程，品评交集；诗吟卢肇，遭际极荣。鳌腾大泽之波，鹊报高门之喜。而不知司马公以苏白之大才，成龚黄之美政。召棠蔽芾，佥歌有脚之春；窦桂芬芳，自获无心之福。既化敷乎霖雨，宜祥现夫卿云。人事克修，天机遂泄。斯则良弓良冶，素具根源；因而佳水佳山，果符谣谶。夫岂专信青囊之说，漫夸黄榜之名也哉。近者殿撰公篯函高捧，典试岭南；珊网宏开，量材楚北。现督湖北学政。犹复谦谦逾下，抑抑弥卑。前此壬寅春，殿撰寄题龙瑞堂长律二章。燕台走马，句自怀新；湘水飞鸿，情犹念旧。谓三生之预定，乃两字之适符。文笔千峰，已见弧穿杨叶；武陵一曲，还期浪跃桃花。嗣后黄虎痴、危移山两学博，共相酬唱，得诗盈帙，颜曰《龙瑞堂集咏》。金台僻处穷乡，欣闻盛事。遥瞻七泽，知地灵端藉人传；仰企三台，叹天巧定非偶合。柱连西粤，美谈直接三元；粤西伏波岩有谚云："石柱连，中状元"，嘉庆间陈莲史三元应之。潮到东湖，佳兆谁开一第。我邑有"潮到东湖出状元"之谚。

《仙尗庐诗集》跋

《仙尗庐诗集》四卷，从舅丁舍人卯桥先生所著也。方余为童子时，先生颇异目视之。五年以长，日日随肩；两小无猜，时时联臂。杨愔绮岁，源子恭试以诵诗；刘璥髫龄，孔熙先与之讲义。未几，先生声隽一黉，才空十辈。余亦愿附骥尾，待奋凤毛。谓宜范宁之重王忱，叹其俊望；殷浩之称韩伯，许其出群矣。无如势处孤危，桓公之喜怒易变；事多离间，威王之毁誉难凭。时余尚未弱冠也，咄咄逼人，鼻能出火；营营动众，口致烁金。先生误信市虎之言，遽绝屋乌之爱。非王衍之陈事状，见摈羊公；岂皇甫之作谤诗，被嫌牛相。既而先生蟾宫早上，雁塔旋登。红药春深，共推才士；紫薇香近，却称仙官。余则伏处蜗庐，羁栖牛屋。窭牟守志，初无干谒之私；徐俯作文，自冀声名之立。况乃燕鸿相隔，三千里难溯长途；鹏鹖迥殊，二十年不亲史席。回思少日，愧顾陆之齐名；那料中年，致王刘之绝迹。静言思之，嗟何及矣！先生伏壁穷探，萧楼精熟。学则汉圣，诗复唐贤。无何疾甚落眉，梦惊书发。肝呕昌谷，肠流子云。兹者，哲嗣日芙为先梓其遗诗。波澜一碧，纤尘不生；华严九霄，弹指即现。捧鸿编而卒读，伤马策之空挝。余因历叙始终，具详分合。想谗言之玷白，早付烟云；念雅诣于乘黄，难回岁月。百年如梦，剧怜易逝光阴；九原有知，谅勿再生蒂芥。

《磨勒盗绡图》跋

郭氏奚奴，名传捧剑；王家小史，号著典琴。或怜颖士之才，或守子渊之约。此皆纪纲之恒事，而非贽御之美谈。乃观磨勒之事崔生，令人不能无感焉。当夫王敦阁内，侍妾目成；夏亶帘间，宠姬心许。反掌而殊多宛转，指胸而无限低徊。因双凤之相思，致千牛之抱病。磨勒则掀髯奋发，攘臂踌躇。欲取蛾眉，须探虎口。当三五夕，度万千门。十院高超，一瓯小饮。练锥携去，岂愁猛犬披猖；锦橐负来，定使惊鸿下降。缘有双环之合，官无一品之尊，可谓得豪杰于奇奴，收英雄于健仆矣。所异者，磨勒负七尺之雄驱，挟十分之壮气。瞥同鹤翥，矫若鹰腾。何不奋迹舆台，显刘鄩之战绩；何不脱身佣隶，奏郭进之军功。何不效柴绍之奴，竟为名将；何不学浑瑊之仆，得拜郡王。而乃轻试霜硎，漫提雪锷。一具铜筋铁骨，只因才子而酬恩；半生义胆忠肝，第为美人而献技。叹奇材之小用，非美绩之堪称。可不惜哉！谁将兔颖，绘出虬须。状距跃曲踊之形，写叱咤喑呜之概。若夫忠如李善，逃山谷而哺孤儿；贤似王逵，守台门而救故主。斯其义烈之非常，尤当丹青之入画矣。

先妣事略

嗟乎！流波无复返之期，枯木罕再春之日。鹤辞堂下，庾域怀悲；蜂去房中，王庸抱痛。此金台所以忆及先妣遗事，而不能无述也。先妣姓丁氏，为耀堂公女，与先府君未芦公为中表亲。诵诗九纸，见赏叔明；下镜一枚，有同温峤。年二十一来归。时府君甫观鲁水之鸾旂，旋奏秦楼之凤曲。三商礼重，一袜心齐。视弋雁之明星，听鸣鸡于晓日。易占无遂，诗咏有斋。先祖芝岩公，先祖妣徐太孺人俱欣然以为得佳妇焉。而府君情忘轩冕，志脱樊笼。王鞅、裴[illegible]最工谐语，孔樽、毕瓮时露醉容。先妣则不形诟谇，每进箴规。讽乐恢以巽言，劝刘伶之节饮。宾真相敬，鹿御遥同；贤肯食贫，牛衣何泣。府君亦欢然以为得佳偶焉。既而服香告梦，蕡实盈枝。年二十四，生金台。玉倚膝前，独蒙珍惜；珠擎掌上，恒自抚摩。未几麟角炫奇，凤毛腾采。到沆五岁，已熟古诗；丘迟八龄，便知文义。乃府君箕裘过望，鞭杖频施。刘知几之受楚，奚只一朝；萧惠开之被笞，动逾百数。虽复慧如葛恪，才比惠连。早膺国士之称，终失家公之爱。倘非先妣殷殷覆护，默默保全。窃恐花欲开而即摧，苗方种而不秀。未可知也。迨夫总角游庠，弁龄食饩。才当绮岁，如日方升；能夺天工，将云入剪。无如鱼鳃易曝，鸾翮难骞。雕鹗之荐频膺，骅骝之步迟骋。胡区区而不余畀，徒负负而无可言。嘉庆己卯冬十月，府君以嗝疾去世。罗威失怙，尚有慈闱；杨皞衔悲，惟思将母。然而斯时也，舌耕则菑畲鲜获，心织则杼柚其空。履余东郭之穿，衣类西华之敝。蜗庐守困，莫剪蓬蒿；鸡膳缺供，仅充藜藿。未得桑中之宦，奚自尝羹；最怜柳下之穷，差能负米。翛翛予尾，夭夭此心。而先妣发白如银，犹亲爨灶；面黄于叶，还理纺车。所望延晚景于寿萱，庆余晖于慈竹。岂不幸甚。何图镇心犀秃，脱鬓蝉凋。竟于道光庚子秋七月仙逝，享年七十有五。时金台就馆吴阊，闻信急归，先妣已将就木矣。既不能如朱仁轨之奉亲，鹊常栖树；又不能如阮孝绪之侍疾，鹿为觅葠。遂致瑶海花冥，琼楼月闭。移平昔爱日之念，为中宵见星之奔。辍游子望云之思，抱孤儿履霜之怆。去家二百余里，缩地无方；鞠我五十二年，回天乏术。真百身其莫赎，纵万悔而奚追。今者萧萧松谷，已妥牛眠；黯黯蕙帏，久虚乌养。桑梓之贤声尚在，蒿莪之隐恸无穷。幸金台忝窃文名，克全志节。苏易简诗书之气，不负慈箴；毕士安师友之良，无惭阃诲。而况闺中爱女，得归射虎之雄；婿陆攀桂中庚子科武榜。床下雏孙，早预登龙之选。孙晋酚中丙午科亚魁。俱叨一第，用慰九原。足知积善降祥，墨林传其懿范；储休启佑，形史播其清芬矣。己酉正月，男金台谨述。

丁步洲亡姬施氏哀辞

呜呼！白水闻歌，能解齐臣之意；红兰入梦，曾征燕姞之祥。家非马卿之贫，人得羊侃之爱。何图钗惊燕化，扇拥鸾飘。东墙之杏才开，西府之棠遽折。风寒玉井，星飞有声；雾掩银河，月入无路。十年锦瑟，犹似人长；三月罗衣，可怜鬼瘦。则有如丁君亡姬施氏是已。姬之来也，时年二十。抱衾知命，挽髻承恩。窦滔则新纳阳台，伶元则剧怜通德。豪犀掠鬓，小凤战篦。灯红弄机，篆碧调瑟。爇熏炉于绣阁，尽教砚涤狻猊；供茗碗于书楼，不待茶呼鹦鹉。未几海鲸肆虐，小胆惺忪；天马暂奔，惊魂断续。月落而戍堠惨黑，日斜而烟尘涨黄。幸而星狼焰消，风鹤声熄。秦国之环不碎，赵宫之璧犹全。时则凤女既生，麟儿未诞。癸卯之春，步洲往天竺求嗣，姬乃鹅珠护戒，默祷空王。龙镜澄怀，虔皈净域。果然庆占燕玉，瑞协犀钱。大士效灵，阿侯抱出。且以步洲千般酬应，冗若猬毛；百务匆忙，劳于鲂尾。晏婴之嚣尘最近，广汉之钩距颇精。而能笑谈自如，吟咏间作。潘邠老七言高唱，不碍催租；贾阆仙一字未安，岂惊卤簿。每当半栊蛩语，五夜鸡鸣。倚小比肩，歌大垂手。姬则搓酥滴粉，飞来澹碧之笺；残月晓风，唱出小红之曲。金钉二等，玉琯一枝。李夫人竹影横眉，杨妹子印泥押尾。至于春潮鳜肥，特排桃宴；秋月蟹满，惯设菊觞。开筵坐花之晨，剪烛话雨之夕。姬又郇肴屡办，周馔能兼。调淞水之丝莼，煮佘山之兰笋。腴羊脯鹿，借箸前筹。烹鹅腾鹑，和盘托出。咨点心之方于郑嫂，得曼首之法于卢家。故能极文酒之绸缪，罄友朋之款曲。又况牙尺裁云，鼻针穿月。慧丽之锦心，如见分明之线脚。谨看翻花样于女红，斗绮才于妃白。思工抽乙，界即乌丝；辞妙受辛，题宜黄绢。所患者刘家皂荚，阮氏绯桃。击壁示威，刻眉肆毒。姬独善承中阃，婉事女君。以故不妒当熊，偏欣聘鹜。蔗虽庶出，儿即己儿。荔是侧生，母如同母。方谓柔仪储福，和气致休。鸾镜长开，鸳帷永侍。奈何哀蝉红蜕，瘦蝶黄枯。吐沫蚕僵，镇心犀秃。《金刚》诵罢，归卧竹根；琼岛仙游，难迎桃叶。消雀香于西域，化雉采于东方。卒于乙巳七月三十日，年止二十有五。步洲泪随风落，恨与霜凝。未必绿华，重逢有日；那堪紫玉，一抱如烟。慨念三生，吟成四律。江流九曲，宛尔肠回；河满一声，黯然魂断。余因为辞以哀之曰：

伊嘒彼之小星兮，身获近乎文昌。拍红牙以按节兮，启绿齿而生香。矧乃家务之殷繁兮，中馈藉其赞襄。芝兰生于阶庭兮，既弄瓦兮旋弄璋。何红颜之命薄兮，嗟岁月之不长。悲风戛于黄竹兮，寒食惨夫白杨。非独下羊志之急泪兮，并马妻其神伤。惟芳名之常存兮，虽昙花一现而何妨。得斯文以写宣懿美兮，或奕叶其犹光。

陈君妻陆孺人诔

孺人姓陆氏，名舒锦，字云裳，高、曾、祖、父俱列邑庠。故能幼奉张箴，长娴班传，织素仿左，题红哂韩。年二十六，始归陈君乐泉。祥占鸣凤，职尽宜凫。健乃持门，柔能养志。晨炊烟白，气出茅檐；夜纺灯青，光摇土壁。一奁红粉，半世无缘；百瓮黄齑，终年有味。且以乐泉下帷苦学，仰屋著书。鸣机而能儆乐羊，漂麦而不惊高凤。怜长卿之善病，捣药忘疲；知平子之端忧，卖珠索笑。兰仪远映，蕙问潜宣。宜乎佳儿佳妇，得双亲白发之嬉；如友如宾，订百岁红情之好矣。然而霜辛露苦，蕉萃自伤；雨晦风萧，郁伊何限。三男早逝，麟种俱空；一女仅存，鸾姿尚幼。鱼尾之劳已甚，蛾眉之病渐深。竟于己酉正月初九日溘然谢世，春秋三十有六。乐泉庄盆自鼓，梁案谁襄；肠断鸳机，神伤鹊镜。槭槭帘薄，幢幢灯檠；情有所钟，理无可遣。念赤手为炊之巧，欠白头同梦之欢。环佩芳魂，孰寻仙路；糟糠健妇，难觅替人。用是掩幕徘徊，望庐叹息。出虎绣龙雕之笔，写鸾吪凤靡之章。较元相之遣悲怀，词逾凄楚；比潘令之哀永逝，意益缠绵。因情文之相生，令伉俪之增重。而乐泉犹以为未足酬孺人之德也。不鄙芜言，属扬芬范。乃为之诔曰：

展如之媛，系出忠宣。衿鞶是训，黼燧靡愆。尊嫜在堂，善事暮年。持家中礼，宜室称贤。入门以来，劳瘁已极。量鼓操晨，神针穿夕。何甘非荼，何旨非檗。十年之中，备尝艰戹。惟此良人，才如凤麟。岂有陈平，贫贱终身。期登蟾窟，期跃龙津。我翿子佩，稍酬苦辛。谁知麻姑，人世不恋。钩失金鸠，箧辞玉燕。晓镜碎烟，芳尘流电。鸡逼酉年，入春遭变。呜呼哀哉！凄凄鸳枕，黯黯蝉纱。立而望之，是耶非耶。人柳断带，鬼桃作花。香魂一去，月不能华。呜呼哀哉！此恨绵绵，如往而复。蛾蹙春心，鱼鳏秋目。缘了三生，泪流一掬。把君悼文，不堪卒读。呜呼哀哉！

木鸡书屋文五集

MUJISHUWUWENWUJI

木鸡书屋骈文五集序

鹤楼先生，学有本原，而专精一体。所著《木鸡书屋四集》，刊布风行。今五集成，而先生年七十矣。爰助雕事，以寿先生。承命而为之序。昔周氏栎园，谓侯雪苑初学骈俪之文，壮而肆力古文，规于大家。因颜其堂曰“壮悔”。余谓雪苑正短于骈俪，故为是名，以尊其集耳。虽同时相契如勺庭，犹疑其本领浅薄，盖其文专以气行，而不足于辞者也。今夫周秦之文，敛气于骨；汉文运骨于气。高文典册用相如，飞书羽檄用枚皋，各适其用。初无骈散之分，而要未有不足于辞者。梁、陈之间，四六始盛，徐、庾擅场。至初唐，而藻绘溢目，古意浸失。故韩、柳八家出，一变而以气行，于是号为古文。为骈散分途之始。而辞固渐有所不足矣。故骈俪之衰自五代，迄宋宗风几坠，嘉祐而后愈变愈下。即杨、刘已非唐贤匹也，而他何论乎？我朝作者踵兴，汪苕文以古文名，而于骈体独推松陵吴汉槎、阳羡陈其年。以为俨然梁、陈之余馥，徐、庾之后劲。而其后主持坛坫，若袁简斋、吴穀人诸公皆浙产。故前之序先生集者，谓骈文惟浙有真传。虽然先生之骈文，非探源于骈文者也。春秋得鸟虫以鸣，而声鸟虫者，非鸟虫也。山川得云雨以蔚，而孕云雨者，非云雨也。如先生之涉猎万卷，沛乎有余，而一发之乎骈文。虽终身以之可也。悔云乎哉。

咸丰八年六月，临川李联琇拜撰

序

乾坤阖辟，上下蟠际；玄黄剖判，自然成采。黼黻错杂，焕乎有文羲绳弛结，娲簧绝响。晷纬昭应，江汉炳灵。人文以兴，天工其代，作者从此盛矣。口纳虹气，舌摇电光。五色以宣之，八音以畅之。情动于中，言发于外。所以舒堙郁、扬休烈者，惟文是尚尔，何体之分焉。周秦既遥，汉晋以降，地限南北，家习偶俪。切响浮声，休文创论；选言树骨，彦和著篇。由是镂错金采，绨绘章句，连简月露，累牍风云。虽识者上书，请正体裁。而世之持论，仍涉嘲戏。无怪骩骳来诮，纰缪见评。中间徐、庾述撰，燕、许手笔邈矣，其悠合者盖寡。波沿五季，风靡二宋。多寂寥之短章，乏铿訇之巨制。圣代复古，词流烁今。西河、迦陵回澜于始，北江、简斋续火其后；巽轩、经生接三唐之武，稚威、放士差四杰之肩。蓉裳韶妍而失之体弱，榖人博丽而病在言芜。叔绵照曜，括诸史之华腴；湘函瑰奇，倾百子之液沥。爰及末流，弊亦多绪。聱牙以袭古，夸目以尚奢。烦碎采于虞初，舒缓得之齐气。欲其凌颜轹谢，含潘度陆，何可得哉，何可得哉。鹤楼黄君，博访通人，遍识奇字。眼高三古，手追六朝。王勃兴到，静言寤处；曹褒念至，忘所之适。或翻史研经，斐然有作；或合尊促坐，传之其人。绵历载年，衍溢箱案。于以求之，当得谷浑数卷；所可语者，非止韩陵片石。虽未必不懈及古，然已知差强于人矣。惠然肯来，颇出所著。无博诞空泛之词，有包含宏大之量。南金北毳，充牣眩观；东琴西缶，锵洋动听。姓名翳于草泽，文章发兹风华。使得紬石渠之籍，镂玉牒之版。当必备灿烂之神明，著雍容之讽谕。而乃菰芦隐身，藜糗充腹。岂命多厄，使文不昌。然而步作者之后尘，望古人之前轨。当今之世，责归于君。余亦勉疲牛之十驾，希良骥之千里而已。君其许我否耶？

咸丰六年十有二月，吴江董兆熊敦临甫序

木鸡书屋文五集目次

木鸡书屋文五集卷一

木鸡书屋文五集卷二

木鸡书屋文五集卷三

木鸡书屋文五集卷四

木鸡书屋文五集卷五

木鸡书屋文五集卷六

木鸡书屋文五集卷一

张华论

余读《晋书·张华传》，掩卷而叹曰："功名富贵之迷人，一至此哉。"观华之立朝也，制一代之宪章，草九重之诏诰。行军定算，赞羊祜之谟猷；明德懿亲，重马攸之托寄。载秘籍三十乘，论建章千万门。固宜嗣宗叹为王佐，武子服其善谈也。而且宏奖贤豪，激扬俊秀。览陈寿之史编，特原小过；赏陆机之文采，转患多才。竹简一枚，博识深推束皙；秘书三赋，瑰词雅爱左思。异陶士行之语言，善李令伯之应对。凡此休休之量，莫非蹇蹇之忠。然而心殷报国，才乏匡时。当惠帝之嗣位也，识昧鸣蛙，智昏文蛤。此座可惜，卫伯玉预虑储君；圣质如初，和长舆深忧社稷。以朱均之顽嚚，加褒妲之骄淫。白沙飞扬，黄屋倾坏。既逞枭心于长乐，旋颁鸩羽于离明。使华早从刘卞之谋，克协裴頠之议。将见成君有罪，废置昭台；邓猛无良，幽居暴室。转祸为福，易危而安。亦何至变起长秋，毒痡函夏。九州波荡，五岳尘飞也哉。奈何位重枫宸，身依椒掖。坐视坎牲之诈，酿成彘犬之谗。齐光被黜，高厚从昏；楚建含冤，伍奢蒙戮。心之忧矣，脐可噬乎！其有愧于周昌抗辞，丙吉距诏也多矣。呜呼！以华之英思壮采，殚见洽闻。出石鼓之声于桐材，验宝剑之精于斗气。志成博物，书残南海之苔；饮制醇醪，酿自西羌之蘖。独何以务其远而忽其近，明于物而昧于身。能识凫毛，而不觉灾生燕尾；能辨鱼鲊，而罔知衅结龙漦。能照斑狸之形，而已不若潜虬远害；能作鹪鹩之赋，而身则如彩雉罹殃。烈风吹而仍恋高官，台星坼而未甘屏迹。无张翰思鲈之志，有李斯牵犬之悲。帛尚缠须，丰标何在；刃将加颈，惨毒奚辞。是则进退存亡之理，吉凶得失之机。华竟懵然莫察也。徒夸学业之优，才藻之丽，陋矣。虽然桑柏之变，预兆咎征；松筠之贞，幸持劲节。阎缵则悲哀甚切，刘颂亦恸哭不休。纵被陷于凶徒，犹见怜于正士。以视贾谧之流血西钟，佥嫌其晚；潘安之伏尸东市，未蔽厥辜。不亦大相悬绝哉！

佛图澄论

夫凤翔千仞，非枳棘肯栖；龙跃九天，岂沮洳可入。澄公受足五戒，潜通八禅。油涂掌心，事彻千里；絮拔肠孔，光盈一庭。六十尊罗汉重参，前身可溯；四百岁耆龄未艾，服气自强。而乃轻弃故乡，久羁僭国。岂以乾象闭塞，神州陆沉。徘徊鹦鸽之林，踯躅豺狼之薮。盖亦有所不得已耶。方石勒之起事也，遇老父于茌平，见神翁于临水。既而横行赵魏，跨略燕齐。饮马江淮，扬旗汉沔。列五十四营之车骑，铭三十九人之元勋。澄公虽系沙门，亦称佐命。料枋头之斫营，中宵设备；决突门之擒敌，平旦成功。城北奴来，两小子头膺白刃；洛西兵到，一大人肘缚朱丝。无事不知，有言都验。惟是大雅温柔，殊非将种；中山勇悍，渐起逆谋。徐光苦谏于前，程遐进箴于后。而澄公坐视腹心之患，绝无肝膈之辞，则何也。迨石虎之篡立也，军驰黑槊，宫置赤桥。妃随阅马之台，臣侍御龙之观。玉珂八百具，彩饰四围；金铃一万枚，声闻十里。铜龟吸水，木凤衔书。无何乐极悲生，福盈祸积。虎产狼而立毙，羊负鱼而群来。大武殿前，画上之冠巾渐缩；永安宫里，梦中之木斗忽生。加以州吁好兵，阏伯寻衅。时则和尚神通，寝南台之险计；天神诰诫，发北地之凶图。妖马入门，早识眼前之殃及；怪龙落地，预知胁下之血流。况复棘子成林，兰陵应谶。误信张豺之说，爰立幼储；激成梁犊之谋，大兴叛卒。而澄公徒托寓言，偶伸隐语。未能先几弭变，临事消灾，则又何也。虽然以虎之居心残忍，行政苛严。而澄公视若鸡身，戏同鸥狎。劝以恭俭，讽以慈矜。建帝释忉厉之宫，难希福祚；造如来须弥之塔，无补危亡。虎虽未肯尽从，然而封豕长蛇，稍回暴悍；毒蛟妖蜃，略减凶顽。斯其阴施默益，正不少也。他若拯幽州之火灾，救襄国之旱虐。虫生葱上，谓有内忧；鼋入河中，教防外寇。闻来香气，默援西域之徒；唱出咒辞，遥护北山之将。迨至彗星下扫，将荡邺宫；霖雨不休，言归净土。犹复冢中葬虎，故示神奇；祠畔降龙，倍征灵幻。岂非穹壤之畸人，佛门之真种乎。嗟乎！三百年易世如棋，十六国杀人似草。幸而喜谈法戒，素信浮屠。以故达进入朝，保陇山之高节；道安同辇，止淝水之远征。参合之师，昙猛先知偾事；杏城之役，智通力劝收兵。备德之抚定东齐，因朗公而决策；吕光之淹留西国，赖罗什而旋军。昙始则刀刃不伤，屈丐从兹节杀；云霍则桥梁请建，傉檀由此兴慈。之数人者，皆澄公之流亚也。良以世方扰攘，则觉以慈云；时值晦冥，乃朗以慧日。出生灵于涂炭，援黎庶于横流。安得以其异端而轻之哉。若夫无谶诲淫，妄夸秘术；罗义疗疾，徒诳资财。斯则澄公之罪人矣。

独孤后论

语曰：女无美恶，入宫见妒。然如隋之独孤伽罗，则古今未有也。当其时，周天元之闺中，得四幸女；陈叔宝之阁上，聚八妇人。后固目击而心恨之。自开皇御极以来，践椒庭而匹尊，升兰殿而正位。并称二圣，连育五男。宫人断鱼贯之恩，嫔御罢螽斯之咏。尉迟女孙，偶然蒙幸，立即毙之。桓思逞虐，田圣衔悲。宜主弄权，曹宫被害。然妃后相争，尚无足怪。至于忌储副之宠姬，嫉臣工之爱妾。代人行妒，是何理也？其易太子也，则以专嬖阿云故。夫临江下涕于北门，少海旋更武帝；恭王降封于东海，前星爰属显宗。彼固非一母所生也。若勇与广，俱出独孤。本是同胞，俨如异腹。一则称为龙种，一则视作豚儿。只缘芮伯之宠人，遂恶郑庄之嗣位。驯至卫和之夺长，终成楚穆之弑亲。而况宣华夫人既被蒸于晋献，兰陵公主又逼幸于齐襄。后之贻谋不善，非特大蛛大蝮之妖，传其妒法；抑且金蛇金驼之物，播厥丑声矣。其黜高颎也，则以侍妾生男故。夫周公阿杜，诏饷金钗；曼倩细君，恩颁肉炙。况颎也，股肱萧曹，牙爪吴耿。久著从龙之绩，得邀赐马之荣。区区一妾，何烦中宫之怒哉。自后一言，而颎乃渐被猜嫌，屡蒙谴责。遭兹螫手，险致斫头。然而杨处道之贵宠，后庭几及千人；贺若弼之勋劳，女乐特分二部。后何以不能一一阻之耶。呜呼！文帝夺黑獭之世业，破黄龙之奇兵。不逾期月克定三方，未及十年削平四海。竟以神器付诸畜生。未几而盛饰龙舟，大开萤苑。远巡塞北，频伐辽东。士女哀号，暴河边之骸骨；君王酣笑，对镜里之头颅。祚止二传，祸延九服。揆厥由来，岂非轻信妇言，妄更冢嗣，以至于此哉！独孤误我，悔亦晚矣。

郭崇韬论

唐庄宗之得天下也，其功臣见于纪传者，武勇则推周德威，智略则推郭崇韬，非他人所能及也。崇韬以代州之杰士，作亚次之谋臣。是时也，六镇齐归，两城兼筑。俯视汴梁，早有灭此朝食之心矣。既而失德，胜保杨刘。澶相之民，每遭俘掠；泽潞之帅，又复叛逃。几欲与敌约和，以河为界。而崇韬独运奇筹，密呈秘策。宋祖之征广固，计定臧熹；晋武之取金陵，谋成杜预。凿凶门而出，气激三军；驰吉语而还，期占八日。建国楼君臣饮刃，崇元殿将相行觞。齐襄复九世之仇，勾践雪廿年之耻，此则其平梁之功也。至于师行千里，计取两川。军无见粮，兵不血刃。三泉奏捷，万骑长驱。破凤州而直前，夺鹿关而深入。双江纳款，宫娥罢回鹘之装；七里迎降，伪主忍牵羊之辱。旌旗所指，威震西州；鼙鼓不惊，气吞南诏。较诸吴汉之克巴峡，更觉神奇；邓艾之入阴平，尤为迅速。此则其灭蜀之绩也。然而才高见嫉，名盛招嫌。功未图麟，势成骑虎。空颁铁券，旋被金刀。虽然崇韬之所以不终者，实由劝立刘后之故也。夫刘氏出身北坞，随驾南城。笞黄须父于宫门，拜赤足僧于佛寺。佞如全义，屡献赀于中宫；谄若温韬，亦荐福于私第。彼小人者，何足深诛。崇韬社稷重臣，庙堂元老。知宜主之微贱，不作刘辅之箴规；惧媚娘之骄淫，甘为李勣之依附。见机已晚，防患不先。而宦官伶人辈，又皆平日所交恶者。卒之骊姬恃宠，受教优施；宋弃专权，借援伊戾。内外蝎谮，左右蝇营。崇韬其能免祸耶。且其未死之前，荐张宪而不从，救罗贯而不得。责段凝之负库钱，而言不用矣；阻陈俊之拜刺史，而谏不行矣。抚背之约已忘，伸眉之期何日。切齿之仇既众，碎首之祸难辞。削平四十六州，莫酬勋伐；建白二十五事，徒负忠忱。岂不四海抱冤，千秋致慨哉。而吾尤怪庄宗之生平，前后如出二人也。方其髫龄献捷，受皇家鸂鶒之卮；少岁遭丧，破敌国蚰蜒之堑。亲当矢石，躬负薪刍。固宜七庙之神灵，服四方之僭窃。奈何大勋未集，小器易盈。朝弄管弦，暮涂粉墨。徒为射雁之举，犹是斗鸡之儿。自崇韬死而讹言遍起，妖语相传。赵在礼乱卒一呼，郭从谦奸徒四应。五坊乐器，竟致焚身；三矢锦囊，那堪回首。假令崇韬尚在，则魏县叛军，安得南行自若；洛阳监国，岂无西顾堪虞。然则庄宗之杀崇韬，正所以自灭耳。

桑维翰论

石敬瑭借助契丹，遂成晋业。人皆谓桑维翰之功，而吾则以为维翰者晋室之罪人也。当敬瑭之自太原徙天平也。本宜顺命，奚必抗君。以故杨彦询劝其审计，段希尧止其反谋。赵莹则代为忧危，薛融则讽以义理。且唐之群臣，亦早虑及契丹矣。其未叛也，吕琦请如西汉和戎，使强藩绝引援之想；其既叛也，龙敏欲送东丹返国，令大敌有内顾之虞。惜潞王不能用耳。乃维翰奉一介之命，持片舌之强。田欲夺牛，威将假虎。而契丹遂兴师冀北，亲驾河东。电发榆关，星驰柏谷。革鞭木镫，马趋汾曲之营；毛索铜铃，犬纵晋安之寨。三千里旌旗相属，十六州土地坐收。独是慕容救晋，不过酬以职官；回纥助唐，亦只报以金帛。未尝约为父子也。兹则北门谒见，南城册封。屈膝而号儿皇，稽颡而为臣妾。海枯石烂，勿忘盟府之辞；乾健离明，妄喜同人之筮。嗟乎！维翰幸而成事耳。否则王都尝请救契丹矣。而曲阳偾军，秃馁被杀，刘崇亦乞援契丹矣。而高平败绩，杨衮空还。而况赵延寿之在幽州，契丹曾许以称帝；杜重威之降中渡，契丹又命以为看。卒之徒托空言，并无实效。是则维翰之得遂其谋，讵非侥幸于万一哉。然而祸福相倚，兴衰如环。蕃部倒戈，安重荣早图绝好；横磨大剑，景延广复请隳盟。契丹于是大举入侵，连年交斗。九县并下，三州被焚。虽卫村败归，只剩橐驼一骑；而栾城袭破，特颁龙凤两袍。吴其沼乎，虞不腊矣。乃出帝方内苑调鹰，皋门射兔。未几而十事见责，一饭难求。胡马奚车，纷陈阶陛；素衣纱帽，待罪都城。黄龙府负义堪羞，白貂裘加身何在。独怪维翰开国元勋，当朝硕辅。际此寇氛大炽，急若倒悬；国运将倾，危于累卵。既乏致身之谊，又无御敌之才。遂使中土人文，尽陷飞狐道上；汉家仪物，都归扑马山头。且是时也，沈斌登城骂贼，殉节祁州；王清开路夺桥，捐躯渡口。维翰素膺重望，忝窃盛名。而乃两朝事去，束手坐观；一尺面长，腼颜苟活。迨至穷途日暮，计无复之。竟死于张彦泽之手也，奚足惜哉！呜呼！知冯玉之卖国，欲叩宫门；呼李崧为相公，卒归司狱。八千银铤，难逃国史之书；十万髑髅，愧对相州之鬼。语云：君以此始，亦以此终。为契丹所援，仍为契丹所灭。享国祚者十一年，垂丑声者千百世。吾故曰："维翰晋室之罪人也。"

王陶劾韩魏公跋扈论

余读《宋史》至神宗时，御史中丞王陶奏宰相韩琦不押常参班，至谓琦为跋扈。呜呼过矣！夫三代以下之臣，如魏公者岂易得哉。观其始陈九事，继献七条。进杜范之名贤，退王陈之庸佐。议皇储而怀孔光之传，修军政而考李靖之图。尽智竭忠，安社稷以为悦；决疑定变，利国家无不为。以故入作孤卿，表曲江之风度；出为将帅，成晋国之功勋。奖拔贤才，有狄梁公之识量；调和宫壶，如李邺侯之肫诚。用能光辅三君，"咸有一德"。问朝问左右，"钦厥谟猷；惟天惟祖宗，鉴其谨慎"。是则石介之诗，比诸周勃；苏公之记，拟以乐天。尚不足尽其美焉。而陶乃撼摇柱石，湮塞江河。以天子之股肱，逞小人之口舌。昔者骖乘有子孟，汉主背如芒刺矣；捧册有文饶，唐宗发且森竖矣。当时诸臣，犹不敢以跋扈讥之，况魏公乎！故魏公曰："臣非跋扈者，陛下遣一小黄门至，即可缚臣以去矣。"宜吴奎以为摧辱大臣，诋其险躁；滕甫以为挤排硕辅，指其欺诬。公论在人，陶亦何忍而出此哉。且陶固魏公所擢用者也，未作酬恩之雀，遽为反噬之狼。人方切有衮之思，彼竟造非衣之谤。岂以张洎为寇莱公所荐，即肆攻弹；仲舒为吕文穆所援，便思倾陷。负情背义，相习成风故耶。然余观陶之生平，非不自谓知人者。裕陵之用君实也，陶亦颂其圣明；韩绛之诬富弼也，陶亦责其颠倒。何尝不分明泾渭，判别薰莸。而独以惨毒之心，缪悠之论，施诸魏公哉。若夫程戬以水洛宜城，言公阻挠之咎；吕诲因濮园争议，劾公附会之非。斯则所见不同，并非以讦为直，未可与陶并论也。

明宪宗惑万贵妃论

盖闻卫子夫之被幸，原是妙龄；张丽华之定情，依然童女。以故圣通年暮，宸眷渐移；舍利色衰，主恩忽替。诚以韶颜足爱，老物堪憎也。乃观明宪宗之于万贵妃，则大不然。按妃名贞儿，四岁为孙太后宫女，及长，侍宪宗于东宫。宪宗年十六即位，妃已三十有五矣。朱满月年迫老成，承欢宣帝；武金轮时非幼稺，见悦高宗。冠十四级之尊，历廿三年之久。妃才鹤化，帝即龙升。相近相亲，恩逾大舍；同生同死，福胜小怜。岂非古今之异事哉！方其擅宠后庭也，臂系绛纱，眉描绿黛。或锦袍侍宴，或戎服前驱。宫内樗蒱，胡贵嫔戏伤上指；苑中控骑，王才人笑并帝肩。羊舐地而时留，熊出圈而能御。时则梁芳奸宦，屡进美珠；继晓妖僧，妄陈法碗。七大窖之金宝，悉费祷祠；一小箧之疏章，都论房术。蔑圣祖红牌之训，酿深闺黑眚之灾。狐媚既工，鸱张益甚。宜主善妒掖庭，多燕啄之忧；女莹逞威嫔御，鲜熊祥之喜。以致吴后构隙，退处离宫；柏妃育储，不安震位。而纪淑妃所产孝宗，上未知也。燕姞生子，曾梦兰香；骊姬得君，早占莸臭。幸而张敏栉发，贺万岁之有儿；怀恩叩头，言六年之潜养。遂乘翠辇，得见黄袍。由是而淑妃不得生矣。安乐堂谪居七载，永寿宫召见一朝。李宸妃亲诞仁宗，未尝自异；赵钩弋实生昭帝，竟致凶终。由是而太子不自安矣。武惠诉瑛，贾妃忌遹。所赖保阿有力，成君之鸩毒不行；朝宁多贤，阎姬之枭心难肆。厥后嗣主登基，群工交奏。曹璘请削谥号，徐顼乞捕姻亲。乃孝宗居心仁厚，如汉和之免究窦家；大度包容，异魏明之深仇郭后。斯则孝宗之盛德，而宪皇之惑溺万妃，至死不变者，斯真不可解已。

秦良玉男妾辨

余读《明史·土官传》，见夫商胜归朝，赉以金币；奢香置驿，锡以珠环。招囊猛奏凯麓川，荣邀诰命；美罕板立功孟定，封赠淑人。此皆女官之勤于王事者。而秦良玉之忠勇果毅，尤冠诸人。乃《绥史》所记，则言陆逊之过其营垒，见左右男妾十余人。吁！是何言与。当夫青犊横行，苍鹅迭出。羽书叠告，刁斗乱鸣。良玉一孱妇耳。同族如秦缵勋，则诡谋通贼矣。同名如左良玉，则跋扈不臣矣。独彼一剑横秋，双戈耀日；玉骢万骑，绣铠千重。笑无射雉之哗，气有当熊之壮。红妆姽婳，天女星明；白杆纵横，美人虹起。然脂暝写，蒋三妹之丰神；歃血请行，唐四姑之义烈。取韬铃为膏沐，易钗镊以兜牟。犀兕成行，幕府定须健甲；貔貅列队，营门应集壮丁。随鞭镫以宣劳，执斧靳而效命。乃以平阳爪牙之旅，而指为山阴面首之人。以谯国彀骑之威，而视作胡后尼男之宠。岂理也哉！且良玉一生事迹，固可按日而稽也。始则师攻桑木，征播功多；兵抵榆关，援辽绩茂。继则焚两河之贼舫，取二郎之岩关。红崖捣巢，青砦破寨。黔疆底定，蜀土旋安。晚则挫献忠之凶锋，夺汝才之大纛。嫠忘恤纬，忾敌同袍。无如国脉日衰，人心渐涣。鱼河兵弱，马渡寇深。二万卒半发饩粮，邵捷春不从其计；十三隘分持要害，陈士奇竟却其言。竹篱坪中，空挥大剑；桃花马上，欲断长缨。盖自神庙中年，以迄思陵末祀。良玉已寿逾花甲，境历韲辛。蛾眉既老，非木兰代戍之时；鹤发频添，异荀灌决围之日。夏姬不能再少，徐娘岂尚有情。即此益见裨乘所传之妄也。呜呼！有明妇女之作孽者众矣。唐赛儿兴妖山左，杨寡妇肆焰中州。罕弄据宝井而称雄，米鲁断盘江而恃险。类皆逞尔朱射雕之技，夸雍容逐马之才。啸聚萑蒲，宣淫桑濮。阵排鹅鹳，谣起猪豭。未几而新息遐征，遂平征侧；义元进剿，卒灭硕真。惟良玉志报汉家，力存周社。竭九拒九攻之术，献一箸一帚之谋。张茂妻贤，牵裙裾以讨逆，虞潭妣健，撤环佩以饷军。帝室金瓯，终遭破碎；儿家石柱，仍自保全。况复节比霜筠，操同雪柏。殿上有瞻颜之喜，拜受锦袍；帐中蒙握臂之羞，裂残翠袖。峭乎难犯，衷矢内丹；皭然不污，品完粹白。论其奇绩，岂徒诛黑煞神；溯厥贞心，何可比红娘子。然则甘线姑之秽迹，贻笑陇川；安素仪之丑声，负惭沾益。奚得与良玉一例而论哉！

吕侯祠志异

马小异明经为余言，海盐鸳鸯桥西二里，有吕冢。郡县志所载，皆称为吕蒙冢。冢前有祠，元至正间里人所建，以祀孱陵侯者也，近有塑关神武像于祠中。每至深夜，孤灯缩红，阴气滚黑。长枪大戟，交斗于庭前；毒手尊拳，互鏖于殿上。如是者数年。守祠道士告诸里人，奉神武像移祀大慈庵中，其声遂绝。异哉！夫以神武义行九伐，力冠万夫。赤帜丁年，扶卯金之帝子；青灯午夜，读甲帐之春秋。髯其绝伦，臂不畏刮。其镇守江陵也，结营浅濑，兴霸之欬唾无闻；赴会单刀，子敬之责言何益。既而船临汉沔，兵逼襄樊。先声夺人，后劲继进。七军随鱼龙而没，二将作羊豕之俘。乃梁郏途遥，未策奔蹄之兔；而临沮军溃，偏遭啮足之猪。故宜芒动尾箕，气盈瀛海。生则威震华夏，尽三分割据之劳；殁则神著声灵，受万国衣冠之拜。至今金牛故剑，尚露精光；石马旧槽，且余生气。正直聪明，神武固然。而孱陵侯亦复精爽乃尔也。曷故因思孱陵之在吴也。受知桓王，被遇大帝。拔诸行阵，视作干城。执桴鼓而立破朱光，驾艨艟而亲枭陈就。熟六韬之秘要，筹三策之机宜。遂乃领职寻阳，总师陆口。犬牙交错，迹易狐疑；鸡口纷争，计生狙诈。舍徐土而勿取，惟荆州之是图。白衣摇橹，百舸疾飞；绛服行縢，三军潜伏。而且蒋钦则水师远入，潘璋则归路先邀。虞翻之说已行，吴范之占旋验。盖其情殷报主，深恐貉子之贻羞；志在开疆，遂致虎臣之中计。尽心所事，亦其分尔。故虽世远年湮；而犹各不相下耶。然则神武之与孱陵，非特一时之敌，实为万世之仇。今乃合祀于一祠，一则河东英杰，一则汝南雄豪。一则蛟龙挟雨，前将军浩气常存；一则雕鹗乘风，左都护强魂未泯。一则锐士五千人，自有神兵协助；一则健儿六百户，岂无鬼卒扶持。不比周何两将，并享烝尝；直同文伍二人，各兴潮汐。允宜割席，免使操戈；移而祀之，于义甚当。而何必夸其灵怪也哉。

年大将军童时志异

年将军羹尧，字亮工，号双峰，奉天镶黄人。父遐龄，总兵近畿，生平有季常之惧，抱孝标之愁。无何偶私阿鹜，遂育於菟。夫人大怒，立鬻其婢。以儿付阍人生埋之。阍人持至后圃，委猪圈而去。阅半月，阍人闻后圃有啼声，往视，一牝猪伏地乳儿。大骇抱归，抚为己子。即大将军也。弃昆莫于草际，狼庇其生；置东明于栏中，马嘘以气。是其初生时，已大异矣。越数年，夫人生希尧，遐龄内擢都统。有揣骨史盲子者，术同刘札，艺类陈昭。谓遐龄曰："公大封翁也。"出希尧令相，曰亦一品官。然不足当此。顷于门房内相一儿，丰格非常。吕僧珍虽在髫年，已成大器；卢伯源待当壮岁，定握重权。此岂非公子耶。遐龄呼阍人携儿至。果然燕颔英姿，鸢肩奇状。问儿何来，阍人备述其故。夫人亦感悟，遂善视之。自悔当年，几害冯豹；深知异日，端赖樊儵。是其稍长时，又堪异矣。矧乃麟来天上，聪颖夙成。彪出地中，豪雄罕敌。顾欢少行田畔，赋雀徐归；刘宣幼戏渚间，见蛇不动。无如性未龙驯，气尤鹘突。狂如徐旷，先生辄窘提撕；勇胜高昂，师长难加捶挞。遐龄亦无如何。一日，西山老僧踵门求见。是僧也，禅花慧业，贝叶灵根。非开元寺之秃丁，本少林院之衲子。遐龄因留教之，于是演蛇鸟阵，讲豹熊韬。发微于四正四奇，穷变于九攻九守。临行嘱曰："子已具甘陈略，擅褒鄂才。他日得志，幸毋恣杀，庶可全生也。"非特江津沙门，成王慧龙之勋绩；直似寿春开士，保张永德之身家。是其成童时，尤足异矣。既而文鸣玉佩，武纬珠铃。学问已过半袁，甲兵足当一范。十八入词林，年未四十，掌大将军印。蠮螉塞紫，鸡鹿山青。随贝子之旌旗，威申甲令；冒夜郎之风雪，力瘁丁年。头悬月支，手辟星海。途极亥步，尉开戊屯。然而势焰过尊，贪婪罔厌。杨崇勋枉劳军士，饰木偶人；曹武毅大集船艭，载铁罗汉。而且秦川涌血，有违罗什之言；赵郡僵尸，自负图澄之戒。卒之周玘怨望，竟不令终；鞠义骄矜，旋教获罪。天生异人，亦复何为也哉。

虞山谒蒋忠烈公祠堂文

剑门峰峭，宜出忠臣；琴水波寒，尚怀烈士。昔者明当中叶，主是童昏。任股肱于刑余，寄心膂于厮养。一龙酣睡，八虎横行。刘瑾小竖子耳，口衔天宪，手秉王章。内阁树其爪牙，部寺张其羽翼。逐刁不果，吊让渐多。二百年宗社将危，十三道弹章交上。常熟蒋公子修，语尤剀切，气更发舒。泪逐毫飞，血和墨洒。政坏矣，法坏矣，朝中谁不寒心；瑾忠乎，臣忠乎，陛下岂无明目。朱云借剑，莫谓猖狂；陈禾碎衣，同斯激烈。鹯逐不止，凤鸣益悲。方公之拜疏也，一灯缩红，四壁惨黑。真宰上诉，五夜神嗥；至诚默孚，九幽鬼啸。缪士通之灵气，恍惚见形；宋游道之英魂，朦胧入梦。盖公之祖先，欲其寝此奏耳。而公则不顾私亲，独伸公义。谓先人示警，苦作啾啾；而臣子竭忱，要当谔谔。果然乌台三奏，狼棍千挝。朱穆发疽，陈陶闭气。红阳沫掩，妖狐窃肆于城中；白简风生，猛虎空争于殿上。独怪斯时也，王蓄任诺，临杖而忽易辞矣；胡节赵良，纳贿而反获罪矣。韩福素号能臣，被责而引咎矣；梦阳早称名士，下狱而乞援矣。人俱怯死，公独捐生。出痛心蹙额之言，罹折骨断肢之惨。胆真斗大，发更冠冲。锲斧自甘，不失为好男子；灰钉无惧，此之谓大丈夫。自公死而瑾益纷更法制,荼毒缙绅。藏温卓不轨之谋,挟莽懿非常之志。扇中匕首,箧内宫牌。大罪十九条,悉经发露;不法十七事,谁敢讥弹。既而椓人虽磔,义子复来。汉代荒君,称张公子;宋家末主,号李将军。关外旌旗,三卫部远招北塞;禁中炮火,四家兵尽聚西厅。呼鹰织锦之桥,跃马宜春之苑。龙舟将士,击金鼓以东驰;豹房美人,约玉簪而南下。前则被伤于狎虎,后则致溺于捕鱼。徒使陆振诸贤,力谏而率皆毙命;何遵一辈,抗章而又复捐躯。国事益不可问矣。岁在庚戌,余游虞山,拜公祠下。栋宇常新,冠裳不改。倚柱之剑忽吼,窥檐之树欲僵。窃念公伏阙剖肝,无惭獬豸;大荒披发,仍跨麒麟。曹辅属稿之时,怪鸟啼屋;傅绛归神之夕,恶蛇上床。曾赐谥于南都,谅系怀于北极。精魂未泯,痛武庙之荒淫;毅魄如生,哭孝宗之仁圣。鸽峰石劲,尚想心丹;龙涧泉飞,疑含血碧。顾裕愍生同斯土,相扶一代纲常;瞿忠宣祠共名山,永享千秋俎豆。

江阴寄园谒二吴侯墓文

江阴学使署中,有寄园焉。修竹一径,疑铺绿霜;古杉百株,能掩红日。二吴侯墓,即在其中。二吴侯者,一江国公良,一海国公祯。明太祖时,守江阴有大功者也。当其钟灵定远,起义濠梁。王濬本水中龙,高昂真地上虎。克和阳,取采石;下溧水,定毗陵。遂以指挥使守江阴,训练劲卒,饬修边防。论一十二之便宜,赵充国所以开屯田也;得四十六之秘诀,裴行俭所以制营阵也。时张士诚据浙西路,跨淮东乡,而江阴当南北要冲。举兵入寇者屡矣。波飞舵牙,风饱帆腹。二侯旦严壁垒,夕宿谯楼。走其骁将于君山,歼其援师于无锡。奋夺秦望,夹攻巫门。保障一方,勤苦十载。垣崇祖亲决肥水,著白纱帽以登城;蔡道恭力护司州,用黑漆弓以射敌。当是时,太祖数自将,争江楚上流,扼赣饶要地。金陵空虚,而士诚不敢北出者,以二侯在江阴为屏蔽也。且江国公之守城,更有不止此者。新学宫,立义社。祭遵能整军旅,而雅尚礼仪;李典不争战功,而独贵儒士。货财悉屏,非高仙芝取石国金珠;声色不求,异侯君集收高昌妇女。既而远征珠海,迅扫铜关。刘方遏巨象而过阇梨,宗悫作假狮而克林邑。功成七萃,气慑百蛮。海国公自平吴而后,追国珍于盘屿，擒友定于延平，转饷登州，捕倭海道。万备之征高丽，一马当先；陈稜之讨流求，五军分济。魁头露纷，控六拍竿。黄龙之船，拥铎拱稽。驾十五丈白虎之舶，宜兄宜弟，厥功伟哉！呜呼，明祖开基以来，昆季从龙者，正复不少。冯氏则国用、国胜，自妙山而投诚。乃一则早没，一则自裁矣。俞氏则通海、通渊，从巢湖而归命，乃一则受创，一则殉节矣。永安、永忠俱健斗，而一被擒、一伏法，廖氏靡子遗矣。遇霖、遇春并宣劳，而一死绥、一坐累，郑氏无种类矣。凡彼元勋宿将，非殒命于百战场，即厕名于两奸党。而二侯独埙篪迭应，棣鄂交辉。万里河山，终归破碎；几人勋业，幸获生全。今者夕阳疏柳，只剩蝉声；秋水败荷，仅余鹭影。烟飞古绿，月写新黄。窴掩金蛇，阡高玉马。丁巳、戊午之间，金台赴学使李小湖先生之招，居园中者最久。犹想见二侯御寇，马驮屯军，鹿岫河兰。大帅娄师德著长者之称，浪泊丰功，马文渊守善人之戒。荒祠鸦叫，谁荐苹蘩；宿冢狐悲，竟无碑碣。自惭浅学，敢献鄙言。千载如生，大都督英灵未泯；九原可作，副将军奇绩并垂矣。

木鸡书屋文五集卷二

《贺黄砚北司马重赴鹿鸣》序

今使长生无极，拓汉瓦之曼词；寿考维祺，饰周诗之吉语。亦何以见守真养和之素，树德扶善之基哉。若夫少入蟾宫，壮飞凫舄。还乡骑鹄，慕玉局老之全生；叱石成羊，得金华仙之妙诀。逍遥以适其趣，凝固以葆其神。人向陆庵，共钦宿学；天留鲁殿，独显灵光。年臻八旬，筵启九袠。却喜兕觥祝罢，重过龙门；正当凤曲歌时，再看虎榜。则有如古娄砚北先生是也。先生五经便腹，一第摘髭。士龙对日之谈，司马凌云之气。而乃早膺秋赋，屡绌春官。滞科第于十年，屈神仙于百里。于是分符晋地，揽辔绛城。种花手勤，拔薤心苦。张奂之金勿视，任棠之水逾清。吏治多端，善颁甲令；边才孔亟，曾案丁零。其决狱也，明如钱勰；其恤刑也，仁若刘宽。其浚泉也，则裴延俊之兴利；其催赋也，则王仲舒之乐输。飞雪裕乎万家，福星被于一道。宜乎刘尹秣陵之柳，地有贤声；召公陕服之棠，人称遗爱也。然而心常知足，事早见几。帆先贺监而抽，带免陶潜之束。平子以归田著赋，仲长以乐志成篇。士号四休，社图九老。寻世外忘机之侣，谢名场好事之人。秋水马蹄，性天空阔；春冰虎尾，心地谨严。不学东林，妄议朝堂之事；差同北海，只余樽酒之欢。退鹢自安，闲鸥是友。杨枝骆马，谁能遣此闲情；莼菜鲈鱼，早已尝其滋味。若夫玉尺量才，金针度世。刘瓛檀桥之馆，仲淹汾曲之堂。济南生徒，并受杜林之学；关东士子，再设鲁丕之经。以故入座者愿借齿牙，扫门者竞求毛羽。经龟山之指授，具有矩模；承马帐之提撕，咸知根柢。此又见其栽培之笃，诱掖之勤也。近且松姿矍铄，榆景从容。出不乘下泽之车，入不饮上池之药。花辰十里，无用鸠筇；夜午一窗，尚看龙剑。接亲朋而从无官面，对父老而大有佛心。虽两耳塞绵，未免崔镳之病；而双眸如炬，依然阮籍之明。犹复朝染狼毫，晚挥兔颖。歌酒畔黄河之曲，作花中白石之仙。此非气海常盈，神峰独峻。而能如是乎。金台忝附茑萝,欢联棣萼。南北阮虽分门户,东西崔同出根源。兹当日暖辰山,霞明申浦。一壶春驻,十赉文成。婆留则谁唤乳名,买德则难寻邻叟。看是翁之鹤健,重赴宴于鹿鸣。过青山燕子之矶,饮白下鹅儿之盏。未见之礼凡六,向戍能知;升歌之奏有三,叔孙善解。三千履华堂竞集,五百尊罗汉重参。一叟龙头,导以先路;诸君骥尾,蹑其后尘。尤可羡者,致仕大学士芝轩潘公与先生为同科。海内状元,莫非后辈;山中宰相,共仰前型。最难两老齐年,传作千秋佳话。上寿中寿下寿,凡三寿作朋,将续夫诗人;大书特书屡书,不一书秉笔,请登于史氏。

《蜻蛉洲外史》序

鸭河蛭岛,故事谁知;熊野鸧埼,遗文孰悉。盖见闻自窘,不能搜蜃海之编;而才识未周,岂易订龙荒之史。沈君浪仙名传洋墺,气压海涛。秦宓谈天,张华画地。丙辰中秋,寄示《蜻蛉洲外史》十二卷。盖据日本源朝松苗所辑国史,略而删润之也。始周惠王十七年辛酉,终明神宗十六年戊子。一姓相承,年经月纬;百王递降,纲举目张。当夫蛇蜕取剑,龙宫得钩。宝集二琼,镜悬八咫。爰乃国名瑞穗,宫立橿原。天开象市之云,人玩狮洋之月。且自神武以后,应神以前,靡不鹤算延长,龟龄永久。户歌三祝,紫野称觞;庭颂九如,白河奏曲。斯则亘古以来,所罕觏者焉。嗣是仁德孝德,固盛世之成康;元正元明,亦女中之尧舜。其时五畿清晏,八岛富饶。文教修明,武功丕显。配十哲于宣圣,祀八幡之太神。修屯仓而备荒,设钟匮以言事。远征肃慎,近拔新罗。马贡阿华,雉征穴户。汉织吴织,来自中华;瓦工画工,献从属国。治定功成,亦云伟矣。若夫雄略武烈,酷逞刑威;敏达舒明,大紊伦纪。暴同晋厉,淫类齐襄。既而牛压楼头,狐升殿脊;猴狗戏斗,蛙蛇互吞。王纲渐湮,国运随替。又况髫岁登基,遽称太上;稚龄禅位,便号法王。迹托缁黄,权归关白;太阿倒握,魁柄下移。纵使椿叶再新,楠枝旁荫。无如左蜂右虿,毒螫不休;前虎后狼,骁雄迭进。拒元主之诏使,意出时宗;受明帝之敕书,事由义满。加以三乱递兴,百年交战。猿岛肇衅,犀川伏戎。南筑争强,北丰角胜。鹰巢城内,固守垣墉;龙门山前,相持烽火。披绿衫而入阵,树白帜而麾军。

苟非织田氏回山倒海之才,羽柴氏旋乾转坤之力。又安能戡平九国,扫荡十洲。父老复见太平,士女重歌丰乐也哉。所可取者,声明文物,无异中原;经术词章,迥非荒徼。盖自徐福赍典坟之策,智聪携儒释之书。声教渐被,实权舆焉。以故广人最通左史,赖业剧爱学庸。实资历事九朝,爰成日录;匡房传家八叶,曾著江谈。而且金叶有编,词花有集。天历之世,五歌仙同擅风骚;宽宏之朝,四纳言并长讽谕。野篁楼船之咏,暗合乐天;晁衡山月之篇,见推摩诘。中津僧士,药草成吟;肖柏老人,牡丹得句。甚至椒闱名媛,兰寝才娥。紫式部善作永言,时风可溯;赤染门能为华语,往事有征。宜其风流文采,照耀扶桑。为海东诸国之冠也。浪仙学富珠江,才储玉海。涤砚猴墟之雪,濡毫雀濑之波。蛟螭入怀,鸾凤在手。是书也,足以括七十二岛之奇闻,赅二十一代之遗集矣。此日一编才定,可称人间未见之书;异时《四库》特收,敢鄙海外无稽之事。

董梦兰征君《味无味斋骈体文》序

曩者王砚农征士曾言,吴江董梦兰骈俪之文,当今作手也。仆心识之。神交已久,未窥《繁露》之编;面晤无缘,徒望飞云之阁。既而茸郡接茵,留溪联榻。见君萧萧鬓影,渐欲成丝;短短目光,偏能似炬。一时劲对,庾、徐可许齐名;何地无才,荀、陆忽教会座。开十华之玉券,示八尺之珠珊。绣谱鸳鸯,凭君把度;花笺蝴蝶,容我披翻。因得尽读其《味无味斋文集》,而序之曰:君之少也,桥陨山南,萱存堂北。王珪志业,谨奉慈箴;江淹文章,克承阃诲。以故焠掌自厉,腐唇忘劬。三十乘连轴汗牛,张华腹贮;八千张挥毫秃兔,崔慜手钞。其为文也,根柢既深,英华自茂。积玉元圃,无非夜光;伐材邓林,都是奇木。笑叶绚露,篝以神香;心苗茁春,沃之仙酝。霞驳则奥思浚发,星稠则缛旨罗生。妃黄匹白之余,独饶古趣;晕碧裁红之际,更出新机。然仆所倾服者,则更有进焉。夫蔡襄著序,不辞笔格龙团;王寓制文,曾得琴光螺甸。义然后取,廉亦何伤。若乃皇甫湜之撰碑,索缣须九千匹;吴传朋之作志,纳贿至六千缗。北海表阡,馈遗无数;西斋草制,珍玩尽收。以文人之词章,等市侩之交易。毋乃恧欤。君则间受薄资,不贪厚赂。韩文一字,讵必挚金;马赋千言，聊以取酒。盖其平日孤芳独赏，介石自贞。正平怀刺，未肯轻投；叔夜接函，惯迟作答。嫌防瓜李，节抱松筠。宜乎应周室之宾兴，蒙汉家之征辟。陈蕃荐五处士，非出干求；田歆举六孝廉，实由品诣。斯真冰清玉洁，成虎阜之名儒；奚只采错金镂，号莺湖之才子而已哉。虽然即以文论，胸罗玉笥，腕运锦机。秋宵月华，珠轮五色；春日花宴，绣幔十重。江东英俊，无卿比也。仆与君渊源各别，蹊径迥殊。然而雕组之文本异杼，而均堪悦目；芳馨之草不同岑，而佥足怡情。任、沈并辔于南朝，温、邢联镳于北府。敲戛只字，青蓝互资；商榷片言，黄墨惟谨。敢托先声之嚆矢，无嫌首路之粃糠。近时武原有朱镜香，长水有褚二梅。二人者，俱能于沈博绝丽之中，具峭折纡回之致。才大似海，笔妙于仙。君如相遇，慎毋交臂而失也。

汪绿君女史《春晖阁骈体文》序

庾徐手笔，罕有继声，燕许心裁，最难学步。而况莺闺弱质，鸾闼娇姿。略解吟哦，便增声价。亦安能千趣万态，九文十华。端如贯珠，烂若编贝。吸来晓露，流红有花；吐出晚霞，晕碧成彩。笔补天而娲骇，毫修月而娥惊也哉。绿君女史，灵分蟾窟，秀毓龙湫。杨容华夙擅诗歌，孙道绚尤工词曲。蚕眠字小，鸳杼才多。至于抒刻翠之思、抽妃黄之句，富孕腹笥，妙开心香。五光陆离，鸡羽对镜；一气芳烈，龙涎在炉。玉裕金相，宫含征嚼。清机夺月，果然出口聪明；佳句化云，绝不聱牙咭屈。观其春晖阁骈体一编，洵足远追班、左，近轶商、祁。然而操弦多激楚之音，握管有淋漓之慨。其故何与。夫相依共命，管道昇身属泥团；互唱同声，李清照怀欣荼覆。我黻子佩，男唯女俞，诚房帏之乐事也。奈何天边织女，不近文昌；世上名姝，偏归厮养。遂乃寓牢愁于秦锦，诉幽愤于齐纨。冷订霜悲，悄呼烟语。奉慈乌于堂北，惟将兔管娱亲；聚雏凤于窗西，剩有熊丸课子。朱淑真断肠之集，抑郁难宣；徐德英悼志之篇，缠绵奚极。竹词古怨，蘅梦新寒。文生于情，其能无天壤王郎之叹乎。仆也虱处穷乡，蠹饥残卷。曾敲月户，得拜云容。睹花障而低眉，望纱厨而敛手。而绿君则早已浓熏雪帕，绣道园春雨之词；妍制霞笺，写昭谏江东之帙。自言少时披集，疑阳五为古人；此日承颜，幸欧九之得见。清谈玉屑，俊辩泉流。不鄙刍荛，乞施针灸。敢诩三折肱之久，聊酬一觌面之缘。子细酌商，辛勤涂窜。尽倾肝膈，无惜齿牙。白璧微瑕，能容我指；红闺知己，谁似卿贤。从此传妙制于玉台，播英声于锦幔。万山桃艳，逊厥鲜妍；一室兰幽，助其芗泽。厕名四杰，笄可易冠；继轨六朝，今岂让古。愧非承吉，堪为绣阁之师；却比廉夫，愿作琼闺之序。

李小湖学使《好云楼诗钞》序

汉代马班，原称名士；唐家燕许，不愧风人。自来鸾台凤阁之英，必擅虎绣龙雕之业。若夫位高元礼，望重文饶。名在月中，早对红云之殿；诗传日下，宏开白雪之楼。金心善融，银手能断。茗茗古意，时有妙香；滚滚新机，浑如流水。赅乎众体，斯谓大成；出以至情，实缘小雅。其惟小湖先生乎。先生为春湖侍郎幼子。荔是侧生，兰真佳种。杨绾髫岁，便知四声；范云稚龄，能诵九纸。观书若月，目力析乎秋毫；摛藻如云，心葩敷乎春树。家传猿臂，人誉凤毛。无何桥荫忽倾，荆枝兆衅。事多舛午，乏推梨让枣之欢；境值酸辛，极食蓼茹荼之苦。零丁欲写，刚卯谁遗。幸而袁家善文，刁冲勤学。癸签蘸墨，子夜燃糠。成张华厉志之篇，出谢朓惊人之句。未几风抟六翮，电逐双蹄。桂斫崇柯，杨穿高叶。校书虎观，奉职麟台。夺兽锦于东方，早空余子；齐鸿名于北斗，难得妙年。时则鱼藻矢音，凤梧发咏。华光限字，到茂滢三刻便成；曲江赋诗，刘太真一篇称最。遂乃易占三锡，史纪九迁。朕召王珪，珠花特赏；卿如韦绶，袍襕可加。出纳丝纶，斯可署唐六押；润色典诰，乃能作汉一经。洵遭际之极隆，亦赓飏之时献。既而星动轩轺，风驰英簜。始衡材于闽峤，旋校士于吴都。山川大观，旌盖小驻。包公则难通关节，狄相则满载参笼。况复万卷勤搜，五官并用。是非独断，莫教错认颜标；得失攸关，只恐忘收范质。自竭拣金之力，谅无泣玉之人。暇则挥洒芳翰，焕扬瑰辞。笔可横秋，车能记里。清芬四袭，长淮之烟月自流；毫楮一喷，大江之波涛欲活。盖至是而气息弥古，丰标益高矣。金台秦缶自惭，齐竽滥厕。许作入幕之客，恐如倒绷之孩。戊午之春，先生出视《好云楼诗钞》若干卷。九能之才，先睹正始；一品之集，命序会昌。则见雅怀星疏，健骨云上。

锵金戛石，别具炉锤；吐蕤含华，独成馨逸。循陔之思，有束晳之至性焉；传衣之感，有侯芭之深情焉。酒垆之悼，有向秀之缠绵焉；粉盝之哀，有伶元之缱绻焉。薇露才盥，荷风已香。名公自具三长，下士真无一得。测蠡识浅，附骥心殷。所愿名覆金瓯，继范、富、欧阳之业；士珍夹袋，集李、张、皇甫之贤。赓元首于虞廷，颂单心于周室。岂徒衣冠纪盛，萧遘之八叶八图；著作蜚声，王筠之一官一集而已哉。

贾芝房《青霞仙馆诗集》序

在昔乘、皋父子，迭著文华；仪、廙弟昆，竞标词采。即如我湖胡氏之石濑书屋，两世传名；张氏之婴山小园，一门有集。固已壮河山之色，增奎璧之光。今观贾君芝房，承其父兄之绪，渊源有旧，著录翻新，殆其类耶。忆嘉庆壬申岁，得见尊人啸轩先生于禾中。洛社耆英，襄阳老宿。蜀道闻猿而后，古入须眉；秦关策马而还，健夸腰脚。至癸未甲申间，与哲兄蘅石、兰皋相往来。交群玉于穆家，诵联珠于窦氏。无何莲凋霜夕，蕙败风晨。一则西粤回车，旋惊化鹤；一则东华蹑屐，倏叹骑鲸。迨戊戌岁，始与芝房订交。羡君厕优凤之列，独号归昌；擅宗驹之称，尤推符拔。十余年来，相与剖析元奥，激扬风骚。知其以深湛之思，极清新之致。植干综古，敷材丽今。春云曳空，秋月摇瘦。尘扑三斗，轴抒一家。以故咏怀古迹，杜拾遗之豪情也；寄兴田家，储太祝之逸趣也。感时纪事，白太傅之苦心也；送客怀人，王右丞之雅致也。况复鸥乡选胜，鲈渚寻幽。白苎村中，一笻踏雨；红梨湖上，双桨拨云。京口三山风浪，慫其峻赏；蜀冈十里烟花，助其闲怀。然而杜樊川之浪游，空逾千里；李君虞之奇疾，竟历数年。加以骨肉凋残，羽毛零落。陔兰萎而抱恸慈乌，园荆瘁而追怀鸣鹿。神伤鲍妹，书绝大雷；魂恋韩孥，路埋寒雪。近且鹪枝莫借，雁粒无余。毡不留青，镵惟携白。吴钩欲铸，术昧壬夫；楚玉空悲，毁同庚市。有心拯物，谁知臣意之善医；无地谋生，欲向君平而问卜。而君则能安义命，不废啸歌。未尝彭羕自媒，讵肯祢衡嫚骂。闭户修业，但草子云之玄；和神当春，不为阮籍之白。食檗有味，纫兰自馨。此衷如流水闲鸥，斯境类孤云野鹤。吐青霞之奇气，成白雪之高吟。辛亥之冬，出其全编，索予弁语。自昔长笺短版，久窥安石碎金；今兹丽句清词，尽睹士衡积玉。益信颜龟得义，延年之业不孤；张协有才，孟阳之名同显。其足以媲美贤父兄也宜哉。

沈兰卿《紫茜山房诗》序

余于嘉庆乙丑岁，受知潘文恭公，得入邑庠。其时独冠一军者，即兰卿尊人，赤石刺史也。赤石经术湛深，词华溢发。爰登秋赋，屡绌春官。以大挑分发广西，历署河池、上思州牧，兼摄宣化县。杜畿特设讲堂，陈表能平疑狱。劝农雪屋，泽息嗷鸿；校士风檐，门看跃鲤。法石湖之政治，录著鸾骖；继子厚之文章，说无蛇捕。马人蛋户，交诵一清；猓妾狑童，亦知三善。上思民颜其堂曰“化孚三善”。将邀鹗荐，遽兆笺占。廉吏可为不可为，琴鹤空携赵抃；降年有永有不永，舄凫竟化王乔。斯时也，李琮奄殂于桂海，魂滞洲东；赵矜溘逝于柳州，骨留社北。八旬老母，翻悲李贺之亡；十岁孤雏，已抱韦忠之恸。而乃间关远道，彳亍长途。阮卓扶丧，一舟冒险；高柔迎柩，三载得还。幸而髫龀博通，英年腾逴。子骏能承先业，丁鸿贪读异书。以清白吏之儿郎，守经人师之教诲。红蟫卷轴，尽瘁芸窗；黑蝶才名，惊传艺苑。其为诗也，音节沉雄，情思恳挚。馥馥花气，吹俱若兰；英英墨光，飞欲入斗。属当写定，谨诿弁端。余也羡乘、皋之家学，作群、纪之交游。当时司马早亡，泪流羊舌；此日阿龙克肖，美擅凤毛。溯厥本根，西霅分来秀气；绳其祖武，南疑得此替人矣。

费亦洲《壶中吟》序

黄叶村庄，岂无佳士；绿槐讲院，定有名流。仆未至语儿，先交诗友。联吟禾郡，早识徐凝。亚陶作客韭溪，又逢马戴；浣秋迩年以来，复得亦洲。人原鸾凤，地住羔羊。是好秀才，非村夫子。书持高凤，堂辟卢鸿。然而少狎乡氓，熟知农务。当夫鸠语桑市，鹭飞水田。少妇养蚕，胜如养女；老翁怜犊，无异怜孙。南邻卖丝，北里粜谷。每闻虫唱，似和农谈；但听鸡声，可辨人舍。以故量晴课雨，太祝成吟；锄月耨云，右丞着句。时或拏舟选胜，蜡屐寻芳；蛇门月流，鲸阁风细。卖鱼湾里，杨柳千丝；乳鸭池边，枇杷一树。载菊塔院，问梅皋亭。羊径寻来，友得二仲；虎溪笑过，交惟一僧。谓竺仙上人。观其《壶中吟》稿，缘情要眇，赋景澄鲜；清光大来，神韵独绝。他若书摩空鲙，帖仿伯熊。印得王休，银丝篆细；椎开张颢，铁笔锋尖。慧业文人，无一不长。已昨在由拳，互相联臂。拜武穆庙，水绕玉龙；访文忠亭，花余金雀。鸥襟才别，鸿制旋颁。既经三复，聊纂一辞。所望业益求精，学知不足。譬诸明镜，百炼弥光；拟以良弓，三均更劲。青眼高歌，非子莫属。

时澹川《味琴室诗钞》序

澹川时子，高怀摛云，朗抱夺雪。骨秀于玉，神寒若金。每当碎红满庭，浓绿到榻。风声战竹，凉透珠帘；月影扶花，光摇纱帐。临窗习字，未许换羊；隐几挥弦，自能引鹤。凤池雁塔，何曾役志于科名；蟹税鱼租，不必劳心于衣食。早具雕龙手段，雅嗜青缃；虽膺司马头衔，澹忘朱绂。其为诗也，寓意幽寂，游思邈绵。濯魄冰壶，浣肠珠泽。冷蝉吸露，孤鹤叫烟。香分白莲，味若绿茗。彩鸾佳偶，代吮兔毫；阿鹜小姬，助磨鸲眼。迩年来，郁君荻桥，约友人作古欢之会，君亦与焉。兰亭主客，竹里唱酬。方惊白下三山，狼烽逞焰；能结黄初七子，鸥社联盟。尤足见逸兴之流连，奇情之跌宕矣。惟是叔宝神清，仲宣体弱。碧消炉篆，午夜长眠；红落灯花，甲朝未起。杜樊川鬓丝禅榻，王摩诘药裹茶铛。然而崔骃抱疴，尚勤著述；卫虎染恙，不废啸歌。黄叶半床，青编一卷。龙骨欲出，莺喉自调。李贺呕肺之吟，声铿金石；方干补唇之集，味别酸咸。愿君慎摄卫于四时，免销铄于六凿。病梨带雨，宜切扶持；弱柳经霜，尤须培护。从此恢张骨力，洒炼性灵。假以岁年，直可厕边徐之席；穷其旨趣，无难跻王孟之堂矣。

张次柳《三影楼词》序

辛亥闰秋，访张君次柳于吴阊。神交五载，面晤一朝。翩翩浊世之中，称佳公子；娓娓清谈之下，识大才人。置酒则忙唤添丁，开筵则欣逢团甲。东阁花影，西园烛光。三更出门，鸦梦忽醒；十里归寓，兔辉未残。至今令我怦怦于怀，而不能去焉。惟君惨绿年少，流红梦多。荀君坐处，三日香留；潘令行来，一车果满。濯濯王恭之柳，亭亭庾杲之莲。而且荫藉乌衣，系承朱阀。崔卢门第，素负清华；终贾英年，便腾藻采。鸳鸯之诗绝妙，鹦鹉之赋超群。斯则道济辞章，文昌乐府。手制孟阳之锦，吻生承吉之花。早已诸体咸工，众长毕备矣。若乃披寻曲海，摩厉词锋。以鸾停鹄峙之人，作燕语莺啼之句。琼签绿冻，发其古香；珊架红妍，舒其幽艳。鸥心淡淡而自远，鹤骨泠泠而欲仙。况复花市七里，画船万灯。水槛风尖，山窗云活。名士旗亭之酒，美人绮阁之笙。则有抚么弦，吹嘉管。金石铿戛，珑玲其声；模绣缤纷，佚丽其采。何必绿珠喉里，始有新音；从知赤玉胸中，定无宿物。至于系情故里，回首家山。吹台秋高，少室春暮。寒宵雨雪，忆梁苑之琴尊；暖日蘼芜，想洛滨之裙屐。尤必登高抒抱，望远移神。倚玉靴翠袖之遗声，抽寡茧哀丝之别操。宜其芬流齿颊，俗洗心脾。骨秀神清，来疑仙佩；奇葩异蕊，开向佛灯也。犹记在吴门时，戈顺卿招同姚莓伯、张筱峰、王养初、丁步洲、雷约轩及君，宴于翠薇花馆。七客成寮，莫非才士；四筵团坐，尽是词人。章擅杨花，贺名梅子。笑吟红豆，共识王维；醉写乌丝，群推杜牧。独余抱愧哑钟，贻讥湿鼓。而君偏出其佳制，索我芜言。十读三叹，爱其蕴涵古腴，雕琢新意。半帘梅影，欲淡吟魂；一水莲香，能消凡艳。藻思独绝，何须洗马。愁乎华采欲飞，顿觉阿龙超矣。

丁步洲《倚竹斋词》序

余交步洲十二年矣，见其仔肩任事，奋臂狗人。以张耳之名流，作季心之侠客。卒卒然，无须臾之或暇也。而乃雅情星疏，旷抱月朗。蛮笺十样，珊管一枝。摅澄澹之怀，极缠绵之致。骚坛群彦，咸称美焉。犹忆君之访余也，弄楼上之明珠，蟹螯佐饮；问山头之苦竹，鸿爪留题。歌板爰新，旗亭斯树。而余则屡游三泖，时泛一舠。藉君作东道之主人，集西园之佳士。每当鲈乡雨后，鸥梦秋初。花底鹦呼，竹梢鹤立。珠盘高会，快飞醉月之觞；金管豪吟，直遏行云之调。犹未已也，君复招余吾谷探幽，天平觅胜。停短簿祠前之棹，访长洲苑里之花。兰幕风柔，枣帘云瘦。琵琶水面，江州泪倾；豆蔻梢头，樊川梦觉。楼外则尊浮大白，壁间则句谱么红。斯又艳入心脾，香流齿颊矣。尤奇者，温造无端应募，柳浑竟尔知兵。去岁，土寇蜂兴，凶徒乌合。吹来风鹤，入夜有声；飞过霜鸿，当秋无色。黄浦之蜺妖昨炽，清溪之蠡贼旋讧。君则亲佐戎行，力恢岩邑。狐窟尽扫，枭巢悉焚。未膺龙额之封，先被虎牙之赏。当此长枪大戟，妙运奇筹；依然直笛横箫，仍工妍唱。岂非才力过人也哉。甲寅初夏，余再过君。青山无恙，重忆交初；白首有缘，幸遭难后。君乃出示《倚竹斋词钞》，吴江董梦兰已为撰序，而更属余弁语者。良以两人气谊，久协芝兰；一字品题，或光梨枣。感君之意，不能无言。

陈阆峰《续六家诗钞》序

锡山刘复燕选国朝六家诗，曰荔裳、曰愚山、曰阮亭、曰秋谷、曰竹垞、曰初白。此数公者，为一代风气所开，即为一代主盟所属。琴瑟互应，鼓旗各张。天下文章，莫大乎是矣。嗣是而后，续者无人。丁巳初夏，赴顾书台处诗课，陈子阆峰出《续六家诗钞》索序。继元结箧衍之编，成韦庄又元之集，元圃采玉，明瑶九光；赤水觅珠，美玑六寸。洵足助丁函之色，增乙簡之辉。尔乃南苑萤飞，北山鹤怨。沧桑寄恨，元好问两代诗名；黍稷通神，沈初明一生心事。钞梅村诗一卷。鼓吹五经，腹真不负；指挥万卷，髯其绝伦。吴会浮家，吟来秋碧；长安索米，嫁去小红。钞迦陵诗一卷。幼入芹宫，壮依槐市。表熊周之大节，激动须眉；褫马阮之游魂，洞窥肺腑。钞子湘诗一卷。冤谪虞翻，命穷刘峻。旗影翻而黄兔窜，泪尽征人；笳声裂而黑雕愁，梦回故国。钞汉槎诗一卷。南国莺花之颂，西陂鱼麦之图。名齐玉叔，福应逊公一筹；望并渔洋，才岂避彼三舍。钞牧仲诗一卷。三吴名宿，杜正藏实好秀才；九帙诗仙，贺知章成狂道士。蝴蝶延年之枕，鸳鸯度世之针。钞归愚诗一卷。凡此六家，或豪掣长鲸，或艳迷粉蝶；或极凤翙鸾歌之乐，或抒鹃啼猿啸之悲。撷英采华，合登文选；叙意撰例，岂让武功。阆峰可谓勤矣。而仆窃又有所献焉。盖我朝文治日昌，诗人云集。家珍赵璧，户握隋珠。以故歌能入月，李龟年欣遇天涯；气欲凌云，杨狗监早推名士。则有如毛西河。鸰原谊笃，存亡常感弟兄；马帐情深，出处不忘师友。则有如潘稼堂。具表圣之胸襟，品淡如菊；写陶公之情性，气清于莲。则有如吴野人。学倾一世，冠大历十才人；年逾七旬，登光化五老榜。则有如姜西溟。虞陛赓飏，皋夔原称才子；唐家讽谕，燕许竟是风人。则有如高文良。宦兴阑珊，三千履游踪浪逐；吟情哀艳，十二钗好梦重寻。则有如黄莘田。似兹六家，莫非艺苑英流，词坛健将。哜前贤之膏馥，作后学之津梁。熊鱼同是珍羞，孰宜取舍；环燕各殊面貌，还俟去留。鄙见如是，愿与诸君子共商之也。

赵桐孙《十六国宫词》序

秀水赵君桐孙，鸥波后裔，鹤渚才人。虎气上腾，鸾姿独秀。所著词赋及骈散文，靡不缛旨星稠，绮思霞灿。近复撰《十六国宫词》，猎文皇之载记，撷散骑之春秋。体仿三家，数逾百首。余反复读之，而不忍释手也。则有彰女救父，徽光殉姑。请罢鹑仪，刘贵嫔密呈谏疏；预愁鹤唳，张夫人力阻征鞭。元季两妃，欣占鸣凤；薛阎二妾，泣化啼鹃。至于西羌托迹，亲授金刀；东阁残骸，怒抛玉玺。襄陵军偾，引剑而刺叔明；大界营空，弯弓而敌羌贼。平原守节，裙带留题；宝锦怀贞，刀锯愿受。僤檀贤女，戴天而切复仇；永业少妻，投地而犹诵佛。此皆流芳兰掖，垂范椒涂。足消雀鼠之争，奚减睢麟之美。若乃罽铺鹿子，堂启螽斯。雀入室而徘徊，鹅藏沟而鸣跃。三后侍寝，几同犬豕之交；双飞入宫，果应凤凰之谶。郑樱桃惯生逆嗣，来妖马于长秋；苻训英专恃主恩，索冻鱼于盛夏。秽彰乞伏，盗钥而付什寅；丑播沮渠，礼禅而通释子。又况十八等之女官，肆淫石赵；百廿名之乐伎，贡媚姚秦。蛇虎变幻于蜀宫，龙螭镂雕于夏阁。凡此者事虽荒佚，文亦恢奇。堪作虞箴，永为殷鉴。桐孙借彼瑰闻，成斯丽制。写婵娟于豕突鸱张之际，描粉黛于狼咆熊吼之秋。艳雨奢云，香流笔底；荒烟冷月，泪洒行间。岂不足以脍炙艺林、笙簧文囿也哉！

《汤山瑞祥寺秋集》序

节过重阳，未踏齐云之岭；人思仙客，远寻伯雨之居。乙卯九月十二日，重访殷梦蔬道人。道人一见欣然，谓青山红树，正值良时；紫蟹黄鸡，足供雅兴。

遂于望日招至珠山之瑞祥寺而置席焉。窃思二十年前，此寺荒废久矣。鸮栖禅榻，鼠窜阴廊；户罥蛛丝，庭堆鸽粪。自胜善上人卓锡于此，鸡园重启，狮座聿新。金绳百丈，下照鲸宫；珠网七重，遥临蜃窟。铁猪受矢，玉象扶轮。风摇定后之幡，云护空中之磬。我辈得借兹净室，同作快游。危石数片，奇似虎形；古松一株，怪如虬状。手斠桑落，头插菊花。发落帽之狂情，著笼纱之佳咏。其间辨四声者沈约，浪仙论三品者钟嵘。穆园朱湾则旨趣宏深，秋田陆羽则衷怀恬雅。芝山而道人清机雪洒，词采霞飞。想梦中之鹤影，羽若车轮；和槛外之龙吟，声为铁笛。乐境也，亦韵事也。回忆去岁冬间，艇匪鸱张，海塘鹿骇。蛟涎吐雾，直射峰腰；鸳铳轰雷，几摧岭角。今者蚕船远徙，雁户粗安。莽莽战场，尚惊谈虎；飘飘逸趣，窃喜盟鸥。孔樽已酣，阮屐徐返。一痕峦影，青入城中；几缕炊烟，白生郭外。妖蟆蚀月，是日申刻月食。卢仝奚必伤怀；孤鹜飞霞，王勃弥工写景。传诸觚翰，谢临川东墅之游；绘以丹青，萧子范南亭之记。

《东湖饯春集》序

脚春雨歇，首夏晴初。啼老仓庚，舞忙紫乙。四围风絮，飞白可怜；一霎烟花，小红欲嫁。感驹光之易逝，宜燕乐之及时。矧当湖为水云明艳之乡，风月繁华之境。春流得雨，双橹划青；芳草如烟，一城涌绿。龙戏六桥之外，鹭眠三寺之前。蝶梦飘零，刚逢四月；莺花收拾，又是一年。有不对景怀人，抚时忆友乎。适吴江仲君兰九以松陵之名宿，作柘水之闲游。横海六鳌，曾经钓罢；寥天一鹤，独自飞来。长剑陆离，短笻徙倚。家无旧业，驴券频书；世有高才，兔园终老。于是顾榕屏、时祉卿、朱纯庵诸子，宴排三日，欢洽四筵。递洁北面之尊，互张南皮之帜。拈题而薛笺各擘，分韵而萧钵急催。阮啸嵇琴，怀贤并切；周菘庾韭，赋物都工。玉琢新联，珠穿好句。一笔疾洒，万花乱飞。杯中添卯饮之香，枝上惜子规之语。伤心世事，问何时焰息封狼；过眼韶华，喜此日兴酣浮蚁。无如醴设宾馆，方共寒暄；策赠河干，旋乖云树。人聚白鸥之宅，合席千觞；客登赤马之船，离情一笛。是集共得诗若干首，纯庵将汇刊之。杜鹃花外，欣赏新词；鹦鹉洲边，又垂佳话。鱼云望远，不胜南浦之愁怀；鸿雪印孤，赖有西园之雅什。

秦韦轩学博《寄畅园志补》

寄畅园者，在无锡惠山寺左，创自明正德时秦端敏公金，初名凤谷，小筑行窝；恰近龙皋，特开别墅。阅数传而属中丞公耀，改名曰寄畅园。聚九柯十匠之材，增三沼五亭之胜。石淙丹壑，逍遥公之雅怀；退谷杯湖，猗玗子之隐趣。至今稽松、张柳，十六景故迹犹存；魏笏、王刀，四百年流风未艾。以此知秦之世德所由来矣。尔其堂可卧云，榭先得月。近倚知鱼之槛，远窥歇马之亭。白飞二泉，冷咽清梦；青锁万木，瘦摇古魂。十里芙蓉，淡抹烟中之水；半山萝薜，浓添雨后之峰。塔影入池，梵声到阁；怪石狮吼，小桥鸭眠。桂散一林之香，松凝三径之黛。桃花片片，目迷乱红；竹树萧萧，脚踏丛绿。时或琴横春荐，酒滴秋林。招梁园雪里之人，奏吴苑花间之调。谢安山墅，肴馔百金；陶岘水仙，清商一部。宋季雅豪情跌宕，千万买邻；萧大圜逸致优游，五三列婢。况复圣祖之鸾舆叠幸，高宗之骊驾频临。奎章五色，采绚庚牌；睿藻千言，光分甲帐。颁雀扇于何戡，畀鼠裘于唐邕。九老迎銮，有蕃三接之马；一门被赉，奚止十朋之龟。斯则呼万岁者三，欢腾朝野；等百世而上，福衍子孙矣。今夫成毁不常，废兴无定。湛长史款客之宅，化作荒烟；李丞相读书之台，鞠为茂草。旧蟪吊夕，残鸦泣春。而斯园则画栱常新，雕楣未改。岩花仍碧，祠树不黄。良由缨组蝉联，文华鹊起。封胡羯末，无愧前徽；酥酪醍醐，莫非佳士。以故李桃茂密，长为徐勉之居；柽柏萧森，终属刘巖之第。小岘侍郎，宦情早澹，书味偏浓。拟仲长乐志之篇，续平子归田之赋。曾撰《园志》二卷，以纪其略。文孙韦轩学博，小同传经，大谢述德。阳武世阀，不堕何绥；休文家风，再兴沈众。对元祐三贤之像，霜露萦怀；抚乾隆八景之图，烟霞入想。搜罗志乘，覙缕见闻。骚情纬中，史笔斧外。书成名曰《寄畅园志补》。学博之戚杨子萱先生适宰我邑，因出金粟之编，为索铁崖之序。台于戊午仲夏，从李小湖学使校士润州。学使预约归途，访西神之名胜，开北海之尊罍。而无如鹢舫才回，乌轮大炽。难觅滩边一鹤，空怀堤上九龙。孙兴公台岭神驰，未曾亲到；李太白镜湖飞渡，徒付梦游。今披是册，似涉凌虚之阁；众香摇风，恍登环翠之楼。群艳灼日，益叹学博之心香遥接，手泽勿忘。士衡能诵先芬，孟坚善陈世泽。岂比熊光哭墓，妄托名宗；马畅献园，致隳旧业也哉！

木鸡书屋文五集卷三

与海盐马小异书

小异先生足下：仆之仰企先生有年矣。执手未期，写心曷极。壬子春间，一晤于武原，再见于乍浦。喜风骨之尚健，惜霜鬓之已长。蝉嫣既亲，蛩比益契。蒙示《香泉文钞》四巨册。展诵再三，殊深倾倒。窃叹今之学者，徒遵甲令，略工帖括之词。畴克庚言，远绍先民之作。即有号为古文者，不过优孟衣冠，偃师傀儡。掎摭粪壤，但堪与捉虱媪谈；凌杂米盐，仅可供牧猪奴读。又或聱牙佶屈，昌黎公诵之而惊；札闳洪休，欧阳子阅之而笑。正宜贴以如意，奚庸贮一葫芦。独先生风标隽上，真气淋漓；语羞雷同，理必雪亮。说经则角真岳岳，论史则腹更便便。传志大文，如衡量物；记序小品，似镜取形。寓书则直写胸襟，纪事则善搜掌故。忠孝之语，无愧乎君平；诙谐之谈，勿参夫臣朔。夺讲幄诸儒之席，建词坛大将之旗。盖其平日读书，不落元明之习；故尔临时走笔，能追汉魏之神。窃意先生学宗古人，语妙天下。江都经术，自宜诏应贤良；孟坚史才，谓必庭登著作。而乃丘樊长日，征书未下夫鹤头；湖海名流，文社弗推以牛耳。故仆愿先生尽将杰制，急畀雕工。庶几播到艺林，如入将军之库；登诸文选，或归太子之楼。六合之遥，岂无巨眼；千秋之计，藉慰苦心。况先生今年七十有五矣，去冬始得一子，虽燕玉之祥征，究蚌珠之生晚。当兹垂白，靳付杀青。诚恐精力所存，异日殆将供鼠；庋藏不密，旁人窃以换羊。不可不预虑及之也。若夫先生之诗，芬芳悱恻，沈郁苍凉。嗣六代音，仰厥风范；辟九僧体，蔚为正宗。亦当与古文相辅而行者也。然近人所著，固已多若汗牛；则斯事虽工，不妨缓其刻鹄。刍荛之言，未审有当。伏希先生采择之。

复秀水陈曼寿书

五月中旬，与足下回自苕溪。嗣后炎景石铄，火云伞张。北风乏图，西爽难挹。暑三庚而可畏，符六癸而不灵。那得平头，狂挥大扇；竟思赤脚，去踏层冰。然热犹可忍，旱则何堪。热仅一身之郁蒸，旱关万姓之愁苦。乃者三时靳泽，六月屯膏。鸠喑弗鸣，龙睡罔觉；鲂张其口，牛脱其蹄。野几无青，地将尽赤。非不结坛告虔，拜井致祝。方期令牌鸣而银蛇掣，皂旗展而石燕飞。奈何望霓徒劳，占星罕验。密西郊之云势，俄尔烟消；殷南山之雷声，忽焉响寂。失灌溉者，田居八九；动桔槔者，户仅二三。未彰润下之功，愈肆焦原之焰。此无他，但设黎干祷祈之具，而乏萧憺感格之忱。并无文瑜暴露之勤，安得柬晳神明之应。回忆己酉之岁，洪流成灾，元气未复。向也蛙黾产于灶觚，今则鱼虾涸于车辙矣。向也蛟蛇栖于斗栱，今则鸦鹊僵于树枒矣。然而民劳已甚，可使无鸠；天怒渐夷，庶几有豸。以余所闻，当湖得雨于十九日，云间得雨于廿一日。贵地之得雨则在立秋，我乡之得雨已交处暑。闵怨咨而兴有渰，凭呵护而沛无私。霡霂稍施，蕴隆旋解。纵逊达奚武之祷西岳，立降甘霖；幸如郭仲仪之在南荆，徐沾膏澍。从此龙睛颖实，虎掌香浮。红莲绕畛，仍占酉熟于丁男；黑秬盈筐，得慰卯耕于子女乎。足下所示喜雨诗，言简意赅，语长心重。风人之义也，亦仁者之情也。并欲广征诸同人和诗，都为一集。瀊汋滥沃，不嫌源分；酥酪醍醐，终归味合。尤为艺林之佳话也。而仆意则更有进焉者，当此楚氛煽恶，壮士谁挽天河；正须卫国兴师，倌人载歌灵雨。斯又仆与足下之所私心切祷者矣。

与娄县杨箫英书

箫英词兄足下：十年不见，半月相依。著屐过从，几踏街头之雨；剪灯议论，频生座上之风。蒙示诗稿数册，峭笔凌云，清思涤月。盖君本冀北之良马，原籍北平。作江东之文禽。以故云间士衡之才，时有并州越石之气。近时作者，罕与敌也。然而雄文孰荐，贾赋空成。运竟星乖，愁如雨集。乞来斗米，贵若郑环；典到笥裳，贱于齐屦。门铺柳絮，四体仍寒；砌满苔钱，一文奚值。而况李密之祖母犹存，丘为之慈亲亦老。穷居妻瘦，悲切杜陵；丰岁儿啼，叹深韩子。秋士多感，冬心不平。常抱虞屯，那禁阮哭。伊谁爱士，能具热肠；幸我好奇，却非俗眼。愿君燕筑休击，吴箫罢吹。纵类西华，悲来道路；还期东野，耐此清寒。有贫而乐道之风，无忧能伤人之语。安见枯查八月，终未经天；幸草三春，仍难奋地乎。仆之所以慰君而勉君者，如是而已。前闻沪渎王君欲刊续可作集。甄综之事，一以委君。今将故友许德水、汪雨人、宋小茗、孙愈愚、萧雨香、宋樗里、方子春、徐芸岘、汪一江、蒋眉生、林雪岩、陆春林、姚半帆、翁鄂生、高藏庵、费春林、柯小坡父子、贾兰皋昆仲，共二十人，择其诗之最佳者，录呈文几。此数君者，或名振飞鹏，或命终屈蠖；或暮年控鹤，或壮岁骑鲸。靡不笔阵恢奇，心花璀璨。昔之龙文电气，今为鸿爪雪泥。草荒谢池，柳掩嵇锻。天边彩雉，只剩文章；卷里蠹鱼，渐生孙子。所望稍加删酌，即付雕镵。缉温岐汉上之篇，归元结箧中之集。庶几东阁长留，人得慰九原之憾；西州重过，仆亦酬三益之交焉耳。

寄赵仪姞夫人书

往者计曦伯以夫人《滤月轩集》见赠。发函展诵，吴棣倩之琼篇，项兰贞之丽什。古文则直追班惠，骈体则上掩令娴。有月皆修，无云不织。珊瑚百树，涌出沧波；锦绣万花，围来香国。古所称扫眉才子，不栉书生。要不过略解词章，粗通翰墨。未有崇论闳议，笔扫千军；壮采英思，才倾一石。如夫人之大集者也。所恨苍葭远水，空切溯洄；白云暮天，独劳瞻望。蟾宫杳渺，难寻桂殿之仙；鸽座庄严，为谒莲台之佛。此心耿耿，亦既有年。壬子夏五，薄游西塞，回过南浔。因访贤郎谢城，得拜夫人。益知夫人智识旁周，神明远到。阮、嵇一辈，既衡鉴于涛妻；房、杜诸公，亦品题于珪母。固非徒董少玉之颖悟，悉通史汉子书；封景文之才华，兼善辞章草隶。为足扇兰芬于彤管，翔藻艳于香奁也。独是达如谢女，面隔青纱；敏似韦娘，身藏绛幔。纵叩门而求谒，或阻梱而不前。夫人则勤勤款接，无巾帼嗫嚅之形；亹亹长谈，有珠玑咳唾之妙。向闻廖织云、归佩珊两闺秀，礼贤爱士，风度亦然，仆皆未见。今幸而得之于夫人也。尤奇者，夫人早闻黄歇之名，知住白沙之地。罗昭谏淮海之集，先入琼闺；杨廉夫竹枝之词，久传绣闼。盖木鸡书屋拙稿，曾从孙愈愚、王砚农两处得来。朽株枯木，偏得先容；土饭尘羹，竟蒙俯拾。仆又何幸而得之于夫人哉。贤郎教秉熊丸，学成麟角。鲸掣碧海，凤鸣丹山。刘中垒最善校书，洛下闳尤精运算。足征良骥，不负慈乌。近者炎暑渐退，凉飙徐生。葵扇绿轻，橘灯红小。遥忆上清甲帐，韵写吴鸾；定知秋水丁帘，篇成虞凤。鸿才罕敌，世称男子弗如；鹤寿正长，天为佳人破例。伏惟万福，敬达一函。

答邢明府书

金台载拜：己酉之秋，蒙高朱门大令委主芦川讲席，于今五年矣。欲整规条，难继鹅湖道范；但凭翰墨，渐增鹉水文光。顷得手书，知今岁改请翰林某公。此无他，汉家爱少俊，而臣已暮龄；晋代重高门，而仆居下品。又况性殊耿介，不随俗以雷同；事少夤缘，致望门而雨绝。长裾未工趋走，敝盖自合弃捐。岂有差池，烦希文之勾去；本无系恋，冀严武之重留。人情不免炎凉，我意奚关荣辱。请从此逝，夫复何言。然台之生平，本末具在，不得不为执事一陈之。台以典籍为膏粱，以文章为性命。朱育万卷，应奉五行。罗三史于胸中，收六朝于腕底。声伊伊而课夕，毫飒飒而拈晨。泼墨烟横，拓笺霞驳。作千古业，鬓垂白而勿衰；著一家言，手杀青而未了。执事其知之乎。而且鹅笼深闭，兔窟休营。恒防瓜李之嫌，坚抱松筠之节。丹心凛凛，薪水独谋；黑夜沉沉，鬼神可鉴。寒自甘于范叔，白屋能安；热不带夫徐陵，朱门耻附。执事其知之乎。近者书院之课士也。忝识涂之老骥，引出谷之新莺。南郭膏油，代谋一夕；东方文史，足用三冬。青蓝互资，丹墨惟谨。扣钟待问，不嫌下里之音；握秤平量，自具上官之鉴。以故英材鼓舞，欣咏菁莪；丽藻缤纷，将刊梨枣。执事其知之乎。惟是台也磨人有墨，使鬼无钱。数年来藉此脩羊，免为饥凤。无须床足之绕，聊备杖头之需。总为猪肝求来不易，非关鸡肋弃去偏难。乃执事始则减其既禀，继且算及锱铢。时阅三秋，数亏百两。窃思执事莅任以来，此乡多玉，有穴皆金。王伾之资材，奚止十匮；冯玉之储蓄，曾倾一宵。而独于戋戋修仪，频形坤吝，屡致屯膏。空传息壤之言，竟负发棠之望。是执事之于台早以为不值一钱矣。今果取贫士箧中之物，作贵人锦上之花。获麟而反谓不详，失马而安知非福。君所好者，恐是叶公之龙；我不为兮，敢如冯妇之虎。随鸿鹄以高飞耳，惜此羽毛；与鸡鹜相争食兮，尚何面目。齐瑟罢奏，楚弓任亡。老夫自有知音，鸡林贾重；斯世岂无公论，雁守官轻。又奚必鹬蚌互特，触蛮交斗。苦求阿堵，致竞皋比也哉！抑有余语，为执事告者。方今白门烽火，鸱啸狼嗥；黄浦楼船，鲸呿鳌掷。是宜绸缪牖户，勿使吠龙；保障方隅，免教铤鹿。万众之休戚，一城之存亡。惟执事是责，区区书院，其小焉者也。

与王姬书

余之所以纳姬者，冀获祥女，非求妖人也。壬子九月，自城挈汝以归。方谓簿注氤氲，丸量欢喜。即未擅灵芸之刺绣，工络秀之治庖。但得常伴龙丘，终依马史。不至如韩公北使，侍女潜逃；枚叔东行，小妻显绝，夫亦可矣。谁知鸳帐才暖，鸾衾顿寒。绳系足而欠牢，钗上头而旋落。息媛无语，抱怨荆尸；向姜不安，似嫌莒陋。视夫家如传舍，等萧郎于路人。本期白首同归，底事黑心善变。今姑略举诸端，为汝一一数之。汝以余为老乎，岂不谓马齿频增，鼠肝将竭。已似风中烛影，休看雾里花枝。然而窦璠耳顺之余，犹娶宇文之弱息；陈女眉伤之后，卒归杜陵之老人。况余气仍雀跃，态不龙钟。微飘王仁之须，未染陆展之发。翁称白石，妹是青溪。合订良缘，且垂佳话。而乃自夸秾李，致憾枯杨；郎星尚明，娥月欲窜。其罪一也。汝以余为贫乎，则虽无石尉之珍珠一百粒，睦州之锦帐三十重。然亦惜玉怜香，嘘寒送暖。犀帘日丽，增花钗翠袖之华；蝶槛风轻，饰义髻黄裙之采。加以箧中果饵，时或朵颐；厨下羹汤，弗嗟枵腹。而乃受恩无量，得福不知。脂膏坐享，漫思北路之鱼；罗网含悲，翻咏南山之鸟。其罪二也。汝以余为凡人乎，独不知文传吴越，名重江湖。妇人尽识韩康，闺秀愿师张祜。汝宜侍宋祁之修史，砚匣生云；对陶縠之清谈，茗炉煮雪。问字灯底，论诗枕间。洵蕙幄之闲情，亦兰帏之韵事。而乃身傍二酉，目迷一丁。谓名儒奚足值钱，笑才士徒成画饼。既输温女之贤，早知坡老；忍学谢娘之狠，敢薄王郎。其罪三也。所虑者风生醋海，浪涌妒津。痛锄绯桃，甘卖皂荚。甚至通期截发，望卿割唇，亦云惨矣。若汝与大妇虽比肩同居，一室而序齿。相隔五旬，旧素新缣，尚何猜忌；大琴小瑟，谅免参差。虐岂被于小青，宠独专夫樊素。而乃忘织蒲之分，昧沃盥之仪。抱到衾裯，莫安义命；执将箕帚，渐致勃溪。其罪四也。且夫歌窈窕于周琴，赋山河于卫翟。女子固重在德，而亦未始不在容也。汝德愧宜家，容惭倾国。故粉儿侍寝，未必消天游之魂；而琴客入门，偏得蒙宜城之眷。猥以鲁国宿瘤之女，视作淇泉巧笑之人，斯亦何负于汝哉。而乃恃爱生骄，因宽致玩。明知陋质，远逊红儿之妍；敢肆狂言，屡干黄祖之怒。其罪五也。且余达似南华，愚非北叟。自知桑榆渐暮，蒲柳将凋。尝语汝曰："身殁之后，任汝去留。"盖晋卿未逝，春莺那便让人；公达先终，阿鹜尽容别嫁。奚必以翾风殉葬，与宛若同亡，然后快意与！而乃齐女思归，宋储欲速。叹辞楼之不早，愁开阁之何迟。其罪六也。虽然汝之忍负前盟，终成怨偶者。良由薰莸殊臭，势不并居；冰炭异情，理无久合。然非汝母之奸谋百出，狡计万端，尚不至是也。汝母少年远嫁，艳逞媚猪；中岁寡居，节惭贝雁。以苕西之富妾，私湖东之娈童。盖所爱王某者，本花鼓伶人也。罗黑黑惯奏邪声，张红红亦知新曲。一则予未有室，狐素称雄；一则人尽可夫，雉遂求牡。乃王某则饮倾千斛，博罄十囊。将有限之盖藏，供无涯之消耗。招来赤凤，游手好闲；挥尽青蚨，燃眉抱急。遂至体无完缕，只缀鹑衣；口少宿粮，苦争鹜粒。不得不以卖女为活计矣。余也误信鸠媒，猝罹猬毒。汝母则狐真九尾，蛇是两头。既唾手而得金，复悔心于嫁玉。由是予求予取，累百盈千；我诈我虞，朝三暮四。狼贪何厌，骤成席卷之形；鹰饱思飏，竟遂贿迁之志。是非特害余一朝，并欲误汝毕世矣。汝若计及身家，善为匡救；庶鸱鸮无毁我室，亦犬马稍酬主情。奈何私助杞肥，坐观秦瘠。喜老牛之舐犊，幸属于毛；任乳虎之噬人，更傅其翼。谓尽童八娜之孝思，甘犯慎三史之出例；绝少田六出之正气，愿为鲍四弦之改图。甫及一年，倏经四返。兹者岁且更始，人无见期。牢惯亡羊，柙频出兕。白兔走而不顾，黄鹂唤而莫回。毛女避秦，藏诸僻地；文姬归汉，知在何年。乐昌之镜永离，延平之剑难合。事已至此，夫复何言。但不知汝日后何如耳。倘其重思行雨，再赋小星。折枝之花，移栽别苑；攀条之柳，又傍他门。问谁强夺黄娥，献谀裴相；嗤尔妄希红拂，改适卫公。只恐只马双鞍，仍发丧林之叹；一瓜两蒂，徒劳抱蔓而归。是未可知也，抑或耻充侧室，求作正闺。则舆台末户，断无射雀英豪；蓬荜小家，安得骑羊娇客。不过归赵厮卒，配魏丑夫。狗如可嫁，粪秽奚辞；鸦若肯随，蒺藜足据。又未可知也。否则枇杷门下，菖蒲街前。队入野鸳，春寻浪蝶。北堂工诲淫之术，巧索缠头；南巷操射利之方，藉教糊口。特是身无一艺，郝文珠难博声名；命苦三生，霍小玉或遭薄倖。亦未可知也。尤可危者，方今玉弩惊天，金戈动地。岂无义殉符凤，船尾捐生；节似彩鸾，桥头就死。汝则心非止水，骨岂贞松。一旦貙虎横侵，虿蜂肆逼。或者掳同临海，遭送女于钱温；仳等南阳，供赐人于刘粲。更未可知也。噫！飞茵飞溷，各有前因；濯足濯缨，总缘自取。汝也罔知郝范，素昧张箴。燕婉方新，鹁奔何遽。步非烟悔从公业，休叨贵妾之荣；周胜雪轻弃方回，甘处贱人之列。有腆面目，是何肺肠。揆厥由来，岂非汝母所指使者哉。以余所见，如唐秋涛、熊苏林、王芑亭诸君，其纳妾于我邑者，靡不花栽称意，果结同心。聘到惊鸿，如餐秀色；抱来雏凤，好听清声。独余扇乏坤灵，运遭蹇厄。罄十户中人之产，博一场春梦之悲。系臂徒然，画眉已矣。料汝前生福浅，未曾修到梅花；累余垂暮愁深，何处更寻桃叶。函传鲤腹，泪断猿肠。甲寅新春五日，木鸡老人手书。

与鲁参军书

仆自王姬去后，侘傺无聊。思欲再置一姬，以侍朝夕。闻足下有湖广婢名吉磬者，不鄙老夫，愿充副室。因即执讯奉书，乞足下主持此事。预期碧玉之迎，先作紫云之请。足下无一函之裁覆，偏百计之阻挠。夫小红赠友，顺阳公不愧贤豪；樵青配人，元真子未尝靳惜。况仆将出赀以购琴客，非恃势而夺窈娘也；且将赋诗以酬杨镇，非设计而慑邢峦也。乃足下则故意侜张，任情颠倒；不归名士，急嫁凡夫。是诚何心哉？独惜吉磬。托生南楚，不辞远道三千；待字东湖，正值芳龄二八。弹筝小婢，属意李端；解帕侍儿，倾心何櫜。此诚青衣中之特具杰识者，而足下偏使之不得其所也。岂以邯郸厮养，胜于临邛才人乎；卖绢牙郎，贤于修书老宿乎。非特负仆，并负此婢多矣。

通州试院寄从弟丽春及儿子晋翻书

余离家七阅月矣。忆三月杪，一跌几死。血流季子，痛呼舍人。幸而五体无伤，一旬渐愈。谁知困顿形骸之后，更复驰驱道路之间。作鹭鸥游，号牛马走。岂忘却桑榆之迫，甘为桃梗之飘哉。特以李小湖学使，本西江之真才子，作东吴之大宗师。膺重望于龙门，尚求才于乌幕。函传雁足，银锡褭蹄。礼意殷殷，情词恳恳。余亦何人，而敢却之却之乎？爰于六月初至江阴，旋从学使遍历扬、淮两郡，海、通二州，每当校士之期，百篇叠至。日脚已斜，一管急挥。月眉早露，屡剔落红之炷；子夜灯圆，微窥生白之窗。甲朝鼓响，腕疲几脱，目眵犹披。欲别骊黄，须分皂白。但见说理雾暗，出言雷同。诗杂蛮鱼，字讹帝虎。偶逢佳构，如获奇珍。赏凤毛于百鸟之余，取狐腋于千羊之外。秀才队里，偬有蔡洪；童子军中，岂无赵建。良医善诊，敢诩折肱；名士无虚，定应刮目。其有瑕瑜互见，纯驳相参，必为之私削繁芜，暗加润色。钟士季酌商五字，而虞松之表乃工；任彦昇更定数言，而仲宝之文斯善。遂成全璧，免痛遗珠。此则余衡文之际，种德实深矣。然斯行也，本欲揽胜江淮，纵游海岱。郑行人谙练风土，汉太史取资文章。而无如帷中新妇，扃闭堪怜；笼内书生，拘钳太苦。面则恒对夫雪壁，足不许出乎雷池。以故梦到红桥，未玩初三之月；斟来碧碗，难尝第五之泉。将寻韩信之台，投竿何处；欲访陈琳之宅，载酒奚从。若夫岸逼涛黄，气吞鹿邑；烟浮树紫，影出狼山。亦不过远瞩晴波，遥瞻危岫。安能著谢屐而探幽，坐陶舆而觅趣也哉。嗟乎！感黄尘之吹我，惭青山之笑人。而况暑则肤灼日红，寒则鬓侵霜白。水则舵触蛟背，陆则坂驱羊肠。行则跛脚苍黄，止则濡头丹墨。食则猪肝略饱，卧则鸡足常拳。巢幕之燕，从瘁风毛；银泥之鸿，暂留雪爪。沈郎有通天之表，费掾无缩地之符。浮名最误孝章，行旅尚羁王粲。摩诘诗云，七十老翁何所求，每诵斯言，不胜慨叹。是役也，途经一千八百里而遥，时历一百五十日之久。评文六千七百卷，得士三百八十人。阮眼虽青，伍须顿白。曰归曰归，大约在醉司命时耳。鹿群念切，弟应遥唱阿干；鹤和情殷，儿必梦思郎罢。聊写半年之况，以当一夕之谈。丁巳十一月冬至后三日，心窗老人书。

丁巳六月至戊午五月，从小湖学使校文大江南北，共阅一万三千八百二十卷。虽黄茅白苇，一望皆然。而其中理法清真，词华炳蔚者，正复不鲜。计得士七百六十人，今录其最惬意者二百余人姓名于左。以验他日之成就，扬州三考，得六十八人：胡弼、孙淮、程畹、徐铮、何籛、汪芬、江徵祥、董封廷、华长春、郑保恒、昌桂枝、芮鸿仪、居鹏、顾琭、殷如珠、姚春阳、吴宗冕、张翼轸、朱锡恭、郑学川、邱文田、曹余庆、房宗瑄、杨际春、汪国凤、黄潞、万坤、江璧、陈浩恩、陆蘅香、王义渊、程振裘、李镛、黄荔、费文彪、朱翔鹤、石梁、朱霈、田以时、夏嘉谟、谈人格、宋子彦、李佩洵、陶绍箕、方永培、王家荫、王家祥、芮曾麟、袁昌基、诸淞、束纶、潘淦、刘莆、朱百遂、十五岁，取古学。林桂枝、宦希祥、沈性恒、吴庆枚、黄玉衡、周袭恩、十五岁，取性理兼背十三经。汤锡祉、姚兆元十三岁、潘临鳌、童卞涛、祁金声、张炎林十四岁、周承恩。

淮安两考，得三十二人：王宾、王燕、邵澄澜、潘金芝、杨鼎来、赵士骏、孙景福、严汝敬、顾云松、吴绵曾、王寿仁、陈汝言、潘亮彝、邱家驹、朱殿芬、袁长青、刘衎、王南星、王黎献、马国安、陈尔昌、胡锦林、刘士璟、吴承庆、王锡龄、周棨、吴航、刘庆云、童延杓、赵坤銮、孙懋森、庄宜临。

海州两考，得十八人：许杭、许桐、顾鼎、顾盘、相式之、鲍魁龄、汤颖昌、朱云锦、徐灿英、张汾源、潘正渊、武克顺、十四岁，岁试取古学入庠，科试即居一等前列。郝文桃、夏春林、江桂芳、周席珍、汪隽程、十六岁，取古学。江泮藻。

通州一考，得二十四人：顾曾烜、郭绍康、钱鼎黎、陆筠、陈煊、刘铮、钱士杓、吴金树、袁祖安、沈魁五、罗鹏、蒋麟、冯肇辰、袁承豸、保国桢、姚恩会、李芸晖、刘轶群、沈达练、沈裕淮、李璩、黄家琚、徐建中、顾其行。

常州一考，得二十人：包栋成、张树培、吴人镜、六汝舟、王汝仪、何钦、章型、季荣恩、徐文洞、陈毓秀、沙骏声、张淳、刘沛、杨宝晋、侯映奎、陈楣贺、徐熙仁、沈君弼、尹际汤、朱棨。

镇江两考，得四十六人：李慎传、何金生、赵彦传、唐保寅、陈克劬、柳燚烇、吴春龄、罗志让、刘钰、王煦、李庆永。茅国杰、赵晓廉、杨鸣相、周沛霖、高鹏飞、崔燮、应钟、蒋慕泉、何恩注、陶玉波、殷公黻、唐奎发、茅本金、陈桂琛、虞坦、王诏、荆允济、眭元瑞、孙锡庚、束允泰、郭金鳌、贺恩焕、荆福备、黄允中、邵燮七十七岁、庄振冈、王守谦、史国材、曹景福、蒋芬、沈楚望、宋人瑞、彭泳、罗默八十三岁、狄培元十三岁。

与观苇杭明府论云台诸将书

日前过访高斋，快聆妙语。君盛称仆《周公瑾论》一篇，以为独出心裁，别具眼力。仆撰此文，颇招物议。独云间张月巢龈然曰：“此由世人但观小说，罕睹正史故耳。”君今所言,正与月巢相似。仆亦何幸而获此真赏也。”既而纵论千秋,高谈两汉。偶及云台诸将,君以为世祖亲御戎旃,躬提义旅。一时从龙壮士,汗马劳臣。甲齐熊耳之山,旗拥虎牙之帅。视彼圣公僭号,仅藉张卬、陈牧之伦;盆子称尊,徒收谢禄、徐宣之辈。夫亦倜乎远矣。然此三十二人者,较量轻重,觉鹏鹦之攸殊;差次尊卑,实龙鱼之有别。其故何耶。仆退而细核范史,诚如君言。请得而备论之,夫邓禹深沉,决谋谟于千里;寇恂公正,释仇怨于一朝。耿弇则有志竟成,吴汉则出师必克。冯异谦恭不伐,生留大树之名;岑彭威信大行,殁祀武阳之庙。斯则功之最上者也。至于李通识谶文所在,唱义独先;王常知天命有归,合从恐后。铫期陷阵,摄冠帻而复登;王霸闭营,射酒樽而不动。景丹突骑,善作前锋;马武选兵,惯为后拒。贾复受创十二处,困不自言;盖廷贯弓三百斤,勇能深入。祭遵军暇,对酒雅歌;李忠战余,迎宾习礼。马成治障塞以御寇,耿纯烧庐舍而从王。陈俊在齐东州,赖其镇抚;臧宫定蜀西土,从此安全。任光、邳彤并有保城之力,坚镡、傅俊俱成拓地之猷。此皆恢廓皇图,湔除凶慝。勋勒鼎钟而不负,业垂竹帛而常存。抑其次也。若乃刘植仅能迎驾,万修略见从征。朱祜以覆军被擒,王梁以违诏获罪。刘隆则垦田不实,杜茂则纵吏妄行。窦融本外戚世家,未见经邦之术;卓茂系旧京循吏,初无督战之劳。以此数人,厕于诸将,得毋权衡未当,斟酌失中。纵免羊头之谣,殊惭骥尾之附。且此外未尝乏人也。来歙乃信义之士,气慑蹇人;马援真矍铄之翁,手擒妖妇。温序磔须于襄武,义类周苛;伏隆洒血于琅邪,节同苏武。此固光争日月,忠贯风霆。他若江州成冯骏之功,陇右著牛邯之绩。是亦中兴硕辅,佐命英贤。岂不足以图毛发于螭屏,写须眉于凤陛。而竟不得与于斯焉。然则功名之会,良亦有幸有不幸哉。鄙见如是,还以质君,倘有未合,尚希教之。

与小门人葛荫根论李陵答苏武书可疑书

前在乍川与生畅谈四昼夜,知生观书雪亮,出议风生。所作古文,雅声远扬,清气贯注。生年才弱冠耳。所造若此,以学力扩而充之,子安长吉何足道哉。蒙询李陵答苏武书果否真伪,按此文班书不录,萧选独收。故刘子元疑于前，苏子瞻疑于后。良以词采敷华，音节流靡，谅是南朝拟托，决非西汉文章。然此特以体裁论之，而尚未以事理断之也。夫陵与武固同在匈奴者也。乃其书中自初降至今日一段，似陵之处境，武若未曾历焉。独不思毳幕韦鞴，孰似武之身居大窖；酪浆羶肉，孰似武之口咽旃毛。牧马悲鸣，孰似武之看羊海上；元冰惨裂，孰似武之掘鼠草间。武在匈奴十九年，险阻艰难，较陵奚翅十倍。而陵反自诉其萧条之状，愁苦之情乎。此可疑者一也。况陵之与武素知心于中土，复聚首于殊乡。初见而说以汉帝高年，讽其降北矣；再见而告以茂陵凶问，绝其望南矣。三见而置酒贺武，起舞悲歌。中郎将自此扬名，千秋竹帛；右校王徒然送客，五字河梁。陵于此时，自觉罪通于天矣。乃其书中子归受荣，我留受辱数语，与前临别之言，无异哓哓不已，抑何不惮烦耶。此可疑者二也。且夫浚稽山之战绩，尤彰明较著者也。方其一队独当，千里转斗，抵尺刀于陿谷，发连弩于深林；既而再鼓不鸣，万箭俱尽。斗死者五千众，脱归者四百人，此固汉廷诸臣，靡不知之。以故陈步乐先夸其得士，司马迁次讼其忘身。而谓武在虏中，转不知乎？乃其书中自叙战功，铺张扬厉。一似搴旗斩将，灭迹扫尘，武竟塞耳未闻焉。此可疑者三也。不特此也，陵自言欲得当以报汉，冀如曹沫、范蠡故事。乃昭帝初年，霍光、上官桀辅政，素与陵善，遣其故人任立政招之。一则握足而默抚刀环，一则循发而自惭椎结。陵之不归是其本心，虽无赵信绝幕之谋，已似卫律封王之宠；绝无卢绾思乡之意，安有陈汤斩敌之才。而其书中犹言，子卿视陵岂偷生之士，而惜死之人哉。欺人乎，欺天乎？其可疑者四也。余反覆是书，决以事理，必非少卿之言。至于昭明选中，又有苏李赠答诗，是为五言之祖，未敢断以为伪，亦未能信以为真也。愚见如是，试再质诸通人。

与嘉兴徐兰史解元书

兰史解元足下：住者张玉珊为仆言，近年嘉、秀两邑人文蔚兴，如褚二梅、赵桐孙、石廉舫及贤昆仲，相与掉鞅词场，交绥艺苑。究州八伯，都是英流；越府三才，莫非硕彦。而足下尤杰出焉。贾生年少，陆子才多。固知孝穆为天上之麟，修仁乃人中之骥。譬若鹡鸰，飞且鸣矣。今年十月，同里陈板桥自省试归，言遇足下于棘闱中，畅谈半夜，齿及鄙人，且以木鸡书屋拙稿，为天壤间一种文字。自愧丁文未邀更定，翻教子墨滥荷钞传。文章早契于知心，因缘尚悭乎识面。咫尺天涯，是所憾也。未几榜发，足下竟得第一人。帜拔鸡坛，珠探骊窟。长庚星畔，朗咏蟾蜍；太乙峰巅，高翔鹫鹭。常衮素工杂作，自有兼长；曾巩独冠群英，果然杰构。名下无虚，岂偶然哉。而仆于此，则更愿贡一言焉。我朝二百余年，得秋元者几二千人矣。而绝伦超群者实鲜。其中学术渊深，词华炳焕。顺治朝浙江冯美玉、广东梁佩兰；康熙朝顺天查为仁，江南储方庆、惠士奇，江西李绂、晏斯盛，福建谢道承、贵州周起渭；雍正朝江南王峻、四川彭遵泗；乾隆朝浙江吴鸿、周天度、许祖京，福建朱仕琇、孟超然、张腾蛟，顺天纪昀、山东孙勷、江南沈清瑞、江西陈希曾；嘉庆朝江南李兆洛、顾元熙、严保庸，江西汤储璠、福建郭尚先、湖南贺长龄、广西汪能肃；道光朝江南张海珊、潘德舆，湖南何绍基、河南周沐润诸公者。或传薪于徐熊，或振藻于扬马。材全能钜，体大思精。海内沾其膏腴，士林奉为圭臬。若等而上之，其功德各著者，有江南方苞、江西朱轼、广西陈宏谋、浙江汤金钊数公；节义独标者，有广西谢济世、山东王惟询、湖南杨延亮数公。斯则日星富欧，霖雨韩范。抱汲黯之戆直，气慑张汤；成傅燮之孤忠，乱消王国。尤足规仪物望，矩矱人伦。足下将自居何等乎。今者独当一队，横扫千军。融上齐庭，岂容有二；信登汉殿，原属无双。从此九仞风高，三霄云现。科名震铄，商文毅独步一时；事业光昭，王沂公可传百世。有志者事竟成耳。仆也烧尾无缘，埋头自苦。忝主鹅湖讲席，爱植菁莪；曾为乌幕宾僚，勤搜杞梓。怜才之念，梦寐不忘。特以十试不第之老夫，对一鸣惊人之奇士。不工谀媚，反进箴规。人不以为狂妄者几希。然深知足下气蔼于兰，心虚似竹。必以刍荛之言，为可采也。

木鸡书屋文五集卷四

武功将军汤公雨生死事赞

夫陕州被陷，彦仙投河；蔡城将危，仲德赴水。此固任有专司，责无旁贷。以故效节捐躯，而不悔也。若乃以垂暮之年，处退闲之地。抽簪已久，恤纬偏深。力士无功，难期仓海；孤臣有恨，遂赴汨罗。含笑蛟宫，怡神鸥国。鸢虽啄肉，豹自留皮。则有如武功将军汤公雨生是已。公讳贻汾，字若仪，江南武进人。祖大奎，凤山知县，父荀业，国子监生，并死林爽文之乱。绵竹之战，瞻、尚均亡；台城之攻，粲、尼同难。公年十三，即授云骑尉。历官广东守备、山西都司、衢州游击、乐清副戎。不嗟猿臂之数奇，早卜鸢肩之直上。风清铃阁，珠袍绣铠之人；日射戟门，玉节牙旗之路。习劳则士行运甓，遣兴则征虏投壶。以批熊抟象之姿，擅吐凤雕龙之业。杜元凯三军之帅，善读《春秋》；吕子明百胜之余，好谈《周易》。而且怜才心苦，说士口甘。羊太傅岂有酖人，乌大夫尤能礼客。固非徒画严安手板，无犯一军；捧温造足靴，示威七萃也。既而收帆东浙，卜宅南都。抛铜虎之符，食银鲈之脍。白门风雨，紫盖山川。将军之大树未凋，开府之小园初构。墅称狮窟，户对鸡笼。桃李百株，篔筜万个。暇则画追小李，书法大王。西塞诗名，刘郎独擅；东山物望，谢傅兼收。风雅千秋，天下共知耆宿；烟云六代，此间争重寓公。方谓花月怡魂，林泉养性。六桥湖水，同蕲国之闲游；一部清商，类尉迟之娱老。梅将化鹤，松欲成龙。自顾颓龄，不作闻鸡之舞；奈兹草泽，偏多逐鹿之夫。时则粤海兴妖，楚疆告警。强寇似星狼之焰，大吏如风鹢之奔。湓口觇军，尉世辩遥惊旗帜；滑台怯战，王元谟尽弃资粮。一矢莫加，三舍遽避。遂致猰貐势迫，鹈鹕声哗。千里扬帆，两旬拔旆。空使轩中之鹤，难驰帐下之骓。仪凤门百道攻围，卢龙观一朝溃败。公既非守土之官，腰悬龟纽；又不作临阵之将，手握豹韬。斯即虎口早离，马蹄别驻。黄冠竟著，白衣自还。亦孰得而责备之哉。

而乃激昂裂眦，慷慨奋拳。心期敢托闲云，人事谁商未雨。寇已深矣，计安出乎。外无蚍蜉蚁子之援，内有猿鹤虫沙之惨。犹复效髯参之筹画，率爪士以徼巡。迨至烽火盈城，戈铤满巷。公乃绝张顺溯江之想，抱吴峦投井之怀。因入净界寺旁李氏池中而死。盖贼于癸丑二月初十陷金陵，公即于十二日子时殉节。家人裹以絮衾，殡以藤杖，葬诸寺前之竹园。时年七十有六矣。呜呼！虎踞龙蟠，事机已失；猿惊鹿骇，战守何人。神州陆沈，不殊典午；身世跼蹐，空付零丁。临终赋五言绝命诗一章，雷电惊飞，鬼神饮泣。六千君子，谋竟无成；四十贤人，言皆有物。凄绝断钗之咏，随母而归。公母夫人有断钗吟。痛哉炙砚之谈，从祖而去。公祖纬堂先生有炙砚琐谈。尽孝思于武穆，得正气于文山。三世风徽，四方雨泣。芝兰既剪，芳馨久渥人心；松柏遭焚，气节尚凌天半。公第四女，适天津王瀛，时适归宁，同日赴水。亦既伴联湘女，迹托水仙。幼子幼孙，先为乳妪携出。异日者朱晖赡张堪之息，俾得生全；赵玉负吕兖之孤，教之成立，未可知也。冢孙世佺辛苦免难，出自贼中，为述其梗概如此。今族子果卿明府，遍索輓章，将辉家乘。阳给事之诔，得自延年；段太尉之文，成于子厚。余乃为之赞曰：

黄巾十万，滔天横流。妖氛所及，楚尾吴头。督师者谁，肉食寡谋。朱儒勿耻，于思勿羞。桓桓汤公，弢略夙具。十二金汤，弃之罔顾。公曾上金汤十二筹，制军笑而不用。钟阜云愁，秦淮日暮。心久舒丹，神乃返素。一泓之水，七尺之身。吟梅画梅，公有画梅楼。都付烟尘。悲同伍相，感甚灵均。虽死不死，求仁得仁。公善鼓琴，一唱三叹。红羊劫深，黑鹄音断。幸勒须眉，平波台畔。谁记英雄，老友王粲。王砚农征君摹公琴隐小像，勒石嵌平波台壁。

朱小云观察重赴黉宫暨哲嗣兰阶入庠赞

咸丰强圉大荒落之岁，朱小云先生七十有八矣。重赴泮宫，而哲嗣兰阶，即于是岁入庠，名次与先生相同。蓬莱领诸后进，释菜重来桥杍。作小同年，连茹可庆。于是远近词人，竞以诗文为贺。而先生意犹未足也，以台擅长骈俪，命纪其事。敢不扬榷而陈之乎。今夫才如终贾，仅享中年；谊若韩苏，才臻下寿。盖鹤龄永保，非医师药石之功；鸿算克延，岂祝史祷祈之效。寿之难卜也如彼。陶潜五子，俱不善文；邢邵两男，未曾识字。盖金钱万贯，谁能易天上石麟；锦绣千纯，何处买世间神骏。子之难肖也如此。若先生之福寿备五，达尊兼三。老人杖青藜，方陈群籍；孺子拜黄石，早受一编。岂非目中所罕觏者哉。先生甫搴泮藻，旋赋笙苹。南宫第一，绚烂元灯；东观无双，淋漓大笔。碧鸡奉使，搜西洱之英材；白马辞朝，莅北平之剧郡。布化而雉田雨润，扬威而虎帐云屯。清若孔姑臧之葱，严非屈突盖之艾。既而蓼莪抱痛，桑梓言旋。宦海收帆，词坛领袖。乃以观察之品级，再披秀才之巾衫。瓠叶香浓，称前弟子；桃花色艳，认老神仙。回思发迹鸡窗，尚留余味；料得重赓鹿野，已兆先声。尤喜者老子犹龙，名登先甲；阿孩附骥，瑞应添丁。狄梁公之参笼，兼收少俊；和鲁国之衣钵，竟付家庭。且夫兰阶，先生六十后所生也。羊叔金环，来从再世；马君瑜珥，产自暮龄。未几而固读父书，饱得臣义。一签甫下，博过庭之欢；只字可疑，佐奉觞之问。诸葛瑾不烦责备，王福畤曷怪褒誉。兹者以南极之老翁，率西山之童子。值甲子重周之际，鹤和欣占；溯辛壬呱泣之期，熊祥预卜。蚌生珠而虽晚，幸是黄须；乌衔子以高飞，快当白发。非特播芬于艺苑，抑且应运于熙朝。人第见显庆辂存，共钦法物；幔亭曲好，重奏人间。虎鼎镵铭，兕觥谱雅。而不知先生出为循吏，入作惇儒。垂白光阴，汗青著述。何患江淹才尽，直追庾信老成。聆水乐者，似闻韶濩之音；玩晚霞者，谓胜绮绣之色。且以故交雨坠，素侣星凋。缉温岐汉上之诗，订姚合极元之集。故知根深实茂，源远流长。惟积累之既深，宜报施之不爽。在昔春风红杏，宋尚书如日方升；于今秋圃黄花，韩丞相临霜独傲。人抱仙骨，天锡庞眉。贤郎以舞象之年，歌哕鸾之什。令狐官贵，更有郎君；司马才高，继为太史。不图小凤，乃是大鹏。初日照三神山，英姿炳蔚；长风破万里浪，壮志蜚扬。然则先生之后福无量，固非银屏十丈所能书，彤管双枝所得罄也。爰为赞曰：

商瞿子晚，崔慎儿迟。积善获报，阶生兰芝。此子也才，箕裘早续。老鹤冲霄，新莺出谷。前明伦氏，两世会元。君家继之，谅无轾轩。类我类我，踌躇满志。东湖潮来，宜应谶记。矍铄哉翁，八袠明春。贱子蒲柳，亦届七旬。岁在旃蒙，黉宫重到。愿步芳尘，前光后耀。

童女许子琴测字赞

尝考寓简所陈,《说郛》所载,而知测字之诀,由来久矣。以故乖角可畏,崔无斁之奇思;言职未全,谢润夫之神解。决赵鼎之退位,曾有周生;料秦桧之封王,又闻张子。谈言微中,识者取之。然此固江湖游客之常,初非闺阁女流之事。而况嫛婗弱质,婉嫕少年乎。乃有禾中许子琴者,瑶光毓秀,玉德含章。奇花初胎,迥异凡艳;玥月离魄,即生夜辉。使其产于名门,加以姆教。将见令晖清玩,茗香一编;道韫寒吟,雪影三尺。马芝申情之赋,龙辅秘阁之函。早已镌小字于兰金,刻芳名于苕玉。而乃生长蓬荜,艰难米薪。丁卯桥头,未开吟篋;癸辛街上,聊置沙盘。李孝山之女儿,能传家术;曹文姬之夙世,原是书仙。波磔拆离,偏旁配匹。雌黄出口,判白从心。五言七言,巧征成语;远世近世,善引古人。妙语蝉嫣,不设青绫之障;新声莺啭,似题黄绢之碑。嗟乎!世间巾帼之才不少矣。可怜慧月,竞染邪风。或手持蝶板,高椅弹词;或脚踏蛛绳,广场走索。或红氍遍设,呈角抵于鸦儿;或绿帐低垂,演花鼓于狐旦。非不妍妆袨服,价夺十城;玉盏银灯,香闻五夜。卒之秋弦枫叶,肠断琵琶;春扇桃花,梦残奁粉。亦何取乎千丝越网,十斛秦珠也哉!兹则腹参化机,胸轧理奥。推详休咎,事类灼龟;悬断吉凶,意同射鹄。利虽微而不辱,业以正而可传。绮岁通才,马简卿之文彩;寒闺至行,羊佩任之孝思,斯亦目所罕觏者也。爰为赞曰:

昔游氏女,厥名文园。街头一字,堂上三飧。赵瓯北有游孝女测字养亲诗。今有子琴,克追芳躅。著手成春,可人如玉。许负善相,义姁工医。闺中方技,自古有之。闵此婵媛,年未十五。何处得来,奇女孝女。我作斯赞,其言匪轻。愿守尔业,期保尔名。

书上海县袁又村大令殉难事

岁在单阏,客游苴城。上海张眉雪以方君德骥所纪袁大令殉难本末,乞余为骈俪之文,将以阐忠烈、激懦顽。诚有心人也。台虽蹇劣,谊曷可辞。按公讳祖德,字又村,浙之钱唐人。祖枚,官江南久,爱秣陵山水,遂家焉。地居绿野平泉之胜，人在青莲玉局之间。世所称随园先生是也。父通，官河南府同知，著有《捧月楼词稿》。公凤音本清，蛾术自厉。期登虎榜，频仆龙门。以相如之文章，效卜式之输纳。分发江苏，历署武进、宝山两县丞。橘官俸薄，梅尉名高。廉静不扰，遐迩称之。既援例迁秩知县。咸丰癸丑四月，前上海令被劾去，大吏檄公摄县事。似此仙才，合飞王舄；本来儒吏，宜著祖鞭。公也发刃维硎，振衣得领。才播栽花之手，便劳拔薤之心。上海廛闬扑地，舳舻接天。鸡口纷争，狼情好斗。是年春，粤匪连陷金陵、京口、邗江诸郡。使三江之地，成百战之场。行李不通，苞桑可虑。而闽广人之客上海者，私结本邑土豪。张弓佩犊，篝火鸣狐。腰挂小刀，悉皆白铁；头缠大布，尽是红巾。恶类楚氛，讹兴齐语。而逆谋因潜炽矣。公乃计深去莠，谋切徙薪。将举鹰隼于三秋，扫蜂豺于四境。剪其羽翼，锄厥爪牙。虞诩设壮士三科，奸徒可散；刘陶募剑客十辈，凶党全消。不意部署未完，矫虔已作。会嘉定土匪造乱，宝山、青浦、南汇，群起应之。上海与诸邑本击柝相闻也，犬牙交错，蚤尾互凭。范黑龙煽诱成群，赵青雀跳梁结队。且知公一官强项，万事察眉。猾贼惮韩韶之名，妖人畏王畅之政。倘虺蛇之迟发，或鹞鸽之先擒。而逆谋竟大肆矣。八月初五日，群贼千余，突入县署。公即危坐堂皇，备申诰诫。张纲开陈祸福，孟冀晓示恩威。众少却，一贼独呼曰："今日之事，有进无退。"遂乃戈伤其指，铍交于胸。卜天与断臂可怜，陈元康溃肠甚惨。孙恩未斩，先害山松；王国稽诛，反戕傅燮。春秋四十有三，邑绅某求得遗骸，潜瘗之，得不毁。事闻，诏加知府衔，入祀昭忠祠。独是自公死后，贼遂坚踞一邑。重闭四门，纵有浅谋，实无长技。方谓摧其螳臂，不须六甲神符；歼彼猬毛，奚俟五丁力士。奈何鼎鳖缩首，辕驹俯头。张辽之说昌豨，偏难感格；赵序之讨徐凤，殊觉迁延。鲁缟未穿，郑旗谁获。迨至乙卯元旦，霜锋直进，云阵长驱。寇尚负隅，已同鼯伏。人争攀堞，齐作猱腾；蛇鸟霆飞，鲸鲵山积。啾啾愚鬼，磷不成青；莽莽战场，血真流赤。劳鬼国三年之伐，奏蔡州一夕之功。盖戡乱若斯之难也。初，公将被难时，谓其弟祖志曰："事势至此，我惟一死以报国。"有母在，惟弟是赖。"今则孤鹤归来，心依华表。慈鸦老去，魂恋枝头。竭王尊叱驭之忠，抱温峤牵裾之恨。哀哉，使公早假尺寸之权，得展敷施之术。将见杨逸下车，狂奴默化；李绅莅任，恶少远逃。未可知耳。而乃掌仅孤鸣，肘多旁掣。燎原莫遏，爝火谁遗。滋蔓难图，草根孰种。腹心致变，肝脑空涂。不料天边，竟有虾蟆之贼；忍教地下，徒嗟虮虱之臣。然余闻诸上海人云："公虽死，而毅魄犹强，英魂屡见。"朱瑾挽弓而至，王宏持杖而来。高昂显灵，犬随吠影；萧诔作厉，蛭欲啮人。贼昼夜惊，稍稍解体。因而大军入城。是则苏城隍暗助阴兵，邕桂克复；王州尹亲提鬼卒，福宁遂平。不得以事涉冥茫，而勿信也。眉雪目击蜺妖，神伤狼燧。佐马桥保安之局，防蜃海寇盗之侵。所恨乱起潘鸿，谓逆党潘金珠，即手刃公者也。身殉袁虎。泪堕羊岘，歌蒿里而辛凄；声吞马流，奠椒浆而申酌。以西台之义士，哭东海之孤臣。属委一言，期垂千祀。余私淑仓山，久钦贤裔。两心相印，愿为鸥鹭之交；一面未谋，翻似燕鸿之避。曾两访公不值。今也得拈枯管，藉写忠忱。听青龙江上之潮，尚余怒气；望丹凤楼前之月，缅想清徽。亦可谓文字之有缘，神理之无谬者矣。公娶汪氏，妾许氏，皆无子，以兄子师锴为嗣。所著有《求芝堂诗文稿》。卫伯玉之哲孙，居然名士；杜审言之家集，复见替人。而况马革虽埋，豹皮不朽；汝阴配社，叔阳称神。在公亦何撼也哉。

书朱九妹事

刺李寿于都亭，赵娥克如其愿；击梅芳于暗室，王女未遂其谋。事之成败，天实主之，而非人力所能为焉。余昨读《癸甲摭谈》，知粤匪占据南都，淫虐之事，不胜胪举。尤可骇者，伪东王杨秀清设女簿书，选民女识字者充之，盖代已评判也。则有金陵女子傅善祥者，搦管云飞，拈毫雪洒。自矜才智，藐视红巾；积忤凶顽，竟遭白梃。拘鸾太苦，病燕含悲。秀清旋亦悔之，势将殗殜，急医药店之龙；喜报平安，免絷金盆之雀。从此去如脱兔，翩若惊鸿。善祥亦不知所终矣。然而蛇头雀翅，盲人莫识榜文；鹄咭鸦哑，凡女罕谙辞句。自善祥去后，无当秀清意者。有人以九妹闻，朱姓，年二十，湖北人。足未逾阈，手不释书。李桃盛容，姜桂至性。谢道韫素长词理，乱值水仙；封景文最擅篇章，祸逢巢贼。自为寇掳，依于某女伪百长馆中。歧路悲来，偏蹈亡羊之阨；飞蓬逐处，苦随狂蝶之踪。忍为栖棘之鵂鶹，难作脱笼之鸚鵡。幸伪百长怜而爱之，凡秀清选女，屡隐而不列其名。至是秀清知之，怒移见蟹，暴类嗾燹。呼九妹至，问曰："汝识字乎？"对曰："否。""某百长藏汝乎？"对曰："否。"立磔某百长，而九妹遂入伪府。岂知九妹心轻园柳，节比冈松。咽孤灯唧唧之声，洒粉壁斑斑之涕。月余购得砒霜药物，密约诸女伴，欲行鸩毒，潜毙鸱张。假令天意肯扶，神灵相助。是则卫无忌之抵蹷，杀长则与筵前；谢小娥之拔刀，斩申兰于户下。蔑以过此矣。不图部署未完，机关已泄。九妹及同馆九人皆死之。窦桂娘授计仙奇，将屠巨孽；高悯女被刑李纳，甘陨纤躯。铁骨铮然，竞和月碎；玉心栗尔，能与霜清。红羊劫深，黄鹄歌惨。岂非天哉。呜呼！封豕万队，狂蛟一窝。最怜龙虎江山，顿化蜂豺巢窟。吴帆楚缆，千里鲸翻；隋柳陈花，三春莺去。遂使雕弧祟雁，金弹仇凰。以北宫之淑资，罹东陵之虐焰。陶宗媛之抗节，血不流红；邓闺秀之歼身，气常滚黑。龙涎紫结，芬烈焚余；蛾黛绿僵，神伤蜕后。小晴川里，存千秋精卫之魂；大别山前，下一片杜鹃之泪。

江忠悯公传

君子听磬悬以立辨，大夫拥鼓律而死绥。自粤匪滋事以来，文武官死难者不胜枚举。若夫才奋鹰扬，志平虿毒。贼惮合肥之虎，人号平卢之龙。而乃日欲再中，星仍流彗。国耻为耻，城亡与亡。卞爪如生，颜发未死。其惟江忠悯公乎？公名忠源，号岷樵，湖南宝庆人。以拔贡举孝廉，始作广文，旋擢邑宰。以屡挫新宁逆匪故也。道光已酉，浙西大水。公署秀水县事，时则蛙产灶前，鱼跳床下。公急请抚恤，力援疮痍。数千斛之稻粱，黄香能给；六百人之姓氏，陆续皆知。镜悬一心，碑诵万口。明年春，丁父艰。值相国赛公为广西经略，道经湖南，曾侍郎荐公入乌都统戎幕，殷羡作士行监军，沈炯为僧辩从事。斯时也，绿林蚁集，赤地狼奔。赵续伯以青石诳人，冯宜都以白幡惑众。公则深识九变，妙察五良。聚米之谋，规贼于掌上；涌泉之策，决胜于胸间。鸢瘴挥戈，鱼滩植戟。二千汉帜，争入壁以前驱；七百晋军，能曳柴而横击。乌公阵亡，公以积劳擢同知。赐黄霸以大车，拜韩稜以名剑。此公之功在粤岭也。无如兔窟有三，鼯巢非一。贼逼长沙，公击之于上游，焚其舟一千余。赤亭湖上，徐世谱火舫水车；乌林道中，黄公覆枯柴燥荻。奚止沈魏隐之三十舵，破士宏之四百艘哉。一日，公正收队，忽一贼以矛刺胫，公堕马下，即跃起反杀是贼。陈建被伤，雄姿益奋；孙观忍痛，锐气无前。然而祭遵之血直流，萧嗣之疮已重，卧病二月几死，由是擢观察赏戴花翎。此公之功在楚地也，未几擢湖北臬使，奉诏赴江南大营。会南昌被围，公即往援守章江门。幔挂城南，韦孝宽坚持玉壁；水奔堰北，垣崇祖力捍寿春。贼三次轰破城垣。虾蟆车飞，蛐蜒堑筑。赖公守有九拒，士无二心。扫竹龙之万竿，掷火雉之千炬。慕容俨之固垒，四五月仅煮楮槐；陈利贞之登陴，七十日未尝栉沐。遂使双峰彭蠡，获免鲸吞；九叠匡庐，不遭豕突。此公之功在江右也。公受任以来，策蛇鸟军，鼓熊罴气。张角之精锐略尽，裘甫之降下可期。以故三锡酬其殊勋，十连重其方任。崔铉甫历三载，已登大僚；柳璨未及四年，遽至贵品。适皖省告急，擢公为安徽巡抚，入庐州新省。治才一日，而贼大至，合元济五沟之众，起黄巢八仙之营。公乃晓发征鼙，宵眠警枕。开杨津之地道，夺高岳之土山。刘锜斫营，魏胜镕液，贼势已大挫矣。不图大雾天迷，疾雷地发。隼旗将仆，尚筹细柳之防；雉堞半倾，孰乞贺兰之救。崔楷力竭，殉节殷州；桓彝势孤，歼躯泾邑。凡困守三十七日，城陷，投水死。江沈毛宝，河殁李苗。时咸丰癸丑十二月十六夜也。春秋四十有二。哀哉！初，公练李旸之乡兵，集王霸之伧楚。背嵬一旅，技习韩瓶；洴澼千金，甲明越组。朱瑾勇士，名雁子都；项德健徒，皆鹞儿队。在湖南时，浏阳有遵义堂，素为盗薮。公率楚勇，自攸县进，杀贼五千余人。又从张石卿制府至湖北，连剿金鼓、莲通土匪，杀贼二万余人。是以高顺七百兵，名闻遐迩；董绍三千卒，事系安危。鹅鹳之气风遒，鲸鲵之尸云积。公又能转移枭桀，感化鸱张。枝江盗首曹泰、商城捻首李自林，公皆檄招之，许以立功自赎。张燕拜爵，魏狼得官。杨进号没角牛，偏能报国；钱俊称转坡鹘，终肯酬知。既曹、李二人并效力，而李竟战死于荆川铺。岳鄂王厚待再兴，商桥死事；张魏公抚降薛庆，天长尽忠。自非星辰列胸，经纬在手，曷克臻此。公不好作诗，其在江西围城时，曾有感事句云："前席每思廉李将，中兴谁是岳韩俦。越石举觞之叹，睢阳闻笛之吟。"气魄淋漓，音情激裂。卒之宗爷将殁，人闻杀贼之声。葛相云徂，襟满英雄之泪。悲深止水，仰切高山。万里名垂，千秋气壮矣。公三弟、忠濬、忠济、忠淑，亦皆善战。耿家伯仲，尽瘁汉家；谢氏弟昆，立勋晋室。子一，公殁时才一龄云。

龙山县知县雷君蕴峰传

黄金可求，难者素友；白璧尚碎，况于浮生。余年将七十矣。回思旧雨，都作晨星。若乃巫峡途长，湘江波咽。宦途遇险，坂驱羊肠；客馆戒严，壁画虎尾。方冀归田有日，白首同依；何图先我云亡，黄肠遽逝。此雷君蕴峰之殁，尤痛切余心焉。君讳𣊬，号荻窗，江南华亭人。亭亭丰致，落落秀标。张良衣若不胜，李泌屏真可立。余尝戏之曰："君得毋前身闺秀乎？"岂杨韵写经礼佛，脱却女胎；或采娘乞巧逢仙，化成男相。以故形如彩雉，声类娇莺。脚尖似有裹痕，弯弯仿月；眉际尚留描样，蔼蔼生云。琼树瑶林，宜其风流自赏也。而乃冠玉神清，掷金才大。词翰照耀其乡国，声华翕集于坛场。方应七经童子之时，已备九能大夫之目。杜正元官试方略，才辨无双；孔休源州辟茂材，后生第一。科名草长，桂窟攀蟾；及第花开，杏林策马。举庚子优贡，旋中副车。癸卯举人，丁未进士。以知县即用，分发湖南。斯时也，荣世甲第，前程丁年。似此仙才，楼成五凤；如何名士，舄化双凫。当其舟泛洞庭，帆移鄂渚。余心有所戚戚者，何也。良以当今之世，空仓雀噪，武库鱼飞。怒目案前，吏胥如难训之兽；折腰庭下，官长是可怜之虫。叱驭之气易消，收帆之期难必。与其桁杨百罚，自惭俗吏须眉；何若苜蓿三餐，不改书生面目。而君则志存经世，情切牧民。负张敞断决之明，抱范滂澄清之略。曾摄桂东、龙山二县，三台岭合，十泉派分。姎徒咒风之墟，苗妇跳月之地。而能神鉴独照，智珠自操。野外鞭羊，田间驯雉。驱鸡善使，害马都除。讼息鼠牙，劳忘鲂尾。口碑有颂，肺石无冤。开衡岳千层之云，饮沅江一勺之水。衣冠星集，莫非杞梓之良；咳唾风生，尽带芷兰之臭。无何代庖期满，解组身间；暂释麟符，遂褰虎帐。时则封豨夜走，毒獍晨呼。雾涌黄蛇，烟屯赤蚁。飞烽烁眼，地惊逐鹿之场；游磷荡魂，鬼啸跕鸢之泊。君乃令申金布，队肃银刀。蛮府参军，指挥方略；羽林从事，决择圆机。柳浑能识戎心，桑怿善擒盗首。验鼻而诛王薄，志目而射子奇。非徒一鹤一琴，资抚民于清献；更见万牛万瓮，委办贼于崇文。大吏已列剡章，伫加峻秩。偶染河鱼之恙，顿符巢雟之占。问卜钻龟，并少妻孥在侧；呼医走马，仅余仆隶相随。以乙卯七月朔日，殁于省垣，年只四十有七。元亮之田园将芜，尚平之婚嫁未了。五千里家山归梦，悲贾傅于长沙；三十年人海才名，嗟周郎之短命。呜呼痛哉！君胸罗丘锦，手染班香。鹗鸣高秋，鲸跋巨浪。矞云十色，仙霞九光。足使唐花减容，宋叶失采。至于寄情锦瑟，托意金荃。六丑声迟，三株令小。鸠醉伤性，深致吁嗟；蟹行索妃，旁通比兴。千条杨柳，红偎瘦蝶之魂；一道蘼芜，绿闪凉萤之影。靡不芬芳在抱，悱恻为怀。金丝引和，葩华荓布。今则鸾笙已歇，鹤驭难追。丝未尽而蚕僵，珠方生而蚌殒。寂寂黄壤，竟埋璧人；寥寥元文，谁纳苢箧。斯又抚残编而肠断，睹遗墨而神伤者矣。余于壬寅之秋，作客苴城。获亲珧度修士，相见礼筵，朋盍簪爻。嗣宗偕武子订交，廿载差长；昌黎与襄阳投契，四方愿从。君也义高于云，襟朗若雪。笑喧臣朔，语妙君房。从此盟矢丹鸡，谈倾黄马。琴瑟既协，韦弦互资。放欢嘉辰，浃愫近局。画船共载，寻诗云鹭之庵；仙岭同登，载酒神鼍之馆。时或缠头买笑，抚掌听歌。鹦鹉帘前，唤来霍玉；鸳鸯扇底，送到崔徽。眉妒峰遥，眼随波活。尔汝尊罍之侧，风狂一双；欢侬竹肉之间，月皎三五。犹忆君之出宰也，邀余同往。谓汉律秦章，不须烦渎；屈骚宋辨，端赖搜寻。将欲桃李百获，网罗群英；楩楠千寻，遴选实学。非子莫能也，然而吴侬老矣，难陪岘岭之游；楚客佳哉，空想庾楼之宴。执手一别，回肠百端。杜陵兴天末之吟，高惠觅梦中之路。五湖春水，未返丘为；一片横山，欲招张翰。望君践萝薜之宿愿，披芰荷之初衣。建鲈乡亭，署鹿门子。相与婆娑枌社，啸傲蓬台，良可慰也。奈何赤眉阻路，黄耳无书。音不达于雁峰，妖忽征夫鹏舍。东坡凶耗，传闻妄冀非真；北海交情，涕泪不知几落。电绝文采，露晞山阿。最怜三楚羁魂，长抛故里；未识九峰毓秀，又在何年。君娶陈氏，继阮氏、张氏；子葆鋆，业儒。

朱吟桥传

当湖有朴直敦厚之君子，曰朱君吟桥。其为人也，雅操金贞，冲襟玉粹。接物泯乎畛域，为善决若江河。元德秀名利忘情，阮仲容清真寡欲。平时慎默，谢瀹寡言；临事激昂，张堪践诺。忠信闻于十室，模楷重于一时。惜乎龟息偶违，驹阴易逝。将届七衮，遽返九泉。痛哉！君讳士坊，字嘉言。祖大经，习疡医。父文灿，世其业。兄弟四人，君其次也。秉气英淑，负材经奇。志切凌云，功覃映雪。既而慨然曰："儒修以济世为先，仁术以活人为急。不逢狗监，且作牛医。我其承先志乎？”于是致力青囊，究思丹灶；神通玉板，术奏银丸。垣洞一方，肱经九折；灵储仙药，秘擅神针。故虽疽发荀头，疡生庄肘。人皆束手，君独尽心。徐文伯之治腰，投以油而立愈；冯嗣明之疗背，涂以石而即差。然人所重君者，犹不在此也。今夫五常首在事亲，百行端推纯孝。君也白华晨洁，朱萼暮芳。侍疾则虮虱生衣，承欢则虎雌舞彩。嘉庆七年正月间。鸟鸣社而妖兴，熊入城而祸作。其时邻家失火，双亲俱酣眠不觉。君负父从楼窗而下，复于烈焰中负母由傍屋而出。遂使白鸦蔽翼，赤虺敛牙。幸免宋共姬之燔，不作邾庄公之烂。较诸古初匍匐，回禄收威；蔡顺叫号，郁攸灭焰。何以异焉。嗣是以后，益复尽其色养，畅厥天伦。褚翔闻弹指之声，母心克慰；吕昇竭探肝之力，父目重明。而且花萼交辉，埙篪迭唱。柳公绰小斋会食，无间昏昕；姜伯淮大被同眠，何分寒暑。既而桓山之鸟，已失其三；颍水之龙，仅存其一。则又郄家饭侄，餍足两儿；虞氏嫁孤，奁分五女。惟葛藟之永庇，乃杕杜之休嗟。尤难者，君年十二，定姻梅氏。越一载而氏殁，君立志守义，誓不复娶。雁夕奠而无声，雉朝飞而有曲。孤山处士，只偶梅花；湘浦畸人，但媒薜荔。更胜王维，弦断甘作鱼鳏；居然阳城，室虚不求燕婉。以故守真葆素，适趣养和。三径花繁，一壶春驻。身如鹘健，境似蜻闲。南山峨峨，常含神雾；东篱采采，可傲严霜。乃三守庚申，善作熊经鸟息；而一梦辰巳，忽惊鹤驾鸾骖。天上云韶，人间露薤。卒于甲寅秋日，春秋六十有九。嗣子若金，孙逢源俱邑庠生。果嬴负来，类我类我；神驹继起，可儿可儿。犹子式金，亦名医也。当日杨愔，曾拜盘中之馔；此时王俭，还思座右之铭。乞志风徽，俾传芳躅。余素闻君圭璧自守，影衾匪欺；不徒水饮上池，名高方技。抑且车乘下泽，品重善人。用敢扇发清芬，揄扬懿美。九原可作，微随会其奚归；一字无惭，舍林宗而莫属。

陈觉生传

君讳若兰，字香祖，晚号月湖居士，秀水人。父棉，官柘林通守，有惠政。君承鸣凤之门楣，吸元龙之湖海。才高倚马，业励钻蝇。小试不售，援例布政使经历。阮步兵本来酒客，张廷尉不碍赀郎。然犹七试蟾宫，两鹰鹗荐。鸡窗同学，半作公卿；驹隙光阴，渐成老大。丘灵鞠功名易退，盛孝章誉望虚传。因而鄙彼折腰，安予抱膝。鹤征不赴，乌哺弥殷。阮鹿夜趋，姜鱼晨出。家居北郭，地近杉青；诗补南陔，庭看华白。暇则颐情坟典，苦志缥缃。蛙外诵经，萤边读史。每当蠡湖月白，鸭渚烟黄。鳌矶俯垂，水荡空绿；蛟石仰耸，藤缠瘦红。他若鹫岭三竺，去听莺声；鲈乡一亭，来寻鱼味。靡不吟怀勃发，逸韵遄飞。所著《传经堂试律》《葆泽堂余草》《抱芝阁新咏》。抽牍霞灿，挥毫露垂。锦绣之轴七襄，珊瑚之笺五色。而且商周彝鼎，秦汉瓦当。文珍五凤之砖，字重一鹥之纸。荒碑手索，藏墨本于黄陵；古印心摹，拓朱文于黑闼。临池则戏鸿翔鹤，握椠则春蚓秋蛇。苏、黄、米、蔡，远搜天水之菁华；薛、白、杨、唐，近夺毗陵之家数。斯则刀剑盘盂；汇大文字；琴书诗酒，作小神仙。通人雅士，非君其谁。况复肚照若月，气高于云。布诺无违，翟心兼爱。凡有善举，有司必请君襄事。成瑨居官，深推岑晊；陈蕃莅郡，特重周璆。晚年又刊成家谱。述班扬之先芬，叙潘陆之世德。一门盛遇，胡交修集纂丝纶；四姓良家，岑文本志编氏族。尤可喜者，卞龙、贾虎，昆季不诮蜂腰；薛凤、徐麟，儿曹悉成骥足。折花命女，摘果弄孙。既鸿福之克全，宜鹤筹之良永。奈何张舍巢鸮，谢舆见鸡。乘风四禅，天龙有劫；凌云一笑，人鸟无香。卒于咸丰乙卯七月朔，得年五十有五。子二：鸿诰，邑庠生；鸾封，以军功授六品衔。呜呼！余频过由拳，幸相聚首。一家名士，尽青狮赤兔之姿；两世至交，订白犬丹鸡之契。兹者壮武剑逝，彦光琴亡。马策重挝，虎贲奚似。欢联七载，忍忘下榻之深情；谊足千秋，犹见上床之豪气。

周藕塘传

君讳克敏，字慎行，号藕塘。家平湖之乍浦镇。父朴斋公，生子三，君其次也。合称龙腹，不诮蜂腰。少习举子业，以父年高，遂襄家政。守鱼宏之世业，扩羊琇之素封。当夫绿野承晖，白华奏曲。萧恢侍疾，诚格慧龙；吴隐居忧，哀感野鹤。淮阴营地，将卜佳城；士行寻山，乃安吉壤。又恐若敖馁楚，只留乳虎奇踪；随会归秦，难保豢龙后裔。于是建宗祠而序昭穆，置祀田而奉春秋。轮奂丹青，瑞燕带香泥而贺；苹蘩修洁，神鸦衔祭肉而飞。至于姜被偕温，田荆滋殖。道南北无贫富之殊，廨东西洽友恭之谊。庚衮扶持兄疾，时历十旬；王微悼痛弟丧，心增百恨。斯则其孝友之大端也。道光癸未、己酉，两遭大水。白蛟肆虐，黑蜧生灾。吴人有蕊玉之呼，秦地无泛舟之役。君则伤心野殍，赵温散尽仓箱；蒿目生灵，王烈分来釜庾。崇仁里壮，续命田宽。又尝抱庄生髑髅之悲，羡谢庄溟漠之祭。首先倡捐，遂于陆家桥之东，购屋数楹，立瘗埋总局，并于乡间增设义冢。平凉乱骼，感刘昌之掩藏；广汉残骴，赖陈宠之荫恤。而且夏则士谦合药，以救疠人；冬则贾进制衣，以被寒士。先是宅南万安桥，倾圮已逾半年。君复倡率同人，鸠工重建。春风元灞，依依折柳之情；秋水枫江，袅袅垂虹之影。斯则其仁义之散著也。惟是频惊风鹤，争弋霜鸿。前则英夷，后则粤匪。长鳗夜涌，妖獍朝呼。黑水鲸波，戈船簇簇；黄埃象燧，烽火萧萧。君独遇变如常，临危镇定。助卜式之军饷，献弦高之犒资。方谓作善降祥，行仁获寿。松姿益健，榆景靡涯。奈何虞渊日沈，会稽星殒。屡染景丹之疟，猝罹公干之灾。卒于丙辰孟春之月，时年七十有一。君援例国子监生，赠朝议大夫。子四人，次庭桂以增贡生任临海县训导。心殷爱日，志切望云。癸丑秋，偶因嫁女，乞假省亲。至家甫半月，忽闻海溢台郡，水盈黉宫；鲎尾翻青，鳌头射紫。万户腾沸，民其鱼乎；千家狂奔，人则鳖矣。幸而陆贾之行装先返，崔昇之眷属毋虞。此皆由君利济为怀，生全无算。惟积基于忠厚，宜获佑于神明也。属志芳徽，得悉伯仁之轶事；用扬懿德，常垂公瑾之贤声。

女士关秋芙传

今夫装梁家之堕马，未解风骚；扫虢国之修蛾，不工著述。貌虽杏艳，心实蓬枯。否则李宫人金弹成词，或疑王建；郭小玉萝茵得句，曾倩令晖。亦不过馋鼎赝齐，床刀捉魏而已。若夫采兰有曲，令娴少便多情；飞絮善吟，道韫生而夙慧。无云不织，有月皆修。则有如关秋芙女士，庶足播芬彤史，擅誉墨林矣。秋芙名锳，钱塘人。岁在癸卯，归蒋蔼卿茂材。蔼卿落笔摇岳，驱文作江。本金山玉海之才，著月地花天之集。当夫期占灵鹊，兆协飞凰。丁筵定情，甲帐并笑。得马伦之佳偶，作鸿案之良朋。百两宜家，奏和声于南国；一灯佐读，成博议于东莱。而秋芙书能拄腹，慧不拾牙。其为诗也，千回锦上之文，四角盘中之曲。雅音自奏，绿[illegible]助其清声；华采欲飞，红杏几于失色。其为词也，托意芬芳，寄情幽峭。乱蛩絮夕，分其新愁；娇鸟啼晨，拾此残笑。时或石屋坐雨，段桥擿云。花攀马塍，泉煮龙井。南湖采芰，偶赋远游；西溪看芦，每思偕隐。靡不洒来珠唾，写出瑶情。山香之绮能描，水藻之妍自斫。此三十六芙蓉存稿，所以传诵人寰也。矧乃午夜抚琴，妙弹绿绮；寅窗作字，惯写黄庭。绘曹宗妇之藕花，挥管夫人之竹树。何画眉之多暇，俨著手以成春。加以雅慕净因，独躭禅悦。明三种量，刁四阿含。紫竹林中，皈木居士；白莲座下，拜玉观音。誓断郇庖之荤，长茹庾圃之菜。香生猊榻，福种鸡园。方谓游纪西秦，王韫秀得偕元辅；史修东观，曹大家克葆耆龄。何图苦竹之心，未秋先瘁；香桃之骨，方春已癯。愁看姊妹之花，尝遍君臣之药。玉律不暖，金梭忽飞，如此聪明，偏教损寿。可知闺闼，端忌多才。卒于咸丰丁巳正月廿一日，年只三十有六。蔼卿神凄白传，梦断黄门。镜挂双轮，依然映月；帘垂一桁，竟不成云。鹦䳇笼凋，鸳鸯印冷。秋芙曾镌玉鸳鸯印。笑牵牛于七夕，此生未卜他生。癸卯七夕成婚。叹走马于四门，没日洽同诞日。生辰亦在正月廿一。魂销别鹄，鲜十万钱营奠之资；集著愁鸾，有八十首悼亡之什。今虽邦衡侍女，官柳有情；平仲小姬，茜桃无恙。而一念夫琼钗蝶化，宝瑟鸿离。庑虚赁春，轩扃写韵。人归碧落，遥天之笙鹤如闻；秋入红蕤，乐府之妃豨谁和。有不泪流一斛，愁结千丝也乎。然而佳人命短，例自天成；幼妇才长，名非地没。倘随草腐，臻百岁而奚荣；解咏叶飞，纵七龄而不朽。君宜作达，休伤儿女子之私情；仆愧无文，为表君夫人之懿范。

木鸡书屋文五集卷五

游天平山记

咸丰辛亥闰中秋后三日，余偕丁步洲自光福回帆，作天平山之游。是日也，浓阴密护，秋色正佳。日光敛红，烟气尽绿。忆庚子春曾到此山，适当骤雨急飘，湿云乱吐。奇景未收于眼界，吟兴难畅夫心怀。兹者徒倚一筇，复游胜地；玲珑万笏，依旧朝天。如好友之重逢，似美人之再见。尔乃绝迹飞行，逸情标举。松门摇瘦，苔径践肥。一路竹阴，气凉于水；四山禽语，声碎于虫。树枝尽圆，泉语欲活。丁当碎玉，作两三声；子纸悬珠，飘四五点。则所谓下白云者是也。既而肩摩崖腹，手抚岩腰。一线纡回，千峦拿攫。取径愈隘，历级益奇。闻佛香于空中，落人影于天半。穿藤之鼠，见客不惊；拾果之猿，与僧分啖。鹫阙盘郁，直凌翠微；鹿宫觚棱，旁绕黄叶。则所谓中白云者是也。遂乃仰攀雾磴，深入星坑。奇气荡胸，巅峰刺吻。有大石洞焉，天柱腾空，龙疑蜕骨；石门坚锁，鲸似张牙。宽于一亩之池，广若三间之屋。白鸦高卧，以树为家；黑蝶低飞，引人寻路。盖至上白云，而已登绝顶矣。留连未已，涉历忘疲。下山谒范文正祠。窃思口咽齑粥，学裕秀才；腹饶甲兵，勋高老子。群峰拜于阶下，古翠溢于庭前。万景萧椮，四空澄碧。所喜游览半日，山中未尝逢一人也。无何舆丁捷返，舟子催行。忽复雨逐鸠来，波随凫去。一湖水活，直到枫桥；双屐泥沾，再寻兰若。是晚冒雨游寒山寺。步洲谓余曰："文士出游，最宜秋后；才人觅句，每在雨中。"从知清景难摹，须惜良时易过。是宜述之，以示我两人之兴趣非常云。

涉园访梅记

余不至武原十七年矣。壬子新春，重访张云槎道人于石公居。遂偕游张氏之涉园。入五龙之峡，度双鲸之桥。闼排来青，池对希白。犬吠红阶之影，鱼迎碧水之春。石磴盘纡，恍行鸟道；烟峦吞吐，直接蛟宫。陋梓泽之非华，嗤研山之太小。时也，残雪犹在，孤云未收。天放寒蟾，淡入花际。人随冻雀，冷窥树头。宫启蕊珠，有林下夫人之致；圃开群玉，得山中宰相之风。于以叹螺浮公结构之工，经营之妙焉。昔公之在圣祖朝也。鱼头比劲，虎頟舒忠。心同向日之葵，力剪当门之莠。殷侑论事，八十四通；田锡进规，五十二奏。文章映日，台阁生风。无何戢雕鹗之姿，作蜘蛛之隐。凤凰鸣罢，思随野鹭周旋；骢马归来，愿与沙凫戏狎。建宏景三层之阁，开香山八节之滩。成十咏于王筠，纪二赞于刘杳。则见蒿径幽折，朴巢靓深；桂林百丛，筼谷千个。香入莲叶之坞，艳敷杏花之台。古松筑坪，似老名士；细柳藏幔，如新嫁娘。梅则三峰两峰，十亩五亩。天女散花之地，神仙种玉之田。一味淡交，惟看明月；十分知己，只有闲云。清气遥来，世传广平之赋；古香可挹，人诵沂公之诗。然则对此梅也，尤见运士之胜情，名臣之逸趣矣。今虽草掩扬亭，柳荒稽锻。然而伯时图里，识李氏之山庄；子美篇中，见何家之池馆。韵留南曲，秀甲东瀛。乌啼旧隐之村，鸥下忘机之海。一条马路，乡父老尚剩口碑；百尺龙岩，贤子孙不忘手泽。忆昔曾披故帙，得观韩元少之文；于今快作雅游，请续叶已畦之记。

吴兴游道场白雀诸山记

紫笋尝新，香山怀人于顾渚；白藤交织，昌谷送友于苕溪。吴兴之胜，自古称之。壬子孟夏，禾中陈曼寿招余作菰城之游。时则榴花昨红，苹叶未白。好山有意，正待诗人；流水多情，似迎客棹。五月朔，访奚丈虚白于城南之月上楼。时丈已八十一岁矣。老阅沧桑，气吞湖海。九转炉中之火，三生石上之花。廿载神交，频萦鹤梦；一朝手握，始结鸥盟。爰邀吟朋、约啸侣，击榜冲雾，划船犯烟。望岚奏怀，触岫延赏。凡历四日，共游五山。是不可无文以纪之焉。南山之中，道场为最。由山麓入归云庵，盖孙太初挂瓢遗迹也。溪山无恙，僧耕养鹤之田；岁序几迁，客拜眠牛之冢。邅回未已，登顿忘疲。至半山之雪庵，绿不可唾，净欲察毫。目迷蔚蓝之天，脚踏空翠之地。下视步云、笑月诸亭，不知相悬几许矣。顷之由百步栈登山顶。捷若猱升，翕如牛喘。则见塔锁瘦白，亭标淡红。旁有大银杏一株。星榆错落之形，月桂婆娑之影。维时暴风狂吼，怒云乱飞。隔山则大沛滂沱，斯地则微吹霡霂。奇情异景，画图所不到也。既而下盘陀、循危磴，又从仄径中寻伏虎洞。肩摩石背，手握岩腰。怪藤垂髯，即引为索；古槐披腹，可坐若龛。客告余曰："此伏虎禅师开山处。"不见支遁之马，尚余文殊之狮。宜乎老衲栖禅，于焉挂锡；吟鞍躭寂，所在投囊也。北山之中，白雀为最。三里长途，人行松翠之下；一亭当路，僧揖水云之间。趁绿阴而徐来，随紫气而直上。入法华寺，憩清快堂。鹿不出林，獐仍礼佛。素霓何处，洞无白鲎之精；丹叶依然，树灭绿蛇之怪。再上数百级，登真身殿。此萧梁时，比丘尼道绩骨塔也。舍利全身，得升鸽座；于阗香像，永镇蜂台。花涌唇丹，莲开眼碧。蒲团七个，安若鸟窠之禅；筼谷千枝，静于龙隐之寺。其间矮栏低绕，曲径旁通。迤逦至望湖亭，具区三万顷，都在目前；莫釐七十峰，恍依膝下。无何夕阳堕岭，天际归舟。风澹一蟾之边，霞明孤鹜之外。群鸥并到，翩若水仙；老鹳忽鸣，答之山鬼。斯又苏门长啸，莫慨途穷；剡曲清游，不虞兴尽也。若夫月照洼尊，鲁公命酒；花明瑶席，苏子成诗。则岘山之佳景也。晴雪千尺，瀑飞半空；浓烟四围，台置绝顶。则方屏之奇境也。柳阴深处，鹭拥丫头；桃浪过时，鱼拖丙尾。则西塞之逸趣也。亦皆双桨经过，一筇踏遍。眺瞩所及，胸襟尽开。尤喜者，奚丈以垂暮之年，得济胜之具。鹿门灯火，庞老归来；鸟道琴尊，谢公行去。聊浪玉湖之月，低徊金盖之云。诗写仙心，字成霞气。三吴之大，久著声名；两晋而还，独推旷达。思燕毛之再集，知在何年；恐鸿爪之或忘，请看斯记。连日同游者，更有汤亦农、陈秋穀、孙竟亭、许雪斋诸人。

永安湖观红叶记

余思秦溪之游久矣。屡为友人所误，赵君拳山，雅人也，亦信人也。甲寅九月，寄书相招。幸逢松雪神仙，不负菊霜时节。十八日，放舟至澉浦之角里堰。小市茶烟，欣迎佳客；大溪岚翠，遥压孤城。次日平旦，由堰而南，喜急雨之开霁，惜朔风之陡寒。黄冷橘村，白荒芦屋。雁外钟远，鸥边笛凉。久之，至永安湖上。湖在元季，最为繁盛。海盐曲子，杨宣慰曾挟歌姬；至正游人，顾阿瑛特招诗友。明时，孙太初隐此。元鹤养来，却同爱子；大鹏借得，便作飞仙。故又称高士湖焉。则见波平若月，浪活于云。环九十峰，周十二里。得天上银河之气，分杭州圣水之名。玉镜一奁，纤尘莫染；珠屏四角，入画分明。凫情贡闲，鱼梦入稳。晴旭抱岸，万鸦背红；微霜着滩，双鹭头白。尤可爱者，百顷鸥乡，清凉世界；一堤乌桕，绚烂文章。疏或抱蜩，丽犹醉蝶。唐宫题叶，休忘流水三生；蜀锦成林，还胜好花十倍。大树得赐绯之宠，寒山蒙衣绣之荣。溪口藏娇，疑是珊瑚之海；渡头猎艳，化成胭脂之河。青女多情，工于点染；红儿饰貌，无此纤妍。于是才罢游湖，便思陟岭。迤逦至鹰窠山。穿来石腹，侧脚碍行；踏破岩腰，回眸恐坠。径历九曲，亭到三休。蛇纡回而赴蹊，蚁屈折而环垤。将暮未暮，更转层崖；入林出林，俄登绝顶。时则斜日欲落，岚光益青；孤霞忽生，海气纯赤。狮头高踞，下压蛟宫；鹰翅分张，上摩牛宿。十八滩风帆隐约，直指黄湾；卅六岸烟树迷离，遥临白塔。回视两湖，仅如一勺矣。是晚寓云岫庵。殿绝猿梵，厨空鸽粮；阁问潮音，泉窥雪窦。煮茗声沸，说诗兴豪。月小于丸，风尖似镞。暗虫吊夕，欲赚人寻；冻雀怕寒，竟先客睡。僧窗久话，疑有龙听；佛阁借眠，闲分鹦梦。次日从别路下山，自谭仙岭而西，千峰若飞，万壑如洗。不见芝草五色，但闻松涛两边。茅屋数村，偶逢樵子；石桥一带，时值盐丁。既而磬声出水，庵过金牛；竹影干霄，岭经野鸭。访许给谏之故宅，老燕含悲；瞻夏相国之摩厓，怪鸱作语。盖至茶磨山而游事粗毕矣。呜呼！草长琼田，只余驯鹿；书存石室，可笑祖龙。蓬岛苍茫，未回童女之楫；桑墟变易，已起美人之坟。嗟陈迹于古人，动闲情于我辈。今者，结羊求侣，作禽尚游。两屐觅秋，一筇策晚。山鬼乘豹，于焉徜徉；海人好鸥，借此玩赏。搜奇剔秀，穷幽索微。而况树着丹砂，枝披绛衲。快乘青翰之舫，如到赤霞之城。画倩大痴，诗吟小杜。不亦踌躇满志也哉。同行者谓余曰："子但睹九秋枫叶，抑知三月桃花乎？"当夫碧波始生，红英乱吐。柳色莺声之外，艳发四山；苹花鱼影之间，春浓双渚。南阳采药，岂无阮肇逢仙；东浦踏歌，亦有汪伦送友。不信文溪坞里，居然武陵源中。此行未了前缘，斯地尚期后会焉耳。连日同游者，赵拳山、吴云峤、朱秀珊，而地主则祝春渠、龚梅昆仲也。

君山梅花书院宴集记

暨阳之胜，君山为最。北眺扬子，南挹吴门；东瞻海虞，西眄京口。一枭五散，昔人集珠履三千；九派二分，此水敌甲兵十万。斯可谓位置天巧，盘郁地灵焉。丁巳季夏十七日。学使李小湖先生，招同汪子超、戚砥斋、阮巨木、郭友松，集山麓之梅花书院。是日也，冰碗不凉，炉山自火。而乃炎忘夏午，迹访春申。笋舆若飞，葵扇罢拂。一鹭独立，引人而徐行；万蝉作声，喧客而不避。苔积滑屐，藤延攫裾。桐添洗后之阴，松表古时之黛。楼角遐瞩，白浮大江；庭心仰瞻，青接孤岭。浮远之堂虽废，盘陀之石犹存。于是开行厨，酌芳醴。谈笑自若，岂挟长官之尊；主宾互酬，弥昭下士之度。因思书院之初设也。立鹿洞之规模，图史枕藉；对螺鬟之巀嶭，峰峦翕张。其中植梅千百本，影蘸西溪，香流东阁。亭以圆而树合，径以曲而花分。无何，狼燧烟腾，频岁恒惊烽火；鸿才星散，何人尚论文章。几上尘埋，壁间诗暗。我小湖先生，抱郧侯之九仙，擅会昌之一品。胸罗武库，手掌文衡。莅任以来，妖氛渐清，韵事弥振。况复琼筵肆设，瑶斝陆离。洁北面之尊罍，客则安敢；泛南皮之瓜李，时偏合宜。酒既半，金台执爵而进曰："良会不常，流光易逝。兹者聚郗幕之英，仿庾楼之宴。望江北江南而入画，缔今雨旧雨而联吟。风流文采，顿消六月之威；云物苍茫，须绘八景之美。庶几古者之乐，不让有逢；后来之游，可贻无尽。若夫鹅鼻峰尖，高斜得势；龙头冈口，幽峭出奇。以及绮山敔山之奥区，定山稷山之妙境。异日尚当著山屐而随使旌也。"先生曰："可哉。"遂退而记之。

游硖石东西两山记

壁画千岩，宗少文只堪卧对；胸怀五岳，向子平犹待后期。若乃百里而遥，峰峦在望；三年之约，丘壑难忘。则有如硖石东西二山是已。丁巳五月之八日，陈子曼寿招余同游。时则云气黯黯，到晚不晴；雨声浪浪，终宵未歇。次日清晨，鸦湿难飞，鸠啼又急。因访蒋仲卿、杉亭昆仲，二君一见欣然，偶逢萍水，遂洽苔岑。宴设西园，谈倾北海。午后偕杉亭、曼寿游审山，时雨犹不止也。撑伞而往，柳桥滑滑之声；着屐而登，草径猩猩之状。郡志谓：审山系辟阳侯审食其葬此，俗所称东山也。历烟磴之三层，转云亭之一角。风雷飒沓，如护天神；岛屿回环，特雄地势。入道观中稍憩，松枝拂肩，荷叶扑鼻。白云成片，入窗倍浓；绿雪无声，沿涧尽湿。旋登半山，西眺龛赭，北瞻横殳。塔欲倾而猿扶，洞将没而龙抱。斗鸡石烂，叱不成羊；放鹤台荒，懒惟眠鹭。稍折而下入碧云寺，此唐俱胝禅师得道处也。佛花千朵，红散曼陀；净水一瓶，白涵芬利。至今树影无次，沿于岫腰；泉声弗喧，喝自石骨。古玉钵尚埋岩顶，小金仙仍坐龛中。兹山之胜，以此为最尤妙者。一溪中隔，燕尾横分；双岚对蹲，蜂腰若断。未几至紫微山，或谓紫微舍人刘梦得以部刺史游其地，故名。或以为白香山，未审孰是。俗所称西山也。过惠力寺，瞻罗汉堂。小池鱼戏，活水新添；大殿鸽巢，香泥乱洒。旋从别径上山，雨势稍止。海上诸峰，了了可辨。顷者浓雾四塞，似迷蜃楼；兹焉湿烟一开，快睹螺髻。眼前西塞，胸际南华。井有三而时见沆澌，楼有二而仅存故址。草蔓崖脚，牛蹄踏青；树连岭头，鸟背炫紫。有鸟白身紫背，惟此山有之。复至山后观奇石，高丘磊砢，作象鼻弯；峭壁离奇，有虎爪印。游事才毕，而雨亦顿息矣。杉亭谓余曰："是行也，节逾重午，时过芳辰。若夫桃开春暮，红入美人之楼；枫到秋深，黄飘开士之宅。游人促膝，词客点头，方为两山佳境。惜今非其时也。"然而老夫髦矣，狂兴跃然。得到名山，居然佛子；能消闲福，即是神仙。而况一筇独支，千步直上。健争龙马之骨，高过鹭鹚之肩。心贪泉石而不廉，足涉泥涂而罔悔，不亦大慰所愿哉。而曼寿之兴，殷殷未艾也。归途复经武塘之三店，则见罗袖藻野，脂香缛川。鹳鸽三千，都作长腰之舞；鸳鸯七十，尽登小脚之船。棹移碧柳阴中，扇扑红榴影外。曲调青凤，觥进黄鹅。手携玉以魂消，眉缭花而语结。余即席赠月凤校书有句云："听到琵琶肠欲断，分明弹出楚江情。"昨为康乐，不辞山贼之呼；今作司勋，更极水嬉之趣。爰牵连以书之。

游焦山记

昔榖人祭酒，有《焦山游记》一篇。本《三都》《两京》之笔，抒十华八会之材。文字之奇，亦山灵之幸也。戊午仲春，李小湖学使按试扬州，道出京口。

招余同作焦山之游，船乘红板，峰指翠微。二十里云涌涛驱，三千界天空海阔。须臾抵山之定慧寺。则见丛筱千竿，怪松百尺。鲸呿鳌掷，呼吸一门；狮踞熊蹲，谽谺万状。岩栖俊鹘，洞舞神蛟。树远鸽盘，浪高豚拜。龙抱云卧，鹊衔月飞。有鼍在潭，无鹤留冢。寺僧月辉出迎。于是经曲榭、憩疏寮，并坐蒲团，浑忘冠盖。红泉出砌，似咽复鸣；黑岑当窗，既仰仍俯。窃慨数年以来，封狼逞角，毒虺垂涎。鹿苑蜂台，悉遭一炬；猴池雁塔，谁保十全。赵郡妖兴，图澄永去；秦川兵扰，罗什不归。而兹山幸赖大师，免罹小劫。琉璃四照，净域无尘；钟梵六时，香林弗坏。周鼎汉鼎，龙女力持；唐碑宋碑，象王默护。还文襄之腰带，佥知报国忠肝；留忠愍之手书，如见锄奸义胆。虎口幸脱，豹皮尚存。非月辉给贼有谋，守山有力。运广长舌，低菩萨眉，而能若是乎？况月辉五车法演，三昧诗工。赵州柏子之禅，惠远莲花之社。今日者，把臂文殊阁外，谈心罗汉岩前。宾至如归，僧真脱俗。宜学使之流连不置也。既而暂返舟中，快浮大白。再登山麓，别访精蓝。东西峰步步玲珑，上下岭层层明靓。栈道蛇折，孤亭鹄骞。崖端纯青，恍到天上；舄下顿白，如堕云中。学使与诸君已登绝顶，余独误行他道，竟至迷途。振衣欲上，千仞肩摩；蹑屐将升，二分趾缩。遂乃倚巉岩，坐曲磴，佳处自赏，尘缘尽空。一片天光水光，四围岚影塔影。海门风涌，涛声直接东洋；江阁日沉，暮气遥连北固。龟态如活，鸾吟欲仙。苍茫独立，徘徊久之。而余亦自崖返矣。呜呼，逸少已去，子瞻不来。纶长老书壁无存，演禅师建楼尚在。风波惯历，只有此山；烟火频惊，还余古物。日日潮来潮去，白鹭自闲；年年花落花开，青猿亦老。不有佳什，曷追古贤。学使立成七古一章，并序一则。模山范水，指事肖形。华搴七英，藻速十札。偶寻方外，写奇景于眼前；未肯热中，抒雅怀于胸际。余久依莲幕，喜到桃湾。支一筇于崇冈，觅三诏之古洞。节交寒食，正当莺燕三春；人渡长江，始觉鱼龙一气。愧无杰构，可同李峤之仙才；负此壮游，莫继吴融之巨制。是日同往者，则有泰州田少泉、富阳孙星若、太平焦庚山、临川李石珊。

《洞庭东峰图》记

洞庭之有东山也，虽较西山稍逊，然同禀五车之秀气，别标九坞之奇观。峰号莫釐，寺名法海。周五十里，冠十七山。斯亦物外之奥区，人间之福地。

前明吴参政惠家于此。其长公子鸣翰君怀，少补诸生，为同里王文恪公所赏。诗合唐音，书工晋帖。文华独擅，武事兼长。胡证行酒，恶少惊逃；项德击钲，群凶却走。而乃王阳在位，不教贡禹弹冠；永叔衡文，偏使刘晖落榜。临殁，语其子曰："吾故本山中僧也。"红尘小谪，青莲原是如来；元悟能参，白傅果然禅伯。是图为司李华廉卿所写，以赠君者。则见襟带三郡，吐吞十洲。罳洞秋凉，鸠峰春暖。重冈错峙，大鼍小鼍；众岫回环，东鸭西鸭。松径十里，杨湾一溪。圣姑绝雉之塘，雪窦降龙之窟。南极无地，北堂有仙。雷起蛟宫，天妃昨过；月悬鸥馆，毛女时来。云生柳毅之祠，花落蔡经之宅。别有橘大如斗，莲高于船。黄柑成林，丹桂似海。奇鸧怪鹦，依以为家；山貘竹猑，据兹成穴。岂徒亭台金翠，殿阁青红已哉。裔孙少圃，继十二世之清德，追四百年之芳徽。梓君佚诗一卷，因缩摹其图于集首。索余记之。余家鹉湖，距具区三百里耳。未得杭一苇之舟，揽五湖之胜。今披是图，只觉黛影烟外，漪香风中。飞玉龙之一声，舞翠鸾之双羽。地真瑶海，人住银河。螺峰千寻，异日尚思亲访；鹅绢八寸，此时聊当卧游焉耳。

少有山房赏牡丹记

少有山房者，在松江城西南，金山钱鼎卿广文别业也。鼎卿弹洒芳翰，焕扬瑰才。五车穷金海之文，十稔究石仓之秘。鳣堂春雨，去作经师；鲈渚秋波，归寻乡味。点杜陵之笔，桐阴在庭；把谢客之裾，兰芬满座。仆与鼎卿少时相识，旧雨久疏；晚岁重逢，德星并聚。甲寅四月六日，招赏牡丹。时则楝风乍和，谷雨刚霁。千苞怒拆，百卉低降。地占名区，天生仙品；月来香国，圆到十分；云捧瑶台，厚盈一尺。若论标格，迥非寒女姿容；便拟文章，总是大家气度。风光无限，解释春愁；露艳有香，剪裁诗料。种称富贵，相公亦爱姚黄；调谱清平，才子谁如李白。而仆于此，深有感焉。方今干戈未偃，鼙鼓屡闻。山鸣狼矢之弦，谷暗狐篝之火。秣陵失守，万室麇奔；沪渎兴戎，四郊鼠窜。而鼎卿乃独标旷抱，闲展雅怀。集莲社一十八贤，邀兰亭四十二客。佳宾佳酿，狂呼婪尾杯中；名士名花，醉倒画眉声里。人生行乐耳，且为子幼之欢娱；时事忍言哉，休作王尼之叹息。是日同宴者，黄砚北、倪日渊、叶桐君、夏星五等十余人。席散而后至者，则黄小田、张玉尹也。

双红豆楼记

客有访丽苏台，寻春茂苑。家家帘幕，珠箔藏风；处处楼台，银灯替月。丁家巷有二女焉，一朱织仙，一杨素琴。皆行三，无锡人也。织仙轻躯立鹤，瘦影惊鸿。翠点双眉，香余桂叶；红披半臂，艳绝桃花。当莺娇燕姹之时，抱凤泊鸾飘之感。素琴汉殿容华，魏台妙靥。垂柳之腰一尺，生莲之步双弓。花蕊芳年，居然仙貌；木兰奇气，惯作男装。辛亥闰秋，余偕筱峰、步洲往过之，二姬于是置琼筵、开芳宴。斗娇喉于金雁，试纤指于玉虬。曲高而骤雨忽来，调急而行云不去。烧槽三弄，鹧鸪欲飞；裂帛一声，鸜鹆欣舞。灯檠灺后，蛾映烛而低弯；街鼓捶残，莺啭枝而未歇。翼日，偕步洲重寻[illegible]会，并赴鸳盟。刘阮齐来，尹邢不避。明镜启而山鸡对舞，画梁深而海燕交栖。湘水湘云，初非隔壤；秋河秋月，可是比邻。帐底金销，帘间玉暖。歌余欢子，软语相偎；试罢秘辛，柔情勿断。步洲因颜其楼曰“双红豆”，盖取唐人诗意，以为异日相思之物也。嗟乎！二姬以春风未嫁之年，处暮雨消魂之地。鸡陂玩月，虎屿牵云。纵使荡子狂夫，轻掷明珠百琲；富商豪估，肯贻金缕千丝。然恐泥絮易沾，火莲难拔。红粉之梦，多付飘流；青楼之名，终伤薄幸。不逢杜老，谁夸临颍之美人；未遇香山，孰羡浔阳之少妇也哉。余也，盘龙镜底，新系三生；么凤窗前，时怜半相。国风好色，我辈钟情。红药花浓，尽堪买笑；白杨枝老，恨不生稊。所喜人到江南，得识张娟李态；句题砚北，快挥薛纸颜笺。为惜蛾眉，特留鸿爪。琼思瑶想，岂殊王维仙女之篇；翠谑红酣，且续张泌妆楼之记。

梦龙草堂记

丙辰九月，访张子峄樵于乳溪。见其气涵碧落，胸泻黄河。积玉陆诗，掷金孙赋。红雨写艳，万花乱飞；青霞激思，五岳突起。平原之客十九，齿冷尔曹；稷下之士三千，眼空若辈。有堂焉，几列奇青，庭含虚白。偶然出户，恍闻溪涧生香；便不开门，亦见峰峦入画。海气腾雨，荡为花烟；池沤蹙风，漾此帘篆。树抱三间之屋，人依半榻之书。自言癸丑之秋，夜宿堂上。似见一龙，鳞甲笋动，须髯翕张。势喷鲸涛，光照鳞穴。蜿蜒岭角，纠缦缦天；盘舞檐牙，活泼泼地。恍惚间，霓裳奔月，雷斧斫山。神州隐跃之余，青鼍狂吼；仙窟清虚之外，赤鲤怒腾。堂名梦龙，职是之故。夫龙也，形模九似，骨相三停。果解泥蟠，自然近道；或贪人豢，亦仅如虫。若乃兴庆翼舟，天门衔烛。抟明月十飞之驾，绕须弥七匝之身。龙之为灵，昭昭也。又岂龟兹阿王，威能呵叱；马鸣大士，力可伏降也哉。今峄樵胸孕万甲，腹藏三壬。乐史五色之珠，季长一林之锦。荀氏八龙之内，慈明无双；卞家六龙之中，元仁第一。是梦也，如长卿幻作螃蜞，横行一世；类文成化为鸑鷟，辉映九霄。吉协骑狮，祥占射蜃。猫叶主军之兆，象符大郡之征。异日者，龙入池中，郑内翰高登甲第；龙横桥上，王探花恰应辰年。未可料也。余昔梦一锦鸡，从空飞下。自谓凤吐口中，得扬雄之待诏；鹏骑腰际，成沈晦之大魁。在此梦矣。而乃命厄一生，怀蛟无验；年垂七秩，覆鹿徒嗟。自惭白发衰翁，幸遇青云杰士。才教握臂，顿觉倾心。谬许识途，见推老马；难陪摩刃，同斫雄罴。愿君沿波讨源，敛华归实。食虎吞牛之气，宜就范围；鞭鸾笞凤之才，再加洗炼。龙光暂伏，要如葛相之全身；龙性须驯，毋若嵇生之傲物。斯则或潜或跃，变化无穷；能屈能伸，神灵莫测。庶几不虚此梦也。

木鸡书屋文五集卷六

许奎生教授《求酒借书图》记

今夫定国数石、山公一池，非缸面所得预储也；《刘歆》《七略》《王俭》《四部》，非案头所能悉备也。以故蒲城美酝，庾子山曾有乞诗；佛助奇编，卢思道每劳假诵。此上虞许奎生先生求借图之所以作也。先生八斗才高，五车学富。诗则司空廿四品，书则大令十三行。身到蟾宫，名题雁塔。使其选入凤池，赐崔浩醽醪之味；荣登虎观，赉世隆秘阁之函。将见嗜酒谪仙，长庚朗照；校书中垒，太乙分光矣。而乃鸡树莫栖，鳣堂早坐。以荣阳之三绝，分安定之两斋。其教授吴兴也。杜司勋碧澜堂外，明月满湖；颜鲁公白苹馆前，文星射斗。细雨数檐花之落，轻风吹带草之香。时或快把松醪，勤披柳简。斟三辰之芳郁，搜二酉之丛残。供丑未觞，甘饮忘曙；设壬癸席，苦吟连宵。醉悟禅机，苏晋自宜绣佛；梦登秘府，张华便作神仙。况先生东越畸人，西吴博士。在家乡也，投醪河畔，尚余勾践琼浆；覆釜山中，犹剩姒王金简。在宦地也，若下乡村，醽醁满店；浔南估客，典册盈囊。若是则酒不求而已足浇胸，书不借而良堪拄腹矣。然而七百石之秫米，讵易收成；三万轴之文章，猝难购置。睨一盛之甘旨，山将呼夫癸庚；思十箧之缥缃，库未编夫甲丙。于是黄娇白堕，聊尔营谋；紫带碧签，偶然告假。不比求鱼之子，缘木徒劳；差同借马之风，脱骖可共。或谓公荣入嗣宗之席，未许酌尝；李权索秦宓之编，偏遭悭鄙。求之而不获鲸吞，借之而无从鸠集。其奈之何。不知三瓶寄到，岂无袭美之豪情；百卷取来，亦有常景之美意。而且刘惔家酿，为何充而尽倾；蔡邕秘函，见王粲而悉授。然后叹浊贤清圣，本属大公；玉躞金题，原非独据。又何至毕卓盗酒，被缚主人；法盛窃书，贻讥后世哉。金台少年爱酒，每颂刘伶；晚岁耽书，愿师向朗。偶游苕水，亲炙芝辉。见先生几置鹤觞，酒香扑鼻；案排犀轴，书气盎颜。且知先生秉铎菰城，已两次矣。莫谓此官，小于虮虱；最欣名士，多若鲫鱼。客有酒徒，独醒奚必；署盈书策，虽冷亦佳。指谢瀹之口中，只宜豪饮；想边韶之腹内，谅自多藏。数年以来，先生辑《国朝两浙校官诗录》，选金合冶，集腋聚精。千余人之词章，能留寿木；二百年之文献，竟属儒臣。斯则倾南岳之琼酥，尽堪浮白；汇西崑之玉府，共喜杀青者矣。所恨未罄绸缪，遽违光霁。何日重来问字，得入扬雄载酒之亭；几时再许升阶，饱窥李泌藏书之架。

查稻孙《七十学诗图》记

达夫好诗，五旬始作；放翁健笔，八秩未衰。古之人自惜冬心，勉成秋驾。年将算亥，语妙受辛。丹转成仙，功深证佛。不必抱迟暮之感也。丙辰秋杪，晤海昌查稻孙先生，年七十有二矣。人同鹘健，杖却鸠扶。韩尉晚香，经霜尚傲；潞公精力，如日方升。近者乳水携囊，柴溪设帐。鹅笼深闭，骥枥空嗟。老子忘机，欲试庚申之诀；书生结习，仍排甲乙之签。山水清音，自成幽独；英雄末路，只爱词章。时则沈君浪仙，作诗已过万篇，序齿几输廿载。先生以为但论学殖，莫问年华。志切歌风，情殷立雪。何逊得句，恒以相商；陈思受言，因而立改。咨周而五善斯集，神悟而三昧顿开。析同臭之兰言，此宾此主；解虚心之竹性，亦友亦师。观苇杭大令，为作《七十学诗图》，诚佳话也。昔贤兄梅史明府，一官踪迹，聊寄冥鸿；六代文章，足供祭獭。仆曾读其《菽原堂集》，心焉识之。今先生又以黄石之余生，感青藜之远照。九霄老凤，一点灵犀。酒后则怒髯辄张，灯前则劲腕独运。三薰三沐，能得楷模；一推一敲，必资砻错。双丁两到之称，夫岂虚哉。仆又闻先生向有《东流覆舟图》，堕浚仪于船板，笑或成颠；偃公覆于厕床，噤应生粟。兹则回眺波路，还念征篷。觉平险之判途，亦悲愉之殊致。犹忆黄叶初晴之候，青山欲暮之时。与先生联步岩腰，放眸海口。径盘老鹤，翠分松柏千寻；竿钓大鱼，红拂珊瑚七尺。各欣垂白之健，相期汗青之传。是古风流成新雨，契读楚客之辨；不须秋气悲怀，绝吴蒙之嘲。应使朋侪，刮目云尔。

赵拳山《沧洲笑傲图》记

归云洞古，张芳洲逸趣犹存；弄月台荒，许杞翁遗徽未沫。邑名展武，士尽工文。某水某丘，忆童子钓游之地；一觞一咏，续耆英聚会之图。韵事也，亦胜事也。我友拳山，庚纯儒行，郑穆人师。学业深醇，称廉孟子；文章雅饬，号柳中庸。神清若莲，气馥于蕙。人无俗韵，丰格合仙；交有真情，衷肠是佛。黄菊陶潜之宅，青杨何妥之家。思逐花新，吟争竹瘦。诗初脱手，便惊高适之才；客欲低头，愿拜孟郊之座。时或星联德里，月话书窗。裙屐到来，莫非故旧；云山经用，便觉斩新。齿粲茶余，眉轩酒半。沆瀣之合，契均欧、梅；襟期之超，游尽郭、李。文能驱鳄，笔欲掣鲸。一辈才人，名齐兔苑；几番高唱，气夺蛟宫。临流拍鸥鹭之肩，狎浪吐鼋鼍之背。海底撑月，珊瑚自红；树间绕烟，琅玕更碧。麾旌旗于龙女，响环佩于鲛奴。东主西宾，十老人竟有继者；方壶圆峤，三神山如或见之。固宜诗入元聱叟之箧中，身游白舍人之图里也已。仆品惭玉谷，谊托金兰。君招裴迪于辋川，我访戴逵于剡水。犹记秦溪打桨，角里掎裳。千凫从东浦而来，一鹤向南屏而去。黄沙走鹿，苍玉啼猿。鹰窠日斜，高历九曲；龙窟云暗，低窥一潭。探石帆山畔之珠，问金粟寺中之鼓。君今以此图索记。展览之余，觉清襟相对，依然鸥社联欢；长啸如闻，何减龙山大会。盖仆亦图中之一人也。

徐秋宇《黄叶归思图》记

徐陵北渡，大有离愁；潘岳西征，亦曾感赋。身为羁旅，情系故乡。古之人大抵然也。秋宇孝廉，英姿豹蔚，钧籁鲸铿。骊窟探珠，蟾宫拔帜。既展骥程之秋驾，宜翔鸾翮于春池。无如杏路迟登，槐厅未入。作凤城之寓客，厕兔苑之上宾。白塔寻幽，黑窑访胜。翰林宅在，剩有双藤；丞相堂荒，凋残万柳。朝来爽气，遥挹西山；夜半文光，上腾北斗。而乃春明久驻，秋色平分。裘敝黑貂，书迟红鲤。好莺巧啭，啼声不到东华；征雁倦飞，游迹还思南土。每当鼍更徐咽，兔魄渐亏。几倚乌皮，灯挑凤胫。空斋暗诵，狐听书声；孤馆独眠，蛩知客意。玉勒看花之地，尚费踌躇；金钱问卜之人，恐教辜负。而且天荆地棘，深愁来日大难；薪桂米珠，敢说长安居易。于是托诸妙绘，写出幽怀。慨蓟北之风沙，状江南之烟景。则见微霜糁白，斜照烘黄。干老霞酣，枝疏星落。瘦迷舞蝶，寒入啼鸦；鹿窜林枯，雀翻莽陨。绿无天而不改，红有树以将消。十里诗筇，六朝画稿。此《归思图》之所以作也。今者司马还乡，季鹰息驾。新编补读，如木养根；古义勤探，似水穿石。奇峰九朵，碧到案头；芳草一帘，青生庭角。鸳鸯佳偶，方欣莲叶双栖；蝼蚁科名，且付槐柯一梦。况复封狼遍地，宜西笑之暂休；妖鸟满山，谅北征之难赋。又何劳重鞭赭白，再踏软红也哉。仆言若此，君意何如。

张蒲卿《载酒问字图》记

张生蒲卿，余友文石孝廉子也。余与文石，生同梓里，契协苔岑。故蒲卿孩提之时，麟种寄名于膝下；突弁之岁，凤雏受业于庭前。时则苦作蝇声，百遍难熟；学涂鸦迹，三写多讹。余恐负良友之付托，每督责之，而不稍贷也。未几智慧渐开，才思顿发。战文罴虎，摅翰蛟龙。藻采丁年，粮分乙廪。犹复艺勤缉柳，志励纬萧。芳讯缔兰，虚心师竹。入崔生室，登扬子亭。询十鼓之源流，究三苍之训纂。偶获一义，即珍珠船也；略晰一疑，即元圃玉也。非应劭匹马之失辩，异薛综雕虎之不闻。灯摇穗红，盏罄醪碧。因属李君耘谷，绘《载酒问字图》以纪之。余于此重有慨焉。昔文石槐花屡踏，桂子高搴。乃苹鹿虽奏于名场，而藩羝偏阻其宦境。既不得职膺茂宰，舄展双凫；并未尝官就广文，阶飞一蝶。亦足伤已。幸蒲卿经明王骏，义得颜臭。丘希范文章有名，早承庭诰；袁史公才识出众，足慰先基。此可为迈世俊才，克家令子者哉。贤叔枕石茂才，亦余徒也。许商门下，德行最重唐林；李铉堂中，解悟独推冯伟。奈何十年小试，巾衫始青；四秩才臻，泉壤已黑。惜大阮之早逝，喜阿戎之可谈。今者只奉丹青，乞加铅墨。当日受阳峤之罚，夏楚频施；此时求穆修之文，春风可即。老夫髦矣，犹堪大白之浮；弟子勖诸，须阐太元之秘。

徐洛卿《南村校经图》记

世之荒经蔑古者，盖多乎哉。良以粟输卜式，骤膺白版之阶；恩乞舒祺，幸补黑衣之数。弓挽两石，屋似一金。诚不知读书为何物矣。若夫沉溺帖括，胶牢墨程。恃八比为荣梯，束十经于高阁。欲其部分丙丁，虔拜庚子，不可得也。间有搜罗赤轴，披览青编。则又典博有余，徒矜边腹。参稽未确，难解匡颐。厨岂可以脚行，墙乃苦于面立。安得如张君夏之著录，井大春之纷纶也哉。徐子洛卿沈识珠莹，渊怀镜朗。季长门下，子干得三；休文座中，刘郎对九。穷探伏壁，深入郑堂。每当芸窗晓晖，竹屋夜雪。黑洗鹳睛之砚，红烧雁足之灯。勘义而费铅黄，雠讹而分皂白。一签甫下，能剖异于君山；只字可商，善晰疑于臣瓒。马迁无讥于尸口，羊绩不误于杕枝。此《校经图》所以作也。仆也豹斑罕窥，狗曲贻诮。虽癖抱《左传》，妄希元凯之功；而吃通《易经》，偏逊阿蒙之慧。爱君卷将破万，隅解反三。胸罗凤毛，手折鹿角。所望鸿都濡笔，虎观谈经。试九千言，辨五十难。其亦可以收桓荣之效，报孔衍之勤也乎。

时澹川《西泠访古图》记

十里沙堤，白傅红樽之宴；六桥画舫，苏公乌榜之游。西泠名胜，甲于天下。宜古今人共羡之也。时子澹川，生成仙骨，妙具雅怀。当夫偶涉虎林，言探鹫岭。乘放鹤亭前之艇，看呼猿洞口之山。岭指万松，楼经五柳。马塍花艳，红入春风；龙井泉香，白喷秋涧。老将骑驴之路，相公斗蟀之堂。烟腾两峰，雾锁双塔。金迷纸醉，如此亭台；浓抹淡妆，居然图画。遂乃掞张逸致，激发灵机。水调遏云，吟声乱雨。泠泠乎其旨远，娓娓乎其趣长已。犹忆嘉庆庚午之秋，余与同郡十二人，夜泛湖上。月明如昼，大圆镜天发奇光；风静不波，小方壶人登仙境。犀盏互酌，兕觥乱飞。万顷之中，笑群鹭其如睡；三更以后，呼老蟾而欲言。禾城沈倬庵曾填词一阕，以纪其事。屈指计之，已五十年矣。今存者，惟余与魏塘张达泉刺史耳。花港之莺声犹在，故人已化鹤而归。玉泉之鱼影依然，良友都骑鲸而去。因君新兴，触我旧情。思欲再拍鸥肩，特寻鸿爪。栖神寥旷，恣目清娱；水仙有灵，其知我意。

赵凌洲道人《养花图》记

山上持镰，剩徐弯之古迹；海滨拄杖，传谭峭之遗踪。武原方外，每多畸人。流风余韵，犹有存者。今之凌洲道人，盖其选也。凌洲夙通青箓，善注黄庭。勾曲诗情，擅张伯雨之逸致；霅溪画意，得赵王孙之家传。一局赌棋，惯随橘叟；百年驻药，试问桐君。绿阴有琴，黄叶宜酒。寒鸦万队，迥绝尘埃；仙犬一声，别开天地。梅花入梦，月亦偕来；松梢打门，云偏拦住。每当芝田春丽，桂殿秋闲。径开蒋三，种乞殷七。老圃栽菊，戏同蝶商；小池植荷，休惹鱼恼。竹长青而凤宿，卉乍红而雁来。而道人所注意者，则尤在于兰。夫兰固花中之高品也。绝似幽人，相将入室；好如才子，免使当门。水仙则并许称王，香国则推渠作祖。道人乃四时安顿，百种滋培。根防蚁伤，蕊恐蜂窃。金坛紫露，润其萌芽；瑶林白云，护其枝干。锄烟召鹤，喷雨呼龙。燕尾条长，羊脂色嫩。山房日暖，客来乌夜村前；水槛风微，香满马嗥城里。此《养花图》之所以作也。仆与道人，昔时投契，屈指廿年；今岁重逢，谈心十日。访李叟于青羊之肆，寻琴高于赤鲤之溪。悟蕉鹿之果虚，知茅龙之可驾。琼台斗艳，不负十二客之佳名；玉井铺芬，还参五百仙之秘箓。

张翠芬女史《纸阁纺声图》记

《纸阁纺声图》者，陈曼寿茂才为其内子张翠芬作也。曼寿巧思云构，蔚采霞褰。人坐羊车，品格若当风之柳；花生象管，才华如出水之莲。然使高柔室内，未获贤妻；冯衍闺中，或遭怨偶。肯下樊英之拜，难邀荀粲之怜。而乃鸣雁兴歌，河鲂信美。以马卿之绝艺，得鸿妇之相庄。才子文章，笔夸鹦鹉；神仙眷属，楼是凤凰。况复燕桂生香，谢兰茁秀。膝前雏凤，犀角争奇；眼底彩鸾，蛾眉未改。乐可知也。且以曼寿友拜龙须，集编麟角。珠英的皪，金薤琳琅。阴惜寅窗，劳兼丙夜。虬漏徐滴，鼍更渐沉。竹敲檐马之风，花落砚蟾之水。篝灯半壁，鼠欲窥青；窗纸一痕，鸦将唤白。而翠芬则不先乌宿，恒待鸡鸣。左曳绵筒，右摇曲柄。任经纬以在掌，独辘轳其转肠。金井栏前，声闻轧轧；玉绳影里，韵出萧萧。蛛丝斜抽，鹄卵饱绽。郎习三余之课，卿收一束之功。操心如斯，皲腕奚惜。宜曼寿取香山纸阁芦帘之句，以写其贤劳也。兹者以幼妇之新图，索老夫之俪语。风清林下，可想美人咏絮之才；月朗房中，如看仙女散花之像。

石莲舫《屑香草》题辞

石子莲舫，禾中名士也。丁巳初夏，以《屑香草》一卷，乞为加墨。适予有江左校文之役，卒卒未暇。今年浙闱揭晓，莲舫获隽。予亦从江左回来，始阅其诗，并自序骈文一首。艳入心脾，香生唇齿。昭明锦带之集，孝穆玉台之篇，蔑以过矣。尔其枣帘绿处，椒壁红时。瑶虎牵丝，银犀通理。甲朝才起，雀飞小苑之东；午夜初阴，鹦唤阑干之北。姚月华丝挑风履，密意微宣；贾蓬莱帕裹象棋，柔情可掬。而乃比肩愿切，搔背缘悭。墙窥玉其有年，屋筑金而无日。蚕丝易断，鸿迹难寻。冷月一丸，狐犹下拜；罡风十面，鸟不能前。卫叔宝百感交萦，王长史一情自缚。屑屑琴上之语，凤凰可怜；行行缄中之书，燕子知得。于是吟成拥鼻，曲是回肠。作秦客之廋词，入唐贤之丽体。与冬郎续艳，欲赋恼公；替春女言愁，重歌河满。当兹桂子天香之喜，尚有桃花人面之思。虽云才子寓言，实属风人妙旨。宜薛慰农明府拟诸七襄锦、九张机也。乃或者谓阎朝隐之炫服，张说律以名教罪人；崔司勋之玉堂，李邕斥为小儿无礼。华言绮语，识者病之。此则非予所敢知矣。

刘心葭《砚北吟巢帖体诗》题辞

试帖一体，肇自有唐，极于昭代。泽州阅农之作，文贞陪祀之篇。羡门扈从之章，敬业瀛台之制。靡不摛藻纠缦，和均茎韶。炳炳麟麟，于斯为盛。嗣是晓岚、縠人诸君，又复意新莩甲，体备受辛。斯亦选楼之灵璈，策府之璚树也。刘君心葭，少入芹宫，晚登槐市。彦和执器，望重雕龙；公干升堂，才齐绣虎。虽云程淹滞，蹶七万里之鹏抟；而月旦品题，腾百六公之骏誉。经神号郑，草圣推张。抱道山中，朱遁翁名高鹿洞；市诗海外，白太傅价贵鸡林。若《砚北吟巢帖体》一编，其犹略窥半豹，未睹全牛者乎。然而九千汉学，莫别形声;四十唐贤,殊难位置。以故蒋凝四韵,张乔一篇。钱仲文鼓瑟之吟,王季友玉壶之咏。未尝不擘纸神惧,弹毫气卑。斯非率尔操觚者所能奏技也。心葭雅材好博,妙思通微。假手虫雕,测心虱贯。长城五字,坚壁垒以难攻;美锦七襄,运钲撷而尽善。仰抗曩哲,雄瞰末流。夫何愧焉。君今年七十有六矣。酒痕未散,伶辄为醉后之歌;剑气犹腾,琨更作庭中之舞。视垂青眼,遇我何优;交到白头,舍君谁属。展卷十读,濡毫一言。灼知淬厉之深,藉识绪余之富。古香古色,龙头允属老成;宜雅宜风,鸡肋莫轻小技。

《鸿雪楼印稿》题辞

世岂无咏絮之才,颂椒之笔。至于铜盘古迹,谅非闺阁能知;石鼓旧文,未必女儿独解。谁谓子云奇字,伯喈遗碑,可求诸巾帼中哉。乍浦章铭庵有二女焉,长韵玉,次韵清。红杏一色,白莲双枝。晓窥鄂岭之云,宵拜乳溪之月。楚嫛唐娟,俱好文辞;巽女离姬,互相师友。苏蕙之心思独绝,灵芸之手爪弥妍。妙具簪花,尤工炼石。明字学于徐铉,精篆法于李潮。以惊鱼落雁之人,擅刻鹄雕鸾之技。本刺凤描鸾之巧,得戏鸿翔鹤之神。沈君浪仙有所著《萧兀琐言》,虽笑牒言鲭,无裨果腹;而芹菹蒲鲊,足供朵颐。因属二女锓之,二女乃竞琢鱼丁,同开鹊卵。银丝篆细,铁笔锋尖。阅一二旬,成七十石。绿镌柳叶,庋犀匣而称珍;红晕桃花,钤鸾笺而焕色。珠疑飞屑,玉似生烟。宝光烛天,奇彩溢地。斯则紫微入梦,直堪比太白之媊;丹景通灵,非必授中黄之妭矣。仆也自惭郑客,偶到齐乡。未瞻娥月之芳姿,瞥睹猩云之活影。蛟螭盘结,几眩双眸;蛇蚓横斜,只凭十指。始知叶小鸾之姊妹,原是仙家;王虞凤之才情,非徒吟事。美人熨贴,真方珪圆璧之皆宜;老子痴顽,祈玉薤金茎之分惠。

书朱文恪公《论婚姻律疏》后

夫王道不外人情,而嘉礼岂宜变法。明太祖时,禁民间姑舅两姨子女,毋得为婚。凡犯此者,或已中雀屏,不容好合;或久谐鸾镜,仍使分离。讼狱繁兴,亲邻被累。丰城朱文恪公善为翰林待诏,慷慨上言,以为成周时,王朝之为婚者，不过杞宋纪陈；列国之为婚者，亦只鲁齐秦晋。后世晋有王、谢，唐有崔、卢，靡不互卜飞凰，迭歌鸣雁。以故温太真所娶者，姑女也；吕荣公所纳者，姨女也。若干例禁，则潘、杨两姓，早罹五流之条；朱、陈一村，尽抵三尺之法。有是理乎。明祖是之，遂弛其禁。余尝读此疏，而有感焉。方余之少也，冠玉擅陈平之貌，掷金具孙绰之才。一时远近择婿者，富家欲夺陈馀，贵族将媒邓敞。索冯京而解金带，强元振而牵采丝。余皆不以为然。盖属意者，有中表一人焉。洁行为嫈，善心曰窈。林下之风气，道韫前身；陌上之冰霜，罗敷再见。香囊叩叩，两小无猜；宝镜荧荧，百年有约。果其食鲂协愿，秣马占期。吟秀才却扇之篇，拟主簿定情之什。圆月三五，璧人一双。从此高风持竿，劝学不嫌漂麦；乐羊负笈，成名益励编蒲。采荇鸣欢，羞兰偕老，亦云幸矣。何图雉媒罕效，龙吠遭惊。因枭獍之无良，致鸳鸯之失偶。盖有宵人，仍以中表嫌疑之说阻之。徒使余缘悭坤扇，痛切剥床。朱翁子鲜聚首之娱，冯敬通抱腐肠之憾。而彼亦十年不字，卅载于归。既失周郎，竟随赵卒。一则鲤函茧纸，终虚文茂之缘；一则蟹眼鸡头，莫解淑真之怨。读朱公疏而曷胜慨叹哉。

书《荡寇志》后

施耐庵《水浒传》，盖据淮南盗宋江作乱一事，而敷衍之者也。夫宋江抗拒六师，骚扰十郡。假借忠义，牢笼英豪。耐庵抉摘奸情，形容诈术。振毫端之风雨，妙皮里之阳秋。可谓得春秋诛心之法矣。乃后人妄思画虎，偏欲续貂。漫肆铺张，夸其睦州平贼；别生诡谲，谓其海外称王。虞说无稽，郢书善附。巧言混其皂白，妖语流为丹青。遂至金华庙里，谬称张顺之神；铁岭关前，误指武松之墓。鲁达遗像，尚有流传；董平旧枪，亦形歌咏。斯真盗言孔甘，乱是用彰矣。山阴俞君仲华，学刃峻植，文锋迅驱。淳于意艺擅折肱，洛下闳术穷勾股。而又精明弢略，谙习机钤。骑射有论，火器有考。东粤猺民之变，慷慨从军；西洋鬼子之来，激昂献策。其最著者，则继耐庵前传，撰《荡寇志》一书。积二十年，成七十卷。茶残酒冷，墨瘁纸劳。道在尊王，志存灭寇。纪宣和之敝政，故作包荒；书叔夜之奇勋，姑从简略。至于三十六神将，各禀雷精；一十八散仙，别饶风格。卒能腹背交攻，首尾迭应。屡燔狐窟，全扫鼪巢。文虽子虚，义合公是。于以息邪说，于以正人心。而其间幻出一陈丽卿者，何哉？盖仲华少时，梦一女将，自言其功，求为立传耳。陈思入梦，既受嘱于精灵；聂隐化身，因细描其笑貌。故其演说丽卿也。孝敬天情，言容地德。木陈抟之仙裔，匹祝浣之名臣。琴瑟声中，刘三妹诗同唱和；旌旂影里，唐六姑力冠英雄。剑妙白猿，骑腾赤骓。一肌一容之态，十荡十决之威。无何丹蝶蘧蘧，自能先觉；碧蟾炯炯，忽悟前因。稳骖阆苑之鸾，好跨韵楼之虎。若夫刘慧娘者，具九柯十匠之材，化八阵六花之法。既而拈来迦叶，斩尽枯藤。三千界世乐婆娑，五百众佛生欢喜。抑亦丽卿之亚欤。是书于彼二人，尤为详写，非无故也。其他结构之工，点缀之艳；补斡之密，呼应之灵。体则有要有伦，气则以整以暇。语则不觝不背，意则能纵能收。诏诰擅陆贽之长，书札夺阮瑀之妙。正议则孔明阔大，谑谈则曼倩滑稽。其叙述战阵也。奇正互用，虚实相生。长枪大戟之雄，缓带轻裘之雅。虽魏公子之形势，范大夫之权谋；周太史之阴阳，李将军之器械。自古兵家，蔑以过矣。而况手指迷途，耳提聋俗。严加震撼，密与纠绳。足使穿穴鼯惊，含沙蜮泣。北渡之虎，化为善心；东徙之枭，变其恶语。世庆升平之象，人游熙皞之天。尸山血瀣之余，祥云布濩；鬼烂神焦而后，瑞日弥纶。是书也，出一己之鸿裁，备千秋之龟鉴。飞仙妙笔，古佛婆心。有功世道不浅矣。奚只与耐庵前传，后先辉映，彼此争衡已哉。

钱鲈香广文诔

君讳熙泰，字子和，号鲈香，又号羼提，金山县廪贡生。本徐鱼之豪富，擅班、马之词华。才不愧夫半千，名岂减于第五。海忠介之清荫，双松插天；家有双松，忠介手植。陶靖节之雅怀，五柳踠地。神清洗马，誉著士龙。云物人间，风标天上。铅黄古本，皂白时贤。手握灵蛇，胸罗绣虎。所撰《锄月吟馆诗文集》，音堪戛玉，意必探珠。花送春言，叶邀秋诺。美人赠绣段，写出瑶情；奚奴佩锦囊，吟成瑰句。酿雪作海，时闻古芬；炼冰为神，尽扫俗态。此其著述之大略也。尝以《金山县志》，岁久失修。过眼云消，竟鲜贾耽作绘；惊心水逝，未闻张勃提铅。君乃采轶事于莼乡，搜遗闻于梓里。感朱育会稽之对，几阅星霜；校殷璠河岳之编，重传烟墨。奈何枣梨将付，兰蕙先凋，惜哉。君当仁不让，赴义如归。每慨童稚无知，豚难苙入；孤寒有志，鹤恨田空。特创正心义学，延师主讲。虞溥开庠序，具列规条；何休聚生徒，颇劳培植。而且恤莒嫠之白发，得忘噎噎之阴；收宋女之赤宅，克保呱呱之爱。又以人之好嗜洋烟也，掷黄金于灰里，度白日于梦中。一盏孤灯，成青面目；三宵冷枕，变黑心肝。因著《烟鉴》一书，以深戒之。其行善也如彼，其惩恶也如此。俱足模范人伦，表仪物望。虽薛宣伯仲，议丧服而不和；然周顗弟兄，被火攻而无忤。又况玉昆金友，铨锡以行谊同称；三笔六诗，仪威以文章并显。荀龙贾虎，亦复何伤也哉。乙卯之冬，署常州靖江县训导。马驼沙上，尊为圆璧之师；蝴蝶阶前，暂作方壶之主。补绣簠瑶觞之缺，饰崇墉美榭之观。桃李护而鹿洞春，楩楠栽而鳣堂雨。谈经槐市，不争博士修羊；论学芹宫，奚必门生议蟹。君之处境，固无藉于苜蓿一盘也。忆昔葭露初滴，苹风欲潮。余曾秦望泛舟，留溪访友；蒙君蔡屣欣倒，陈辖肯投。联步萧辰，论文夜午。而君家西席董梦兰、沈松琅二君，相与停琴月下，发高咏之清遒；挥麈风前，接元谈之韶令。雁灯落紫，螺盏浮青，乐何如也。何图鸥侣方亲，鹏妖已兆。以舞鹤凌云之概，为骑鲸捉月之仙。孝标秣陵之书，才经眼底；殁前一月，尚有书来。叔夜山阳之笛，倏到耳边。竟于戊午十月谢世，寿只四十有九。订交十年，诀别一旦。五纬失荀陈之会，中宵谁奏史书；九歌招屈宋之魂，故宅空留文藻。诔曰：

二陆久逝，九峰罕才，君也挺出，何处得来。千函珠海，一卷玉杯，笔精墨妙，奇境独开。马迁好游，燕说作客，乘陶岘船，著阮孚屐。鹤背长吟，鹭肩戏拍，越水吴山，雪鸿留迹。猗顿家资，绝不自私，万石长厚，十郎好施。樾阴夏庇，卉雨春滋，为善最乐，东平可师。大江之滨，儒官小试，造士有程，课文讲艺。堂畔雀飞，亭前马系，去去摇鞭，曾未浃岁。余托末契，芝兰扇馨，一从雨别，时感云停。仲文已矣，凭吊湘灵，曲终人远，江上峰青。呜呼哀哉！

方司马德配陆宜人墓碣

宜人姓陆氏，嘉兴人。国学生议叙州同名照女也。庄姝表度，婉娩修容。擅龙辅之女工，兼马伦之才辨。缝裳牖下，合号针神；借砚窗前，亦推栉士。年二十，归方莲卿司马。应流荇之风，称归荑之美。玉尘九斛，池馆皆春；锦帐十重，帘栊欲暮。时舅松崖封翁暨姑卜太宜人，咸在堂焉。宜人问寝鸡晨，扶舆蟾夕。寸草入地，能报春晖；余霞满天，愿留晚景。既而山头桥陨，堂背萱存。恒惧飘风，倍深爱日。岂同焦氏赋孔雀以含悲，不比姜家进江鱼而始喜。无何威姑罹恙，孝妇抱忧，乞灵殆遍枯桑，分痛奚辞灼艾。虽诚格九天，稍增鹤算；而灾婴二竖，莫挽驹阴。犹复情恋陔兰，心依庭竹。丁尊设奠，泪染鹃红；丙舍焚钱，灰飞蝶白。斯则羊淑祎之孝行，早播九闺；马简卿之贤声，艳称七族矣。且夫宜人之来归也。时则家世富饶，门庭殷实。橐充陆贾，炉铸王阳。以常情度之，窃恐财雄北路，易涉豪奢；绢绕南山，或轻挥霍。宜人则持丰以约，履泰而谦。鲁囷可指，敢厌糟糠；郑婢成行，犹持针管。虽金釭二等，而桑步忘劬；虽副笄六珈，而兰尸弥肃。志澹麟绂，心栖鹿车。然使梁家健妇，第解赁舂；浚冲令妻，徒工算碓。纵足征持家之德，只堪称中智之才。兹则律己霜俭，庇人云慈。援流瘠于鸠栖，拯残生于凫没。寒回黍谷，算亥者顿觉春多；泽沛蓬庐，零丁者俱分冬爱。凡此外成之绩，皆由内助之贤。况莲卿恬澹为怀，纷华不竞。识亡新之威斗，辨显节之册文。景山酒枪，归于子皙；苏武服匿，得自竟陵。每当饮若长鲸，杯浮大白；书如卧虎，帖写硬黄。鱼生怀素之池，鹅入右军之室。麦屑堆案，惊看八法庄严；松烟满窗，直讶万花飞舞。莲卿之得以驰骋艺林，优游文囿者，亦赖宜人能肩膺百务，手理千丝故也。宜人于道光十六年得受诰命。汉置封丘，齐加石窌。贶金钗于阿杜，颁粟帛于夏侯。象服翟衣，荣拜郡君之号；犀翘爵钿，无愆命妇之仪。卜家运之弥隆，颂女宗而奚忝。而且服香告梦，蕡实盈枝。石麟既接踵而来，银鹿亦比肩而坐。毓凤毛以仁矩，贻燕翼以义规。方期花下称觞，香浮绿玉；阶前舞彩，衣蹴红氍。而不谓珠星掩芒，镜月沈魄；雀扇韬影，鸾笙熄音。当白柰簪时，正红榴落后。卒于咸丰四年五月二十九日，春秋四十有九。莲卿悲缠奉倩，痛切子荆。云阴阴而压檐，风泠泠而入幕。鞋谐悟脱，穗帐虚悬。玦诀伤离，孤衾独抱。浣纱村外，愁听哀蝉；学绣塔前，忍看别鹄。然而琴瑟静好，分无百年之弦；茝兰洵芳，讵有千日之秀。即此一抔掩碧，已极荣哀；底须四照垂红，始称寿恺。子三，受诗有才早殁，受书候选县丞，受昌候补刑部司狱。女一，适嘉善庠生程熙旸，即以是年冬，葬新丰张字圩之原。呜呼！鸳鸯湖旧，依然拍水双凫；鹦鹉冢新，奈此衔泥孤燕。

跋

咸丰己未冬，先君子第五集文稿剞劂甫竣，板藏当湖费氏。越明年七月，寇至城陷。费氏庐被焚，板亦毁。先君子因是不怿，郁郁成疾，卒不起。昐号泣矢言，异日必重刊此稿，以慰先君子于泉下。时贼焰正炽，昐流离琐尾，长物无存。而五集稿暨前四集板，提挈护持，不敢失坠。时遇暴客，疑挟重赀，倾囊示之，辄悻悻去。以是转徙数年，完善如故。今幸烽烟久熄，而板未雕行，心惄然不安也。爰以是稿，重付手民，以承先志，并以公诸海内之能读是文者。其校勘之事，则葛生隐耕其龙任之。

同治辛未六月，男晋昐泣识

木鸡书屋诗选

MUJISHUWUSHIXUAN

序

国家初以制举义取士，继又加试韵语。诚欲得原本经术，博综史裁，宏通淹雅之才，以备异日当官之任，使鼓吹休明也。世衰道敝，沿习苟且。躐取世资，自守其固陋空疏，尽诎诸儒百家之言于弗讲。即有一二才识开敏之士，非成名壮岁，早弃筌蹄，不能别资津逮。彼穷年矻矻，困守一毡。方斤斤焉求合于有司之程度，束缚困顿之不遑，求其摆脱凡近，希踪风雅。殆十不获一矣。乃今得之黄子鹤楼。鹤楼骈体文气清词腴，撷六朝之菁英，而尤长于论古。余来当湖，既得纵观其全集，比以试事入郡，复手诗一册见投。旅窗风雨，挑灯夜读。读竟不禁跃然以兴，瞿然以思。夫以鹤楼之才，不获掞藻承明，润色鸿业。顾令放歌长吟，自托于幽忧郁抑之词，以发抒其坎壈不平之气。度其中必有爽然不自得者。虽然士亦患行之不高，学之不赡耳。区区名位之殊，有志者曾不以彼易此。矧鹤楼年方及艾，虽屡以文被摈。而其诗寄托深远，有国风小雅之遗，无侧艳侘傺之病。当其凭吊兴亡，感怀今古。议论醇以肆，音节凄以壮。一以为诗家之三昧，一以为史家之三长。此其魁闳特达之识，足以接轸前贤。昔归愚尚书，早以诗鸣，垂老始遇。论者谓其诗格浑厚，迥殊郊岛。今鹤楼优柔餍饫，深有得于风众人之旨。又安知不朝逢掖而夕簪裾，异日践历清华，雍容揄扬之盛，我即以其诗卜之。其视之固陋空疏，妄希弋获者，得失又何如也。爰书数语而归之。

道光己亥立夏，归安沈丹书酉君氏拜手

木鸡书屋诗选目次

木鸡书屋诗选卷一　甲戌至庚辰

过泖口访陆清献公故居

心向高山万仞遥，摩挲礼器在今朝。
人钦理学超前哲，天使先生壮圣朝。
堂署三鱼承世泽，名齐一鹤想风标。
窗边桂树花方盛，黄霰纷纷向夕飘。

强忠烈公殉节诗

讳克捷，韩城人。嘉庆癸酉九月，死滑县之难。一门遇害者三十五人。

两河狂魅起烽烟，赖有神明白日悬。
徐福知几论曲突，张光赴义若登仙。
家罹虎口同千古，泪滴龙颜感九泉。
更念三商真宰相，荒陬重叠产名贤。[①]

①前王惺园相国，亦韩城人。上追使祭其墓。

杨将军歌

名遇春。癸酉冬，平滑县李文成之乱。赐二等男爵。

天生骁将为长城，前身应是常开平。
长髯三尺飘飘轻，威声所到如雷霆。
大河南北鸱枭鸣，乌合万众纷纵横。
洋头洋尾欺愚氓，黄花开时烽烟惊。
数百里闻钲鼓声，有诏将军速进征。
长枪大戟交与卿，朕今尽发熊罴兵。
将军拜命来军营，黄金铠甲青霓旌。
士气既饱马气腾，进退趫捷同秋鹰。

道口贼奴敢支撑，单刀力斗身先登。
夺取大纛当风擎，生驹搅阵谁能撄。
高昂地虎曾闻名，蔡祐铁兽真奇形。
当其锋者万无生，乘胜攻滑长围成。
云梯队队前后承，裴邃四甄勇气增。
刘江十炮声砰轰，五门并城破垣崩。
大呼突入山为倾，须臾日落天晦冥。
空中助战来神灵，错落万点灯如星。
歼尽妖狐斩骄鲸，血花溅地殷红凝。
黄河重见波涛清，捷书连夜飞龙廷。
帝曰帅师惟汝贞，
荡平齐豫休戈棱，五等列爵加尊荣。
若弼宝带秦琼瓶，以兹宠锡卿忠诚。
臣杞臣瑜与臣兴，各相让功绝纷争，
黄子作诗歌且赓，自惭不称燕山铭。

新　月

试问弯弯月，连宵魄有无。
淡疑经露洗，怯欲倩云扶。
影抱三分瘦，痕留一角孤。
蛾眉休见妒，光艳未全铺。

徐香沙广文祖鎏招饮，即席赋谢

盛名藉藉播词坛，薄宦浮沉早挂冠。
冬草两篇传妙咏①，秋江万里逞雄观。②
当时披集常尊杜，此日登门始识韩。
一种清谈都领略，情深更为设盘餐。

①曾刻《冬草诗》。②有《秋江观涛图》。

呈王竹屿别驾凤生

十年潦倒走西东，玄奘风流独感公。
石砚墨团熙载月，冶亭扇拂谢安风。[①]
自惭刻鹄才犹浅，敢信骑驴赋最工。[②]
此后思量无别望，着鞭早得压群雄。

①见赠徽墨画箑。②《观风题湖上骑驴赋》，拙作最蒙赏识。

读《左传》

当时作史无盲左，宣圣麟经孰发明。
百国宝书供采择，千秋椽笔独纵横。
浮夸莫信昌黎语，癖嗜宜深元恺情。
我读龙门曾骇绝，尚嫌糅杂未求精。

读《陶靖节全集》

朱弦无俗音，元酒有余旨。神动天随发妙理，岂特六朝第一流，宜推千古无双士。五斗禄，那屑干；八间屋，且自安。源里桃花曾隔世，门前杨柳弗称官。公之心事不可说，公之品诣真独绝。羲皇上人怀葛民，一卷文章当冰雪。南山飞鸟斜川鱼，微雨东来好风俱。酌我酒，读我书。偶然吟啸，白云卷舒。王、储、韦、柳工摹绘，持较柴桑总不如。

书杜登春社事始末后

汉家党锢俱遭厄，唐代清流复被冤。
不料胜朝当末造，又闻名士聚高轩。
虎须捋后终无悔，牛耳盟来过自尊。
毕竟此中多节义，东林一样姓名存。

书李光壂《守汴日志》后

百二关河尽贼烽，孤城拒冠独开封。
力持玉璧功非细，危守睢阳势日凶。

白骨千堆馋犬豕，黄流一夕涌鱼龙。
怜君叩尽囊中智，仅得微名达九重。

哭李许斋赓芸方伯师四言古诗一首

大星陨天，云愁烟昏。
珠沉辽海，玉碎昆仑。
羊公去世，马督归魂。
四方豪杰，惊呼狂奔。
忆公作宰，除苛去烦。[①]
薛聪德化，韩轨道敦。
两岐春秀，五裤冬温。
召父杜母，古风独惇。
况乃学术，探幽穷源。
博同卢广，勤过虞翻。
稻香一编，锦织天孙。[②]
余方髫齿，幸登龙门。[③]
春风桃李，培植几番。
一枝小鸟，当作鹏鹍。
愧难奋翮，仰酬师恩。
往年棨戟，移驻闽藩。
叠蒙迁职，不假奥援。
惟德惟义，愈老愈尊。
清风两袖，几乏盘飧。
臣心无负，臣门无喧。
何图骇浪，平地风掀。
杯蛇谁误，市虎实繁。[④]
事莫须有，狱不平反。
皇天后土，此衷堪扪。
上继杨震，远追陈蕃。

红罗三尺，碧血九原。
椒兰何罪，薏苡何冤。
圣心震悼，感动九阍。
太阳当空，照及覆盆。
加褒陆丽，痛恤刘琨。
祠宇敕建，恩逾乾坤。⑤
惟公龙性，殁犹蜿蜿。
盖棺论定，真伪难浑。
雨滴丹旐，风吹素旛。
军民路祭，争挽车辕。
破涕为笑，直道长存。
桐乡归葬，千古香墩。
我来赴吊，采芝撷荪。
再拜稽首，谨上一樽。

①公昔为我邑令。②公有《稻香吟馆集》。③余年十七时，公初守禾郡，府试蒙取第一。④谓朱履中诬控事。⑤闽人林光天等请建专祠，蒙恩特许。

怀陆沅芗嗣渊客长安

负笈三千里，离乡十二年。
苦求升斗米，遥泛孝廉船。
马老山东月，鸿掩塞北烟。
夕阳望诸墓，凭吊一潸然。

吊周霞客万全

月黑风凄夜，苍黄尺组悬。
高才空斫地，逆境欲呼天。
鸡肋情何恋，鸿毛命竟捐。
苔岑余我在，那不泪如泉。

白莲寺访刘诚意读书处

一代文成王者师，春秋兵法通机宜。
渭滨未应熊罴兆，萧寺聊同鸾鹤栖。
檇李城东云水窟，莲花十亩波平贴。
想当负笈初来时，五百应真齐跪接。
绿阴凉处费吟哦，宝剑摩挲侠气多。
不屑骑牛学李密，直将扪虱追清河。
天下英雄方战斗，伪汉兵强伪吴富。
此辈何足羁大才，龙虎风云待时候。
金陵一旦聘书贻，帷幄参谋悉中机。
自幸元龄遇真主，笑他文若昧先几。
帝曰汝基功第一，子房以后无其匹。
朕念先生佐命劳，带砺河山有如日。
耿耿丹忱照至尊，独将双手定乾坤。
君恩优渥同鱼水，臣力衰颓忆兔园。
惜哉功成未退让，营蝇贝锦生虚妄。
魏征金瓮甫酬勋，赵普瓦壶旋速谤。
从古元臣少白头，读书真悔取公侯。
衡山迟返邺侯辙，烟水难乘少伯舟。
我来凭吊白云里，书声阒寂禽声起。
公也魂魄如有知，恨不早从赤松子。

项襄毅墓

松楸谡谡起英风，想见尚书气象雄。
整肃三军推度尚，便宜十事赖姚崇。
难忘北狩车尘苦，何取西洋水路通。
至竟牧童骑石兽，犹携箭镞问奇功。

徐尚书可经堂

杀气苍茫十七年，尚书感慨早归田。
北朝已醉乌程酒，南渡甘输马府钱。
殉节从容三尺练，故居凄寂一庭烟。
江家止水分明似，留得斯堂万古传。

楚霸王

百二关河苦战争，重瞳功业败垂成。
小材卿子岂宜杀，奇货太公偏不烹。
合有毁祠周国老，尚余哭像宋书生。
卞山灵气今何在，月下愁闻骏马鸣。

吴大帝

生子当如孙仲谋，聪明雄略冠诸侯。
大臣胆怯几降魏，小妹心高合嫁刘。
三世访求文武士，六朝依藉帝王州。
紫髯碧眼遗容在，芦荻秋风起石头。

送邑侯李海飒先生 宗传

芙蓉堤上飞春雉，鹦鹉洲边芳草美。
霓旌两次临东湖，此心持比湖中水。
仰公状貌丰且腴，嵇康龙凤形难模。
本是蓬莱山上客，儒林循吏属当途。
玉尺量材若不及，肯教沧海遗明珠。
贱子自惭樗散质，何幸菲材蒙拂拭。
任昉新承王尹知，侯生恐负卢公德。
无何鸿雁起离情，西风一片卷丹旌。
天上福星暂移照，香花插遍河阳城。
仙丹欸乃夕阳渡，两岸霜枫红满树。

回头重望弄珠楼，隐约落霞与孤鹜。
父老翘首瞻青天，难借寇君再一年。
万口一辞颂良吏，嘉定[①]以后惟公贤。

①谓许斋师。

送余慈柏广文锷还武林

秋意起疏槐，先生归去来。
旧栽千尺柏，[①]新写一枝梅。[②]
柳浪莺声老，花阶蝶影回。
芦东狂弟子，曾许八叉才。

①君家有古柏一株，是百年间物。②君善绘梅。

絙额词

朦胧开出远山痕，乱洒纤毫欲断魂。
绝似蛛丝来往急，青蛾微蹙又温存。

宛转氍毹学拜工，从容扶入绣帘中。
阿娘亲注银盆水，重为圆匀粉靥红。

妆阁新开玉树花，镜中看镜赛朝霞。
常仪似妒芳卿貌，此夕浮云不许遮。

笑持鸾带下银床，隔夜犹馀宿粉香。
惹得侍儿私艳羡，偷闲也要学涂黄。

谒张魏公祠在蒹葭围

兀术渡江来，貔貅百万帐。
临安小朝廷，诸臣气尽丧。
独公拔剑争，诚心格主上。

目击靖康羞，没齿不敢忘。
巴蜀增重兵，江淮设保障。
虞王尽名臣，吴刘皆中将。
延引文武才，晨夕殷咨访。
举事虽无成，立心岂不壮。
后人好讥评，谓公非良相。
秺侯重子孟，临朝必推让。
公则劾伯纪，中兴遂失望。
孔明容魏延，器使人才当。
公则杀曲端，士座怀怅怏。
曲江恶林甫，预发奸邪状。
公则引老秦，国祸从兹酿。
汾阳荐临淮，宗社复匕鬯。
公则忌岳侯，半途收兵仗。
即此四端非，难免百口谤。
然而君子心，岂求小人谅。
公值乾坤倾，挥戈思北向。
主战不主和，忠义铭腑脏。
海内瞻旌旗，当作长城仰。
煌煌五大功，东南得无恙。
乌虖社稷臣，偏安一手刱。
并非因子贤，褒词属虚妄。
我来拜神祠，陡觉情凄怆。
感公灵壁勋，吊公衡山葬。
五十三人魂，一齐相依傍。

拜霍大将军庙

人道将军粗，不学讥无术。
我道将军雅，吐词成卷帙。

所答李生书，典坟颇洋溢。
先引许厘公，再援楚唐勒。
读破万卷书，纤微具详悉。
岂有放桐事，尚书忘记忆。
特以事非常，古今不数出。
又恐跋扈臣，藉此为口实。
外示佯不知，内实机缄密。
赤心报先皇，身家靡敢恤。
太后虽外孙，稽首请废立。
其事惊鬼神，其志盟天日。
果然麟阁上，丹青居第一。
内助稍参差，何损将军德。
于今俎豆馨，万年永血食。
东湖庙貌严，再拜心栗栗。
想见立朝时，殿门慎出入。
更有金将军，同时称良弼。
识见似更优，气度终不及。
君看汉武臣，将相多隐慝。
一身兼伊周，伊谁与公匹。

广陈寻赵子固故居[①]

南渡王孙契静机，小桥故宅认依稀。
我来凭吊斜阳里，烟树苍茫一鹤飞。

①东湖东去数里，有鹤舒滩，系孟坚放鹤处。

陆武惠坟

主眷当年独冠群，于今墓草拂贱曛。
立朝幸不锄忠义，差胜仇鸾与郭勋。

怀许德水先生河

碧玉雕成大士身，云乡曾见跨麒麟。
功如抽茧缫丝客，勇作收帆到岸人。
汉学更兼唐律细，宋儒间出晋谈新。
如公不负便便腹，才是庐山面目真。

怜余未遇散仙俦，不向桃源作胜游。[①]
漫许奇才同李贺，竟将好女比留侯。
品题白玉无双价，指导黄河第一流。
此日春归莺渐老，九峰环碧梦悠悠。

①先生赠诗云："惜君生后仓山叟，不共天台采药行。"

戊寅秋试，以病痫不与，忽有人讹言余死，数日间传遍乡城。一时知己皆为扼腕叹息，诗以解嘲

白袍重拟泛仙舟，不料三旬疾未瘳。
瘦马吮疮迷失路，颓禽锻翮怕逢秋。
天怜卫玠年还少，人误苏瞻命已休。
多感良朋情谊厚，将诗和泪寄星邮。

挽钱若莲表妹

绿纱窗底晓风飘，杏蕊兰芽态正娇。
照镜自怜张窈窕，焚香原作戚逍遥。
谁教骑虎仙娥去，不待乘龙快婿招。
惨淡银釭魂返未，慈乌为尔泪如潮。

咏物小乐府十二首

鸩

怪哉此鸟喙长尺，其毛紫绿其目赤。
岂有妙术变黄金，徒教流毒烂白石。

一樽酒，立杀人。发硎更胜霜锋新。
莫怪灵均添懊恼，用汝作媒言不好。

狐

戴髑髅，拜北斗。
幻作美人形，能自择佳偶。
空中造出好楼台，一笑百媚姗姗来。
莫道阿紫，蛊人致死。
世间粉白黛绿都如此。

枭

猫头枭，鸟中妖。
辛苦巢中频妪伏，羽翼既成啄母目。
岂无鹰隼乘秋风，坐视凶残懒击扑。
枭乎！枭乎！尔独不见树上乌。
朝朝觅食空庭隅，将母反哺忘艰劬。

蛇

摇尾钩牙，藏身岩阿。
为虺弗摧，为蛇奈何。
砟砀一击骨如土，老姥空山泣秋雨。
笑彼蠢然恶气冲，谁言此物成蛟龙。

蛙

腹膨脝，口叱咤。
自谓天地间，独容我嘲骂。
一部鼓次临芳池，何人能辨官与私。
吁嗟王法宽，久废蝈氏职。
暂容井底妄称尊，那许月中恒肆蚀。

蝗

蝗虫来，蝗虫来。
顷刻赤地数十里，鸣金击鼓急救灾。
或向西，或向东。
鸡豚酒浆，络绎奉公。
大吏捕虫如捕盗，小民怕官胜怕虫。
明朝小民告大吏，蝗畏相公已远避。

蛛

罥丝悬庭前，凭虚求口实。
密若扣回文，圆似图太极。
百虫贸贸投危机，网公端坐朵其颐。
腹便便，喜欲颠。
不见吐丝蚕，镬烹殊堪怜。
老蛛独得全天年。

蝇

鼓翅摇唇，趋炎附热。
如君竟厕冠衿列。
营营樊棘栖尔躯，无端白璧偏遭污。
偶然登屏风，亦或钻故纸。
喧哗枉自乱鸡声，徼幸还思附骥尾。

蚊

何物么麿虫，嘤嘤来耳语。
鹤尻渐渐高，豹脚徐徐举。
有时亦或中老拳，擒十无如那得五。
西风秋，钻刺休。

将军负腹真堪羞，只恐秋风气不肃。
留得隔年蚊，敢谓莫余毒。

虱

襌中藏，絮中匿。
垢腻之身供汝食，嵇康、王猛彼何人。
从容谈笑爬搔频，谁道虱多偏弗痒。
五字驱除说非慌，我生患此虫，指殪兼牙攻。
若果聪明或赦汝，请汝来诵阿房宫。

蟫

兔园册子休珍重，咬文嚼字诚何用。
半生滋味尽残编，三食神仙成短梦。
嗟嗟脉望，一卷是谋。
云头花朵，漶漫难收。
君不见书生，故纸钻兀兀。
科名无分终颠蹶，劝汝另须觅生活。

蛓

颖如锥，尖如针。
花梢叶底芒刺深，螫我肩，伤我臂。
世上荆榛未易除，尔身剑戟尤难避。
儿童昨过蛄蟖房，纷纷共骇背拖枪。
未识有何娇媚态，佳名曾唤红姑娘。

夏日田妇词

桔槔声起小桥东，赤脚翻波捷似风。
点到线香才一炷，阿儿索乳柳阴中。

赤日行天午正长，田间馌饷往来忙。
邻翁借与蒲葵扇，便有微风扑面凉。

邻鸡哵哵出篱笆，蚱蜢高飞日未斜。
碌碡场空榆荫厚，小姑随嫂纺棉花。

鬓边插得野花香，知是前村新嫁娘。
才入门来郎爱惜，便骑牛背去分秧。

哭亡儿齐仲

余年二十五，锦绷始得尔。
玉楼再来人，神光烛天起。
半岁即能言，呼名辄唯唯。
周晬便知情，恰好拈笔纸。
余时客他乡，一年一归视。
每见郎罢来，哑哑笑启齿。
或誉汝凤雏，或称汝骥子。
安得速长成，夺标取青紫。
去岁才七龄，庭训从此始。
一目四五行，诵读疾如矢。
身未及扶床，书已积满几。[①]
罗舍梦鸟飞，萧锋学凤尾。
谢瞻赋石英，何妥对河水。
自来大才人，髫龀通经史。
以今方诸古，岂肯遽让彼。
藉藉神童名，声华一时美。
余方私庆慰，始愿不及此。
何图时运乖，福兮祸所倚。
堂构将承基，垣墉旋倾圮。

六月阳乌骄，平原烈火毁。
炎暑灼肌肤，病伏膏肓里。
至于八月凶，凉飙又侵体。
余未知其然，妄思弗药喜。
仍复督课严，焚膏夜继晷。
后渐觉濒危，三餐厌粒米。
芦东乏扁仓，就诊新西里。[②]
欲求三世医，反召一车鬼。
哀哉扬童乌，骑鹤竟去矣。
丛菊犹未开，怪松屹然峙。[③]
命也复如何，崇朝泪如洗。
而母大号咷，愤言难入耳。
道我过求全，晨夕加鞭棰。
烟锄太卤莽，良苗遭惨死。
月斧太刻削，仙桂致委靡。
我亦何容辨，椎胸只自悔。
独念此子贤，万金岂能抵。
食不求肥脓，衣不取罗绮。
天性素端庄，日对诗书礼。
尤笃父子情，善悟膝前旨。
昼则同盘飧，夜则共枕被。
无故失明珠，得不痛入髓。
此虽木石肠，尚当泣抚髀。
而况钟情者，饮恨积块垒。
汝性最爱花，四季摘芳卉。
架上书纷纷，瓶中花絫絫。
而今昙花摧，无复琼花采。
曲沼萎芙蕖，空庭绝兰芷。
触目尽伤怀，拔剑空嘘唏。

同枝本无多，一姊复一弟。
纵剩此两儿，聪明未易比。
爱河波汤汤，苦海水浾浾。
此事关门间，奚忍等脱屣。
仓舒何处去，我难私情揣。
非熊如再来，我将翘首俟。
尔祖在泉台，英魂相密迩。
定宜保护殷，无庸畏蝼蚁。

①己卯二月至庚辰七月，已毕四子书、《尚书》、小《戴礼》。②八月廿五就医新溪。③殁以九月三日，停榇于外家，金氏之听松书屋。

明宫词十六首

一、洪　武

四十六妃都见幸，孝慈恩礼独加隆。
馍馍一个休忘却，较胜徐常血战功。

二、建　文

北来铁骑逼金川，一炬仓皇赴紫烟。
剩有故宫春柳绿，群乌犹噪夕阳天。

三、永　乐

中宫曾号女诸生，靖难兵兴力保城。
小妹独辞皇后玺，此中微意自分明。

四、洪　熙

一载垂裳遽上宾，女中尧舜赖斯人。
太平盛业凭谁致，愧尔三杨顾命臣。

五、宣　德

高禖祈子正忧勤，妃后同将金宝分。
只惜仙师归道日，满朝无一范希文。

六、正　统

午夜焚香望至尊，南城谁与伴晨昏。
一朝重侍龙床右，翻幸将军力夺门。

七、景　泰

怒掷连环泪满巾，谪居留得未亡身。
可怜乘马随游者，先作金山殉葬人。

八、成　化

汉家飞燕祸重遭，对镜徒将白发搔。
鸩酒一樽何敢怨，佳儿幸已见黄袍。

九、弘　治

琼莲才调金莲貌，一一芳姿正妙年。
只是圣人无内嬖，讲官镇日侍经筵。

十、正　德

鱼龙曼衍豹房秋，多少蛾眉闭玉楼。
何福刘娘偏固宠，扬州随驾又苏州。

十一、嘉　靖

鹿扰金阶鹤舞栏，祥云拥护步虚坛。
官家贪食仙桃美，妻子何妨敝屣看。

十二、隆　庆

万架鳌山彻夜悬，灯光四面照婵娟。
正宫独抱长门疾，佛命终须逊九莲。

十三、万　历

藉藉妖言总是虚，东朝无恙旧皇储。
高元自有神灵在，蠹尽当年玉盒书。

十四、泰　昌

梓宫在殡恋温柔，帝业三旬一哭休。
谁挟哥儿谁密语，红丸漫道不知谋。

十五、天　启

万岁舟行自挟篙，兔儿山下曲嗷嘈。
御屏梅雀雕成未，那有工夫说赵高。

十六、崇　祯

花满丛台月满轩，春光都在永和门。
如何刺虎英雄女，未得龙颜一顾恩。

书郭华野先生奏疏后

拔身吏职立台廊，两疏堪争日月光。
天上有人驱鸟雀，世间无路厕豺狼。
正衙温造心何壮，请剑朱游语岂狂。
纳谏若非逢圣祖，不婴斧锧即投荒。

捕蟹词

纬萧围住水云乡，一盏渔灯透冷光。
如此危机偏躁进，可怜公子果无肠。

木鸡书屋诗选卷二　辛巳至丙戌

将之乍浦，次男晋馚依依膝下，有离别可怜之色，不能无诗

绿杨溪头风日斜，一肩行李将辞家。
阿儿牵衣不忍别，索我抱看东园花。
情态天然非矫饰，稽首中堂礼古佛。
劝爷少缓留须臾，犹向怀中觅朱橘。
我方新抱西河悲，睹汝牙牙情倍痴。
难忘东野失子叹，可无义山骄儿诗。
年年苦为砚田计，襆被出门暗流涕。
明朝独上灯光山，海色苍茫杳无际。

悼姚半驱前鉴

把臂吟窗曾几日，何期平甫返芝宫。
绿杨树昨含春雨，红藕花先落晓风。①
旧稿应藏千首外，新诗谁买九原中。
我来为洒风人泪，砚影衣香一梦空。

①曾结红藕花馆诗社。

谢文节公琴歌

唐石山，悯忠寺。何处赵家一片地。独抱清琴夜夜弹，写出孤臣万行泪。一声惊鹤摩云霄，二声月下吟龙高。三声四声调悲音转促，卷起匡山千丈万丈涛。朱鸟化兮江天远，白雁来兮秋风晚。苌叔违天兮到此休，纪侯去国兮何时返。卜卦桥亭聊乞食，斯砚斯琴俱增色。但凭三寸舌尚存，莫笑一文钱不值。此时无意发狂歌，此曲清商奈若何。大丈夫，追龚胜；小女子，慕曹娥。微臣只欠一死耳，长髯拂拂频摩挲。苏君在兮复何辨，待盖棺兮便称

善。身在北兮心在南，哭冬青兮风景短。援琴再鼓兮山鬼惊啼，上弦下弦兮划然并断。君不见一榻松风丞相琴，东瓯千古海波深。程婴杵臼非同死，一样高山流水心。

戚武毅公佩刀歌

空堂盘绕青龙身，风雨陡起雷霆奔。启匣腾精目光眩，战血深染桃花痕。将军大小数百战，浙东缚贼开奇勋。一刀磨洗不离手，鸳鸯列阵生烟云。杀尽群倭似刈草，珠海万里无纤尘。东南事平镇西北，蓟门大阅军营新。陈汤智略班超勇，筑城设堡忘艰勤。拔刀一试一自喜，盘山绝顶乌鸦翻。武库甲兵未展用，文渊谤毁何纷纭。角巾布袍返私第，止止堂上排芳尊。所惜万金散死士，掣肘尽误全躯臣。老马咆哮宝刀废，烧荒曲罢声潜吞。更想同时俞都督，并建旗鼓提三军。后来亦被法吏阨，宝剑埋没今无存。将军此刀独永世，白虹吐气干星辰。

赵飞燕玉印歌

花残月影台，草满云光殿。玉印遗千秋，篆文认飞燕。当年雨露受恩偏，双螭戍削肘边蟠。玉颜人面浑相似，赢得官家带笑看。可怜许后贤，玺绶无端夺。可怜班姬才，西宫恩遽割。片玉摩挲有所思，海棠好是艳红时。白象床头花乳滴，绿熊席上粉痕滋。奈何恃娇容，阴谋倾六宫。王孙无种类，天子尚弥缝。谁知女弟韶颜丽，昭仪新印承天赐。浸道温柔别有乡，就新去故须臾事。永巷愁萦纡，旋教哭鼎湖。六年居别馆，一旦逼新都。汉家火德消何有，揆厥祸胎是谁咎。幸未亲将国玺投，犹胜政君老寡妇。

寻骸篇·为华亭周孝子铁岩芳容赋

周郎纯孝叔季无，至情至性忘身躯。天高地厚阴相扶，何论白鹿同丹乌。孝子有父轻江湖，荆门万里劳驰驱。二竖催殁归州途，孤儿时甫十岁余。每逢春露秋霜初，阿母椎胸仰天呼。血泪迸落流衣袖，孝子掩面啼呱呱。誓不寻骸非丈夫。俗人无识疑其迂，黠者甚且嗤为愚。毅然决计离蓬庐，麻鞋草履来燕都。访觅楚馆心踌躇，长安米价同珍珠。日餐糜粥饥肠枯，束装聊复奔泥涂。千霜万雪寒风俱，江关卧病愁河鱼。道旁奇鬼群揶揄，复乘厥疾驱疲驴。商城雒城山崎岖，阳乌六月行趻踔。中宵巨蟒兼於菟，或藏丰草或负嵎。维时滑县妖氛粗，野田篝火闻鸣狐。揭竿蜂起堪惊虞，危途才出登扁艅。宜昌滩险波回纡，穹龟踊跃长蛟趋。忠信可使豚鱼孚，秭归城南税征车。百千古冢都模糊，矧乃旅榇埋荒芜。孝子哭声振天衢，土神感泣山神吁。有翁指点东关隅，得毋此处藏髑髅。爰具水瓮携双锄，片石出土除泥污。拔刀刺血溅爷肤，果然胶合良非诬。鸡豚一伴酒一盂，凭棺擗踊绝复苏。江山清空画不如，一时倾动登高徒。①涕泪双下裳沾濡，白头老母日倚闾。定省久缺无音书，敝衣负骨乘飞舻。何心游览山川殊，破帆无恙还乡居。孝竹万个松千株，急谋窀穸毋须臾。乌虖孝子形貌癯，出入险阻忘艰劬。精神感天手口瘏，顿令死父回丘墟。我家端木②遗楷模，寻亲六诏归三吴。周郎继之德不孤，闪后两孝真同符。

①收骨在重九日。②黄端木，名向坚，有《寻亲纪程编》。

为徐雪庐先生熊飞题陆兰垞夫人素心《钞书图》

寒风侵帘笔花冻，桃笺一幅霜华重。碧云轩底愁眉长，镜破菱花独含痛。清门淑媛爱文章，才似班昭德孟光。芳草诗成春昼永，白莲赋就暮天凉。频年水旱哀鸿急，家贫肯效牛衣泣。聊学吴家写韵轩，权作颜公乞米帖。朱碧牙签拂拭频，灯窗佐读敬如宾。梅花纵为冰霜瘦，自有东风报晓春。山中海上音尘断，谁料彩云容易散。妆台筠管墨痕鲜，留俟佳儿染文翰。银杏村边月色微，先生故剑尚依依。伤心此日青鸾远，回首当年玉燕飞。书床镜槛徘徊久，遗容凭仗丹青手。高柔爱玩矢终身，孙楚悲歌惜嘉偶。往事惊心二十秋，簪花小字集蝇头。比肩旧里拈毫处，检点残书泪欲流。

题朱雅山山人钟诗卷

诗继东淘集，家邻北郭庄。
品高心自逸，旨淡味弥长。
古瑟发声静，梅花入句香。
前身霜鹤健，吟对暮山苍。

书无锡尼子王韵香岳莲咏兰诗后

鹿苑翻经更诵诗，贵人多少赠新词。[①]
海棠明媚樱桃艳，说与幽兰恐未知。

①题跋皆系当朝巨公。

哭张髯尔戢

七月二十九，风声夜半吼。
故人入梦来，话别匆匆走。
惊起推小窗，清光满户牖。
平明接飞书，骇绝丧贤友。
得疾须臾间，身遽脱尘垢。
感念芝兰交，不觉沉痛久。
忆昔初识君，酒楼拍铜斗。
本谓高阳徒，意只在樽酒。
嗣后来往殷，知君性情厚。
孙嵩义独高，虞寄言弗负。
长须彪彪然，精神日抖擞。
君不甚读书，辨难能细剖。
若使饱万卷，应出百家右。
君不甚多财，有求必容受。
若使积千金，岂在八厨后。
道我非庸流，游扬不置口。
一见车辖投，兼之馈琼玖。
今春遣子来，拜受大小酉。
深恐负良朋，循循思善诱。
日月曾几何，蓬莱倏回首。
北海空嘉筵，南山少上寿。
我思君隐情，抱憾时时有。

任昉无佳儿，邢邵得怨偶。
块垒难消除，形骸致速朽。
栩栩蝴蝶床，梦醒漆园叟。
琴停月朦胧，笛罢日昏黝。
我欲呼苍穹，天问不可扣。

赛神谣

辛巳夏五以后，疫疾大作，各处报赛，备极繁华，而乍浦为尤甚，因作是谣。

白日行夔魖，黑夜走罔象。六七月间，人心慌。一闻厉鬼来，则皆走，不知所往。一解

前月赛杨公，后月赛包公。东门西门迭设祭，纸钱百万吹阴风。雨淋日炙终不悔，紫髯黑面，何日得返神祠中。二解

七香亭，九层坛。虎旗闪闪，雀伞团团。彩龙三丈嵌珠玉，火狮十架喷云烟。炉中无香恐神怒，瓶中有酒邀神欢。神灵不灵谁知者，人佥曰：我享祀丰洁，神必据我。三解

复有大姑作刘娘，小姑作杨妃。鳌山排立如花姿，娶妇未必悦河伯，嫁妹或且来钟馗。老巫乘此窃神福，扬神威。黄金百两，明珠一斛，悉供其指挥。四解

吁嗟乎，死者苦，生者乐。请君清夜细忖度。昨日持朱牌，今日归黄土。狎亵神明汝自取，明年八月报赛时，骷髅起立作人语。五解

题郑所南画兰

湿云压窗孤花泣，流水柴门日无色。
三外野人夷齐风，烟霞围绕芝兰室。
一树冬青劫火侵，北风猎猎龙悲吟。
孤臣无限沧桑痛，绘出空山君子心。
淋漓墨洒鹅溪绢，风枝露叶开生面。
画菊能知靖节怀，画兰曲写灵均怨。
回首三山岁月过，丛兰不畏雪霜多。

莲花庄上王孙笔，臭味差池奈若何。

徐文长《纸鸢图》

少年为神童，文采翩然鹦鹉同；壮年为豪士，天半抟风鹰隼起；晚年为隐客，鸿鹄高飞杳无迹。书第一，诗第二，文第三，画第四。青藤山人不得志，垂老还遭燕雀忌。偶然作此图，讥嘲寓微意。傍人谩道先生狂，高处抬头信不易。君不见，世间不少摩霄姿，有时得意翔天逵。崩风坠雨猝然至，羽毛摧落空嗟嘻。挥毫绝倒郭忠恕。儿童牵引缫车丝，纸鸢跕跕凌空飞。

姜白石像

苕溪水，绿潺湲。
计筹山，青弯环。
道人稳卧烟霞间，山花水鸟同萧闲。
野云孤飞泉漱谷，寒梅一枝破冰玉。
持羽扇，戴纶巾。
不取南山捷径，何来北山移文。
画师绘出清幽景，古貌苍松风月静。
如听小红浅斟低唱时，回头十里桥边花弄影。

杨硕甫像

莺脰湖边月色昏，须眉逸气至今存。
怜君枉取痴人目，斫臂犹余剑血痕。

桂林烽火照江山，痛哭孤臣碧血斑。[①]
柴市若无张毅甫，文山遗骨几时还。

①瞿忠宣公。

美酒蒲桃醉不醒，淋漓酣态着丹青。
此心无限沧桑感，较胜清谈柳敬亭。

雪夜鸿道和尚饯行即席赋赠

一天风雪紧，僧话叙三更。
人与佛同冷，诗因酒易成。
室幽花意淡，夜静笛声清。
明日扁舟去，残灯别绪萦。

刘念台先生从祀文庙诗

皇帝御极初，重道崇师儒。
载稽明臣刘，心迹光海隅。
一生主诚意，慎独功非虚。
着书醇乎醇，性道开凡愚。
时方厄阳九，大厦难独扶。
慨然殉国难，报主忘身躯。
台臣请从祀，天子制曰俞。
朕惟明季臣，蕺山学尤殊。
其言继韩、范，其文追欧、苏。
其节似张、陆，其诣同程、朱。
似此称完人，岂非文宣徒。
昔我纯皇帝，悯恤忠魂孤。
谥公为忠介，特恩千古无。
朕继皇祖志，何烦更踌躇。
择日祀两庑，配食尼山俱。
薛胡王蔡后，如公真同符。
呜呼圣神德，举动垂规模。
下士赋诗纪，颂美言非诬。

闻奚兰岩师澄捷南宫

负笈骑驴作壮游，燕关留滞几春秋。

剧怜五十年华过，才有功名到马周。

城南火

壬午六月十一日，乍南大火，专焚木山，不及庐舍，至十三日始熄。

城南火，火盈野。人实不德天降祸。
三日三夜声如雷，一片红云当头坐。
民居绝无损，木商眠不稳。
大木百万成飞烟，海水咫尺在目前。
安得壮士投长鞭，海中龙欲挟水起。
火龙衔珠苦相抵，海龙匿入波涛底。

从灵隐入弢光

入寺又寻寺，奇境绝尘表。
一径一纡回，万竹万天嫋。
上结高僧庐，坞畔烟霞绕。
清馨隔林闻，幽花落曲沼。
鹤与云争飞，泉随石奔绕。
绝顶观海楼，江湖一览小。
仙佛分山头，远去红尘杳。
夕阳时渐西，归路循故道。
陡觉秋意寒，凉风出篁筱。
向来徒纷纷，兹游涤烦恼。
何年此幽栖，日对清景好。

林处士墓

独访孤山隐士庐，墓旁梅影尚扶疏。
陈抟拜表嫌多事，种放求官失令誉。
此辈竟蒙猿鹤怨，先生不改水云居。
美珠最愧王文正，也上相如封禅书。

照胆台观关神武玉印歌

高台白昼绕雷电，万丈荣光目震眩。
玉方二寸钤红泥，风云拥护盘双螭。
此印出自天子赐，翼戴汉家本素志。
荆襄出镇威名扬，使者旁午兵书忙。
印文叠叠出军府，想见精神胜熊虎。
或云将军固英雄，未免刚躁矜其功。
岂知一心助昭烈，丈夫报国满腔血。
当其军逼樊城时，黄河南北旌旗麾。
少缓须臾阿瞒走，献皇何至解玺绶。
魏方避锐吴阴谋，碧眼小儿忘同仇。
白衣潜至赤兔倒，印章埋没随荒草。
洞庭渔人网得来，玉泉老衲惊琼瑰。
至今盘郁龙蛇字，浩然之气在天地。
庙貌依然髯绝伦，绿袍一领三千春。
匣内腾精气吞吐，狐鬼纷纷窜无路。
商彝夏鼎今虽无，留兹永镇东南隅。
桓侯刁斗亦珍重，赫赫关张相伯仲。
堪笑运筹吕阿蒙，斗大金印徒成空。

牛辅文侯墓

紫云洞口秋风起，将军英灵不肯死。
残枪绣涩埋苍苔，战功尚忆承宣使。
当时岳家军最强，鲁山一将尤飞扬。
曾裹随州三日粮，勇气驰突须眉张。
河北山东尽响震，金人不敢撄锋刃。
奋刀出入萧摩诃，临阵从容贺拔胜。
再破齐军骑五千，黄龙刻日将投鞭。

如何武臣不惜死，可恨文臣偏爱钱。
天意小朝廷已足，破碎金瓯无完局。
不教马革裹躯骸，翻使鸩毛罹苦毒。
惜公不为赵顺平，亲佐武侯成功名。
惜公不为南霁云，身与睢阳同殉君。
墓门独立栖霞顶，行人到此奠香酩。
岁寒谡谡松风鸣，犹作黄河波浪声。

钱江观弄潮歌

钱唐八月秋风急，潮势障天天亦湿。
银山十二排空来，江岸千人万人立。
斯时观者心神惊，屏息不作喧嚣声。
堤畔直教鸥鹭走，沙间但觉鱼龙腥。
何物吴儿善泅水，以泳以游夸绝技。
脚踏潮头手拍潮，戏把长江当沼沚。
或若瓶罂浮渡头，或若断梗漂中流。
或若大鹏盘空击溟渤，或若渴骥脱辔奔沧州。
有时久潜徉灭没，深入鼍宫抵蛟窟。
闯然腾跃波面出，万顷寒涛蹴飞雪。
仙乎，仙乎！纵横偃仰态自如，前身毋乃江中凫。
危哉，危哉！莫谓江水只一杯，葬入鲸腹良堪哀。
我适睹此魂悚栗，一望洪澜正滂浡。
且上六和塔顶来，把酒临江看新月。

褚仆射祠

叩头置笏语龃龉，回首昭陵只益歔。
不信妖狐危社稷，险将此獠扑庭除。
三台重望难扶鼎，十斛甘言奈溃疽。
此日行人祠下拜，可怜飞鸟月明初。

洪忠宣公祠

千年不见苏属国，冷山使者复杰出。
一十五年留绝域，六月霜飞日无色。
拘絷伪齐备驱逼，欲斩刘郎恨无力。
大声疾呼叱卫律，七尺昂藏肯屈膝。
南人归南北人北，庙堂冢宰真鬼蜮。
雪窑冰天上皇泣，桃栗数枚当玉食。
武穆英雄世罕匹，何不入朝磔桧贼。
惜哉束手被罗织，万里羁臣涕沾臆。
孤忠默使天怜恤，玉门关前幸生入。
北面再拜香案侧，曰臣洪皓负主德。
张和公竟不拜职，一语触奸又被黜。
昔者子卿返帝室，汉家不过薄赏恤。
是时上官虽奸慝，犹为封章诉冤屈。
惟公大节如山立，凤凰惨遭网罗密。
不死虏廷死谗嫉，千秋读史三叹息。
狗鼠当朝争晷刻，独有忠魂永不蚀。
煌煌节义贯天日，西湖之水照心术。

杨和王水月园

力战河山半壁存，闲来水月佐清尊。
如何庸将刘平叔，也占西湖秀野园。

净慈寺瞻道济僧像

隐约雷峰夕照微，晚钟断续几多时。
济公若果神灵显，请咒西湖作酒池。

范忠贞公祠

公讳承谟，为两浙巡抚，后总制八闽，值耿逆叛，不屈遇害。

仙霞万骑声喧嚣，耳后猎猎蒿火烧。
兴泉汀漳一哄起，井蛙倏尔成长蛟。
无诸倔强恃天险，三年鼙鼓惊儿曹。
中国方庆圣人出，尔独何事扬波涛。
公也慷慨仗汉节，重垣幽闭心烦焦。
红螺寺内老行者，淋漓画壁诗推敲。[①]
中宵崛起忽长叹，丈夫不死非英豪。
堂堂授命完大节，海天洒血风萧飋。
白马三郎总消灭，孤忠独得蒙恩褒。
惟公遗爱遍两浙，黄童白叟齐歌谣。
孤山庙貌著灵异，西溪猛虎深林逃。[②]
同时更有李文正襄，[③]奇兵扼险倾贼巢。
至今汾阳、睢阳名同标。

①公被难时，以炭画诗壁上，自称红螺寺巨辨行者殍。②公在浙除西溪虎患。③之芳。

寄荐卷房师庆湘帆先生辰二十八韵

河鲤期烧尾，霜雕欲振翰。
锁闱经七战，穷路竟三叹。
才愧槃槃大，词真戛戛难。
感公勤汲引，令我泪汍澜。
幸遇金篦刮，凭将玉尺看。
剑因欧冶跃，琴爱伯牙弹。
鹗已三秋荐，鹏宜万里抟。
如何逢永叔，仍此作方干。
佛海非辽远，仙洲忽杳漫。
落花红不转，池水墨难干。

敢负青钱选，俄惊白蜡残。
刘几遭黜落，扈载奈清寒。
机乏丝千缕，厨空米一箪。
未容执牛耳，更觉累猪肝。
毣毣情何益，栖皇梦不安。
败军甘忍辱，贫女自含酸。
燕苦无家宿，蝇犹故纸钻。
终期攀兔窟，还望战鸡坛。
倾耳闻怜项，私心愿识韩。
关山愁间隔，函丈少盘恒。
淼淼思苕霅，人人说长官。[①]
吏才同赵轨，仁政继刘宽。
白鹄烟霞绕，黄龙雨露沣。
何时趋谒便，亲接笑言欢。
贱质惭桃李，幽香想蕙兰。
东风嘘草际，北斗望云端。
重刻三年楮，徐成九转丹。
芜词先拜献，斫削赖输般。

①先生现宰武康。

淘米行

淘米复淘米，阿母暗流涕。
淘米仅三升，行路几半里。
苍头奴与赤脚婢，安有余钱给指使。
晓起晴，途中喧扰行复行。
晚来雨，身上淋漓苦复苦。
严冬寒，朔风冽冽吹衣单。
盛夏热，酷日炎炎灼肌骨。
愁朝朝，悲夜夜。

儿未远行米能负，儿既远行米谁借。
噫吁！指囷赠缗，我思古风。
当今可有鲁子敬与郭代公。

海滨壮士歌

癸未四月二十八夜，乍浦城守营捕兵严世豪率其伍巡贼灯光山下。突遇数贼，严搏其一将加缚。群贼抽白刃刺之，由背达胸。贼乃逸，严气已绝，忽奋起逐贼，行数十步始踣。盖临难不避，有古烈丈夫概。何司马藜阁先生为文往祭，哭之甚哀。予作诗纪其事。

猛虎一声狐兔号，鸷鸟一击乌鸦逃。
谁何健者严世豪，职在捕贼难辞劳。
投石超距勇冠曹，气撼山岳吞波涛。
扞掫竟夕穷秋毫，树林月黑风萧飕。
维时四月月将尽，灯光山下夜深静。
海潮响处鱼龙潜，伏莽有人微露影。
壮士一见瞋目呼，老罴当道谁敢近。
不我杀贼贼杀我，鼻端出火气益猛。
徒手跳荡势莫当，一贼就擒群贼惶。
困兽穷蹙殊死斗，白刃霍霍飞秋霜。
腹背受敌身重伤，血花狼藉沾衣裳。
壮士身死心不死，残骸犹复披凶铓。
呜呼义勇如壮士，以死勤事礼宜祀。
人无贤愚贵贱分，奉职尽忠同一体。
不然壮士牖下终，亦只世间一蝼蚁。
安得名姓留芳芬，儒夫激烈顽夫耻。

有　感

田在水间，民多失业。大府议运台湾米账荒。

积潦经三月，天心竟若何。

哀鸿原野遍，巢燕树林多。
吴地粮将竭，秦舟粟未过。
东南千万户，翘首望沧波。

为顺德何公子越晴**题《空山独往图》**

游兴云双屐，诗情秋一囊。
罗浮岚翠逈，独立感苍茫。
极目空林晚，相思一水长。
无人共幽寂，松露湿衣裳。

挽高益庵一谔

连宵秋雨声凄凉，愁人触绪多感伤。
猝闻故人忽奄化，曷禁沉痛摧衷肠。
君昔少年盛意气，欲吞碧海凌扶桑。
孟阳状貌虽偃蹇，越石才力殊清刚。
与余素深总角好，青云抱负相低昂。
每当月明花乍放，主宾同泛西园觞。
高谈雄辨惊四座，长庚下视灯无光。
明知酒户力不胜，鲸吞龙吸还飞扬。
刘伶大笑阮籍哭，狂态百出神洋洋。
自谓科名拾芥耳，大鹏举翼将翱翔。
王祥之刀魏征笏，家风重振清吟堂。
谁料壮年志未遂，遽乘白鹤归云乡。
呜呼！田家有衅凋荆树，燕姞无梦征兰香。
我知君心不忍舍，身虽溘逝魂徬徨。
投笔一恸泪如雨，此情千古长江长。

苦潦怀陈白芬棫**沈卞石**正楷

东南积潦没田庐，湿雾浓烟惨不舒。

筑簖庭前擒瘦蟹，停桡桥上卖肥鱼。
耕夫失地谁安业，贫士愁饥半废书。
欲访伊人何处是，蒹葭无际水云居。

中秋行

凄风苦雨中秋夜，鸿雁悲鸣饥不下。
田中之水三尺盈，其势欲与江湖并。
东村西村出复没，鼋鼍驱入浪花白。
鸡犬妻孥载满船，泽畔漂流语呜咽。
市中米价斗半千，园蔬果蓏皆荒年。
安得炎风消积水，平畴顿复桑麻田。
不然出门无粟居无屋，老稚哀哀水中哭。
纵使官仓日赈饥，残喘难延到麦熟。

甲申正月，送次男晋翻受业叶书城梦元，赋诗勖之，兼示书城

良玉在初琢，宝剑在初造。
儿今方七龄，诵读宜及早。
我将游海滨，行装具草草。
舍儿恐儿嬉，携儿怜儿小。
幸有东邻师，清才盛文藻。
命儿登其门，稍释我烦扰。
菽麦从兹明，之无略可晓。
秉分虽聪强，前途正浩渺。
勿以风雨晨，而图贪赖巧。
勿以寒暑夕，而觊偷闲好。
儿熟一寸书，我心爱如宝。
儿辍一日功，我心惄如捣。
重以畴昔悲，情类伤弓鸟。[1]
临行频谆谆，更为属师保。

佳雨滋新篁，好风嘘早稻。
栽培趁良时，莫谓此䄍裸。

①仿齐仲也。

古　意

齐王得无盐，入宫承宠渥。
汉帝得明妃，入宫未寓目。
美丑霄壤间，遭逢大反复。
遭逢何必相悲欢，自有明镜光能烛。

韩熙载《夜宴图〉

皖公山影蛾眉色，一带长江天水碧。
宰相当筵酒味醺，满堂侍丽凝香泽。
花光照耀银烛寒，玉钗零落挂臣冠。
坐中宾客各酒态，不知月没星阑干。
烧槽琵琶声断续，红罗亭畔张丝竹。
江南国主小朝廷，一种欢娱荡心目。
歌姬院里乞食行，小楼风雨吹玉笙。
君臣相顾且为乐，六朝花柳围春城。
周师问罪黄河渡，吴越烽烟偪朝暮。
谋人军国事荒淫，付与丹青传卷素。
江岸何人测钓丝，深宫唱出恨来迟。
可怜东阁沉酣日，正是南朝累卵时。

暴客乙酉二月纪事

闻道鸳湖上，粮艘大斗争。
势均心易忿，利重命偏轻。
恶等湖阳仆，骄同郭令兵。
城门三日闭，大吏寂无声。

留 须

驹隙流光去路悠，添毫聊向镊工谋。
自怜时运输黄口，犹幸康强未白头。
风格岂能同褚相，容颜从此异留侯。
闲来却照青铜镜，满颊鬑鬑万虑休。

渡海游中普陀

海上有仙山，奇峰插空碧。
初疑是蓬瀛，望之即咫尺。
欲渡未渡时，踌躇立沙碛。
须臾一棹来，洪涛划然辟。
招客客齐登，瞥向中流掷。
耳边轰雷奔，眼底浪花激。
幸无铁飓风，鱼龙都敛迹。
幽境忽临前，弃舟着山屐。
松柏阴森森，微露寺墙赤。
繁花乱扑人，仙禽解迎客。
摄衣凌浮岚，步屧入幽宅。
启窗豁远眸，溟濛震魂魄。
鲸岛千层青，虎门一线白。
诸天冥冥空，大地茫茫隔。
浩观兴未阑，禅堂日将夕。
长啸下层峦，奇景嗟可惜。
迴望烟云中，僧影堕岩脊。

十国春秋小乐府

一、吴

三十六英雄，百战开江东。

白龙无端作苍鹘，笛声吹断丹阳宫。
回首黑云都，四传遭颠蹶。
东海鲤鱼鳞甲活，扬州蜂糖被人割。

二、南　唐

红罗亭，君王醉。碧落宫，妃子侍。
长江已被钓客量，卧榻岂容他人睡。
念家山破降旗出，十万图书一火讫。
金字心经何处存，无情还怨西天佛。

三、前　蜀

大车二十轮，杂彩五百段。
唱出烟花绝妙词，月明如水浸天半。
秦川驿，杀降时。
回思泣谏宜华苑，犹道嘉王是酒悲。

四、后　蜀

五百卷，古今集正韵。
十六字，郡县颁严训。
君王戒作轻薄词，亦有艳句摩诃池。
锦绣城，芙蓉帐。
剑门军溃乏良将。
奈何铁如意，自方诸葛亮。

五、南　汉

萧闲大夫性机巧，戏结珠龙势夭矫。
太师中尉宦官多，剑树刀山民命少。
白雪田，红云宴。惟有媚猪承宠眷。
面缚到洛阳，执梃长降王。

试问大北胜，何如小南强。

六、汉

强颜登帝位，犹书乾祐字。
武当道士五台僧，居然卿相备股肱。
飞鸾阁中雪盈尺，东风一夜来无迹。
曾闻天子昔雕青，又见真人今尚赤。

七、楚

洞庭春色潇湘秋，香风黛雨堪消愁。
九龙大殿工甫毕，更作五堂十六楼。
马得料时马嬉游，马打鞭时马怎收。
羊兄猴弟一朝灭，伏波后裔那可说。

八、闽

前金凤，后春燕，
水晶曾造四丈屏，曼陀旋开三昧宴。
大罗仙，仙无缘；释伽佛，佛不怜。
江南兵到国事去，西湖依旧波流素。

九、吴 越

闭门天子不肯做，衣锦还乡父老贺。
坐拥舆图十四州，龙飞凤舞垂千秋。
持玉羊，弄银鹿，子孙世世享殊福。
葫芦戏谑君且罢，一蟹未免输一蟹。

十、荆 南

高无赖，性狡狯，
到处称臣不识羞，偏安王八朱三外。

迎春亭，看花台，

蕞尔小邦君莫咍，亦有孙书记与梁秀才。

送何子桑归顺德

翩翩五色蝶，落魄东风苦。

花开曾飞来，花落将飞去。

我友何公子，才华早显著。

九峰一相见，肝膈快倾吐。

架上多奇编，时时取相付。

屈指四年来，芝兰托情素。

欢聚仅几时，马首就歧路。

缅维藜阁师，夙抱经纶具。

尹赏能贤劳，苏琼绝馈赂。

廉吏真难为，蛾眉遭嫉妒。

无端挂弹章，志定神弗惧。

君今随侍归，天寒岁云暮。

铜鼓峰何高，珠江浪何怒。

依依故人心，挽留不少住。

别泪一齐挥，行矣慎风露。

朝　珠

明珠一串色晶荧，恩出兴朝著典型。

掌上摩挲真地宝，胸前点缀是天星。

光探骊颔人争羡，香溢螭头物亦灵。

想见文章能报国，随风咳唾尽珑玲。

花　翎

将相功高赏特隆，一翎孔翠出深宫。

身同凤羽翔朝日，运比鸿毛遇顺风。

顶戴红珊争掩映，衣加黄褂益尊崇。
不知鸾鹤邀殊宠，奋翮如何答圣躬。

书卢仝月蚀诗后

以彼词章险，凭谁句读分。
三唐矜创格，千古诧奇文。
可解不可解，所闻非所闻。
君看长吉体，古奥独超群。

戒　石

堂上威严望若神，好官须惜百年身。
一拳顽石休轻视，对此无惭有几人。

木鸡书屋诗选卷三　丁亥至庚寅

《六家诗钞》题后

宋荔裳

晋有叔夜，吴有仲翔。
身遭龉啮，都为文章。
落叶钟鸣，上诉真宰。
泪流西川，风绝东海。
商丘望隆，莱阳遇穷。
两宋诗才，问是谁工？

施愚山

愚公不愚，青衣入梦。
诗如其人，温柔耐讽。
五言芬菲，直逼王韦。
拂拂十指，仙云欲飞。
白雪之音，绿水之节。
摘句成图，千古独绝。

王阮亭

悱恻芬芳，美人香草。
初写黄庭，刚刚恰好。
诗家三昧，公自得之。
诋公优孟，彼何人斯。
二百年来，楼阁未毁。
天下文章，莫大乎是。

赵秋谷

不服渔洋，偏服莲洋。
此老倔强，鼓旗别张。
夏云怒生，秋涛乱卷。
谈龙一书，谅非好辨。
昔有子美，今有饴山。
月出沧浪，英魂往还。

朱竹垞

四大布衣，首推朱十。
位不三公，书编万笈。
狂饮欢呼，称小长芦。
生敌贻上，殁服归愚。
如公便便，不负腹笥。
后起何人，专工獭祭。

查初白

秋草征途，夕阳古道。
归燕篇成，跨驴人老。
格宗老杜，句法髯苏。
食古而化，一字一珠。
我爱龙眠，白描作画。
是谓正声，漫云浙派。

《浙西六家诗钞》题后

厉樊榭

隐侯使事，僧虔用典。
无取饾饤，自能裁剪。

珊瑚万枝，香风徐吹。
霞明雪海，妙不可思。
查氏之庄，马氏之馆。
欲往从之，风流永断。

严海珊

翠鹗拖秋，玉龙迴雪。
语必惊人，兴高采烈。
铁厓乐府，渊颍歌行。
笔花雄放，心花怒生。
洲采白苹，殿辞红药。
如斯奇才，老于芒屦。

钱箨石

昌黎排奡，山谷涩新。
自非解人，难许问津。
莽莽苍苍，独得枕秘。
江才未枯，鲍句非累。
袁、才子王述庵两君，率然评论。
文章知己，谁是子云？

王穀原

就实敛华，滚滚名理。
弹无弦琴，绘有声水。
自赋归田，啸歌云烟。
松阴鹤定，菱畔鸥眠。
丁辛老屋，《南华》静读。
春尽那年，小轩梦绿。

袁随园

指挥如意，鱼龙百戏。
红粉青山，踌躇满志。
小杜深情，大苏盛名。
一园花鸟，都觉聪明。
冀北空群，江东独步。
嗟彼蚍蜉，妄思撼树。

吴穀人

祭酒之文，艳夺庚徐。
祭酒之诗，格化范苏。
一一鹤声，高飞碧落。
绥山仙桃，耐人咀嚼。
西湖之涯，净无纤埃。
秋风昨起，白莲花开。

赠方童子金彪

彩凤凌霄百鸟惊，词坛三战冠群英。
论年更较新城早，真觉前贤畏后生。
阮亭尚书年十七，得小三元，君今年只十五。

褚、陶颖悟才无敌，朱、勃端庄性更醇。
我愧少时负虚誉，青袍依旧苦吟身。

山阳汪文端公廷珍挽诗

卿月当天万象开，惊传紫府坼中台。
立朝奏疏张金鉴，名世文章董玉杯。
五夜炉香心不愧，十年庭树手亲栽。
微才幸附龙门末，回首师恩一写哀。①

①公督学时，金台频列前茅，得补廪膳。

平西域纪事

丁亥十二月，官军大破回虏于喀尔铁盖山，生擒首逆张格尔，西域平。

铁盖山头唱凯歌，朝来露布达明驼。
雪飘组练经红岭，花拥弓刀渡绿河。
转门三年军力健，成功一夕庙谟多。
玉关明月圆如旧，喜照西归万马过。

天朝声教讫要荒，蠢尔西戎敢猕猖。
频聚逆徒成毒猬，又劳上将制贪狼。
三城筑垒张仁愿，万里擒王苏定方。
圣意原非勤远略，安边须要扫欃枪。

貔貅队队是英雄，妖鸟巢倾势顿穷。
利剑晓挥青海雾，大旗寒卷黑山风。
重收月窟归封内，自有星弧运掌中。
此日甲兵熊耳积，特颁金印赏元功。①

①长公龄封威勇公，杨公芳封果勇侯。

武功文德两兼全，碑石摩崖大字镌。
万众已看消介胄，九边休复畏戈铤。
诗歌风阙连朝上，灯火鳌山彻夜悬。
快慰吾皇柔远计，唐家风雨汉家烟。

岁暮寄方子春垌、顾芝坪延熊

雨雪连绵岁欲残，故人消息隔河干。
无多知己关情切，如此荒年糊口难。
破灶烟空朝膳缺，小楼霜重夜吟寒。

自怜一发千钧系，敢把微躯淡薄看。

西湖春游

好山四面翠屏围，金碧湖光此景希。
嫩绿坐莺歌宿雨，落红随马舞斜晖。
万松终古拏云立，五柳依然作雪飞。
几处楼台絃管发，花间缓缓莫言归。

于忠肃公祠祈梦曲

西秦贵婿南柯守，尘梦纷纷靡不有。
黑甜一枕到华胥，群向虎林卜休咎。
虎林祠宇临湖滨，于公赫赫真天人。
公之经济震宇宙，有如陶侃梦生八翼登天门。
公之文章绝侪辈，有如昌黎梦将一卷丹篆吞。
公之忠烈在社稷，有如韩琦梦伸隻手旋乾坤。
南城复辟遭诬陷，徐石阴谋未防患。
当年谁辨鹭鹚冤，此日应知蝴蝶幻。
万古英魂贯白虹，仙之灵兮来空中。
聪明正直有奇验，深宵恍惚精神通。
而我西湖来往稔，欲拜公祠心懔懔。
未熟黄粱梦早醒，生平不借邯郸枕。

灵隐寺观秦桧斋僧锅

铁像掊击松阴中，铁锅偏独存花宫。
寺僧指点设斋处，千秋义愤人人同。
当日金瓯嗟破碎，万里山河甘弃地。
谁使子仪贯日忠，竟堕林甫偃月计。
主恩愈深臣愈奸，罗钳吉网纷钩连。
请君入瓮理宜报，彼独何为首领全。

晚年自觉危机伏，逆料阴司沉黑狱。
妄思关节通阎罗，生积余威死馀福。
丞相屠刀不肯舍，鼎折其足覆宗社。
冥间铁棒久待君，请质东南山行者

菊香冢

落英犹带舞衣香，侍史音容久渺茫。
屿上桃花堤上柳，春风飞不到鸳鸯。

张海门金镛**入都以书留别赋答**

一纸殷勤写素衷，担囊闻已入都中。
文禽独占江东步，神骏从教冀北空。
尽许才华分柳恽，是何年少有王融。
愿君身到青云后，时把瑶函寄便鸿。

赠山阴高越垞中翰凤台

南北舟车阅历深，早投簪绂返园林。
龙头重望倾遐迩，羊舌高风贯古今。①
独擅八叉无敌手，最难一片爱才心。
何当洗耳华堂上，细听云璈法曲首。

①先生笃于友谊。

馆武林义塾，半年失意而返，留别董生基亨**等**

留滞吴山大可哀，况听窗外子规催。
浪游莫笑无奇获，曾饮西湖勺水来。

及门几辈侍琴书，聚首无多意有余。
只恐婴儿离乳母，孰为提挈孰吹嘘。

杪秋偕陈鹤亭廷璐诸君，游灯光山宴集普照禅院各赋一诗

宿潦初晴景一新，秋山置酒剧怡神。
笑吞云气仙应妒，狂诩风流佛不嗔。
小鸟入林窥醉客，大鱼出水认诗人。
雪泥鸿爪君休叹，且斗灯前现在身。

晚 步

暮景月桥斜，柴门八九家。
忆曾擒蚱蜢，随意入芦花。

绿水牛桥

芦川东去路依稀，柳影毵毵夕照微。
时有牧童吹笛过，水光摇荡上蓑衣。

嫁女谣

养女当嫁女，请言嫁女苦。
玉一奁，珠一斛，
宝钿兼金钗，红罗杂碧縠。
席卷母家归夫家，女心恹恹犹未足。
昔人嫁女仅卖犬，今人嫁女几卖儿。
女勿恹恹，愿尔三思。
异日尔亦倘生女，二十年后当自知。

捉船谣

天不雨，粮艘阻，
汹汹捉船猛如虎。
上官督县令，县令督胥吏。
朱票四出等儿戏。
有钱饵胥吏，中流依然一苇杭。

无钱饱胥吏，帆樯篙橹纷取将。
捉船未及，百民钱费万千。
商贾苦，胥吏欢，
长官闻之不汗颜。
一声雷，三尺雨，
胥吏失色商贾舞，只愁此后雨过多。
粮艘又为河桥阻，仍复捉船猛如虎。

东湖第一观探梅

寒葩欲放故迟迟，亭畔何人把玉卮。
我有深心君不解，赏花偏赏未开时。

游小瀛洲

红尘飞不到，此地即瀛洲。
长笛一声起，仙风吹满楼。
虚廊云气入，仄径水光浮。
久与孤僧话，林花落渡头。

是日寺僧空照乞予作楹帖，予题一联云：“是处寻诗，柳外箫声花外笛；凭谁作画，月中塔影雨中山。”附志于此。

寄刘南屏司马荣玠

东南久享太平基，况有仁君德政施。
潮晏九峰蛟鳄避，花浓四境燕莺知。
特宽礼数无嫌略，每论文章不觉疲。
争奈元亭三载隔，春风几度望云思。

赠龚配京

独将典籍恣樵渔，尽把风尘鄙态祛。
尔日千秋能论史，少年四子未完书。

纷纷庸目凭谁赏，落落芳踪与俗疏。
知己一人惟我在，高谈每到月明初。

胥塘访魏小石仙槎，留连五日即题其壁

半生交友遍关津，投契如君实罕伦。
肝胆轮囷三国士，齿牙俊利六朝人。
长鲸善饮豪无敌，卧虎工书妙入神。
私幸此来殊不负，雨窗五夜苦留宾。

偕柯小坡万源游雁塔寺

一鸟破烟飞，引客入方丈。
感吊两诗僧，白云契遐想。
萧然风雨来，松涛发清音。

寺僧北莱及其徒天寥皆工诗，近俱圆寂。

赠青浦吴西斋广成

西窗夜雨笑言频，交到忘年谊最真。
云水散仙狎鸥鹭，英雄老将缚麒麟。
千秋自定今生业，两序偏夸后起人。①
为语蚍蜉休撼树，名山著述剧艰辛。

①先生著书甚富，其《西夏书事》《明史纪事续编》皆余撰序。

题钟生穆园步崧书斋

摇笔雪飞柳，下帘风入松。
此中有佳士，独坐开心胸。
秘籍罗千卷，奇情问九峰。
我来频寄宿，爱听白云钟。

十八里桥拜李许斋夫子墓

甘棠遗爱入讴吟，浙水闽天共此心。
白简竟忘公义在，素丝不负主恩深。
松楸是处安灵魄，俎豆何年傍泮林。
父老频来浇麦饭，梨花寒食晚萧森。

月　华庚寅八月十八后

依然穆穆涌金波，忽吐菁华万象罗。
天际十分轮廓满，地间五色绣纹拖。
本来蟾窟光非浅，从此蛾眉嫉更多。
我欲驾梯寻阚泽，知渠名字未消磨。

秋郊闲眺

苍然寒翠满西畴，闲步平原为赏秋。
黄叶夕阳开士宅，白苹疏雨钓人舟。
潮侵断岸蟛蜞走，风入荒坟蟋蟀愁。
却喜田家齐打稻，炊烟一缕起檐头。

罗租行

罗公讳尚公，青阳人，明季来宰我邑。置田数百亩，食士子之贫者。人感其惠，名曰罗租。二百年来，未有形诸歌咏者。余过化城庵，拜公神主，因作诗以纪之。

书生福命多坎轲，安得三百囷仓禾。
嗷嗷待哺向谁诉，怜贫只有青阳罗。
罗公昔年宰我邑，为政简净蠲烦苛。
杜畿执经亲教授，高祐立学勤规摩。
更捐清俸置田产，涸鲋咸得叨馀波。
多者八斗少四斗，岁终领取期无讹。
莫言区区一勺水，即此仁泽同江河。

公殁于今二百载，依然食德兼饮和。
遗爱尚存薛聪榻，感恩还抱崔戎靴。
世间不少贪猥吏，堂皇南面工催科。
珠玉满橐锦满箧，谁肯施泽沾菁莪。
惟公美事在人口，古之循吏无以过。
芙蓉堤边有神位，我来展祠涕泗沱。
所恨星霜屡迁变，榱桷朽腐碑消磨。
诸君须感食粟惠，重新丹雘休蹉跎。

化城庵访借山和尚《伏虎图》遗像

齐已诗篇怀素字，仁皇赐砚尚余馨。
宠邀北阙天真近，名满东湖地亦灵。
一径花黄鹦解语，三更灯绿虎听经。
而今瓢笠存遗像，云在空床月在瓶。

吕仙祠

霞窗雾阁绝凡嚣，恍惚灵芬降羽旄。
剑气青蛇三尺厚，笛声黄鹤一群高。
市间游戏肩挑瓮，湖上狂吟口吮毫。
争奈世人迷不醒，邯郸伏枕梦徒劳。

买书行

我生嗜好百无有，独于典籍性所耽。
所恨不如柳世隆，得从秘阁穷窥探。
家贫购置苦无力，路经坊肆空耽耽。
有时一鸱偶乞借，荆州急索诚何堪。
坐拥百城须有福，书虽不言我则惭。
乃缩饮食啬冠服，卷牒渐渐排窗南。
间得一编胜得官，欣然拍案成狂憨。

披黄握素手不辍，如姜搬鼠叶饲蚕。
细考源流辨工拙，朗吟常到寒更三。
搜罗纵未获全豹，取狐一腋心已甘。
临文聊足备獭祭，当筵或可陪鸡谈。
旁人见我笑不止，道是敝帚何须贪。
岂知此中具佳味，绥山桃实罗浮柑。
郑樵置书当置产，恰有一言告我男。
守书甚于守珠玉，切勿弃置供红蟫。

选录国朝骈体文二十四卷系之以诗

此体元明久绝响，我朝复古赖名儒。
庾、徐风格能追步，燕、许精神若合符。
错列未尝无赝鼎，精搜原自有明珠。
编成愿把金针度，嗟尔人间寡学徒。

分水墩寓感

双流到此忽回旋，分注东西点点圆。
泖水白连三尺浪，芦川青隔一溪烟。
长堤细雨骑牛路，小港斜阳卖蟹船。
自是桃源清绝境，惜无佳客话林泉。

不　寐

抚枕对孤檠，三更复四更。
中年多感慨，每事费经营。
名想垂千古，愁偏累一生。
斯时安卧者，鼻息作雷声。

书毛西河、沈云英墓志后

多少须眉愧巾帼，将军独不负君恩。

红旗尽作胭脂色，白刃疑沾粉黛痕。
荀女解围消父恨，谢娘杀贼慰夫魂。
书彤谁兴传芳烈，赖有西河史笔存。

书胡稚威烈女李三诗后

阴风惨淡暮云寒，誓报耶仇智力殚。
莫道谢娥操刃易，须知王舜越墙难。
九门上诉翻前狱，十载沉冤愧大官。
不是千言传乐府，西山血泪几时干。

题沈子大犵猔小女篇后事见《随园诗话》

匹马长途志枕戈，七林[1]佳处遇仙娥。
阅人正识扬州杜，逆旅难忘陌上罗。
此后成阴悲绿叶，当年轻别去黄河。
沈郎善写风流趣，一缕明珠唤奈何。

①犵猔，地名。

咏史存六十首

汉文帝

恭俭临朝慎始终，成康盛治古今同。
露台犹惜中人产，却把铜山赐邓通。

樊　哙

狗屠奋梃立勋猷，底事淮阴哙伍羞。
看到鸿门高会处，樊侯未肯逊韩侯。

来　歙

君叔威名迥绝伦，抽刀投笔慨捐身。
须眉不入云台画，偏许王梁得写真。

桓　荣

稽古功深学有源，尊师隆礼感皇恩。
西天佛法初来日，不向明廷进一言。

吕　强

明珠不肯累污泥，独抱忠忱祸惨凄。
留得赵张为父母，君王请验寺中鸡。

张　昭

王粲劝降旋受职，陈宫拒战竟蒙诛。
料公看破存亡局，休保江山只保躯。

魏　延

将军本不负君恩，蹴踏头颅孰诉冤。
如此英雄还被戮，空劳伯约讨中原。

高贵乡公

亲坐鸾舆震鼓鼙，君王虽死气如霓。
愧他孙亮非英主，苦解黄袍到会稽。

王　戎

窃得虚名列七贤，持筹亲自算园田。
不知贻误苍生者，夷甫何尝口说钱。

嵇　绍

广陵调绝曷胜嗟，情异王裒义可嘉。
裾上血痕知痛惜，从今莫笑问虾蟆。

贾　后

蒙尘奇祸起娄猪，烈烈南风尽力嘘。
三祖有灵应不怨，天生此女为公闾。

周　颛

石头寇逼夜传烽，为救良朋密上封。
此腹可容卿辈百，转怜卿辈不相容。

桓　冲

三千精锐发援军，临事忧危本爱君。
不料儿曹能破敌，横教安石擅奇勋。

谢　晦

苍黄金鼓下江波，猝遇官军便倒戈。
废立由来非易事，莫言博陆误人多。

王景文

收拾残棋罢客筵，从容饮鸩色恬然。
官家自有周公在，一领黄罗付褚渊。

褚　贲

而翁负耻立新朝，力盖前愆志独超。
恨不捐躯如沈劲，伤心莫听石头谣。

梁武帝

高台花雨爱纷铺，那料慈航度跛奴。
佛待君亡才肯救，法和破贼赤沙湖。

张　稷

哭母终身至行敦，忍心推刃害东昏。
六朝多少称纯孝，几见忠臣出此门。

王　伟

草檄狂生太发舒，湘东早已正宸居。
青丝白马知何在，犹向将军借一驴。

彭城王勰

东阿才调东平德，似此贤藩竟被谗。
天遣佛狸家运破，故教大树忽夷芟。

费　穆

一语崇朝坏国家，河阴白骨乱如麻。
彼苍若为炎刘计，贾诩应教惜齿牙。

高　欢

老去愁听《敕勒歌》，尚依臣节奉清河。
西朝黑獭真梁冀，功本无多罪较多。

斛律光

高山槲树语讻讻，痛绝彤庭碧血踪。
转瞬周师来邺下，鬼兵空役薛荣宗。

苏　绰

一代新规未足夸，魏家正朔变周家。
奇才每为权门用，何止曹瞒有郭嘉。

周武帝

武功文治两能兼，嗣子狂愚国运燔。
早立齐王真上策，不烦王轨捋长髯。

贺若弼

利锥刺舌血滂沱，负罪终缘谤议多。
回想平陈功孰大，韩擒闻已作阎罗。

裴　矩

同时多少两朝臣，能佞能忠独此人。
留得白头常固宠，机心更觉胜封伦。

窦建德

虎牢关下阵云深，万马纷披白日阴。
莫谓薛收谋略胜，早从凌敬岂成擒。

长孙无忌

雉奴甘自惑青蝇，万里黔州毕一绳。
读到先皇威凤赋，魂归只合哭昭陵。

魏元忠

扬州十万义军来，风火交攻敌阵摧。
叹汝奇谋还误用，连兵殊少灌婴才。

崔　湜

人情险仄过崆峒，奈把神奸认朴忠。
可笑五王真醉梦，彼家父子且华戎。

节愍太子

斩关计逆是奇功，忍把头颅祭狡童。
较到戾园情更惨，茂陵至竟憾江充。

刘幽求

妖星堕落日升东，再造乾坤不世功。
恩宠几时旋获谴，奈何忌陷出姚崇。

韩　休

孤凤凌霄振羽鸣，君王照镜感忠诚。
哥奴[①]得志伊谁荐，输与张公识鉴明。

①李林甫小字。

刘栖楚

叩额彤墀溅血殷，居然折槛犯龙颜。
君门敢谏权门谄，赢得声名列八关。

刘　蕡

万言对策尽箴规，甘露奇冤若预知。
一种书生忧国泪，令人愁读义山诗。

罗　隐

青衫憔悴正难堪，犹向婆留抵掌谈。
太息六臣科第显，同持玉册拜朱三。

东丹王图欲

刻木题诗无限愁，一船书画到中州。
可怜唐室方多事，不得容君作秺侯。

唐庄宗

优伶戏狎几何时，仓猝东奔力不支。
三矢功成旋失国，料君原是斗鸡儿。

晋高祖

送尽燕云十六州，儿皇称号不为羞。
最怜孙子横磨剑，换得荣封负义侯。

赵　普

《论语》曾夸佐太平，金縢孰使负遗盟。
休文断舌良难免，底用焚香祷上清。

吕夷简

身处危疑定远谟，免教梁邓构冤诬。
当时岂少趋承者，曾上临朝武后图。

王　陶

纡青拖紫立丹墀，忆否贫居风雪时。
良友赠裘何足报，曾将跋扈劾韩琦。

唐　坰

能改前非亦自难，大声读疏骇旁观。
微官一谪犹堪取，尽有终身作好官。

宣仁太后

九载垂帘四海安，挽回元气补雕残。
群贤踊跃群奸恼，愁绝明年麦饭寒。

贾　易

欲为程门报宿嫌，妄将林甫拟苏瞻。
此心何似蒲宗孟，痛诋温公利口铦。

蔡　京

熙丰旧法独坚持，海内汹汹哭党碑。
垂老奸雄才谪戍，翻嫌女直起兵迟。

陈　东

请诛六贼示朝堂，再劾汪黄颂李纲。
想见载头朝艺祖，怜卿何事触凶铓。

宋高宗

深宫镇日拓兰亭，戎略惟凭翰墨灵。
痛饮黄龙非朕意，何妨臣构小朝廷。

郝　经

孤臣衔命到南天，客馆羁留十六年。
百卷《汉书》容续就，何如贾相福华编。

王　著

权奸蠹国普天愁，奋击铜锤一夕休。
却恨施全行刺日，官桥未得落秦头。

李善长

汉家功狗半遭烹，尚有谋臣保宠荣。
若使孝陵当此境，韩彭醢后即良平。

黄子澄

行军择帅系家邦，谁使临危荐九江。
北势日强南势去，还亏誓死不生降。

解　缙

少海星明赖汝谋，身埋积雪不禁愁。
处人骨肉原难事，何福留侯与邺侯。

杨士奇

南北纷争阅废兴，四朝辅弼著贤能。
忠臣不少方黄辈，可使良臣乏魏徵。

徐有贞

复辟仓皇黑夜中，于公冤与岳公同。
西湖祠畔乌飞处，铁像终须铸武功。

李东阳

朝端刘谢早鸿飞，妖焰熏天事日非。
救得车薪赖杯水，鹧鸪休劝相公归。

曾　铣

慷慨提师上八图，誓吞瀚海扫伊吾。
夏鸡斗败严鸡胜，一狱风波千载吁。

徐　阶

委蛇十载事钤山，一旦封章出袖间。
妙计似从王允得，匡衡反复恐无颜。

熊廷弼

一经一抚两情乖，矧复乾儿尽力排。
早识九边传首级，乃公惜不战场埋。

木鸡书屋诗选卷四　辛卯至己亥

乍浦游山词

浮云扫尽快新晴，一抹青山画里行。
如锦桃花如线柳，天公著意做清明。

谁家少妇露红颜，道是新婚一月间。
才上花坟归去未，陈山到后又观山。

菜荠门前拜佛忙，普陀还要去烧香。
村姑渡海浑闲事，笑指风涛接大洋。

何处荒郊鸟语幽，白杨风急啸枯髅。
屠坟翁仲依然峙，赢得山花扑满头。

山外皆山连远翠，寺边有寺接残霞。
晚来足力蹒跚甚，须觅城南卖酒家。

送汀州邓介槎庶常瀛入都

万里长风曳一帆，乘槎从此上云岩。
故知名士宜增价，难得英年早换衔。
奋迹君如龙善化，题门我愧鸟真凡。
使星若向东西浙，丹桂还期月斧劖。

洋船叹

商人利重身家轻，藐视大海如沟塍。

东倭往来等闲事，珠红玉白夸奇赢。
辛卯六月风色恶，怒击海水水沸腾。
巨艑峨峨一叶耳，出洋误触蛟涎腥。
百三十人饱鱼鳖，强者一二逃残生。
往年曾闻一舸没，后车那肯前车惩。
魂欲归来归不得，何况舱底黄金籯。
可怜闺中有少妇，对镜方画蛾眉青。

闻 道

闻道苏松郡，流民满路嚣。
淮南千尺涨，江北万家漂。
鸡犬魂齐泣，鱼龙势尚骄。
秋来增米价，荒景正萧萧。

樗蒱行

昼樗蒱，扰我书斋废诵读。
夜樗蒱，累我通宵寐不熟。
主家一门都好此，打马斗虎判名目。
豪奴少妾争摊钱，蜂蝶纷纷互征逐。
先生晓起将课徒，若辈才眠灯影绿。
日高仆妾徐起身，正啖羊羹嚼牛肉。
须臾狐狗复合群，白掷大呼绕床足。
亦有美酝兼良茶，不供师室供博局。
窃闻主人家已空，鬻尽田园弃珠玉。
何乃叔宝无心肝，重坏堤防势日蹙。
我生最厌牧猪奴，恨乏威权能约束。
慨然负箧辞将归，敢进一言期早觉。
官长倘逢陶士行，汝昏不知恐受辱。

酬顾榕屏邦杰

君昔赠我相逢篇，念欲报之久迁延。
春风南浦思前日，夜雨西窗梦去年。
嗟我平生颇好古，愿学杜韩溯燕许。
十年词赋惭雕虫，百卷文章等画虎。
出入名场岁月更，乘风未许登蓬瀛。
穷途荐拔无牛相，处世艰屯甚马卿。
侧翅风尘困荆棘，一哭二涕六太息。
襟怀难向俗人舒，肝胆尚期知己识。
蒙君一见情先投，云龙上下相追求。
道我蛾眉果出众，怜我猿臂迟封侯。
更向袖间索著述，携到花前朗吟讫。
知章竟欲呼为仙，贾岛何堪遽成佛。
君才清绮我所钦，宫商一片调元音。
骊珠探得羞馀爪，鸳锦裁来费苦心。
从古风骚互奖掖，断无两贤肯相厄。
巧避如何学尹邢，联吟自可追元白。
一灯惨绿光迷离，诗成无限鸥波思。
虽非子面如吾面，还望他时似此时。

与沈蓉村话旧

酒楼聚首兴如何，话旧移时日影过。
博学岂徒千卷富，淡交曾已十年多。
痛谈世道须张戟，背诵新诗舌起波。
羡汝一生躭市隐，读书原不为鸣珂。

哭陆兰堂大钧二十韵

昔住樱湖上，今迁柘水涯。
浮家来远道，辟墅作闲斋。

钱乙医真妙，唐寅画亦佳。
观书都雪亮，下笔写风怀。
志大殊凡鸟，才高陋井蛙。
客嫌刘翼骂，人爱魏收俳。
忝属心知末，相将臭味谐。
揄扬劳齿颊，脱略忘形骸。
悬榻招徐孺，迎门感伯喈。
特开新酒瓮，忙检旧诗牌。
临去鹦犹唤，频来狗不唓。
丁三诚密契，元九幸同侪。
正喜云争逐，那堪月遽埋。
跨狮归佛地，化鹤返仙崖。
丛菊凋三径，芳兰瘦一阶。
缌帷悲寂寞，寿藏早安排。
黄壤将君掩，苍天使我乖。
南皮良会杳，东海积阴霾。
廿载情何厚，千行泪忍揩。
夜台知我否，痛绝失模楷。

摘录二十一史杂事数万条，分类编作三十卷，名曰《史腋》，即书卷尾

此生无分到兰台，且向青缣任剪裁。
旧事兴衰千载去，新编弃取十年来。
集将狐腋裘才制，费尽狼毫冢乱堆。
半作文资半谈助，敬儿一辈漫相猜。

访宋小茗先生咸熙**于鸳湖客舍，见赠《思茗斋集》，爰赋长歌奉谢**

我闻公名二十秋，思而不见心悠悠。
前年读公耐冷谈，[1]珍珠满握迷双眸。
今年访公鸳湖上，始得一识韩荆州。

惊公须发已苍白，喜公意气犹清遒。
促坐接膝笑谈剧，蔡邕、王粲情相投。
临行赠我《思茗集》，展览不啻千琳球。
飞霆走笔骇虎豹，长涛落纸驱蛟虬。
机杼自成一家样，鞭挞颜、谢吞曹、刘。
立言垂范有关系，非徒风月工雕锼。
公之襟抱一何远，公之运命偏不犹。
年逾强仕博一第，广文苜蓿供优游。
殳山清景亦自好，桐花朵朵溪边流。
诸生问字或载酒，谈艺以外他无求。
岂料宦途不可测，儒官也有风波愁。
蛾眉见嫉受谣诼，吁嗟甑破休回头。
世间万事一海市，富贵于我浮云浮。
留得此身大自在，戏逐野鹭随闲鸥。
迩来设教古檇李，缥缃万卷弥勤搜。
英雄末路惟著述，书窗啸傲轻王侯。
况复渊源出家学，风骚一派传箕裘。[②]
是父是子两不忝，谈迁、彪固差堪侔。
贱子平生颇嗜古，出语未免虫啁啾。
蒙公青眼猥推许，驽骀竟尔夸骅骝。
文章知己古来少，何幸铁网珊瑚收。[③]
只惜匆匆便拜别，空望百尺元龙楼。

①先生所著诗话。②尊人茗香先生，为浙西诗人之冠。③选余咏史诗十首入《耐冷续谈》。

送克伯诗太守兴额去任

襦袴新歌遍草莱，忽闻宦海有惊雷。
庸知失马非为福，未必迁莺尽是才。
明月刚圆旋见缺，春风此去可重来。

阿儿忝负奇童目，桃李何时得再培。[①]

①儿子晋翂蒙公以幼童拔取前列。

芦川竹枝词

纵横三里路非遥，东市清凉西市嚣。
草子熟时估客至，货船齐泊秀龙桥。

鸣钲吹角势喧豗，皂隶前驱两道开。
知是白沙巡检过，教人错认大官来。

千顷良田并种禾，踏车声歇唱山歌。
东乡忧旱非忧潦，但愿年年夏雨多。

木棉生计抵桑麻，白雪盈筐妇女夸。
去岁价昂今岁贱，村村夜半听弹花。

主客携樽话旧欢，恰无隽味佐盘餐。
春间白蚬秋间蟹，且作珍馐一例看。

春来桃柳遍溪湾，蜂蝶纷纷去复还。
欲想登高观远景，土山聊复当真山。

筑坛演剧赛关侯，每值炎天汗雨流。
不信热场人不热，摩肩叠背快观优。

题张文石廷柱《授经图》

祥金跃冶须陶镕，美玉在璞须磨砻。
人生事业基幼冲，提撕切勿轻童蒙。
我友文石人中龙，琅嬛秘笈罗心胸。

幸哉有子天分聪，赫若旭日初升东。
南山桥杼摇晴空，父道直兼师道崇。
绿纱窗侧开帘栊，一经口授松阴中。
雏莺学哢声随风，蔌蔌吹落林花红。
才识颖异袁史公，神气俊爽蔡兴宗。
自来年少夸神童，每由庭训恒加功。
所愿此后业渐充，读书矻矻无春冬。
时乎时乎驹隙同，毋负良冶兼良弓。
留俟异日毛羽丰，高飞可作摩霄鸿。[①]

①文石子名甲勋，今受业于余。

寄怀仁和沈舜琴敦韶

词人新向鹉湖来，几度敲门笑语陪。
万里关山夸壮迹，[①]一家闺阁尽高才。[②]
吟怀磊落轻羊吕，文阵雄奇压马枚。
正欲深交倾肺腑，子规何事又相催。

①曾游黔中。②女兄弟皆有刻集。

秋日寄昌化方在卿登俊

蛩吟黄叶落，蝉噪绿阴斜。
岂不思颜色，茫茫水一涯。
诗怀清若月，秋意瘦于花。
料得多情者，徘徊感物华。

凤仙花

满庭秋色夕阳间，别具仙姿露一般。
漫把女儿相比例，女儿无此好容颜。

磷　火

白杨树底孤萤飞，霜凄月苦天星稀。
阴磷荧荧焰忽吐，洒作血花红一路。
枯髅蹩躠林间行，鬼马啮草如闻声。
一东一西各自走，别有妖狐尾其后。
生前不为秉烛游，到此始觉良宵悠。
黑风吹魂魂欲裂，烛火微光霎时灭。
绿女红男且勿悲，独不见古来王侯将相都如斯。

太白像

谓公为诗人，公岂仅词章。
谓公为酒人，公岂溺杯铛。
谓公为仙人，公岂谈渺茫。
公之意气能折高将军，公之识力能知郭汾阳。
使公当日得大用，
应同姚、宋、韩、张一辈相颉颃，决非高、岑、王、李诸子可与争低昂。
公也骑鲸返帝乡，丹青遗像神洋洋，仿佛长庚一星万丈光芒长。

左　嫔

阿兄才地较何如，赋罢愁思赏不虚。
自分红颜输若辈，敢将竹叶赚羊车。

梅　妃

惊鸿舞罢态如何，此日楼东独自歌。
金鸟锦袍谁拜赐，珍珠深怕受恩多。

女优行

走索弄猴已多事，东乡复有花鼓戏。
春风吹绿杨柳衢，辟场铺设红氍毹。

雌兔扑朔雄狐趋，淫态百出供欢娱。
长官岂不禁，诰论甚严峻。
后堂排筵宴宾客，呼来佐酒荡魂魄。烛灭宵深荐枕席。

日本大友远霞参索诗

昔者张鷟擅文名，新罗诸国俱传行。
又闻萧云工书法，百济遣使投琼英。
嗟我平生诵经史，妃豨仅习雕虫技。
自笑鹳湖一鄙夫，敢向鸡林索知己。
惟君海外称诗豪，蕉窗竹屋探风骚。①
彩毫挥尽羊皮纸，佳墨磨残龙角膏。
大洋恨与中华间，楼船频有风波患。
三秋不共雁臣来，万里难随鲛客泛。
只教丽句传中心，未得倾襟遇晁监。
蓬莱握手料无时，聊寄芜言慰所思。
床角定留子昇卷，弓衣待织尧臣诗。
蛉洲鹿港波澜阔，极目滔滔情恍惚。
七十二岛都被烟云遮，便见莲花洋中一轮月。

①君所居名“露蕉风竹书屋”。

喜晤马澹于先生汾

骅骝风骨鹤精神，不信年华已七旬。
曾作河东游幕客，尚留砚北著书身。
唐贤好名胸中贮，晋士清谈舌底新。
一见便邀青眼顾，怜才须是有才人。

武原访张云槎道士谦赋赠

道人之品绝凡俗，翩翩孤鹤横长江。
道人之才出俦类，昂昂天骥凌崆峣。

神交数载未识面，迄今始得浮轻艭。
入门却逢雨大作，红榴花落铺苔矼。
道人闲居正无事，户外忽闻足音跫。
欣然一笑初握手，春容妙论无纷哤。
顷之出示诗数册，健笔独举如长杠。
纯钩湛卢气腾跃，金镛玉磬声铮摐。
长篇短什尽奇致，扫除旧习争新腔。
其余书画亦精绝，令我感叹神为愯。
蒙师殷勤苦留客，为设藤榻开松窗。
竹炉试荈烹雀舌，冰盘佐羞具羊羫。
缥缃百卷陈几席，醇醪一斗倾罂缸。
名流闲招新野庾，畸士或召襄阳庞。
兴酣十日不知倦，高谈每到昏钟撞。
嗟我半生苦局促，才疏学浅成愚惷。
绣虎虚名窃自愧，函牛巨鼎乌能扛。
却羡道人抱仙骨，幸睹芳范情先降。
弟子一辈各隽雅，香风拂拂吹兰茳。[①]
世间羽士千万数，如师一门宾少双。
独惜河梁遽分袂，匆匆一棹扬烟篗。
云阶月地不长侍，蓬莱回首俄冥黮。
莫言良会难再得，岁月转眼如奔骁。
故客明年复相访，谷口定不惊花尨。

①徒朱文江、郑素庵俱工书画。

游张氏涉园，同黄韵珊宪清、石研虹丙熺、张云槎

一

一步一寻胜，能教万虑清。
到门皆竹色，入座又松声。
活水让鱼戏，小桥随鹤行。

花开花落处，为想庾兰成。

二

峰峰环四面，尤爱揽潮峰。
巨石形蹲虎，狂涛势挟龙。
朝看红日浴，晚望黑云浓。
快绝登高顶，何须七尺筇。

三

缅维张给谏，声望满长安。
小试经纶具，聊成丘壑观。
春风莺劝酒，秋月鹊凭栏。
琴剑今何在，平泉景色寒。

四

我来当盛夏，逃暑入山庄。
满径柳才老，隔溪荷未香。
蝶飞都画意，燕语亦文章。
不觉栖迟久，归途正夕阳。

晓登永祚寺镇海塔

天鸡才叫日华明，蹑尽云梯寄远情。
万顷波涛龙伯国，千村烟火马嗥城。
下方迥隔红尘路，上界疑通白玉京。
欲访梵公高咏处，虚檐剩有鸽铃声。

杏花楼怀王文成公

嫩红几树尚扶疏，想见姚江种植初。
一代大儒三不朽，春风应陋宋尚书。

检得故友萧雨芗应槐遗诗数章，凄然成咏

横山一鹗气凌秋，笔底泉源万斛流。
名字生前供耳食，文章死后少皮留。
儿因失教成豚犬，[①]我敢寒盟负鹭鸥。
全帙飘零惟剩此，九原遗恨料难休。

①《芗全稿》尽为其子卖去。

龙挂行

黑风驱云云势浓，千里腾跃来神龙。
龙首不露露龙尾，凛若神鬼弥虚空。
火伞炎炎已逾月，良田龟坼愁三农。
满望雨点大如手，黍稷彧彧禾芃芃。
亡何云消日复出，龙亦寂灭全无踪。
海水卷来作何用，岂其藏在天池中。
乃知造物不可测，安得骑龙直上询苍穹。

岘山碑

缓带轻裘，儒将风流。
明知夫子不酖人，两军对垒忘仇雠。
坐镇襄阳著奇烈，携酒登山语呜咽。
生前且自知金环，殁后料无毁石碣。
堕泪碑，永不移。
非特湛辈附骥尾，兹山亦藉公名垂。
世间犹有张敬儿，下官未识太傅谁。

甘棠笏

碑可仆，笏不夺。
文孙持此献朝廷，视作甘棠勿剪伐。

莫嗤渠是田舍翁，贞观治臻三代风。
犹言十渐不克终，老臣搢笏入奏事，佳鸥曾毙君怀中。
区区黄金瓮，君恩非不重。
岂若兹笏传千秋，朝阳想见高冈凤。
别有精忠贯日月，段公尚留击贼笏。

题方古然女史《竹坞填词图》

一径绿云飞，萧然澹夕晖。
美人即名士，咳唾生珠玑。
沙际蟹行缓，枝头蝉响微。
曲终残叶堕，凉意满书帏。

题婺源查柘溪汝元**诗卷即以寄怀**

记曾访我旧松窗，谈到风骚气便降。
结字有锋徐季海，吟诗多瘦贾长江。
离乡苦忆黄山树，作客频浮赤壁艭。
留得蓬门题句在，几时重听足音跫。

赠高藏庵三祝

忆昔江村负重名，至今手泽尚充楹。
一门赤兔青狮种，两世丹鸡白犬盟。①
下笔千言谁赏识，读书万卷尽聪明。
竹西楼上重回首，可记当时笑语声。

①君与尊人春荪先生同岁游庠，余又与贤兄益庵同入学，同补廪。

答顾觉庄宗伊

万丈文光照海隅，远追匡董又韩苏。
才高频见舒猿臂，①气壮曾经撩虎须。

骂座何妨惊俗子，下帷真不愧通儒。
向来浮议纷纷者，自接芳徽始觉诬。

①戊辰甲午两中秋闱。

访赵忠定公宅

阴阴桑柘青，吊古残阳暮。
丞相故第荒，鶗鴂鸣何处。
忆公登陛时，媚娘正奇妒。
青宫失晨昏，黄坛遭变故。
微公作郧侯，谁使主德悟。
俄值西内忧，临朝天子仆。
以死奉子般，仓皇竭智虑。
平原忽争权，忠奸势牴牾。
往者霍将军，犹触上官怒。
而况宗室臣，青蝇尤易污。
一言欺朝廷，公将不利孺。
妄诋慕容恪，指作宇文护。
犬吠声未终，狼胡事已去。
奈何朱遁翁，捧蓍焚奏疏。
区区六君子，岂能挽国步。
于今祇园寺，祠堂兀古树。
故里名生贤，精气郁盘互。
韩家有南园，亭台化烟雾。

张循王祠

铁山虽奋烈，铁脸究改节。
如何崇福宫，祠堂尚突兀。
将军迅扫江淮区，名列《中兴四将图》。
若教心迹昭白日，王常冯异奚差殊。

惜哉汾阳传，终身未曾读。
不迎两宫驾，转起三字狱。
助人缚虎不遗力，犬附权门终受辱。
闺中红颜空有情，巾帼欲博千秋名。
霍骠骑、赵顺平，夫不良，负卿卿。①

①爱姬张秾通经史，尝引赵云、霍去病以讽俊。

寒　柳

听罢江头玉笛声，楼台何处问前程。
空心未免增衰态，冷眼偏能识世情。
走马寻欢无俗客，闭门高卧有先生。
从今不作风流想，始信文章老更成。

历尽风霜剩朽株，鸦边雁外暮天孤。
让他朋辈成槐棘，笑我残年厕苇蒲。
飞絮光阴浑似昨，生稊消息莫嫌枯。
冬心自有知音在，奚藉听鹂旧酒徒。

儿子晋翻受知姚伯昂学使元之，拔入郡庠第一，赋诗勉之

春风吹多时，李桃才结实。
五入小试场，芹香始采拾。
名姓居卢前，稍足偿蠖屈。
昔我入邑庠，问年仅十七。
今汝入郡庠，年已二十一。
迟速虽由天，厥修在人力。
回忆十年来，期望非一日。
以父而兼师，经史勤讲悉。
以父而兼母，衣食务体恤。
抚摩掌中珠，苦心难具述。

我非谢方明，待儿过苛刻。
我非王福畤，誉儿或成癖。
愿为丘灵鞠，示儿以气骨。
愿为周彦伦，勖儿以道德。
兹当发轫初，后来未可测。
肯构与肯堂，其事譬作室。
幸汝名稍成，虑汝功不密。
文章须英奇，品诣贵谨饬。
作诗诲谆谆，舍此无别术。

挽赵沁莲学博泰

司铎东湖只七春，蹒跚蹩躠暮年身。
儒官心事何嫌冷，山长头衔不救贫。①
附骥我方凭月旦，骑鲸公遽脱风尘。
素车一辆钱塘返，痛绝堂前问字人。

①主芦川书院。

听李瑶光解元家辉弹琴

碧水知鸥意，白云知鹤心。
虚庭万籁寂，弦外泠泠音。
年少冠秋榜，才望众所钦。
未获登廊庙，一和薰风琴。
昨者过海滨，相遇青松林。
手抱枯桐枝，为我洗尘襟。
六月不知暑，帘前荡绿阴。
幽花时一飞，如入空山深。
君诗亦清绝，偶然倚树吟。
诗心即琴心，节奏鸣愔愔。
四座悄无语，曲终月斜临。

何必刺船去，远向蓬莱寻。

寄于秋淦源兼怀王诗石勋

南湖风雨正萧萧，花径频蒙折简邀。
妙语好凭三寸舌，雄才恰副十围腰。
窗明几净谈弥洽，酒罢灯阑兴未消。
别后那胜离索感，梦魂兼复忆龙标。

元旦雷己亥岁

青阳才转出丰隆，鼍鼓惊闻一夕中。
天上石车驱正急，人间竹爆响俱空。
但期四海欢声似，休使三更鼻息同。
虩虩震来谁道早，彼苍有意警愚蒙。

对雪吟

雪花打门大于席，三日不见往来客。
千片万片琼英积，檐头冰箸三尺长。
玉龙掉尾神洋洋，以手摘取声砰磅。
惨雾迷漫冻云锁，竹梢饥雀垂头坐。
我心怜雀雀怜我，忆我幼时逢雪天。
狂呼踊跃喜欲颠，戏作雪塔堆庭前。
于今见雪便愁绝，空厨无酒衣无缬。
出门入门寒刺骨，世间岂少豪华家。
瑶台重叠银屏遮，园亭赏雪如赏花。
而我临风发三叹，圆璧方珪纵可玩。
争奈一钱不能换。

重过方氏白华田舍，感悼子春孝廉

夕阳云物暗南郊，池馆重经恸故交。

一世金兰情最密，万言珠玉句空抛。
神龙未老先藏壑，雏凤群飞又覆巢。[①]
如此芳徽如此报，是非颠倒问谁教。

①君殁时，年只四十三，长子金彪十五岁入庠，先君下世，近又连丧二子，于是君之嗣续尽矣。

题《顾榕屏诗集》

清气乾坤得处多，花中吟啸月中歌。
春云蔼蔼频生态，秋水溶溶不起波。
投贽人争趋北郭，定文我自愧东阿。[①]
十年酬唱情无限，才尽江郎奈老何。

①君诗皆余所酌定。

五月晦，鸳湖诗社中主人招同柯小坡、黄韵珊、吴彦宣、钱萍矼诸君，宴于回溪草堂、堂为钱箨石侍郎故居，酒后成五古一章

红日正当午，嘒嘒鸣新蝉。
南湖集胜侣，佳会非偶然。
去秋起诗社，璧合珠玑联。
元、白斗丽句，秦、黄角新篇。
韩豪亦贾瘦，庾清而鲍妍。
山水尽刻露，风月归陶镌。
远近数百里，重叠邮筒传。
今年值夏五，群彦来由拳。
主人欣置席，酒酌凫花鲜。
西园裙屐盛，北海尊罍便。
妙语发一座，雄谈惊四筵。
朱颜与白发，各各交忘年。
回溪有草堂，传自侍郎钱。
壮岁试鸿博，垂老乃归田。

李愿隐盘谷，王维图辋川。
倚栏抚红柳，临池玩白莲。
花南水北际，时时倾酒泉。
风流忆前辈，趋步赖后贤。
此会足继美，啸傲凌云烟。
嵇、阮快把臂，荀、陈幸随肩。
功名蕉鹿梦，[①]交友萍鸥缘。
酒阑各论诗，逸兴何蹁跹。
多恐负雅意，重与分吟笺。
客去余复止，鸟唤斜阳天。
低徊不忍别，后会期缠绵。

①日发科试榜。

赠费恺中悌

损庐先生君之祖，说经铿铿精训诂。
范家有砚余芳馨，陶氏无金剧清苦。
君也本是风雅人，深悔少年习市估。
昼算锱铢夜勾股，未获遍窥甲乙部。
我谓此言正不然，人生树立贵自主。
程诰能师李崆峒，童佩从学归熙甫。[①]
杰士每出风尘中，名流何碍屠沽伍。
况君天分殊玲珑，非特通今更知古。
从来有志事竟成，东隅虽逝桑榆补。
却忆订交已十年，各罄腹心吐肺腑。
城东酒肆倾芳樽，谈笑深时杂风雨。
借我奇编喜欲舞，一灯荧荧到夜午。
爱君潇洒脱俗氛，期君奋勉绳祖武。
儒冠儒服彼何人，四史三通目未睹。

①诰、童珮皆贾人，见朱竹垞《明诗综》。

木鸡书屋诗选卷五　庚子至壬寅

张忠烈公遗像

东海洪涛落，南屏宰树昏。
魂归华表鹤，声断岭头猿。
诸葛灵旗暗，文山古像存。
临风时一展，如见阵云屯。

吴阊春游曲

虎丘山头莺乱鸣，山花吹入苏州城。
今朝风日大烂漫，买得吴舠恣赏玩。
一树垂杨一画楼，荡红浴碧消闲愁。
七里繁华甲天下，恨不秉烛中宵游。

怀杜阁下春水香，仰苏楼上春风长。
展拜前贤溯遗踪，花木池台尚爱惜。
别有荒坟乱石边，真娘非复红颜妍。
芳草离披蝴蝶语，美人名士俱千年。

种花成市山塘春，桃花柳花飞满身。
吴娃倚窗笑相顾，大姑簪花小姑妒。
岂知一条软绣街，五人侠骨花间埋。
几队归鸦吊残照，令我孤愤填襟怀。

五松园中狮子林，崚嶒万石幽而深。
是谁结构开生面，巧匠般倕惜未见。

蛇盘蚓曲高复低，出林莫醒迷途迷。
金阊名胜此居最，石交直欲交迂倪。

游天平山遇雨，至中白云而止，归途过吾与庵

万笏森朝天，诸峰露奇状。
红藤扶我行，石傲不少让。
欲雨雨未成，云气久摩荡。
山脚白云流，山腰白云飏。
鸟语白云中，人踏白云上。
须臾雨渐密，瞥眼失青嶂。
恨未升其巅，天门逞眺望。
下山谒范坟，再拜肃瞻仰。
回顾溪间云，如涌桃花浪。
临行谢山灵，异日当再访。

归途雨不休，已过支硎麓。
剥啄叩精蓝，一犬吠佛屋。
烟翠盈禅房，亭池绕松竹。
春晚绿阴深，花气倍芬郁。
登楼眺层岚，面面湿云伏。
闻昔此庵中，诗僧有澄谷。
远公居虎溪，名流往来熟。
呼猿洗墨床，唤鹤衔书轴。
所传倚杖吟，珠玑盈一斛。
我来不见公，残钟声断续。

范文正公祠

石气凝寒老树横，祠前叆叇白云生。
秀才少日甘齑粥，老子他年富甲兵。

十事条陈天下计，万间覆庇故人情。
先忧后乐真良相，龙榜犹蒙圣代旌。①

①圣祖书济时良相榜于祠前。

寄沈西君司训丹书

吴兴地灵秀，沈氏多琨瑅。
休文号博洽，麟士勤参稽。
先生继踵起，才藻与之齐。
雅抱开朗月，英气吞长霓。
蟾宫早获隽，雁塔迟登题。
近司鹉湖铎，课士劳提撕。
鲰生自忘丑，屡叩鳣堂西。
先把骈体献，次将诗卷携。
猥蒙击节赏，皇然刮金锟。
不鄙樗栎质，许参桃李蹊。
特赐元晏序，彤管辉琉璃。
谓余苦蠖屈，休恨声名低。
大器每晚就，终当升仙梯。
不见归愚翁，郁郁嗟卑栖。
六旬困鸾翮，一朝驰骕蹄。
谆谆荷良诲，感激弥悲悽。
赋手愧鹦鹉，词锋输鹛鹈。
身似旋磨蚁，境如触藩羝。
况复筋力惫，更兼面目黧。
只可守枳棘，自分安蓬藜。
岂敢例前哲，垂暮登金闺。
但愿自今后，著述穷端倪。
落笔摇岱岳，发言掩璧奎。
鲜华夺翡翠，雄健剸蛟犀。

倘得百卷传，奚必三公跻。
去冬修郡志，承命分缥绨。
文献久残缺，编纂烦挈提。
乃成信史信，免使迷途迷。
今春客吴下，路遥芳讯睽。
别来已数月，风雨愁凄凄。
小桃昨破萼，枯柳仍含荑。
无缘奉谈宴，有梦阻山溪。
更念孙莘老，[①]杖履安春禔。
东湖鲤鱼来，欲将尺素赍。
吟罢夕阳晚，枝上黄莺啼。

①谓教谕六桥先生。

道州何文安公凌汉挽诗

杞梓来江汉，卿材绰有余。
霜颜自严肃，云量总宽舒。
相未拜君实，文曾赏子虚。[①]
大星一夕陨，多士泪盈裾。

①壬辰岁试，蒙公拔取第二。

偕蔡质轩作行、蒋眉生如洵游邓尉山，登还元阁望太湖

虎山桥头日正午，烟光鸟影满村坞。
千峰簇拥莲花开，邓尉一山快先睹。
入山步步松风寒，鳞甲隐见如龙蟠。
太湖水色青弯环，一帆一帆去复还。
阁中尚悬渔洋像，[①]阁外遥指渔洋山。
风流前辈真神仙，非徒诗句传人间。
独怪地名香雪海，万树梅花今安在。
僧言种梅苦税多，年年剪伐免后悔。

不见阁前阁后柔桑枝，桑田都是梅田改。
物换星移春又秋，千岁老鹤归应愁。
只有具区之波三万六千顷，荡云浴日依旧滔滔流。

①有汪堪所绘阮亭、牧仲两公像。

邓司徒庙古柏歌

锦官城外丞相庙，翠柏森森势排奡。
司徒庙柏更在前，拿云纳月三千年。
邓尉僧房白日暗，抚树摩挲再三叹。
怪来龙气欲盘空，料得鹤巢应几换。
一株挺直冲丹霄，一株偃卧如长桥。
一株惨裂一株曲，奇姿异态殊难描。
黛影满天花满地，衣履凝香碧云坠。
神明不朽物亦灵，四柏常对青山青。
回首云台话畴昔，大树轮囷人护惜。
寻常莺燕安敢栖，绝顶花鹰刷劲翮。

夜过石湖

石湖湖面阔，夜静泛湖船。
林鸟忽惊起，溪鱼尚未眠。
波光凉入月，水气碎为烟。
欲问盟鸥阁，前贤迹邈然。

题明苏州太守况伯律先生像

得君容易得民难，遗爱如公庶不刊。
赋减渐舒鸿雁困，豪锄幸免虎狼残。
三吴以外谁贤吏，两汉而还此好官。
愿把青天图万轴，须教司牧遍传看。

卢远春招游木渎兼访潜园、端园

晨起鼓兰桡，欣逢胜侣招。
冷云牛牧观，细雨鹭飞桥。
灵岫一峰耸，[①]名园千叶凋。
晚来风色恶，把盏话残宵。

①灵岩即在咫尺，因日晚未及登。

吴门留别蒋眉生兼示施君珊沄、黄饮鱼美镐

稠叠琼瑶拜宠嘉，论文每到日西斜。
一年交谊真如水，七里风光未赏花。
蝴蝶上阶君候职，[①]鹧鸪啼树我还家。
音书好付南飞雁，莫使芦中望眼赊。

①君将候补广文。

皋桥流寓到残冬，弹铗声声恨满胸。
唇舌料难达闽团，[①]腹心那忍别吴侬。
龙云追逐成虚愿，鸿雪流连剩旧踪。
几辈新知休怅别，浮萍飞絮或重逢。

①今岁就馆吴中，弟子三人俱籍福建。

柯小坡以诗集属余评选为题一律

秋入兰成赋，春生柳永词。
诣深由积学，才大更工诗。
花月供吟料，江河助壮思。[①]
山阳今不作，残笛一声悲。[②]

①君曾作括苍、清江之游。②谓汪文端公。

感　事

侧身南望一长嗟，鹤唳风声满耳哗。

谁使狼烽惊海甸，只缘莺粟误中华。
时平长吏成痈毒，事变妖人起蘖芽。
草野早知今日祸，不胜忧国更忧家。

舟山寇至一城空，东粤夷氛复聚讧。
泼雪刀光频闪白，疾雷炮火乱飞红。
曾闻貔虎来天上，不见蛟鲸戮水中。
海角相持垂一载，残黎几辈化沙虫。

红旗苦望捷书来，息战休兵众志灰。
安石围棋夸静镇，宏渊摇扇故迟徊。
犀军未必难争胜，马市如何遽议开。
自古登坛须上将，伏波横海是奇才。

耿耿孤臣抱赤心，岭南经画竭忠忱。
喷云毒蜃氛难煽，蚀月妖蟆势已侵。
柳浑识能知万里，胡铨疏自值千金。
荷戈暂戍西荒外，终被皇恩雨露深。

初秋偕卢生揖桥奕春**游独山**

海门秋色正苍茫，同上危岚极望长。
渔子一艘冲怒浪，盐丁万灶晒斜阳。
铁犀遥向荒城峙，沙虎多从断岸藏。
欲觅寒泉僧不语，归鸦乱噪暮云黄。

此地前朝战血腥，至今鬼火似流萤。
久知蜃窟恬波浪，又见狼烟满野坰。
授钺几番劳北极，扬旗何日靖东溟。
防秋将士峰头卧，落日徒看海色青。

题刘心葭东藩诗集

不以诗鸣者，诗偏入理微。
情深花欲笑，句澹叶初飞。
直道吾犹愧，知音世实希。
何当重把盏，相与洒珠玑。

送卜达庵葆饧之官蜀中

剑阁崎岖叱驭行，双凫飞入锦官城。
地经力士开梯栈，天许才人遣性情
万壑云生随马迹，千村花静有鸡声。
黄筒碧筲君休取，应与巴江一样清。

凫阵谣

辛丑初冬，积雨累旬，田禾未刈，都被野凫所啖。友人顾榕屏作《凫阵谣》，邀余同赋。

农夫悲号农妇涕，咄咄怪事那有此。
晚禾一色黄云黄，都被野凫大嚼矣。
淫霖累月不肯晴，良畴未及收香秔。
引吭鼓翅千万队，蔽天而下汹汹声。
顷刻十亩百亩无遗茎，东村击鼓西鸣钲。
老幼叫呼凫不惊，吁嗟乎！
食心者螟食叶螣，微虫尚能害黍稷。
岂料凫翁势更凶，粒粒咀吞遑残贼。
今年租税无从纳，举首视天空呜咽。
凫兮凫兮曷不去，食湖中之虾海中蛤。

翁洲哀

舟山恢复才半岁，入秋又报虏氛炽。

火轮船子来如飞，百道鲎帆乘风利。
晓峰岭，竹山门，巨炮腾焰烟云昏。
我军奋勇誓杀敌，壮士大呼冒锋镝。
血染海波波尽赤，四日四夜决战劳。
蛟鲸骇沮鼋鼍逃，彼众迭进我援绝。
三将同时各殉节，[①]义军争死气尤烈。
呜呼翁洲之人何辜于苍天，坚城再失真可怜。
银河洗甲知何年。

①兵葛云飞、郑国鸿、王锡彭俱死难。

蛟门恨

浙东之险金鸡山，一夫力守御寇奸。
妖鲸谁敢登天关。
觥觥裕制府，大营列金鼓。
誓扫鲨浔洗鳀渚，无奈敌人乘胜前。
长风涌到千楼船，敌旗照水红于血。
敌刃成林白于雪，一炮轰山山欲颓。
龙鱼万队冲城来，靴中拔刀竟自裁。
巨猾未殄身先摧，将星落海声如雷。
元戎死，士解体，东南残黎复何恃。
四明一郡成沙虫，磨牙吮血千村空。
海鸟夜啸山猿泣，泪珠洒遍鲛人宫。

呻吟词四首

一

一思境遇一汍澜，贫士无如我最寒。
回首飞黄同辈尽，伤心垂白傍人难。
光阴过去征羊胛，世味尝来类马肝。
如此头颅复何用，枕边梦已醒邯郸。

二

西山日薄剩余霞，岁月骎骎赴壑蛇。
每忆少时如忆梦，惯看人事等看花。
自知嫉恶形颜色，只有怜才费齿牙。
差幸一生行直道，扪心清夜觉无瑕。

三

文章底用哭秋风，老我生涯笔砚中。
十箧抄书双袖黑，三更脱稿一灯红。
奇编才展堪医病，枯管频拈欲送穷。
鼠爱搬姜蜂酿蜜，此身真是可怜虫。

四

愁怀百种几时捐，且自开颜逞老颠。
立脚总求无过地，举头常戴有情天。
香烟一缕还如佛，著述千秋即是仙。
况复向平婚嫁了，从今云水乐年年。

大雪五尺一月不消，满目荒凉，感而有作

满眼愁云惨不舒，玉龙百万战荒墟。
此间五尺难消化，闻说杭州一丈余。

填坑盈谷蔽山村，积久凭谁扫几番。
莫怪柴扉人迹断，并无一鸟到荒园。

天公玉戏太猖狂，忍使穷黎冻欲僵。
八十老翁扶杖叹，冰条不信似人长。

依然黄雾塞关津，一月冥濛闭日轮。
我辈布裘浑未暖，奈他海上荷戈人。

唐湾战

以下乐府十二首，纪壬寅四月乍浦之难。

塘下集楼橹，塘上树旗鼓，唐家湾口逼强虏。
官军有炮不敢发，官军有刀不敢拔。
关西一军踊跃起，大呼格斗东山嘴。
不许长鲸掉其尾，齐军坐视秦军孤。
四百余人陷阵死，日射寒涛血凝紫。
吁嗟乎，健儿尽如关西军，岛间鲛鳄应歼群。

汤山争

海中笑，山中泣。
鲨鱼变虎何处来，跃上青峰作人立。
白刃飞霜光照耀，大旗高张鼓角噪。
官军乱奔堕孤峤，山头炮火如惊雷。
星斗击碎云摧颓，黄埃障天天不开。
但闻狐嗥猿啸声凄哀，白鬼来，红鬼来。

乍城陷

一角孤城逼烽火，天狼横行天狗堕。
东门街达南门街，血殷满路撑尸骸。
居民乱窜如惊雀，谁能以身尝鼎镬。
人家尽在锋镝中，曲突十室炊烟空。
鸡跳屋，犬哭市，
孰非太平民，降灾何至此。
自经倭变三百年，沧海又见横流矣。

满营逃

茕茕白兔东西顾，旗营男妇半逃去。
风凄雨冷沾泥涂，十步九蹶相搀扶。
明知不能活，且复延须臾。
朝餐荒郊夕宿寺，海燕失巢无地避。
二百年来安乐久，今日流离彳亍走。
吁嗟乎，国家养兵设驻防，见敌溃散如犬羊。

弃婴孩

燕哺雏，牛舐犊，庶类犹知勤抚育。
今者仓卒携家逃，性命轻已如鸿毛。
己身且未保，那复顾儿曹。
破巢之下罕完卵，婴孩一一投城濠。
徘徊不忍睹，惨绝摧肺腑。
昨宵安稳匡床眠，黄口哑哑犹索乳。

搜妇女

狂蜂恋花花欲折，娇娥队队缒城逸，亦有伶俜不能出。
谁家碧黛红燕支，蛾眉修饰如平时。
闯然入门肆荼毒，黑面夷奴眼睛绿。
雄狐跳梁玉被玷，嗟尔红颜那得免。
君不闻邺中女子莫千妖，往时西晋传童谣。

斧停棺

堂中櫘，满贮金宝兼珠翠。
是谁设此狡狯计，夷人侦知斧以斯。
从此生心遍搜括，家家残及棺中尸。
吁嗟守钱虏，实为祸之府。
陈人有知惜枯骸，不如狗马犹得敝帷敝盖先时埋。

焚海塘

踏山放火红入云，狂飙吹焰腾苍雯。
葫芦城，普照寺，一炬灰飞作平地。
天风海涛楼，拉然顷刻休。
洋船营船千百舳，郁攸所灼无遗留。
塘前塘后都遭难，可怜神鬼亦焦烂。
苦竹岭头乌夜啼，嘻嘻出出各飞散。

土匪乱

千人万人互相召，千声万声迭鼓噪。
汹汹翻胜红毛人，蜂虿之毒过虎豹。
税关以北一里长，狂焱烧作瓦砾场。
城外蹂躏及城内，巨室豪门悉破碎。
黄者金，白者玉，贵者币帛贱者粟。
上自楼阁下庖湢，一一搜牢恣所欲。
莫恣欲，国法不汝假，血肉狼藉毙杖下。
亦有朝劫人，暮即人劫我。
一转瞬间自贻祸。

溃军横

败兵畏敌如虎狼，一到民家势莫当。
白攫钗环夺锦绮，尔不我与即尔戕。
腰间露霜锷，饱掠入囊橐。
前村赢刍粮，复向田翁索。
呜呼溃军所过兴风波，成群结队无如何。
何不持矛奋戟斫蛟鼍，奏凯归来犒赏多。

山下鬼

九峰磷火飞青荧，战血幻作苔花腥。
怒潮夜打荒山脚，过客惊听啾啾声。
韦公韩公能死职，[①]壮士糜躯同报国。
狼析骸，鹰攫肉，新鬼烦冤一齐哭。
十围松栎风萧萧，白昼飞处猫头鸮。
长安远隔万里外，家人何处招魂拜。

①署同知韦逢甲，水师把总韩大荣俱死难。

井中尸

兰叶一何馨，松枝一何劲。
井间有水清且寒，佳人甘以躯骸殉。
刘氏女，性芳烈，[①]
读诗书，识名节。
毒蛟妖蜃嘘长风，泪痕点点珍珠红。
屋角残星落如雨，吸水数升不知苦。
三尺井栏即葬所，父兮母兮涕沾臆。
玉骨冰肌埋不出，井边定放白桃花。
还汝春风好颜色。

①余友心葭次女。

告荒谣[①]

水荒耶，旱荒耶，今年旸雨俱无伤。
禾荒耶，棉荒耶，今年花稻俱丰穰。
蚩蚩者氓结党连，群挤县堂塞县门。
却非鹄面鸠形辈，都是豺声蜂目人。
民势凶，官势窘，
记得前年真歉收，匍匐诉荒官不准。

①以下乐府四首，纪壬寅七月事。

坐饭谣

梆声阗阗，蜂壅蚁旋。
打门强索富人饭，前村后村相接连。
东家厨灶倾，西家仓箱竭。
弱者饱啖他无求，强者就中肆劫夺。
昨闻王店镇，聚众至千万。
一百十七人，蹴踏死弗怨。
独不思今岁秋收十倍多，穷黎仅有香粳饭。

劫官谣

四月大肆掠，七月复横攫。
奸党汹汹敢怙恶，官曰饥民非强暴。
亲向殷户劝平粜，米未粜，便哄闹。
新溪富人将散赀，急请官来弹压之。
骄氓如骄儿，明知父母慈。
碎官轿，曳官衣。
官甚爱民民负官，尔时谁怕雷霆威。

捉匪谣

官兵来，捉土匪，刀光霍霍明于水。
白沙坊，黄姑坊。
屋头取粟布，牢内牵猪羊。
三日五日勤搜赃，狼已逃，狐是问。
缚得庸奴数辈归，棒血淋漓泄其愤。
彼漏网者胆益大，从此强梁逞无赖，纵入绿林莫余害。

舟夜偕从弟丽春棠

篷窗襆被月明初，兄弟扁舟兴有余。

大戟长枪兵气惨，[1]荒滩浅渚夜光虚。
一灯照水萤相似，双橹鸣秋雁不如。
明日五茸城下泊，此行正好啖鲈鱼。

①路多兵船。

云间访姜小枚明经皋

鸿名贯耳早如雷，一棹凌晨访戴来。
温造久为乌幕客，邹阳实冠兔园才。
五茸志乘勤编葺，六代文章妙剪裁。[1]
闻道孤高招众忌，青矑独为鄙人开。

①先生著述等身，而骈体文尤工。

过洙溪访丁溉馀司马繁培

名园重到酌芳酤，坐论风骚两意娱。
我愧佛头曾著粪，[1]君偏仙掌屡倾珠。
海滨妖蜃氛犹恶，池上闲鸥兴不孤。
正喜良宵清话久，匆匆分袂又长途。

①去秋为先生撰诗序。

中秋后自云间返棹当湖，访徐芸岘金镜，蒙留饮。同席为杨酉麓懋麐、贾芝房敦艮、何雪堂晋槐三君，别后却寄芸岘

中秋好明月，偶鼓云间桡。
获晤两名士，[1]快与谈风骚。
新知虽云乐，弥复思故交。
归途过东湖，一舸乘秋潮。
却闻徐孝穆，城南一廛侨。
境遇日渐困，诗酒日益豪。
剥啄打门来，一见情陶陶。
订交三十载，近更如漆胶。

鸥凫觅其侣，鸿雁求其曹。
元音合琴瑟，芳心协兰苕。
鄙人有著述，窃自惭刍荛。
曲将邀周顾，句欲倩韩敲。
君顾大赞叹，击节形歌谣。
为余设甘醑，为余陈嘉肴。
十才北郭聚，七子南皮邀。
盈川词跌宕，②幼邻诗清超。③
水部亦英伟，④各各挥吟豪。
雄谈溢四座，壮思腾九霄。
酒酣感时事，临风首重搔。
顷者四月初，海滨金鼓嚣。
宏澜跃巨鳄，阴壑翻长蛟。
疾雷轰百炮，滚雪飞千刀。
家家嗟鹿铤，户户作鱼逃。
那图兵燹余，复此斟香醪。
痛定更思痛，诸君休号咷。
幸得脱虎口，且须持蟹螯。
人生贵作达，底事恒烦焦。
席散徐出门，夕阳挂柳梢。
作诗志良会，非敢矜琼瑶。

①谓姜小枚、雷蕴峰。②酉麓。③芝房。④雪堂。

得金山姚苏卿清华**书，并惠诗集赋谢**

捧到郇云感至情，载披大集益心倾。
落霞孤鹜惊阎督，①明月双龙赠李卿。
学业岂因多病废，文章总为不平鸣。
江东硕果惟君在，可许闲鸥共结盟。

① 君少时，曾登滕王阁赋诗。

答石研虹重九寄怀之作

万顷芦花冒碧浔，江头一雁递遥音。
寄来妙句清于水，知尔交情重似金。
刘峻厄穷谁引手，项斯称说枉劳心。[①]
登高此日无风雨，未得茱萸酒共斟。

①来诗有《敢惮逢人说项劳》之句。

普照寺塔砖歌

砖长一尺四寸二分，广七寸。首有"佛塔成就"四字，面有朱书"大悲咒一遍"五字。从弟丽春取以贻余，喜而赋此。

广陈之东普照寺，自唐迄今千余岁。
塔砖历劫质尚坚，首有四字面五字。
土花斑驳苔纹新，碎蛩满地吟斜曛。
残僧三两弃不顾，谅少磨砖成镜人。
我家阿连好事者，为我搜出荒榛下。
朱文错落蟠蛟鼍，晴窗一日三摩挲。
仪征相公昔抚浙，曾向泥沙拣玉屑。
迩来亦有好古家，神物深埋不轻出。
而我公然竟得之，宝若琅玕藏斗室。
碧者鸲鹆黄者鸦，端州砚材奚足夸。
此砖若作著书砚，墨池定放青莲花。

寄萧山鲁懒仙颂

独向西风泪满巾，投书黄阁气嶙峋。[①]
万言尽是匡时策，三代犹余直道人。
莫谓虎须容易捋，要知龙性自难驯。
此才若遇昌黎荐，报国能轻七尺身。

①所上潘相国书，远近传诵。

寄钱萍矼主政宝青

牛斗红光剑气冲，一朝出匣孰当锋。
才高叠报泥金帖，年少争看冠玉容。
丘锦江花新美制，王刀魏笏旧华宗。①
独怜儿辈真凡鸟，骥尾安能步绝踪。②

①君为黼棠少宰曾孙。②儿子晋翰与君同岁入庠。

杪秋答顾榕屏

秋色凋残小苑中，别来重叠奉邮筒。
芦花两岸堕荒白，枫叶万山矜瘦红。
相见鸿篇增砚北，况闻狼燧息江东。
世间知己如君罕，空抱离情向晚风。

题沈浪仙筠感事诗后

地有鼋鼍迹，家无鸡犬声。
自经兵扰攘，几许泪纵横。
藻思能迷蝶，雄心欲斫鲸。
沈郎是何物，狭巷又成名。

恻恻闻鸡日，纷纷逐鹿场。
老苏才识远，小杜罪言狂。
当世欲为政，斯人可共商。
孤城秋气逼，画角又斜阳。

鸦片叹

老饕嗜河豚，至死无所怨。
迩者三十年，陷人有鸦片。
来从大西洋，贾客争取贩。

贵若青珊瑚，耗金岁千万。
荡子无心肝，红炉日熬炼。
曲房铺一榻，幽火萦一线。
盒雕梅花纹，香结兰花瓣。
一呼一吸劳，三起三眠惯。
霞餐非神仙，云卧岂隐遁。
近有读书人，逐臭亦艳羡。
窄衾小枕间，吞吐竟忘倦。
士子且如此，何况隶卒贱。
并有金闺姝，烟盘置深院。
小怜玉体横，莺喉互喷咽。
名媛尚如此，倡优又何论。
自有此物来，因循贻大患。
无人不涎垂，无地不染遍。
蓄积由是空，精神由是困。
消渴类相如，枯浮等何晏。
时时耸瘦肩，渐渐失华面。
已成鹄鸠形，那得雕鹘健。
余液当琼浆，残灰当美饭。
未死与鬼邻，虽生犹梦幻。
白日忍空过，青山定早窆。
岂无黄鸿胪，抗疏能极谏。
岂无林尚书，奉诏能严办。
立制如秋霜，出令如夏电。
方庆鸩毒消，自此少滋蔓。
谁料边防疏，外夷得乘间。
蚤船集海滨，狼燧盈郊甸。
巨浪翻长鲸，华堂堕巢燕。
遂使庸妄徒，因而逞欺谩。

反谓缘禁烟，干戈致激变。
天意竟如何，我心实抱恨。
时事有变迁，世风有流转。
此害终当除，鄙人恐不见。

冬日偕费恺中游松麈道院访郭去胜墓

山房人罕到，况值薄寒时。
画意入枯木，棋声出小池。
客来幽鸟唤，仙过冷云知。
三尺松间墓，苔痕绿满碑。

苏文忠公生日诗和云间诸友

春梦婆怜醒已迟，髯翁一去无还期。
音容遥隔七百载，风流儒雅真吾师。
丙子之年辛丑月，癸亥之日乙卯时。
天使伟人降蜀土，岷峨山气钟灵奇。
身自骑龙抉云汉，命居磨蝎遭嵚巇。
髫龄爱读孟博传，晚岁遍和柴桑诗。
门下晁张尽杰士，膝前过迈俱佳儿。
马换美人聊取快，鹤化道士休猜疑。
院中曾被金莲送，山顶不妨玉带施。
当世谁怜宰相器，此身总抱神仙姿。
今虽杖履不可接，文章气节千秋知。
大惇小蔡早澌灭，公所到处多专祠。
商丘尚书为公寿，弇山制府复继之。
饭三白兮酒真一，柑黄橘绿甘如饴。
梅花窗底香风吹，灵驾恍惚来云旗。
近者茸城集吟侣，又续韵事供清酏。
曲奏琵琶裂金石，像设笠屐觇容仪。

赤壁之月黄州雪，昔年风景仍如斯。
羡公歿能为众奉，叹公生不合时宜。
俎豆花猪各尽敬，云山梦鹿还余悲。
鲰生恨隔百里外，盛筵惜未同追随。
乐哉斯觯后无废，拈毫再拜陈芜辞。

读诸葛丞相《出师表》四首

一

纶巾羽扇想仙踪，天地英灵气特钟。
西土孤臣扶正统，南阳名士本耕农。
一时邻敌畏如虎，三顾使君欣得龙。
管乐定输才十倍，故应鱼水庆遭逢。

二

北定中原志未成，几番筹策费经营。
三分早决隆中对，六伐仍劳谷口兵。
直与皇天争气运，可知心地极忠诚。
伊周以后谁能匹，赢得千秋享大名。

三

独撑残局继桓灵，感激驰驱效汉廷。
力敌万夫熊虎将，图开八阵鸟蛇形。
渐教后主恢遗业，忽报前军落大星。
读到鞠躬尽瘁句，令人掩卷涕先零。

四

苦恨刘天姓已终，满襟血泪滴英雄。
枯桑百本留残日，劲柏千寻起大风。
责备任凭桃简辈，推尊首藉浣花翁。

至今两表垂青史，应列皋谟说命中。

题汪雨人教谕能肃遗稿

先生少以桂林籍中戊辰解元，十上春官不第，归籍山阴。官嘉善教谕十余年。

西海大鹏翱，秋风名独高。
英雄嗟末路，潇洒作仙曹。
奇字变秦篆，好诗通楚骚。
十年交最密，抚卷感黄滔。

寄杨小铁均即题其《南湖水榭图》

雨丝风片满渔村，新水如苔绿到门。
莲叶是田湖是镜，梅花为骨月为魂。
醉时狂态防鸥觉，梦里闲情与鸭言。
一段烟波宜入画，记曾倚槛倒芳樽。

木鸡书屋诗选卷六　癸卯至乙巳

柯小坡招游武塘即事有作八首

一

立春以后朝朝晴，扁舟赴约丹丘生。
白鸥与我若旧识，塔边矫翼遥相迎。
到门已见蟾光吐，主人欣然具鸡黍。
兴酣且饮三百杯，夜半谈诗气如虎。

二

二十五峰园可爱，鹦鹉狻猊各异态。
石磴苍苍云气多，树头老鹘一声欬。
八方亭外林花飘，东风吹来香过桥。
胜游似入画图里，不知世上红尘嚣。

三

复园虽小结构工，六松耸拔摇晴空。
神龙攫云势欲舞，涛声卷入苍烟中。
七尺孤亭一池水，慈山老人昔居此。
前辈风流近百年，黄鹤一去不返矣。

四

梅花道人魂不醒，梅花和尚名独永。
一枝香冻佛幢前，长身疑是高人影。
沙弥导我寻荒坟，石坛手拂青苔纹。

筼筜千个壁间冷，日暮飞出潇湘云。

五

忠臣大节凌秋霜，三年碧血谁收藏。
魏公祠宇兀然峙，神筵敬荐苹蘩香。
灵旗恍惚空中立，乔固膺滂相拱揖。
茅桐入夜风凄寒，月里声声乌尚泣。

六

一篑瓶山瓦砾覆，南宋到今尚如旧。
鸭脚双撑大十围，凝寒能与雪霜斗。
山风吹叶疑有人，鸷鸟扑出如车轮。
云房一径缭而曲，敲门何处逢仙真。[①]

①访许潇客道士不值。

七

灵芬馆主归仙曹，词场无复谈风骚。
我家大守[①]接踵起，晚年著述同山高。
绿野平泉好台榭，万花满庭书满架。
犀樽酌我醉忘归，正值上元天不夜。

①霁青先生。

八

武塘卅载结游侣，故交大半入黄土。[①]
存者又复官系身，[②]未获清谈挥玉麈。
旧雨虽寡新雨多，款宾日日颜微酡。
停云在天杯在手，达人行乐休蹉跎。[③]

①谓钟元甫、魏半石、孙道园诸君。②谓吕鸿轩、唐秋涛、钱萍矼诸君。③连日蒙潘篔坡、黄丹秋招宴。

春日偕丽春弟野步

联襼寻欢日未斜，桥南一路淡烟遮。
最难有水有桃树，更喜无村无菜花。
沙畔新婚双燕语，林间出使万蜂哗。
乘闲为访沧洲子，报道诗人不在家。[①]

①是日访朱雀桥不值。

赠秦秋蘷忠

君本洞庭人，才气豪无敌。
作客老盐溪，什一蝇头觅。
暇即探奇编，手不离翰墨。
偶然吟小诗，名流辄赏激。
论交逾十年，性情两相得。
今春特访君，谈笑至日昃。
向我夸家乡，东南山水国。
中有林屋洞，沆瀣通呼吸。
蝙蝠堕幽崖，虬蛇蟠峭壁。
秉烛穷窅冥，清泉时一滴。
忽至隔凡处，傍徨不可入。
更有石公山，公姥若对揖。
山北转山南，一线天光逼。
黄鹤挟仙飞，白鸥作人立。
翼然断山亭，片片云如幂。
君言犹未终，令我顿变色。
倘不裹粮游，尘垢何时涤。
拟将随君归，一舸泛画鹢。
伏象岩可登，卧龙石可拭。
月坡恣攀寻，云嶂劳扶剔。

橘绿枇杷黄，采采容饱吃。
君其许我否，芒鞋同遍历。
七十二峰间，庶几真面识。

寄张觉子鸿卓兼怀熊露蕤昂碧

三月碧桃天，思君倍黯然。
遍交吴越秀，远购宋唐钱。①
酒畔黄河曲，花中白石仙。
熊光今健否，定已雪盈颠。

①君酷嗜古钱。

怀王晓莲大经客禾中

别来两度月轮圆，知尔书窗手一编。
康乐再生原是佛，邺侯自幼便疑仙。
弁山曾揽三峰胜，①长水重探八景妍。
转瞬秋风搴赤帜，定教名姓在卢前。

①君去岁客镇洋。

过平望怀翁小海希雒

买棹吴阊去，平波台畔经。
日中云气白，烟外浪花青。
鱼尾掠空港，凫声入远汀。
故人家不远，未及叩柴扃。

登平波台、望莺脰湖全景

一棹画眉桥下过，登台四望尽烟波。
千家鱼网齐悬柳，十里鸥乡半种荷。
楼外酒船佳客少，壁间吟轴故人多。①
提鹇挈鹭平生志，拟学元真著钓蓑。

①周叔斗、唐菱伯俱有诗，今皆下世。

泊舟灵岩山下，入蒋氏园，向为毕秋帆尚书别墅。后归虞山蒋氏，其园缘山为级，约长一里。两旁松杉夹道，游者如入万山深处。不觉其为园也。由蒋氏墓道越岭而上，寻西施洞，登绝顶琴台，览太湖三万六千顷之胜，下山拜韩蕲王墓，得诗四章

一

绝妙辋川境，缘山径曲盘。
万松侵日影，一线入云端。
钟鼎勋名易，亭台福分难。
平泉空作记，留与后人欢。

二

觅得西施洞，空余石壁高。
白猿今已老，黑犬旧曾嗥。
春草迷香屧，秋风卷怒涛。
山花红乱落，人去益萧骚。

三

红藤扶我上，绝顶立琴台。
山色湖光外，登临实壮哉。
龙鳞翻浪出，鸟翼带帆回。
玉笛一声响，胸襟到此开。

四

片碣绕云虬，空林白日幽。
骨应同虎卧，魂尚跨驴游。
幸免金牌召，知谁铁棒愁。
六陵回首望，余泪洒长楸。

吴门回舟与盛云泉垌话别

枣市桥头水色清，扁舟久泊阖闾城。
珠帘七里花中影，玉笛千家月下声。
寂坐君如孤鹤懒，[1]健游我比野猿轻。
归帆正值濛濛雨，分袂东湖别绪萦。

①君近有足疾。

云间重访丁步洲瀛款留半月赋赠

久住浑忘羁旅身，窗前鹦鹉助留宾。
时当艾绿榴红节，客是妃青俪白人。
自叹途穷谁地主，从来道合即天伦。
交情此后知何限，香火前生感夙因。

喜晤刘再芦武进士

君名国标，太湖人，乙未进士。壬寅五月八日，英夷攻吴淞，提督陈公化成力战死，君夺公尸藏芦苇中。越十二日负出，人咸重之。余于癸卯五月访君云间普照寺。知君工诗善书，以忠义而兼风雅，不只勇力过人也。喜而赠诗。

吴淞炮台高入云，吴淞战士守御勤。
鲁奇出应岑彭募，朱伺恒随陶侃军。
君才特被陈侯拔，陈侯倚君助挞伐。
夜枕腥皮虎髑髅，晓泅波面羊浑脱。
夷氛日逼吴淞江，风船火舰频冲撞。
愿执蟹魁清毒瘴，期歼兕党安乡邦。
大营旗鼓严军律，奇功垂成遭忌嫉。
譬犹犄鹿竟无人，翻似引狼使入室，
陈侯战死军心离，君独奋勇剸蛟螭。
石虔未拔桓冲出，安都直夺张纂尸。
芦苇萧萧风色惨，十日深藏差得免。
报国犹衔温序须，酬知实赖赵云胆。

于今烽火消江东，传说勾卑拥护功。
大海涛澜鲸徙窟，平陵松柏鹰呼风。
我来访君普照寺，谈兵余暇谈文艺。
华光口唱景宗诗，宕渠手挥翼德字。
惟君文武才兼全，四十正当强仕年。
欲求虎子须探穴，誓扫狐群猛著鞭。

游沈氏古倪园

休文家世是华宗，内外名园甲五茸。[①]
昨日空庭曾舞鹤，[②]此间古树亦成龙。
开轩坐对一池水，登阁平临九朵峰。
只恨竹林难觅主，未能诗酒话从容。

①城内啸园、城外古倪园俱沈氏所居。②啸园有鹤。

善应庵访斗山和尚仪纯

小桥流水起微波，有客匆匆冒雨过。
芍药红当庭砌发，篔筜青绕寺门多。
诵师佳句同灵彻，愧我凡才逊老坡。
回首东湖耆旧尽，人琴零落感如何。[①]

①师问及屈芥舟、钱梦庐诸君，盖二十年前师曾主持我邑德藏寺也。

游细林山，宴集神鼍仙馆。偕钱渊亭鸿业、高兰翘万培诸君赋

云间之山三十二，惟有九峰名可按。
神山一名细林山，彭翁遗迹岁几换。
相传吕仙此间过，提笔大书神鼍馆。
良朋携樽招我游，我爱登临每无惮。
拾级联步缘梯升，一气奔腾上天半。
半山道房窈而深，以云为幛烟为幔。
轩外千寻松满林，楼前一带柳遮岸。

雾开东海远不迷，日照西潭净堪盥。
金蛇三寸草间藏，元鹤数声竹中唤。
丹源覊沸泉乱流，白巘磊砢石未烂。
人来莺窟花气香，路入蠡庵树阴散。
酒酣更陟仙椅峰，众山罗列若几案。
戏把铁笛临风吹，仙蝶纷飞鼠惊窜。
所忧五月插秧时，火轮当空苦旱暵。
老龙浓睡懒作云，四望茫茫雨脚断。
回舟已值斜阳西，月光照耀星光灿。
却欣归去未三朝，甘澍淋漓倒银汉。
远胜雨珠雨玉多，渐免无麦无禾叹。
天心仁爱人心欢，我诗非徒记游玩。

雷蕴峰葑招同张宾槎兆蓉、钱渊亭泛舟圆泖，入澄照寺登潮音阁小饮

泖湖半作芦苇荡，圆泖汤汤尚无恙。
今朝乘兴泛中流，不许白鸥笑俗状。
鼓棹打桨兼曳篷，载余直上水晶宫。
疏杨似人立荒渡，孤舟欲与鱼争路。
撑空搭影凌晴烟，良久始泊山门船。
一僧高卧鸽抱病，一僧参禅猿入定。
一僧迓客登阁中，茶熟香温善酬应。
蓬蓬白云槛外生，芙蓉九朵浮空青。
天光水光一色并，钟声遥答波涛声。
新诗吟与沙凫听，酒酣忽忆隔年事。
海外长鲸过此地，[①]岂期今岁烟氛清。
百斛舭船恣快意，晚潮将生风满湖。
红霞一片西南隅，美人冉冉疑可呼。
渡头渔火两三点，老鹘惊起盘浮图。
名人所到即名区，袁沈风流今已徂。

天教我辈重腾舰，归路冥茫不见月。

水浅未得橹枝活，只恐日后泥沙淤，斯湖无复银澜阔。

①去夏，夷舶停泊泖湖半日。

偕丁步洲莲花庵观鱼

四面篱笆结水浔，客来跃出碧波深。

此生自合池中老，莫起龙门万里心。

脱离罾罟乐何如，饼饵狂吞夕照余。

无限江湖鲂鲤泣，一泓羡尔独幽居。

凌霄石歌为杨闲庵秉杷作①

百尺松，一片石，南安太守存遗泽。

孤峰矗立庆云庄，微物犹为人爱惜。

公负经济才，为国柱石众所推。

公抱清廉节，心如介石折不回。

公擅文章名，词润金石非凡材。

清芬绵延十二世，后裔连擢青云第。

磷磷白石留乾坤，雪花点滴银涛喷。

狮蹲熊踞露奇态，对之不敢以手扪。

前辈风华时远隔，今有杨侯赁其宅。

饱看一朵玉芙蓉，仿佛螺鬟生几席。

倦时抱石眠，醒时向石拜，订作石交石不怪。

杨侯铿铿善说经，石亦点首通神灵。

一鸟不飞风满壑，著书日对烟岚青。

莫言小物作近玩，三百年来精气贯。

祇防咫尺兴云雷，蛟虬攫之入天半。

①石为前明张太守弼庆云山庄旧物。

酬王海客友光

红日当空似火炎，我来甘雨忽优沾。[①]
案头图史纵横列，海内文章论断严。
闭户陈三能自励，骂人刘四不招嫌。
传家况有青葙本，临别殷殷惠一缣。[②]

①造访时值大雨。②蒙以尊人澹渊先生《洞庭集》见贻。

题刘玉苍清淳《饮酒读骚图》

秋到平湖月正高，而翁曾共我挥毫。[①]
故人倏已骑鲸背，贤子翩然具凤毛。
宗悫风云年最少，陈登湖海气尤豪。
荷裳蕙带非君志，底用挑灯诵楚骚。

①已亥岁曾晤尊人小春。

盛云泉招同刘心葭、林雪岩、陆春林、沈浪仙拜石山房赏菊

黄叶打头飞，商飙泠然善。
我载一囊秋，佳约今果践。
主人风雅士，林居傲轩冕。
东篱菊正香，西园宴极腆。
酒新蟹更肥，嘉宾妙于选。
行觞政弗严，射覆语必典。
花亦感知遇，左右随人眄。
庭中有小丘，云根叠翠巘。
即此算登高，乘兴踏苍藓。
奚必上龙山，脱帽恣游衍。
回思去年秋，远近罹兵燹。
沧海沸蛟鼍，羌村绝鸡犬。
风鹤避不遑，霜鸿弋难免。
何幸妖氛退，时运忽流转。

闲鸥心各安，浮蚁兴非浅。
居然笑口开，岂只愁眉展。
及时行乐耳，焉敢堕荒湎。
仔细看茱萸，后会莫乖舛。

送周萱圃广文炜归东阳

每向鳣堂侍笑颜，扬眉吐气夕阳间。
风清讲舍羊都瘦，月冷花阶蝶亦闲。
郑老三长才独绝，放翁八秩鬓全斑。
画溪一带烟波好，尚愿随公鼓棹还。

呈龙见田司马光甸

沅湘一带播循声，东海宣猷水益清。①
训俗手雕千片板，②驭军胆慑八旗营。
有疑能断惟如晦，无令不行同孔明。
天遣贤郎报贤吏，梅花诗早卜和羹。③

①公贻余句云："我来常励心如水。"②公所刊书籍甚富，有关于世道人心者。③谓令嗣翰臣殿撰。

挽徐云岘

名士于今值几钱，头衔只博孝廉船。
徒闻天上征长吉，未见人间铸阆仙。
狗监不将辞赋荐，马医偏是子孙绵。
九京应悔呕心血，满箧雄文孰与传。①

①君两子俱先殁。

槭槭寒林啼晓鸦，我来问疾踏霜花。
精神已向桓侯诧，血气犹将蘧子夸。①
小别顿教黄壤隔，大招枉索碧霄遐。

文章知己而今少，推奖曾经费齿牙。

①十一月朔把晤时，见君呕血满地，而君犹强作健人。

新　溪

来往新溪三十载，此乡风景认依稀。
红桥春涨轻帆驶，白塔秋风远树微。
抱布女从残夜出，卖鱼人趁午潮归。
剧怜旧雨多凋丧，独向孤村看夕晖。①

①新溪故友郁谦亭、姚半飔、谢耀青、周晓山俱已下世。

文信国公从祀文庙诗

精卫填波海欲枯，从容柴市竟捐躯。
三年碧血流难竭，一领黄冠说太诬。
尽瘁鞠躬丞相表，成仁取义圣人徒。
孤忠合配黄漳浦，庑下同登德不孤。①

①黄忠端公前已从祀。

赠许敬斋教谕乃裕

细雨檐花洗俗尘，胶庠几辈荷陶甄。
丙寅学士真名族，丁卯诗家有替身。
冀北选材筋骨健，汝南题品齿牙新。①
从今叔度依元度，可是公门得意人。

①先生每月必一课士。

春日游金粟山庄

石湖桥畔卷晴烟，一带山庄景物妍。
红蝶似招人载酒，白鸥欲与我同船。
花前花后频延客，春去春来不计年。
且待木犀香发候，月宫高会蕊珠仙。

花朝日雷获人良树**、招同王述亭**念昭**、姚子枢**楗**、顾卿裳**夔**、徐式如**良钰**、戴笠人**其福**、沈春伯**文伟**、蒋仲蔼**茝生**集诗窠分韵得茅字**

春风半入绿杨梢，大好西园设酒肴。
饮量豪真如虎健，吟情懒欲倩莺敲。
花滋三径得新雨，客满四筵多旧交。
老大寓公狂兴在，几时归去卜诛茅。

铁岸头陀诗僧也，今改名蒋敦复，入宝山邑庠。甲辰春，相晤云间，余既为作序，复赠以诗

铁岸近复归儒宗，秀才第一推蔡洪。
著得青衫抛紫衲，绝大知识真英雄。
铁岸遇我五茸道，高睨大谈破烦恼。
天生奇人负奇材，若非周贺定贾岛。
我读铁岸诗，不觉情为移，
庭前鼠姑花正放，一齐香气喷书帷。
我向铁岸语，江东无及汝，
向者贯休齐己之诗易流传，从今万丈光芒还须骖李杜。

东岳宫观常开平王铁衫歌

真龙奋迅来天门，铁戈铁甲千军屯。
开平仗剑起佐命，义旗所指风雷奔。
铜筋铁骨具神勇，如鹰腾跃如熊蹲。
一领戎装铁环纽，敌人望见惊心魂。
十五年间数百战，荡吴灭汉歼残元。
上马下马被锋镝，血花缕缕沾衫痕。
功成告捷受上赏，天家铁券邀殊恩。
暂脱征衫换朝服，锦袍玉带春风温。
何图柳河星遽陨，龙江哭奠声潜吞。

沧桑转瞬四百载，手泽轻弃非贤孙。
难得黄冠能解事，旧物爱护今犹存。
惟王勋绩古罕俪，丰碑兀峙青山墩。
此铁非徒铮铮者，宝惜直欲逾瑶琨。
君不见金陵王气早销歇，玉匮铁匣烟尘昏。
又不见胡蓝党狱半连染，铁索系累谁鸣冤。
王之精灵独不泯，一衫尚使千秋尊。
而况鸡鸣有遗像，须眉凛凛辉朝暾。

折桂阁怀李忠定公

九哥燕息临安宫，荷花桂子西湖中。
天生李晟为社稷，一官飘泊如飞蓬。
李公祖籍本邵武，少时诞生在五茸。
偃蹇连蜷桂之树，物因人重增葱茏。
登朝正值多难日，神臂却敌亲弯弓。
悟主一言似陆贽，救时十事同姚崇。
奈何南渡朝廷小，不许恢复成奇功。
黄河空唤宗留守，白简偏逢张魏公。
纵复七旬支大厦，徒教三镇悲孤忠。
诏谕江南那忍见，骑麟披发归苍穹。
我向泖东偶访古，哦松厅废斜阳红。
金粟仙人不再降，长使襟泪挥英雄。
桂旗飘飘没天际，白云一缕遥山封。
酹酒再拜荒坞侧，丛林为我来香风。

二陆草堂

昆季多才累，难如尺蠖潜。
竟关卢志口，戏捋茂先髯。
鲈味让人赏，鹤声怜汝歼。

君看嵇绍血，一死壮青缣。

方忠文公祠

金川门启刀枪鸣，齐黄铁练血肉腥，
草诏兼杀方先生。方先生，号正学。
平生气节自卓荦。
人不舍一猪，彼且捐十族。
九重叔侄至亲争，一死君臣大义熟。
公本名教人，公真社稷臣。
公虽生不辰，公能殁为神。
云间祠屋兀然立，春风吹树群乌泣。
燕子高飞不许庙门入。

题张伴莲女士绣诗阁

金闺伉俪羡秦嘉，风雅真看聚一家。
双管善描眉际月，五纹巧刺手中霞。
当窗红柳互垂线，出水白莲齐放花。
自有麻姑仙爪在，若兰织锦未应夸。

题中峰禅师石像

师杖锡云间时，宋宗室赵孟僩出家，号月麓昌公，与从弟孟頫礼师座下，共镌三人小像于石。

青峭九山，白云自闲。
大师闭关，谁与往还。
有客入寺，赵家昆季。
一皈空门，一列朝贵。
花香水香，三人话长。
呼茶鹦急，捧杖猿忙。
灵山一席，孰为镌石。

远公虎溪，同此心迹。
我来五茸，敬瞻遗容。
气静于莲，貌古于松。

问松廊听歌女朱佩卿琵琶

春雨着树春有声，春水绕廊春有情。
陈遵投辖宴佳客，金花银烛三更明。
三更豪饮兴未足，鹦哥唤出人如玉。
倚槛分明杏靥红，凌波荡漾莲心绿。
曼睩流光乍见时，尊前宛转来蛾眉。
六幅仙裙飞燕态，一弯云鬟惊鸿姿。
檀槽才拨嫣然笑，瑟瑟明珠音入妙。
能使座中白发翁，[①]静听帘底红牙调。
轻笼慢捻玉珑玲，冷风寒逼灯光青。
秋竹竿裂春冰拆，万花乱打琉璃屏。
是时雨止月徐露，弹得行云不能去。
轴转还增白傅愁，曲终犹待周郎顾。
我昨过访桃花门，海棠初醒瑶台魂。
乱头粗服亦风趣，红霞未洗胭脂痕。
多谢麻姑设酒脯，行觞时有流莺语。
请卿重拨四条弦，我醉愿为鹳鹆舞。

①谓砚北司马。

三宗老诗

椒升参军[①]

海上有仙翁，一筇而一笠。
闲鸥戏云涛，老鹤啄松粒。
一官短簿轻，五字长城立。
能探风骚微，兼工篆隶法。

笔冢黄兔奔，墨池黑龙蛰。
忆昔游武原，芝范曾一接。
古道照我颜，芳名芬人颊。
别来八九年，梦寐深钦挹。
近闻老境佳，余霞满山隰。
啸月一襟秋，看云双屐蜡。
偶笼逸少鹅，或唤天随鸭。
出游从蜻蛉，雅会征蝴蝶。
温公真率欢，潞国耆英集。
试问乔佺徒，清福可能及。
张赵两黄冠，[2]尺素时远答。
具言矍铄翁，筵将开九十。
我欲寻旧游，呼童负酒榼。
峨峨大横山，瑶草绿堪拾。
春风百花开，登堂一长揖。

①名锡蕃，海盐人，年八十四。②谓云槎、凌洲两道人。

砚北司马[1]

泖湖湖水深，白鸥有几个。
先生早见几，辞官得休暇。
西山张叟渔，北窗陶公卧。
白傅社开春，黄门蔬种夏。
新词倩莺歌，好梦与蝶化。
世事柳花轻，仙缘桃实大。
贱子总角时，闻名企太華。
匆匆四十年，才得厕末座。
快领麈尾谈，兼饲牛心炙。
须眉频仰瞻，齿牙每幸借。
茸城诸名流，近者结诗课。

西园好雨晨，南楼明月夜。
范杨或联吟，皮陆时唱和。
先生甲乙之，遐迩竞传播。
一顾直空群，十倍定增价。
窃思陈夏来，风雅渐休罢。
赖有老成人，起衰复振惰。
先生不自尊，年高气愈下。
晋士趣独深，汉官仪久谢。
古貌如植松，佳境胜啖蔗。
凭谁作画图，松江有蟹舍。

①名仁，娄县人，年七十二。

霁青太守[①]

昔游竹林园，丘壑幽且美。
虚白生闲庭，奇青落空几。
肩触黄霰飞，脚向绿云跂。
不数草亭扬，岂殊盘谷李。
先生归田来，于今十年矣。
宦况消秋烟，道心活春水。
静观唼絮鱼，笑指拖花蚁。
大开北海觞，惯狎东山妓。
六朝风趣存，三吴声望伟。
著述如山高，孳孳夜继晷。
子瞻海外文，少陵诗中史。
妙欲超神狮，健可搏豪兕。
特悬一市金，早贵三都纸。
鲰生才略疏，荷蒙玷唇齿。
曾言骈俪文，近今罕绝技。
仓山有替身，不图在阿士。

逢人说项斯，到处荐侯喜。
自愧吴下蒙，幸邀刮目视。
纵难号龙头，已得附骥尾。
今年梅花时，招我赏佳卉。
所恨百事缠，未及一帆驶。
短章代尺书，郑重付魴鲤。
佳约不敢忘，伫待秋风起。

①名安涛，嘉善人，年六十八。

答杨肖英烇

相逢尊酒一灯红，话到生平感慨同。
好学不殊边笥富，安贫何碍阮囊空。
才超虎绣龙雕外，人在鸾飘凤泊中。
我愧琼瑶无以报，声高白雪和难工。

上海张嵋雪伟过访即赠

屋头晴鹊噪花枝，开径欣邀客论诗。
不信形骸同土木，偏能声律协金丝。
芝兰寸寸含香远，杨柳条条入画宜。[①]
只恐鸡鸣劳梦想，急将枯管写襟期。

①为余绘《访友图》二幅。

余于嘉庆乙丑冬入庠，时同邑获售者，合郡县学共二十八人。今四十年矣，仅存陆梦渔等四人，余皆凋零殆尽，感赋一诗

旧雨一时尽，晨星几个存。
散如秋后燕，啼断月中猿。
草易红心长，交难白首敦。
及时且行乐，请各倒芳樽。

西林寺双松歌

青天忽挂双虬尾，谡谡风涛屋头起。
两株对峙蜂王台，阴廊无人碧涵水。
自宋至今七百年，佛寺几阅沧桑天。
此树依然似积铁，灵根盘互枝钩连。
空庭十丈凌云塔，铃声时与松声杂。
大师诧失钵中龙，童子乱呼檐际鸽。
我来祇洹精舍中，恍疑雷雨腾晴空。
笑倚乔柯弄铁笛，松花落尽斜阳红。
僧徒指松说向我，罗汉双身自天堕。
可怜人世梦三公，曷弗从渠参四果。
一派禅机仔细聆，摩挲嘉树知神灵。
熊虎奇姿屹相向，请招韦偃图丹青。

金粟山庄赏桂

秋风又复设尊罍，万斛珠玑满地堆。
邻里半依香国住，轩窗齐向月宫开。
天葩艳正此时吐，人语妙从何处来。
遥忆踏槐诸举子，果谁太白是仙才。

喜晤娄东王溪云道人涵

霞帔云裾绝世姿，娄江一水即瑶池。
梅花鹤语神仙宅，柏树乌啼宰相祠。[①]
书法直参狸骨妙，画图不数虎头痴。
嗟余尘网何年脱，肩拍洪崖尚恨迟。

①师为王文肃公后。

赠吉桐生巡检凤

风雅难从俗吏求，衙官屈宋迥超俦。

三年薄宦如云淡，一卷清诗似月流。
傲骨我惭名士鹤，闲情君爱野人鸥。
拈毫为写烟波趣，渺渺蒹葭白露秋。[①]

①蒙绘《扁舟访友图》。

将之云间，女孙暖初牵衣不舍，余心感焉。舟中为赋一诗

女孙貌端丽，并能识人意，
阿翁将远行，牵衣复挽臂。
小鸟依人人自怜，一枝初放瑶池莲。
汝口犹黄我须白，况乃征鸿频作客。
我心怆别离，缘汝姑迟迟，
汝竟不能舍，几欲出门追。
五更灯烬才鸣鸡，襆被登舟月色低，
遥闻楼上嘤嘤啼。

秋杪登横云山兼游小赤壁

横山七十丈，秋色更清辉。
红叶比人冷，白云随我飞。
荒亭无鹤唳，古洞有龙归。[①]
好结羊邹侣，携樽对晚晖。

①山半有白龙洞。

石壁削如剑，遥峰片片红。
莲花千朵出，松径一门通。
苍鹘扑烟外，黄猿啸月中。
神仙何处在，我欲唤坡翁。

赠青浦熊梳翎其光**即以留别**

崔光博不精，刘芳精不博，能博能精古来稀。

枚皋敏不工，相如工不敏，亦工亦敏今有谁。
梳翎子，具众美，江东独秀无卿比。
元理善算困，孝标能数袯。
六王三川如列眉，千灯万佛可屈指。
况复摘要钩元得条理，非特陆公之厨、李公之簏，漫夸涉猎而已矣。
其他诗歌词赋、以及骈俪之文章，一一吐出锦绣肠。
元气披两大，心兵游八荒。
五色飞孔雀，千仞翔凤皇。
八叉七步可立就，丛丛著述早已下视燕、许，而上凌班、扬。
梳翎子，年尚少，
贾生才何高，终童齿正妙。
具此大手笔，正宜颂明堂、歌天庙。
龙腾大海雕冲霄，蓬莱宫中应丹诏。
慎勿放身山巅与水涯，骚人逸客联吟侪。
虽得潇洒趣，奇气终沉埋，
梳翎子，鄙人暂借一枝寄。
未获随君执鞭辔，偶于次宗坐，欢然相握臂。①
纵复佳客多，顿觉此君异，
投我文一篇，天花乱洒坠。②
才欣风雨会三秋，忽漫河梁吟五字。
冻云满天雪将飞，寒鸦缩足拳枯枝。
我歌此曲摧心脾，茫茫后晤知何期。
峰烟青，泖月白，且把一卮永今夕。

①甲辰九月杪始识君于雷蕴峰席上。②蒙惠《扁舟访友图序》。

送李断缃之萼归疁城

雪意在天风色凉，旅窗相对罄壶觞。
文章契合从莲社，①师友渊源溯稻香。②
难得欧梅聚坛坫，旋教苏李别河梁。

归帆将向娄江发，畏垒亭前又夕阳。

①君近与苇城诗课。②君为许斋师族侄孙。稻香者，师集名也。

将去云间，走别雷蕴峰，谈至日晚，有白头鸟者食庭中天竹，实蕴峰郎君罗得之。适熊梳翎来赋诗，请释，且系红丝于足，以为志，亦韵事也。喜而和此

越鸟孤飞将归矣，感念嘤鸣别知己。
何来白头公，乱啄枝头红，不觉身入罿罻中。
幸有熊安生，恻然动慈颜。
援笔诗成瞬息间，救黄雀，释白鹇。
柳州曾放鸜鹆去，韩判竟送鹦鹉还。
殷勤为尔系红缕，归向空林刷毛羽。
白头慎自惜，余生莫把残躯充鼎俎。

留别姚衡堂太史光发

梅花香里访高斋，玉屑清谈豁鄙怀。
已见凤凰翔锁院，免交蝴蝶上闲阶。①
家原峰泖机云地，人是沅湘屈宋侪。
惜我芦中将返棹，五茸回首即天涯。

①君尝就高邮学博。

赠朱小云观察壬林

星奔泣奉素旌回，①一路寒梅逐渐开。
捧日心犹悬北阙，望云月已断南陔。
平生肝胆酬知己，余论齿牙怜末才。
难忘残冬风雨里，高轩肯过读书台。②

①时奉太夫人讳旋里。②雨中蒙过访于顾榕屏斋。

怀计二田光炘

清才雅望著闻川，原是瀛洲第一仙。
东野诗分韩氏席，南宫画载米家船。
鸡碑雀篆璘璘美，骥子鸾雏个个贤。
想见改亭衣钵在，[①]故应文藻递相传。

①君为甫草先生族裔。

重客乍浦

复客九峰地，城南一席开。
山仍青髻在，人变白髯来。
久雨蝶心怨，新晴莺语催。
海鸥应识我，相狎不须猜。

题白下闺秀蒋袅云䨼画兰

香风一阵透窗棂，翠袖褊禗管不停。
满幅芬芳无限意，美人迟暮感湘灵。

父绘梅花女绘兰，[①]生来仙骨自姗姗。
拈毫不是夸才技，权作南陔孝子看。[②]

①谓楚亭。②楚亭无子。

左国闲吟

ZUOGUOXIANYIN

左国闲吟目次

题 辞

一　同邑**顾邦杰**榕屏

癖同元凯信奇才，穿穴麟编妙剪裁。
赢得新吟传百二，底须博议诵东莱。

争战纷纷记七雄，抑扬事迹语皆公。
笑他暮楚朝秦辈，尽在先生论断中。

二　同邑**沈筠**浪仙

汉初立博士，春秋先公穀。
光武集廷议，左氏始采录。
然遭范升讥，浅末多不足。
举事赖贾逵，刘氏为尧族。
五经无显证，明文左氏独。
乃与公穀列，天下知诵读。
才实具三长，岂徒文藻缛。
生平甘癖此，元凯一心属。

周纲一坠地，七雄相争长。
士多习谲诡，上下互欺罔。
仁义为糠秕，戈矛日扰攘。
国史各书策，事繁叙详朗。
孰知纵横世，文笔独英爽。
著书藉摭拾，早得史迁赏。

先生亦杜癖，笔复如龙门。
读书有实见，成此一家言。
富艳知失诬，折衷古法存。
乘暇针膏肓，郑元同心源。
转陋孔颖达，正义唯循垣。
体变急就章，义广繁露论。
手编示来哲，从此窥篱樊。

读《左传》

一

小人有母遗君羹，纯孝居然负令名。
不道忘亲遭一矢，太官应悔挟辀行。

二

十五年来致仕身，挂冠犹自矢忠纯。
老臣若早严庭训，大义何烦致灭亲。

三

待筑菟裘养暮龄，优柔祸已发门庭。
车中拉干君知否，莫怨钟巫主不灵。

四

美人邂逅道途中，顿使朝堂血染红。
太宰漫将司马害，宫西还让鲁囚雄。

五

一命成师一命仇，那禁曲沃起阴谋。
椒聊扬水真多事，转累桓庄族不留。

六

阵置鱼丽一鼓前，中军偏伍更精坚。
渠弥车裂原繁缢，可记天王矢著肩。

七

偶因一战胜蒲骚，意气洋洋举趾高。
不信王心盈亦荡，出师樠木又徒劳。

八

出郊置酒伏干戈，机泄香闺可若何。
莫笑人人堪作婿，而翁十载易君多。

九

弟兄急难在鸰原，酌酒持旌欲断魂。
一死难弥家国恨，鸿离咏罢咏鹑奔。

十

会防会禚惯驱驰，嫁祸彭生计太痴。
一旦贝丘逢大豕，文姜不报报诸儿。

十一

忍泪三年气暗吞，桃花结子总无言。
那堪幕上栖乌日，又见深宫入子玄。

十二

渭汭桑田两败戎，勤王矧有北门功。
天心自欲兴西晋，凉德如何议虢公。

十三

党氏称戈又武闱，连年家难未防微。
若非道上奚斯哭，庆父还随季友归。

十四

绣衣玦矢别匆匆，一角残旗敌势讧。
剩有五千遗庶在，鱼轩归后鹤轩空。

十五

江黄远国悉来朝，霸业隆时孌倖骄。
浪说夷吾勋绩懋，多鱼不制寺人貂。

十六

赋到狐裘事可悲，攘揄况复有骊姬。
偏衣金玦寒心久，何待宫中置毒时。

十七

赫赫南荆未可轻，试看汉水与方城。
召陵一役真儿戏，转瞬弦黄两国倾。

十八

取虞发虢笑谈麾，偏是孤儿失护持。
自许忠贞言不食，教人愁读白圭诗。

十九

妖梦西偏果合符，侯车三败获雄狐。
孤归实赖登台哭，犹恨先君背史苏。

二十

欲继齐桓霸业高，围曹讨郑逞雄豪。
戕人枉媚淫昏鬼，金鼓声中惜二毛。

二十一

天涯羁绁历风尘，毛偃都非子圉臣。
不见旧时巾栉婢，于今沃盥侍亡人。

二十二

杀得蚕姑密计成，酒酣忍割数年情。
隗嬴一辈蒙恩宠，故剑重寻独舍卿。

二十三

阪泉卜兆展奇猷，从此南阳辟土畴。
请隧独能辞叔父，故应遗憾柩鸣牛。

二十四

橐鞬此日果周旋，盬脑居然贺得天。
旅矢彤弓嘉汝绩，舆人犹为诵原田。

二十五

贯三鞭七国威伸，败绩何当咎得臣。
西广东宫师实寡，非关求玉有河神。

二十六

喘犬前驱一矢加，君臣交讼沸如麻。
橐馆薄酖凭谁力，周冶徒能杀子瑕。

二十七

老人送子泪潸潸，千里行师一夕还。
原圃未将麋鹿取，二陵风雨骨成山。

二十八

臣罪当诛悔志萌，沙场殉节面如生。
勇夫莫漫轻狼瞫，一死能歼拜赐兵。

二十九

不许熊蹯美味陈，役夫原是忍心人。
何图蜂目豺声者，偏得佳儿继后尘。

三十

登朝慷慨带啼痕，玉体才寒忍负恩。
何苦穆嬴争适嗣，他年戈甲伏桃园。

三十一

薮泽终朝猎火红，两盂分列鼓声隆。
当官戮仆浑闲事，异日方知恶宋聋。

三十二

随季西奔寇患深，东归始免守桃林。
良朋赠策情原厚，难得秦君谅尔心。

三十三

贷粟加珍久觊觎，乃兄孑立势真孤。
谁知枝叶重寻斧，即位难容母弟须。

三十四

曾散家财悦众心，夺妻刖父忽骄淫。
天教疾病仍无恙，赢得头颅葬竹林。

三十五

哭声满市泪盈怀，叔仲安能大难排。
曾劝东门和穆伯，可怜马矢到今埋。

三十六

鹰鹯逐雀肯逡巡，太史堂堂大义陈。
漫谓去凶功比舜，济西纳赂为何人。

三十七

分遍羊羹御复枵，于思弃甲役夫谣。
可知犀兕多无益，阴地还须避门椒。

三十八

胹熊且任宰夫死，嗾犬仍教力士除。
主德不纲臣不义，诛心休怪董狐书。

三十九

而祖赐兰君与兰，国香人媚发祥端。
天开七穆扶宗社，侯石何功博美官。

四十

染指鼋羹兆乱棼，子家权任子公分。
斫棺幸免生前戮，世上犹推执讯文。

四十一

梦中虎乳是奇征，虎状无端逆气凌。
尚藉毁家纾难力，若敖鬼不绝尝烝。

四十二

蹊田那便夺人牛，从谏真能似水流。
恰怪夏南车裂后，孔仪竟得免悬头。

四十三

将佐同时毕渡河，召盟挑战事蹉跎。
三军掬尽舟中指，先济还蒙赏赐多。

四十四

使人致命立楼车，欲救围城语恐虚。
马腹长鞭愁不及，尔时只可灭酆舒。

四十五

老人结草亢前锋，辅氏奇勋勒景钟。
乱命不遵遵治命，英魂岂独慰伤胸。

四十六

帷房一笑惹兵尘，旗鼓喧阗愤欲伸。
万马三周华不注，羞他余勇贾无人。

四十七

天下原多美妇人，枉教十载费精神。
军中换得桑中喜，三族何辜颈血新。

四十八

原屏品节本多愆，谗出庄姬事可怜。
大厉已为孙请帝，小臣竟负主登天。

四十九

铜鞮执后事纷纭，妙策无如改立君。
独惜叔申冤不雪，如虢应合市中焚。

五十

令狐盟誓又成寒，吕相澜翻逞舌端。
胜负不须麻隧战，先声早已夺秦桓。

五十一

守节原殊达节优，曹臧让国自千秋。
要知定祸非开祸，较到延陵胜一筹。

五十二

太息储宫性僻邪，深闺啼泣外廷嗟。
预知社稷倾危际，犹射飞鸿到日斜。

五十三

孙卿返国是谁教，内逞奸雄外结交。
垂老鸣钟犹得意，幕间栖燕有安巢。

五十四

伯宗才辩罕能齐，三郤阴谋并力挤。
含垢匿瑕曾自说，直言召衅负荆妻。

五十五

塞井疏行战地宽，流星飞入月宫寒。
饶他七札夸良技，无补君王一目残。

五十六

胥童发难又长鱼，惨绝东门一乘车。
范叔先亡真是福，杀牛幸不共栾书。

五十七

趋风曾受敌弓回，温季公然文武才。
诬立孙周今果立，𩏂韦跗注久飞灰。

五十八

八卿和睦六官勤，复霸中兴赖此君。
绝世聪明年十四，阿兄菽麦不能分。

五十九

闭门索客动猜疑，卫足如何不及葵。
最是尽言伤国佐，妙谈曾却马陉师。

六十

鸠兹妄诩武功巍，组练军来顿失机。
地下二卿宜释怨，朝婴夕侧恰同归。

六十一

触怒拼将一剑横，跣行反得被恩荣。
煌煌三驾功成日，镈磬歌钟特赏卿。

六十二

东宫幽闭一长吁，自愧生平四德无。
美槚颂琴留不得，老身敢怨妇亏姑。

六十三

建轮悬布尽豪英，水潦将侵乞退兵。
七日之间成二事，老夫一怒拔坚城。

六十四

八年边鄙绝侵凌，修好诸戎五利兴。
独有范宣忘恺悌，驹支为尔赋青蝇。

六十五

匏叶歌来心不同，鸡鸣夙驾令徒空。
黡何轻退针何死，莫挽匆匆马首东。

六十六

泽门之皙邑中黔，多少台边诅祝音。
不是无情轻朴抶，大臣那可结民心。

六十七

匠丽兴戎未即刑，梦中捧首走难停。
魂归尚畏州蒲讼，两目宵张不敢瞑。

六十八

世胄遥遥历九卿，策书深悔逐君名。
奕棋不定诚何意，馁鬼应增叹息声。

六十九

西宫作逆预知闻，鱼齿还思召楚氛。
争奈南风吹不竞，司徒三室一朝分。

七十

平阴两矢著人肩，比到鸡鸣独占先。
空向齐庭争勇爵，崔门莫救越墙颠。

七十一

嬖倖盈门又八人，顿忘重茧下冰身。
良朋三困非无意，也似君王三泣臣。

七十二

曲沃行觞泪洒□，残兵乌合势终穷。
始知乃祖非醇德，不比甘棠忆召公。

七十三

荥庭少水战功酣，祭社蒐军惧不堪。
欲逞虎威偏作鼠，有人代尔抱羞惭。

七十四

新樽重席骋才能，药石云亡疾疢增。
名□侪如襄仲列，从今宜谢圣人称。

七十五

嫠也何妨作后妻，甲兴台下最悲凄。
一门尽堕卢蒲计，果报终当困蒺藜。

七十六

羽毛久假失齐人，币重旋教患四邻。
若不寓书深责备，断无象齿免焚身。

七十七

设计倾储问是谁，左师实与寺人私。
如何盛气诋华亥，宗子维城已不知。

七十八

手能上下巧逢迎，毕竟州犁戮郏城。
何似抽戈追逐者，何年侍酒话前情。

七十九

鱼里观优兴正酣，庙中抽桷击扉三。
淫人尚未天殃及，留与熊虔作笑谈。

八十

钟鸣鼜谷酒盈樽，莠草离披早在门。
何物狂奴能作厉，几时羊肆散游魂。

八十一

谁嗣歌成众怨消，三年新政想风标。
愚民底事嫌慈母，道路重传虿尾谣。

八十二

绝妙红房掩小姑，英雄识得子南夫。
不知被罪南行日，曾否同车并入吴。

八十三

酬币重重尽渡河，雄车千乘自嫌多。
子干漫与秦针齿，当璧原来不属他。

八十四

谁言作祟有台骀，咎起飞虫自取灾。
求得良医终护疾，明年又聘少齐来。

八十五

玉帛充庭十二邦，群侯献礼各惊慑。
六王二霸凭君用，除却齐桓气不降。

八十六

平生不解择人严，奉雉奸儿最善谗。
三日置虚饥渴死，庚宗私食口何馋。

八十七

政出三家大柄移，但知屑屑习虚仪。
君如早把童心改，当念鹳之与鸲之。

八十八

虒祁筑罢政纷繁，贺客登堂吊在门。
史赵讪讥师旷讽，魏榆那怪石能言。

八十九

膳宰非徒刀匕供，升阶酌酒涌词锋。
分明此际君容失，他日何为客猛容。

九十

虎门端委善全生，平仲休辞党恶名。
妫族将昌姜族弱，忍看二惠一时倾。

九十一

有酒如淮有肉坻，投壶曾作代兴思。
燕人玉椟徐人鼎，可及衣裳九合时。

九十二

豹舄皮冠手执鞭，祈招听罢绝餐眠。
訾梁师溃都人叛，何不投龟再诟天。

九十三

平丘大会强支吾，霸局将终失壮图。
示众示威由叔向，瘠牛犹足偾豚无。

九十四

朝吴逐去伏危机，信用谗人事渐非。
奢尚蒙冤员出走，恰难剪翼不教飞。

九十五

莫道孤嫠孱弱身，纺投城外引兵尘。
西门出走该知悔，虐性仍将剑试人。

九十六

褰裳用剑奋师徒，鹅鹳残军悉被俘。
若辈甘为栾孺子，枉劳南里搏膺呼。

九十七

天室交争动鼓鼙，穷嫠恤纬正忧凄。
西王卒被东王克，不及荒郊断尾鸡。

九十八

曾将长鬣复余皇，鸡父囚徒计更良。
恨煞暮年伤将指，罪人属剑亦三行。

九十九

登台三讲势将危，西北隅来叔氏旗。
斋寝但知祈死急，留将鬷戾抗齐师。

一〇〇

一笑偻句不我欺，果然卜僭应如斯。
而兄缱绻从公去，谅未虔心问宝龟。

一〇一

子胥求士得豪雄，八载才成窟室功。
看到属镂终不免，霜镡何苦出鱼中。

一〇二

五甲五兵门左置，一菅一秆国中投。
直臣甘堕奸臣计，汉水呜呜哭不休。

一〇三

剧怜杨石附祁盈，计乱翻蒙助乱民。
四族俱亡三县剖，忍将偾事罪豺声。

一〇四

酒间三叹进箴言，贿赂于今不入门。
到底将军难属厌，无端南面妄居尊。

一〇五

京师保戍已多年，尚望修城祚再延。
此事全由苌叔力，旁人错道是违天。

一〇六

疆场五战逼烽烟，仓猝君臣远播迁。
七日秦庭如不哭，欲驱蛇豕待何年。

一〇七

台上乘龙今日赘，舟中燧象去年惊。
丈夫负我情无限，定有前缘结此生。

一〇八

鄟泽临盟请执牛，突遭捘腕耻难休。
缘何握手登台日，家有娄猪转不羞。

一〇九

车驱蒲圃捷如神，别有从旁握算人。
季氏不容归赵氏，始终亲富不亲仁。

一一〇

取马还遭夺马欺，闭门垂泣曷胜悲。
累君目肿承君宠，宠到同车射介麋。

一一一

自争杨楯恨弥襟，为讨邯郸怨更深。
黄父九言犹在耳，晋阳始祸果何心。

一一二

痴想年年乐爽鸠，莱人何党忽兴讴。
少君野幕横施刃，恸绝生前孺子牛。

一一三

白雁无端入网罗，司城说霸起兵戈。
不须五邑临郊筑，聚社谋曹鬼已多。

一一四

八世威权久属陈，斧斤无奈斫频频。
丰丘执后舒州执，安得檀台挟妇人。

一一五

厉剑偏忘卵翼恩，子西掩袂死王孙。
君胡不胄君胡胄，民望于君在北门。

一一六

衡流鱼尾苦难奔，璧与君身两不存。
非是妇人能杀汝，北宫披发有冤魂。

一一七

酬情剩有一箪珠，回首黄池势已孤。
二十余年吴竟沼，而今笑倒溺人无。

一一八

甲楯当年仅五千，复仇竟致甬东迁。
公然五霸收残局，宰嚭仍操纳赂权。

一一九

父成虎幄子灵台，众怒汹汹起酒杯。
终老城钼难返国，期甥何罪漫相猜。

一二〇

越邦虽好不如归，内外交通未识几。
恰又五梧争口角，体肥何似食言肥。

读《战国策》

一

国士恩深待尔酬，厕中桥下剑频抽。
漆身为癞嗟何晚，智伯如今已漆头。

二

幕下分羹啜一杯，谤书盈箧致嫌猜。
缩高不肯攻儿地，刎颈仓皇更可哀。

三

游宴西河好放觞，龙门千里势嶙峋。
不图敌国舟中语，出自天资刻暴人。

四

太息虞渊日渐沉，周君尚肆玩游心。
区区温囿禽鱼利，博得蝇头八十金。

五

群雄漫作连鸡样，名士都如斗狗形。
不待虎狼张口噬，山东人已向西庭。

六

白虹一道贯庭阶，抉眼刳肠市暴骸。
多事女兄来哭弟，不容名姓狗屠埋。

七

仓储殷实甲兵坚，苛政施行至八年。
事败始知为法弊，较量五羖果谁贤。

八

一鼎千钧不易擎，齐王求鼎息雄情。
他年提挈秦庭去，竟似壶醯瓿酱轻。

九

变易徽章战绩奇，西藩俯首事临淄。
不须更葬将军母，早释慈魂马栈悲。

十

夹林风景未全消，美女盈前美味调。
不料范台觞饮罢，文台已被敌人烧。

十一

城北徐公远不如，自知妻妾妄相誉。
问谁百计倾田忌，战胜朝廷语恐虚。

十二

高谈华屋破连横，沮水难牵白马盟。
锦绣千纯金万镒，只教尔嫂作蛇行。

十三

绝缨大笑对苍天，口若悬河注百川。
邹邑名儒曾未荐，一朝七士漫称贤。

十四

抽旃抑兕乐何如，恰有安陵泪满裾。
一种嬖人谋固宠，龙阳曾已哭前鱼。

十五

陈轸断断自道忠，长妻詈客岂由衷。
为秦为楚心难测，强作吴吟总不工。

十六

斶前不若使王前，辞禄徒夸太璞全。
别有先生王斗者，巍然名望亦虚传。

十七

牛目深埋雨雪中，张朝栾水义堪通。
欲知文考如伤念，此际还宜问惠公。

十八

石牛开道定巴西，奚啻群狼逐众羝。
此事幸从司马计，二周未敢动征鼙。

十九

输攻翟守尽神机，百舍重胝立解围。
窃褐窃糟真妙谑，墨家兼爱岂全非。

二十

筑城高欲与天齐，赖客三言始觉迷。
还幸先王冠剑在，大鱼从此免淤泥。

二十一

不料唐虞局一新，子之南面哙称臣。
翻嫌大禹虚传益，朝觐讴歌属启人。

二十二

轻信甘言耳失聪，商於六百语全空。
杜陵败后仍无悔，又被冯章诳汉中。

二十三

无鱼歌罢客何能，焚券能邀万岁称。
四马百人谁享受，报君只有谤言腾。

二十四

争宠齐宫七孺子，未知美珥属伊谁。
十妃亦是臣家妾，幸舍何人竟入帷。

二十五

仪衍交争久结仇，缘何拜跪祝千秋。
一言一动俱机阱，卖国年年到白头。

二十六

细腰宫里尽仙姿，郑袖争妍色未衰。
巧谮新人遭劓鼻，黄金底事馈张仪。

二十七

日饮亡何且自娱，忽教四国效驰驱。
右韩左魏心终险，奚怪君王又厝需。

二十八

千里攻城士半伤，一朝鸣鼓拔宜阳。
如何息壤言犹在，贫女还思借烛光。

二十九

马骨千金孰买来，筑宫礼士始从隗。
剧辛、邹衍庸才耳，昌国端推救世才。

三十

射天笞地逞狂嬉，冠号无颜状更奇。
辛癸且亡何况汝，城陬多事雀生鸇。

三十一

强齐两战覆雄师，苏代奸谋万众糜。
倾诈原非忠信妾，须防仆酒被夫笞。

三十二

露衣雨血国成墟，鼓里行凶恨未除。
难得小儿能杀贼，免教贤母倚门闾。

三十三

取来故鼎及元英，一战全收七十城。
逞志几时旋矢志，用奇又见火牛兵。

三十四

少府冥山剑弩多，春秋冠带恨难磨。
不为鸡口为牛后，鸟卵千钧可若何。

三十五

中山司马善权宜，夸说佳人绝世姿。
恰笑武灵甘堕计，江姬不请请阴姬。

三十六

率骑临戎辟地宽，君臣并戴鵕䴊冠。
英雄气短由儿女，不信饥探雀鷇难。

三十七

子楚生平不读书，赵家储副学尤疏。
长枪大戟交争日，谁肯沉酣万卷余。

三十八

世上从无不死方，射人夺食亦何妨。
荆襄果得长生药，王翦兵来莫可当。

三十九

解裘非欲美名沽，消释嫌疑藉贯珠。
九子谗言何足畏，又烦良狗噬庸奴。

四十

三贵同朝并执权，神丛凭藉势无前。
应侯一旦新加旧，何减恒思悍少年。

四十一

宫闱宜淫畜艾豭，丑夫殉葬自忘邪。
九原若见先王面，可记生前一髀加。

四十二

闻有钟离与业阳，邻邦且识姓名香。
於陵廉士非无用，威后还应细酌量。

四十三

欲把深宫盛气回，黑衣先请补婴孩。
笑谈未毕长安出，老妇何曾唾面来。

四十四

淮北残区复振兴，凌风黄鹄免悬矰。
补牢孰使亡羊返，岂是鄢陵与寿陵。

四十五

自来见利智偏昏，上党如何可并吞。
谁识邪谋谁烛祸，平阳此处胜平原。

四十六

锐头竖子素知兵，夺地曾逾七十城。
赐剑杜邮犹薄罚，冤魂多少在长平。

四十七

赵奢论战伏平都，用众原非一例拘。
四十万人同日毙，父书徒读惜儿愚。

四十八

莫谓弹丸黑子轻，深谋远虑有虞卿。
不然割肉喂饥虎，那得年年献六城。

四十九

激昂慷慨折西邻，蹈海犹将拒帝秦。
三晋大夫输仆妾，英豪偏属布衣人。

五十

秦庭握璧发冲冠，一瑟虽微肯只弹。
以此折冲非易事，漫言口舌不宜官。

五十一

朝来山水入营中，徙舍方知是大功。
更喜将军兵法妙，西和门外烛光红。

五十二

郈城奇货信堪居，食邑蓝田禄有余。
长信诛夷文信耽，邯郸贾客定嗤渠。

五十三

北地兵来起战尘，安釐竟欲入朝秦。
入秦如入深渊底，鼠首休言殉寡人。

五十四

冯亭嫁祸不多时，沸血如雷悔莫追。
一误岂堪成再误，邺都重受魏人欺。

五十五

军入邯郸赴救忙，函关追北势尤强。
妇人醇酒无穷恨，从此嬴秦毕六王。

五十六

寿酒才干又背盟，长平孤子是精兵。
君看沙际渔翁立，若辈依然鹬蚌争。

五十七

匆匆燕客入咸阳，痴想终身富贵长。
博者分功才数日，攫来相印为谁忙。

五十八

公叔专权事日纷，外连敌国偾储君。
最怜几瑟身难保，尚惜残疆不忍分。

五十九

一枭五散博金钱，珠履盈门只慕膻。
贤似兰陵终不用，绝交徒切痨人怜。

六十

女环真是负情侬，况复朱英计不从。
无妄福成无妄祸，可能还汝旧吴封。

六十一

韩非才智亦超凡，雄辩高谈口不缄。
谋覆宗邦旋自覆，祸机莫怨李斯谗。

六十二

是何年少有甘罗，折服张卿舌起波。
为语君侯休叱去，聪明未及小儿多。

六十三

雁门频战著奇勋，衔剑匆匆首领分。
非是敌人工反间，长城自坏大将军。

六十四

引锥立破玉连环，四十余年介胄闲。
老眼早知儿不慧，萧萧松柏夕阳间。

六十五

安陵小国孰扶持，请听唐生激烈辞。
百岁老翁犹挺剑，愧他变色武阳儿。

六十六

白衣祖饯早忘躯，匕首空提胆气粗。
惜负燕丹功不就，於期何足惜头颅。

跋

《左国闲吟》一卷，同邑黄鹤楼先生所著。先生雄于文，曾刊《木鸡书屋集》风行于时。不惟癖同元凯也。窃思左氏一书，种种奇妙，真天地之大文，亦古今之至文。岂只擅厥三长哉。《国策》记载详赡，文气英爽，盖七雄之世，不乏霸才，亦天运然也。昔龙门子长，捃摭二书以成《史纪》。今先生撰述之暇，而著斯编，辉映后先，并足不朽。戊申孟秋，值先生周甲辰而剞劂适蒇事，爰缀数语，即以千秋盛业之成，为先生寿。

世晚盛坰谨识

后 记

《木鸡书屋诗文集》是平湖市图书馆"古籍、地方文献开发与利用"项目之一，是继《平湖竹枝词续编》、《平湖历代闺秀文学作品汇编》、《平湖旧志三种》《陆陇其全集》后的又一力作。该诗文集历经数个寒暑终于和广大读者见面了。

平湖历史文化底蕴深厚，历代名人辈出。黄金台就是平湖众多文人中的一位佼佼者。黄金台，字鹤楼，初名森，浙江平湖新仓镇人，清道光时岁贡生，曾主讲芦川书院。其一生学术成就斐然，民国学者陆惟鍌所编《平湖经籍志》收录其著作有11种，然多散佚，其文集为《木鸡书屋文钞》30卷，以骈体文为主。作品中多有赞扬清官、廉吏，斥责丑恶行为的正义表达，对当下仍具有很高的学术价值和现实意义。

近年来，平湖有多位文化人开始阅读并研究黄金台的作品及思想，并随着对黄金台研究的深入，市图书馆班子经过研判，同时，听取了我市地方文史专家刘宗德等先生的意见，于2018年成立黄金台作品研究整理出版小组，作为"古籍、地方文献开发与利用"项目立项。项目由时任馆长陆爱斌负责统抓，刘宗德负责部分学术研究，吴连城、方彭、沈众英负责选择版本、点校工作。选择范围为黄金台代表性的诗钞、文钞进行点校汇编出版。2021年4月，馆领导调整，新任馆长谢红叶负责具体事宜。

是编收录了黄金台现存骈体文和各体诗，内容丰富，分为序跋、书信、图记、论史、记事、游记、民风、疏、碑文、题辞等。其中特别是有关涉及鸦片战争的诗文，是研究清中晚期平湖不可或缺的珍贵史料。希望通过本书的出版，能为进一步挖掘和传承平湖地方文化起到抛砖引玉的作用。

由于编者水平有限，虽数易其稿，仍难免有所欠缺，诚请广大读者和各方专家谅解并雅正。

2022年6月

图书在版编目（CIP）数据

木鸡书屋诗文集 /（清）黄金台著；平湖市图书馆点校．—郑州：中州古籍出版社，2022. 6

ISBN 978-7-5738-0240-8

Ⅰ．①木…　Ⅱ．①黄…②平…　Ⅲ．①古典诗歌－诗集－中国－清代②古典散文－散文集－中国－清代　Ⅳ．①I214.92

中国版本图书馆 CIP 数据核字（2022）第 104206 号

MUJI SHUWU SHIWEN JI

木鸡书屋诗文集

责任编辑　王小方　李　思
责任校对　高　雅
美术编辑　古青风

出 版 社　中州古籍出版社（地址：郑州市郑东新区祥盛街 27 号 6 层
邮编：450016　电话：0371-65788693）
发行单位　河南省新华书店发行集团有限公司
承印单位　杭州万星印务有限公司
开　　本　710 mm × 1000 mm　1/16
印　　张　34.5
字　　数　509 千字
印　　数　1—1000 册
版　　次　2022 年 6 月第 1 版
印　　次　2022 年 6 月第 1 次印刷
定　　价　158.00 元（上、下册）